KB252996

원 무 圓舞

나남출판

서 종 택

전남 강진 출생으로 고려대학교 국문학과를 졸업했다. 1969
년 《월간문학》 신인상에 〈수렁〉을, 《문화비평》 겨울호에 〈外
出〉을 각각 발표하면서 작품 활동을 시작했다. 이후 〈圓舞〉,
〈미친개〉, 〈겨울나기〉, 〈밤의 소리〉, 〈줄칼〉, 〈白痴의 여
름〉 등의 작품을 통해 우리 시대의 우울과 좌절을 작중 인물
의 개인사와 연결지음으로써 가해자와 피해자를 편가름 하지
않은, 보다 근원적인 존재에의 불안과 현대 사회의 질곡을
형상화하였다. 《외출》, 《선주하 評傳》, 《백치의 여름》 등의
창작집, 《한국 근대소설의 구조》, 《한국 현대소설사론》 등의
논저, 《풍경과 시간》 등의 산문집을 냈으며, 홍익대 교수를
거쳐 현재 고려대학교 문예창작학과 교수로 재직중이다.

나남문학선 41

원무 圓舞

2004년 10월 10일 발행
2004년 10월 10일 1쇄

저 자 서종택
발행자 趙相浩
편 집 이수진
디자인 이필숙
발행처 ㈜ **나남출판**
주 소 137-070
　　　서울 서초구 서초동 1364-39 지훈빌딩 501호
전 화 (02) 3473-8535 (代), FAX : (02) 3473-1711
등 록 제 1-71호(79.5.12)
홈페이지 http://www.nanam.net
전자우편 post@nanam.net

ISBN 89-300-0141-6
• 책값은 뒷표지에 있습니다.

나남문학선 · 41

원 무 圓舞

서종택

나남출판

■ 책머리에

나에게 문득

책을 묶을 때마다 함께 따르는 것은 즐거움과 고통이다. 즐거움은 그 동안의 일의 성과 때문이고, 고통이란 그에 대한 불만 때문일 것이다. 이번에 책을 조금 두껍게 내는 것은 내가 이전의 책을 냈을 때보다는 조금 나이가 들었다는 것 말고는 다른 이유가 없다. 꿈을 잃어갈수록 여인들의 액세서리가 늘어나듯이 나의 어떤 감당할 수 없는 허기가 책을 이전 것보다는 조금 두껍게 했다. 이 쑥스러움의 감정을 누군가가 그것은 당신의 죄의식 때문이 아니냐고 말을 고쳐주어도 나는 그것을 받아들이겠다.

이 책은 그러므로 내 문학의 유죄에 대한 변론이며, 이 서문은 그와 관련한 조서(調書)이다. 문학선을 기획하면서 출판사측은 작가서문을 되도록 길게 써줄 것을 요구했다. 다만 나를 분리수거할 뿐이라 했더니 그렇다면 그 동안 당신이 유기한 세월에 대한 어떠한 상상이나 억측도 감내해야 할 것이라고 했다. 다른 작가들의 책을 보았더니 다들 서론이 길었다. 그들도 나처럼 허기에 차 있었단 말인가?

고등학교시절, 하숙집 딸에게 장문의 연애편지를 보낸 적이 있다.

어느 날 그 편지가 온 식구들에게 돌려가며 읽혔다는 사실을 알았을 때 나는 절망했다. 은밀하게 둘이서만 나누어 가져야 할 감정을 그녀는 전기요금 고지서처럼 가족들에게 공람(供覽)시킨 것이다. 그녀는 나를 위로했지만 나는 그녀를 용서할 수 없었다. 하숙집 딸에게처럼 나는 오랫동안 은밀하게 문학에게 구애했다. 문학은 가까이 다가갈수록 나로부터 도망쳤다. 그러나 나는 그로부터 등을 돌리지는 못했다. 적어도 그는 나의 구애를 공람시키지는 않았으며 도망치지만 따라오기를 은근히 기대하고 있는 듯했기 때문이다.

나는 문학을 좋아했다. 사랑했다고 말하고 싶지만 문학 때문에 자살을 기도한 적은 없으므로 그냥 좋아했노라고 고백하겠다. 그리고 나는 오랜 시간을 문학판 언저리에서 지냈다. 언저리는 겸양의 자리이면서 동시에 치욕의 자리이기도 하다. 많은 지인과 동료들이 프레스센터에서, 출판문화회관에서 "문학상"을 타고 인사동의 〈이모집〉에서 뒤풀이를 할 때, 나는 그들을 축하해 주었지만 언제나 그들보다 먼저 취하고 말았으며 아랫배는 늘 아파왔다. 그러나 이제는 더 이상 나에게 아플 배는 없고, 더 이상 그들이 내놓는 쉬어빠진 음식에 젓가락이 가지 않게 되었으며, 다만 나의 배는 허기에 차 있을 뿐이며, 무엇보다도 문학은 그들에게도 나에게서처럼 늘 아득한 거리 어디쯤에서 손짓만을 보내고 있을 것임을 나는 알기 때문이다.

문학에의 구애가 망설여질 때가 많았다. 구애의 대상은 늘 두렵기 마련인가. 최초로 활자화된 글에 동리 선생의 칭찬이 떨어졌을 때는 나는 화가 지망생이었고, 데뷔작을 발표했을 때 나는 대학원에 다니고 있었다. 그림을 그리다가 글쓰기에 눈을 돌렸고, 글을 쓰기로 작정하면서 논문에 각주를 달기 시작했다. 딴전인가 한눈팔기인가, 내

생에 끼어들 어떤 절명(絶命)의 업(業)에 대한 막연한 두려움은 언제부터 생기기 시작한 것인지. 나는 지금도 문인과 학자 그 어느 쪽과도 화해를 얻지 못하고 있다.

나는 허기(虛氣)를 일찍 배웠다. 도화지에 그림을 그리거나 공책에 무엇을 끼적거리지 않으면 안 되었던 소년 시절의 기억은 세월이 흘러도 더욱 뚜렷해지기만 한다. 그것은 허기 때문이었다. 우리집은 부자였지만 나는 가난했다. 전쟁이 터져도, 두 아들이 한꺼번에 학살되어도 나의 조부는 그때 〈삼대〉의 조 의관처럼 논이 많았고, 우유한 모금을 위해 아이들이 운동장 끝까지 줄지어 서 있을 때도 나는 교실에 앉아 깨소금과 계란이 덮인 '벤또'를 까먹었지만, 그러나 '전쟁 유자녀'에게 주어지는 구호품인 미제 크레용을 들고 기쁨에 차서 어머니에게 달려갔을 때 어머니는 다만 소리 없이 울기만 했고 〈학원문학상〉 트로피를 들고 자랑스럽게 어머니 앞에 섰을 때도 어머니는 "니가 할 이야기가 많은가 부다" 하고 쓸쓸히 웃기만 했다. 도화지에 그리거나 공책에 끼적거리지 않으면 안 되었던 나의 허기는 어느 해부터 문득 안 보이기 시작한 기억나지 않는 스물아홉의 사내와 제과점을 차린 스물여섯의 쓸쓸한 여인의 얼굴로부터 비롯되었던 것 같다.

광주의 고등학교에 진학해서는 《자유문학》이나 《현대문학》을 뒤적거리거나, 일금 천 원이면 영화 두 편을 관람할 수 있는 동시상영 영화관을 전전했으며, 이 기간동안 나는 하숙집에 들어앉아 서른두 통의 편지를 어머니에게 보냈다. 서울의 대학으로 유학을 와서부터는 나는 더 이상 어머니에게 편지를 쓰지 않았으며, 어느 해 겨울 청파동 하숙집의 기다란 골목 어귀에서 한 여자를 끌어안았을 때 나의 오이디푸스는 비로소 끝이 나는 듯했다.

나의 대학시절 역시 고등학교시절의 우울이 그대로 이어졌다. 조지훈, 정한숙 선생에게서 문학은 책에서 배우는 것이 아니라는 사실을 알았고, 김동리, 오영수 선생에게서는 문학은 더 이상 나의 약속의 땅이 아님을 보았다. 안암동의 나의 대학시절은 고즈넉하게 쓸쓸했다. 연말이면 돌림병처럼 찾아왔던 신춘문예에는 번번이 낙방했고 '중세국어'와 '문법통론'은 F가 나왔다. 졸업이 다가오자 과의 친구들은 서두르기 시작했다. 정종병을 들고 교수 자택을 방문하여 휘문고등학교나 동대문상고의 교사자리를 노리는 축과, 학과와는 아예 혈연관계도 없는 삼성물산의 입사원서를 들고 뛰어다니는 축들 사이에서 나는 진실로 난감하였다. 그 어느 쪽도 나에게는 형벌처럼 느껴지는 곳이었다.

나의 대학원 진학은 그러므로 나의 진로에 대한 결단의 소산이라기보다는 그것을 위한 시간벌기의 도피처인 셈이었다. 대학원에서의 나의 조교생활은 송민호 교수의 연구실에 설렁탕을 배달시키는 일과 정한숙 교수의 원고 심부름을 하는 것으로 시작되었다. 김민수 교수는 시내에 외출중이면서도 조교의 근무상황을 체크했으며, 박병채 교수는 《高麗歌謠語釋研究》의 교정을 나에게 맡겼다. 조지훈 교수가 마석에 하관되던 날 무덤 속으로 함께 뒹굴던 왕학수 교수의 울부짖음 때문에 마침내 함께 울어버렸던 기억. 해마다 사월이면 "하얀 버선발로 내려선"(당시 오탁번의 시) 인촌묘소의 목련과 눈을 찌르는 선홍빛 진달래꽃 아래 아무리 누워보아도 좀처럼 잠이 오지 않았던 그 '불면의 낮'에 대한 소슬한 기억. 《구운몽》의 사상적 배경이 불교냐 유불도의 짬뽕이냐를 가지고 세미나를 벌이는 동안 나의 아홉 개의 꿈은 서서히 작아지고 생략되고 마모되어 갔으며, 서관의 시계탑은 새야 새야 파랑새야 녹두밭에 앉지 마라고, 스러지고 줄어들어 가는 나의 꿈을 달랬다.

거대한 시간의 톱니바퀴가 다소 바쁘게 회전하던 그 무렵의 나의 혼돈과 무질서와 절망의 그림자를 담은 것이 그해 겨울의 〈外出〉이었다. 이 작품은 친구들과 함께 떠난 야유회가 모티프가 되었다. "같은 물에 두 번 발을 담글 수 없는", 강물 위에서의 안단테 혹은 비바체로 다가오는 시간의 파괴적인 리듬에 대한 하나의 유추를 '발견'하는 이 이야기는 그 당시 나를 지배하곤 했던 시간의 문법이었다. 나는 그 즈음 토마스 울프의 〈천사여 고향을 보라〉나 〈그대 다시는 고향에 가지 못하리〉 등에 보이는 세계에 동의하고 있었으며, 이 작가의 짧은 생애에 대한 막연한 인인애(隣人愛) 비슷한 감정 속에 빠져 있었다. 시간은 그 당시 나에게 매우 난처한 존재―붙잡을 수도, 냄새 맡을 수도 없는, 그러면서도 그 어떠한 일도 그것 밖에서는 일어날 수 없는 엄존하는 세계―의 하나였다.

문단에 이름을 올려놓고 몇 편의 작품을 발표하는 동안 나는 석사과정을 마쳤고 모교의 강의를 맡았다. 이후 여러해 동안의 대책 없는 시간들과의 대치가 계속되었다. 낮에는 대학에, 밤에는 야간학교에 강의를 나갔다. 1970년대의 대학은 삼선개헌과 7·4 공동성명과 10월 유신과 끊임없이 이어지는 반독재 항쟁과 데모사태로 단 한 학기도 제대로 수업일수를 채운 적이 없었다. 개강과 동시에 데모가 시작되고 중간고사는 리포트로, 기말고사는 중간고사로 대체되었으며, 무장군인은 대학에 천막을 치고 상주했고, 교문은 그들에 의해 통제되었다.

억압과 감시, 수배와 투옥, 휴교와 휴업령으로 이어진 이 시기의 정치적 억압과 사회적 혼란은 1979년의 대통령 시해사건으로 종말을 고하는가 했더니 이내 1980년의 광주가 터졌다. 내가 대학생으로, 대학원생으로, 조교로, 시간강사로, 조교수로 지내온 이 기간은 나에게 상실감과 부끄러움으로 이어진 아픈 생채기 같은 세월이었다. 간밤에 내린 함박눈처럼 자유는 찾아왔지만 그것은 이내 5·16의 절망으로 이어졌고, 이후의 오랜 기간을 나는 좁은 하숙집 문간방에서 혹은 굳게 잠근 강의실 안에서 보내면서 나만의 광복절을 기다렸다. 영민하게, 혹은 한 마리의 생쥐처럼 비겁하게.

민주에의 갈증과 문학에의 허기를 나는 다만 기다림으로 해결하려 했다. 질풍과 광기의 세월이 어떻게 문학과 예술에 박차를 가할 수 있는 것인지, 억압과 궁핍이 어떻게 자유와 풍요를 담보할 수 있는 것인지를 그때 나는 몰랐었다. 세계 속에서 시인은 영원히 미성년자로 남는다고는 하지만 내가 흘려보낸 삶의 초상은 역사의 음모와 기교가 빚어낸 환영에 비하면 초라하기 그지없었다. 나는 음모와 기교가 마침내 빠져들게 될 허무의 세계를 〈수렁〉을 통하여 형상화했고, 되살아온 독재의 망령을 〈미친개〉로 현현시켰으며, 〈圓舞〉에서는 기다림이 존재하지 않는 비속한 세계 속으로 질주해 가는 한 청년의 절망을 삶의 반복되는 춤으로 그렸다.

그러나 그것들은 모두 비유의 문법을 통해서였다. 상징과 알레고리는 수사적으로 강력하지만 이념적으로 나약하다. 시대가 어수선하고 현실이 억압만을 강요할 때 작가들은 간혹 아득한 과거의 시간 속으로 도망치고 말았던 사례를 우리는 가까운 문학사에서 여러 번 보아왔다. 지금/여기가 아닌 그때/거기로 도망쳤던 과거의 역사물에 나의 초기작을 비교하는 것은 적절치가 않지만, 그러나 내가 그려낸 서사의 상당부분이 은유의 그물을 펼쳐놓고 있었음은 내 소설의 사회성보다는 형식성을 설명하기에 더 적합할 것이다. 서사적 질료가 현실에 개입하지 못하고 언어의 감옥에 갇혀 있을 때 작중인물의 행위는 현실의 구체적 상황이나 역사와 멀어진다. 작가의 개인적 상상력이 사회학적 상상력과 동기적 관련을 맺고 있는 소중한 순간은 어떤 작품에서나 쉽게 얻어지는 것은 아닐 것이다.

문학작품이 자기충족적인 텍스트의 하나라는 관점에 대해 동의할 수 없지만 그럼에도 불구하고 나는 그것이 문학에 대한 창작과 연구의 출발점이 되어야 한다는 생각에는 언제나 변함이 없다. 사회학적 상상력의 심미적 형상화란 이상적이지만 현실적으로 얼마나 어려운 명제인가를 나는 〈壁〉, 〈겨울行〉, 〈姙婦〉를 통해 확인하였다. 이데올로기나 관습의 벽이 어떻게 사람과 사람을 갈라놓고 있는가를 그려 했지만 그 실효는 의심스러운 바가 있었고, 시대의 절망을 그리기에 겨울 바다의 풍물과 삽화는 그 관계설정에 무리가 있었고, 인습과 권위가 새로운 가치로 대체되는 과정을 그리기에 임부(姙婦)의 상징성은 추상화(抽象化)가 심했다. 대학시절 강봉식, 여석기 교수의 영미 단편소설 강의에서 단편서사의 압축과 생략과 상징의 중요성에 경도되었지만, 실패한 시인이 단편을 쓰고 단편에 실패한 사람이 장편을 쓴다는 조이스의 농담이 지금까지도 나의 머리 속에는 진담으로 남아 있다.

오랜 강사시절을 마감하고 대학의 전임교수가 되면서 나는 창작에의 각오를 새로이 했지만 그러나 실제에 있어 쓰기보다는 읽기에 몰두하는 시간이 많아졌다. "한국 근대소설 작중인물의 사회갈등 연구"로 학위논문을 준비할 즈음 나는 에리히 아우어바흐를 만났다. 그가 보여준 《미메시스》의 텍스트와 컨텍스트의 상호성에 대한 면밀한 분석과 통찰은 나의 그 동안의 창작과 비평의 제반문제들에 대한 시원한 암시였다. 그것은 새로운 것은 아니었지만 중요한 것이었다. 문학작품에서보다는 그것을 읽어내는 방식에 대한 책에서 받은 감흥은 이후 나의 독서에 유의미한 해석적 관점을 제공해 주었다.

언어적 문맥과 사회적 문맥의 상호성, 사회적 약호(code)로서의 소설에 대한 인식이 깊어질수록 나의 서사는 조금씩 풀어졌다. 〈겨울나기〉, 〈밤의 소리〉, 〈줄칼〉, 〈白痴의 여름〉은 이야기를 풀어써보려는 시도가 가미된 것들이었고, 이야기가 조금 길어진 〈白痴의 여름〉에서는 그 정도가 더했다. 단편서사는 오히려 시적 영역에 가깝다는 그 동안의 생각이 역으로 확인되는 순간이었다.

문학교수와 작가는 이혼하지 못한 부부처럼 불행한 관계라는 것을 나는 시간이 지날수록 실감했다. 예술이 쇠퇴할 때 학문은 번영한다고 했던가. 그렇다면 학문이 쇠퇴하면 예술이라도 번영해야 할 나에게는 그것이 찾아오지 않았다. 지식은 예술이 아니라는 것을 모르는 것은 아니지만 나는 대학에서의 나의 최소한의 의무수행을 위해 연구비를 신청하고 논문에 각주달기를 계속했다.

모교 국문학과로 자리를 옮기고 안식년이 되어서는 외국에 나가 시간도 보내고 연구소 일도 맡아보고 문예창작과를 만들어 창작교실을 열어보고 하던 어느 해, 나는 마침내 문학의 창작가가 아니라 문학의 향유자로 서 있는 모습을 발견하고 새삼 놀라고 말았다. 도저한 문학의 침묵 앞에서 나는 한 마리의 애벌레처럼 왜소해지기 시작했다. 나의 문학강의는 조금씩 신명을 잃어가고 있었고, 나의 글쓰기는 매번 컴퓨터 모니터의 커서처럼 깜박거리고 있기만 했다. 권태도 습관인가. 문학이 내린 나의 유죄평결은 1990년대를 지나면서 그 혐의가 확실해졌다. 그리하여 작가란 고등고시의 산물이 아니라 천형(天刑)의 산물이라는 것, 소설은 생산하는 양식이 아니라 생산되는 양식이라는 것, 그러므로 작가는 모름지기 운명적 존재이지 않으면 안 되는 것이라고 학생들을 위협하기 시작했다. 이는 구애를 받아주지 않은 애인에게 퍼부어대는 외경이자 저주였다. 그리고 나는 1998년에 나온 창작집의 서문에서 이렇게 자신을 변호했다.

> 여러해 동안 소설을 못 쓰거나 안 썼다. 쓰는 일의 즐거움과 고통으로부터 도망쳐 소설의 문 밖에 서 있었다. 이야기가 없어서가 아니라 이야기하는 방식들이 나를 그렇게 오래 서성거리게 만들었던 것 같다. 여기 모은 작품들에는 지난 시절의 열기와 생채기가 고즈넉이 배어 있다. 이런 형태로나마 나는 저 백치 같은 세월들을 보듬고 있었나 보다. 사람들이 상처에 대해 관심을 갖는 것은 그것을 치유하기 위해서보다는 아마도 함께 아파하고자 해서일 것이다. 우리들의 삶이란 어차피 이러한 상처들의 마주침에 다름 아니고 그 속에서 또한 사람들은 자기 존재의 근거를 찾을 수 있을 것이기 때문이다. … 이제 소설에 대해 어떤 신념은 갖지 않기로 했다. 신념이 늘 편견으로 변해버리곤 하는 아이러니가 재미있다(《백치의 여름》, 나남, 1998).

나는 이렇게 소설의 문 밖에서 오래 서성거리고 있었다. 망설임과 한눈팔기가 오래 지속되고, 나는 죄의식의 무게를 감당할 수 없어서 스스로 처벌을 받고자 잘못에게 벌을 구하는 라스콜리니코프, 혹은 무엇 때문에 자신이 고발당한지도 모르고 자신의 생애와 과거를 돌아보며 자신의 죄를 찾아헤매는 K처럼 다만 소설 앞에서의 나의 실존을 두려워하고 있었다.

2003년 추석이 가까워 올 무렵 어머니가 세상을 떠났다. 어머니는 숨을 거둔 지 이틀 후에 암을 앓고 있던 둘째 아들도 함께 데려갔다. 어머니는 묻고 아우는 태웠다. 내 생애의 가장 길고 아득한 일주일이었다. 어머니를 떠나보내면서 나는 "오늘 아침 어머니가 죽었다. 수도원으로부터 그 전보는…"으로 시작되는 서양의 어떤 소설의 첫 대목을 떠올렸다. 나는 그때 시작과 끝을 짐작할 수 없는 어떤 이야기들이 안개 속을 헤치고 나에게 가까이 다가오는 소리를 들었다. 나에게 문득 유년(幼年)이 찾아왔다.

2004년 8월

서종택 문학선

원무 圓舞

차례

소설 小說

수 렁

나는 버스에서 내려 시계를 보았다. 세시 오 분 전. 저만큼 바라다
보이는 지하다실 〈아담〉 쪽으로 걸음을 옮기면서 나는 조금 우스운
생각이 들었다. 그가 나에게 한 번 만나기를 제의해 온 것은 조금 엉
뚱한 요구였다. 그것만으로도 우선 나를 설레게 할 이유는 되었다.
그리고 나는 마치 자기의 치부(恥部)를 한 번 통째로 내보인 적이 있
는 사람을 다시 만나러 가고 있는 사람과 같은 기묘한 감정을 동반하
고 있었다.

나는 그 어지러운 감정을 떨쳐버리듯 바쁘게 지나는 행인을 구경하
였다. 많은 사람들이 마치 웅웅거리는 벌떼처럼 한데 엉켜 눈앞에 흔
들거렸다. 13층 건물의 U회관 모서리에서부터 시작된 긴 군중의 행
렬. 그것은 보도 위에 잠깐 떠올랐다가는 곧 어디론가 흘러가버렸다.
그러나 어디에서부턴지도 모르게 다시 그 뒤를 잇곤 하는 꿈틀거리는
군중의 행렬. 그 위에 늦여름의 강한 햇살을 받으며 U회관은 하얗게
번쩍이고 있었다. 나는 문득 앞을 흐르고 있는 군중을 개미들의 행렬
이라고 생각해 보았다. 그리고는 곧 생각이 끊기어 버렸다. 어느 사
이 나의 발걸음은 지하다실 〈아담〉의 아크릴 밑에 멈춰 있었다.

내가 층계를 내려섰을 때, 푸르스름한 형광등의 조명을 받으며 사나이가 벌떡 일어서고 있는 게 보였다. 내가 그에게 가까이 다가가자,

"안 나오실 줄 알았습니다."

하고 짧게 말했다.

내가 하려고 했던 말을 그가 먼저 해버렸기 때문에, 그리고 그 말은 이런 경우 듣는 편이 열세라는 나의 관념 때문인지, 나는 기분이 언짢아져서 그냥 빙긋이 웃어주었다. 그러자 사나이는 또,

"밖은 덥지요?"

하고 웃어보였다.

"제법이다. …"

하고 나는 그때 생각했다. 하얗게 솟은 13층 건물의 U회관과 그 밑을 흐르는 '개미떼' 같은 군중의 행렬, 사나이를 만난다는 데 대한 이상한 긴장, 혹은 그가 약속을 지킬 것인가 하는 따위에 생각을 뺏기면서 멍청히 들어선 나에게, 그는 분위기에 알맞게 적당한 말들을 골라 연거푸 말을 던져 온 것이었다.

"그날은 실례가 많았습니다."

자리에 앉으면서 그는 히쭉 웃었다. '그날'이란 T출판사 동료 교정원 김(金)의 결혼 전날이었다. 축하랍시고 연거푸 얻어마신 술이 지나쳤는지 손잡이에서 손을 떼고 옆사람에게 몸을 떠맡긴 채 시달리고 있었던 만원버스 안이었다. 나는 몽롱해진 의식 속에서 다음날 있을 김 군의 결혼식 장면을 그려보고 있었다. 자식, 한 달에 겨우 7만 원을 받는 주제에 장가는 가야겠다는 게지. 그 돈이면 둘이 먹을 쌀값은 되는군. 어찌 되든 우선 기분은 좋겠다. 그리고 우리 대(大) P출판사의 박 사장이 주례를 서시고…. 그렇지만 난 조금 서운하게 되었군. 봉급날이면 밤골목을 헤치며 여자를 사러 다니던 동반자가 하나 없어졌으니 ….

나는 버스가 멈출 때에야 비로소 자신이 서 있는 곳을 생각해냈고, 버스가 출발하면 다시 나의 생각은 결혼식장으로 달려갔다. 나는 또

김의 신혼생활의 자세한 구석까지 그러나 봉급 7만 원에 알맞은 한도 내에서 아기자기하게 상상해 주고 있었다. 버스가 원남동 로터리를 지날 때, 그 사나이가 나를 노리고 있음을 알았다.

노리고 있었다—지금 생각하면 그것은 적당한 표현이 아니긴 하다. 그러나 그 사이 사나이는 내 즈봉의 왼쪽 포켓을 이미 점검하고 난 뒤였다. 버스가 옆으로 기우뚱하고, 때마침 〈이화약국〉이라고 쓰인 간판이 있는 곳에서 많은 사람들이 웅성거리고 있어 고개를 그쪽으로 돌리며 몸을 뒤틀었을 때 선뜻 그것을 방해하는 것이 있었다. 순간 나는 포켓을 내려다보려고 하였는데 그것은 생각뿐이었다. 그날 나의 주머니에는 동전 몇 개가 남아 있을 뿐이었다. 그러나 그것은 이유가 되지 못할 것이었다. 나는 곧 자세를 바로했다.

마침내 사나이의 길고 가느다란 손이 (나는 그때 그의 손가락의 길이가 한 자쯤은 실히 될 것이라고 생각했다) 뒤 포켓을 뒤지기 시작했다. 그동안 나는 술이 깨어버린 듯했다. 그리고 옆구리에 끼었던 R교수의 《제五혁명》(第五革命)의 초교(初校)를 힘주어 껴안았다. 나는 버럭 소리를 지르거나 녀석의 손목을 탁 쳐내지는 못하였다. 녀석의 얼굴조차 돌아다볼 자신이 없었다. 그보다도 그것은 이상한 형태의 불안(不安) 속으로 나를 끌고 들어가는 것이었다. 가령 어느 한적한 골목 어귀를 지나면서 마침 밑으로 흘러내린 스타킹의 주름을 펴기 위해 황급히 스커트를 올리고 있는 숙녀의 하얀 허벅지를 보았을 때, 그리고 그녀의 당황한 시선에 오히려 이쪽에서 그만큼한 양의 당황을 내보이고 말았던 그런 경우를 맞이하고 있는 기분이었다. 그때 나는 녀석의 손놀림이 너무 대담하다고 생각했고, 그 버스가 혜화동 천주교회 앞을 지날 때 녀석의 손은 상의의 왼쪽 포켓을 조심스럽게 눌러보고 있었다.

"이 자식이…."

나는 갑자기 신경질이 나기 시작했다. 그러나 시간이 흐르자 나는 차츰 평온을 회복할 수 있었고, 마침내는 그가 주머니를 뒤지기에 편한 자세를 취해 주었다. 그것은 어찌해 볼 도리가 없었던 나의 엉뚱한 반격이었다. 예상했던 대로 그의 손이 속주머니 깊이 들어왔다. 그 속에는 오래되어 해진 수도세며 전기세의 납세고지서가 들어 있었는데 그의 손끝은 돈과 그것들을 잘 구별해 냈다. 나는 이내 당황하기 시작했다. 이제 그는 손을 빼내려 하지 않았기 때문이었다. 나는 온몸이 오싹해짐을 느끼면서 그의 손끝을 움직일 때마다 가늘게 몸을 뒤틀곤 하였다. 그는 점점 거칠어지기 시작했다. 나의 주머니는 그의 손끝에 의해 찢어질 듯 후벼지고 있었다. 무엇인가 잃어버린 미세한 물건을 찾아헤매듯 그는 꽤 깊은 주머니 속을 안타깝게 흔들어대기조차 하였다. 안타까운 듯이. 그렇다. 그는 무엇인가 불만에 가득 찬 손놀림을 심하게 해대며 이미 바닥이 드러난 주머니를 후비기를 계속하였다.

버스가 삼선교를 지났으나 아직도 만원인 채로 덜커덩거리고 있었고, 나는 그의 손놀림을 저지할 방법을 생각하느라고 이마를 찡그린 채 몸을 뒤틀고 있었다. 나는 갑자기 고개를 돌려 그의 귀에 대고 속삭이듯 말했다.

"돈이 없지요?"

사나이는 흠칫 놀라며 나를 마주 쳐다보았다. 그때 그의 표정은 황홀한 꿈에서 막 깨어난 사람 같았다고 한다면 그것이 아마 가장 적당한 표현이 될 것이다. 내가 놀란 것은 그때까지도 그는 나의 주머니에서 손을 빼내는 것을 잊고 있는 것이었다. 차창 밖으로부터 새어들어 오는 불빛에 그의 눈이 재빠르게 번득이고 있었다.

"실례했습니다."

아주 당연한 소리를 해놓고 그는 흩어진 머리를 쓸어올리며 히쭉 웃었다. 아주 낭패한, 그러나 자세히 보면 그것은 영락없이 울고 있는 듯하던 사나이의 얼굴을 보고 나는 그때 이상한 기분에 사로잡혔다. 그리고 그에게 미리 그것을 저지시키지 못한 자신이 몹시 싫어졌다. 변명이 허락된다면, 그날 나는 술에 취해 있었고, 주머니에 돈이 없었으며, 사실상 주머니를 뒤지는 따위의 얌생이꾼에 대한 평소 나의 인상은 특히 나쁜 것이었고, 그리고 징그럽기조차 한 사나이의 손끝의 향방(向方)에 대해 기묘한 호기심에 들떠 있었고, 그것은 또 언젠가 한 달치 월급을 고스란히 그들에게 바쳐버린 사건에 대한 보복도 조금 끼어 있었다고 해야 할 것이다. 아니다. 솔직히 말해서 나는 그때 어찌해 볼 도리가 없었다고 해야 할 것이다.

버스가 미아리 고개를 넘어설 때까지 나는 그에게 무슨 말을 하려고 하였는데 그것이 어떤 류의 것인지 구체적인 아무것도 떠오르지 않았다. 내가 고개를 돌려 그의 얼굴을 슬쩍 훔쳐본 순간, 아까부터 나를 살피고 있었던 듯하던 그의 시선과 마주쳤다. 그는 황급히 차창 밖으로 시선을 옮겨버렸다. 그리고는 고개를 꺾고 잠시 생각에 잠겼다. 몹시 기가 죽어 얼떨떨한 자세로 서 있는 그의 초라한 꼴을 보고, 그리고 조금 전 내가 그에게 건넸던 말이 떠올라 나는 순간적으로 키익 웃었다. 그러자 사나이는 또 한 번 놀란 토끼처럼 고개를 번쩍 들어 나를 쳐다보았다. 그 바람에 나는 호호호 하고, 옆사람들이 나를 쳐다보는 깃도 모르고 큰소리로 웃어버렸다.

"왜 웃으십니까. …"

사나이는 머리를 쓸어올리며 몹시 수줍어하는 나직한 음성으로 나에게 항의했다. 그리고는 자신도 마치 간지럼이라도 타고 있는 사람처럼 키들키들 웃고 있었다.

"그날은 덕분에 아주 취해버렸습니다."

나는 그에게 담배를 건네며 처음으로 입을 열었다. 우리는 그날 우연히도 같이 내리게 되었는데 (지금 생각하면 그가 일부러 나를 뒤따라 내렸던 것 같다) 나는 몹시 우울한 기분이 되어 〈오뎅센터〉라고 쓰인 술집 앞에서 주머니에 손을 찌르고 망설이고 있었다. 그때 등뒤에서 "오늘은 제가" 하고 그 더벅머리가 나타난 것이었다.

"선생의 주머니엔 동전 몇 개밖엔 …."

사나이는 또 한 번 히쭉 웃으며 아주 천진스러운 얼굴로 자선의 호의(好意)를 고집했다.

술을 마시면서도 그는 순간순간 깊은 우수에 잠기곤 하였는데 그것은 또 무엇인가를 몹시 말하고 싶어하는 사람의 안타까운 표정으로 변하기도 하였다. 나는 그의 표정을 살피고 있는 동안 다음날 김 군에 주기로 해두었던 축사의 몇 구절을 다 까먹어 버렸었고, 약간의 긴장을 느끼기도 하였다.

결국 우리는 약속했다. 수줍어하는 애인들처럼 우리는 그 약속을 조심스럽게 받아들였다. 그리고 나는 이날, 그가 안 나올지도 모른다는 생각을 하면서도 지정한 장소에 나왔는데 그것은 얌생이꾼에게 얻어 마신 술에 대한 반환의 심리가 크게 작용했다고도 해야 할 것이다.

우리는 서로의 얼굴을 마주본 채 무엇인가를 기다리고 있었다. 서로 말이 없게 되자 나는 이 작자와의 약속은 처음부터 잘못된 것이 아닌가 하는 생각이 들었다.

"형씨가 그때 내 주머니를 뒤질 때 난 처음부터 다 알고 있었지요."

나는 상대방을 골려주려고 하는 사람의 표정을 만들어 보이며 말했다. 그러자 사나이는 비로소 자기 얘기의 실마리라도 찾은 듯 갑자기 밝은 얼굴로 나를 쳐다보았다.

"그건 저도 알고 있었습니다."

나는 놀랐다. 나의 가슴 어딘가에서 어느 한 기관이 활동을 중지해 버린 듯한 긴장감이었다.

"알고도 그짓을 계속했단 말이오?"

나는 화난 음성으로 물었다.

"아닙니다. 제가 말을 잘못했습니다." 그가 황급히 손을 내저었다. "그렇지만 선생께서 그걸 알건 모르건 상관하지 않았던 것 같습니다."

"그렇다면 …."

사나이는 옆에 서 있는 사람의 주머니를 모두 자기 것으로 생각해 버릴 만큼 돈을 훔치는 데 자신이 있다는. 말인가. 사나이는 히쭉 웃으며 왼쪽 턱 가까이의 칼자국 같은 흉터를 만지작거리고 있었다.

"교도소엔 몇 번이나 갔었소?"

나는 조금 경멸하는 투로 말했다.

"세 번입니다" 하고 그는 짧게 대답했다. 말하면서 주위를 두리번거렸다. "그건 모두 선생의 주머니를 뒤지던 때와 같은 경우였습니다. 모두 최근의 일이지요."

모르는 일이었다. 그러니까 그날 밤 내가 포켓을 내려다볼 자신이 없었음을 그는 이미 알고 있었단 말인가. 그러나 그것은 전혀 상식에 맞지 않는 소리가 분명하였는데도 나의 머리 속에는 사나이의 손끝의 향방(向方)에 몸을 움츠리며 무언가 그에게 내보이지 않으려는 듯 몸을 꼬면서 그가 빨리 손을 빼가기만을 기다리던 기억만이 가득 차 있었다. 왼쪽 포켓에 무엇이 걸렸다고 느끼기도 전에 어느 사이 오른쪽 포켓 깊은 곳에 들어와 있던 사나이의 한 자나 되는 손. 그 미끄러운 손의 날렵한 이동. 그의 손끝은 나를 해부하는 의사의 그것처럼 크레졸 냄새를 풍기며 나의 깊은 곳을 건드렸다. 그리고 나는 기민한 벌레처럼 몸을 움츠렸던 것이다.

"나와 같은 경우라면 …?"

그는 거짓말을 하려는 소년처럼 탁한 음성으로 말했다. 나를 허수아비로 생각했었느냐는 뜻의 질문에 그는 예기치 않았던 얘기를 털어놓았다.

"물론 만원버스를 골라 탑니다. 버스에 오르면 아무나 하나 점찍어 놓고 접근합니다. 처음엔 말쑥한 신사차림이나 밍크 코트만 골랐지만 오히려 그게 헛수고할 때가 많았습니다. 허스름한 골덴복을 입고 있던 중년 남자에게서 사만 원을 빼낸 뒤로부터는 그런 생각은 버리기로 했습지요."

그는 신경질적으로 성냥을 드윽 그어 담배를 피워 물었다. 그리고는 고개를 떨군 채 잠깐 생각에 잠겼다.

"그런데 말입니다" 하고 그가 다시 꺼져가는 음성으로 말했다. "요즈음은 이상해졌습니다."

"그럼 발각되는 횟수가 잦아졌단 말인가요?"

"그렇지만, 그것보다두…."

"기술이 점점 늘 것 아닙니까?"

"기술이오?"

"그렇지요."

"그 기술이란 이미 다 배웠지요. 이짓을 해온 지가 벌써 십 년이 넘으니까요."

"그렇다면…."

"처음엔 돈보다도 상대방이 눈치를 챘느냐 못 챘느냐에만 신경을 썼습니다. 그러면 돈은 쉽게 얻어지곤 했지요. 그러던 것이 이젠 생각이 바꾸어졌습니다. … 주머니에 손을 넣으면 손은 어느덧 저의 생각과는 달리 제 마음대로 움직이게 됩니다. 저는 그러니까 그 손끝이 시키는 대로 따라다니지요. 손은 마침내 그의 속주머니 깊숙이 들어가 있게 되고 저는 그럴 때면 황홀해져서 몸을 떱니다. 제 몸뚱이가 송두리째 그의 속으로 들어가고 있다는 착각이지요. 그리고는 더 깊숙이 넣어보고 싶은 생각에 곧 안타까운 심정이 됩니다."

수족관 속의 열대어를 바라보고 있는 그의 눈길이 몹시 초조하였다.

"언젠가는 손을 넣자마자 손끝에 주머니의 밑바닥이 걸려 화가 나서 그걸 면도로 잘라버렸습니다. 어깨를 붙들려 곧 파출소로 끌려가긴 했습니다만…."

날카로운 부리를 가진 검은 빛깔의 열대어가 흰 비늘을 가진 다른 한 놈을 열심히 쫓고 있었다. 수포(水泡)가 피어오르고 해초가 심하게 흔들렸다. 사면의 유리벽에 둘러싸인 그들은 밖으로 내다보이는 세계가 모두 그들이 살고 있는 곳과 같은 곳이라고 생각한 것일까. 그리고 그쪽으로 재빠르게 달려가려 했다가 이내 앞을 가로막고 서 있는 벽이 무엇인가를 그들은 알고 있을까. 눈에 안 보이는, 그러나 뚜렷이 존재하는 저 벽을 그들은 알고 있을까. 착각이다. 착각보다 더 무섭다. 저 유리벽은 차라리 불투명했어야 한다. …

사나이의 신음 같은 한숨소리에 나는 문득 열대어에서 생각을 거두었다. 사나이가 꺼진 담배에 다시 불을 붙였다. 그가 내쏟는 연기가 나의 얼굴에까지 밀려와 저질 담배의 매캐한 냄새를 풍겼다. 그가 오른쪽 손을 들어다 탁자 위에 펴 보였다.

"…이게 남의 주머니에 들어가 밑바닥을 빙빙 돌며 춤을 추게 되면 때로는 돈을 꺼내오는 일도 잊어먹을 때가 많지요. 그런데 요즘은 그것마저 너무 쉽게 꺼내오기 때문에 사람들이 모두 바보처럼 보입니다."

나는 그의 말을 다 듣지 못하였다. 다만 그의 입에서 '춤을 춘다'는 말이 튀어나왔을 때 나는 하마터면 소리를 지를 뻔하였다. 아, 나의 할아버지도 그때 춤을 추고 있었다—나는 그에게 할아버지를 소개했다. 그의 직업이 백정(白丁)이었다는 사회적 신분이 주는 천대를 나는 다른 한 곳에서 열심히 보상해 주려고 하였다. 나의 어린 시절의 대부분을 보냈던 '자릿골'은 그러나 흔히들 말하는 추억의 고장이나 분홍빛 베일을 통해서만 세상을 바라볼 수 있었던 곳은 아니었다. 주억은 아름다운 것이라고 누가 말했던가. 나의 할아버지가 '칼잡이'였기 때문에, 그리고 나의 어린 시절의 연상의 대부분이 소를 주제로 한 붉은 빛깔의 색종이에만 그려질 수밖에 없었기 때문에 나는 추억은 항상 아름다운 것이라고는 말하지 못한다. 이웃 동네에 살았던 소녀 숙희와의 소년적 애정도 결국은 소에 의해 붉게 물들여졌고 그것은 또 나의 기억의 한복판을 차지하고 있는 지워버릴 수 없는 붉은 반점이었다.

진눈깨비가 바람에 몹시 흩날리던 겨울, 설(음력)을 사흘 앞둔 자릿골의 장날이었다. 장날이 되면 나의 할아버지는 새벽길로 쇠전머리로 나갔다. 그날 나는 학교에서 숙희를 데리고 우리 동네까지 왔었다. 책가방을 옆구리에 끼고 나는 숙희와 함께 소를 매둔 창고쪽으로 향했다. 바쁘게 북적대는 시장통의 인파 사이를 지나면서 나는 숙희의 어깨를 붙들고 몇 번이고 가슴을 떨었다.

"우리 할아부진 무용가다."

나는 숙희의 손목을 꼬옥 쥐고 수없이 이런 말을 지껄이며 쇠전머리쪽으로 달렸다. 어물전을 지나고 쌀가게를 지나서 멀리 방둑으로 뻗은 개울을 끼고 우뚝 세워진 창고. 그곳이 매일 할아버지가 나가는 곳이었고 그 속으로 들어간 소는 고기가 되어 나왔다. 그리고 그 개울은 끌려간 소들의 피로 붉게 물들어 있었다.

나는 숙희를 이끌고 창고 뒷켠으로 갔다. 마침 공지(空地)에는 두 마리의 소가 말뚝에 매어져 있었고 그 창고 속에서는 몹시 둔한 소의 신음소리가 짧게 두 번 들려왔다. 나는 판자 구멍 사이로 안을 들여다보았다. 할아버지는 그때 무릎을 꿇고 쓰러지고 있는 소의 등을 손으로 쓰다듬고 있었다. 어둠침침한 창고 속에는 작은 석유등잔이 희미하게 흔들리고 있었다. 누워 있는 소의 잔등을 쓰다듬고 있는 할아버지의 표정은 무겁게 굳어 있었다. 이윽고 그는 조심스럽게 두 개의 소뿔과 꼬리털을 칼로 잘라내었다. 석유등잔의 불빛에 할아버지의 손에는 칼끝이 날카롭게 번득였다. 나는 안타까운 생각이 들었다. 할아버지는 그의 춤을 숙희에게 보여주지 않으려 하였다. 쓰러진 소를 밖으로 꺼내고 있는 사람은 이웃집 곰보 아저씨였다.

"조금 일찍 올 걸 그랬다."

내가 몹시 분해하는 음성으로 말했을 때 판자 구멍에 눈을 대고 있던 숙희가 나의 귀를 잡아당겼다.

"저거 보아!"

또 한 마리의 소가 커다란 눈을 끔벅이며 끌려들어 오고 있었다. 나는 순간 심장의 고동이 다급하게 뛰고 있었고 함께 들여다보던 구멍을 숙희에게 양보해 주었다. 그리고 나는 작은 구멍을 차지하고 안을 들여다보았다. 소가 들어오자 할아버지는 손에 들었던 소뿔을 조심스럽게 벽에 걸었다. 그리고는 서서히 소의 주위를 돌기 시작했다. 곰보 아저씨에게 고삐를 잡힌 소는 그 커다란 눈을 끔벅이며 할아버지 쪽을 향했다. 흔들리고 있는 석유등잔의 불빛에 할아버지의 파랗게 밀어버린 웃머리가 희끄무레하니 빛나고 있었고 창고 안벽에서는 두 개의 그림자가 커다랗게 너울거렸다. 할아버지는 둥그런 원을 그리며 소의 주위를 돌았다. 나는 숨을 죽이고 있는 숙희에게 그것을 설명해 주었다.

"곰보 아저씬 고삐를 말뚝에 매두고 마구 도끼질을 해대지만 우리 할아부진 저렇게 돌기만 한단다. 두고 보아. 니도 모르는 소가 쓰러져 있을 테니."

나는 할아버지의 조용한 선회(旋回)를 셈하고 있었다. 세 바퀴를 돌고 나자, 할아버지의 오른손에는 조그마한 쇠막대기가 들려 있었다. 소는 마치 할아버지와 장난이라도 하듯 네 다리를 엇바꾸어 디디며 몸을 옆으로 뒤틀었다. 그때마다 곰보 아저씨는 소의 자세를 바로잡기에 안간힘을 썼다. 세 그림자가 창고 안 벽에 커다란 무늬를 그리며 너울거리고 있었다. 소는 점점 빠르게 다리를 헛디디며 할아버지 쪽을 향했다. 할아버지는 문득 걸음을 세우고 소와 정면으로 마주섰다. 세 개의 그림자가 잠깐 벽에 얼어붙었다. 할아버지가 빠르게 소에게 다가갔는가 하자 소는 심하게 비틀거리기 시작했다. 할아버지가 손에 들었던 쇠막대기를 내려놓자 곰보 아저씨가 고삐를 놓았다. 할아버지는 소의 오른쪽 다리를 붙들고 한쪽으로 밀어냈다. 소와 할아버지는 씨름이라도 하듯이, 아니 춤을 추는 형상으로 한데 엉켜 있었고, 흔들거리는 등잔은 그 모습을 커다랗게 벽에 그려놓았다. 요란하게 흔들리던 네 개의 형체가 갑자기 조용해지면서 소와 할아버지는 동시에 무릎을 꿇었다. 할아버지는 잠재우듯 소의 잔등을 쓰다듬어 주었다. 소의 입에서는 붉은 피가 가늘게 흘러나오고 네 다리로 땅을 몇 번이고 차보다가는 곧 조용해졌다.

할아버지는 일어나 숨을 가쁘게 몰아쉬며 목덜미의 땀을 닦았다. 흔들리고 있는 석유등잔 아래서 누워 있는 집채같이 큰 소. 그 옆에 서 있는 할아버지의 피곤한 모습. 판자 구멍 사이로 들여다보이는 그 풍경은 기묘한 구도를 이루면서 번득이는 귀기(鬼氣)로 나를 압도해 왔다. 검정 빛깔의 버선에 짚신을 동여맨 할아버지의 아랫도리가 엄청난 크기로 우리쪽을 향해 천천히 움직였다.

우리는 구멍에서 눈을 떼었다. 숙희는 그의 눈동자의 흰자위가 온통 하얗게 뒤집힌 채로 멍하니 서 있었다. "늬네 할아부진 말이야" 숙희는 그때 입술을 파르르 떨면서 나를 쳐다보았다. 그리고는 "꼭 귀신같애" 하고 말해 놓고는 개울물을 첨벙거리며 시장 쪽으로 달아나버렸다. 우리에게 가장 저주(詛呪)와 신비의 대상이 되었던, 그러나 한 번도 본 적이 없는 '귀신'이라는 유령을, 숙희는 그때 칼잡이였던 나의 할아버지를 통해 실체를 본 것이었다.

그날 나는 밤늦게 돌아온 할아버지에게 낮에 보았던 광경을 그대로 전해주었다. 할아버지는 그날 밤, 내가 살아가는 동안 처음으로 무서운 얼굴로 나를 심하게 때렸다.

"이 녀석이 공분 않구! 공분 않구!"

할아버지는 나를 때릴 때마다 몹시 큰 소리로 고함을 질렀고, 나의 몸뚱이에 수없이 와 부딪치는 그의 손바닥에서도, 그리고 내가 쓰러지며 잡았던 그의 무명 잠방이에서도 비릿한, 소가 죽는 냄새가 났다.

"저 자식이 한 번만 더 오믄 그땐 네년이 맞을 줄 알아!"

옆방에서 들려오는 할아버지의 고함소리를 들으며 나와 어머니는 이불을 뒤집어쓰고 함께 울었다.

"선생의 부친께서는 그럼 …?"

사나이가 조심스럽게 나를 살폈다.

"제가 네 살되던 해 가을엔가 소뿔에 찔려 돌아가셨다고 합니다. 할아버진 아들이 그렇게 죽은 걸 두구두구 부끄러워했지요."

선풍기 돌아가는 소리가 날카로운 음향으로 나의 신경을 건드렸다. 우리는 서로의 얼굴만을 조심스럽게 살피고 있었다.

"선생의 할아버지께서는 그러니까 소와 함께 춤을 춘 셈이군요." 사나이가 이마를 심하게 좁혔다. "그렇지만 저의 경우는 다르지 않습니까?"

"아닙니다. 그때 제 할아버지께서도 혼자였습니다. 소는 다만 다리를 헛디디며 빙빙 돌았을 뿐이고 그것이 마치 할아버지와 함께 춤을 춘 형상으로 보였을 뿐입니다."

"혼자…."

사나이가 낮게 중얼거렸다. 흩어진 머리를 쓸어올리고 있는 그의 손가락이 가늘게 떨렸다. 사나이는 그의 손끝이 이끄는 대로 춤을 추었다. 할아버지는 소의 주위를 돌면서 마치 신들린 사람처럼 날뛰었다. 그리고 그것들은 모두 혼자였다는 것이었다. 혼자, 그런데 그것은 어떤 상관이라도 있는 것일까. 답답해지기 시작했다. 우리가 주고받은 얘기는 결국 무엇이었을까.

"얘기를 더 듣고 싶습니다."

그가 정중하게 나에게 요구했다.

소를 주제로 한 그 붉은 빛깔의 기억의 파편들은 이제 그에 의해 다시 내 앞에 펼쳐지려 하고 있다. 가능하다면 그것들에 관련한 모든 것을 그에게 모조리 들려주어 버리고 싶어졌다.

"…결국 할아버지께서는 춤추는 일을 스스로 그만 두셨습니다."

사나이의 눈길이 몹시 초조해 보였다. 찻잔을 잡은 그의 손이 잠깐 떨렸다.

"말하자면 장구가 소리를 내주지 않았던 그런 경우였겠지요."

얘기의 비약이 심했던 것일까. 사나이가 잠시 어리둥절해 있을 때, 나는 자리에서 벌떡 일어서고 말았다. 누구에게 향한 것인지 모를 알 수 없는 분노가 나를 휩싸 안았다.

"가시렵니까?"

사나이가 다급하게 물었다. 나는 다시 자리에 앉았다. 그리고는 곧 자리에서 일어섰다.

지하다실의 기다란 층계를 오르고 있는 어깨 너머로 그가 속삭이듯 나에게 말했다. "요 다음 일요일이 며칠이지요?"

우리를 몹시 긴장시켰던 춤에 관한 얘기가, 그와 다시 만나기까지의 일주일 동안 나를 괴롭혔다. 교정에 능하다는 평을 듣는 나는 《제五혁명》(第五革命)이라는 작은 책자를 4교까지 수고해야 했다. 출퇴근 버스의 한중간에서 나는 내 속에 어느 가느다란 손이 깊숙이 들어와 닿는 착각에 몸을 뒤틀었고, 가로등이 켜 있지 않는 미아리의 기다란 골목 어귀를 지나면서 문득 앞을 가로막고 서 있는 한 마리의 황소를 보고 걸음을 멈추곤 하였다.

나는 그를 다시 만나지 않을 수 없었다. 그 춤에 관한 어느 정도의 이해가 우리에겐 필요했다. 그리고 기술이 늘 텐데도 불구하고 발각되는 횟수가 부쩍 잦아졌다는 사나이의 꺼져가는 음성을 나는 좀더 구체적인 상황으로 받아들여야 할 것 같았다. 할아버지와 더벅머리 사이에 끼인 춤을 나는 어떻게 받아들여야 할 것인가. 사나이는 많은 이야기를 가지고 있는 듯이 보였다. 그리고 그는 그날 밤 나 아니면 다른 한 사람을 아무라도 붙들고 자신의 얘기를 털어놓았을 것이다. 그만큼 그는 답답해 있었고 무엇엔가 쫓기듯 초조해 있었다. 소를 잡는 데 남달리 기이한 방법을 썼던 할아버지의 취향(趣向).

사나이는 할아버지의 모습에서 무엇인가 자신의 것을 찾으려 하였다. 할아버지에 대한 그 후의 얘기를 마저 들려준다면 그것으로써 다 해질 수 있을까. 또 그럴 만큼 그들 사이에는 커다란 상관이라도 있는지 모르겠다.

하얗게 솟은 U회관 밑으로 군중의 행렬이 길게 이어지고 있었다. 나는 며칠 전 그것을 '개미떼'라고 생각했었다. 개미떼. 그렇다면 그 위를 누르고 있는 13층의 철근 콘크리트 건물은 무엇에 비유될까. 나는 또 그것을 모래성이라고 생각했다. 그리고 그 거대한 철근의 성곽(城郭)은 마침내는 개미들에 의해 서서히 붕괴될지도 모르리라. 나는 문득 R교수의 《제五혁명》을 떠올렸다. 그것은 정치적 혼란이 심했던 제국의 혁명사(革命史)와 그것이 이루어지는 여러 양태(樣態)를 적은 것이었는데, 저자가 즐겨 쓰는 것 중의 하나가 성곽이라는 단어였다. '… 황제는 함정을 파고, 민중은 걸려든다. 그리고 기다리자, 마침내는 황제 스스로가 그 깊은 곳으로 빠져든다.'

눈앞에 흔들거리는 U회관과 그 밑을 흐르는 군중들의 행렬에 나는 계속 엉뚱한 생각을 뺏기면서 지하다실 〈아담〉의 층계를 내려섰다.

"밖은 덥지요."

그는 약간 초췌해진 얼굴로 그전과 똑같은 인사를 내게 던져왔다. 턱 밑의 칼자국 같은 흉터가 이날따라 더 돋보였다. 나는 그에게 전날 밤의 꿈에 대해 얘기하면서 처음 입을 열 수 있었다.

"흔들리고 있는 만원버스 안이었다고 기억합니다만…, 한 사내가 접근해 왔습니다. 나는 그에게 아는 체를 했습니다만 그는 아무런 표정도 없이 나의 겨드랑이께로 손을 내밀었습니다. 나는 그의 손끝을 피해 뒤로 물러섰습니다. 거기 서 있지 못하겠느냐고 소리를 치겠지요. 마침내 나는 뒤에 서 있는 사람의 등에 막혀 더 물러날 수 없게 되었습니다. 그는 둥그런 원을 그리며, 나의 주위를 돌았습니다. 나도 그쪽을 미주보며 한 바퀴를 삥잉 돌았는데, 그만 어지러워 눈을 감아버렸습니다. 그런데 이상한 건 눈을 감았는데도 사내의 솥뚜껑만한 손바닥은 그대로 눈에 들어오는 것이었습니다. 그는 점점 거세게 무언가 잃어버린 물건을 찾듯 나를 후벼대기 시작했습니다. 나는 무릎을 꿇었습니다. 우움 하고 안으로 당기는 듯한 소 울음소리가 나의 입에서 터져 나왔는데 그때 나의 머리 위에는 두 개의 뿔이 돋아 있었습니다. 나는 두 개의 뿔을 붙들고 그 사내를 올려다보았지요. 그 사내는 머리를 빡빡 깎은 할아버지였습니다."

"재밌는 꿈이군요."

사나이는 짧게 말하고 곧 침울한 표정이 되었다. 그가 갑자기 침통해진 것을 보고 나는 미안해져서 고의적으로 큰소리로 웃었다.

"저는 이런 걸 보여드리겠습니다." 나의 웃음에 대한 보답을 그는 생각해 낸 모양이었다. "그날 밤 선생의 주머니에서 오 원짜리 동전을 따라나온 겁니다."

나는 그가 내민 쪽지를 받았다.

—요즘 좀 바빠지기라도 했나요. 그날은 내가 너무 성가시게 굴었던 것이 아닌지 몰라. 용서해요. 어젠 한 달 후면 귀국한다는 주인의 편지를 받았어요. 그 안에 한 번 들러주어요. 일전에 부탁한 것도 마련되었구…. 내가 사준 넥타이는 잘 매고 다니는지? 한 번 멋지게 차려입고 와요. 준은 아직 나이가 어려서 우리들 심정은 잘 모를 거야. …

나는 쪽지를 찢어버렸다. 이번에는 사나이가 히죽 웃었다.

"한 개 더 보시겠습니까? 가끔 그런 게 따라나오면 저는 그걸 소중히 간직해 두지요."

"그만 두세요."

"저두 이런 건 혼자 간직해 두고 싶습니다."

나는 그것들을 보는 것이 두려워졌다. 나는 그의 가느다란 손가락을 보며 의사를 생각했고 그러자 짙은 농도의 크레졸냄새가 코끝에 밀려오는 듯했다. 나는 그에게 몸을 움츠렸던 그날의 일을 떠올렸다. 내가 그의 손놀림을 저지하기가 그토록 두려웠던 것은 무엇 때문이었을까.

사나이가 천천히 고개를 들었다. 그리고는 조심스럽게 춤에 관한 자신의 얘기를 시작했다.

"바로 이틀 전이었습니다. 스무 살쯤 되어보이는 배지를 단 아이였습니다. 물론 만원버스였지요. 보통 여자 옷과는 다르게 그 아이는 이쪽에 (그는 자신의 아랫배 쪽을 가리켰다) 꽤 큰 주머니를 달고 있더군요. 저는 때마침 버스가 심하게 흔들리는 사이 쉽게 주머니의 지퍼를 잡아내릴 수가 있었습니다."

"돈이 있었습니까?"

"돈도 주머니의 밑바닥도 없었습니다. 저는 깊숙이 미끄러지듯 안으로 빠져들어 갔습니다. 손끝이 이끄는 대로 끌려들어 가면서 저는 그때 이상한 생각을 했지요. 이미 오래 전부터 제 손목은 따로 살아 움직이고 있었던 게 아닌가 하는 생각이었습니다. … 저는 점점 황홀해져서 몸을 떨었습니다. 한참 후 내 몸 전체가 그애의 주머니 속으로 들어가고 있다고 생각했을 때, 저는 그애의 짧은 비명을 들었고 그때 제 손은 그애의 잘 맨 팬티의 고무줄 사이를 비집고 있었습니다.”

“그렇다면” 나는 그의 말을 가로막았다. “형씬 돈을 꺼내는 애초의 일도 잊고 있었던가요?”

“그랬던 것 같습니다.” 그리고 그는 빠른 속도로 말을 이었다. “그래서 저는 곧 그애를 심하게 밀면서 어깨에 걸치고 있던 백을 열었습니다. 그리고는 백 원짜리 두 장을 꺼내오는데, 그 여자애는 그때 무심히 저의 손끝을 내려다보고 있었습니다.”

그의 눈이 충혈되어 있었다. 한쪽 손을 깊숙이 넣어두고 황홀해서 몸을 떨고 있는 사내의 멍청한 포즈가 몸서리치도록 무서운 형상으로 나의 시야에 달려들었다.

“다행이었습니다. 그 아인 소리 지르지는 않고 이내 소리죽여 울먹이고 있었습니다. 저는 나음 정서상에서 곧 내려버렸습니다만, 그날은 자꾸 그애 생각이 나서 주머니에 손을 넣을 수가 없었습니다.”

“그 아인 그러니까 미리부터 알고 있었군요.”

“그럴까요?”

그가 초조한 음성으로 되물었다.

그는 초조해 있었다. 무엇엔가 심하게 쫓기듯 불안의 기미가 뚜렷했다.

“아닙니다.” 사나이가 큰소리로 말했다. “그애는 나중에야 그걸 알아차렸던 겁니다. 진즉 알았더라면 제 손목을 뿌리쳤거나 ….”

그는 말을 끝내기 전에 고개를 꺾었다.

“형씬 거짓말을 하시는군요.”

그는 거짓말을 하고 있었다. 외부의 눈치를 살피며 기민하게 미끌어가던, 그래서 목적한 지폐를 쉽게 꺼내올 수 있었던 그의 손끝은 이제 장님이 되어버린 것이다. 그래서 그의 손끝의 눈은 안으로만 돌려지고 스스로가 파놓은 의식(意識)의 늪 속으로 깊이 빠져들어 간 것이었다. 사나이는 그것을 '춤'이라고 표현했었다. 그리고는 그것을 몸을 떨면서 황홀해 했다고 하였다. 이제 그는 황홀 속으로 빠져들기 위해 손을 넣는다. 지폐를 꺼내오는 일은 다음에 할 일이 되어버린 것이다. 그러나 사나이는 그 둘을 동시에 얻으려 하고 있는 것이었다.

어디선가 간드러진 여자의 웃음소리가 길게 꼬리를 흔들었다. 선풍기의 지루한 선회가 멈추고 사람들의 두런거리는 소리가 귀에 가깝게 달려들었다. 나는 그에게 할아버지에 대한 얘기를 마저 하기로 하였다. 짐승 같은 고함을 지르며 나를 심하게 때렸던 그해 겨울에도 나의 할아버지는 매일 도수장으로 나갔다. 저 자식이 한 번만 더 오면 그땐 네년이 맞을 줄 알아! 그러나 어머니는 나를 집에다 가두어둘 수는 없었다. 그리고 나는 그것을 보지 않고는 견딜 수가 없었다. 나는 그날도 책가방을 메고 도수장 쪽으로 달렸다.

개울가에는 미끄럼을 타려는 아이들이 몇 명 어울려 있었다. 그러나 그날 나는 아무도 함께 데리고 가지 않았다. 나는 구멍이 제법 커진 판자 틈 사이로 눈을 가져갔다. 소가 들어왔다. 할아버지는 그때 무언가 생각에 잠긴 채 삼베적삼의 앞고름을 만지작거리고 있었다. 소가 들어오면 소에게 길을 비켜주는 듯한 자세로 옆으로 비켜서는 것도 똑같은 순서의 하나였다. 곰보 아저씨에게 고삐를 잡힌 소는 불안한 자세로 할아버지 쪽을 향했다.

할아버지는 서서히 소의 주위를 돌기 시작했다. 네 다리를 헛디디며 소는 간혹 신음 같은 소리를 내기는 하였으나 그것은 곧 할아버지의 선회(旋回)에 따라 요란하게 헛딛는 발굽소리로 이어졌다. 희미하게 흔들리며 공중에 매달린 작은 석유등잔. 창고 안 벽에 그려지는 커다란 그림자. 그러나 그날은 이상했다. 나는 침을 삼키며 그림자를 관찰했다. 너울거리는 그림자의 율동이 눈에 띄게 그 폭이 좁아진 것이었다. 나는 안벽에 던지고 있던 시선을 거두어 할아버지와 소에게로 향했다. 소는 한쪽 벽만을 향한 채 다리만 요란하게 헛디딜 뿐이었다. 나는 또 네 번의 선회가 두 번으로 줄어든 것을 발견하였다. 다만 소의 이마에 갖다대는 망치의 움직임이 조금 거세어졌을 뿐이었다. 할아버지의 선회에 비례하듯 소의 네 다리도 요란스러운 헛디딤을 적게 했다. 그리고는 아주 점잖은 자세로 땅바닥에 누워버리는 것이었다. 나는 구멍에서 눈을 떼었다. 할아버지는 이미 무용가는 아니었다. 숙희의 말대로 귀신같다는 생각만이 더욱 뚜렷해진 귀기(鬼氣)로 남아있을 뿐이었다.

개울가의 살얼음이 풀리기 시작한 다음해 봄, 할아버지의 선회가 한 번으로 줄어들고 대신 망치에 가하는 힘이 그만큼 커진 것을 본 것이, 소를 잡는 데 그토록 기이한 방법을 썼던 할아버지에 대한 나의 마지막 흥미였다. 아, 나는 지금도 그때의 할아버지를 그대로 기억해낼 수 있다. 환멸과 좌절감이 함께 뒤범벅이 된 얼굴로 쓸쓸히 서 있기만 하던 할아버지. 처음 그는 순서대로 소의 주위를 한 바퀴 돌고 나서 문득 걸음을 세웠다. 소가 마치 졸고 있기나 하듯 미동도 하지 않고 그대로 서 있었던 것이다. 의외의 일이 일어났다. 나는 침을 삼키며 소를 바라보았다.

"고삐를 놓아보게. 고삐를 놓으라니까!"

할아버지가 초조하게 말했다. 곰보 아저씨가 고삐를 놓았다. 소가 할아버지에게 덤벼들지도 모른다는 나의 생각은 그러나 그 반대였다. 소는 마치 이제까지 곰보 아저씨의 손에 의지해서 서 있었기나 한 듯 고삐를 풀어놓자 자세를 무너뜨리며 휘청거리기 시작했다. 할아버지는 빠른 속도로 반원(半圓)을 그리며 소의 주의를 이끌고자 하였다. 그러나 소는 다만 커다란 눈을 끔벅이며 무언가를 기다리는 자세로 그대로 굳어 있을 뿐이었다.

그날 할아버지는 나에게 아무것도 보여주지 못했다. 소를 쓰다듬고 있을 때 그의 입가에 묻어나던 싸늘한 미소도 이젠 볼 수 없었다. 다만 어두운 공포의 빛이 그의 표정 구석구석에 서리어 있을 뿐이었다.

파르라니 깎은 머리 위로 석유등잔은 희끄무레한 내리붓고 있었다. 할아버지의 어깨가 한 번 부르르 떨면서 이내 조용한 자세로 쥐었던 칼을 곰보아저씨에게 내어주었다.

구멍에서 눈을 뗀 나는 도수장을 도망쳐 나왔다. 그날 밤늦게 할아버지는 피 묻은 손에 두 개의 소뿔을 들고 대문을 걷어차고 들어왔다. 벌겋게 충혈한 눈으로 어머니가 들여온 밥상을 그는 예의 짐승울음 같은 고함을 지르며 마당 가운데로 내동댕이쳤다.

"허, 이젠 그 녀석들이 나를 알아본단 말야!"

'그 녀석들'이란 그날 그가 잡으려 했던 두 마리의 소를 말한다. 소가 할아버지를 알아본다—나는 그 말을 들으며 이제까지 그에게 잘려졌던 수많은 소뿔을 떠올렸다. 그리고 소와 할아버지가 동시에 무서워졌다.

"할아버지는 이내 시름시름 앓다가 소나기가 몹시 퍼붓던 어느 날 벽에 매둔 소뿔을 빤히 쳐다보며 숨을 거두셨지요."

하얗게 솟은 U회관 밑으로 군중의 행렬이 길게 이어지고 있었다.

"형씬 지금도 그 여자아일 생각하고 있습니까?"

사나이는 턱 밑의 칼자국 같은 흉터만 만지작거릴 뿐 아무 말도 하지 않았다. 다방 입구의 휴지통 옆에 이르러 그는 주머니에서 날이 선 두 개의 면도칼을 꺼내 그 속으로 쏟아넣었다. 펑퍼짐한 그의 등허리가 잠깐 꿈틀거렸다. 사내가 히쭉 웃으며 나에게 손을 내밀었다. 쓰러질 듯 위태해 보이는 철근 콘크리트의 U회관을 옆구리에 끼고 그는 이제 마악 깔리기 시작한 어둠 속으로 사라졌다. M동의 지하도를 내려서면서 나는 문득, R교수의 《第五革命》에 생각을 뺏기고 있었다.

(《월간문학》, 1969.7)

外出

orientation〔ɔ`ːriente´iʃən〕 n. 교회당을 서향으로 짓기. 방위. 동쪽을 찾아내기. 〔動〕귀소본능(歸巢本能) (비둘기 따위의). 〔心〕定位. 지도. 적응 〔교육〕響導 (새 환경 따위에 적응시키기 위한)
—민중서관, 《영한사전》, 1967.

1

시외버스 정거장이 바라다 보이는 신설동 로터리에 이르러 그들은 비로소 소양강이 있는 춘천을 생각했다. 강렬한 아침 햇살에 버스의 창유리는 고기비늘처럼 번쩍거렸고 그것들은 배때기를 뒤집어 까고 고기떼처럼 이리저리 몰려다니고 있었다.

"영식이한테 전보를 칠 걸 그랬지?"

동대문 우체국 앞을 지나면서 용이 말했다.

"그럴 필욘 없어. 출발시간을 미리 알려놨으니."

"수학여행을 떠나던 국민학교 때 생각이 난다."

매표구 앞에 다가서며 준태가 중얼거리듯 말했다. 태빈과 용은 서로 마주보며 수줍은 애인들처럼 씨익 웃는다. 그의 가라앉은 음성 속에는 그러나 여행을 떠난다고 하는 들뜬 흥분과 기쁨이 몰래 숨겨져 있음을 그들은 알아차리고 있다. 초가을. 뒤늦게 찾아온 그들의 〈바캉스〉. 그들은 사무실과 교정실과 연구실에서밖에 보낼 수 없었던 그 길고 지루했던 여름을 잘 기억하고 있다. 이날, 국경일과 일요일이 겹치는 바람에 마지못해 그들을 놓아준 덕림산업과 풍문출판사와 K대학 생물학과 연구실. 그들은 복권처럼 떨어진 만 하루의 휴가를 꽃다발처럼 가슴에 안고 설렌다. 그들에겐 지난 여름동안, 아니 이제까지 단 한 번도 그들의 외출을 허용받지 못했었다. 그들은 다만 회사에서 학교에서 유능한 사원이며 촉망되는 조교라는 칭찬받을 만한 이유 때문에 그들의 상관은 가능한 한 그들의 휴가를 없애려 하였다. 국경일과 일요일의 황홀한 은혜를 등에 업고 그들은 은밀히 서울을 벗어나려는 그들의 기도를 숙의했다. 서울을 떠나자. 저 거대한 시간의 수레바퀴에 무수히 치어가는 개미떼의 행렬, 빌딩과 공장들이 토해내는 매연, 점심과 퇴근을 지시하던 저 싸늘한 금속성의 벨소리로부터 벗어나자. 서울을 떠난다. 그들은 이제까지 그런 훌륭한 생각을 미처 가져볼 수 없었던 스스로에게 약간 서러운 동정을 보냈었다. 그리고 그들은 잊어버렸던 기억을 떠올린 듯, 아니 영영 잊어먹고 지나쳐 버릴 뻔했던 그들의 생(生) 가운데 가장 중요한 한 부분을 되찾은 듯 가슴 조이며 이날을 기다렸다. '그대들이 춘천에 온다면 …' 가불을 하겠다는 월봉 10만 원짜리 C일보 영식의 엽서가 마침내 그들에게 춘천행을 결정하게 해주었다. 그들은 국경일과 일요일과 영식 군과 그리고 그들의 상관에게 모두 감사했다. 태빈은 그때 영식의 엽서를 손바닥 위에 얹혀 놓고 무언가 곰곰이 생각에 잠겨있었고 준태는 그날 밤 소양강에서 보트놀이를 하는 꿈을 꾸면서 하룻밤을 설쳤다.

시외버스 정거장이 바라다 보이는 신설동 로터리에 이르러 그들은 비로소 소양강이 있는 춘천을 생각했고, 고기비늘처럼 창유리를 번쩍이며 지나가는 차량들의 행렬 가운데서 그들은 문득 서울을 떠난다는 실감에 어깨를 떨었다. 덕림산업의 오태빈은 점퍼스타일에 흰 농구화를 신었고 풍문출판사의 한 용은 역시 점퍼스타일에 검푸른 유리알을 낀 선글라스를, 그리고 생물학과 연구실의 선준태는 옆구리에 카메라를 찼다.

"춘천에 가면," 하고 태빈이 옆에 앉은 용에게 어깨를 기대온다. "참 재미있는 일이 많겠지?"

차창 밖으로 바라다 보이는 망우리고개가 마치 비탈을 오르고 있는 뱀의 꼬리처럼 길게 구부러져 있다.

"조오기 보이는 게 도봉산인가?"

용이 다시 선글라스를 꺼내 끼며 차창 밖으로 손가락질을 해보인다. 그가 가리키고 있는 곳은 그러나 도봉산이 있는 쪽이 아니다. 그는 전날 천보당 안경점에서 산 선글라스를 껴보고 싶었고, 안경을 끼자마자 파란 유리알을 통해 들어오는 주위의 풍경들에 그들은 흠칫 놀랐고, 어느 사이 여행을 즐기고 있는 사람의 분위기 속으로 빠져들면서 엉겁결에 지껄이게 된 말이다. 뒤에 앉은 준태는 용의 그런 포즈가 어울리지 않는다고 생각한다. 그는 계속 선글라스를 벗었다 꼈다 하며 창 밖으로 머리를 디밀고 있다. 덥지도 않고 시원하지도 않은 초가을, 아니 늦여름의 미지근한 바람이 그들의 뺨을 어루만지듯 스치고 지나간다. 〈서울·춘천/직행〉이라고 쓰인 빨간 표지를 이마에 두른 버스는 엔진 소리도 요란스럽게 망우리고개를 넘어선다. 멀리 바라다 보이는 산봉우리들이 푸르딩딩한 색소를 내뿜으며 병풍처럼 둘러서 있다. 그들을 태운 버스는 조그마한 한 마리의 풍뎅이처럼 붕붕거리며 그 산들의 겨드랑이를 달리고 있다. 오토바이를 탄 한 쌍의 남녀가 버스를 앞질러 속도를 낸다. 남자의 허리를 휘어감고 있는 여자의 커다란 엉덩이가 점점 작아지며 이윽고 그녀의 펄럭이는 긴 스카프 자락만이 바람 속에 남는다. 오토바이는 마침내 조그마한 한 개의 점이 된다. 그들의 시야에서 좀처럼 사라지지 않고 까물거리던 오토바이가 찍어놓고 있는 한 개의 점이 커브를 그리며 산모퉁이로 사라지자 그들은 문득 초조해진다. 운전사가 라디오의 다이얼을 돌린다.

─오늘 중부지방의 날씨는 오후부터 차차 3선 개헌을 서두르고 있는 공화당과 이를 저지하려는 신축중인 13층의 유니버스회관 꼭대기에서 실족 사망한 성북구 미아동….

운전사가 찾고 있는 〈가로수를 누비며〉는 나오지 않는다. 그는 스위치를 끄고 대신 담배를 꺼내 문다. 그는 아마 뉴스에는 관심이 없는 모양이다.

"라디오 좀 들읍시다."

운전수 뒷자리의 사내가 말했다.

"좀 들어보자구요."

또 한 사내도 거들었다.

"기어코 헌법을 뜯어고칠 모양인디…."

"아니, 거 옥상에서 떨어진 사람이 누꼬? 혹시 최영봉이라고 안 그라등가요?"

치안의 사람들이 까르르 웃는다. 그리고는 사나이와 눈이 마주치자 문득 표정들이 근심스러워진다. 그들은 모두 그가 최영봉 씨가 아니기를 빌어준다. 3선 개헌을 절대 반대하는 운전사 뒷자리의 사내도 잠깐 거북한 표정으로 바뀌고 만다.

"차 안에 라디오가 있었군."

용이 선글라스를 벗으며 준태를 돌아본다. 그들은 차 안에 라디오가 붙어 있는 게 싫다. 푸르딩딩한 색소를 하늘로 뿜어올리고 있는 산들을 구경하며 소양강이 있다는 춘천을 향해 달리고 있는 버스 속에 '3선 개헌'이 합승을 하고 으깨진 머리의 사내가 끼어들다니. 13층의 유니버스회관이라면 태빈이 소속되어 있는 덕림산업의 맞은편에 세워지고 있다.

(아, 덕림산업…)

태빈은 이마를 찡그린다. 어디선가 미스 윤의 타이프 치는 소리가 들려온다. 기다란 층계를 오르고 있는 그의 옆구리에 '덕림산업'이라고 쓰인 때묻은 대형봉투가 끼워져 있다. 새끼주머니에서 도장을 꺼내 '오태빈'을 꾹 누른다. 네모진 서류 속에 박힌 오태빈. 여보게 오군, 이거 오늘 중으로 끝내야겠어. 어이어이 오태빈 씨, 오늘두 특근이라는구만. 오 선생님 오 선생님, 전화예요.

(태빈 씨, 당신은 브람스를 좋아하세요?)

(연희, 요 다음에 한 번 다이얼을 돌려보세요. 그땐 코피를 사겠어. 그리고 쇼팽의 빗방울 소리도 함께 들을 수 있어요.)

(태빈 씨, 하루가 몇 시간이지요?)

(스물 네 쪽입니다.)

(당신은 그 중 몇 조각을 소유하실 수 있어요?)

(허지만 연희, 실은 그게 다 남의 것이랍니다. …)

저당 잡힌 하루. 어두운 음계를 밟고 서서히 다가오는 거대한 수레바퀴. 하얀 회를 바른 정육면체의 상자 속에 횡뎅그레 떠 있는 형광등의 불빛. 수없이 잘리어져 나간 시간의 마디마디.

"아."

태빈은 어깨를 부르르 떤다. 그는 문득 고개를 들어 눈앞에 펼쳐지고 있는 푸른 산들을 구경하기로 한다. 옆자리의 용은 계속 선글라스를 만지작거리고 있고 뒷자리의 준태는 그의 주임교수에게서 빌린 카메라를 꺼내 렌즈를 조정하고 있다.

"카메라는 빌려주겠네만, '송충의 유리아미노산 연구'는 곧 끝내야겠어. 자네의 자료수집은 믿을 만하지만 좀 느린 편이지."

셔터를 누르면서, 준태는 밀려있는 주임교수의 논문을 떠올린다. 그는 대학에서 생물학을 공부한다. 그는 학자가 되기를 원하고 있다. 3급 재정직이 어떻고 행정직이 어떻고 칠성물산의 초봉이 얼마이며 고등고시만 붙으면 살결 좋고 돈 많은 신부가 떼 몰려온다는 둥, 저 한심스런 한국 대학생들의 스노비즘을 비웃으며, 그는 말없이 이끼

긴 상아탑의 연구실에 남기를 택했다. 도대체 대학이란 무엇인가. 그는 한국의 현실을 개탄해마지 않았으며 그럴수록 그의 학자적 사명감을 불길처럼 타올랐다. 사람이, 자기의 신념을 가질 수 있다는 것은 축복받을 일이며 그의 생(生)을 가장 보람있게 할 위대한 가능성이라고 그는 믿었다. 그는 그의 신념을 관철시키기 위해 우선 대학원에 진학했고 곧 조교가 되었다. 졸업논문으로 냈던 "한국산 물자라과 및 장구애비과 곤충의 형태론적 연구" 때문에 그는 교수들로부터 가능성을 인정받았고 진학을 권유받았다. 시간은 모든 것을 해결한다. 백발이 성성한 노(老)교수의 굵은 안경테 너머로 그는 문득문득 자신의 얼굴을 보고 몸서리치는 희열마저 느끼곤 하였다. 준태는 그러나 때때로 가슴이 텅 비어 있는 아픔을 느낀다. 밤늦게 미아리의 기다란 골목어귀를 지날 때, 외롭게 떠 있는 도서관의 불빛을 뒤로 하고 돌계단을 내려올 때, 시내버스에 몸을 싣고 '선생님'을 기다리고 있을 욱이네 집을 향할 때―현실은 언제나 이상을 괴롭혔다.

셔터를 누르면서, 그는 또 송충이 스무 마리를 유리병 속에 넣어올 것을 잊지 말라는 그의 주임교수의 부탁을 떠올렸다. 그러나 오늘은 휴일이다. 저 거대한 시간의 쳇바퀴로부터의 해방이다.

"지금 이 순간, 우리는 서울을 벗어나고 있다."

용이 태빈의 어깨를 잡아당기며 은밀히 속삭인다. '안녕히 가십시오'와 '어서 오십시오'의 인사말이 경기도와 강원도를 대표하여 길 양편에 세워져 있다. 그들은 모두 고개를 빼내어 그 표지판을 읽는다. 용은 시인 같은 표정으로 눈을 가늘게 뜨고 창 밖을 응시한다. 그는 고등학교 시절부터 시를 썼다. 그의 시가 〈학원〉에 실리기 시작하면서부터 그는 장차 시인이 되기로 마음을 굳혔다. 그래서 그는 국문학과를 택해 대학에 들어갔는데 국문학과란 시만 쓰는 데가 아니라는 걸 알고 그는 실망했다. '중세국어'와 '음운론'은 그에게 재시험을 요구했고 졸업을 앞두고 그것 때문에 꽤 골치를 앓았다. 문예작품 현상에 두 번 예선을 통과한 것 외에 그의 작품은 두드러진 성과를 기록하지 못했다. 예선시인인 그는 지금 풍문출판사의 《월간 에로스》에 나가고 있지만 머지않아 그곳을 때려치우고 시작(詩作)에만 전념할 계획이다. 그는 늘 한국시의 통폐에 대해 얘기했다. 퇴폐한 서정성 — 이것이야말로 간과할 수 없는 한국시의 근본적 오류라고 주장한다. 그리고 그는 우리가 한용운이라는 시인을 가질 수 있었음을 다행으로 여겼다. 그는 한용운의 후손임을 자랑으로 여겼으며 한편 그에게처럼 강력히 부를 수 있는 '님'이 없는 시대에 살고 있다고 느낄 때 그의 뮤즈는 빈혈증 환자처럼 비틀거렸다.

용은 창 밖을 응시한 채 마침내 깊은 사유(思惟) 속을 헤맨다. 버스가 속도를 높인다. 운전사가 라디오의 스위치를 넣는다. 3선 개헌설을 알리던 뉴스가 끝나고 펄 시스터즈의 '첫사랑'이 차 안에 흔들거린다. 그들은 다시 수학여행을 떠나는 국민학생의 가슴이 된다. 이제 그 '길고 지루했던 여름'을 뒤로 남기고 서울을 벗어난 것이다. 아, 그들이 서울을 떠나다니.

2

춘천은 이쁘게 생긴 도시. 마치 곱게 빗질한 소녀의 모습처럼 단아했다. 그들 일행을 영접하기 위해 영식 군이 버스정거장 앞 〈은하수〉 다방에 나와 있었다. 그들은 실로 오랜 만에 만난 친구 영식 군과 악수했다. 졸업 이후 처음인 그는 그 사이 더 마른 것 같았다.

"이 쌔애끼들이 여길 다 오구."

영식은 도수 높은 안경을 연방 위로 밀어올리며 히죽히죽 웃었다. 준태와 태빈은 그 말에 약간 수줍어하는 표정을 지었고 용은 아직 선글라스를 낀 채 사방을 두리번거렸다. 다방에 모여앉아 그들은 그 동안의 밀린 얘기들을 나누었다. 서울을 떠난 지 일 년이 가까워오는 영식이 그들에게 주로 서울소식을 물었다. 경제과의 깜부기 이(李)

교수가 장관이 되려다 말았다는 게 사실이냐, 학교앞 보성다방의 미스 홍은 지금도 있느냐, 청량리는 "그 뒤로" 한 번이라도 갔느냐, 태빈이 너는 언제쯤 결혼할 거냐, 준태 너는 졸업하면 시간강사라도 자리가 있겠느냐, 그럴수록 열심히 메뚜기 뒷다리에 관한 연구를 소홀히 하지 말라, 용이 너는 지금도 시를 쓰고 있느냐, 가끔 신문잡지를 유심히 보는데 네 이름만 쏙 빠져 있더라, 도대체 시가 우리에게 필요한 물건인지 모르겠다. 서달수를 요전에 우연히 만났는데 그 새끼 갈보같은 기집애를 달고 다니더라, 내가 다시 대학생이 된다면 이젠 정말 공부 좀 해보겠다. 서울에도 한 번 올라가고 싶은데 지금은 갈 일이 없다. 참 너희들 차 들어라, 커피는 역시 광화문 홍하다방이 최고였지, 등. 그는 아마 춘천생활이 지겨워지는 모양이었다. 그는 대학시절을 그리워하고 있었다. 아버지가 남겨 준 땅 3천 평이 처분되면 그는 곧 서울로 올라가겠다는 얘기도 했다. 그는 고아이긴 했지만 고아답지 않게 물려받은 재산이 많았다.

"넌 이곳이 싫은 모양이군."

태빈이 심드렁하게 대꾸했다.

"소도시라는 데가 은근히 사람 죽인다. 카바레, 댄스 홀, 비어 홀, 당구장, 다방, 대학, 신문사… 뭐 구색은 다 갖추고 있지. 모두 서울만 닮아가려고 하고 있어. 차라리 전깃불이나 간신히 들어오는 산골이라면 몰라. 사람을 참 어중간하게 촌놈으로 만들거든. 이왕 그럴 바에야 왕창왕창 떠돌고 맴도는 서울이 낫지."

그는 또 한 번 춘천에 있는 땅 천 평을 곧 처분하여 서울로 가겠다는 그의 계획을 얘기했다. 그리고 그는 문득 생각난 듯,

"자, 그대들은 지금 무엇을 원하는가?"

하고 물었다.

"소양강 쪽으로 가자."

준태가 먼저 제의했다.

"거기서 보트를 타자."

태빈이 탁자 위로 손을 들어 노를 젓는다.

"영식이 넌?"

용은 먼저 영식의 의사를 물었다.

"조오치, 거긴 방갈로가 있다. 밤엔 거기서 맥주를 마시기로 하지."

월봉 10만 원짜리 영식이 말했다.

"우선 나가자구."

"계획을 짜야 할 거 아냐!"

"여긴 덕림산업이 아니다."

"자넨 무슨 일을 그렇게 하는가?"

"여긴 실험실이 아니야."

"그런 소린 빼라."

"넌 아직도 교정을 보고 있군."

그들은 〈은하수〉 다방에서 약간 다투었다. 결국 영식이 이끄는 대로 '우선' 밖으로 나왔다. 초가을 햇살이 빛줄기처럼 쏟아지고 있다. 가로수의 잎들은 해변의 사금파리같이 하얗게 반짝거리고 몇몇의 소년들이 그 사이를 뛰어다니고 있다. 그들은 문득 걸음을 세우고 사방을 두리번거린다. 그들 앞에 한 폭의 때묻지 않은 풍경이 놓여 있다. 아무도 아직 손대지 않은, 다만 그들이 처리하지 않으면 안 될 시간이 그들 앞에 서서히 흐르고 있다. 조그마한 한 개의 세월이 마침내 그들에게 손을 내민다. 오늘은 당신들의 것입니다. 자, 마음대로 해요. 수학여행을 떠나는 그들의 국민학생의 가슴이 이젠 신부를 맞는 신랑의 가슴이 된다. 아무도 아직 손대지 않은, 다만 그들이 처리하지 않으면 안 될 한 개의 조그마한 세월이 서서히 옷을 벗고 있다. 하얀 치맛자락을 위로위로 걷어올리면 종아리가 나오고 허벅지가 나오고 곱슬머리가 붙은 부끄러운 곳이 나오고. 그들은 순결한 신부에게 새끼손가락을 내민다. 신부여, 약속하자. 당신은 우리와 해로(偕老) 하자. 자, 부끄러워 말고 옷을 벗자. 당신은 지금까지 우리들을 속이면서 어디론가 숨어 버렸었지. 덕림산업과 풍문출판사와 생물학과 연구실에 우리는 지금까지 갇혀 있었다. 우리는 다만 멀리 도망치는 당신의 기다란 치맛자락만 구경했을 뿐이다. 저만큼 바라다 보이는 전당포의 양철지붕 위에 초가을 햇살이 하얗다. 한떼의 비둘기가 푸드득 날개를 친다. 소년들이 비둘기를 쫓고 있다. 비둘기는 몇 발자국 종종걸음을 치다가 이내 양철지붕 위로 푸드득 올라간다. 소년들이 깔깔깔깔 웃고 있다. 한 아이가 다른 아이를 쫓고 있다. 아이들은 빙글빙글 맴을 돌며 가로수 사이를 뛰고 있다. 소년들의 재잘거리는 소리가 귓가에 가깝게 달려든다. 준태는 문득 걸음을 세운다.… 한 아이가 눈을 감고 서 있다. 소년은 술래가 되는 것이 부끄럽다. 아이들이 큰소리로 웃고 있다. 하나, 둘, 셋… 소년은 눈을 뜬다. 하늘이 노랗다. 아카시아가 개울 쪽으로 쓰러진다. 사방이 고요하다. 햇볕이 따갑다. 소년은 개울가에 선다. 자갈이 화롯불처럼 따갑다. 소년은 쓸쓸해진다. 개울물에 발을 담근다. 멀리서 어머니가 소년을 부르며 손을 흔들고 있다. 느릅나무 밑에서 아카시아 그늘에서 탱자나무 사이에서 아이들이 튀어나온다. 아이들의 웃음소리가 햇볕처럼 따갑게 머리 위에 쏟아진다. 소년은 술래가 되는 것이 부끄럽다.

"아이들이 술래잡기를 하고 있군."

준태가 나직이 중얼거렸다.

"저 녀석은 아예 신발을 벗어들었는데?"

"발바닥이 따가울 걸."

"그럴 거야.

태빈이 준태를 돌아보며 씩 웃는다. 그들은 잠깐 술래잡기에 대한 기억 속으로 빠져든 듯하다. 술래잡기를 하기에는 그러나 그들은 너무 늙어버렸음을 안다. 이윽고 소년들의 재잘거리는 소리가 골목으로 사라진다. 춘천은 이쁘게 생긴 도시. 곱게 빗질한 소녀의 모습처럼 단정하다. 한 대의 택시가 그들 쪽으로 달려오고 있다. 사방을 두리번거리며 무언가를 찾고 있던 그들은 그때야 비로소 그것이 택시였음을 생각해 낸다.

"타라!"

영식이 도어를 열며 말했다.

"어디로 갈까?"

"타라니까."

영식은 그들을 택시 안에 몰아넣는다.

"갑시다."

"어디로 갈까요?"

"하여튼 갑시다."

"드라이브를 하시겠습니까?"

"아니, 드라이브는…."

"임마, 어딜 가는 거야?"

"소양강으로 갑시다."

"거긴 밤에…."

"이렇게 하지, 일단 소양강을 구경하고 다시 시내로 들어와서…."

"하여튼 기자구!"

"여보세요, 소양강!"

"거긴 밤에 가기루 했잖아?"

"소양강!"

"아닙니다. 거긴 밤에 갑니다."

"글쎄, 소양강!"

"아아, 이 촌놈들 좀 보게."

"어떡할까, 소양강에나 가지?"

"다들 내리슈!" 운전수가 마침내 화를 냈다. "차를 세워 놓구 이게 뭡니까?"

할 수 없다. 사공이 많으면 배가 산으로 올라간다더니. 그들은 운전사의 지시에 따라 성냥갑 같은 차에서 엉기적엉기적 기어나온다. 택시가 하얀 페인트칠을 한 도청건물 쪽으로 사라질 때까지 그들은 보도 위에 그대로 서 있었다. 비둘기떼가 그들의 머리 위를 한 바퀴 돌고는 멀리 목욕탕의 굴뚝 위에 앉는다.

"제기랄!"

용이 선글라스를 벗어 주머니에 넣으며 투덜댄다. 서울·춘천 간의 직행버스를 타고 병풍처럼 둘러선 푸른 산들을 구경하며 소양강이 있다는 춘천에 내린 지 한 시간 만에 그들은 처음으로 싸웠다. 영식은 꾸지람을 들은 소년처럼 기가 죽어, 그들을 즐겁게 해 줄 수 있는 일이 무엇인가를 생각하기 위해 그는 잠깐 이마를 좁혀 본다.

"벌써 열두 시군."

누군가의 입에서 나직이 중얼거리는 소리. 순간 그들은 서로의 얼굴을 쳐다보며 흠칫 놀란다.

"뭐 좀 엑사이트한 게 없을까?"

"기분을 낼 줄 몰라, 너희들은."

"우선 술을 마시자."

"대낮부터 술주정을 하잔 말이지?"

"아아 이래선 안 되겠다." 준태가 황급히 손을 내저으며 그들의 말을 가로막았다. "영화를 보자."

"이런 촌놈 좀 보게!"

그들은 동시에 준태에게 욕을 퍼부었다. 〈황야의 일곱 건달〉이라고 쓰인 포스터가 중국집 담벼락에 붙어 있다. 준태는 고개를 떨구고 히죽 웃고 만다. 영화라면 서울에서도 볼 수 있는 것이지만 '이 좋은 날씨'에 어두컴컴한 곳에 두 시간이나 앉아 있을 수 없다.

"춘천이 이렇게 시시한 곳인 줄은 몰랐는걸."

마침내 그들은 춘천을 욕하기 시작했다.

"차라리 도봉산에 갈 걸 그랬다."

"뭐야 자넨, 춘천에 살면서 놀러갈 데 하나 봐두지 못하다니."

"아예 이 계장 따라 낚시나 가는 건데 그랬어."

"이놈들아. 너희들은 그럼 이곳이 나이아가라 폭포라도 있는 줄 알았던?"

영식이 안경대를 고쳐 올리며 발끈했다.

"그렇게 무계획하게 사람을 초청하는 게 아니야, 이 사람아."

"아아아아, 집어쳐, 집어쳐. 우린 지금 시간이 없어."

"그렇지, 허지만 보라구, 이 슬픈 태양과 고양이 눈깔같은 하늘과 저 서럽게 굽어진 산등성이, 그리고 이⋯."

"저 자식은 여기 와서도 시연습이군."

영식은 이때 "가불 운운"하는 엽서를 냈던 일을 상기하고 크게 뉘우쳤고 그러자 갑자기 화가 났다. 그는 태빈과 준태와 용이 한꺼번에 어디론가 사라져 버린다면 얼마나 좋을까를 생각했다. 역시 이놈들은 덕림산업과 풍문출판사와 K대학 생물학과 연구실에 그대로 가두어 둬야 한다. 춘천은 리우데자네이루도 베니스도 아니고 나이아가라 폭포도 없다. 도대체 놈들은 그들에게 무엇을 해주기를 기대하고 춘천에 내려왔단 말인가. 다만 그들은 내려왔을 뿐이다. '거기에 산이 있었듯'이 그들에게 '휴가가 주어졌을' 뿐이다. 고삐를 풀고 나온 세 마리의 망아지. 그들은 지금 비틀거리고 있다. 그들은 이제까지 그들의 주인에게 붙잡힌 고삐에 의지해서 서 있었을 뿐이다. 그들은 스스로 밖으로 나와 본 적이 없다. 고삐를 놓아주자 그들은 혼란에 빠진다. 그들 앞에 놓인 조그마한 한 개의 세월, 아무도 아직 손대지 않은 그 때묻지 않은 풍경을 앞에 두고 그들은 당황한다. 국경일과 일요일과 영식 군과 그리고 그들의 상관이 그들에게 베풀어준 이 황홀한 은총 앞에 그들은 다만 황공무지(惶恐無地)하여 견딜 수가 없는 것이다. 잊어버렸던 기억을 되찾은 듯, 아니 영영 잊어먹고 지나쳐 버릴 뻔했던 그들의 생(生) 가운데 가장 중요한 한 부분을 되찾은 오늘 그들은 다만 서러운 손길로 그것을 매만지고만 있다.

그들은 '우선' 점심을 먹기로 한다. 식당 문을 밀면서 용이 말했다. "정말이제 배가 고프다."

"글쎄 말이야."

"아직 점심때가 아닌데두 배가 고프니."

그들은 자꾸 시계를 들여다보며 서로 다투어가며 배가 고프다는 소리를 했다. 아, 놈들은 지금 거짓말을 하고 있구나. 영식은 그것을 알고 있다. 그들은 지금 그들의 신부에게 미안해하고 있다. 일이 난처해질 때, 황공무지하여 어쩔 줄을 몰라 할 때 '우선' 할 수 있는 일이 식사를 하는 일이다. 선글라스에 비친 풍경도 배고파 밥 먹는 사람에겐 할 말이 없다. 그들은 그래서 그 정당한 행위 등 뒤로 자신들의 당황을 숨긴다.

"여보세요, 그 짜장면 빨리 가져와요!"

"그래요, 우린 지금 바쁘다니까요."

그들은 창 밖을 힐끔힐끔 쳐다보며 또 한 번, 다투어가며 식사를 재촉한다. 햇볕이 탱탱 소리를 내며 창가에 와 부딪는다. 가로수 잎새들이 사금파리처럼 반짝거리며 어지럽게 흔들리고 있다. 초가을의 산뜻한 풍경 하나가 서성거리며 중국집 유리창 밖에서 그들을 기다리고 있다.

3

점심을 끝내고 그들은 영식의 인솔하에 등선폭포(登仙瀑布)로 향했다. 준태의 지시에 따라 그들은 '이날'을 기념하기 위해 어깨동무를 하고 사진을 찍었다. 모두들 한 번씩 용의 선글라스를 빌려 끼고 포즈를 취하기도 했다. 사진을 찍을 때마다 그들은 얼굴에 웃음을 담았는데 아마 먼 훗날 그들은 스스로의 사진첩에서 이날의 추억을 더듬기 위해서일 것이다. 그들 중의 하나는 말하리라. "여보, 이 사진 좀 보라구. 이 점퍼 입은 녀석이 오늘 아침 신문에 난 그 시인이지. 그리고 이쪽이 지금 덕림산업의 전무이사로 있는 오태빈. 그애들이 이제 백발이 성성하게 됐으니, 참 세월도 쏜살같지?" 그들 중의 또 하나는 말하리라. "이때가 좋았다. 이 녀석아, 그렇게 방구석에만 처박혀 있지 말구 아버지처럼 산에도 좀 올라가보구 그래라. 원 이 녀석두." 또 한 사람은 이렇게 거짓말을 할 것이다. "이날 우리는 술을 다섯 말이나 퍼 마셔댔었어. 얼굴을 찡그리고 있는 이 사람이 지금 K대학 교수 선준태, 술은 우리 중에 이 친구가 젤 쎘지. 얘기 들으니 이 친군 술 못하는 녀석에겐 아예 학점을 안 준다는구만."

그들은 마치 사진을 찍기 위해 온 사람들 같다.

"고개를 좀 들어."

"뒤에 등선폭포가 나오겠지?"

"고개를 들라니깐!"

"좀 웃지 그래. 꼭 도둑질하다 들킨 놈 같다."

"날 좀 웃겨다구."

"너희 주임교수 자지가 담배꽁초만큼 짧드라면서?"

"히히히 ···."

찰칵!

태빈이 그 순간을 포착하여 카메라에 담는다. K 대학교 선준태 교수는 그의 부인 모모 여사에게 이 웃음을 어떻게 설명해 줄까, 그는 아마 이렇게 말하리라. "난 이렇게 꺼떡하면 잘 웃었지. 이건 등 뒤에 보이는 등선폭포의 폭포수 떨어지는 소리가 퍽 간지럽게 느껴졌기 때문이야."

그들은 차츰차츰 흥겨워지는 듯했고 관광객다운 기분을 낼 준비를 서두른다.

"자, 태빈이 노래나 해라!"

용이 카메라를 뺏어들며 소리친다.

"그거 좋다."

"조오치!"

"자, 태빈이 노래해!"

영식이 삼학소주를 꺼내 병마개를 벗긴다.

"우선 한 잔!"

태빈이 슈베르트의 연가곡 〈겨울 나그네〉 중의 일절을 불렀다. 그의 십팔번은 원래 〈울고 넘는 박달재〉였다. 노래가 끝나자 그들은 모두 박수를 쳤다. 박수는 치면 칠수록 치고 난 뒤가 허전한 법을 그들은 그때야 알았다. 그리고 그들은 태빈의 노래가 엉망이라고 평가했다.

"아, 연희가 생각난다."

태빈이 좀 무안한 모양인지 하늘을 쳐다보며 쫑알댄다. 그는 아마 그가 부른 노래에 얽힌 사연을 갖고 있는 모양이다.

"오, 눈이 왕방울처럼 크다는 애 말이지?"

"그럼 구멍도 그만큼 크겠군."

그들은 까르르 킬킬 우하하 소리를 내어 큰소리로 웃었고 웃고 나니까 유쾌해졌다. 준태는 마치 간지럼이라도 타듯 킬킬거렸고 용은 아주 노골적으로 그의 두 손으로 사타구니께를 움켜쥐었고 영식은 그것을 바라보며 할아버지처럼 점잖게 웃었다. 그들은 이때 처음으로 음담(淫談)이 가지고 있는 장점을 경험했고 그것에 감사했다. 태빈의 애인인 연희 양은 그들을 즐겁게 해주기 위해 그녀의 가장 부끄러운 곳을 희생당했다. 그들은 '음담은 유쾌하다'는 결론을 만끽하듯 다투어가며 연희 양의 여기저기를 집적거리며 웃고 또 웃었다. 하얗게 부서지는 등선폭포의 말갈기 같은 물거품 소리가 귓가에서 잠시 멀어진다. 태빈은 연희가 이들에게 갖은 수모(受侮)를 당하게 된 책임은 등선폭포에 있다고 생각한다. 등선폭포는 그들에게 보여줄 아무런 자랑거리도 갖고 있질 못했다.

"아, 저게 바로 등선폭포로군."

누군가의 입에서 이런 가벼운 한마디를 꺼내게 하는 데 불과했다. 등선폭포는 그래서 서울에 있는 연희 양을 끌고 와 그들을 즐겁게 해주기를 요구했다. 그들은 잠시 즐겁게 웃고 유쾌하게 지껄였지만 그러나 연희 양은 머리가 헝클어지고 발가벗긴 채 그들 앞에 끌려와 울상을 하고 엉거주춤 서 있다. 태빈 씨 당신은 브람스를 좋아하세요? 허지만 연희, 지금 내 귀에는 타이프 치는 소리만 가득하답니다. 태빈은 연희에게 사과한다.

"날 좀 웃겨다구!"

선글라스를 긴 용이 저만큼서 자신을 웃겨달라고 소리치고 있고 영식이 그의 코앞에 카메라를 들이대고 그가 웃기를 기다리고 있다. 옆에 서 있던 준태가 뭐라고 지껄이자 용이 강제로 킬킬거리기 시작했다. 서울·춘천 간의 직행버스를 타고 푸르딩딩한 색소를 하늘로 뿜어올리고 있는 병풍처럼 둘러선 산들을 구경하며 춘천에 내린 지 몇 시간 동안 그들은 몇 번 유쾌하게 소리지르고 웃고 킬킬거렸지만, 그러나 그것은 모두 그들이 서울에 남겨두고 온 그 '길고 지루했던 여름'이 그들에게 던져주고 간 찌꺼기들이 시킨 소행이었다. 버나드 쇼를 좋아하는 용은 아마 그의 희곡선집에서 읽었던 어떤 한 대목을 인용하여 그들에게 들려주었거나 아니면 자신이 소속되어 있는 풍문출판사의 '한글맞춤법통일안'이라는 별명을 가진 미스 서가 어느 날 저질렀던 엄청난 실수를 다시 그에게 늘려주었거나 했을 것이다. 준태는 웃었고 영식은 그것을 카메라에 기록해 두었다. 그들은 1969년 모월 모일 17시 현재 나무숲이 우거진 강원도 춘천시의 외곽 등선폭포에 와 있지만, 그러나 거기에는 하얗게 빛나는 형광등의 불빛 아래서 브람스를 듣던 어느날 밤 열한 시의 〈설파〉 다방에서 혹은 '大統領'이 '犬統領'으로 식자(植字)된 교정지에 OK를 놓았던 날 밤에 일어났던 잃어버린 과거의, 그러나 영영 잊혀지지 않은 그 어지러운 과거만이 지렁이처럼 꿈틀거리고 있고 그들은 웃기도 하고 때로는 화를 내기도 하면서 그것들에 질질 이끌려가고 있다. 모든 현장(現場)에는 다만 과거만이 살아남아 있다. 주임교수에게서 빌려 온 준태의 카메라는 등선폭포도 춘천시의 관광지도 꽃다발처럼 가슴에 안았던 그들의 황홀한 휴가도 아닌, 그들이 뒤로 남겨 두고 온 그 '길고 지루했던 여름'을 찍은 필름으로 꽉 차 있다.

한 대의 비행기가 은빛날개를 번뜩이며 서쪽으로 날아간다. 그들은 문득 고개를 들어 비행기의 행방을 쫓는다. 초가을의 시공(時空)을 비행기는 싸늘한 금속성의 쇳소리로 금 긋는다. 용이 시계를 들여다본다.

"그런 건 왜 쳐다보니?"

"부셔버려!"

용이 후닥닥 놀라며 시계를 감춘다.

"빌어먹을, 등선폭포라고 해서 와 보았더니, 웬걸, 그냥 물만 떨어지고 있군."

"그러니까 폭포지."

영식이 볼멘소리로 대꾸한다.

"임마, 그럼 그냥 폭포라고만 할 것이지 등선(登仙)은 또 뭐니?"

그들은 마치 하늘로 올라간 선녀의 치맛자락이라도 구경하러 온 사람 같다.

하오의 햇살이 길게 보도 위에 드러누워 있다. 손에 들었던 소주병을 등선폭포에 동댕이치고 그곳을 떠난 그들은 시내로 돌아와 약간의 충돌이 일어났다. 준태는 마치 소양강에 중대한 볼일이 있는 것처럼 그쪽으로 가자고 우겨댔고 등선폭포에서부터 괜히 화가 난 태빈은 술이나 마시자고 소리소리 질렀고 용은 당규나 한 큐 때리자고 우겨대자, 영식은 그들 사이에서 가불운운의 엽서를 냈던 일을 또 한 번 후회했다. 그들은 보트도 타고 싶고 술도 마시고 싶고 당구도 쳐보고 싶다. 그들은 또 한 번 '우선', 〈007구락부〉라고 쓰인 당구장으로 들어가 '딱 한 큐'만 때리기로 한다. 준태와 영식은 80을 놓고 용은 100을 그리고 큐를 처음으로 잡아보는 태빈은 30을 놓는다.

"이 붉은 공 두개를 맞히면 3점이다."

"손에 힘을 빼고 쓱 밀어!"

"옳지."

"이 자식은 춘천에 당구치는 법을 배우러 왔군."

"넌 그걸 가르쳐주러 여기까지 온 놈이구?"

그러면서 이들은 무엇에 쫓기듯 문득문득 창 밖으로 시선을 돌린다. 창 밖으로 내려다보이는 광장은 소도시답지 않게 한적하다. 광장을 가로질러 한 마리의 개가 뛰고 있다. 달구지를 끌고 있는 소의 뒷모습이 피곤하다. 광장에 사양(斜陽)의 빛줄기가 희미하게 내려와 앉는다. 해변의 사금파리처럼 반짝이던 가로수 잎새들은 서서히 짙은 음영(陰影)을 드리우고 있다. 깔깔거리며 재잘거리며 빛 속을 뛰어다니던 발가벗은 아이들도, 아이들의 발자국에 놀라 푸드득 날개를 치던 비둘기떼도 이젠 보이지 않는다. 어디선가 가느다란 여자의 웃음소리가 들려왔다. 그것은 길게 꼬리를 흔들며 잠시 동안 계속된다. 차츰차츰 회색빛으로 흐려져가는 창 밖의 풍경들에 눈을 주며 그들은 부지런히 큐를 밀어낸다. 당구알 부딪는 소리가 둔탁한 음향으로 그들의 바쁜 가슴에 딱딱 부딪쳐온다. 누가 당구를 치자고 했던가. 그들은 지금 당구를 치고 있는가, 당구가 그들을 치고 있는가. 미구에 날이 흐려지고 사방에 어둠이 깃을 내리면 그들은 다시 서울행 급행열차를 타야 한다. 곱게 빗질한 소녀의 모습처럼 단정히 앉아 있는 춘천. 아직도 그 때묻지 않은 그들이 처리하지 않으면 안 될 순진한 한 개의 세월이 그들에게 손을 내밀고 있다.

"아아, 피곤하다."

준태가 마침내 큐를 내던진다.

4

월봉 10만 원짜리 영식의 주머니에서 나온 삼만 원에 술과 여자가 따라나왔다. 그들은 여자를 하나씩 차지하고 방갈로에 앉아 소양강의 밤풍경을 즐기고 있다. 술이 있고 보트가 있고 여자가 있다. 아, 그리고 그들은 아직 서울행을 서두르지 않아도 된다. 길게 놓인 다리 위로 수은등이 가지런히 켜져 있다. 물위에 거꾸로 선 수은등이 잠시 흔들린다. 그들은 벌써 취해 있다.

"미라보 다리 아래 센강이, 아니 소양강이 흐르고 우리들의 사랑도 흘러내린다. 괴로움 지나가고 이어 올 기쁨을 나는 잊지 못하니 …아아 날이 저문다 종이 울린다 흐르는 세월 속에 … ."

용이 선글라스를 꺼내 끼고 키득키득 웃는다.

"이 사람은 시인이야."

영식이 여자들에게 그를 소개했다. 여자들이 어머머머 하고 비명을 질렀다.

"아니올시다. 나는 안마사올시다." 용의 검은 안경알이 불빛에 번쩍하며 옆의 여자의 가슴을 더듬었다. "아가씨, 어디서부터 주물러 드릴까요. 당신 몸에 낀 땟자국 같은 피로를 … ."

그들은 함께 옆으로 쓰러지며 히히덕거린다.

"애애, 이분 멋있다 얘. 밤에 선글라스를 끼는 걸 보니."

"그러니까 시인이지."

옆의 여자들은 술 따르는 일도 잊고 있다.

"아아 빌어먹을, 도대체 선글라스가 한 개에 얼마던고!"

태빈이 비어 있는 자기 잔을 들여다보며 말했다.

"선글라스는 밤에 끼는 거로군."

"나도 시인이 되고 싶다."

"아 날이 저문다, 종이 울린다. …"

"어머머머, 이분도 시인?"

그들은 여자들을 껴안고 까르르 킬킬 우하하 큰소리로 웃었다.

"보트를 타자."

준태가 옆에 앉은 여자를 끌고 강가로 뛴다. 여자가 킬킬거리며 따라간다. 보트가 기우뚱거린다. 손에 든 맥주병이 첨벙 물 속으로 가라앉는다. 여자가 비명을 지른다. 준태는 여자를 무릎에 앉히고 노를 젓는다. 강물이 흐르고 있다. 만지면 손끝에 묻어날 것 같은 어둠 속에 다만 여자의 웃음소리만 시끄럽다. 어디선가 기차의 긴 기적소리가 희미하게 꼬리를 흔든다.

"당신 오늘밤 나하구 사랑할래?"

여자가 살며시 준태의 볼을 어루만진다.

준태는 그의 얼굴을 그녀의 가슴께에 파묻는다. 보트가 기우뚱거린다. 보트는 이미 강물 한가운데에 떠 있다.

"아가씬 노래 잘하나?"

여자가 노래를 부른다. 사공의 뱃노래 가물거리는 삼학도 푸른 물에….

"아, 유행가…."

준태는 나직이 외쳤다. 그리고 그는 그의 고향을 동시에 떠올린다. 목포(木浦). 그는 소금기를 몰고 삼학도의 학의 꼬리를 스쳐지나온 그 바닷바람을 생각한다. 그의 머리 속에 커다란 혼란이 일어난다. …엄니, 엄니, 유달산이 뵈지라우? 눈내리는 밤의 긴 기적소리. 임니, 들어 가랑께는 그러네. 오냐 오냐, 이거 차칸에서 묵어라. 벤또는 어디 묵을 것이 있디야? 에이 엄니도, 엄니는 도대체 간섭이 많아요, 돈 애껴 쓰구…공부도 몸 봐감스로 해라 잉? 눈이 내리고 있다. 강원도 춘천시의 소양강에 눈이 내리고 있다. 구직 가정교사. 시간제 입주가. 야간종차의 흔들림 속에서 문득 문득 주워 모은 잃어버린 과거. 기다란 터널같은 세월. 안데르센, 에디슨, 안창호, 멘델, 물자라과, 장구애비과, 송충이, 송충이, 작부….

"아가씬 목포에 가본 적이 있어?"

"이난영이 살았던 곳…?

옳지. 그대는 이난영이 부른 노래로써 목포를 떠올린 것이겠지.

"유달산 밑에 우리집이 있었지. 어무니는 그러면서두 자꾸 바다가 보인다구 그러셨어. 돌아가시기 며칠 전부터 말야. …"

“에이, 슬픈 얘기, 오늘밤 나하구, 응?”

여자가 그의 허리를 껴안는다.

“얘기해 줄까?”

“그래요.”

여자의 입김이 뺨에 와 닿는다.

“난 말이지, 처음엔 안데르센이 되려고 했어.”

“나두 읽었어요. 그런 건.”

“그 다음엔 에디슨….”

“달걀 얘기 말이지?”

“안창호는?”

“국민학교 때 배운걸.”

“그럼 나이팅게일?”

“그 사람이 누군데?”

“간호부였지.”

“어머! 간호부!” 여자가 비명을 지른다. 여자가 그의 허리를 힘주어 껴안는다. “난 간호부가 되려는 게 소원이었어요.”

여자가 울먹이듯 말한다. 감았던 손을 풀고 여자는 갑자기 말이 없다. 밤바다 위에 보트가 떠 있다. 그들이 앉아 있었던 방갈로의 등불이 멀리서 깜박거리고 있다. 여자가 다시 노래를 부르기 시작한다. 준태는 그녀의 무릎에 머리를 기댄다. 유행가. 세월이 던져주고 간 쓰레기. 준태는 전신에 밀려오는 피로를 느낀다.

“난 간호부가 되고 싶었다니까요.”

마침내 여자가 울먹인다.

“아가씬 취했군.”

“나이팅게일 얘기 좀 들려줘요. 하얀 가운을 입고, 머리에도 흰 천사의 모자를 쓰고, 그리고….”

“난 오늘 송충이를 잡으러 여기 온 거야. 나는 과학자가 되는 게 소원이거든.”

"내가 간호부가 되려고 했던 것처럼?"

준태는 순간 흠칫 놀란다. 그는 잠깐 눈을 감는다. 등허리가 오싹하는 한기를 느낀다. 그는 여자의 품속을 파고든다. 따뜻하다. 여자는 마치 어머니처럼 누나처럼 아니면 어느 여름날 느릅나무 밑에서의 할머니처럼 부드러운 손길로 그의 등을 쓸어주고 있다. 알 수 없는 일이다. 그는 이상한 형태의 안온함 속으로 빠져든다. 졸음이 올 것 같다.

"유행가를 부르면 그렇게 슬퍼질까?" 준태가 중얼거리듯 말했다. "세월에도 그림자라는 게 있을 거야. 이상한 일이지. 난 오늘 그 응달 속에서 어머니를 만났지. 그리고 술래잡기를 하던 탱자나무 그늘에도 가 보았어. 난 맨발인 채로 언제나 술래였었지."

간호부가 되려는 게 그녀의 소원이었던 그 여자는 그러나 말이 없다. 강물이 흐르고 있다. 밤바다 위에 보트가 떠 있다. 멀리 방갈로 쪽에서 태빈이 손을 흔들며 뭐라고 소리치고 있다.

"이봐요 아가씨, 천사의 흰 모자는 어디갔누?" 준태는 여자의 등을 가볍게 두드린다. "우린 오늘 만나지 않았어야 했어."

준태는 스르르 눈을 감는다. 졸음이 온다. 어디신가 쾅다르르 하는 기차의 굉음이 들려온다. 여자의 무릎을 베고 누워 준태는 잠깐 졸음에 빠진다. 꿈속에서, 그는 조그마한 한 마리의 송충이가 된다.

(《문화비평》, 1969.12)

圓 舞

"눈 한 번 삼삼하게 오누나."

달곤이는 창 밖으로 쏟아져 내리는 눈송이를 바라보며 혼잣말로 중얼거린다. 올 겨울 들어 처음 내리는 눈이다. 등심구이집으로서는 구태여 눈오는 것을 싫어할 이유가 없다. 눈오는 날이면 사람들은 고기먹기를 좋아하기 때문이다. 그리고 무엇인가를 생각하기를 좋아한다. 눈오는 날이면 달곤이는 질퍽거리는 골목길을 고기 배달 다녀야 하지만 그것은 일도 아니다. 눈오는 날이면 달곤이는 부산으로 도망간 선숙이 생각이 나서 좋다. 도망간 년을 생각해 보아야 아무 소용이 없다는 것을 그가 모르는 것은 아니지만 그래도 도망간 년이라도 생각나게 해주는 때는 이렇게 눈오는 날뿐이다. 달곤이로서는 이제는 영영 안 돌아올지도 모르는 선숙이이기 때문에 오늘 같은 날 더 생각이 나곤 하는 것이다. 이제 제법 굵어지기 시작한 눈발을 바라보며 문득 선숙이의 눈송이같이 하얀 허벅다리를 떠올리고는 어깨를 한 번 부르르 떤다. 빌어먹을, 곗돈 십만 원, 하룻저녁 술값밖에 안 되는 돈…. 달곤이는 아무래도 그 곗돈 십만 원에 대한 생각을 떨쳐 버릴 수가 없다. 그는 그 곗돈, '하룻저녁 술값'밖에 안 되는 돈 때문에 바로 이 년

전 이맘때 이렇게 눈이 지랄같이 많이 오던 날 선숙이와 헤어져야 했
다. 그년이 가버리겠다고 미리 말만 해주었던들 그 돈을 꺼내 쓰는
바보짓은 하지 않았을 것이다.

"어서이 오십시오!"

마침 흰 눈을 흠뻑 뒤집어 쓴 사내 하나가 들어서자 옆에 있던 만
호가 한 가닥 길게 뺀다. 만호는 주인 이 씨의 처남이 되는데 일 년이
넘게 이곳 〈암소의 집〉에서 매부의 일을 돕고 있다. 그는 머지않아
매부가 마련해 주는 새 일자리로 옮길 생각을 하고 있는 놈이어서 달
곤이와는 달리 말하자면 임시 직원인 셈이다. 만호는 이제 열아홉밖
에 안되는 놈이 주인의 처남임을 수시로 강조함으로써 걸핏하면 세
살이나 위인 달곤이에게 반말지거리로 대들고 주인 행세를 하고 싶어
한다. 그러나 녀석도 결국은 이 '암소의 집'이 자기 것이 아니기 때문
에 매부나 누이로부터는 달곤이 이상의 대우는 못 받는다.

"이봐, 여기 등심 한 근!"

사내는 머리 위에 얹힌 눈을 툭툭 떨어내며 한마디 소리친다. 그리
고는 "씨이팔, 웬 눈이 이렇게 오누?" 하고 지껄여댄다. 그러나 사내
역시 너무 일찍 고깃집에 들어온 것이 무어해서 그렇지 실상은 눈오
는 것이 그리 싫지는 않은 표정이다.

"술은 뭘루 하시겠습니까?"

만호는 채소와 고추장, 마늘 등속이 든 쟁반을 갖다놓으며 묻는다.

"여긴 뭐가 있지?"

"소주뿐인데요."

"임마, 그럼 소주밖에 더 있어?"

"어떤 걸루 드릴까요?"

"삼학으로 다우."

"여긴 보해뿐인데요."

"이 새끼, 보해밖에 더 마실 것이 있어?"

"네네, 알겠습니다."

만호는 아마 좀 심심한 모양이다. 사내 역시 순간 화를 낼 표정이 되었다가 이내 끽끽 웃고 만다. 그도 아마 오늘처럼 눈이 내리는 날 화를 내는 것은 몸에 좋지 않다고 생각한 모양이었다.

"어이, 달곤 씨, 술 좀 내오소."

만호는 창가에 앉아 있는 달곤이를 부른다. 자식은 뭐든지 혼자 일을 하는 것을 대단한 손해로 아는 놈이다. 마당 청소를 하다가도 항상 반만을 쓸고는 이내 빗자루를 달곤이에게 넘기는 놈이니까.

"고긴 등심으루만 다구, 등심으루만!"

(등심 좋아하시네!)

달곤이는 자리에서 일어서며 한마디 지껄인다. 선숙이는 달곤이를 처음 보았을 때부터 "좋아하시네"였다. 선숙이가 '마이아미'에 있을 때 달곤이는 그 다방의 단골이었는데 선숙이는 늘 달곤이한테 '소냄새'가 난다고 싫어하였다. 그리고 그녀는 늘 등심 먹으러 오라고 조르는 달곤이의 초청을 "등심 좋아하시네" 하고 한마디로 거절하였다. 그리고는 늘 자기는 오므라이스가 젤 맛있더라고 하였다. 그러나 어느 날 달곤이가 오므라이스를 사겠다고 은근히 제의했을 때도 선숙이는 "오므라이스 좋아하시네!"였던 것이다. 그리고 달곤이가 선숙이를 한일여관으로 끌고 가는 데 성공한 이후에도 그 '좋아하시네'는 계속되었고, 바로 그날도 "여관 좋아하시네!" 하면서 여관에 끌려 들어간 것이다. 그날 이후 달곤이도 좋아하시네를 자주 써먹곤 하였는데 그것은 그 말이 마음에 들어서가 아니라 선숙이가 그의 마음에 들었기 때문이다.

(일 년 좋아하시네!)

달곤이는 보해소주를 따면서 문득 선숙이가 남기곤 말을 떠올린다. 선숙이는 꼭 일 년만 아니면 늦어도 이 년만 기다리라고 울면서 말했었다. 일 년이면 달곤 씨가 써 버린 돈을 다시 모을 수가 있어요. 난 달곤 씨가 미워서 지금은 함께 살 수가 없어요. 달곤 씨는 미쳤지 무어야요. 그 돈이 무슨 돈인 줄이나 아세요? 우리 방 얻을 돈이란 말이야요. 거기다가 십만 원만 더 보태면 미아리에다 이십만 원짜리 방을 얻을 수가 있단 말이야요. 일 년 반 동안 모은 돈이란 말이야요, 일 년 반 동안. 그 돈으로 양복 맞추고 가죽 잠바 사는 사람이니 미쳤지 무어야요. …

"이봐, 여기 고기 한 근 더!"

"네네, 알았습니다."

달곤이는 고기를 나르면서도 그 돈이 방 얻을 돈이라고 미리미리 말해 주지 않았던 선숙이가 미워서 참을 수가 없다.

"내년 이맘때, 오늘처럼 이렇게 눈이 많이 오는 날 오겠어요."

달곤이는 선숙이가 눈이 오면 다시 오겠다고 했을 때 하마터면 울 뻔하였다. 사실 선숙이가 그렇게 멋진 데가 있었는지 몰랐다. 하지만 지금 생각하면 그년이 사람을 달래기 위해서 한 말 같기도 하고 '마이아미'에 있을 때 성가시게 구는 사람을 떼내는 수법으로 배워둔 것인지 알 수가 없다. 달곤이는 선숙이가 너무나 멋진 말을 해버렸기 때문에 그 말을 믿지 않으면 자기가 너무 멋이 없는 놈이 될까 봐 그대로 더 붙잡지 못하고 만 것을 지금은 후회한다.

달곤이는 소주 두 컵을 입 안에 털어넣는다. 쌍꺼풀(주인 아줌마)이 나오면 술 마시기도 어렵지만 오늘처럼 눈이라도 내리면 술이라도 한 잔 들어가야 되는 것이다. 아직 시간이 이른 데도 사람들이 들어온다. 확실히 사람들은 눈오는 날이면 고기 먹기를 좋아하는 모양이다. 눈이 내리면 어떤 사람은 덕수궁을 생각하고 어떤 사람은 연탄을 생각하고 어떤 놈은 도망간 애인을 생각하지만 대개의 서울사람들은 고기 먹는 일을 생각하는가 보다.

저녁 일곱 시가 되자 '암소의 집'은 바빠진다. 이제는 박 양도 나오고 '쌍꺼풀'도 나와서 일손은 늘었지만 손님이 많아서 바쁘기는 마찬가지다. 달곤이는 카운터에 앉아 있는 만호에게 담배 한 가치를 얻어 주방 뒤께로 간다. '쌍꺼풀'은 담배조차도 손님이 보는 데서는 못 피우게 한다.

주방 뒤켠에 나오니 한결 맑은 공기가 싸늘하게 얼굴을 감싸온다. 달곤이는 담배 연기를 한 모금 휴우 내뿜어 주방으로부터 밀려드는 고기 냄새를 몰아낸다. 그는 심호흡을 하듯 지친 어깨를 잠깐 펴서 뒤로 젖힌다. 비로드를 두른 듯 까아만 하늘가에 붉고 푸른 네온의 불빛은 이 도시를 지키는 레이더처럼 공중에 떠서 빙글빙글 맴을 돈다. 길 건너 빌딩에 세워 둔 네온사인이 어지럽게 흔들리며 '쌍 시멘트'라는 글자를 썼다가는 지우고 지웠다가는 다시 쓰곤 한다. 낮에 보면 '쌍학시멘트'인데 밤에 보면 '쌍 시멘트'이다. 고장난 네온사인은 늘 그것을 쳐다보는 사람을 슬프게 한다. 달곤이는 밤마다 하늘가에 떠서 빙글빙글 도는 그것을 보고 이제는 '쌍' 하고 욕지거리를 한마디 퍼붓는 것이 습관이 돼 버렸다.

"눈 한 번 삼삼하게 오느문."

달곤이는 피우던 담배를 꺼서 획 던지고는 주방 뒤켠의 담벼락에 대고 오줌을 눈다. 바지 단추를 풀고 담벼락에 선 달곤이는 문득 심한 한기를 느낀다. 손가락 사이에 끼인 것이 풍선처럼 부풀어오르고 숯불처럼 뜨겁게 달아오른다.

─하얀 눈이 내리네, 라라라라라….

한떼의 술 취한 사내들이 노래를 부르며 담벼락을 발길로 차고 지나간다.

"씨이팔, 어떤 놈은 노래 부르고 어떤 놈은 고기 자르고."

달곤이는 가래침을 칵 뱉으며 뜨겁게 달아오는 손가락 사이의 것을 바지춤 속으로 구겨 넣는다. 달곤이는 올해 스물두 살. 고향을 떠난 지 삼 년이 넘었지만 이제는 영영 고향에 돌아갈 수 없을 것 같다. 그는 작년 구정 때 정종 한 병을 사 들고 고향인 전라도 장흥군 유치면으로 내려갔었는데 아버지 정만수 씨는 죽고 없고 어머니 이옥금 씨는 광주로 식모살이하러 가고 없었다. 그래서 그는 모처럼 사 갖고 간 술을 아버지 정만수 씨에게 드리기 위해 묘소로 달려가 그것을 뿌리고 그 길로 서울로 올라와 버렸다. 동네 어른들은 달곤이가 효도하는 것을 보아주지 못하는 아버지 정만수 씨를 욕하기도 하였다. 달곤이는 이제 장흥을 고향으로 생각하지 않기로 하고 있다. 그에게 누가 고향이 무어냐고 물으신다면 눈물의 씨앗이라고 대답할 준비가 항상 되어 있다. 그리고 그는 덧붙이되 "고향 좋아하시네!"라고 할 것이다. 고향이란 돈깨나 벌어논 사람들이 심심한 나머지 자가용에다 아들 딸 마누라 싣고 내려가서 (올라가면 고향이 아니다) 이것은 아부지가 살던 집, 저것은 할아부지가 살던 집, 저어쪽 정자나무는 아부지가 숨바꼭질하던 곳, 어쩌구 하고 다니는 곳으로서만 소용이 닿는 곳이다. 달곤이처럼 아버지가 죽고 없고 어머니가 남의 집 살림해 주러 가고 없는 곳은 황성 옛터밖에 더 안 된다. 그래서 달곤이는 이제 쌍학 빌딩 꼭대기에 빨래처럼 걸려 있는 달조각을 바라보고도 고향 생각을 하지도 않았으며, 그의 손에 수없이 잘려나간 소의 살점들을 보고도 고향의 논배미 하나 떠올리지 않았다. 다만 오늘처럼 눈이라도 내리는 날이면 '암소의 집' 골방 다다미방에서 함께 살았던 선숙이, 일년 후 눈오는 날 꼭 온다는 선숙이 정도나 생각이 날 뿐이다. 그것도 이제는 일 년이면 온다던 약속마저 일 년이나 어기고 있는 년이니 생각만 났지 만나면 조금치도 기다리지 않았다고 말해주고 싶은 심정이다. 그러나 선숙이가 혹시 오늘이라도 돌아와 준다면 고향 이야기를 아주 못 할 것도 없다는 생각이 아주 없는 것도 아니다. 그년이 부산으로 간다고만 했기 때문에 잘은 모르지만 보나마나 다방에 있기는 할 터인데 (선숙이는 너무 이쁘기 때문에 식모살이는 못 한다), 부산이 장흥이라면 몰라도 부산이기 때문에 그것은 서울 미스 박 찾기하고 같다. 달곤이는 그가 장차 운전면허를 따서 '운수업'에 손을 대보겠다는 자신의 꿈을 이야기하기도 전에 나가 버린 선숙이가 더 애석하다.

"이봐 이봐, 여기 고기 한 근 더!"

"여기 술 하나!"

이제 '암소의 집'은 취한 사내들의 혀꼬부라진 소리와 눈이 오기 때문에 더욱 암소 생각이 나는 사람들로 꽉 찬다. 달곤이는 고기를 자르면서 칼끝에 얇게 저미어지는 붉은 살점들을 보고는 문득 한일여관에서의 선숙이 생각을 한 번 더 한다. 그리고는 이날따라 자꾸 선숙이 생각만 하고 있는 자기가 좀 불쌍하다는 생각도 해보고 나서, 그러나 그것은 순전히 이날 아침부터 내리기 시작한 눈 때문이 아닌가 하는 생각도 아울러 해본다.

열한 시가 가까워 오자 고기꾼들도 많이 나가고, 드는 사람은 없고 나는 사람만 있다. 눈오는 날이면 사람들은 고기 먹기를 좋아하지만 한곳에 오래 있는 것은 싫어한다.

"그만 치울까?"

'쌍꺼풀'이 시계를 본다. 여느 때 같으면 아직 삼십 분은 더 장사할 수 있는 시간이지만 오늘은 벌 만큼 번 모양이다. 더구나 오늘은 '쌍꺼풀'이 파마까지 하고 나온 날이어서 집에 무슨 좋은 일이 있는 모양인지 아까부터 자꾸 시계를 보아쌌는다.

"먼저 들어가, 누님."

만호가 카운터에 앉아 길게 하품을 한다.

"오늘 매상은 얼마니?"

"삼만 오천 사백 원."

"곗돈을 줘야 할 텐데…."

'쌍꺼풀'은 만호가 돈을 달라고 할 눈치가 보이면 미리 엄살을 피운다. 돈을 챙겨 든 '쌍꺼풀'이 박 양을 데리고 나가고 만호와 달곤이만 남아 뒷설거지를 한다. 이제까지 박 양이 설거지를 했지만 언젠가 만호가 박 양을 밤늦게 올라타려다 만 사건이 있던 뒤부터는 아예 늦설거지는 시키지 않고 '쌍꺼풀'이 직접 호위하고 나간다. 집이 사당동이기 때문에 둘은 일찍 나가고 만호와 달곤이만 남아 문을 닫고 둘이서 골방 다다미에서 잔다.

"어이 달곤 씨."

'쌍꺼풀'과 박 양이 나가자 만호가 달곤이에게 술잔을 꺾는 시늉을 해온다.

"좋아. 넌 좋은 놈이다."

달곤이는 아까부터 술 생각이었다. 만호는 실은 가게에서 안 자도 되는데 달곤이가 몰래 고기를 빼내거나 훔쳐먹는 것을 감시시키기 위해 '쌍꺼풀'이 일부러 함께 재운다. 그러나 오늘 같은 날은 호랑이한테 강아지 새끼를 맡긴 격이다. 어차피 이 '암소의 집'은 달곤이 것이 아닌 것은 만호의 것이 아닌 것과 마찬가지다. 그러고 보면 만호란 자식도 이렇게 기분을 낼 줄도 아는 것이 아주 가망없는 놈은 아니다.

"손님, 뭘루 하실까요?"

만호가 달곤이 앞에서 넙죽 고개를 숙인다.

"암소 엉덩이로 한 근!"

"술은 뭘루 하실까요?"

"여긴 뭐가 있지?"

"소주뿐인데요."

"임마, 그럼 소주밖에 더 있어?"

"삼학으로 할까요, 보해로 할까요?"

"삼학!"

"여긴 보해뿐인뎁쇼."

"이 새끼, 그럼 보해밖에 더 있어!"

그들은 까르르 킬킬 웃으며 숯불가에 둘러앉는다. 아예 가게문을 닫고 차분히 술판을 벌이기 시작한다. 밖에는 눈이 한 발치나 쌓이고 아직도 술꾼들은 가게문을 쾅쾅 두드려보고 지나간다.

"씨이팔, 난 언제까지 이러고 있을 건지. 매부란 새끼도 순 병신이야. 사지가 멀쩡한 처남 하나 취직을 못 시키다니!"

만호가 술을 한 컵 입 안에 털어 넣으며 한마디 한다.

"넌 임마, 니 매부를 믿냐? 그 새끼 당구 오백 치는 것밖에 더 있어?"

달곤이가 고기 한 점을 입 안에 집어넣으며 대꾸했다.

"달곤 씨는 쭉 이러고 있을 거요?"

만호가 고기 한 점을 입 안에 집어넣으며 달곤이 일을 걱정할 눈치다.

"자동차 학원으로 가야 할턴디, 돈이 있어야 말이제!"

달곤이가 술을 한 컵 입 안에 넣으며 대꾸한다. 그들은 모두 이 '암소의 집'이 싫다. 만호는 매부를 믿고 무작정 이곳에서 일이나 해주고 있을 것인가에 대하여 고민을 털어놓았고 달곤이는 자동차 학원에 나갈 돈이 마련되지 않은 것을 걱정하였다. 그리고 그는 선숙이가 불쑥 나타날지도 모르기 때문에 이 집을 당장 뜨기가 어렵다고 말할까 했지만 그것은 꾹 참고 만다. 선숙이 이야기를 하기만 하면 만호는 아주 한심한 눈으로 달곤이를 쳐다보았으므로 만호에게만은 그 얘기를 꺼낼 수가 없다.

"잊으소. 그년 이미 딴놈하구 붙었다구."

만호는 언젠가 달곤이가 꺼낸 선숙이 이야기를 이렇게 묵살한 바 있다.

"기회 봐서 이 집을 떠나야겠어. 달곤 씨도 이짓 고만하쇼."

만호는 단호하게 충고하였다. 달곤이는 순간 "그라믄 선숙이는 으짜라고?" 소리가 나올 듯하였으나 꾹 참았다. 보나마나 이 자식은 또 "딴놈하고 붙었다구!"로 나올 것이기 때문이다.

"임마, 나가는 건 나가는 거지만 누님한테 월급 좀 올려달라구 해. 좆 달린 놈이 한 달에 만 오천 원 받고 일할 놈이 어딨어?"

"나는 용돈도 제대로 못 얻어 쓴다구!"

"암소 등쳐먹고 사는 년!"

"말조심하쇼. 그래도 나하곤 한배 새끼라구."

"미안하다."

"술 드쇼."

"그래도 오늘은 멋내고 나왔던데?"

"오늘은 이거 약속했나 부지?"

　　그들은 주로 ‘쌍꺼풀’을 욕하는 것으로 술안주를 삼았다. 등심 두 근에 소주 두 병을 마시고 나자 배도 부르고 취기도 올라왔다. 이제 하고 싶은 이야기는 다 해버린 모양인지 만호는 만호대로 아까 한 이야기를 다시 늘어놓기 시작한다. 그는 하루라도 빨리 이 ‘암소의 집’을 떠야겠다고 다짐하였고 달곤이는 달곤이대로 ‘좆 달린 놈’이 만 오천 원 받고 이런 집에 죽어지낼 수 없다고 말하였으며 그리고 부산으로 도망간 선숙이에 대한 이야기는 하려다 말아버리고 그 대신 운전면허를 빨리 따야겠다는 이야기만 되풀이하였다. 그리고 그들이 세 병째의 술을 마시기 시작하였을 때, 그 술 취한 여자의 신음소리를 들었다.

　　“여보세요.”

　　갑자기, 그 소리는 어두운 골목 어딘가에서부터 불쑥 다가서는 것처럼 가깝게 들려왔다. 달곤이가 표정이 굳어지며 빠르게 물었다.

　　“누구요?”

　　“선숙이에요 ….”

　　어둠 속에서, 그 여자는 이렇게 대답하는 것 같았다.

　　달곤이는 순간 지금 눈이 내리고 있다는 사실을 떠올렸다. 형광등 조명 아래 그의 눈이 좀 커 보인다.

　　“술 팔란 말이야, 수울!”

　　여자의 음성은 아까보다 더 가깝게 들려왔고 가게문이 흔들리면서 이어서 알아들을 수 없는 소리가 웅얼웅얼 들리기 시작했다. 그 소리는 매우 낮게 웅얼웅얼하는 것이어서 황성옛터를 부르고 있는 것인지 울고 있는 것인지 분간이 안 되었다.

　　“열어 줘!”

　　달곤이의 눈이 다시 작아지면서 말했다. 그는 몹시 놀란 사람 같았으며 너무 놀라고 있는 자신에 대해 몹시 실망한 사람 같았다. 만호는 시계를 보았다. 열두시 십 분 전. 그 여자를 데리고 잔다면 몰라도 술을 팔기 위해서라면 너무 늦은 시간이다.

 "여보쇼, 좋게 말할 때 가쇼. 지금은 옷 벗을 시간이지 술 마실 시간은 아니니까."
 만호는 가게문을 두드리며 소리친다. 여자는 아무 말도 하지 않았다. 다만 황성옛터를 부르는 건지 우는 소리인지 분간이 안 되는 소리만 웅얼웅얼 들려왔다. 만호가 드르륵 문을 열었다. 여자는 문짝에 등을 기댄 채 울고 있었다.
 "이봐, 술 안 팔아, 수울?"
 여자는 아까보다 더 또렷한 목소리로 말했다.
 "씨이팔!"
 "들어오쇼."
 달곤이가 여자를 부추겨 세우며 말했다. 만호는 그것을 바라보며 잠깐 생각에 잠긴 듯하였다. 여자는 아까와는 달리 놀라우리만치 밝고 기운차린 모습으로 엉덩이에 붙은 눈을 툭 털고 일어났다. 그리고 달곤이를 쳐다보며 빙그레 웃었다.
 "씨이팔." 이번에는 달곤이가 한마디 씨부렸다. "잘못 걸렸군."
 "고마워요." 여자는 이제 마악 잠에서 깨어난 사람처럼 형광등의 조명을 피해 몸을 움츠리며 넉살좋게 한마디 한다. "그런데 여긴 '암소의 집'인데 왜 이렇게 수놈들만 있지?"
 만호가 순간 끽끽 웃었다.
 "자, 여기 고기 한 근, 소주 하나."
 여자는 이제 손님 행세를 할 모양이다.
 "지금 몇 신 줄 아쇼?"
 "그럼 날더러 나가란 말씀이세요? 이분들 너무하셔."
 여자는 눈을 흘기며 만호를 쳐다본다. 그 여자가 애교를 떨지 않았더라면 그들은 아마 그 여자를 서른 살쯤으로 잘못 알아보았을 뻔하였다. 여자는 아마 공짜 나이를 다섯 살쯤 더 먹어보였다.
 여자의 손이 형광등의 조명 아래서 가느다랗게 떨고 있다. 달곤이와 만호는 그것을 쳐다보고 있고 여자는 그들의 시선과는 아예 무관한 표정으로 술을 거푸 석 잔을 들이켠다. 여자는 안주파는 아닌 모양이어서 숯불 위에 놓인 고기는 한 점도 입에 가져가지 않고 술만을 상대했다.

"이보세요, 우리 같이 들어요."

여자가 게슴츠레한 눈으로 달곤이를 올려다보며 말했다. 달곤이는 여자를 내려다보고 있던 눈을 딴 곳으로 돌린다. 달곤이는 언젠가 열두 시가 넘어 어떤 사내를 손님으로 모신 적이 있는데 하도 성가시게 굴었기 때문에 손을 좀 본 것이 잘못되어 한 달치 월급을 몽땅 치료비로 바쳐 버렸던 사건이 있으므로 비록 여자이긴 하지만 오늘은 되도록이면 화를 돋구지 말아주기를 마음 속으로 빈다.

"빨리 끝내고 요 앞 여관으로 가시오."

달곤이는 '좋은 말'로 한마디 타이른다.

"죄송해요. 허지만 오늘은 안 마실 수가 없단 말이에요."

여자도 '좋은 말'로 대답했다. 그리고 여자는 이내 앞에 놓인 술잔을 엎지르며 머리를 탁자 위에 던진다. 그 여자의 울음소리가 생각보다는 컸으므로 그들은 조금 놀라고 말았다.

"당신 뭐하는 여자요?" 만호가 탁자를 발길로 내찼다. "당신 이래 가지고 갈보짓 하는 것 아니오?"

"이 새끼!" 달곤이가 만호를 한 대 갈겼다. "말조심해!"

"이봐, 당신 우는 거하고 우리하고 어떤 관계가 있어?"

"관계 좋아하네!"

말을 해놓고 달곤이는 순간 스스로 또 한 번 놀랐다. 문득 선숙이 생각이 났지만 지금은 선숙이 생각만 하고 있을 때가 아니다. 달곤이는 울고 있는 여자의 어깨를 툭 건드렸다. "아가씨, 많이 취하신 모양인데 요 앞 여관으로 가십시다."

"자알 논다."

"넌 가만있어."

달곤이는 만호와 여자에게 거푸 좋은 말로만 말하기가 몹시 피곤하다. 그의 목소리는 낮게 가라앉아 있었으나 한 번만 더 비위를 건드리면 와장창 때려 갈길 기세다. 여자는 천천히 고개를 들어 달곤이를 올려다본다. 아마 그 여자는 아까부터 달곤이가 호감이 가는 모양이었다. 그러나 달곤이로서는 그 여자의 눈화장이 잘못되어 있다는 것을 아까부터 생각하고 있었고 더구나 그것이 눈물자국과 뒤범벅된 것에는 눈살이 찌푸려진다. 그러나 알 수 없는 노릇이다. 이렇게 호감도 안 가는 여자에게 계속 '좋은 말'로만 상대해 주고 있는 자신이 우습고 만호에게는 좀 부끄러운 생각도 든다. 달곤이는 이것도 아마 아침부터 내리기 시작한 눈 때문이 아닌가 하고도 생각해 보지만 그러나 그것도 만호 말마따나 눈하고는 무슨 관계가 있는 것 같지도 않다는 생각이다.

"자, 존 말로 할 때 나가쇼."

달곤이는 이제 더 이상 좋은 말로는 상대해 주지 않을 것을 선언한다.

여자는 다시 고개를 떨구고 손수건을 꺼내 눈두덩을 훔쳐낸다.

"이 술 한 잔 받으세요."

순간 여자가 너무나 느리게, 그리고 정중하게 말했으므로 달곤이는 그때 술잔을 거절하는 것을 잊고 말았다. 그것을 바라보고 있던 만호도 엉거주춤 여자가 건네는 술잔을 받아마시고 만 것이 화근이 되었다. 그들은 술잔을 건넸으며 술잔을 받는 일을 계속하였다. 만호도 소주를 두 병이나 더 가져왔다.

"당신 같은 손님은 처음이오."

처음으로 만호가 좀 정중하게 말한다.

"아까는 왜 울었던가가 궁금한데요?"

"그게 궁금하세요?"

"그래, 애인이 죽었소?"

"없어요."

"그럼 아부지가 죽었소?"

“없어요.”

“그럼 어무니가 죽었소?”

“누가 죽어야만 우나요?”

“나는 어무니 죽었을 때 말고는 울어 본 적이 없어서.”

“당신 뭐하는 사람이오?”

이번에는 달곤이가 한마디 한다.

“보믄 몰라요?”

“술집 ….”

“갈보란 말이에요?”

“누가 당신더러 갈보라고 했어?”

달곤이가 의자에서 벌떡 일어선다.

“제가 갈보가 아닌 것이 그렇게도 화가 나세요?” 여자는 좀 수줍은 듯이 낮은 소리로 말했다. “그렇다믄 날 갈보로 생각하세요.”

만호가 까르르 킬킬 웃었다. 여자는 아마 갈보이기도 하고 아니기도 한 모양이었다. 여자는 술을 마실 때는 갈보처럼 보였으며 울고 있을 때는 갈보가 아닌 것처럼 보인다. 달곤이와 만호는 그 여자가 울 때는 약간은 슬픈 생각까지를 해주었고 술을 마실 때에는 약간은 갈보처럼 대해 주었다.

달곤이는 가게문 틈으로 내다보이는 쌍학 빌딩을 바라본다. 가로등이 켜진 골목 어귀에는 초저녁부터 내리기 시작한 눈발이 쉬지 않고 날리고 있다. ‘쌍 시멘트’는 ‘학’자를 빠뜨린 채 초저녁부터 지루하게 꺼졌다 켜지고 꺼졌다 켜지고 한다. 고장난 네온사인은 늘 그것을 보는 사람을 슬프게 하지만 보아주는 사람도 없이 번쩍이는 네온사인은 늘 그것을 보는 사람을 외롭게 한다. 달곤이는 고장난 네온사인과 혼자서 번쩍이는 네온사인을 동시에 바라보고 있다. 만호는 이제 술도 다 마셔버리고 여자에 관해 흥미도 없어져 버린 모양으로 의자에 앉은 채 꾸벅꾸벅 졸고 있다. 여자는 다시 황성옛터 비슷한 소리로 끼욱끼욱 울기를 시작한다.

"아가씨." 달곤이는 마침내 참지 못하고 말했다. "난 자야겠어. 당신이 갈보라믄 날 따라오고, 안 그라믄 나가 주쇼."

달곤이는 다다미방으로 비틀거리며 들어갔다.

전날 아침부터 내리기 시작한 눈은 간밤 내내 내린 모양이다. 고기 배달을 나온 김 씨가 가게문을 발길로 차는 바람에 만호와 달곤이는 늦잠에서 깨났다. 간밤의 여자는 언제 나갔는지 보이지 않고 샛문만 열려 있다.

"이봐 달곤이, 좀 나와 보라우. 눈 속에 사람이 죽어 있어."

그들은 많은 사람들이 둘러서 있는 곳으로 다가갔다. 간밤의 여자가, 마치 소복한 사람처럼 눈더미 속에 묻혀 있었다. 그리고 이날 이후 달곤이는 '쌍꺼풀'에게서 밀린 월급을 받아쥐고 '암소의 집'을 나갔다. 그가 선숙이를 찾아나선 것이 아닌 것은 확실한데, 다만 장흥군 유치면으로 갔는지 운전면허를 따기 위해 자동차 학원으로 갔는지는 만호로서도 짐작이 잘 안 가는 모양이었다.

(《현대문학》, 1976.12)

壁

1

A는 차창 밖으로부터 빌려오는 한 움큼의 바람을 아끼며 버스가 흔들리는 대로 몸을 내맡기고 있었다. 초가을이었다. 아스팔트길을 벗어난 버스는 술 취한 사람처럼 양쪽으로 기우뚱거리기 시작했다. 멀리서 질주해 오는 차량들의 강한 헤드라이트가 어둠 속에서 불쑥불쑥 튀어나왔다. 그리고는 부옇게 일어나는 먼지가 차창에 달려드는 게 보였다.

아기를 안은 부인이 올라타자 운전사는 부인에게 주의를 주지 않고 기어를 넣었고 차장은 앉은 채로 문을 닫았다. 두 줄기의 강한 헤드라이트를 켠 버스가 종점에 가까워왔을 때, 아니 더 정확히 말해서 가로수에 기대서서 마침 밭이 있는 쪽을 향해 소변을 보고 있던 B가 헤드라이트의 강한 조명을 받으며 황급히 오줌줄기를 거두고 있는 모습을 보았던 바로 그때, A는 문득 버스의 손잡이를 잡으려고 자리에서 일어섰다.

차장의 손바닥에 떠밀려 내리면서 A는 B의 모습을 보았다. 그때 그는 급히 넣어두었던 걸 다시 꺼내어 아직 남아있을 몇 방울의 오줌을 처리하고 있었다. A는 B가 했던 것처럼 밭이 있는 쪽을 향해 서서 앞단추를 풀었다. 그는 오줌을 누지 않았다. 잠시 후 A는 다시 앞단추를 잠갔다.

"소변도 전염됩니까?" 갑자기, A가 B쪽으로 고개를 돌리며 물었다. B는 순간 토끼처럼 펄쩍 놀라며 A에게서 한 걸음 물러났다. "하품은 간혹 전염되는 경우를 보았습니다만……."

"아까 말입니다. 형씨께서 소변보시는 걸 차 안에서 보았는데 그것 때문인지 나도 오줌이 마려웠지요. 그래서 내렸는데 오줌이……."

"나왔소?"

B가 빠르게 되물었다.

"안 나왔소."

"이상하군."

"이상하지."

"하하,"

"<u>흐흐</u>,"

그들은 웃었다. A는 마치 간지럼이라도 타듯 어깨를 들먹거렸으나 A는 약간 웃음을 아끼고 있는 것 같았다. 초가을의 초저녁이었다. M리 일대에는 솜뭉치 같은 어둠의 덩어리가 사방에 수북이 내려와 깔리고 있었다.

"한 대 피우시오."

A가 B에게 담배를 권했다.

"고맙소."

B는 가로수에 기대어 용변을 보던 때보다 더 엉거주춤한 자세로 담배를 받아들었다. A가 성냥을 그어댔다. 바로 그때, A는 B의 왼쪽 턱 가까이에 칼자국 같은 흉터가 있음을 발견하고 약간 이마를 좁혔다.

2

도회의 중심가 쪽으로 향하면서였다.

"난 이명구요. 밝을 명, 아홉 구."

A가 걸음을 세우며 B에게 손을 내밀었다.

"난 이계탁입니다."

"아!" 하고 A가 짧게 소리쳤다. "우린 종씨요."

"오!" 하고 B가 되받았다. "그렇소, 우린 종씨요."

"어느 이 씨요?"

A가 물었다.

"난 경주 이 씬데…."

"아," 하고 A는 조금 전과 같이 짧게 소리쳤다. "종파가 다르군."

"그럼?…"

B가 조심스럽게 물었다.

"난 전주 이 씹니다."

갑자기, A는 화난 듯한 음성으로 말했다. 그의 음성이 필요 이상으로 컸으므로 B는 순간 화들짝 놀라며 A를 훔쳐보았다. 도심부에서 들려오는 소음이 마치 수만 마리 벌떼의 웅웅거림처럼 무거운 부피로 그들을 휩싸 안았다. 그것은 이 도시에 사는 수많은 사람들의 아우성 같았다. 그것은 또 웃음소리 같기도 했고 어떻게 들으면 거대한 쇠 수레바퀴가 산등성이를 넘어오고 있는 굉음 같기도 했다. 버스는 쉼 없이 지나가고 〈안심보험〉과 〈쌍학시멘트〉라고 쓰인 네온사인과 〈간첩자수기간〉이라고 써 붙인 현수막이 어둠 속에서 빨래처럼 흔들렸다.

"난 형씨가 전주 이 씨가 아닌 것이 유감이오."

A는 그러나 아까보다 더 누그러진 음성으로 사과하듯 말했다.

"허지만…." 흩어진 머리를 쓸어올리고 있는 B의 손끝이 잠깐 떨렸다. 그리고 그는 조금 큰소리로 말했다. "우린 같은 이 씨가 아니오?"

"허지만 종파가 다르지 않소?"

"난 전주 이 씨가 아니란 말이오!"

B가 조금 큰소리로 말했다.

"난 경주 이 씨가 아니라니까?"

A도 화난 듯한 음성으로 대꾸했다. 두 사내는 잠깐 생각에 빠진 듯, 말없이 중심가 쪽을 향했다. 어디선가 간드러진 여자의 웃음소리가 들려왔다. 그 소리는 길게 꼬리를 흔들면서 때마침 헤드라이트를 켜고 지나가는 군용트럭의 바퀴 속으로 휘감겨졌다. 도시는 온통 붉고 푸른 불빛으로 치장된 검은 누더기를 걸치고 있었다. 〈HONG KONG BAKERY〉라고 쓰인 네온이 G자 두 개를 빠뜨린 채 희미하게 깜박거리고 있었다.

"미안합니다."

하고 잠시 후 A가 말했다. B가 A쪽으로 향하면서 고개를 들었다.

A는 아까보다 좀더 작은 소리로 말한다.

"난 형씨가 전주 이 씨였더라면 형님으로 모시려고 했었지요."

"무슨 말이오?"

"난 가족이라곤 아무도 없지요. 형님이나 동생이 있었으면 하는 게 소원입니다."

"딴 식구들은…?"

"죽었어요. 하난 육이오 때였구 또 하난 지난 여름이었소, 교통사고였소."

"안됐군."

"종파가 다르더라도 형제를 맺을 수 있겠지요?"

"물론," B가 조금 큰소리로 말했다. "우리는 같은 이 씨가 아닙니까?"

"이상한 일입니다. 사실 난 언제부터인가 같은 이 씨를 만나 인사할 때면 그가 어느 이 씨인가에 대해 물어보곤 하죠. 버릇… 그렇소, 이건 버릇인데, 아마 어렸을 적부터의 버릇일 거요. 그리고 상대가 나와 같은 전주 이 씨가 아닐 경우, 몹시 서운해합니다. 상대가 어느 종파에 속해 있는가를 따져보는 것도, 그가 자기 종파가 아니었을 때 서운해하는 법까지도 모두 그 누구에게 배워온 것 같소.”

“이상하군.”

“모르겠소. 허지만 분명히 그 누군가에 의해 ….”

A는 몹시 얼굴을 찡그렸다.

“아마 국민학교 적부터였을 거요. 난 줄곧 일등을 했는데 모두 그 어떤 습관적인 것 덕분이었습니다. 가령 선생님이 묻습니다. 무지개의 빛깔은? 빨주노초파남보. 애벌레로써 겨울을 지내는 것은? 도롱이벌레 포도 속 벌레 쐐기. 불이 났을 땐? 소방서. 이때 경찰서라고 대답하면 틀린 답입니다. 난 이렇게 전부 기계적으로 외워두기만 하면 되었소. 전과지도서에 씌어 있는 대로 말이오. 허지만 그땐 크렘린이 중공에 있는 곳인지 소련에 있는 곳인지 몰랐고 도롱이벌레가 어떻게 생긴 것인지도 몰랐소. 외워두면 일등이라는 것을 〈전과지도서〉는 내게 가르쳐 주었던 거지요.”

“전과지도서 ….”

B가 나직이 중얼거렸다.

“전과지도서는 좋은 책입니다.”

“당신 지금 무슨 얘길 하구 있소?”

“그 어떤 버릇에 대해서 말하는 중이오.”

“버릇이라면, 아까와 같은 ….”

“그렇소. 전과지도서에는 성씨가 다르면 형제가 아닌 걸로 가르쳐 주었소. 사친회비를 기일 내에 안 내면 퇴학이고 단추가 하나 떨어진 옷으로는 교문을 못 들어서고 모자의 흰 테두리는 꼭 일점오 센티미터여야 했소. 이런 것들에 대한 순응 때문에 저절로 얻었던 어떤 버릇 말이오.”

B는 흐트러진 머리를 쓸어올리며 A를 쳐다본다. A는 말하는 도중 몹시 얼굴을 찡그리고 있었다. 그는 자기의 얘기에 대해 몹시 불만스

러운 표정이었다. 네온의 불빛이 켜지면서 그의 얼굴을 붉게 물들였다. A는 B에게서 어떤 치명적인 상처라도 건드린 듯 잠깐 괴로운 표정이 되었다.

"난 또 이런 버릇이 있습니다" 하고 A는 다시 계속한다. "가령 은행에 돈을 찾으러 갔다가 신분증 제시를 요구하는 행원의 지시에 정말 내 이름이 이명구인가 하고 자기 이름까지를 스스로 의심해 본다든가."

B가 예의 그 간지럼을 타는 듯한 몸짓으로 킬킬거렸다.

"그것도 모두 그 전과지도서 때문이오? 자기 돈이 아니면 가져서는 안 된다는…."

"그렇소" 하고 A는 조금 큰소리로 말했다. "허지만 이 경우에는 그렇게 소심해지게 한 다른 사건이 있습니다."

A의 눈빛이 불길처럼 타올랐다. B는 A의 그런 모습을 훔쳐보며 그의 얘기를 말없이 기다렸다.

"난 열아홉 살에 군에 끌려갔소!"

A가 내뱉듯 말했다.

"전과지도서엔 스물하나가 되어야만 국민의 사대의무인 병역을 치르게 되어 있었는데, 읍사무소의 호적에는 두 살이나 더 보태어져 있었소."

"그래서 끌려갔군."

"할 수 없었지."

"안됐군."

"아까 말했듯이 난 우등생이었으니까. 우등생은 전과지도서를 어기는 법이 없소. 저걸 보시오."

A는 문득 손을 들어 앞을 가리키며 말을 중단했다. ㅈ청(廳)의 담벼락이었다. 그들은 그 벽에 붙어 있는 몇 개의 고지문(告知文)을 읽었다—간첩자수기간, 병역기피자 자진신고의 달, 사회질서 확립에 대한 담화문, 자진납세의 달, 반공, 방첩, 주민등록증 소지에 대하여, 독서주간… 등.

“난 저걸 한 번도 어겨본 적이 없소.”

A가 자랑스럽게 말했다.

“그러니까 우등생이지.”

B가 퉁명스럽게 대꾸했다.

“그런데 저 전과지도서가 내게 최초로 실수를 했었소. 열아홉 살을 스물한 살이라고 우겨 군에 가라고 지시했던 것 말이오. 우등생인 나에게 그것은 하나의 충격으로 간주되었소. 그 충격이 나에게 던져주고 간 것이 아까 말한 나의 버릇이오. 은행창구 앞에서 내가 정말 이 명구인가를 스스로 확인해 보는…….”

B는 간지럼을 타듯 다시 한 번 어깨를 들먹거렸다.

“형씬 너무 소심하군.”

B는 웃음을 거두고 A의 등을 어루만지듯 두어 번 두들겼다.

A는 깊은 생각 속에 빠진 듯 이마를 좁히며 포켓에 두 손을 넣었다. 풀죽은 소년처럼 A는 걸어가고, 인파 사이를 헤치며 B는 A를 잃어버리지 않기 위해 열심히 A옆에 따라갔다.

“무얼 생각하오?”

B가 A의 어깨를 툭 쳤다.

A는 대꾸하지 않았다.

“당신 요즘 무슨 책을 읽고 있소? 독서주간이라고 써 붙여 있던데…….”

B가 A를 비꼬았다. A는 순간 히잉, 웃었고 B는 더 큰소리로 따라 웃었다. 초가을의 초저녁이었다.

3

A는 몹시 취해 있었고 B는 조금도 취해 있지 않았다.

“아깐 미안했소. 전주 이 씨가 아니드래두 난 당신을 형님으루…….”

술집을 나오면서 A가 말했다. 그는 비틀거리며 B에게 어깨를 기대왔다. B는 끌어안듯 그를 부축하며 걸었다. 도시는 붉고 푸른 불빛으로 치장된 검은 누더기를 걸치고 있었다.

〈안심보험〉과 〈비너스 성형외과〉와 〈쌍학시멘트〉는 이 도시를 지키는 레이더처럼 하늘가에 떠서 빙글빙글 맴돌고 있었다. 어디선가 쇠망치 두드리는 소리가 들려왔다. 어디선가 사이렌 소리가 들려왔다. 어디선가 많은 사람들의 발자국 소리가 들려왔다. 두 사내는 도시의 한가운데에 와 있었다.

"난 전주 이 씨가 아니오."

〈간첩자수기간〉이라고 쓰인 현수막을 쳐다보며 B는 중얼거리는 듯 말했다. A는 몹시 취해 있었으므로 B의 말에 대꾸하지 않았다.

z로 입구에서 그들은 한 사람의 시체를 구경했다.

"감전이다."

"경찰을!"

많은 사람들이 다투어 가며 소리쳤다. 그들은 인파를 헤집고 안을 들여다보았다. 한 사내가 누워 있었다. 그의 머리 위에서부터 기다란 시멘트 기둥이 솟아있었고 그 위로는 검은 전선이 거미줄처럼 뒤엉켜 있었다.

"죽었다!"

누군가가 소리치며 인파를 헤집고 나왔다. 어디서부터인가 사이렌 소리가 길게 꼬리를 흔들며 가까이 다가오고 있었다. 초가을의 하늘은 그 소리에 의해 싸늘하게 금 그어졌다. 소리가 가까워 오자 B는 A를 황급히 끌어당겼다. 그와 동시에 A는 술 취한 사람 같지 않은 빠른 몸짓으로 귀를 틀어막았다.

"난 저 소리를 맨 처음 이불 속에서 들었소. 아홉 살 때였소."

B는 그러나 대꾸하지 않고 A의 어깨를 붙든 채 그를 골목으로 인도했다. 호루라기소리가 들리고 검은 제복의 사내들은 군중들을 인도 쪽으로 정리하고 있었다.

그들은 기다란 골목어귀에 와 있었다.

B는 숨을 가쁘게 몰아쉬고 있었다.

“웬일이오?”

A가 물었다.

“나 말이오?”

B가 말을 심하게 더듬었다.

“나두 마찬가지요, 저 사이렌소리가…….”

“형씬 거짓말을 하는군…….”

A는 B의 말을 가로막았다. 그리고는 히잉, 웃었다. B는 그러나 웃지 않았다. 갑자기, B는 깊은 생각 속으로 빠져든 듯 우두커니 서 있었다. 수은등의 불빛에 그의 왼쪽 턱 가까이의 칼자국 같은 흉터가 돋보였다. A는 그것을 바라보고 있었다.

“흉터가 있군요?”

하고 A가 마침내 말했다.

“난 개, 개구쟁이였소.”

하고 B가 말을 디듬었다.

“칼자국 같군.”

A가 조금 큰소리로 말하자 B는 대답하지 않았다. 골목 입구 쪽을 바라보고 있는 그의 눈빛이 빠르게 빛났다.

“어디로 갈까요?”

문득 A가 앙케트의 설문을 외듯 물었다.

“어디든지…….”

B가 서투른 배우처럼 웃어보였다. 그들은 천천히 골목을 빠져나왔다. 人로 네거리에 이르러 A는 B에 의지했던 그의 몸을 빼내어 자세를 바로 세웠다. 그는 조금도 취하지 않은 자세로 신호가 바뀌기를 기다렸다.

“여긴 재수 없는 곳인데…….”

A가 낮게 중얼거렸다.

"지난 여름이었소. 교통질서확립의 달이었을 거요. 난 여기서 보행위반으로 과료 오백 원을 물었소."

"보행위반?"

"횡단보도를 중간쯤 건너가다 보니 신호가 바뀌어버렸소."

"재수가 없었군."

"난 언제나 그랬소."

그들은 즈로 3가 쪽에 이르러 조그마한 다툼이 벌어졌다. 신축중인 고층건물의 담벼락에 용변을 보기 위해 앞단추를 풀고 서 있을 때였다.

"이봐요" 하고 한 여자가 그들을 불렀다. "내 방으루 가요."

그 음성은 어둠 속에서부터 그들에게로 가까이 다가오고 있었다. A는 풀었던 앞단추를 잠갔고 B는 화들짝 놀라며 한 걸음 뒤로 물러섰다.

"뭐요? 당신."

A가 물었다.

"당신 애인이야."

여자가 어둠 속에서 대답했다. B가 예의 그 간지럼을 타는 듯한 소리로 키득키득 웃었다.

"갑시다."

B는 A의 어깨를 붙들었다.

"흐흐."

A는 그러나 괴성을 지르듯 낮게 소리쳤다. 그는 왼쪽 어깨를 여자에게 그리고 한쪽 어깨는 B에게 붙들린 채 엉거주춤 서 있었다. 여자는 킬킬거리며 몹시 거친 몸짓으로 A를 끌어안았다.

그들은 잠시 서로를 마주보고 서 있었다.

"갑시다."

하고 이번에는 A가 B의 어깨를 끌어당겼다.

"너무 늦었는걸 …."

B가 낮은 음성으로 투덜대며 그러나 말없이 A의 뒤를 따랐다. 그들은 여자가 안내하는 대로 좁은 골목을 휘돌아 조그마한 한옥 기와집 속으로 들어갔다.

"안녕히 가세요."

"잘 있어요."

"잘 있어."

그들은 여자의 배웅을 받으며 골목을 빠져나왔다.

"이형", 하고 A가 B의 어깨를 툭 쳤다. "그 여자는 예뻤지요?"

"그렇소. 헌데 어디선가 자주 보았던 얼굴이었소."

B가 고개를 숙인 채 말했다.

"글쎄, 나도 지금 그런 생각을 하던 중이었소."

"아마…."

B가 무슨 말을 하려다가 말끝을 흘려버렸다. 그들은 말없이 도회의 중심가 쪽을 걷고 있었다. 밤은 진하게 어두웠고 거리의 수은등은 더욱 하얗게 허공에 떠 있었다. 금속성의 소리들로 짜인 검은 누더기를 걸치고 있었던 밤은 이제 포구처럼 낮게 가라앉아 있었다. 보도 위에 떠올랐던 사람들은 고기떼처럼 이리저리 몰리며 버스에 매달리고 있었다.

"당신은 총각인 모양이더군."

신호를 기다리던 B가 A에게 말했다.

"그 여자가 말했었군."

"당신하군 재미가 없었대."

"흐흐."

"하하."

그들은 어깨를 툭툭 쳤다.

"헌대, 당신은 매일밤 시내로 산보를 나옵니까?"

즈로 5가에서였다. B가 낮은 음성으로 물었다.

"그렇소. 거의 매일이오."

"…"

"대개는 무얼 구경하거나 누구를 따라다니지요."

"따라다닌다면 ….'

"언젠가는 두 남녀의 산보코스를 뒤쫓아본 적이 있었소. 그들의 산
보코스는 대단히 길었는데, 통금이 가까워서야 그들은 어느 조그마한
여관으로 들어가더군."

"아."

하고 B가 짧게 소리쳤다.

"그래서 나도 그날 밤 그들과 함께 그 여관에서 투숙했었지."

"…"

"번번이 그랬었소. 그러나 무엇을 쫓아가 본다는 건 내게 어느 것
보다도 더 흥미 있는 일이오."

B가 시계를 들여다보았다.

"이형" 하고 A가 갑자기 B의 어깨를 붙들었다. "종파가 다르더라도
형님을 삼을 수 있다고 했지요?"

"물론." B가 큰소리로 말했다. "우린 같은 이 씨가 아니오?"

그들은 서로를 마주보며 히죽 웃었다.

B가 다시 시계를 들여다보았다.

"자, 그럼."

B가 A에게 손을 내밀었다.

"어디로 가시오?"

A가 다급하게 물었다.

"너무 늦었소."

"허지만 …."

A는 히죽 웃으며, 그러나 B가 내민 손을 마주잡아 주지 않았다.

4

"우린 오늘 만나지 않았어야 했소." A가 떨리는 음성으로 말했다.

"난 결국 당신을 만나기 위해 이제껏 밤산보를 나섰단 말이오?"

문 쪽에 붙어 있는 B의 눈길이 빠르게 빛났다.

"난 당신에 대해 대강 알고 있었소!"

B는 그러나 대꾸하지 않았다.

"쏟아진 지폐를 주우시오. 우리는 잠을 자기 위해 여관에 온 것이오."

"난 내일 자수합니다."

B가 꺼져가는 음성으로 말했다.

"알고 있소."

"거짓말을 하는군…."

B의 눈빛이 차츰 흐려졌다. 형광등의 불빛에 그의 왼쪽 턱 가까이의 칼자국 같은 흉터가 보였다.

그들은 나란히 자리에 누웠다.

"무얼 생각하오?"

A가 물었다.

"아까 소변을 보던 때…."

B가 대답했다.

"아깐 그 여자가 당신 누이를 닮았다고 했었지."

"그렇소."

"이상하군. 나도 그 여자가 낯이 익었는데."

그들은 이불을 뒤집어쓰고 키득키득 웃었다.

"잠이 안 오는군. 소주를 사와야겠소." 갑자기 A가 일어나 바지를 꿰어 입기 시작했다. "조금만 기다려요."

B가 자리에서 일어나 앉았다. 순간적으로, 그는 무언가를 빠르게 생각하는 것 같았다. 왼쪽 턱의 흉터를 만지작거리고 있던 그의 손이

가늘게 떨렸다.

A는 빠른 걸음으로 여관을 벗어나 구멍가게 쪽을 향했다. 술 취한 사람처럼, A의 발걸음은 비틀거리기 시작했다. 그는 구멍가게를 지나쳐 파출소 쪽으로 향했다.

"무슨 일입니까?"

검은 제복의 사내가 물었다.

"네? 네, 네," A가 말을 심하게 더듬었다. "저기, 저쪽 골목에 사람이 쓰러져 있습니다."

"알았습니다."

검은 제복의 사내가 보고 있던 서류 쪽으로 시선을 거두어갔다. A는 도망치듯 파출소 문을 빠져나왔다. 그는 여름감기에 걸린 사람처럼 어깨를 한 번 들썩했다. 그리고 그는 고개를 두어 번 갸웃했다. A는 그제야 생각이 난 듯 구멍가게에 들어갔다.

"여기 소주 하나, 오징어 하나, 그리고 ···."

A는 비닐봉투에 담긴 술과 안주를 가슴에 안은 채 천천히 여관 쪽으로 향했다.

"이 형!"

그는 방안을 기웃거렸다. B가 보이지 않았다. 하얀 회를 바른 정육면체의 상자 속, 그러나 거기에는 다만 형광등의 불빛만이 하얗게 빛나고 있었다. 어디선가 쇠망치 두드리는 소리가 들려왔다. 어디선가 사람들의 발자국소리가 들려왔다. 어디선가 벽돌 쌓아올리는 소리가 들려왔다.

(《현대문학》, 1971.3)

백미러

너 조대필이라구 생각나니? 삼학년 때는 사반이었지 아마. 거 왜 있잖아. 졸업생 사은회 때 술 처먹고 여학생 치마에 대고 오줌 싸갈긴 놈 말이다. 그 새끼 그때 단국대 공대 쳐서 떨어지고 이듬해 군에 갔었지. 그렇지, 왼쪽 턱 가까이에 칼자국 같은 흉터가 조그만 게 있었지. 어려서 밤 구워먹다가 그게 터지는 바람에 화롯불에 화상 입었다는 놈 말이다.

나 지난 겨울에 그 새낄 만났어. 광화문 지하도를 지나는데 웬 삼삼한 년이 내 쪽으로 오는 거야. 야, 나 최근에 고렇게 이쁜 년 첨이었어. 저어쪽 지하도 입구에서부터 확 눈에 띄는 거야. 거 왜 있잖니, 삶은 계란 껍질 벗겨놓은 거 같은 색깔 있지. 고애 살결이 꼭 그렇더군. 키가 아마 백 육십삼? 사? 아주 쪽 곧았어. 고년을 환장한 듯이 쳐다보며 지나치는데 웬 사내새끼가 나를 노려보고 있더군. 알고 보니 둘은 동행이었어. 새끼가 나를 지나치고 나서도 고개를 뒤로 돌려 날 노려보고 있질 않겠어. 난 고년 뒷폼을 좀 보기 위해 고개를 돌렸는데 그 새끼와 눈싸움만 한 셈이었지. 그런데 그것도 잠깐이었어. 그 새끼 얼굴이, 고 얼굴을 확 구긴 인상이 퍽 낯익더라 이 말씀

이야. 생각하니 그 화학선생한테 터지고 복도에 꿇어앉아 있던 때의
그 구긴 인상이 떠오른 거지.

"형씨, 나 좀…."

녀석이 따악 걸음을 멈추고 말하더군.

"혹시 …."

내가 그에게 다가가자

"이건 뭐야…."

하고 녀석은 내게 어슬렁어슬렁 다가오더군.

"야! 너 이 새끼 조대필이 아냐!"

내가 먼저 소리쳤지.

"어? 이 새끼 좀 보게. 너 상복이구나. 임마, 너 상복이지?"

녀석이 구겼던 인상을 펴고 내 손을 덥석 쥐더군.

"너 정상복이냐 이상복이냐. 이름만 알고 성은 모르겠다. 이 새끼,
이거 몇 년 만이야."

녀석은 내 어깨를 툭 치고 등허리를 툭 치고 뒤통수를 툭 치고 마
치 내가 그 동안 살아 있었다는 게 신통하고 대견하다는 표정으로 나
를 대하더군. 나도 반가웠어. 그 새끼 졸업하고 처음이니까, 한 칠
년 만에 만난 거지.

"너 지금 어디 가니?"

"넌?"

"아니 그냥."

"좋아, 한 잔 하자."

"좋다."

"근데 …." 내가 저만큼 서 있는 고년을 눈짓으로 가리켰지.

"응? 응, 깔치야, 같이 가지 뭐."

대필은 그때야 힐끗 고개를 돌려 고년을 턱으로 부르면서 말했어.

"인사해. 동창생이야."

"안녕하세요. 김문숙이에요."

김문숙 양이 얼굴을 모로 세우며 까딱 인사하더군.

"정상복입니다."

내가 말을 마치기도 전에 조대필이는 벌써 걸음을 옮겨놓으며

"야, 이리 와요. 요 근처 죤 술집이 있지 아마."

하며 내게 손짓해 보이더군. 우리는 새끼가 안내하는 대로 〈상미주점〉이라는 술집으로 들어갔어. 거긴 밥도 팔고 술도 파는 곳이지. 우린 소주 한 병과 낙지볶음 한 사라 그리고 옆에 있는 고년이 자긴 조개탕이 좋겠다 하여 조개탕 하나를 주문했지. 녀석은 술집에 들어가서도 연방 싱글싱글 웃으며 이 새애끼, 너 제법 늙었는데 어쩌구 하면서 나를 신통하고 대견스런 표정으로 대했어.

"너 아까 이애를 쳐다보는 눈초리가 이상했어."

녀석은 마침내 내가 자기 깔치를 환장한 듯이 쳐다보던 생각이 난 모양이더군.

"아깐 실례했습니다. 미인이십니다."

나는 조금 쑥스럽고 계면쩍은 소리로 이렇게 말했어. 문숙이라는 년은 또 고개를 모로 세우며 키득키득 웃더군.

"덕분에 동창을 만났지 뭐예요."

"그렇지요. 문숙 씨가 예쁘지 않았드래믄 이 자식도 못 만났지요."

"지랄허네. 넌 도대체 남의 여잘 고렇게 살살 핥고 다니는 버릇이 틀렸단 말이야. 난 아까 한 대 까버릴려구 그랬어. 너 오늘 운 좋다. 술 사, 임마."

녀석은 소주 한 잔을 빠르게 입 안에 털어넣고는 다시 제 잔에 술을 채워 거푸 또 한 잔을 털어넣었어.

"이 새끼 술 쎈데?"

"술은 역시 소주가 좋아. 맥주나 정종보다는 훨씬 더 맛이 앗쌀하지."

녀석이 옆에 앉아 있는 문숙이라는 년에게도 말없이 한 잔을 따라 주자 고년은 그걸 받아 금방 비워내더군. 고년이 고개를 쳐들어 쌍판

을 찌푸린 채 눈을 내리깔고 술 마실 때 보니까 아이새도한 게 좀 더 럽게 보이더군.

"그래 넌 요즘 어떻게 지내니?"

내가 묻자 녀석은 마치 간지럼이라도 타듯 킬킬킬킬 웃었어.

"임마, 보다시피 너하구 이렇게 깡술이나 마시구 있지 않니?"

녀석은 그러면서 내게 처음으로 좀 수줍어하는 얼굴이 되었어. 그렇지만 내가 그걸 보고 의기양양해 할 수는 없는 일이고. 너도 알다시피 나도 그 새끼한테 떳떳하게 날 소개할 입장도 못 되었구.

"결혼은 아직 안 한 거 같구, 어디, 회사 나가니? 아니면….."

"나?"

녀석은 갑자기 표정이 엄숙해졌어.

"뭐, 조그마한 사업 하나 벌이구 있어."

너도 알다시피 그 사업이라는 게 코걸이 귀걸이 다 되는 얘기 아냐? 사업이라면 별의별 사업이 다 있겠지. 대개 실업자 새끼들이 하고 있다는 게 바로 그 '조그마한 사업'이거든. 새끼들은 또 거기다 '조그마한'이라고 하여 듣는 사람이 전혀 조그마하게 보이지 않도록 목에다 힘을 주고 말한단 말씀이야.

"무슨 사업인데?"

그러자 그 새끼가 또 킬킬킬킬 간지럼을 탔어.

"임마, 술이나 들어. 그런 건 우리 천천히 얘기하자. 안 그래도 너한테 협조 좀 구해야겠다."

자식이 뜸을 들이더군. 그러면서도 녀석은 나에 대해서는 아예 묻지도 않았어. 묻지도 않는 얘길 내가 먼저 꺼내서 나는 지금 무얼 하고 지내니 마니 할 수도 없더군. 그 사이 내가 뭐 고등고시나 붙었다거나 청계천에 만년필상회라도 하나쯤 차리고 있다면 모르겠지만. 자식은 나를 깔아뭉개는 투였고, 그러자 나는 슬그머니 핏대가 나더군. 제놈이 어떤 사업을 벌이고 있는지는 몰라도 뭐 별 볼일 없는 게 빤히 보였어. 대낮에 깡소주를 단숨에 입안에 털어넣고 있는 술꾼 깔치를 끼고 앉아 있는 폼이나 담배를 이틀쯤은 굶은 놈처럼 열심히 내 담배만 죽이고 있는 폼이 영락없이 경기 안 좋은 실업자였지.

"야, 문숙아, 너 오늘 우리한테 술 좀 살래?"

녀석이 갑자기, 옆에 앉은 그년의 어깨를 툭 치며 말했어. 나는 그때 조금 의아했지. 문숙이가 그때 눈을 흘기며

"애, 넌 술 좀 그만 좋아해라!"

하고 톡 쏘아붙였거든. 이건 완전히 개판이야. 나이두 대필이보다는 덜 먹어 보이는 게 애, 쟤 하고 말을 놓더군. 대필이가 그때 좀 무안해진 얼굴로 변하자 그년은 조금 있다가

"이만 원이면 되겠어? 지금 가진 게 고것 뿐야."

하고 금방 돈을 꺼내줄 폼이었어. 난 기분이 묘해지고 말았어. 이만 원이면 씨팔, 그게 작은 돈이니? 그년은 그게 무슨 우동 한 그릇값쯤 되는 걸로 말하더란 말이야. 내가 고개를 들어 그년을 다시 살펴보았더니 아닌게아니라 지하도에서 보았던 고 깨끗한 피부가 되살아나는 거야. 아까 내가 그년의 아이섀도가 좀 추해보였다고 했지만 그때는 눈을 치켜뜨구 있었을 때였구, 이젠 다시 그 삶은 계란속살 같은 피부가 눈에 들어왔어. 돈도 많은 년이구나, 연희동에 3층집 짓고 사는 김 사장네 셋째 딸쯤 되겠구나. 그리고 보니 네가 이 조대필이를 만난 곳은 라이온즈 호텔 고고클럽이 틀림없다. 나는 순간적으로 이렇게 단정하였어. 아마 너도 지금 그런 생각을 하구 있을 거다. 하지만 고 문숙이란 년은 그게 아니었어. 이건 좀 나중에 말하는 게 좋겠군. 나도 그건 나중에야 알았으니까.

하여튼 난 대필이보다는 고 문숙이라는 년 땜에 그날 곧장 대필이와 헤어지지 못한 거야. 어떻게 보면 비어홀 씨팔(18)번 같기도 하고, 어떻게 보면 이화대학 일등짜리 같기도 하고, 어떻게 보면 사장님 세컨드 같기도 하고, 어떻게 보면 목사님 딸 같기도 하고, 이거 환장하겠더군. 그년은 요컨대 아주 싸가지 없게 굴다가도 갑자기 여선생님처럼 근엄하고 예의바르고 선량한 얼굴로 변하곤 하였어. 재미

있는 것은 그때마다 조대필의 표정도 그렇게 따라 변하는 거란 말이야.

우리가 술집을 나와 시계를 보니 일곱 시. 대필이는 나중에 소주 두 홉들이 한 병을 혼자서 더 시켜 마셨는데도 전혀 취기가 없었고 오히려 내가 좀 취한 편이었지. 밖에는 눈발이 날리고 있더군. 오후 한나절 내린 눈이 그 겨울 들어 구두코가 빠지도록 쌓였어. 녀석은 오바를 입지 않았기 때문인지 좀 추운 모습으로 고개를 움츠렸어. 그리고는 언제 알았는지

"이 새끼, 내 코트 한 벌 외상으로 맞추자. 어때 한 벌 해주겠어? 외상 안돼?" 하고 소리쳤어. 취중에 아마 내가 을지로 입구 '사모아' 텔러 재단사 조수로 있다는 얘길 해버렸던 모양이야. 씨팔, 그 소릴 듣군 문숙이란 년이 키득키득 웃겠지. 이건 날 놀리는 건지 원.

"임마, 너처럼 덩치 큰 놈은 돈 더 받는다."

"마치 좆 큰 놈 목욕비 더 받겠다는 심뽀군."

"뭐라구?"

"애애, 대필이 너 취했니?"

그때 문숙이가 녀석의 등을 핸드백으로 한 대 갈겼어.

"임마, 문숙이 넌 술이나 사. 오늘은 우리 xx고등학교 제8회 동창회다. 문숙 씨, 제발 오늘만큼은…."

녀석이 흐들흐들 웃으며 좀 화가 난 문숙이에게 달래는 투로 말했어.

우리는 곧장 다동에 있는 미시시피 홀이란 델 갔어. 고년이 술 산다는 데야 안갈 수 없지.

어서 옵쇼, 이리 들어가시죠, 몇 번 아가씨 부를까요, 하고 떠벌이며 웨이터 두 놈이 붙더군.

"보다시피 난 여자가 필요없다. 이 친구나 하나 붙여줘. 이쁜 년으루."

대필이가 문숙이년을 힐끗 쳐다보며 말했어. 맥주가 네 병, 안주가

둘, 여자가 하나 우리 테이블로 날아왔지.

"실례합니다."

제법 깍듯이 인사를 하고 내 옆으로 온 년은 제 이름이 박미경이고 백넘버가 십사 번, 여기 온 지 이틀밖에 안 된다고, 묻지도 않는 소리를 지껄였어. 그년은 앞에 앉아 있는 문숙이가 신경 쓰이는 모양인지 더럽게두 얌전히 앉아 있더구나. 비록 이런 데 있지만 너만큼은 되는 여자다. 형편이 그리 못 돼서 그렇지 원래는 뼈대있는 집안의 외동딸이었다, 하는 식으로 말이야. 하긴 나도 그렇지. 고 문숙이년 신경이 쓰여서 옆에 앉은 그년을 주무를 수가 있어야지. 내가 그러고 있으니 대필이 새끼도 덩달아 엄숙해지는 거야. 갈보 앞에서 갈보도 아닌 년을 주무르면 외려 저쪽이 갈보같이 보일까 싶어서였지. 그러자니 이건 뭐 남북 적십자회담에 온 사람처럼 뻣뻣해지고 쑥스러워지고 술맛이 싹 가시더군. 우리가 무슨 약수터에 물 마시러 온 놈도 아니구 말야. 술이 두 번째 날라와서야 난 제정신을 차렸지. 에라 모르겠다, 내가 뭐 공자님 손주냐 싶어 마구잡이로 손을 놀려댔지. 아이 왜 이러세요, 하고 처음에는 제법 수줍이하더니 이분이 더듬과를 나왔나 어쩌구 하면서 이젠 제가 더 본격적으로 손놀림을 해대더군. 문숙이 년이 보고 있는데두 내 바지 사타구니께를 툭툭 치면서 손장난이야. 대필이와 내가 킬킬거리고 있으니까 문숙이가 그때 꽥 소리친 거야.

"이 쌍년아, 그게 무슨 짓이니?"

이말 듣고 가만있겠어?

"뭐라구? 댁은 이짓 안 해봤어?"

그년도 막 대드는 거야.

"뭐라구?"

"얌전한 척하지 말라구. 누군 왕년에 ···."

"아이 기가 막혀!"

"그러지 마시라구요! 나두 벌어먹고 살아야겠어. 이까짓 거 좀 만진다구 닳아지나? 이게 무슨 금덩이야? 자기 것도 아니면서."

우리들은 까르르 킬킬 우하하 웃어제꼈어.

"치사한 자식들!"

마침내 문숙이가 우리에게 욕지거리를 퍼부으면서 자리에서 벌떡 일어났어. 대필이가 다시 붙잡아 앉혔지. 그러자 문숙이가 핸드백을 열고 만 원짜리 한 장을 대필이 가슴팍에 휙 내던졌어.

"난 가겠어."

문숙이가 다시 일어났지.

"잘들 노세요."

붙잡을 사이도 없이 그년은 밖으로 나가버렸지. 좀 미안하더군. 대필이는 키들키들 웃으며

"야, 여기 기집애 하나 더 와라!"

하고 소리쳤어. 웨이터가 우리 외숙모 같이 생긴 년을 하나 달고 오더군. 하지만 문숙이년이 가고 나자 대필이는 갑자기 우울해지더군. 그리곤 내게 이런 소릴 했어.

"야, 상복이 너, 나를 도와주지 않겠어?"

무슨 소린가 했지.

녀석이 뚱딴지같은 소릴 하더군. 녀석이 내게 문숙이 얘길 꺼냈어. 녀석이 들려준 문숙이 얘길 들어보라구.

…나와 문숙이가 처음 만난 것은 작년 가을이다. 나는 그때 〈라스베가스〉에서 디제이로 일하고 있었다. 라스베가스라면 너도 알는지 모르겠지만 아마 명동에서는 다섯 손가락 안에 드는 큰 다방이다. 원래 나는 군에서 제대하고 수원 〈매향살롱〉에 있었다. 어느 날 한참 신나게 디제이를 보고 있는데 어떤 중년 신사가 리퀘스트 창구로 종이쪽지를 디밀었다. 당신이 보는 사회는 훌륭하다. 이따 일 끝나고 0번 테이블로 오라, 내가 술을 사겠다. 대개 이런 내용의 글이었다. 너두 알겠지만 그때엔 크리프 리처드가 판을 칠 때다. 매향살롱은 주

로 수원의 처녀 총각들이 단골이었다. 거긴 디스크도 백여 장밖에 안 되었다. 그렇지만 크리프 리처드를 필두로 그때 날리던 놈들, 말하자면 엘비스 프레슬리, 폴 앵카, 비틀즈, 우리 히 식스, 펄 시스터즈, 진주조개를 연주한 빌리 본 악단 등의 레코드가 좀 있었다. 난 고것들을 요리조리 섞어가며 제법 유창하게 사회를 보았다. 그때 나는 《세계의 명언집》이라든가 《음악의 마력》, 《시 낭독집》, 《세계의 음악가》, 《예술가의 여인들》, 《한밤의 명상》, 《심야의 대화》, 《소월 시집》 등 닥치는 대로 사다가 읽었다. 좋은 문구는 수첩에 적어두고 외우기도 했다. 그러다 보니까 자질구레한 상식도 제법 늘고 고걸 사이사이에 끼워 써먹었더니, 대번 손님도 늘고 내 인기도 좋아졌다. 볼륨을 갑자기 줄이고는 조는 듯한 음성으로 "저기 저 산 너머엔 행복이 있다고 말하지만 …" 어쩌고 하는 시를 읽어대면 계집년들은 아예 오줌을 빨빨 쌌어. 난 거기서 일 년인가 일하다가 바로 그 다음날 그 중년 신사를 따라 라스베가스로 오게 됐다. 그 친구가 바로 주인이었다.

처음엔 좀 얼떨떨했다. 스피커 시설도 엄청났구 녹음기, 앰프, 마이크, 턴테이블 모두가 외제 신제품인데다가 홀도 넓어 백 석이 넘었다. 너도 알다시피 나는 한다면 하는 놈이다. 나는 그날 첫날부터 맹연습에 들어갔어. 물론 시마이를 하고 난 밤 열두 시부터였다. 나는 헤드폰을 끼구 박스에 들앉아 혼자서 미친 듯 연습을 해댔다. 하루 일에 지친 종업원 년들은 의자를 맞대놓고 잠을 자고, 나는 그 동안 외국가요를 원어로 외우고 발음을 정확히 하라는 주인의 주의도 있고 해서 사전도 꽤 들춰보았다. 기계 만지는 법을 익히고 특히 곡목이 바뀔 때 사이사이에 끼어들어 감정 넣어 구라 피우는 요령, 그때그때의 볼륨의 크기, 노래 내용에 맞는 이야깃거리 등을 마치 구구법 외우듯 했다.

거기서 두 달 그러고 있자니 손님이 좀 모여들었다. 물론 대학생, 재수생, 겉멋든 년놈들 나부랭이였다. 나는 이제 디스크 한 장 가지고도 홀 안의 손님을 조정할 수 있게 되었지.

"조 씨, 손님 좀 바꿔요!"

하고 종업원 년이 신호만 보내오면 나는 담박 타악기로 된 연주, 이를테면 팀파니, 실로폰, 첼레스타, 차임에서부터 북, 트라이앵글, 심벌즈, 탐탐, 캐스터네츠 등이 짬뽕된 곡을 올려놓는 거야. 아니면 흑인 놈들이 미쳐 날뛰며 소리 지르는 것을 올려놓든가. 그러면 앉아 있던 친구들이 서서히 자리를 뜨는 거다. 듣기가 괴롭다 이거지.

좌우지간 라스베가스로 와서 난 신세가 펴기 시작했다. 월급이야 사만 원밖에 안 받았지만 그 대신 술값은 안 들었다. 리퀘스트 창구에는 별의별 쪽지가 다 들어온다. 오늘 시간 끝나면 술 사겠다. 태릉에 함께 놀러갈 수 있는가. 이년들은 아예 빤쓰 벗구 대드는 거다. 골빈 년 참 많았다. 대학생, 재수생, 날라리 할 것 없이 모두 환장을 하는 거였지. 헤드포온 끼구 터억 버티고 있으면 내가 마치 크리프 리처드처럼 보이는 모양이지. 하긴 네가 보다시피 이 흉터만 없으면 나도 제법 잘 빠진 몸이긴 하지만 말이다.

내가 문숙이년을 만난 게 그 즈음이었다. 아마 그날은 월요일인가 그랬을 거다. 아침나절이었다. 오전중엔 대게 탱고나 왈츠, 혹은 만토바니류의 디스크를 올려놓고, 나는 박스에 들앉아 그날 돌릴 판을 추려내고 손질하는 일로 시간을 보낸다. 그때 종업원년이 웬 쪽지 하나를 디밀었다.

"남의 장단에 춤추지 마시고 당신 노래나 한 곡 부탁합니다."

이런 내용이었다. 갑자기 핏대가 났다. 종업원을 불러 어느 놈이냐고 따졌다. 저어쪽 스피커 아랫자리에서 웬 년이 키득키득 웃고 있었다. 문숙이였다. 때려 죽이려구 다가갔다가 그만 사랑하게 되고 말았어. 맘에 들었지. 한데 이년이 씹어대는 말이 나를 무척 당황하게 했다. 왜 당신은 남의 판은 돌리면서 그렇게도 신이 나서 그 모양이냐, 당신은 당신의 노래는 부르지 못하느냐, 당신이 측은해 보인다.

여보쇼, 누가 이짓 좋아서 하는 줄 아쇼, 학교 다닐 때 오락시간에 사회를 몇 번 맡아 본 경력이 날 이 지경으로 만들었지. 난 원래 건축 기사가 되는 게 꿈이었소. 당신 누굴 악올리는 거요.

문숙이년이, 고 건방지고 깡패 같은 문숙이년이 날 좋아해 주었다. 나는 차츰 차츰 남의 노래나 돌리며 상자 속에 갇혀 지내는 생활이 지겨워지기 시작했다. 문숙이년이 들어와 앉으면 영 쑥스럽고 어색해지고 만다. 문숙이는 적어도 빤쓰 벗고 대는 년들하고는 달랐어.

나는 문숙이와 동거하기 시작하면서 라스베가스를 그만두기로 결심했지. 동거생활이라니까 문숙일 전직 술집 갈보로 생각지 말아라. 너도 혹시 알는지 모르겠다만 을지로에 있는 쌍학산업 사장 딸이다. 안양 근방에 제분공장이 둘 있다니까 꽤 큰 회사다. 문숙이가 대학을 두 번 낙방한 애긴 하고 싶지 않다. 좌우지간 집에 들어가기가 싫다는 소릴 자꾸 했다. 무슨 일로 문숙이 어머니라는 여잘 만나보기도 했는데 나에겐 아예 사위대접이었다. 웃지는 말아라, 이 조대필이라구 사장딸 갖지 말란 법 있냐. 내 장모 될 여자도 꽤나 왈가닥이었다. 눈 크고 손 크고 코 크고 덩치 커서 꼭 여자 레슬러 같았다. 문숙이도 성격은 꼭 어머닐 닮았다. 그 여자는 도대체 딸에게는 관심도 두지 않고 친구집에나 싸다니는 눈치였다. 문숙이가 무단가출해도 꼭 데려갈 생각도 하질 않았다. 한 달에 두어 번 만나 용돈이나 생활비 등속을 월급 주듯 건네주는 모양이었다. 나야 라스베가스에서 나온 월급으로 철되면 기성복이나 하나 걸치면 되었지.

그러던 어느 날이었어. 문숙이년이 나에게 이상한 제의를 해온 거야. 아버지를 죽이자는 거였다. 무슨 뚱딴지같은 소린가 했지. 씨발, 아버지 죽여달라는 딸년을 보고 내 기분이 어쨌겠냐. 아버지가 미웠으면 미웠지 죽여달라는 소린 또 뭐냐 말이다. 문숙이년은 그러나 아주 진지하게 우리 아부진 죽어야 돼, 하며 내 소매를 붙들고 울었어. 이 조대필이가 아무리 초년고생이 심하기로서니 남의 살인청부를 맡아 하게 됐느냐. 이봐 문숙이, 그분도 내 장인 아니냐, 장인 죽이는 사위가 되고 싶지 않다고 달랬더니 그날은 문숙이도 키득키득 웃고 말더군.

그리고 나는 문숙이년의 제의에 따라 한남동 가서 매일 아침 자동차 운전연습을 해댔다. 운전면허를 따서 아버지의 차를 몰아달라는 거였다. 아버지를 못 죽이겠으면 차라리 그분을 모시고 다니면 안 되느냐는 거였다. 지금 있는 운전사는 아버지와 너무 한속이어서 보기도 싫다고 하였다. 어머니도 그 운전사를 남편만큼 싫어하고 있었던 모양인데, 하여튼 나는 우리 사모님 아니 장모님의 강력한 추천을 보장받고 운전면허를 따기로 결정했다.

너도 알다시피 나는 한다면 하는 놈이다. 이 섬세한 손으로 디스크의 가느다란 선 위에 바늘을 정확히 얹어놓는 이 섬세한 손이 그 따위 투박한 쇳덩어리 하나 운전 못 해내겠느냐. 난 한 달 연습하고 곧 면허증을 얻었지. 그리곤 이른 새벽이면 사모님이 내주는 차로 시내 운전연습에 나섰어. 한 달 해보니까, 자전거 운전보다 더 쉬운 게 고거드군.

시치미 뚝 떼고 난 엉뚱한 사람의 추천을 받고 김 사장의 차를 운전하기로 했지. 우리 사모님에게 어떤 트집을 잡혔는지 그 운전사는 곧장 자리를 넘겼다. 난 문숙이와의 동거생활을 끝내고 아예 문숙이네 현관방으로 옮겼어. 김 사장은 우리들의 관계를 전혀 눈치채지 못한 모양이었다.

그러나, 이 초년고생 많은 조대필이가 레코드판 대신 자동차를 운전하게 되면서부터 신세는 조지기 시작한 거다. 유리상자 속에 갇혀 주둥이만을 놀려대던 그 생활이 차라리 그리워지기 시작한 거다. 우리 장인, 아니 우리 사장님은 문숙이 말마따나 죽어 마땅한 사람이었다. 이 친구는 안양에 있는 제분공장을 매일 한 번씩 다녀올 만큼 사업에 정력적이었지만 또 그만큼 정력적으로 여자를 즐겼다. 나는 그때마다 사모님께 일일이 보고를 띄웠다. 하지만 이게 어디 사내새끼가 할 짓이냐, 그것도 한두 번이지 거의 매일 여자를 잡숫는 대식가 김 사장을 당해낼 수가 없었지. 어둡고 긴 가회동의 기다란 골목 어귀에서 파도소리 요란한 인천의 해변에서 나는 어두운 차안에 들앉아 발정난 늙은 수캐 한 마리를 태우고 이 어지러운 도회와 수많은 인파와 수많은 골목들을 헤치며 깊고 어둡고 그리고 아늑한 장소로만 차를 몰았어. 그것은 마치 밤바다에 떠있는 작은 보트처럼 위태하고 한편으로는 두려운 항해 같았지. 나는 한 마리의 잘 길들여진 똥개처럼 늙은 주인을 따라다녔다. 그때마다 나는 문득문득 내가 라스베가스에 있을 때 만나고 보았던 모든 일들이 만토바니의 은은한 왈츠처럼 유쾌하고 신선하고 부드럽고 황홀해 보이기 시작했다.

내가 지금 너에게 무슨 얘길 하고 있는지 모르겠다. 한 평밖에 안 되는 작은 유리상자 안에서 꾸며지던 나의 조그마한 음모가, 그 한 평 너비밖에 안 되는 리퀘스트 창구로 통해 들어오던 종이쪽지들이 이제는 모두 모두 새로 나온 지폐처럼 소중하고 귀여워 보이더군. 문숙이년 때문에 나는 그것을 깨달았어. 나는 문숙이네 사랑채에 살면서 내가 지금까지 증오하고 구역질해 대던 사물들의 모두가, 그 동안 긁어 모아두었던 그 찌꺼기들의 모두가 이제는 나의 재산이었음을 알았지. 내가 가지고 간 쓰레기는 적어도 그들의 쓰레기통에 함께 쓸어넣기에는 아직 버릴 물건이 아니었다. 나는 다시 그곳을 나오기로 결심했어. 그리고 나는 문숙이년의 제의를 받아들이기로 했다. 그녀의 아버지를 죽이는 일은 내가 하기로 한 거다. 내가 김 사장을 죽일 이유가 있다면, 그것은 내가 사랑하게 된 여자가 그렇게 원했기 때문이었지.

지난 가을이었어. 그날도 늦은 오후 안양 제분공장을 다녀오는 길로 수원으로 향했지. 수원에는 김 사장이 아끼는 여자가 있어. 문숙이 말에 의하면 그 여자는 하나밖에 없었던 문숙이의 친오빠(그는 삼년 전 결혼 이태째에 폐결핵으로 죽었다)와 결혼한 사람이었다. 그러니까 문숙이에게는 올케가 되고 김 사장에게는 며느리가 되는 여자지. 위자료 비슷한 돈을 떼어주고 갈라진 지 두 달 만에 남편이 옛날의 며느리집에 드나들고 있음을 알았던 모양이었다.

그날 밤늦게 발정난 늙은 수캐를 싣고 서울로 오던 길이었어. 술에 취해 곤드레가 된 우리 사장님의 모습을 백미러로 훔쳐보던 순간 나는 문득 문숙이년의 제안을 떠올린 거였다. 희미한 가로등의 조명을 받으며 고속도 주변의 주민들이 가끔, 아주 가끔씩 도로를 가로질러 건너다니고 있었어. 나는 속도를 내기 시작했어. 눈앞에 스러져가는 차량들의 헤드라이트가 수없이 뒤로 처지고 가로등의 희미한 불빛이 어지럽게 내 시야에 달려들었어. 나는 액셀러레이터를 밟은 발을 위로 솟구치듯 온몸을 들어눌렀지. 고맙게도, 정말 고맙게도 그때 백여 미터쯤 되는 거리에서 기다리던 한 주민이 도로를 가로질러 가고 있었거든. 나는 눈을 감았어. 그리고 온 힘을 다해 브레이크를 밟았지. 발정난 늙은 수캐는 나의 뒤통수를 걷어차고 앞유리를 박살낸 조수석 위로 튀쳐나갔다. 차의 앞부분에 으깨어진 머리를 눕힌 채 늙은 수캐는 뻗어버렸지. …

"그래, 그 새긴 아주 뻗었니?"

대필이새긴 그때의 광경을 떠올리듯 눈을 조금 감고 있더군. 도대체 이 새긴 자길 도와달라는 소리만 되풀이했지. 어떻게 도와달라는 건지 통 오리무중이야.

"아주 뻗었단 말야?"

내가 다그쳐 묻자 녀석이 화내듯 소리쳤어.

"되살아났어."

"뭐라구?"

"마치 낮잠에서 깨어나듯이 말이야."

"그럼 … ."

"병원에 한 달 누워 있었지."

"그 작자 목숨 한 번 모질군."

대필이는 그때 갑자기 옆에 앉은 년의 젖가슴을 주물러대기 시작했어. 그리고는 예의 그 낄낄낄낄 간지럼을 타는 듯한 묘한 웃음을 흘리더군.

"덕분에 난 경찰서에 끌려갔었다구. 과속운전이라는 거야. 그게 살인미수라는 건 우리 문숙이가 다 알고 있는데두 말이지."

"그래, 지금도 그 집에서 지내니?"

내가 묻자 녀석이 또 그 뚱딴지같은 소릴 한 거야.

"야, 상복이 너, 나 좀 도와주지 않겠니?"

하고 말이야.

녀석은 술을 너무 마셨기 때문에 담배가 거꾸로 된 것도 모르고 필터 타는 걸 빨아대기도 했어. 술값이야 문숙이년이 놓고 간 돈으로 충분했지. 녀석이 술을 더 가져오라고 소리 소리 쳤지만 내가 녀석을 부축하고 밖으로 나왔어. 열두 시가 가까워 온 시간이었어. 거리엔 행인도 많이 줄었구, 눈이 제법 많이 쌓이고 있더군.

"놔라 놔. 나 안 취했다. 이 새끼야."

녀석이 내 손을 뿌리치더니 곧 전봇대를 붙들고 한바탕 토해대더군. 그리고는 곧 취한 놈답지 않게 멀쩡한 걸음으로 두리번두리번 하더니 이차를 가자고 하질 않겠어.

녀석이 붙드는 바람에 할 수 없이 우린 여관엘 들어갔어. 들고간 소주병을 그대로 놔둔 채 녀석은 곧 코를 골기 시작하더군.

난 새끼의 옆에 누워서 좀 이상한 기분에 빠져들었어. 너두 알다시피 대필이하구 우린 고등학교 때 별루 친하게 지내지두 않았지 않니. 근데 이 새끼가, 마치 최전방에서 군복무를 하다가 처음 휴가나온 동생처럼 측은하고 한편으로 대견하고 정다운 거였어.

가져간 소주병을 따서 혼자 들이키다가 두 시가 넘어서 나는 잠이 들었는데, 아침에 깨어보니 새낀 나가구 없었어.

"야, 상복이 너 좀 나와라."

그리고 며칠 후, 녀석은 다짜고짜 돈 삼만 원만 해갖구 무교동 실비아 다방으로 나오라는 거야. 씨팔, 나한테 무슨 삼만 원이 당장 생기겠니. 그냥 가긴 뭐하구 해서 내가 가진 것 다 털어서 팔천 원 해갖

108

고 나갔지.

"상복아, 날 좀 도와다구."

이 새낀 또 그 소리야.

"나 그 집을 나올까 해. 그런데 문숙이년이 날 놓아주질 않아. 자기 아부질 죽이지 않으면 나와 헤어지겠다는 거야."

그 문숙이라는 년도 개판은 개판이지, 씨팔, 자기 애빌 못 죽여서 환장하는 년은 또 첨이지 뭐니.

"야야, 집어쳐 집어쳐. 문숙이하구는 그만 둬. 기집년이야 쌨구 쌘 거 아냐, 임마!"

"이 새끼, 누군 그걸 모르니?"

"그럼 뭣땜에 문숙이한테 미친개처럼 질질 끌려다니니, 임마."

"…"

"너 아주 개한테 빠졌구나. 어때, 너 문숙이년을…?"

"후훗."

대필이는 흐들흐들 웃었어. 그리곤 몹시 수줍어하는 얼굴이 되었어. 조대필이는 아마 문숙이년을 사랑하고 있는 것 같더군. 그야 좋은 일이지. 너두 알다시피 요새 세상에 계집년 하나 열심히 좋아해주기도 힘들다구. 녀석은 그날 초조한 낯짝으로 눈빛을 번득이며 연방 담배만 죽이더니 후닥닥 일어났어.

"야, 그 팔천 원이라도 다구. 내 곧 갚으마."

그리군 내가 건네는 돈을 낚아채듯 주머니에 쑤셔넣고 나가버렸어. 그리곤 그 새끼 통 연락이 없었지.

철이 바뀌면 양복점도 꽤 바빠진다구. 올봄에는 나도 꽤나 바쁘게 여기저기 쏴댕기느라구 대필이 소식은 아예 생각지도 못했어. 언젠가 다동 미시시피 홀 앞을 지나면서 문득 그 새끼 생각을 한 번 떠올린 적이 있지. 그 새끼 내 돈 팔천 원 아주 떼어먹을 셈인가 하구 말이야. 좌우지간 그 자식 지금 어떻게 하구 있는지 그게 궁금하단 말씀이야. 무소식이 희소식이라지만 난 아무래도 그 새끼가 벌이고 있다는 그 '조그만 사업'이 좀 불안해. 그 새끼 지금쯤 그 늙은 수캐를 태우고 과속으로 달리면서 백미러를 힐끔거리고 있는지도 모르지, 아니면 이미 해치웠는지도 모르겠어. 하지만 그게 어디 될 법이나 한 짓이냔 말이다. 고 문숙이년도 그렇지, 제 애빌 죽여서 어쩌겠다는 거야. 그러나 저러나 대필이 그 새끼 문숙이란 년한테 단단히 빠져 있더군.

(《한국문학》, 1974.8)

姙婦

1

나는 문득 잠에서 깨어났다. 나의 코는 딱딱한 물체에 맞닿아 있었고 눈을 뜨자 앞을 가로막고 있는 것은 하얀 회를 바른 벽이었다. 네모진 천장을 떠받치고 있는 벽이 이날따라 높아 보인다. 나는 누운 자세로 이마에 맺힌 식은땀을 훔쳐냈다. 그르르 그륵그륵, 나를 잠에서 깨나게 한 것은 저 소리다. 그것은 분명히 저 노인의 목구멍을 통해서 나의 방에까지 들려오는 것이었는데 그러나 나의 귓가에 머물러 있는 것은 그 가래 끓는 소리만이 아니었다. 끊어졌다가는 또 간신히 이어지곤 하는 노인의 가쁜 숨소리의 밑바닥에는 폐부가 무너지는 아픔이 배어 있었고, 더구나 그 소리를 위로 밀어올리고 있는 자의 고통이 엿가락처럼 길게 늘어붙어 있었다. 알 수가 없다. 사람을 잠에서 깨나게 할 정도의 소리란 왁자지껄한 소음이거나 망치 두드리는 쇳소리 정도가 되어야 할 터인데, 나의 날카로워진 신경 때문일까, 나는 문득문득 잠에서 깨게 되는 것이고 그때마다 그 소리는 나를 흔들어 깨워놓고는 저만큼 물러나 있는 것이었다. 노인의 신음소리가 나를 '흔들어' 깨운다는 생각은 요즈음 더욱 집요하게 따라다니며 나를 간섭해 왔다.

나는 일어나 시계를 보았다. 정오. 창문을 열자 한줄기의 바람이 안면을 스치고 지나갔다. 저만큼 바라다 보이는 동호정(東湖亭)의 숲이 잠깐 흔들리고 있었으나 아무런 소리의 움직임도 들을 수가 없다. 여름날 대낮의 대밭에 앉아 있는 듯한 적막감. 나의 귀에는 차라리 담 넘어 관목의 가지 사이를 나는 새의 날갯짓 소리가 남기고 간 여운만이 길게 메아리치는 듯하였다. 정적은 쏟아지는 정오의 햇살 속에 눅눅히 녹아들며 온 집안을 억누르고 있었고 담쟁이 넝쿨 사이에서 폴은 혀를 길게 내뻗고 숨을 헐떡거리고 있었다. 그러나 내가 착각한 것일까. 이상한 일이다. 정적으로서만이 잘 다스려진 이 집에서 사람들의 말소리가 들리다니. 나는 소리 나는 쪽을 찾기 위해 창 밖으로 머리를 내밀어 보았다.

선생님.

이쪽으로 누우십시오.

그렇지만 아버님이 ….

노인의 방 쪽이었다. 그들의 음성은 매우 조심스럽게, 그리고 초조하고 빠르게 두런거리고 있었다. 마치 깊은 동굴의 저편 끝에서 들려오는 소리처럼 그것은 두꺼운 부피로 웅웅거리며 꽤 오랫동안 나의 귓가에 머물러 있었다. 나는 문득 신당동의 2층 다다미방을 생각했다. 바람구멍이 숭숭 뚫려 있고 창 밖의 시장에서는 항상 상인들의 웅성거리는 소리가 그치지 않는 것이었으나 그곳은 나를 바쁘게 돌아가는 생활 속에서 살게 해주었다. 방을 혼자 쓸 수 있다는 것과 창문을 열면 바로 눈앞에 파랗게 물든 5월의 숲이 우거져 있었던 것 외에는 이 후미진 동호정은 나에게 다시 신당동의 소음 속으로 옮기고 싶은 생각만 들게 했다. 나를 이곳으로 요양지를 택하여 보낸 어머니의 생각에는 그럴 듯한 사정이 있었다.

이 녀석아 넌 아직도 희숙이 생각이니? 아니면 자살한 김 교수 생각? 도대체 이 녀석은…….

그 즈음 어머니는 나를 이런 식으로 공박해 왔었다. 새끼손가락을 걸었던 희숙이가 도망치듯 프랑스로 떠난 것, 존경하던 김 교수님의 충격적인 자살이 내가 졸업을 한 학기 남겨두고 휴학계를 내던지게 된 직접적인 동기이긴 했다. 어머니는 재빨리 그것을 눈치채 버렸던 것이다. 골방에 틀어박혀 있는 나에게 어머니는 마침내 요양할 것을 권했다.

네가 앓고 있는 것은 가슴에 뚫린 구멍이 아니야. 나는 그것을 알고 있어. 너를 그 어르신네댁으로 보내야겠어.

이곳을 요양소로 택해 보낸 어머니의 배려는 그러나 무서운 차질에 억눌려버렸던 것이다. 이 동호정에는 주인은 보이지 않고 주인의 거친 숨소리만이 살아 있다. 어머니가 일러준 그 '어르신네'—이조의 전통적인 양반가의 후손이며 그러나 일제 말기에는 '가꾸무부쪼'를 지냈고 해방 후에는 또 국회의원에도 출마한 적이 있다—는 자신의 그르륵거리는 거친 숨소리를 내보냄으로써 나를 한 올가미 속으로 끌어들이고 있는 것이었다. 어머니의 그 '어르신네'는 환자였다. 내가 이곳으로 짐을 옮기던 날 어르신네는 거친 숨을 몰아쉬며 그의 가풍에 대해 얘기했다. 무릎을 꿇고 그 얘기를 듣는 동안 나는 다만 그의 등 뒤로 보이는 액자에 줄곧 시선을 뺏기고 있었다. 나는 그 신사 앞에 무릎을 꿇었다. 그것은 제복을 입은 '가꾸무부쪼'였다. 바위처럼 완고하게 굳어있는 검은 제복의 사나이. 그는 조선인이었고 가꾸무부쪼였고 한국인이었다. 나는 알 수 없는 혼란 속으로 빠져들어 갔다. 첫째로 내가 놀란 것은 이 집이 무섭도록 고요하다는 것이었고 일곱 명의 식구가 살고 있으면서도 그들 사이에 오가는 대화란 거의 없는 것이었다. 이런 집도 있었구나, 라고 어느 한 사람이 감탄해 마지않았다면 그의 이런 한마디가 그러나 가장 잘 알기 쉽게 간추려진 표현이 될 것이었다. 오직 노인의 신음소리만이 혼자 살아남아 마당 끝까지 온 집안을 걸어다니고 있었고, 그것은 또 다른 사람에게 무거운 침묵을 강요하면서 어떠한 다른 소리의 개입도 허용하지 않았다.

그르륵 그륵그륵….

노인의 신음소리가 높아졌다.

나는 노인의 꺼져가는 숨소리에서 무엇인가 자신의 것을 느끼고 있었다. 나의 호흡은 끊어졌다가 이어지는 그의 신음에 따라 함께 높아지며 그 소리에 질질 이끌려다니는 것이었다.

이러시면….

할 수 없지요.

노인의 신음과 더불어 그들의 두런거리는 소리도 높아졌다. 저 처음 듣는 가느다랗고 매끄러운 음성은 아마 의사의 것이리라. 그 어르신네는 환자다. 나는 그가 앓고 있는 병이 무엇인가를 알지 못한다.

아버님.

무엇을 만류하는 소리에 뒤이어 누군가의 흐느끼는 소리가 들려왔다. 저들에게 지금 무슨 일이 일어나고 있는지.

그르륵, 그륵그륵….

지렁이처럼 꿈틀거리며 다가오는 저 소리의 올가미. 아, 저 노인이 죽어버리거나 내가 이 집을 떠나든지 해야겠다.

2

세 시.

눅눅히 가라앉은 시간은 점점 굳어만 갔다. 햇볕은 더욱 하얗게 빛나며 장독대 위에 세수대 위에 마루 끝에 감나무 잎새에 쏟아져 내린다. 이끼 긴 돌담에 담쟁이 넝쿨이 말라 있다. 감나무를 무너뜨릴 듯 칭칭 감아 올라가던 담쟁이, 그 싱싱한 줄기의 밑바닥을 차지하고 땅속 깊은 곳에 저장되어 있던 물기는 이제 다 말라버린 것일까. 오래 가물었던 탓도 있겠지만 며칠 전 폴이 그 줄기의 밑둥을 파고 있었는데, 그때의 감아 올라간 담쟁이가 힘없이 풀어져 내리는 풍경이란 이쪽을 묘하게 안타깝게 했었다.

대문이 흔들렸다. 그가 다시 나타났다. 오전에 왔던 의사다. 부엌에서 누룽지를 우물거리고 있던 식모가 안방을 손으로 가리킨다. 의사의 안경알이 두어 번 번쩍했다. 뒤따라온 사십대의 사내가 황급히 의사를 앞질러 노인의 방으로 들어갔다.

노인의 신음소리가 조금 높아졌다. 학교에서 돌아온 꼬마가 사랑채에 가방을 풀어놓는다. 두런거리고 있는 할아버지의 방을 힐끔 쳐다보고는 가재처럼 옆으로 걸어 대문 쪽으로 향한다.

병환이 퍽 심해진 모양이지?

……

아주 일어나시지도 못하니?

……

꼬마는 무심히, 노인의 방을 힐끔 한 번 쳐다보고는 이내 밖으로 나가버렸다.

아시다시피 ….

안 되나요?

그렇지만 아버님이 ….

노인의 신음소리 사이사이에 끼어드는 두런거리는 음성들.

오빠 밥.

식모가 식사를 준비해 둔 나의 방을 가리킨다.

점심이니?

……

아니면 저녁?

나는 고의로 웃는 얼굴을 지어보였다. 식모가 히죽 웃으며 부엌께로 간다. 말이 없다. 벙어리들. 나는 자신의 말에 대해 또 한 번 후회했다. 그들의 언어는 최대한으로 간추려진 것이었고 경제적이었다. 그리고 이젠 나도 저들의 언어사용법을 배워버린 것이다. 오빠 밥,

하고 식모가 식사를 들이민다. 그러면 나는 물, 하고 주전자를 내밀거나 미순아 상, 하고 식사가 끝났음을 알린다. 아마 이러한 습성은 저기 누워 끓어오르는 소리를 뿜어 올리고 있는 노인의 가르침에서부터 비롯되었을 것이었다. 어느 무덥고 긴 여름날, 노인의 입에서 맨 처음 물… 하고 갈증에 못 이기는 나직한 소리가 새어나왔을 때 옆에 있었던 다른 한 사람이 식모를 부르며 황급히 물! 했을 것이고, 그러면 식모는 또 절망감에 못 이겨 주전자를 흔들어대며 스스로에게 물… 하고 중얼거렸을 것이고, 그리함으로써 이러한 언어는 몸통만 남게 되고, 개조되고 잘라져서 마침내는 그들 스스로 입을 다물어 버릴지도 모르리라.

폴이 코를 킁킁대며 마루 밑에서 기어나왔다. 혀를 길게 뽑고 화단가를 어슬렁거린다. 짖지 않는 개. 폴은 한 달 전에 내가 신당동에서 데려다 놓았다. 아침 산보에 데리고 다닌다는 것은 핑계에 불과했다. 반수면 상태 속의 이곳의 모든 것들을 컹컹컹컹 짖어대며 유리창을 흔들 듯 들뜨게 해보려 했었다. 그러나 폴은 데려다 놓자마자 양지쪽에 길게 드러누워 버렸다.

이상하지요? 개가 짖지를 않으니…. 저의 집에 처음 왔을 때 일주일 동안이나 온통 집이 떠나가게 짖어대곤 했었는데.

짖을 필요가 있을까. 사람 왕래도 없는데.

아주머니는 그때 무성영화처럼 이렇게 대꾸했다. 폴은 이 집에 들어오면서 짖는 법을 잊기 시작했음이 틀림없다. 나는 나의 조그마한 음모가 무위로 돌아갔음을 알았다. 도대체 무엇이 저 잘 길들여진 개로 하여금 짖는 것조차 양보하도록 강요하고 있는 것일까.

아버님….

아주머니의 음성이 낮게 들려왔다. 노인의 기침소리가 갑자기 크게 울리고는 곧 그르륵거리는 소리로 이어졌다.

여보….

할머니가 그에게 무엇인가를 호소하고 있었다. 그들의 요구는 무엇이며 노인은 또 무엇을 그들에게 고집하고 있는 것일까.

안 될까요?

…아무래도….

선생님.

그리고는 할머니와 사십대의 남자가 방을 나왔다. 부엌문 사이로 고개를 내밀고 있던 식모의 눈빛이 초조하게 빛났다. 의사가 나가자 그와 동시에 그들은 각기 자기방으로 들어갔다. 집 안은 다시 깊은 정적의 늪 속으로 빠져드는 듯했다. 견디기 어려운 시간이다. 어느 방에선가 헛기침하는 소리가 두어 번 들려왔다.

3

초저녁 잠에서 깬 나는 창가에 기대어 시가지 쪽을 바라보고 서 있었다. 멀리 시가지 쪽에서부터 질주해 오는 차량들의 강한 헤드라이트가 어둠 속으로부터 불쑥불쑥 튀어나왔다. 산과 하늘과의 윤곽을 그 어둠의 농도에 의해 구별할 수 있었고, 전등이 누렇게 깜박이고 있는 이곳 일대의 어둠은 마치 타다 남은 거대한 숯덩이가 가로놓여 있는 듯 어수선해 보였다. 부엌에서 딸그락거리는 소리가 나더니 곧 그 소리는 나의 방문 앞에까지 와 멈추었다. 식모가 주전자를 갖다 놓은 모양이었다.

아니야! 난 아니란 말야!

안쪽에서 막내의 잠꼬대하는 소리가 들려왔다.

그래, 그래, 넌 아니야.

아주머니가 대꾸해 주며 이불을 토닥거려 주는 소리. 나는 휴지통에 쌓인 피 묻은 휴지들을 보며 자신의 병세가 더 악화되었다고 생각했다. 핏덩이를 쏟고 식은땀을 흘리며 때때로 가슴이 텅 비어 있는 아픔을 느낀다. 그리고 나는 하루에도 몇 차례씩 긴 잠 속을 헤매는 것이다. 그러나 나를 깨우는 저 노인의 신음소리는 무엇인가. 조금 전에는 나는 깊은 잠에 빠져 있었는데 문득 깨어난 것이고 그때 노인은 신음소리가 나를 흔들어 깨웠음을 알았다.

안 된다!

나는 순간 움찔했다. 내가 이 집에 온 이후 처음으로 듣는 신음소리로서가 아닌 저 노인의 노한 음성. 그의 음성은 놀라우리만치 분명했고 건강한 자의 그것이었다. 나는 알 수 없는 흥분에 들뜨기 시작했다. 노인이 말을 했다. 그것도 아주 분명하고 기운 있는 목소리로. 노인은 죽지 않는다고 나는 순간 스스로에게 일러주었다. 그리고는 노인 혼자서 방문을 열고 마당으로 걸어 나올지도 모른다고 생각했다. 나는 노인의 입에서 더 분명하고 힘있는 소리로 다른 한마디가 나오기를 기다렸다. 나는 다음날 있을 검진을 위해 다시 자리에 누웠다. 불을 끈 천장 위에 자살한 김 교수의 얼굴이 하얗게 떠올랐다. 그는 정말 자살한 것일까.

자네들은 허위에 대해 지나치게 뜨겁고 진실에 대해 지나치게 차가워.

어두운 천장 한가운데서 김 교수가 말했다.

준인 날 붙잡아 둘 자신이 있어?

어디선가 희숙의 음성이 들렸다.

—똑, 똑, 똑.

나는 소리 나는 쪽으로 귀를 기울였다. 시계를 보았다. 11시. 토요일. 아, 나는 짧게 소리쳤다. 나는 노크 소리의 임자가 누구인가를 안다. 토요일 밤이면 조용히 찾아오는, 옆방의 세든 여자를 찾아오는 방문객이다.

방문이 열리고 여자의 신발 끄는 소리가 잠깐 정적을 흔든다. 빗장을 빼는 소리가 조심스럽다. 그러나 사내의 구두소리는 마치 피아노의 경쾌한 스타카토처럼 시멘트 바닥을 두드렸다. 굵고 낮은 음성이 두런두런 들려왔다. 이윽고 여자의 아끼는 듯한 웃음소리.

나는 몸을 일으켜 세웠다. 나를 잠에서 깨나게 한 것은 노인의 신음소리가 아니었다. 나는 사내의 방문을 기다리기 위해 깨어 있었던 것일까. 나는 옆방 여자를 본 적이 거의 없다. 그녀는 밤늦은 시간 혼자 샘터에 나와 물을 퍼올리는 소리로 집안을 잠깐 소란하게 하고는 다음날이면 아침 일찍 나가버리고 없었다.

라디오….

안 돼요, 여긴….

그래에? 난….

그들의 얘기는 도란도란 계속되었다. 나는 사내의 얼굴도 본 적이 없다. 그러나 나는 알고 있다. 굵은 팔뚝과 기름기 있는 얼굴, 벌어진 어깨, 그리고 그는 키가 클 것이다.

훗훗….

여자의 웃음소리는 그러나 무언가에 의해 곧 막혀버렸다. 잠시 동안, 힘센 황소의 뒤채임 같은 소리가 벽을 뚫고 들려왔다. 그 뒤채이는 소리는 언제나 나를 긴장시켰고 밀려오는 졸음과 피로와 권태를 멀리 쫓아내 주었다. 나는 그때마다 싸우고 있는 두 마리 야생의 짐승을 떠올리곤 하였다.

—그르륵 그륵 그륵그륵.

이제 안방으로부터의 그 소리는 저들의 두런거리는 소리 속으로 묻힌 듯하였다. 노인의 신음과 그들의 뒤채이는 소리가 맞부딪치며 나의 방에까지 밀려들었다. 두 개의 소리가 서로 엉켜 뒹굴었다.

—쿵.

등을 벽에 기대는 둔탁한 음향. 희미하게 들려오는 여자의 짧은 신음소리. 이제 그 소리는 벽을 뚫고 나의 방에까지 밀려들어 나를 데리고 온 집안을 뛰어다니는 것 같았으며 나를 뚫고 지나 잠자고 있는 모든 것들을 흔들어 깨우려 하는 것 같았다.

사내의 굵고 낮은 음성에 묻어나오는 여자의 맑은 웃음소리. 모든 것이 잠들어 있는 한밤중, 굳게 닫힌 대문을 두드리며 도둑처럼 훌쩍

뛰어들어 온 사내. 동호정은 그의 손에 쥐어진 거대한 열쇠에 의해 토요일 자정에 은밀히 열린다. 나는 도둑고양이처럼 그들을 살피며 그의 내방을 맞는 것이다.

동호정의 숲으로부터 뜨거운 바람이 밀려왔다. 나는 알 수 없는 힘에 의해 밖으로 나왔다. 잡목이 우거진 어둠의 끝에서 잎사귀 스치는 소리만 간간이 들릴 뿐 눈앞의 풍경은 진하게 어두웠다. 나는 낮에 폴이 누워있던 담쟁이 넝쿨이 있는 데로 걸어갔다. 손끝에 만져지는 담쟁이 잎사귀가 말라 있다. 먼 곳으로부터 라 돈데 모빌레—노랫소리가 들려왔다. 그리고 그 소리는 길게 꼬리를 끌면서 나의 귓가에서 멀어져 갔다. 인접한 집이라곤 불과 몇 집이 안 되는데 그 소리는 그러나 아주 먼 곳으로부터 들려왔던 것이다. 까맣게 드리운 어둠의 저쪽 끝, 관목이 우거진 공원의 숲 저편에 그 노랫소리의 임자는 서 있을 것이었다. 우물가를 지나 뒤란으로 향했을 때 나는 움찔했다. 어둠 속에서 무언가 불쑥 튀어나왔다. 아주머니였다. 그녀는 그때 세든 여자의 방을 문틈으로 엿보고 있다가 나를 보자 흠칫 놀라며 나에게 빠르게 다가왔다.

웬일이지?

잠에서 깼지요.

나두.

이렇게 밤 산책도 하시나요?

가끔.

그녀는 아직 당황한 몸짓으로, 손을 들어 의미없이 허공에 흔들어 보였다.

할아버진 차도가 있습니까?

그녀는 대답하지 않았다.

해수병인가요? 아니면 ….

그녀는 역시 손만 흔들고 있다. 그리고는 불빛이 새어나오는 노인의 방에 시선을 박은 채 그대로 서 있었다.

낮에 의사가 다녀갔지요?

할아버진 약을 안 잡수신다우.

아주머니!

순간적으로 나는 그녀의 어깨를 붙잡으려 했다. 조심스럽게 쌓아올리려던 벽이 수많은 사람들이 보는 데서 한꺼번에 와르르 무너져 내리는 듯한 절망감이었다.

큰 아저씨는 언제쯤 들어오실까요?

나는 조심스럽게 오랫동안 궁금해하던 그녀의 남편에 대해 물었다. 그녀는 얼어붙은 듯 그 자리에 서 있었다. 그녀는 남편에 대해 이야기해 본 적이 없었다. 다만 그가 집을 나가버렸다는 것과 노인은 또 그가 돌아오는 것을 허용하지 않는다는 것만 들어 알고 있는 터였다. 나는 뒤란으로 걸음을 옮겼다. 화단가의 감나무가 어둠 속으로부터 하얗게 솟아 나왔다. 세든 여자의 방문이 열리면서 쏟아져 나온 한줄기의 두꺼운 불빛이 그 어둠을 길게 잘라놓았다.

돌연 사내가 방을 나왔다. 불빛을 어깨 너머로 두고 그는 뜨락으로 내려섰다. 여자가 뒤따라 나왔다. 우리는 샘가에 물러서서 그들을 바라보았다. 사내는 어떤 서커스단의 동물 조련사처럼 키가 컸으며, 구두끈을 매고 있는 그의 등이 낙타의 그것처럼 길었다. 이윽고 그는 뚜벅뚜벅, 예의 그 짐승의 뒤채임 같은 몸짓으로 대문 쪽을 향해 움직였다. 그의 구두소리가 소의 발걸음처럼 무거웠다.

아주머니는 사라지는 사내의 뒷모습을 지켜보며 나의 곁에 바싹 붙어 섰다.

누굴까요,

하고 내가 물었다.

꼭 거인 같아요.

가끔 저렇게 밤늦게 찾아왔다간 강도처럼 훌쩍 떠나버리곤 하지.

강도라니요?

아주머니는 그때 킬킬거리는 듯하였으나 나의 팔을 붙든 그녀의 손은 부들부들 떨고 있었다.

무서우세요?

아니.

나도 그래.

―그르륵, 그륵 그륵

노인의 신음소리가 차츰 불규칙하게 들리기 시작했다.

아니야! 난 아니란 말야!

꼬마가 자꾸 같은 소리로 잠꼬대를 한다. 여자가 빗장을 지르고 방으로 들어가고 있다. 그 여자는 말없이 우리의 앞을 지나갔다. 나는 문득 머리가 어지러워짐을 느꼈다. 팬터마임. 그것이었다. 이제껏 나를 답답하게 했던 이 '어르신네'댁 풍경. 끓어오르는 신음소리를 밖으로 내보냄으로써 오직 자기만은 그 연극의 배우가 아님을 주장하고 있는 노인. 어머니는 나를 이 '어르신네'에 들여보냄으로써 나의 가슴에 뚫린, 아니 그녀의 말대로 나의 머리에 뚫린 구멍을 치유하려 하였다. 그러나 어머니는 몰랐을 것이다. 저 꺼져가는 노인의 숨소리와 그것이 듣는 사람에게 비수처럼 던져주고 간 절망감과 모든 사고와 모든 사물을 흡수해 버린 핏빛 농도의 샐비어와 그 위에 쏟아지는 하얀 햇살과 마당가에 늘어져 있는 풀과 밑둥이 파헤쳐진 담쟁이와 그 밑을 기어다니는 개미, 개미들의 발자국 소리와 오빠 약, 만이 그녀의 유일한 대화인 식모와 꿈 속에서만이 허락된 꼬마의 대화, 밤늦게 혼자 훌쩍이고 있는 할머니와 무표정하게 굳어 있는 사십대의 사내, 그들은 모두 노인의 신음소리에 눌려 스스로를 잊고 있는 것이었다. 그들은 그렇게 시체처럼 그들의 방에 분리된 채 스스로를 죽여가며 노인의 호흡에 귀를 모으고 있는 것이었다.

―그르르륵.

노인의 신음이 약해졌다고 나는 생각했다. 담 너머 숲에서 나뭇잎 스치는 소리가 와스스 했다. 아주머니의 방에서 불이 꺼졌다. 세든 여자의 방만이 희미한 빛을 띠며 호롱불처럼 어둠 속에 떠 있었다.

4

나는 마당에서 들려오는 통곡에 자리에서 벌떡 일어났다. 귀를 째는 그들의 통곡이 커졌다 줄어들었다를 반복했다. 할머니와 사십대의 남자와 아주머니가 한꺼번에 울음을 터뜨렸고 사이사이에 식모와 꼬마의 울음소리가 끼어들었다. 한여름 대낮, 대나무숲에서 듣던 매미들의 그것처럼 그들의 울음소리는 자지러지게 길고 높고 우렁찼다. 나는 다만 그들의 곡성이 더 커지기만을 막연히 기다리고 있었다.

이젠 그만 하십시오.

문득 굵은 목소리가 울음소리를 갈라놓았다.

아버님!

아주머니가 또 한 번 울음을 터뜨렸는데, 그때 우는 것은 그녀 혼자였다. 나는 자신도 모르게 자리를 차고 일어났다. 내가 밖으로 나왔을 때 귀를 째는 듯하던 그들의 통곡은 매미들의 그것처럼 뚝 그치고, 이내 납덩이같은 침묵이 이어졌다.

그러나 그것도 한순간이었다. 갑자기, 그들 사이에 커다란 한 개의 화제(話題)가 지렁이처럼 꿈틀거리기 시작했다.

"피 좀 보아!"

하고 꼬마가 맨 먼저 말했다.

"비켜 서!"

하고 식모가 아이의 어깨를 붙잡았다.

"밤중에 무슨 일로 여기까지 나오셨을까?"

"목이 마르셨던가 부지."

"물은 떠놨는디유."

"눈을 감으셨군."

"할아버진 죽은 거야?"

"바보 같은 자식!"

"후훗…."

"자식아, 넌 저리 비켜!"

"엄마 엄마, 저 다리 좀 보아."

"꼭 새다리처럼 마르셨군."

"노인인데 그럼 우리 같을라구?"

"애들아, 그걸 말이라고 하니? 잡수신 게 있어야 말이지."

"그렇지만 저 팔뚝 좀 보세요 제것보담 오히려 굵어 보이는 걸."

"애 넌 방이나 치워라. 대문두 열어놓구 물도 좀 긷구."

"밤중에 무슨 일로 여기까지 나오셨을까."

"목이 마르셨던가 부지."

"물은 떠놨대두유!"

"꼭 주무시는 거 같애. 눈을 꼬옥 감으시구."

"저리 좀 가지 못하겠니. 넌?"

"동대문에 전활 해야지."

"포항엔 전보를 쳐야 할 걸."

"피 좀 보아."

"어쩜 색깔이 ⋯."

"밤중에 무슨 일로 여기까지 나오셨을까?"

알 수 없는 공포가 나를 휩싸 안았다. 그때 나는 노인에게서 비롯된 모든 초조와 불안과 기대와 안타까움이 순간 한꺼번에 멀리 달아나는 것을 보았다. 나는 머리가 박살이 나는 아픔을 느꼈다.

"큰 아저씨두 오시겠지유?"

식모가 대문의 빗장을 빼며 소리쳤다. 마당 끝에서, 안방에서, 부엌에서, 마루에서 소리들이 들끓고 있다. 개가 컹컹 짖는다. 폴이 짖다니! 아주머니가 비를 들고 마당을 쓸고 있다. 나는 문득 고개를 들어 뒤를 돌아다보았다. 한 여자가 거기 서 있었다. 지난 밤 나의 방에 밀려들었던 저 짐승의 뒤채임 같은 소리의 임자. 그 여자는 때마침 쏟아지고 있는 강렬한 아침햇살을 뒤로하고 예의 그 무표정한 얼굴로 시체를 내려다보고 서 있었다. 아이를 밴 듯, 그 여자의 아랫배가 몹시 무거워 보였다.

(《월간문학》, 1970.5)

정 오

햇빛이 아스팔트 위에 엿가락처럼 늘어붙었다. 하수도를 파헤친 흙더미 위에서 사금파리가 햇볕에 반짝했다. 한여름. 대낮. 여자는 그러나 날씨와는 별로 상관이 없는 걸음걸이로 상큼상큼 걸었다. 기다란 골목 어귀를 빠져나오면서 여자는 문득 어디선가 들려오는 낡은 유행가의 일절을 들었다.

"거짓말이야 거짓말이야 거짓말이야….."

라고, 세상을 주로 속기만 하고 살아온 듯한, 그래서 이제는 다만 그렇게 외치는 것만이 자기의 노래일 수 있다고 믿고 있는 듯한 어떤 여가수의 노래였다. 거짓말, 여자는 혼자서 후후 웃었다. 그리고 여자는 그 노래가 언젠가 자기의 입으로 웅얼거려 보던 어떤 노래의 일절이었음도 아울러 떠올릴 수 있었다. 그것은 그녀가 대학을 다니기 위해 잠시 머물렀던 서울 장위동의 버스 종점의 자취방이었음도 아울러 생각해냈다. 그녀가 대학 삼학년이 되던 해 어느 여름날이었음이 분명했다. 왜냐하면 그 여자는 대학 일학년을 아버지가 공무원으로 근무하던 K시에서 보냈었고 그녀의 대학생활 중 사학년은 없었기 때문이었다. 여자는 그 노래를 들으면서 자기가 다녔던 여자대학의 기다란 돌담을 떠올렸고 그 돌담처럼 길고 단조로웠던 대학생활을 떠올렸고 또 그것처럼 민둥민둥하고 한편 꺼끌꺼끌했던 장위동 종점의 자취방을 떠올렸고, 그리고 그 남자를 생각했다. 여자는 소리나는 쪽으로 고개를 돌려 그곳을 찾으려 하였다. '지구전파사'라고 씌어진 아크릴이 매달려 있는 곳에서 한 사내가 여자를 상하로 흘기면서 햇볕에 유난히 반짝이는 그의 구두코를 까딱까딱 흔들고 서 있었다. 여자는 또 한 번 웃었다. 왜냐하면 저 서울의 포구처럼 낮게 가라앉은 장위동의 그 전파사를 그녀에게 상기시켜 주었기 때문이었다. '기쁜 소리사', 기쁜 소리, 기쁜 소리. 여자는 발걸음을 더 빨리 하였다.

"안녕하십니까, 선상님."

연탄을 밀고 가던 인부 하나가 그녀에게 인사했다.

"안녕하세요? 영길이 아버님."

여자는 상냥하게 인사했다.

"영길이가 이번 월말고사에서 일등을 했어요."

"네에? 일등입니까, 일등?"

인부는 이마에 맺힌 땀방울을 씻으며 그녀에게 고함을 질렀다.

"네에, 일등이라니까요!"

여자는 그 인부의 목소리보다는 조금 작게, 그러나 아까보다는 더 큰소리로 마주 고함을 질렀다.

"고맙십니다아, 선상님."

인부는 더 큰소리로 고함을 지르고 아까보다는 더 빠른 속도로 리어카를 몰고 바삐 사라졌다. 여자는 보제의원과 사거리다방과 세븐당 구장과 만월식당과 북경상회를 지나쳤다. 멀리 바라다 보이는 교회의 철탑 꼭대기 위에서 한 마리의 비둘기가 빙빙 돌고 있는 모습이 보였다. 여자는 교회의 양철지붕으로부터 반사되어 오는 햇볕에 잠시 눈을 좁혔다. 뜨거운 양철지붕 위의 비둘기가 지붕 위를 서성거리고 있었다.

아스팔트 길이 끝나는 곳에서 여자는 잠시 사방을 두리번거렸다.

이윽고 여자는 길 건너에 보이는 구멍가게로 들어갔다.

"아이고 선상님!"

하는 소리가 들리고 이어서 한 아낙네가 고개를 밖으로 내민다.

"안녕하세요."

여자는 또 정중하게 인사했다.

"웬일이여유, 선상님이."

"잠깐 들릴 곳이 있어서요."

여자는 학부형에게 인사하고

"오징어와 소주 한 병, 그리고 종이잔 두 개만 주셔요."

라고 좀 빠르게 말했다. 여자의 목소리가 날씨와는 좀 어울리지 않게 빨랐으므로 가겟집 아낙네는 약간 서두르는 듯한 몸짓으로 그것들을 봉투에 챙겨 넣었다. 여자는 지갑을 꺼내 천 원짜리 한 장을 꺼냈다.

"무슨 말씀이세유. 안 돼유!"

하고 아낙네가 큰 소리로 화를 냈다.

"받으셔야죠."

"무슨 말씀이라유 이게?"

여자는 갑자기 키들키들 웃었다. 아낙이 눈을 들어 여자를 쳐다본다. 학부형의 눈이 약간 동그랗게 커지고 이윽고 눈 가생이에 주름이 패였다. 여자는 그것이 다시 움츠려드는 것을 보고 문득 표정을 바꾸어 아까보다 더 빠르게 말했다.

"받으세요. 안 받으시면 이거 그냥 놓고 가겠어요."

"선상님이 왜 이런디야아?"

가겟집 주인이 울상을 지었다. 그리고 그 여자는 '선상님'이 내미는 돈을 빠르게 챙겨 앞치마에 넣었다.

"안녕히 계세요."

여자는 학부형에게 다시 인사했다. 가게문을 나서는 그녀의 등 뒤로 "이러시믄 안 되는디 …" 하는 소리가 아까보다 더 큰소리로 따라왔다. 여자는 이제 이마에 송글송글 맺히기 시작하는 땀방울을 닦기 위해 손에 들었던 핸드백을 열고 손수건을 꺼냈다. 아스팔트 길이 끝나는 곳에서부터는 자갈길이었다. 차바퀴가 지나다닌 흔적으로 자갈들이 잘게 흐트러져 있었고 다섯 발자국을 지나면 쇠똥이 다시 다섯 발자국을 건너뛰면 말똥이 떡부치개처럼 바싹 말라 늘어붙어 있었다. 여자는 탱자나무가 울타리를 치고 있는 오 학년 사 반 반장아이의 집을 지나면서 한떼의 아이들과 만났다.

"선생님 안녕."

"너희들 어디 가니?"

"고기 잡으러유."

"고기?"

"네, 고기."

"어디서?"

"조오기유."

여자는 아이들의 손끝을 따라 멀리 강둑으로 시선을 돌렸다. 긴 방둑을 옆구리에 끼고 실뱀 같은 시내가 빨랫줄처럼 늘어져 있었다.

"그래, 많이들 잡아."

"선생님 안녕."

"그래, 안녕."

여자는 손에 들었던 봉지를 추켜세우며 다시 걸었다. 탱자나무도 이태리 포플러나무도 하오의 햇살을 받아 해변의 사금파리같이 반짝반짝했다. 여자는 인가를 벗어나 신작로로 접어들면서 기다란 심호흡을 했다. 입에서 더운 기운이 새나온다. 학부형, 선상님, 학예회, 딸림화음, 버금딸림화음, 도미솔 모디솔. 이거 이 선생 오늘중으로 끝내야 할 거요. 그리고 박 선생은 내일 도교위에 다녀와야 해요. 그리고 김 선생은 웃주막 덕만이 집에 들러 결석사유를 좀 알아오시고. 여자는 다시 그 포구처럼 낮게 가라앉은 서울의 자취방을 떠올리고 있었다.

"거짓말이야 거짓말이야 거짓말이야…."

그 여가수의 자지러진 음성이 애국가 봉창처럼 엄숙하기만 하던 그 작은 자취방. 알오티씨 하계훈련을 마지막으로 그녀로부터 사라져 버렸던 김문걸이라는 남자. 라면 봉지를 사들고 그녀의 작은 꿈의 밀실로 찾아들어 라면과 빵조각과 그녀가 먹다 둔 사과와 그리고 그녀의 길고 지루한 여름을 다 먹어치운 김문걸이라는 남자. 그 알오티씨가 그녀에게 남기고 간 여름의 찌꺼기. 그 길고 지루했던 여름의 찌꺼기를 그녀에게 던져두고 가버린 남자. 여자는 이제 눈앞에 다가서는 보림사의 전경을 바라본다. 대낮의 햇살 속에 하얀 모습을 드러내고 있는 보림사를 향해 걸으면서 여자는 문득 여름감기에 걸린 사람처럼 어깨를 한 번 부르르 떨었다. 여자가 보림사의 기다란 돌층계를 올라서자 남자는 잠깐 눈이 부신 듯 오랜 세월을 그렇게 세워둔 돌부처처럼 그렇게 서 있었다. 남자는 아마 알오티씨 하계훈련 이후 육 년간의 세월의 흐름을 스스로 확인이나 하고 있는 듯한 자세로 잠시 여자의 낯선 모습을 살피고 있었다.

"오랜 만이에요."

라고 여자가 말했다.

"오랜 만이야."

남자가 여자의 인사말을 흉내내어 말했다. 남자와 무언가를 주고받던 중이 두 손을 모아 보이고는 곧 그들로부터 사라졌다.

"어떻게 오셨어요?"

여자는 이렇게 말하면서 무언가 자신이 하고 싶었던 말이 아니었음을 떠올리고는 이미 그렇게 말해 버리고 난 자신이 싫어져서 이내 이마를 심하게 좁혔다. 그냥, 남자는 그냥, 그냥 이라고 대답했다. 여자는 문득 웃음이 터져 나오려는 것을 참으려 하였으나 그것은 딸꾹질을 참겠다고 하는 거나 마찬가지 일이었다. 남자가 따라서 웃었다. 남자는 주로 여자가 하는 대로 그대로 따라서밖에 다른 아무 일도 스스로 할 수 없는 사람처럼 보였다. 남자의 얼굴은 몹시 창백하였으며, 때문인지 그는 보림사의 절간 골방에서만 수 년간을 살아온 사람

같았다. 아 김문걸 씨가 웃는다 하고 여자는 혼자 중얼거렸다. 웃음
이란 전혀 웃지 말아야 할 때도 이렇게 소용이 닿는 때가 있다는 것
을 여자는 생각했다. 남자는 좀 큰소리로 덧붙였다.

"오랜 만이야, 칠 년 만이군."

"육 년 만이에요."

여자는 남자가 반말을 해대는 순간, 다시 그 포구처럼 낮게 가라앉
은 장위동의 그 자취방을 떠올렸고 그리고 그녀는 문득 그녀가 먹다
둔 사과를 생각했다.

"나 여기 있는 건 어떻게 알았어요?"

"물어물어 찾아왔지."

남자는 또 웃었다. 아, 유행가. 남자는 아마 여자를 기다리면서 무
료하고 할 일 없는 나머지 어떤 노래의 한 소절을 혼자서 웅얼웅얼하
고 있었음이 분명했다.

"웬일이세요."

여자가 다시 물었다.

"그냥…."

남자가 아까와 같은 대답을 되풀이했다.

"그러기 위해서 물어물어 찾아온 거예요?"

남자는 다시 웃었다. 그는 눈이 부신 듯 눈꼬리를 찡그렸다. 남자
는 수줍음을 타고 있음이 분명했다. 여자는 어째서 남자가 자기 앞
에서 수줍음을 타고 서 있어야 하는가를 생각하기 위해 잠깐 이마를
좁혀 보았다. 어디선가 매미소리 같기도 하고 귀뚜라미소리 같기도
한 웅웅거리는 소리가 귓가에 달려들었다. 아마 여자는 매미와 귀뚜
라미 울음소리를 잘 분간해 내기 어려운 모양이었다. 여자는 발끝으
로 툭툭 파헤치고 있던 돌멩이를 집어 아래쪽으로 던지고 있는 남자
의 팔뚝을 잠시 들여다보고 있었다. 남자의 땀에 밴 가느다란 팔뚝
의 작은 솜털 사이에서 한 마리의 개미가 달라붙어 꼼지락거리고 있
었다.

“개미가 어깨 위에 달라붙어 있네요.”

“아, 개미.”

“개미지요?”

“그래 이거 개미야.”

남자는 비로소 자기의 수줍음으로부터 자신을 구하기라도 하듯 어깨를 탁 소리나게 쳐 문질렀다.

“개미가 죽었지요.”

“응 아마….”

여자를 힐끔 쳐다보는 남자의 웃음소리가 그의 입가에서 노랗게 녹아들었다.

“웬일이냐니까요?”

하고 여자가 세 번째 물었다. 여자는 그것 외에는 다른 아무 말도 남자에게 건넬 것도 없는 것 같았다.

“그냥”이라고 남자가 다시 대답하려다가 문득 빠르게 말을 바꾸었다. “제대 후 지금까지 네 번 실패했어. 다시 준비해 볼까 하구.”

“아!” 여자는 그때 짧게 소리쳤다. 여자의 입술이 가볍게 떨렸다. “지금도 그러구 계시는군요.”

“그만둘 수도 없구.”

“그렇겠군요.”

“그런데 요즘은….”

남자가 말끝을 맺기도 전에 문득 보림사의 대웅전 쪽으로 고개를 돌려버렸다. 여자는 그녀가 먹다둔 사과와 빵조각과 라면상자와 그리고 담 너머로 들려오던 그 자지러지던 여름날의 노랫가락을 떠올리고 있었다. 고등고시. 법모를 쓰고 죄인 앞에 서 보고 싶은 김문걸 씨. 여자는 남자를 찬찬히 쳐다보았다. 남자는 파리한 얼굴로 그녀에게 미소지었다.

“사랑해.”

순간 여자는 아, 하고 남자가 들릴 만큼 큰소리로 짧게 소리질렀다. 매미소리 같기도 하고 귀뚜라미소리 같기도 한 그 소리가 그녀의 귓가에 파도처럼 밀려들었다. 남자가 뭐라고 빠르게 지껄이는 소리가 들렸으나 여자는 다른 아무 말도 들리지 않았다. 햇볕처럼 새하얀 그녀를 마주하고 서 있는 남자의 이마에는 굵은 땀방울이 송글송글 맺혀있었다.

"조금도 달라지지 않았군요."

여자는 혼잣말처럼 지껄여댔다.

"그건 거기두 그렇군."

남자는 다시 보림사의 대웅전 쪽으로 고개를 돌렸다.

"매미가 울어요."

하고 여자가 마침내 그 울음소리의 정체를 알아냈다.

"술을 가져왔어요."

여자는 손에 들고 있던 봉지를 남자에게 내밀었다.

"목이 말라."

하고 남자가 말하면서 봉지를 바쁘게 뜯었다. 남자는 한 잔을 마시고 여자에게 잔을 내밀었다. 여사는 산을 든 채 보림사의 돌층계로부터 몸을 돌렸다. 그들은 대웅전을 뒤로 하고 소나무밭이 있는 쪽으로 걸었다. 여자는 생각했다. 법모를 쓰고 죄인 앞에 서 보고 싶어하는 김문걸 씨. 여자는 그러나 남자의 파리한 얼굴에서 육 년간의 세월이 그들에게 던져주고 간 저 길고 지루했던 여름의 찌꺼기가 꽃다발처럼 그녀에게 와 안기는 것을 보았다. 하오의 햇살 속에 엿가락처럼 늘어진, 그래서 이제는 다만 더 그렇게 거기에 녹아들 수밖에 없는 그들이 서로에게 던져주고 간 욕망. 그들은 그러나 솔밭에 앉아 가끔 웃었다. 남자는 여자에게 술을 권할 때 주로 웃었고 여자는 남자가 건네는 술잔을 받아 마실 때는 좀 큰소리로 깔깔대기도 하였다.

낮 예불을 알리는 보림사의 목탁소리가 들리고 매미들은 자지러지게 그 소리를 되받아 대웅전의 뒷숲을 흔들었다. 나흘째 선생님을 보

지 못한 아이들은 들것을 든 수위아저씨를 따라 개미떼처럼 보림사의
솔밭으로 몰려갔다.

(《한국문학》, 1976.8)

좀팽나무

사내는 양조장이 있는 탱자나무 울타리를 옆구리에 끼고 기다란 강둑이 있는 둑길을 걸으면서 문득, 술 생각을 했다. 멀리 바라다 보이는 강 건너편의 자갈밭에는 빨랫줄이 길게 늘어져 있고 그 밑에서 아이들이 새새끼들처럼 어울려 떠들고 있는 모습이 보였다. 강변의 사금파리가 햇볕에 반짝반짝했다. 하수도를 파헤친 흙더미 위에서 파리들이 벌떼처럼 한데 엉겨붙어 있다가 사내가 지나가자 한꺼번에 공중으로 흩어졌다. 고양이만한 쥐 한 마리가 흙더미 위에서 썩고 있었다. 리어카를 끌던 인부 하나가 양조장 쪽으로 나오면서 코를 행 풀고, 그 옆에 서 있는 오동나무에 손을 쓱 문질렀다.

"자네가 누구여? 달수 동생 아니여?"

그 인부는 다시 손을 들어 코를 풀려다가 사내에게 말했다. 그는 문득 걸음을 멈추었다.

"네, 제가 달홉니다. 달수 씨가 제 형님이지요."

"나 몰겄는가?"

"누구신지…."

"엑끼 사람! 아 웃주막 정바우 몰라, 정바우?"

"아, 알겠습니다. 이거 죄송합니다."

"지금 내려오능가?"

"네."

"자네 성님 손버릇 좀 고치게 하소."

인부는 왼손을 들어 다시 코를 행 풀고는 리어카를 끌고 사라졌다. 그는 사방을 두리번거리며 손에 들고 있던 수건으로 다시 얼굴에 맺힌 땀을 훔쳐냈다. 한 아이가 마침 자기 머리통만한 수박을 새끼줄에 묶어 들고 한 손에는 얼음덩이를 달아맨 채 땀을 흘리며 바쁘게 걸어왔다. 사내가 "야 그 수박 맛 좋겠다"고 한마디하자, "이거 천 원짜리 여라우" 하고 소녀가 자랑스럽게 대꾸하고, 이어서 "지금 다 팔리고 두 개바끼 안 남었는디 살라믄 지금 가보제 그라요!" 하는 소리가 등뒤에서 따라왔다. 사내는 다시 사방을 두리번거리다가 이내 걸음을 빨리했다. 그는 아마 소녀가 말한 수박 가게를 찾는 모양이었다.

"이거 얼맙니까?"

수박 가게에 이르러 사내는 그 중 큰 것을 하나 집어들었다.

"천 이백 원만 내시오."

"두 덩이 주시오."

"맛있는 수박을 혼자 다 사가믄 어쩔 것이오?"

수박장수가 웃었다. 사내는 말없이 돈을 내밀고는 다시 사방을 두리번거렸다. 사내는 다시 손수건을 꺼내서 이마에 맺힌 땀방울을 훔쳐냈다. 그는 수박을 양손에 들고 한참을 가다가 문득 걸음을 세웠다. 그는 다시 담배 가게에 들렀다.

"여기 담배 한 보루 주시오."

"무슨 담배 디리까?"

"거북선 없소?"

"선도 없소."

"한산도로 주시오."

"한산도도 다 떨어지고 없는디."

“그럼 청자로 한 보루 주시오.”

담배 가게를 나와 사내는 아까보다 더 빨리 걸었다. 아이를 안은 한 아낙이 수박을 들고 바쁘게 걷는 사내를 유심히 쳐다보다가 문득 무슨 말을 하려다 그냥 지나쳤다.

사내는 탱자나무로 울타리를 치고 있는 조그마한 기와집으로 향하는 골목으로 꺾어들었다. 그가 다섯 걸음을 옮겨놓으면 쇠똥이, 다시 다섯 걸음을 옮겨놓으면 말똥이 떡시루처럼 납작하게 길바닥에 늘어붙어 있었다.

사내는 ‘김달수’라고 쓰인 문패가 있는 곳에서 잠시 망설였다. 그는 다시 사방을 한 번 두리번거리다가 빠르게 안으로 들어갔다.

“몇 시차로 오냐?”

마당가에 앉아 풀을 뽑고 있던 또 한 사내가 자리에서 일어서며 물었다. 뒤이어 “오메메 시아제 오십니까?” 하는 소리가 부엌에서 들리고, 아낙이 뛰어나와 사내의 손에서 수박을 받아들었다.

“웬일이냐?”

풀을 뽑고 있던 사내가 마루에 앉으며 말했다.

“너무 오래 찾아뵙지 못해 형님께 죄송합니다.”

“죄송한 줄 아는 거 보니께 너도 인자 나이가 좀 찼구나.”

“… .”

“몇 년 만이냐?”

“오 년 만입니다.”

“오래되았구나.”

“면목없습니다.”

“오 년 만이라도 왔으니께 니 면목은 섰다.”

“죄송합니다.”

“몇 시차로 왔냐?”

“영산포에서 택시를 탔습니다.”

“왜 버스는 없드냐?”

“바빠서 그냥 왔습니다.”

“그래도 택시비는 헛돈이다. 너도 인제 새끼덜 땜시 돈걱정할 나이 아니냐.”

“아이고 저 양반, 말이나 못 하믄! 아 당신은 새끼가 없어서 이러구 있소?”

“형수님, 형님한테 너무 그러시지 마세요.”

사내가 웃으며 말했다.

“나 요새 저년한티 꽉 쥐여산다.”

“아이 형님도.”

“그걸 누가 할 소리당가.”

아낙이 소리치고 나서 안방에 대고 다시 말했다.

“느그들 나와서 인사들 해라아!”

텔레비전을 켜놓고 있던 안방의 아이들이 우르르 몰려나왔다.

“삼춘 오셨습니까?”

큰놈이 맨 먼저 나와 인사했다.

“삼춘 안녕!”

“삼춘 안녕!”

아이들이 차례대로 사내 앞으로 나와 곱게 인사했다. 그리고는 이내 마루 끝에 놓인 수박덩이에 시선을 주고 그쪽으로 몰려간다.

“대복이는 어디 갔습니까?”

“그 자식 날마다 고기 잡으러 댕긴다.”

“대복이도 애빌 닮아서 공부는 않고 맨날 딴짓이라요. 어저께는 웃 주막 외밭에서 외 따먹다 들켜갖고 코피까지 터지고 왔다요.”

부엌에서 아낙이 소리쳤다.

“참 저 아이는 처음 보는데요, 형님?”

사내가 마당가에 쪼그리고 앉아 있는 아이를 보며 말하자 아낙이 부엌에서 나오다 그 소리를 듣고 잠깐 얼굴을 붉혔다.

“막내다. 너 서울 간 다음해에 나왔다.”

사내가 다시 마당으로 내려가 그 아이를 안아 일으켰다.

"이제 그만 낳으시지요."

"그런 거 저런 거 신경 쓸 틈이 없었다. 어느 날 보니까 새끼가 다섯이 되아뿌렀드라. 이제 시마이다."

사내가 아이들에게 천 원짜리 한 장씩을 나누어주자 우르르 밖으로 몰려나갔다.

"너 서울서 돈 좀 번 모양이구나."

"아닙니다."

"서울서도 돈을 그르케 쓰냐?"

"아닙니다. 오랜 만에 삼촌이라고 왔는데…."

"그럴 것이다. 아이들이 가끔 삼촌을 찾기도 한다."

"아까 오다가 정바우 형님을 만났습니다." 사내가 문득 생각난 듯 말했다. "그쪽에서 먼저 알아보드군요."

"…."

"형님, 지금도 손금을 보십니까?"

"누가 그러더냐? 바우가 그러더냐?"

사내가 조금 웃어 보이자 그는 입맛을 쩍쩍 다시며 천장에다 시선을 던졌다.

"형님, 이제 제발 손 끊으십시오."

"이제 손금 볼 밑천도 없다. 안심해라."

"밑천이 생기면 또 하실 겁니까?"

"그것이 그렇게 사람 맘대로 안 되니라."

"형님…."

"알았다. 논 네 마지기 남은 것은 손 안 댈 것이다."

사내는 아무 말도 하지 않았다.

"너는 서울서 무엇으로 밥 묵냐?"

그가 사내에게 고개를 돌리지 않고 물었다.

"뭐 조그마한 사업 하나 벌이고 있습니다."

사내도 그를 마주보지 않고 대답했다.

"작다니 얼마나 작냐?"

"조그마한 가게를 차렸어요." 사내가 갑자기 말을 더듬기 시작했다. "을지로라고, 여기 같으믄 본정통인데, 거기다가 전파사를 하나 차렸습니다."

"머라고? 본정통에다 차렸으믄 너 그 동안 돈도 좀 모았겠구나."

"그러니까 형님한테도 이렇게 찾아오는 거 아닙니까?"

"잘했다." 그는 좀 큰소리로 말하고 이내 더 큰소리로 부엌에 대고 소리쳤다. "이보소, 자네는 빨리 나가서 막걸리나 한 되 받어 오소!"

"아닙니다. 술은 이따 하지요."

"왜?"

"좀 나갔다 올랍니다."

"너 서울은 언제 올라가냐?"

"오늘 밤차로 갑니다."

"안 된다. 낼 가거라."

"알았습니다. 친구나 좀 만나고 오겠습니다."

"친구가 누구 있냐? 문식이하고 봉두밖에 없다. 다 서울로 올라갔어."

사내는 마루에서 내려와 마당 가운데 섰다. 그는 사방을 한 번 두리번거리다가 이내 밖으로 나왔다.

사내는 다시 탱자나무 숲이 있는 양조장 뒤쪽으로 발부리를 돌리고 있었다. 그는 빠른 걸음으로 탱자나무 울타리를 벗어났다. 그는 저만큼 바라다보이는 양조장의 기다란 굴뚝을 보며 문득 걸음을 세웠다. 그는 아까 강둑에서 자갈을 던지며 놀고 있던 아이들을 보았던 때부터 술생각이었다. 사내는 초가지붕이 기와로 바뀌고 양조장 입구에 서 있던 좀팽나무가 잘려나간 동네의 풍경에, 눈을 감고도 찾아갈 수 있었던 친구의 집이 쉽사리 찾아지지 않았다. 좀팽나무가 잘려나가 버린 양조장 입구의 공터에는 아이들이 모여 땅뺏기를 하고 있었다.

"봉두야."

사내는 아무 대문에나 대고 소리쳐 보았다. 마침 우물가에서 세수를 하고 있던 한 아이가 사내에게 쪼르르 다가왔다.

"왜 남의 아부지 이름을 함부로 부르요?"

"니 아부지가 문봉두냐?"

"그란디요."

"이놈 애비보다 똑똑하구나."

"아부지는 왜 찾능가라우?"

"나 니 아부지 친구다."

사내는 아이를 따라 대문 안으로 들어섰다.

"봉두야!"

사내는 이십 년 전의 그때처럼 이렇게 불렀다.

"문봉두!"

그는 아까보다 더 큰소리로 소리쳤다.

"아부지, 손님 오십니다아!"

아이가 쪼르르 마당으로 달려가며 소리쳤다.

"누구서유?"

한 아낙이 그에게 다가오며 물었다.

"봉두 친굽니다."

"거 어떤 새끼가 어른 이름을 함부로 불러."

그때 안방에서 이런 소리가 들렸다.

"나다, 형님이다."

사내가 소리쳤다.

"나한테 형님이 없는디! 거 어떤 새끼여?"

"서울 형님 왔다. 문이나 열고 말해라."

"서울 형님?"

그때 안방문이 드르륵 열리고 한 사내가 얼굴을 내밀었다.

“오메메 너가 누구여?”

“달호다.”

“달호?”

그가 잠깐 이마를 좁혔다. 그는 아마, 순간적으로 무언가를 생각하는 눈치였다. 마당가에 서 있는 사내를 잠깐 쳐다보고 있던 그가 이내 후닥닥 일어나 밖으로 나왔다.

“너 달호구나. 달호.”

그는 마치 고함이라도 지르듯이 마당으로 내려섰다.

“술 들어라.”

그는 사내에게 술을 다시 가득 부으며 말했다. 그는 아마 좀 취한 모양이었다. 마치 졸고 있는 사람처럼 무언가 깊은 생각에 빠진 듯하기도 했다가 문득문득 고개를 들어 사내에게 허겁지겁 술을 따르기도 했다. 그는 자신이 알고 있는 동기들에 대해 소식을 전했다. 김영기는 서울로 간 뒤 소식이 없고, 김길웅이는 광주에서 건재상을 해서 재미를 좀 본 모양이고, 손태원이는 서울서 선생질을 한다는데 작년에 딸 쌍둥이를 낳아서 마누라하고 대판 싸웠다는 소문, 최정수는 작년에사 결혼식을 올렸는데 아들이 결혼식장에 나타나서 뛰어다니는 통에 결혼식이 엉망이 되어버렸다는 얘기, 그리고 선관이는 작년에 저수지에 빠져 죽었다고 전했다. 그리고 그는 사내에게 서울 재미가 어떠냐고 물었다. 사내는 그냥 그렇다고 대답하고, 고향에 남아 있는 네가 부럽다고 했다.

“이 쌔끼! 술이나 들어!”

그는 아무 대꾸하지 않고 거푸 술을 따랐다. 그는 진달래를 꺼냈다가 다시 얼른 그것을 주머니에 넣고 앞에 놓인 사내의 담배를 한 가치 빼물었다.

“너는 그래도 우리 동기 중에서 출세한 놈이다.”

그가 좀 큰소리로 말했다.

"한 달 수입이 얼마나 되냐?"

사내의 얼굴을 마주보지 않고 그가 이렇게 물었다.

"얼마 되지 않아." 사내는 술을 한 잔 받아마시며 대꾸했다. "이것 저것 떼고 사오십만 원쯤 된다."

"사오십만 원?" 그는 얼른 옆에 있는 아내에게 시선을 던졌다가 다시 바쁘게 술을 따르며 말했다. "서울서는 생활비도 많이 들제?"

"제수씨는 참 미인이십니다."

사내가 문득 옆에 앉아 있는 그의 아내에게 말했다. 여자가 히죽 웃었다.

"지랄헌다." 그가 간지럼이라도 타듯 킬킬 웃었다. "이년은 새끼 까는 재주바끼 없어."

"애기가 몇이냐?"

"넷!"

"아니, 넷이나?"

"이제 하나만 더 낳고 시마이할란다."

"안 돼유!"

그때 옆의 아낙이 눈을 흘기며 남편을 노려보았다. 그녀는 이내 일어나 밖으로 나가버렸다.

"저년이 그래도 그것은 끝내준다." 그가 다시 킬킬 웃었다. 그리고는 자리에서 벌떡 일어났다. "이차 가자."

"이차는 내가 사지."

"그래야지."

"술은 서울서 출세한 놈이 사야지." 사내는 마당을 내려서며 마당 가운데서 놀고 있던 아이에게 천 원짜리 두 장을 꺼내주었다. 아이들이 돈을 들고 우르르 밖으로 나가자 "돈 다 까묵지 말고 남겨오그라 잉!" 하는 소리가 부엌 쪽으로 들려왔다.

밖은 이미 어두워지고 있었다. 사금파리같이 반짝이던 감나무 잎새와 양철지붕이 서서히 어둠 속으로 파묻히고 있었다. 읍사무소가 바라다보이는 길목에서 동네처녀 서넛이 "당신은 모르실 거야" 하고 유행가의 한 구절을 부르며 지나갔다.

"저 쌍년들, 우리 동네에 처녀 없다."

술에 취한 그가 사내에게 말했다. 곧 이어 "처녀 좋아하시네!" 하는 소리가 어둠 속에서부터 들려오고 이어 까르르 하는 그네들의 웃음소리가 이어졌다.

"가자." 그가 읍사무소 담을 다 벗어나면서 '목포집'이라고 쓰인 아크릴이 있는 곳을 가리키며 말했다. "요기에 색시 두엇이 삼삼한 것들이 있다."

사내는 문득 앞서 들어가는 그의 다리에 시선을 두었다. 그는 봉두의 다리가 성하지 않다는 사실을 그때서야 생각해 냈다. 사내는 지금까지 왜 봉두가 절름발이였다는 사실을 까맣게 잊고 있었는지, 목포집의 대문에 올라서며 잠깐 생각해 보았다. 그는 오학년 때 절름발이가 되었다. 양조장 앞마당에 서 있던 좀팽나무에 기어올라 나뭇가지를 아래에 받치고 서 있던 사내에게 꺾어 던지다가 양조장 인부에게 들켰다. 막대기를 들고 오는 인부를 보고 맨 먼저 도망친 것은 자신이었다. 허겁지겁 가지를 안고 내려오던 봉두가 팽나무의 중간쯤에서 떨어졌다. 그는 그해 가을부터 학교를 그만두었고 왼쪽 다리는 영영 못 쓰게 되었다.

"오늘은 서울 손님을 모시고 왔응께, 느그들 잘 혀야 한다."

사내에게 히죽 웃으며 봉두가 말했다. 그들은 앉아서 다시 동창들에 대해 이야기를 했다. 선관이가 자살이었냐 심장마비였냐고 물었고, 어떤 놈은 자살이라고 그러고 어떤 놈은 심장마비라고 그런다고 대답했다. 그리고는, "그 얘기는 집어치우고 오늘은 좀 마시자" 하고 소리쳤고 사내는 그러자고 맞장구를 쳤다. 사내가 "형님이 지금도 손금을 보는 모양인데 어떻게 해야 좋을지 모르겠다"고 푸념을 늘어놓자 그는 "이젠 그 버릇 개 못 준다"고 대꾸했다.

그러자 옆에 있던 색시가,

“달수 아저씨는 이제 아주 건달이 되뿌렀대요.”
하고 거들었다.
“그 새끼 죽기 전에 나하고 딱 한 번 오입을 했는디, 여기 있던 미스 강인가 하고 딱 한 번 오입을 했는디 ….”
그가 다시 죽은 이선관이라는 친구의 얘기를 꺼냈다.
“술이나 들어!”
사내가 갑자기 옆자리에 앉은 색시의 치마 속으로 손을 밀어넣으며 킬킬 웃었다.
“그 자식이 죽은 건 ….”
봉두는 몹시 취한 모양이었다. 사내는 그러나 거푸 그에게 술을 따라주었다.
“자 들어, 나 이번에는 형님도 형님이지만 너를 좀 만나보고 싶어서 왔다.”
사내가 말하자,
“니가 나를 만나러 왔다고?” 하고 그가 숙였던 고개를 들었다. “그래야지, 니기 이젠 형님을 알아보는구나.”
그가 취한 손을 흔들며 사내에게 손을 내밀어 왔다.
“자슥아, 이십 년 만에 형님을 찾아보는 놈이 어딨어? 넌 이 형님이 보고 싶지도 않던가?”
사내가 미안하다고 말하자 그는 다시, “미안할 것까지야 없다”고 말했고, 그들은 다시 술을 청했는데 시간은 이미 열한 시를 넘어서고 있었다.
사내가 계산을 마치고 대문을 나와 전봇대에 기대고 서 있는 봉두를 부축하기 위해 그에게 가까이 다가갔다. 그러나 그는 그의 손을 뿌리치고 천천히 읍사무소 쪽으로 걸어나갔다. 절룩거리는 그의 한쪽 다리를 내려다보며 사내는 잠깐 이마를 좁힌다. ‘목포집’을 나온 지 얼마 안되어 앞에 가던 봉두가 쓰러졌다. 사내는 빠르게 다가가 그의 어깨를 부축했다. 그는 말없이 사내에게 어깨를 내맡긴 채 서서히 읍사무소의 돌담을 지나 양조장이 있는 곳으로 향했다.

"아까 보니 그 좀팽나무가 없어졌드라."

사내가 어둠 속에서 문득 말했다.

"나도 지금 그 얘기를 너한테 해주려는 참이었다."

봉두가 어둠 속에서 코를 행 풀었다. 한떼의 여자들이 왁자하니 떠드는 소리가 들렸다.

"삼차 갈래?"

봉두가 말하면서 다시 쓰러졌다. 술이 취한 건지 다리가 말을 안 듣는 건지 모르겠다고 하면서 그가 어둠 속에서 키익 웃었다.

"들어가."

사내는 부축했던 어깨를 풀어 그를 등에 들쳐업었다.

"이 새끼 제법 무거운데?"

사내가 비틀거리며 말했다.

사내는 등에 업은 그에게 아무 말도 하지 않았다. 다만 그는 양조장 앞의 좀팽나무 꼭대기에 올라가서 팽나무 가지를 땅으로 던져주던 옛날의 봉두 모습을 떠올리고 있었다. 사내가 개울을 건널 때까지 등에 업힌 그는 아무 말도 하지 않았다.

"자냐?"

사내가 물었다.

"자?"

"…."

"자냐?"

"안 잔다."

그가 어둠 속에서 사내에게 대답했다.

"다 왔다. 이제 나를 내려줘."

그러나 사내는 그를 등에 업고 그의 집 대문을 밀치고 안으로 들어갔다.

"술을 좀 마셨습니다."

사내는 그의 아내에게 말하고 그를 마루에 내려놓았다.

그를 마루에 뉘어놓자 그대로 코를 골기 시작했다.

"아주머니." 사내는 마당 한가운데에서 아낙을 불렀다.

"이거 봉두가 깨거던 전해주세요"

"이것이 무엇이라요?"

아낙이 어둠 속에서 약간 말을 더듬으며 말했다.

"돈입니다."

"무슨 돈이랑가요?"

"전하기마 하시오."

사내는 손에 들었던 봉투를 아낙에게 맡기고 어둠 속으로 사라졌다.

그는 총총걸음으로 다시 개울을 건너가 양조장의 길다란 돌담을 끼고 '김달수'라고 쓰인 문패가 있는 곳으로 빠르게 다가갔다.

그는 잠시 사방을 두리번거리다가 이내 아까와 같은 빠른 몸짓으로 안으로 들어갔다.

"형님 주무십니까?"

사내가 불빛이 새나오고 있는 방으로 다가가 나직이 말했다. 창문이 빠끔히 열리고 이내 벗겨진 머리가 밖으로 밀려나왔다.

그가 바쁘게 사내에게 손짓했다.

"아까 누가 왔다 갔다."

"알겠습니다."

사내가 문득 고개를 들어 어둠에 둘러싸인 감나무 쪽으로 시선을 주었다.

"내일 아침에 오겠다고 가드라만. 이 동네 사람은 아닌개벼…."

"저 올라가야 합니다."

사내는 빠르게 말하고 주머니에서 봉투를 하나 꺼냈다.

"형님 이거 받으세요."

"무어냐?"

146

"형님 손금 보셔야죠."
"원 자식두."
"저 갑니다."
"조심해라."
"지금 시내로 나가야 첫차를 탑니다."
"조심혀."
사내가 사립문을 닫고 밖으로 나가자, 이내 안방의 불이 꺼졌다.

(《세대》, 1978.9)

겨울行

　여자는 거울 앞에 섰다. 고개를 좌우로 돌려보고 두 손으로 허리를 짚은 채 다시 옆으로 흔들어 보았다. 아이를 낳은 뒤로부터는 뱃가죽에 주름이 생기고 허리가 굵어지기는 했지만 그러나 처녀 때와는 별반 다른 게 없어보였다. 밋밋하게 솟은 두 다리는 이세 한 아이의 어머니가 되어버린, 그러나 전혀 그렇게 보이지 않는 자신의 허리를 상큼하게 떠받치고 있었다. 얼굴에 약간의 주근깨가 깨알처럼 몇 알 뿌려진 것 말고는 그녀는 옛날의 모습 그대로였다. 여자는 오랜 만에, 거울 앞에 떠오른 자신의 몸매를 찬찬히 바라보았다. 땟국 낀 생활의 틈바구니에서 문득 소중한 기억을 되살리듯 그녀는 찬찬히 거울에 비친 자신의 낯선 몸매를 두 손으로 쓸어보았다.
　"당신, 바다 구경하지 않을래?"
　남편은 처음 이렇게 말했었다.
　"바다라구요?"
　"그래, 겨울바다."
　"아."
　여자는 그때 하마터면 소리를 지를 뻔하였다. 겨울바다. 그녀는 순간 기쁨에 차서 잠깐 눈을 감았다. 하얀 물거품이 말갈기처럼 바위에 부서지고, 갈매기는 저음의 목관악기로 해면에 깔리고, 그리고 어디선가 작은 바닷새들의 노랫소리가 부챗살처럼 쏟아지리라. 지난 여름의 모래 위에 곱게 씻겨져서 이제는 둥글고 부드럽게 다소곳이 늘어져 있을 하얀 조가비. 그 조가비가 마침내 손바닥에 전해 올 따듯한 감촉. 여자는 그 갈매기의 꼬리를 스쳐지나온 향긋한 바닷바람이 코끝에 스머드는 것 같았다.

"한 번 나오지 그래." 남자는 의기양양해져서 이렇게 말했던 것이다. "학교가 문을 닫았어. 당분간은 강의가 없을 거 같애."

남자는 퉁명스러우나 또박또박 말했다. 그의 음성은 파도소리가 되어 귓가에 싸아 하는 소리로 달려들었다. 수화기를 타고 흘러오는 잉잉거리는 소리가 마치 파도소리 같았다.

"허지만,"

그녀는 그때 망설였다.

"잔소리. 지금 정거장으로 나와요. 구내 찻집에 있을게."

여자는 그때 문득 "저 있잖아요," 하면서 말끝을 흐리고 말았다. 그러자 저쪽에서 질그릇 깨지는 웃음소리가 귓가에 따갑게 달려들었다. 여자는 혼자서 얼굴을 붉혔다. 남편에게 들키고 만 것이다. 그녀는 자신에게 뜻하지 아니한 즐거움이 닥치거나 만족감에 빠질 때면 우선 망설이고 뒷걸음질쳐 보는 것이 습관이 되어버렸다. 그렇게 함으로써 자신에게 다가오고 있는 행복감의 실체를 찬찬히 확인해 볼 수 있는 시간을 혼자서 벌어 보자는 속셈이고, 또 그렇게 해보는 동안이야말로 그녀에게는 자신만의 은근한 기쁨의 시간인 것이다. 남편의 질그릇 깨지는 듯한 웃음소리가 뚝 그치고, "한 시까지야. 알았습니까, 부인?" 하고 다그치면서 전화가 뚝 끊기자 그녀는 황망히 시계를 보았다. 여자는 즐겁고 부끄러웠다. 그녀는 신혼여행 때 남쪽의 야트막한 통나무로 된 호텔에서 그 있잖아요 소리를 내지른 바 있고, 두 번째는 아이를 낳았을 때 병원으로 꽃 한 송이를 들고 달려온 남편에게 무슨 말인가에 감격하여 그 소리를 했었던 것 같다.

여자는 다시 장롱서랍을 뒤지기 시작했다. 그녀는 옷가지들을 한 번씩 몸에 걸쳐 보았다. 그러나 그것들은 모두 자신에게 생소하게 느껴졌다. 그녀가 입어본 어느 것도 마음에 들지 않았다. 대학 때 입은 자줏빛 투피스는 옛날처럼 몸에 꼭 맞았으나 그 옷에서는 기숙사 사감 선생의 냄새가 곰팡이처럼 피어올랐고, 그 위에 걸쳐본 바바리 코트는 그녀가 어설프게 쏘다녔던 음악실 〈칸타빌레〉의 자욱한 담배연기가 스멀스멀 기어나오는 듯했다. 그녀는 이제 자신의 지금의 냄새를 맡을 수 있는 어떤 옷도 가지고 있지 않음을 알았다.

여자는 서랍을 닫고 곱게 싸두었던 다른 옷을 꺼내 보았다. 거기에는 남편의 냄새가 붙어 있었다. 언젠가 함께 걷다가 발견한, 쇼윈도에 걸려 있던 검정색 투피스. 어떠니? 여자는 거울 속의 자신에게 물었다. 좋다, 얘. 거울 속의 여자가 대답했다. 허지만 너무 깜장이지 않니? 조문 가는 것도 아니고. 검정 옷, 검정 스타킹. 그런 대로 됐어. 거울 속의 여자가 그녀의 위아래를 훑어보며 말했다. 어머나, 벌써 시간이 이렇게 됐어. 여자는 거울 속의 여자에게 말하고는 바쁘게 옷을 챙겨 입었다.

여자는 시외버스 정거장으로 향하는 차안에서 잠깐 생각에 잠겼다. 결혼한 지 삼 년. 여자는 부끄럽게도 그 동안 한 번도 남편과 함께 여행 비슷한 외출을 해보지 못했다. 친구들은 가끔 단풍놀이나 해변의 은빛 모래사장에 대해 자랑들을 늘어놓지만, 여자는 그때마다 삽살개처럼 이 대학 저 대학을 시간강사로 쏘다니지 않으면 안 되는 남자의 주머니를 생각하곤 했었다.

"어때, 좋은 생각이지?"

시외버스 매표소 앞에 서서 기다리던 남자는 어깨를 으쓱해 보이며 여자에게 말했다. 남자는 이미 두 장의 티켓을 사들고 여자에게 다가와 섰다. 남자가 하마 같은 입을 쩍 벌리며 웃었을 때 그의 이빨 하나가 때마침 비껴든 한낮의 겨울 햇살에 반짝했다. 그리고 여자는 순간 남자의 이빨 사이에 끼여 있는 고춧가루를 발견하고는 이내 웃었다. 당신 이빨에 고춧가루가 묻었어요, 라고 말해주고 싶었으나 그러나 그녀는 그렇게 하지는 않았다. 이 좋은 겨울의 한낮 반짝이는 햇살 속에서, 그리고 바닷고기처럼 싱싱하게 퍼덕이며 개선장군처럼 의기양양해 하는 남편에게 고춧가루라니. 여자는 그러나 남편이 점심으로 무엇을 먹었는가를 혼자서 짐작해 보고는 하마터면 또 그 있잖아요, 소리를 낼 뻔했다.

"놀랬지?"

"놀랬어요." 여자는 바다로 향하는 버스가 움직이기 시작하자 비로소 남자에게 말했다. "어떻게 그런 생각을 다 해냈어요, 당신?"

"문득, 문득이었어. 실은 나도 오늘은 어쩐지 바다가 보고 싶었거든."

"나두요."

앞자리에 앉아 있던 사내가 그때 힐끔 이들을 돌아보았다. 노동자 차림의 그 사내는 두터운 잠바를 입고 있었다. 잠바 뒷덜미께에 실밥이 터져서 길게 뻗쳐 있는 게 보였다. 깊숙이 눌러쓴 사내의 모자 밑으로 기름때 묻은 머리가 길게 비어져 나와 있었다. 사내는 손수건을 꺼내 코를 행 풀었다. 그의 콧소리가 의외로 컸으므로 그들은 좀 놀라고 말았다. 아이, 여기서 하필 코를 풀다니. 여자는 앞자리에 앉아 있는 사내의 뒤통수를 얄미운 듯 쏘아 주었다. 한낮의 낭랑한 겨울 햇살이 여자가 두르고 있는 밤색 스카프 사이로 스멀스멀 기어들었다.

버스는 시가지를 벗어나자 속도를 내기 시작했다. 촘촘히 들어선 가로수를 헤치면서 버스는 바다가 있는 쪽으로 달렸다. 멀리 바라다 보이는 강둑의 자갈밭에는 빨랫줄을 길게 늘어놓은 것처럼 여기저기 얇게 언 얼음들이 하얗게 부서져서 흐트러져 있었다. 스케이트를 멘 아이들 서넛이 참새떼처럼 재잘대고 있는 모습이 잠깐 차창을 스쳐 지나갔다.

강 건너 언덕바지에서 한 아이가 마침 아래쪽으로 불어오는 바람을

등지고 종종걸음을 치고 있었다. 그러나 소년이 들고 있는 연은 좀처
럼 공중으로 떠오르지 않고 있었다.
　"저거 봐요."
　여자가 남자의 소매를 끌었다.
　"아."
　남자가 짧게 소리쳤다.
　"연이로군, 연이야."
　"꼭 오징어 같애요."
　"저걸 우린 가오리연이라고 불렀지."
　"왜 연이 떠오르지 않죠?"
　"바람이 약해. 하지만 바람이 너무 세면 연은 그만 뱅글뱅글 맴을
돌다가 이내 밑으로 곤두박질치고 말지. 난 지금도 생생히 기억할 수
있어. 내가 그해 겨울에 날려보냈던 것도 가오리연이었어. 그날은 아
침부터 진눈깨비가 날렸어. 읍내의 양조장을 한참 지나면 높은 언덕
바지가 있었거든. 나는 그날 할아버지가 만들어준 가오리연을 들고
거길 올라갔지. 내가 띄워 올린 그 연은 마침내 하늘 끝까지 아스라
이 올라가 언뜻 한눈을 팔다가 다시 쳐다보면 그 연은 진눈깨비에 묻
혀서 얼른 찾아볼 수가 없게 되지. 그러면 나는 내가 들고 있던 연줄
을 따라 다시 올라가야 한단 말야. 당신은 하늘 끝에 떠 있는 연줄을
잡아당기는 기분을 알 수 있을까?"
　남자는 이미 이십 년이 넘는 긴 터널 같은 세월 속으로 거슬러 올
라가고 있는 것이라고 여자는 생각했다. 연줄을 붙들고 종종걸음을
치고 있는 한 조그마한 소년의 모습이 여자의 눈앞에 그림처럼 떠올
랐다.
　"그날의 그 가오리연은 결국 잘못 잡아당긴 연줄 때문에 바람에 뚝
끊기고 말았어. 때마침 쏟아지기 시작한 함박눈 속으로 빨려들어 가
버렸지. 이제는 잡아당길 아무것도 없이, 갑자기 허망해져 버린 실타
래를 나는 언덕 아래로 던져버렸어. 그때의 그 연이 지금까지 내가

가장 멀리, 그리고 가장 높이 띄워 본 보람이었지. 그래선지 나는 지금도 그날의 허망함을 잊을 수가 없어."

"지금두?"

"물론," 남자는 대답했다. "문득, 때때로."

여자는 고개를 끄덕였다. 남자는 그해 겨울 자신이 함박눈 속으로 날려보냈던 연을 다시 떠올리는 듯 잠시 눈을 가늘게 좁혔다. 버스가 갑자기 속도를 낮추다가 이내 덜커덩거리는 소리를 내며 멎었다. 출발한 지 한 시간이 채 못된 지점이었다. '美津 10km'라고 쓰인 표지판이 보였다.

"미안합니다." 운전석의 사내가 승객 쪽을 향해 고개를 돌렸다. "고장입니다."

"뭣이라고?"

차안이 잠시 술렁거렸다.

"고장입니다."

"못 가는 거요?"

맨 뒷자리의 어디쯤에서 누군가가 고함을 질렀다.

"가긴 갈 꺼요. 다들 내려서 차를 미슈!"

앞자리의 모자를 깊게 눌러 쓴 사내가 고개를 숙인 채 혼자 중얼거리듯 말했다.

"미안합니다. 남자분들 내려서 차를 좀 밀어주십시오!"

운전사가 퉁명스럽게 말했다.

"이거 어떻게 되는 거야?"

"사람이 차를 미는가?"

"차가 사람을 밀어야지."

"너무했군."

"이 차 호강하누만."

"호강이지."

"죄송합니다만 남자분들 다들 내리세요!"

“고장난 버스가 왜 이리 당당해?”

차안이 다시 소란해지고, 사람들은 그들이 타고 온 버스, 그들이 타고 가지 않으면 안 될 버스를 밀기 위해 하나 둘 버스에서 내렸다. 남자 승객 중 기름때 묻은 사내만이 고개를 숙인 채 자리에 그대로 앉아 있었다. 바다가 가까워진 모양으로 갑자기 비릿한 바람이 얼굴을 감싸왔다. 운전석의 사내는 엔진의 뚜껑을 열고 머리를 그 속에다 집어넣었다.

“제기랄! 어디 밀어나 봅시다.”

차는 몇 미터를 가다가 덜커덩하는 굉음과 함께 시동이 걸렸다.

“시동이 걸렸어.”

누군가가 말했다.

“다들 타세요!”

운전석의 사내가 명령했다.

“다시 타라구?”

사람들이 그의 명령에 따라 서둘러 버스에 올라탔다. 버스가 고장났을 때는 승객이 소리쳤으나 시동이 걸리자 운전기사의 목소리가 커졌다. 앞자리의 기름때 묻은 긴 머리의 사내만이 계속해서 조는 듯한 자세로 고개를 숙이고 있었다.

버스가 움직이기 시작했다. 여자는 좌석에 앉아 남자가 차에 오르는 모습을 지켜보고 있었다. 그의 바람에 날리는 머리칼이 고슴도치처럼 쭈뼛이 서 있었다.

“멋져요.”

여자가 남자의 흐트러진 머리를 쳐다보며 웃었다.

“고장난 버스 덕분이군.” 남자는 손가락을 펴 갈고리를 만들어 흐트러진 머리를 쓸어 넘겼다. “허긴, 이 정도의 수고는 당연한지도 몰라. 당신은 그 동안 겨울 바다를 보는 게 소원이었으니까.”

버스가 속도를 내기 시작했다.

“거 천천히 가시오. 또 고장날라.”

운전사 뒷좌석의 사내가 말했다. 멀리 붉게 물들어 있는 황톳빛 둔덕을 가로질러 한 대의 기다란 쇠붙이가 달려가고 있었다. 까맣게 드리운 어둠의 동공으로부터 기차는 꿈틀거리는 한 마리의 뱀처럼, 그러나 완강하고 날카로운 금속성의 굉음을 흔들며 그들이 탄 버스 쪽으로 달려들듯이 비껴지나갔다. 기차의 창유리가 때마침 쏟아지는 햇빛을 받아 고기비늘처럼 반짝거렸다.

"새로 생긴 교외선이야."

남자가 말하자 여자는 문득 까맣게 입을 벌리고 있던 황톳빛 둔덕 속의 어둠의 공간으로부터 생각을 거두었다. 황토 흙 속의 검은 동공은 기묘한 구도를 이루면서 그녀에게 알 수 없는 황량감을 비수처럼 던져주고 있었다. 그것은 흡사 거대한 짐승이 입을 벌리고 있는 형국이었으므로 한편으로는 그 짐승의 죽어 있는 눈동자처럼 생각이 되었다. 여자는 남자의 손목을 가만히 쥐었다. 남자는 그의 손바닥 안에서 작은 가재새끼처럼 꼼지락거리는 여자의 손을 맞잡아 주었다.

버스가 속도를 내면서부터 차 안의 사람들은 다시 조용해졌다. 모자를 깊이 눌러 쓴 앞자리의 사내는 이미 졸음 속으로 빠져든 듯했으며 고개를 숙인 채 미동도 하지 않았다. 그들이 마주보았던 어둠의 동공은 처음에는 책상보만하던 것이 주먹만하게, 그리고 나중에는 탁구공만한 크기로 작아지면서 뒤로 물러섰다. 그러나 황톳빛의 밋밋한 둔덕에서부터 시야에 박혀오는 강렬한 붉은 빛 채색은 버스의 창유리에 거꾸로 박히면서 계속 따라오는 듯했다.

여자는 잿빛으로 변해 가는 산등성이의 겨울 하늘로부터 시선을 거두었다. 그리고 그는 마침내 자신이 그토록 보고 싶어했던 겨울 바다를 향하여 자신이 달려가고 있다는 흥분 속으로 빠져들었다.

"바다가 가까워졌나요?"

마침내 여자는 참지 못하고 남자의 어깨를 붙든 채 이렇게 졸라대고 말았다.

"그래, 지금 바다 가까이 와 있어. 우린 그쪽으로 가고 있는 거야."

남자가 달래듯이 말했다.

"걱정도 팔자구만. 어차피 우린 그쪽으로 가게 돼 있는 거 아니오?"

갑자기, 미동도 하지 않고 앉아 있던 앞자리의 사내가 이렇게 대꾸했다. 그는 고개를 숙인 자세 그대로 쭈그리고 앉아 이렇게 큰소리로 혼잣말처럼 대꾸한 것이었는데, 그 소리가 필요 이상으로 컸으므로 뒤에 앉은 그들은 화들짝 놀라 서로를 번갈아 쳐다보았다. 앞자리의 사내는 예의 그 기름때 묻은 머리를 잠바의 깃 위에까지 늘어뜨린 채 이내 잠잠해졌다. 그의 뒷모습은 뒤집어 쓴 잠바 때문에 다만 한 뭉치의 잿빛 보따리처럼 보이기도 하였으며, 그 어두운 보따리의 머리 끝에 겨울의 잔광이 내리비쳐 이루고 있는 구도가 기묘했다.

"맞아. 어차피 우리는 모두 그쪽으로 함께 가고 있는 거야." 남자가 속삭이듯 말하며 다시 여자의 손목을 쥐어 주었다. "고장난 버스라도 우린 그걸 버리고 떠날 수는 없지."

"바다로 가기 위해?"

"거기에 바다가 있으므로."

앞자리의 사내가 갑자기 으흐흐흐흐흐흐 하는 짐승 울음소리를 냈다가는 이내 다시 조용해졌다. 깊이 눌러 쓴 모자 밑으로 비어져 나온 때묻은 뒷머리가 제비꼬리처럼 반들거렸고, 움츠린 그의 어깨는 이따금씩 가늘게 떨렸다.

덜커덩거리는 버스가 멎고, 승객들을 바닷바람이 드센 공터에 배설물처럼 토해 냈다. 바다가 보였다. 바다는 짙은 암청색의 크레파스를 마구 문질러놓은 듯 거칠어 보였다. 바닷가에 떠 있는 암갈색의 바위 위로 파도는 하얀 거품을 밀어올리면서 핥듯이 갯바위를 감아오르고 있었다. 바람은 비교적 잔잔했으나 바위에 부딪는 파도소리는 크고 길게, 일정한 속도로 바위와 모래를 핥고 지나갔다. 무겁게 가라앉은 잿빛 하늘 아래 몇 척의 어선들이 밧줄에 매여 파도에 따라 출렁이고 있는 게 보였다.

156

여자는 바다를 바라보았다. 암청색의 커다란 화판 위에 크고 작은 검은 점들이 찍혀 있었다. 검고 작은 까만 점들이 서서히 움직이면서 한 척의 고깃배로 바뀌고 그 고깃배는 다시 시야에 가까이 다가오면서 마침내 자신의 검은 동체를 드러내며 검은 연기를 뿜어냈다. 그들은 말없이, 오래 잊었던 기억을 되살리듯, 그들이 문득 만나보지 않고는 견딜 수 없는 그 바다와 마주했다.

"섬으로 가는 배는 없습니까?"

파도소리를 비집고 한 젊은이가 그들에게 말을 건네왔다.

"글쎄요, 저어기 저게 섬으로 떠나는 배가 아닐까요?"

그러자 사내는 남자의 말을 뒤로하고 이미 선착장이 있는 쪽으로 걸어가고 있었다. 그의 뒷모습이 가재처럼 옆으로 기우뚱했다.

"취했군."

남자가 말했다.

"섬에 뭐가 있지요?"

"아니야. 그는 다만 섬으로 가고 싶어하는 사람 같아."

그들은 선착장이 있는 쪽으로 사라지는 사내의 뒷모습에 오랫동안 눈을 주었다.

"어때, 그여 와보고 싶다더니 ⋯."

남자는 머리 위를 한 바퀴 돌다 사라지는 갈매기를 쳐다보며 조심스럽게 물었다.

"좋아요."

여자는 짧게 대답했다.

"아름답다?"

"아뇨," 여자가 빠르게 도리질했다. "다만 ⋯."

"무섭지 않아?"

여자는 아까보다도 더 빠르게 도리질을 했다. 여자는 그러나 아까부터 버스의 차창 밖으로 스쳐 지나가던 그 황토 언덕의 검은 어둠의 동공을 머리 속에 떠올리고 있었다. 검정과 주황색과의 기묘한 구도.

또한 암청색의 짙푸른 화판 위에 완강히 버티고 선 거대한 철근.

"조가비를 주우러 가요."

여자는 남자의 소매를 끌었다. 조가비를 주우면서 발끝에 전해 오는 파도의 말갈기를 따라 모래사장을 걸었다.

끼룩… 끼룩…

이따금씩 갈매기 한두 마리가 그녀의 머리 위에서 날갯짓을 하고 지나갔다.

땅거미가 지기 시작했다.

멀리 바라보이는 잿빛 하늘과 암청색의 바다는 이제 서서히 같은 농도의 어둠 속으로 한데 엉겨들고 있었다. 그들은 이제 땅거미가 지기 시작한 선창가로 올라서서 걸었다.

"아저씨, 저희집에 가요."

한 소년이 그들 앞에 통통배처럼 달려와 섰다. 소년이 가리키는 통나무집에 '생선회'라고 쓰인 붉은 글씨의 색종이가 나풀거리고 있었다.

"맛있어요. 울 엄마가 직접 만드는 거란 말예요."

"너희 집엔 뭐가 있지?"

"광어, 민어, 병어, 뱀장어, 오징어, 낙지 …."

"알았어, 그만." 여자가 소년의 머리를 툭 치며 말했다. "우리 가요."

"조오치, 난 뱀장어를 먹겠어."

남자는 대답했다.

그들은 소년의 뒤를 따라 그가 이끄는 대로 '생선회'라고 쓰인 통나무집으로 들어갔다.

"어서 오세유."

한 아낙이 그들을 맞이했다.

바닷바람이 싸아 하며 그들의 등뒤로 밀려 들어왔다.

"뭐 드시게요?"

소년이 고추장이며 마늘 야채 등속을 들여왔다.

“여긴 뭐가 맛있지?”

“다 맛있어요.”

“요놈.”

남자가 웃었다.

“꼬마 녀석이 아주 똑똑합니다.”

“아들인가요?”

여자가 물었다.

“아니에유.”

아낙은 대답하고 행주를 꺼내 도마를 새로 훔쳐냈다. 마늘접시를 들고 있던 소년의 눈빛이 순간 반짝했다. 카바이드 불빛의 푸르스름한 조명을 받으며 소년의 한쪽 볼이 씰룩했다. 여자는 더 묻지 않고, 남자는 좀 빠른 목소리로 뱀장어 일인분과 병어회 일인분, 그리고 소주 한 병을 주문했다.

“아, 뭣하고 있어? 빨랑 나가지 않고!”

아낙이 소리치자 소년은 뱀장어처럼 몸을 빼 빠르게 밖으로 나갔다.

“아저씨! 아저씨! 우리집으로 와요!”

소년이 지나가는 사람을 붙들고 소리쳐댔다.

“니네 집이 어딘데?”

“요기요.”

“이거 있어?”

“헤헤, 딴 데루 가봐요.”

밖은 이미 어두워져 있었고, 밤바다에 카바이드 불을 켠 작은 어선 몇 척이 떠 있었다.

어디선가 간드러진 여자의 웃음소리가 들려왔다. 그 웃음소리는 찰싹찰싹 선창을 때리는 파도소리에 쏠려 희미하게 사라졌고 이윽고 한 떼의 남자들이 불러대는 유행가가 멀리서부터 흘러왔다. 생선회를 한 점 집어 우물거리던 여자가 갑자기 키들키들 웃었다. 카바이드 불빛에 여자의 이마가 대리석처럼 반들거렸다.

"이제 바다에 온 거 같아요."

여자는 왁자하게 떠들어대는 사내들의 노랫소리와 수족관을 통해 바라보이는 밤바다의 풍경에 시선을 던지며 말했다.

"아까 당신은 겨울바다가 무섭다고 했던가?"

남자가 문득 물었다.

"아니에요. 밤바다는 이렇게 우리를 포근하게 감싸주고 있잖아요?"

여자는 두 눈을 반짝거리며 남자를 마주보며 말했다.

"거짓말을 하는군."

남자는 때마침 멀리서 들려오는 뱃고동 소리에 놀란 듯 술잔을 입에 가져갔다. 여자는 대답하지 않았다. 그녀는 남편의 말대로 밤바다가 무섭다고 생각하지는 않았다. 여자는 다만 이날 낮 남편으로부터 문득 걸려온 한 통의 전화에서 겨울바다의 그 하얗게 부서지는 말갈기 같은 소리를 들었고, 그래서 그는 못 견디게 바다가 그리워졌던 것이다. 그리하여 여자는 자신의 미래에 대한 막연한 설렘과 기대는 결국 바다였음을 확인한 것이었다. 그것은 남편으로부터였다. 남편은 그녀에게 그녀 스스로가 몰래 감추어 두었던, 그 바다를 꺼내어 보여 준 것이었다.

그들은 밖으로 나왔다.

선창가의 불빛들이 한여름의 반딧불처럼 어지럽게 흔들리고 있었다.

"안녕히 가세요."

소년이 어둠 속에서 가재처럼 튀어나왔다.

"그래, 잘 먹었다." 남자는 다시 소년의 머리를 툭 건드리며 말했다. "그런데 저 아줌마는 네 엄마가 아니냐?"

"아니에요!"

소년은 아까 그 아낙이 했던 것보다 더 퉁명스럽게 대답했다.

"그럼 … ?"

여자가 소년에게 다가섰다.

"울 엄만 죽었어요."

"아부진?"

"없어요."

"없다니?"

"섬으로 갔어요."

소년은 모기처럼 가는 소리로 대답했다.

"거기서 혼자 사시니?"

"….."

"넌 바다가 좋으니?" 여자가 물었다.

"싫어요." 소년이 한참 만에 대답했다.

"왜 그럴까? 통통배도 있고, 갈매기도 있고, 그리고 은빛 모래도 있는데….."

"바다는 너무 넓어서 싫어요! 나도 섬으로 갈 거예요."

소년은 말을 마치고 때마침 옆을 지나는 사람들을 붙들기 위해 "우리집으로 가요"라고 소리치며 그들을 따라 어둠 속으로 사라졌다.

"저 아인 바다가 너무 넓어서 싫다는군." 남자가 혼잣말처럼 중얼거렸다. "그래서 저 아인 바다보다 더 확실한 섬을 택한 거구."

그들은 승객들을 토해내듯 선창가에 내려놓았던 버스 정류장이 있는 곳을 향해 천천히 걸었다.

"돌아가요."

여자가 어둠 속에서 나직이 말했다.

한떼의 사람들이 웅성거리고 있는 모습이 보였다. 선착장이 있는 곳으로부터 그리 멀지 않은 곳이었다. 기름 방망이에 불을 붙여들고 사람들이 웅성거리며 서 있었다.

"사다리를 가져와, 사다리를!"

한 사내가 다급하게 소리치며 이쪽으로 달려오고 있었다.

"사고가 났어."

남자는 여자의 어깨를 가볍게 싸안으며 말했다.

"가보고 오겠어."

남자는 사람들이 웅성거리고 있는 쪽으로 향했다.

"안 돼요."

여자가 빠르게 말했다. 여자는 먼 창가에 웅성거리고 있는 사람들로부터 떨어지기 위해 몇 발자국 뒷걸음질을 쳤다. 여자는 군중들로부터 벗어나고자 좀더 빠른 걸음으로 종종걸음을 쳤다.

검은 동체의 배 밑창을 내려다본 남자는 황급히 군중들을 헤치고 그곳을 빠져나왔다.

"시체가 떠 있어."

남자는 어둠 속에서 떨고 서 있는 여자에게 가까이 다가서며 말했다.

"누구예요?"

여자가 어둠 속에서 다급하게 물었다.

"그 남자였어. 아까 그 버스 앞지리의 잠바 차림의 사내….."

여자는 순간, 버스 차창으로 스쳐 지나가던 붉은 황토 언덕과 까맣게 파헤쳐진 어둠의 동공을, 그리고 그 사이를 뱀처럼 꿈틀거리며 솟아나던 검은 동체를 생각했다.

그들은 바다로부터 그들을 태우고 떠날 버스가 서 있는 곳으로 향했다. 짐승 울음소리 같은 뱃고동이 긴 꼬리를 흔들며 귓가에 달려들었다.

"여보….."

여자가 그의 소매를 붙들고 무언가 말을 꺼내려 하였다.

"제기랄!" 남자가 내뱉듯 말했다. "시체가 거기 있었어."

(《뿌리깊은 나무》, 1978)

겨울나기

1

"애들아! 얼굴 씻고 밥 먹자아!"

수자는 입금실을 나오면서 휘익 휘파람을 분다. 그녀는 오늘따라 기분이 좋다. 그녀의 키에 어울리지 않게 큰 엉덩이를 옆으로 휙 흔들며 수돗가로 간다. 꽉 째인 맘보바지의 허벅지께에 실밥이 터져 금방이라도 속살이 비어져 나올 것 같다.

그녀는 자신의 궁둥이가 크다는 사실을 잘 알고 있는 모양인지 언제나 꽉 째인 맘보바지로 궁둥이의 크기를 줄여보려고 하지만 바지 때문에 오히려 더 커 보이기만 한다.

수돗가에서는 영분이가 세수를 하다 말고 코를 홀쩍이고 서 있다. 수자는 영분이가 쓰던 바께스를 휙 낚아채 자기 세숫대야에 물을 쏟는다. 그녀는 소리나게 물을 푸푸 끼얹다 말고 "너 또 우는구나?" 하고 영분이에게 한마디 거든다. 그리고 그녀는 조금 쉬었다가 "울지마. 다 그런 거야" 하고 속삭이듯 한마디 하고는 이내 "병신같은 년! 넌 기름밥 좀 더 먹어야 할까부다!" 하고 꽥 소리친다. 그녀는 그러면

서 마치 자기가 언니나 되는 것처럼 영분이의 등짝을 툭툭 친다. 수
자는 영분이보다 두 살이나 아래인데 이럴 땐 꼭 언니처럼 굴기를 좋
아한다. 영분이는 자존심이 상했는지 아니면 조금 위안이라도 되었는
지 문득 코를 행 풀고는 수자가 쓰던 바께쓰를 다시 낚아채 세수를
시작한다.

"3호차, 3호차 안내원 빨리 입금해요. 3호차 안내원……."

배차실 스피커에서 노무과장 박 씨의 화난 음성이 들려오고 서운교
통 소속 안내양들은 수돗가로 입금실로 합숙소로 바쁘게 뛴다. 이윽
고 노무과장이 찾고 있는 3호차가 졸고 있는 승객 두엇을 태운 채 차
고 쪽으로 훽엑 꺾어들자 3호차의 배미순이가 차가 멎기도 전에 버스
에서 제일 먼저 튀어나와 입금실 쪽으로 빠르게 내닫는다. 운전사가
발동을 끄고 길게 하품을 하고 이내 차안의 조명등이 꺼진다. 포구처
럼 낮게 가라앉은 C동 종점은 이제 3호차의 배미순이가 이날 수입금
의 마지막회분을 입금시키는 일 말고는 더 일이 없다. 수돗가의 고장
난 수은등 밑에서 두런두런 이야기하며 세수를 하는 몇 아이들과 정
비사 두엇, 그리고 자정이 넘도록 가게의 샛문을 빠끔 열어놓고 군것
질 좋아하는 안내양들을 기다리는 구멍가게 노파 송 씨 내외만이 C동
종점을 지키고 있다.

"어서들 들어와 자야지! 오민숙, 박영애, 어디 갔어? 내일 새벽배
찬데……."

안내원 숙소의 창문이 드르륵 열리고 사감 황 씨의 앙칼진 목소리
가 들린다.

"알았어요, 사감님" 하는 소리가 어둠 속에서 들리고 곧이어 그보다
는 아주 작은 소리로, "아유 저 쌍년 보기 싫어 죽겠어" 하는 소리가
들린다. 수돗가에서는 아마 오민숙이나 박영애 둘 중 하나가 늦도록
몸을 씻고 있는 모양이다.

수자는 안내원 숙소 이층 맨 끝방에서 지낸다. 수자가 차장이 된
것은 올해로 일 년이 조금 넘었다. 일 년이면 이곳 서운교통에서는 고

참도 아니고 '신마이'도 아니다. 영분이같이 차장이 된 지 두 달밖에 안된 애들보다는 고참이지만 박영애같이 삼 이나 이 일을 하고 있는 애들보다는 신참이다. 그러나 수자는 노무과장 박 씨가 언젠가 말했듯이 '기똥차게' 차장 일을 잘 해내고 있는 것이다. 그래서 박 과장은 언젠가 노조분회장 선거가 있을 때 수자를 부녀부장으로 출마시키도록 종용한 일까지 있다. 결국 고참 안내양 박영애와 전라도 숙자(경상도에서 온 숙자와 구별하기 위해 그들이 이렇게 부른다) 등이 들고 일어서서 실패하고 말았지만 그만큼 노무과장에게 신임을 받고 있다. 수자는 올해 열아홉. 그녀는 늘 '그대와 나 사이에 저 바다가 없었다면'을 즐겨 부른다. 수자에게는 '그대'가 있었고 '저 바다'가 있었기 때문이다. 그러나 지금은 '그대'도 '저 바다'도 없다. 그래서 그녀는 가끔 외롭고 슬픈 것이다. 그대란 월남에 가 있다가 '군인도 아닌 주제에' '전사' 통지만을 보내왔던 그녀의 아버지 김만득 씨를 가리킨다. 김만득 씨가 월남에 기술자로 가 있을 때만 해도 그녀는 안데르센 동화집이나 읽고 있었고 그녀의 어머니 이상분 씨는 월남에서 돈 부쳐 오는 날짜나 계산하고 있으면 되었다. 김만득 씨와 수자 모녀 사이에 '저 바다'가 있었음을 알게 된 것은 곗돈 오십만 원을 타기 한 달 전이었다. 수자는 그래서 노는 시간이면 '그대와 나 사이'를 부르는 것이 습관이 되어버렸다. 수자는 늘 김만득 씨만 살아 있다면 지금쯤 그녀는 명동 미즈백화점에서 레이스가 많이 달린 원피스를 고르고 있을 거라고 생각해 보는 것이다. 그녀는 언젠가 평택에 있는 둔포중학교 이학년 사반 때 짝꿍이었던 이미경이를 승객으로 모신 적이 있는데, 그때 그 아이가 "어머머, 너 언제부터 차장 일 하게 됐니?" 어쩌구 하며 유난히 호들갑을 떨며 옆엣사람들까지 다 듣도록 수다를 떨자, "어머머, 너 그때 반에서 사십팔등 하던 애가 어떻게 대학까지 들어갔니?"라고 같이 떠들었다. 그녀는 그때 그 아이가 입은 털오버보다도 오버 깃 위에 얄밉게 달라붙어 있던 대학배지를 쳐다보고 있기가 괴로웠던 것이다. 수자는 그날 하루 내내 '저 바다'를 생각하느라고 손님들한테 욕도 먹고 기사님한테도 눈총을 받았지만, 이제는 그녀에게 '그대'도 없고 '저 바다'도 없으므로 손님들한테 욕먹을 일도, 기사님한테 눈총 받을 일도 없다.

"오늘 말이지 증말 웃기는 새낄 봤어. 여보세요 차비 주셔야죠, 하니까 그 남자 어쩐 줄 아니?"

"아까 냈잖아!"

"아냐, 그 작자 날 빠끔히 쳐다보면서 윙크를 했어."

"봐달라 이거야?"

"후후후…."

"차비 받았어?"

"못 받았어."

"윙크에 넘어갔구나?"

"어떤 자식은 글쎄 남의 거스름을 슬쩍 받아들고 내리려다 들켰지. 그러면서, 아 내가 오백 원짜리 내지 않았던가?"

"아휴! 오늘 아침엔 말이지, 어떤 여학생이 옴마마 하고 소리쳐서 보니끼 글쎄 이떤 자식이 그 여학생 뒤에 붙어서서 바지 자크를 풀고 있더라."

열두 시가 넘었는데도 아이들은 까르르 킬킬 웃으며 떠들어대고 있다. 전라도 숙자는 벌써 잠에 떨어졌고 영애는 난로가에 앉아 팬티를 들고 그것을 말리는 중이고 경상도 숙자는 한쪽에 엎드려 무언가 열심히 쓰고 있다. 아마 편지를 쓰는 모양이다. 그러나 그들은 그것이 고향에 계신 부모님께 보낼 것이 아님을 다 알고 있다. 경상도 숙자는 몇 달 전부터 군인 아저씨에게 위문편지를 쓰고 있다. 군바리 새끼들 외출 나와봐야 돈이나 얻어 쓰고 자꾸 이상한 짓만 하려 든다고 주위에서 늘 주의도 주었지만 그녀는 늘 '위문편지'를 쓰는 거라고 변명한다. 언젠가 수자가 그것을 몰래 훔쳐본 일이 있는데 군인 아저씨는 이렇게 적고 있었다.

"여기는 영하 십팔 도, 숙자 씨가 있는 서울보다 더 추운 곳입니다.

하지만 나는 며칠 후면 만나볼 숙자 씨를 생각하면 영상 십팔 도처럼 마음이 따뜻해집니다. 숙자 씨는 회사에서 무슨 일을 하는가요? 타이피스트? 서무과? 아니면 사장 비서라도? 제가 휴가를 얻으면 당장 서울로⋯⋯." 그리고 겉봉에는 '서운교통 주식회사 정숙자 귀하' 라고 쓰고 있었다.

수자는 아까부터 쿨쩍쿨쩍 울고 있던 영분이가 아직 잠을 자지 못하고 있는 것을 보고 베개를 들고 영분이가 누워 있는 쪽으로 간다. 영분이는 '신마이'다. 처음 한 달은 제법 일을 잘하더니 요즈막에 와서는 밥도 거르고 자꾸 쿨쩍거리기를 잘한다. 수자는 그녀가 왜 그러는지 대강 짐작은 하고 있다. 언젠가 아파 누워 계시는 어머니 약값을 대느라고 삥땅을 하다 걸렸다고 자신이 말한 적이 있지만 그것은 그때 일이지 지금까지 이렇게 쿨쩍거릴 일은 못 된다. 수자는 바로 이틀 전 합숙소 뒷마당에서 훌쩍거리고 서 있는 영분이를 보았으며, 바로 그때 옆에서 무언가 열심히 달래는 소리로 그녀에게 소근거리고 있던 김 감독을 보았다. 수자로서는 '호랭이' 같은 김 감독이 그렇게 소근거리는 것을 그때 처음 보았는데, 김 감독이 그렇게 영분이에게 소근거리지 않으면 안 될 일이란 다 짐작이 가는 것이다.

"요 맹추야, 니가 그렇게 징징대기만 하믄 우리 감독님 입장이 어떻게 되니?"

수자는 영분이의 귀를 잡아당기며 다짜고짜 말했다. 영분이가 눈을 동그랗게 뜬다.

"나는 알아." 수자는 나직이 속삭인다. "하지만 이젠 어떡하니?"

영분이가 울상이 된다. 그리고 그녀는 마침내 소리내어 울기 시작한다.

"좀 조용히 못하겠냐? 차순이 짓이 그렇게 힘들믄 그만둬 삐리믄 될 꺼 아녀?"

자고 있던 전라도 숙자가 눈을 감은 채 꽥 소리치고 이내 이불을 뒤집어쓴다. 합숙소 불이 꺼졌다. 여기저기서 기침소리가 들리고 아이들은 하나씩 둘씩 잠에 떨어진다. 수자는 영분이년의 끼욱끼욱 하는 울음소리를 들으며 김 감독의 유자껍질 같은 얼굴을 생각한다. 개자식, 그리고 불쌍한 영분이. 수자는 이불을 뒤집어쓴다. 어디선가 콰앙콰앙하는 소리가 들려온다. 그것은 멀리 도심부에서 들려오는 것처럼 아주 멀리 들리기도 하고 어떤 때는 바로 옆 철공소에서 들려오는 것처럼 가깝게 귓가에 달려든다. 열두 시가 넘었는데도 도시의 한쪽 끝에서는 마치 수많은 벌떼들이 몰려다니는 것 같은 웅웅거리는 소리가 들린다. 강변로를 달리는 차량들의 바퀴 구르는 소리조차 뚝 그쳐버린 시각에 그 소리는 조금씩 조금씩 합숙소의 낮은 블록 담벼락을 타고 넘어와 귓가에 달려든다. 수자는 이곳에 일자리를 정하고 얼마까지는 그 소리를 듣지 못했다. 처음 그녀는 일이 끝나자마자 잠에 떨어지곤 했기 때문이다. 그러나 이제 수자는 늘 그 소리를 가깝게 듣는다. 그 소리는 마치 커다란 쇠붙이가 이쪽으로 굴러오는 소리 같기도 했고 어떤 때는 그녀의 고향인 평택군 팽성면 둔포 앞바다의 파도소리처럼 합숙소의 낮은 함석지붕을 찰싹찰싹 때리는 것이다. 수자는 그때미디 자신이 고향에 가 있는 꿈을 꾼다.

2

수자는 사감 황 씨가 부른다는 소리에 아침 일찍 일어났다. 그녀는 꽉 째인 맘보바지를 입고 엉덩이를 한 번 획 흔든다. 수자는 아래층 사감실로 향하는 층계를 내리면서 쌍, 소리를 내뱉는다. 보나마나 어떤 년이 꾀병을 앓고 그녀더러 대신 첫차를 타라는 것일 게다.
"부르셨어요?"
수자는 사감실 문을 드르륵 밀고 고개를 빠끔히 들이민다.
"들어와."
황 사감은 난로가에 앉아 화장을 하고 있다. 황 사감은 꼭 가수 윤항기 비슷하게 생겼는데 윤항기가 남자이기 때문에 그를 닮는다는 것은 좀 곤란하다.

"오늘부터 넌 3호차다."

황 사감이 그녀를 힐끗 흘겨본다.

"지금 나가야 돼요? 아직 세수도 안했는데….."

"3호차 출발, 3호차 출발…."

수자는 엉덩이를 또 한 번 획 흔들고는 이내 사감실을 빠져나와 배차실로 뛴다. 배차실에서 라면을 끓여먹고 있던 김 감독이 '스피아 돈'(동전)이 든 주머니를 한 개 내민다. 그녀는 그것을 받아 쥐고 3호차가 있는 곳으로 달린다.

"야 야! 너 아침부터 왜 이래?"

운전기사 박 씨가 발동을 걸고 수자를 노려본다.

차안에는 보따리를 든 여인과 돈 잃은 노름꾼같이 생긴 사내가 타고 있다. 구정이 벌써 지났는데도 아침에는 영하 십 도가 보통이다. 수자는 아직 잠이 덜 깬 모습으로 눈곱을 닦아내고 껌을 한 개 입안에 밀어넣는다. 수자는 평소 껌 좋아하는 여자는 대개 갈보들이라는 생각을 하고 있으므로 별로 좋아하지는 않지만 이럴 때는 이빨을 닦기 위해 갈보처럼 껌을 짝짝거릴 수밖에 없다. 버스가 마포대교를 돌아서자 박 기사가 수자에게 손짓한다. 수자는 운전대 옆으로 다가간다.

"담배 드려요?" 수자가 말하자 "나도 껌 하나 줘!" 박 기사가 껌을 짝짝거린다. 수자는 영애에게 박 기사의 버릇을 들어서 알고 있으므로 큰 걱정은 없지만 좀 조심해야겠다고 생각한다. 박 기사는 김 감독처럼 차순이 아이들을 꼬여내거나 혹은 차순이와 짜고 삥땅을 하지는 않는다. 그러나 성질이 급해서 여차하면 안내양들을 두들겨 패거나 비위사실을 김 감독이나 노무과장에게 일러바치기를 잘 한다. 그는 늘 안내양들을 '불쌍한 아이들'이라고 말은 하지만 그는 안내양들을 그렇게 불쌍히 여기지 않는 것처럼 행동한다. 언젠가 그와 함께 일주일을 뛰었던 경상도 숙자는 교통순경이 보고 있는 데서 개문발차를 했대서 코피가 터지도록 얻어맞은 적도 있다. 황 사감 말을 들으면 그가 그렇게 신경질이 많은 것은 마누라 때문이라는 것이다. 박 기사의 마누라도 옛날에 차장 일을 하던 사람인데 조금만 이상해도 차장 아이들과 바람을 피우지 않았느냐고 의심을 하고 싸움을 걸어온다는 것이다. 아마 자기가 차장 일을 할 때 기사님들과 연애깨나 해본 모양이라고 사람들은 말한다.

수자는 버스가 종로 오가를 지날 때 문득 문식이를 생각했다. 문식이는 자기 외삼촌이 경영하는 등심구이집에서 일을 하고 있지만 수자와는 동업자다. 말이 동업이지 한 달에 서너 번 버스 안에서 서로 눈짓으로 인사나 하고 지낼 뿐이다. 문식이는 종로 오가 정거장에 가끔 나와 있다가 그녀가 타고 오는 차에 올라와, 내릴 때면 수자로부터 '거스름돈'으로 이삼천 원씩 받아낸다. 언젠가는 계수원이 바로 뒷자리에 타고 있는데도 문식이가 손을 내미는 바람에 들통이 날 뻔하기도 했다. 수자는 문식이가 외삼촌에게 월급도 없이 일이나 해주고 있는 것이 자꾸 마음에 걸린다. 그래서 가끔씩 용돈을 '거스름돈'에서 지불해 주곤 한다. 수자는 지금 십만 원싸리 계를 들고 있는데 그 돈이 되면 미아리에다 조그마한 방이라도 하나 얻어서 문식이와 함께 지낼 생각이다. 그래서 자기는 차장 일을 그만두고 양재학원에 다닐 계획이며 문식이도 등심구이집에서 빼내서 기술을 배우게 할 참이다. 언젠가 무슨 올림픽에 한국 선수들이 나가서 금메달을 따왔다는데 문식이도 운동은 아니지만 그런 금메달 하나 따오게 하고 싶은 것이다.

수자는 그래서 지금까지 뻥땅을 수없이 해왔지만 한 번도 들킨 적이 없다. 다른 애들은 다 한두 번씩 '자인서'도 쓰고 쫓겨나기도 했지만 노무과장 박 씨는 그녀에게 오히려 '기똥차게' 일을 잘한다고 칭찬까지 해주고 있는 것이다. 다른 아이들도 노무과장처럼 그녀를 의심하지 않는다. 그리고 김 감독도 가끔 수자에게 몸수색을 해오지만 그것은 순전히 딴 생각이 있어서이지 그녀가 숨겨둔 돈을 찾기 위한 것은 아니다. 이것은 수색을 하는 김 감독이나 수자나 서로 알고 있다.

배미순이는 운전석 뒷자리에다 돈을 숨기다 들켰고, 전라도 숙자는 코텍스 사이에다 돈을 구겨 넣었다가 피묻은 채로 발견되었고, 영애는 브래지어 속에 넣었다가 들켰고, 영분이는 양말 속에 넣었다가 걸렸다. 수자는 이제 그런 방법을 쓰지 않는다. 종로 오가에서 문식이에게 돈을 건네거나 아니면 기사님과 직접 흥정한다.

요즘은 안내양들 월급도 오르고 삥땅도 줄었지만 삥땅을 안 할 만큼 형편이 좋아진 것은 아니다. 수자는 늘 삥땅에 대해서는 마음을 너그럽게 하고 있다. 삥땅은 해도 그만이고 안 해도 그만이지만 하는 것이 안 하는 것보다 살기에 편하다는 생각. 살아갈 만큼 월급을 주지 않기 때문에 살아갈 만한 돈을 마련해야 한다는 생각. 그리고 국회의원이나 장관 혹은 교통순경도 살아가기 위해서 삥땅을 하는데 차순이인 자기 혼자서만 삥땅을 해서 안 된다는 법은 없다는 생각. 그녀는 늘 말한다. 아버지 김만득 씨가 월남에 간 것도 돈을 벌기 위해서이고 그가 죽은 것도 돈 때문이라는 것, 수자는 그래서 자신이 차순이가 된 것을 분하게 생각하고 있지만 부끄럽게 생각하지는 않는다.

"야, 담배 하나 사와라."

버스가 종점에 가까워오자 박 기사가 수자에게 눈짓한다. 수자는 그 바람에 차가 멎기도 전에 훌렁 뛰어내려 담뱃가게로 달린다. 사실은 이것도 자인서 감은 아니지만 감독이 알면 말썽이 된다. 그녀는 담배를 피워 물고 있는 박 기사를 보고 조금 안심한다.

"내가 아침 살까?"

"좋아요!"

"넌 얻어먹는 것 좋아하는구나."

"기사님은 사주시는 거 좋아하나 봐!"

수자는 엉덩이를 옆으로 획 흔들며 식당 쪽으로 박 기사를 따라간다.

박 기사는 설렁탕 두 개를 주문하고 해장술로 소주 반 병을 시킨다. 그는 간밤에 마누라쟁이와 대판 싸움질을 했다고 말하고 섰다판에서 하룻저녁 밤샘하는 것이 그렇게 잘못이냐고 말했다. 그리고 그는 너도 시집가면 남편이 하루쯤 노름하다가 들어와도 싸움을 할 예정이냐고 물었다. 수자가 그렇다고 대답하고 박 기사에게 해장술을 한 잔 따라준다. 박 기사는 술을 한 고뿌 들이켜며 그럼 너도 좋은 마누라 되기는 틀렸다고 말한다. 수자는 히히히 웃으며 그렇지만 남편이 돈만 잘 벌어오면 그런 것쯤 참을 수도 있다고 대꾸한다. 박 기사도 호호호 웃고 너 요즘 차장하기가 어떠냐고 물었다. 수자는 할 만하다고 말하고 왜 묻느냐고 물었다. "그냥"이라고 그는 대답하고 소주를 또 한 잔 마셨는데, 박 기사가 아무래도 무슨 얘기를 하고 싶어한다는 것을 그녀는 눈치챘다.

"요즘 김 감독이 너를 믿지?"

박 기사는 그러면서 조금 웃는다.

"안 믿을 일이 있어야죠!"

수자는 좀 큰소리로 대꾸한다.

"조심해."

"조심할 일도 없어요."

"그랬으면 좋겠다." 박 기사는 소주잔을 입에 부으며 말했다. "참, 애인이 지금 뭐하구 있어?"

"자기 삼촌집에서 일해요."

"무슨 일?"

"등심구이집에서 고기 자르는 일."

"고긴 잘 먹겠구나."

"그런데," 수자는 문득 눈을 좀 크게 뜬다. "그건 어떻게 알았어요?"

"미순이한테 들었다."

박 기사는 갑자기 언성을 높여 다시 마누라쟁이 욕을 하기 시작했다. 수자는 박 기사가 마누라 욕을 하는 거하고 문식이가 등심구이 나르는 일하고 어떤 관계가 있는가를 생각해 본다. 그녀는 박 기사가 문식이 안부를 물어주어서 고맙지만 갑자기 자기 마누라 욕을 하기 시작했으므로 좀 안 어울리는 장면이라고 생각한다. 박 기사는 또 간밤에 '장뻥'을 가지고 '장땡'에 두 번이나 눌렸다고 애석해 하기도 했다. 그러면서 그는 역시 섰다판에서는 장뻥은 믿을 수 없고 장땡이라야 안심하고 '오리까시 내리까시'를 칠 수 있다고 설명해 주었다.

박 기사가 먼저 일어난다. 그러나 설렁탕 값은 늦게 일어난 수자가 먼저 지불했다. 그리고 그녀는 이날 낮에 종로 오가에서 올라탄 승객 문식이에게 오백 원짜리 다섯 장을 꼬부려 '거스름'으로 넘겼다.

3

합숙소에 돌아오자 아이들은 영분이 얘기를 하고 있었다. 수자는 이제 영분이에 대해서는 더 이상 신경 쓰기가 싫다. 더구나 이 좋은 기분을 영분이 땜에 잡치고 싶지가 않은 것이다.

"영분이가 그만둔다구?"

"알 만해."

"글쎄 고게 운전대 뒤에다 감췄대."

"병신 같은 년!"

"그럴 아이가 아냐."

"돈이 거기서 나왔는데두?"

"그건 거기다 돈을 넣어둔 사람만 알지."

"그게 누군데?"

"그야 영분이지!"

"아냐, 영분인 억울해."

"무신 소리! 영분이라고 뼁땅하지 말란 법 어딨노?"

아이들은 영분이가 그럴 아이가 아니라고 말하기도 하고 그럴 수도 있다고 말하기도 했다. 수자도 그렇게 생각했다. 그러나 그녀는 그 어느 쪽에서도 자신의 생각을 맞추지는 않기로 작정한다. 중요한 것은 영분이가 탄 5호차에서 돈이 발견되었다는 것뿐이다.

"그 돈을 찾아낸 사람은 누구니?"

"그야 김 감독이지 뭐."

"애들아! 얼굴 씻고 밥 먹자아!" 마침내 수자가 꽥 소리친다. "감춰둔 건 감춘 사람이 제일 잘 찾아내는 거 모르니?"

"뭐라꼬?"

경상도 숙자가 수자에게 꽥 소리친다. 아이들이 하나씩 흩어진다. 배차실에서 김 감독이 이쪽으로 오고 있다. 수자는 휘파람을 휘익 분다. 그녀는 꽉 째인 맘보바지를 걷어올리고 허벅지부터 씻기 시작한다. 내일은 모처럼의 비번이다. 문식이를 만나 짜장면 곱빼기도 사주고 동양극장에서 영화라도 하나 구경할 생각이다.

"영분이 어디 갔어?"

김 감독의 표정은 그렇지가 않았으나 그의 목소리는 좀 화가 난 것 같다. 그는 마침 공터에서 공차기를 하고 있는 정비사 달곤이를 불러 "너희들 정말 일을 이렇게 하기냐?"고 따지고는 이내 아까보다 더 소리를 높여 "도대체 안내양들이 감독을 우습게 아는데 이젠 손 좀 봐야겠어!"라고 소리질렀다. 그리고 그는 수돗가에 모여 있는 미순이, 숙자를 향해 "너희들도 요즘 회사 일에 비협조적"이라고 소리친다. 그는 자꾸 화를 내고 싶은데 아마 적당한 상대가 없는 모양이다. 김 감독이 배차실 쪽으로 다시 들어가고 사감실에 들어갔던 영분이가 코를 훌쩍거리며 합숙소 쪽으로 간다.

"영분이가 회사에서 쫓겨날 일이 뭐가 있노? 애자처럼 가랭이가 찢어진 것도 아잉데…."

숙자가 바께쓰에 물을 퍼올리며 말했다. 그 바람에 미순이, 수자가 끼욱 웃는다. '가랭이' 사건이라면 다 아는 이야기다. 몇 달 전에 새로 들어온 애자라는 아이가 버스 앞유리를 닦다가 잘못하여 밑으로 떨어졌다. 그냥 떨어지기만 했으면 좋을 텐데 재수없게 가랑이 중간부분을 쇠붙이에 찔렸다. 애자는 사흘을 병원에 누워지내다가 퇴원했는데 상처가 심해지고 부위가 부어올랐다. 그녀는 병원 간호원이 가르쳐준 대로 회사측에 배상을 청구했다. 그리고 그녀는 해고당했는데, 이유는 그녀의 '근무지 무단이탈' 때문이었다. 출발시간을 어기고 약국에 서 있었다는 것. 결국 '무단이탈'이 '상해배상청구'보다 하루 빨랐다.

"너희들도 기름밥 좀 더 먹어야 돼."

수자는 숙자와 미순이에게 이런 소리를 하고는 이내 합숙소 쪽으로 간다. 수자는 하마터면 며칠 전 합숙소 뒷마당에서 영분이와 김 감독이 울고 달래던 것을 보았다고 말해 버릴 뻔했다. 그녀는 자기와 상관이 없는 일은 혼자만 알고 지내는 것이 몸에 좋다는 것을 잘 알고 있다.

수자는 가방을 챙겨 들고 있는 영분이에게 가까이 간다. "너 뻥땅 안 했지?" 그녀가 속삭이자 영분이가 으앙 울음을 터뜨린다. "말 좀 해줘." 영분이가 말하자 "내가 무슨 말을 하니?" 수자는 입고 있던 맘보바지를 벗어던진다. 그녀는 내일 입고 나갈 판탈롱바지를 꺼내 입고는 울고 있는 영분이에게 "어떠니?" 하고 묻고는 "난 엉뎅이가 너무 커서 틀렸다"고 말한다. 그리고 그녀는 영분이에게 나직이 말했다. "넌 너무 잘 울어서 틀렸다."

밀린 월급 두 달치를 받아든 영분이가 이날 밤 열 시가 가까운 시간에 합숙소를 나갔다. 수자는 그녀에게 꾸어준 돈 칠백 원을 받아서 종점 송 씨네 가게에 가서 아이스크림 두 개와 맛동산 두 봉지를 사서 나누어 먹었다. 가게에서 아이스크림을 먹으며 "넌 어디 가서 울지만 않으면 돼"라고 수자는 언니처럼 충고해 주었고 "고마워" 하고 영분이는 동생처럼 다소곳이 말했다. 그들은 장항선 열한 시 삼십 분 차시간에 늦지 않을 시간만큼 가게에 서서 이런 이야기 저런 이야기를 나누었다. 수자는 영분이가 서울역으로 가는 버스에 오를 때까지 같이 있었는데, 영분이가 그때까지도 단 한 번도 김 감독 얘기를 꺼내지 않는 것을 보고 안심했다. 영분이가 자꾸 우는 것을 보고 수자는 청승맞다고 생각했는데, 잘 우는 거하고 자존심하고는 아무 관계가 없는 사이라는 걸 알았다. 수자는 이때 처음으로 영분이가 언니처럼 생각이 들기도 했다. 수자로서는 그것이 좀 부끄럽기도 하고 그렇게 떠나는 영분이가 부럽기도 했다.

수자는 '영분이가 떠났다'고 아이들에게 일러주고는 일찍 자리에 들었다. 전라도 숙자는 영분이에게 꾼 돈 오백 원을 갚지 못하게 되었다고 애석해 했고 경상도 숙자는 "아까 그 소리가 뭐꼬?" 하고 수자에게 추근거렸다. 배미순이는 새로 짝이 된 송 기사가 맘에 들지 않는다고 짜증을 부렸다. 수자는 이불을 머리 위까지 뒤집어쓴다. 영분이가 옆에 있을 때는 있으나마나 하더니 이제 보니 있는 것이 없는 것보다 훨씬 나았다는 생각이 들었다.

   4

수자는 김 감독이 부른다는 전갈을 받고 문득 닷새 전에 합숙소를 나간 영분이 생각을 했다. 그녀는 이날도 비번이었으므로 종로 오가에서 문식이를 만나 짜장면 곱빼기를 먹고 피카디리에서 〈사랑의 스잔나〉를 구경했다. 그리고 이틀 후면 평택에 계신 어머니가 생신을 맞을 것이므로 반액대매출이라고 쓰인 옷가게에 들러 천오백 원짜리 봄내의를 하나 사서 그것을 우체국에 가서 부치고 오는 길이었다.

"김수자는 노무과장이 신임을 하고 있더군."

김 감독은 상담실에 들어간 수자에게 우선 칭찬을 늘어놓았다.

"네." 수자는 자신있게 대답한다. "그런데 무슨 일이세요?"

"나도 수자를 신임했었지."

"그런데요?"

　수자는 이때 좀 뻔뻔스런 얼굴을 만들어 보였다. 김 감독은 수자가 너무 뻔뻔스러워진 데 대해 좀 놀라는 눈치다. 그의 유자껍질 같은 얼굴이 잠깐 실룩실룩해지고 이내 천천히 서랍을 열었다.
　"자인서를 쓰겠어?"
　이제 김 감독은 수자를 쳐다보지 않고 말했다.
　"감독님은 어떻게 아셨어요?"
　"알아내는 방법까지 알 거 없다."
　"그만두게 되나요?"
　"규칙이다."
　김 감독은 이제 콧구멍까지 후비기 시작했다. 손톱 끝에 묻어 나온 코딱지를 툭 튕기자 그것이 책상 위에 떨어지고 다시 그것을 튕기자 김 감독의 손톱 끝에 또 붙는다. 수자는 문득 키익하고 웃었다. 그녀의 웃음소리가 필요 이상으로 컸으므로 김 감독은 고개를 들어 수자를 빠끔히 쳐다본다.
　"그 동안 얼마나 했지?"
　"쪼오끔요."
　"얼마나 쪼오끔?"
　"아주 쪼오끔!"
　"너 장난하고 있구나." 김 감독의 뭉툭한 손바닥이 빠르게 그녀의 얼굴을 스친다. 수자는 판탈롱바지의 허리춤에 한 손을 넣고 뒤로 물러섰다. 그녀는 손수건을 꺼내 코를 훔쳐본다. 그녀는 어려서부터 피가 나지 않으면 아픈 것이 아니라고 믿고 있었으므로 울지는 않았다.
　"자인서를 써."
　김 감독은 수자의 넓은 바지통을 내려다보며 말했다.
　"감독님." 수자는 조금 웃어보였다. "정말 그만두게 되나요?"
　"규칙이다."
　"그럼 자인서는 왜 쓰나요?"
　"그만두기 위해서지."

“그만두지 않기 위해서 뭐 쓸 것은 없나요?”

“뻔뻔스럽구나 넌!”

수자는 ‘뻔뻔스럽게’ 판탈롱바지를 흔들며 상담실을 나왔다. 그녀는 합숙소 이층 그녀의 방으로 올라가는 층계에서 황 사감을 만났다. “너 오늘 멋냈구나.” 황 사감은 무슨 기분 좋은 일이라도 있는 모양이다. 수자는 판탈롱바지를 맘보바지로 갈아입고 방바닥에 벌렁 누웠다. 누렇게 퇴색한 천장의 이곳저곳에 얼룩이 져 있다. 수자는 그 속에서 유자껍질같이 오돌도돌한 김 감독의 얼굴을 떠올린다. 그리고 그 위에 박 기사의 얼굴이 떠오르고 미순이의 얼굴도 떠오르고 며칠 전에 합숙소를 나간 영분이 얼굴도 그려진다. 수자는 방바닥에 누워 잠깐 생각에 잠긴다. 그녀는 자신이 지금 박 기사를 미워해야 할까 미순이를 미워해야 할까를 결정짓지 못하고 있다. 미순이와는 문식이와 셋이서 꼭 한 번 영화구경을 한 적이 있을 뿐이었으므로 아무래도 그거하고 이거하고는 아무 관계가 없는 것 같다. 박 기사라면 성질 고약한 거 말고는 별로 고약한 데 없는 사람이다. 그녀는 자신이 박 기사에게 무어 잘못한 일이라도 없는가를 따져본다. 박 기사에게 그동안 담배 몇 갑하고 설렁탕 두어 그릇 사준 일밖에 없다. 수자는 문득 박 기사가 한 말을 생각해 내고는 얼굴을 찌푸려본다. 섰다판에서는 아무래도 ‘장뼁’은 믿을 게 못되고 역시 ‘장땡’이라야 마음놓고 ‘오리까시 내리까시’를 칠 수 있다고 하던 ─ 그러나 그 말이 어떤 건지는 아직도 알쏭달쏭하기 때문에 박 기사하고 그거하고 관계가 있는 것 같기도 하고 없는 것 같기도 하다.

수자는 다시 일어나 창문을 열었다. 멀리 당인리 발전소 쪽에서 빨랫줄같이 기다란 검은 연기가 이쪽으로 솟고 있다. 강변로를 달리는 차량들은 헤드라이트를 켜고 어두워지고 있는 강변을 가르며 지나간다. 막차가 들어오려면 아직도 네 시간이나 남았다. 수자는 너무 일찍 합숙소에 들어온 것을 후회했다. 뻥땅했다고 그만두란 법은 있을 것 같기도 하고 없을 것 같기도 해서 수자는 가슴이 두근거리기도 하고 안 그렇기도 했다. 그녀는 아무래도 종점 송 씨네 가게에 가서 아이스크림이라도 하나 사먹어야겠다고 생각하고 다시 셔츠를 꺼입었다. "또 나가니?" 하며 한 아이가 따라나설 듯 일어섰으나 수자는 대꾸하지 않고 방문을 나섰다.

"수자 나 좀 봐."

현관을 내려서자 사감실 창문이 드르륵 열리고 황 사감이 그녀에게 눈짓한다.

"너 이거 얼마 주고 샀어? 색깔이 참 예쁘다." 황 사감은 수자가 입고 있는 셔츠를 만지작거리며 말했다. "아까 감독이 널 불렀다면서?"

"동대문시장에서 칠백 원 주고 샀어요." 수자는 가슴팍에 그려진 피노키오 무늬를 내려다보며 대답한다. "자인서를 쓰라구 했어요."

"칠백 원이면 싸구나"라고 황 사감이 말한다. "그런데 자인서는 왜?"

"구백 원 달라는 걸 깎았어요." 수자는 대답했다. "뼁땅을 했대나 봐요."

"구백 원 불렀으면 오백 원에도 살 수 있는 건데." 황 사감은 그녀의 셔츠가 좀 비싸다는 눈치다. "너 정말 뼁땅을 했어?"

"그만두게 되나요?"

"영분이 못 봤어?"

"잔소리 말아!" 황 사감이 그녀를 쏘아본다. "너희들 일당을 올려준 건 자인서를 두 번 받지 않기 위해서야."

수자는 사감실을 나왔다. 그녀는 까맣게 어두워지고 있는 합숙소 앞마당의 중간쯤에 서 있었다. 그녀는 자신이 아이스크림을 사먹기 위해 밖으로 나온 사실을 잠깐 잊고 있었다. 수자는 빠른 걸음으로 송 씨네 가게가 있는 곳으로 걸음을 옮긴다. 그리고 그녀는 아이스크림을 먹어대기 시작했는데, 그것은 그녀가 무언가 깊은 생각에 빠져 있거나 중대한 결정을 내리지 않으면 안 될 때에는 늘 입에다 무얼 우물거리지 않으면 안 되는 버릇 때문이었다.

그녀가 아이스크림을 세 개째 먹었을 때부터 헝클어졌던 생각들이 일렬종대로 쭈욱 늘어서기 시작했다. 그녀는 아이스크림을 네 개째 먹으면서 이제 자기는 서운교통에서 쫓겨나지 않으면 안 되리라고 생각했고 다섯 개째를 먹으면서 잘만 하면 안 쫓겨날 수도 있다는 걸 생각해 냈고 여섯 개를 먹으면서 그녀는 안 쫓겨나는 방법을 궁리했다. 그리고 송 씨네 할머니가 더 먹으면 배탈이 난다고 주의를 주었을 때는 이미 수자도 더 먹을 필요가 없게 되었다.

강변로를 달리는 차량들의 바퀴 구르는 소리가 덜거덕거리며 귓가에 가깝게 다가들고 당인리 발전소를 지키는 공중 서치라이트의 불빛이 어두운 하늘을 쫙쫙 훑고 지난다. 수자는 문득 비로드를 두른 듯 까아만 하늘 끝에서 이틀 후면 생일을 맞을 어머니 이상분 씨의 얼굴을 보았다.

"할머니 안녕히 계세요."

수자는 충청도 양반집 규수답게 송 씨 할머니에게 암전을 떤다. 수자는 이내 합숙소로 향했으며 맘보바지를 벗어 던지고 판탈롱을 꺼내 입기 시작한다. 그녀는 경상도 숙자의 가방을 열고 밀크로션을 얼굴에 바르고 입술윤곽도 좀 뚜렷이 했다. 수자는 합숙소 현관을 나오면서 시계를 보았다. 열 시가 조금 넘었다. 그녀는 "연애하러 가는 기가?"라고 물어오는 숙자에게 "하모!"라고 대답하고 시내로 향하는 버스에 오른다. 미순이는 멋내고 나가는 수자를 보고 아마 바람이 난 모양이라고 했고, 전라도 숙자는 "저년 이젠 술집 나갈라고 저런다"고 말했다.

5

"애들아! 얼굴 씻고 밥 먹자아!"

수자는 입금실을 나오면서 휘익 휘파람을 분다. 그녀는 이날따라 기분이 좋다. 그녀는 키에 어울리지 않게 큰 엉덩이를 옆으로 획 흔들며 수돗가로 간다. 꽉 째인 맘보바지의 허벅지께에 실밥이 터져 금방이라도 속살이 비어져 나올 것 같다. 그녀는 자신의 궁둥이가 크다는 사실을 잘 알고 있는 모양인지 언제나 꽉 째인 맘보바지로 궁둥이의 크기를 줄여보려고 하지만 바지 때문에 오히려 더 커 보이기만 한다. 수돗가에서는 김 감독이 죽은 지 일 주일이 지났는데도 아직도 똑같은 이야기들을 되풀이하고 있다.

"그날밤 김 감독을 불러낸 사람이 누군지 아직도 모른대?"

"누군 누구야, 그 사람이 범인이지!"

"노무과장이 전활 바꿔주었는데, 아주 젊은 남자더래."

"전화를 끊고는 돈 이만 원을 들고 나갔다면서?"

"돈은 그대로 있었어?"

"오백 원짜리 한 장이 시체 옆에 떨어져 있었대."

"그라믄 그거 강도사건 아니가?"

"살인강도지."

"그래 니 말이 맞다. 그건 살인강도다."

"4호차, 4호차 안내원 어디 갔어? 4호차 출발…."

배차실 스피커에서는 노무과장 박 씨의 화난 음성이 들려오고 안내양들은 배차실로 합숙소로 수돗가로 바쁘게 뛴다.

"애들아! 얼굴 씻고 밥 먹자아!"

수자는 다시 아이들을 향해 꽥 소리치고 엉덩이를 한 번 획 흔든다.

"수자는 운이 좋다."

합숙소 이층으로 올라가는 층계에서 황 사감이 말했다. 수자는 웃었다. 그리고 그녀는 오랜 만에 '그대와 나 사이'를 불러보았다. 구정이 지난 지가 꽤 되었는데도 아직 찬바람이 찰싹찰싹 합숙소의 함석지붕을 때린다.

(《현대문학》, 1977.12)

미 친 개

1

　1980년 시월도 다 간 어느 날, K대학 역사과 교수 한상민(韓相民) 씨는 어떤 알 수 없는 곳으로부터 걸려온 한 통의 전화에 온통 신경을 빼앗기고 있었다. 서재에 앉아 좋아하는 라면으로 점심을 때우고 난 이날 오후 두시경 그 전화는 왔다. 그 목소리의 임자는 전혀 자신의 신분을 밝히지 않은 채 근일중 한 번 뵙고 싶다는 얘기만을 일방적으로 되풀이했고 가능하면 명일에라도 직접 방문하여 협조를 구하겠다고 또한 일방적으로 다짐하였다. 그 사내는 누구며 그 협조란 무엇인지 한 교수는 전혀 난감하였다. 언젠가 취직을 부탁하러 왔다가 이력서만을 놓고 간 후 쭈욱 소식이 없던, 졸업한 지 꽤 오래된 어떤 제자의 목소리 같기도 했고, 얼마 전 부산에서 열렸던 세미나 때 소개받은 B대학 젊은 강사의 목소리 같기도 하였다. 그러나 나이가 별로 많지 않다는 사실 이외에 그는 그 목소리의 임자에 대해 아무런 확실한 짐작을 할 수가 없었다. 다만 취직을 부탁하거나 혹은 거기에 필요한 추천서 따위를 얻기 위한 것이 아님은 그의 나이답지 않아 보이게 느릿느릿하고 나직한 음성으로 미루어 알 수 있었다. 그 목소리는 대단히 정중하였으며 그 정중함은 오히려 이쪽을 곤혹스럽게 만들기조차 하여서 매우 서먹서먹하고 차갑게 느껴졌다. 서재에 앉아 있으면 대개의 전화는 그의 부인이 알아서 전해 주거나 때로는 '강의'나 '외출'로 꾸며 그의 집필을 방해하지 않도록 배려하고 있다. 그러나 이날 부인 이(李) 여사는 상대편을 확인조차 못한 채 한 교수에게 수화기를 넘겼던 것이다. 어디에서 온 전화냐고 묻는 부인 이 여사의 얼굴 표정은 그때 오래된 빚쟁이로부터 독촉전화라도 받은 듯 좀 어눌한 표정으로 굳어 있었다.

"글쎄, 누군지 원, 맹랑하군."

한 교수는 좀 큰소리로 이렇게 투덜대고 말았다. 일본 T대학 역사과를 졸업한 이후 약 20년 가까이 대학에서 강의하고 있는 한상민 교수는 학계에서는 좀 괄괄한 성미로 알려져 있다. 그가 소속하고 있던 학회가 소수 정치인의 어용단체로 변할 기미가 보이자 즉각 탈퇴, 거기에 호응했던 동료 교수에게 폭행을 가했던 사건은 유명하다. 그 당시 유명했던 '탤런트 교수'라는 명예롭지 못한 별명 대신 '폭행 교수'라는 이름의 좀 미묘한 뉘앙스의 별칭을 동료 교수와 제자들로부터 듣게 되었다. 더구나 그는 강의 도중 터무니없는 우문에 접하거나 특히 센스—그는 그것을 역사감각이라는 말로 사용하기를 즐겨했다—없는 코멘트를 대할 때면 대답을 회피해 버리거나 상대에게 좀 지나치리만큼 면박을 주곤 하였다. 한 교수는 이것을 교육자로서의 자신의 성격상의 큰 결함으로 이해하고는 있었으나 오십 고개를 이미 넘긴 지금까지 좀처럼 고쳐지지 않는 버릇이었다.

주로 S대학에서 강의를 맡아오던 도중 지금의 민립대학인 K대학으로 옮기게 된 것도 그의 이러한 괄괄한 성미 때문이었다. 자의든 타의든 대학원장 자리를 놓고 동료 교수와 경합 비슷한 경쟁이 있게 되었는데 그때 그는 전혀 부당하고 터무니없는 정치적 역학관계에 말려들게 되었고 따라서 그의 평소의 인간적 소신에 크게 상처를 입고 그

대학을 그만두고 만 것이다. 그때의 L교수는 지금 그 대학을 관장하는 고위기관에 딱정벌레처럼 달라붙어 있어 한 교수는 그를 가리켜 당대의 경세적(經世的) 출출세간(出出世間)의 대인물로 추앙(?)하곤 하는 아이러니로 종종 실소하기도 하였다.

이날, 한 교수가 답답하리만큼 자신의 신분을 밝히지 않았던 그 사내에 대해 유독 화를 내지 못하였던 것은 무엇 때문이었는지 한 교수는 서재의 한쪽 귀퉁이에 서서 스스로 생각해 보았다. 굳이 이유를 붙이자면 그는 이날 좀 피곤해 있었고 그를 괴롭혔던 저 군사정권 때의 어떤 정보원의 쇳소리 같은 음성이 문득 떠올랐기 때문이었다. 아니라면 그 사내의 음성이 필요 이상으로 나직하고 느릿느릿했던 탓이었을까. 그러나 그것은 이유로서 다하지 못할 것이었다. 한 교수는 다시 B대학의 젊은 강사와, 이력서만을 놓고 간 채 쭈욱 소식이 없던 제자의 얼굴을 번갈아 떠올려 보았으나 좀처럼 그들의 얼굴도 목소리도 확실히 기억되는 것이 없었다. 도대체 근일중 아니 내일 직접 방문하겠다는 전갈을 받은 한 교수로서는 그 사내에 대해 이렇게 생각을 빼앗기고 있는 자신이 우습고 그러한 자신이 한편으로 두렵기조차 한 것이다.

한 교수는 이날 늦은 오후 그를 찾아온 제자 P군과 술을 몇 잔 들었다. 해가 들지 않은 가을날 늦은 오후 한 교수의 서재에서는 작은 술자리가 마련되었다. 오랜 만에 만난 스승과 제자의 환담은 불쾌한 한 통의 전화에 대해 더 이상 신경을 쓰지 않게 해주었고, 더구나 한 교수로서는 의사의 권유인 금주령을 처음 깨뜨리는 자리이기도 하였으며, 며칠 후면 독일 유학을 떠난다는 P에게도 장도에 대한 환송연이 되는 자리이기도 하였다. P는 한 교수가 기대해 마지않는 몇 사람의 제자 가운데 하나였다. 지금은 C대학에 시간으로 출강하고 있는데, 그가 한 교수를 방문하게 되면 대개의 경우 작은 술자리가 마련되고 그리고는 곧 바둑을 한 판 두고 다시 차를 마시고 학계 동정과 쓰고 있는 논문에 대한 얘기를 주고받다가 자리를 뜨곤 하였다. 그러나 술이 몇 순배 돌자 P군이 불쑥 말했던 것이다.

"선생님, 사실은 저의 독일행이 취소되었습니다."

그의 얼굴은 약간 상기되어 있었고 그는 그 때문인지 몹시 화가 난 듯하면서도 한편으로는 초조해 보이기도 하였다.

"그래서 실은 오늘 선생님께 작별인사를 드릴 수 없게 되었습니다."

P는 그러면서 쿡쿡 웃었다.

한상민 교수는 문득 술잔을 내려놓았다. 그리고 그는 반사적으로 물었다.

"무슨 이유인가?"

"차차 말씀드리겠습니다."

"그럼 저쪽 대학은…."

"올 가을 학기부터죠."

"취손가?"

"연기해야지요."

"도대체 무슨 소린가?"

"출국금지라니까요."

"왜?"

"교수님!" 그때 P는 황망히 손을 들어 한 교수의 말을 가로막았다.

"저도 별로 가고 싶진 않습니다."

커튼 사이로 비친 시월의 저녁 하늘이 납덩이처럼 무겁게 지붕 위에 걸려 있었다. 이웃 D발전소 쪽으로부터 들려오는 굉음이 간헐적으로 창문을 두드렸다. 한 교수는 문득 P가 언젠가 그의 부친에 관한 얘기를 꺼내면서 몹시 흥분하던 기억을 떠올리고 있었다.

"언젠가 자네 부친 얘길 내게 하던 게 생각나는군."

"그것과는 무관한 일입니다."

"그것 때문인가?"

"허지만 그분은 이미 죽고 없는 사람이 아닙니까?"

P는 마치 대들듯 한 교수를 향해 소리쳤다.

"죽은 사람이 다시 살아나는 법은 없어요."

애매하게, 그리고 싸늘하게 P는 입가에 웃음을 흘린다.

"죽은 것들이 다시 살아나고 있어, 지금…."

한 교수는 P처럼 애매하게, 그리고 그보다 더 싸늘하게 입가에 웃음을 담았다.

2

아프리카 원주민들이 두들겨 대는 북소리가 둥둥둥둥 높아지고 그들의 춤이 바야흐로 절정에 이를 즈음, 텔레비전 앞에 앉아 있던 한 교수는 차츰 취기가 올라옴을 느꼈다.

"아부지, 우리 뚝에 나가요."

그때 늦둥이 막내가 한 교수의 어깨를 잡아끌며 소리쳤다.

"추워서 아이스크림 못 먹는다."

한 교수의 대꾸에 녀석이 눈을 찡긋해 보이며 피식 웃었다. 지난 여름 어느 날 녀석을 데리고 저녁 산보를 나갔다가 돌아오는 중 종점 가까운 제과점에 들러 아이스크림을 사준 적이 있는데 녀석은 그후 틈만 있으면 한 교수를 저녁 산보로 이끌려 하였다. 아버지에게 아이스크림을 얻어먹은 일은 그후 누이나 형들에겐 전혀 비밀에 부쳐둔 품이 여간 앙큼스러운 게 아니었다. 그러나 이제는 딴 식구들 몰래 아이스크림을 얻어먹게 되는 재미 이상으로 저녁 산보가 좋아지기도 한 모양이었다. 취기도 올라오고, 마침 집필중이던 원고의 마지막 챕터만을 남기고 있을 즈음이었고, 더구나 그는 이날 몹시 복잡한 상념 가운데에 빠져 있어 오랜 만에 시간을 내어 저녁 산보를 나서기로 하였다.

그는 대문을 나섰다. 저녁 산보에는 예외 없이 재둥이(포인터)가 따라나선다. 상기된 탓이었는지 한 교수는 대문을 나서자 문득 싸늘한 한기를 느꼈다. 이상하리만큼 춥고 음산한 날씨였다. 바야흐로 겨울이 멀지 않았다고 생각하는 한 교수는 입고 있던 스웨터의 윗단추를 채웠다.

비탈지고 길게 구부러진 골목을 벗어나 D발전소가 내려다보이는 언덕바지에 이르자 제법 바람은 싸늘해 있었으며 포구처럼 낮게 가라앉은 동네의 불빛이 타다 남은 숯덩이가 가로놓여 있는 듯 어수선하게 깜박이고 있었다. 강변로를 질주하는 차량들의 헤드라이트가 어두운 밤공기를 싸늘하게 가르며 지나쳤다. 그것은 마치 야광충들의 현란한 싸움처럼 눈앞에 어지러웠다. 시월의 한밤, 그 밤의 길고 깊고 무겁고 또한 측량할 수 없이 넓은 공간의 중간에서 도회의 불빛은 웅웅거리는 소음에 따라 함께 꺼지고 켜지고 하였다.

한 교수는 택지 위에 흩어져 있는 채석장에서 캐온 듯한 석축 위에 앉아 담배를 한 대 피워 물었다. 그 사이 막내 놈은 재둥이와 장난질하는 모양으로 "이 짜식! 이 짜식!" 하는 소리가 공터 쪽에서 들려왔다. 공무원인 이웃집 K씨로부터 지난 봄에 얻어온 그 개는 영리하고 민첩하여 식구들의 귀여움을 독차지하고 있다.

한 교수는 어지럽게 흩날리는 강 건너의 불빛을 구경하다가 문득 독일 유학이 취소되었다는 P의 생각을 하였다. 그는 P에 관해 대강 알고 있었다. 그것은 P의 부친의 좌경(左傾)에 관한 일이었다. 전라남도 K군의 면장을 지냈다는 P의 부친은 육이오 직후 '실종'(이것은 P의 말이다) 되었으며, 혹은 실종이 아닐지도 모른다고 언젠가 직접 P가 중얼거린 적도 있었다. 아무튼 지금은 없는 P의 부친은 유독 좌익들의 술렁거림이 심했던 C읍의 장터에 인민재판의 명목으로 끌려갔었는데 그러나 그의 죽음은 실제로 확인되지 않았다는 것이다. 더구나 함께 끌려갔던 몇몇 인사들의 주검을 리어카에 싣고 오는데 그의 유족은 아예 나타나지도 않았다는 얘기였다. 이것이 P가 불과 서너 살 때의 일이었다. 그에 대한 기억도 부정(父情) 따위도 간수하지 못할 나이였으며 P는 그 후의 편모와의 생활 가운데 단 한 번도 부친에 관한 얘기를 피차 떠올려 보지 않았다 한다.

최근 한 교수가 이끌고 P가 총무를 맡고 있는 학회 연사회(研史會)에 연구지원금이 갑자기 중단된 것도 예사롭지 않아 보였다. 그리고 P의 출국금지 또한 이유야 어떠하든 시기적으로 매우 부적절한 것임은 분명했다.

시월의 밤공기가 겨울처럼 차다. 한 교수는 이제 술기운이 완연히 가시고 한기를 느끼기 시작했다. 그리고 그는 잊었던 일을 떠올리듯 낮에 걸려온 전화의 쇳소리 같은 음성을 생각했다. 그 목소리의 임자는 누구인가. 그것이 누구인가에 대해 이다지 신경을 곤두세우고 있는 자신은 또 어떤가. 이날따라 남편의 집필에 조금도 도움을 주지 못하고 만 부인 이 여사의 어눌한 표정은 또 무엇인가. 한 교수는 그러한 부인과 지금의 자신에게 몹시 못마땅하였다.

한 교수는 연거푸 세 대째 물고 있던 담배를 황망히 비벼 끄고 석축 위에서 일어났다. 그때였다.

"아부지, 재둥이가 막 물어요!"

어둠의 한쪽 끝에서부터 막내의 날카로운 비명이 들려오고 개가 컹컹킹 짖어대기 시작했다.

"이 짜식이 누굴 무는 거야! 누굴!"

막내아이는 제법 큰소리를 질러대는 모양이나 몹시 아픈 음성이었다. 이윽고 재둥이의 깽깽거리는 소리가 들려오고 개의 다급한 발돋움 소리가 심해졌다.

"이 짜식이! 이 짜식이!"

가로등이 켜 있지 않은 공터의 어둠 속에서 막내는 아버지 한 교수의 원조를 구하듯 소리쳐 대들고 있었다. 이상한 일이다. 한 교수는 소리나는 쪽을 향해 천천히 다가갔다. 개가 짖어대고 있는 곳에서 검은 물체가 꿈틀했다. 한 교수는 멈칫 놀라며 뒤로 한 발짝 물러섰다. 검은 물체는 이내 미동도 하지 않고 잠잠해졌다. 한 교수가 라이터를 찾고 있던 순간 개는 껑충 뛰어올라 그 검은 물체를 향해 달려들었다.

“아!”

한 교수가 짧게 소리치고 손에 들었던 라이터를 켤 사이도 없이 곧이어 개에게로 달려들었다. 이윽고 세 개의 검은 물체는 한데 엉켜 심하게 꿈틀대기 시작했다. 개는 사납게 짖으며 막내아이를 올라탔고 한 교수는 그 사이에 끼어들어 개의 목덜미를 끌어안았다. 막내아이는 순간 짧은 비명을 지르며 뒤로 나동그라졌다. 한 교수는 손을 들어 개의 등허리를 내리쳤다. 컹컹컹 울부짖으며 개는 입에 물고 있는 것을 좀처럼 놓지 않았다. 이번에는 손에 집히는 대로 돌을 들고 개의 머리를 심하게 내리쳤다. 개의 신음소리가 짧게 들려오고 서서히 막내아이로부터 떨어져 나갔다. 개는 비틀거리며 무너지듯 밑으로 내려섰다.

컹컹컹, 커엉 ….

개는 그러나 돌에 맞은 것 답지 않게 건강하고 큰소리로 다시 한 교수를 향해 맹렬히 짖어대기 시작했다. 한 교수는 황급히 라이터를 찾아 불을 켰다. 막내아이는 두 손바닥을 펴 얼굴을 감싸쥐고 전봇대에 등을 대고 있었다. 왼쪽 턱 가까이에서 피가 흐르고 있었다. 한 교수는 아이의 손을 얼굴로부터 떼어냈다. 얼굴은 온통 개의 이빨로 짓이겨진 채 심한 피투성이로 일그러져 있었다.

아이는 이제 숨소리를 내는 것도 잊은 듯 전봇대에 기대앉아 등을 받치고 가쁜 숨을 몰아쉬고 있었다. 한 교수는 아이를 들쳐업었다. D발전소가 내려다보이는 언덕바지를 그는 비틀거리며 내려왔다.

넘어질 듯한 걸음으로 막내아이의 무거운 중량을 간신히 떠받치며 종점에 있는 인근 ‘보제의원’이라 쓰인 병원 앞에 이르러서 하마터면 그는 또 한 번 소리를 지를 뻔하였다.

“미친개 ….”

한 교수는 짧게 중얼거렸다. 개는 병원 앞에까지 그를 따라와 컹컹 짖어대고 있었다.

한 교수는 아이를 의사에게 맡기고 집에 전화를 걸었다.

"뭐라구요? 우리 재둥이가 미쳤어요?"

부인 이 여사의 음성은 고막을 째듯 날카로웠다.

"뭐예요 아빠? 우리 재둥이가 어쨌게요?"

수화기를 뺏어든 듯한 둘째딸의 우는 듯한 음성.

"글쎄, 어머니 좀 나오시라구 해!"

"아빠 … ."

"인석아, 엄마 좀 나오라구 그러지 않어?"

교수는 내던지듯 수화기를 내려놓았다.

그는 병원의 현관 유리문을 통해 바라다보이는 개의 모습에 다시 한 번 흠칫 놀랐다. 그는 컹컹컹컹 아직도 맹렬한 기세로 짖고 있는 개에게로 천천히 다가갔다. 개는 한 교수의 주위를 빙글빙글 돌며 한 교수가 한 발짝씩 다가갈 때마다 뒤로 한 걸음씩 물러섰으나 예의 그 컹컹거리는 소리는 쇳소리처럼 차갑고 날카로웠다.

그는 피하듯 멈칫거리는 뒷걸음질로 개를 유도했다.

개는 차츰 맹렬한 기세로 한 교수에게 다가왔다.

컹컹 커엉 —

개는 한 교수의 주위를 빙글빙글 돌며 이제는 그가 한 발짝씩 물러설 때마다 뒤로 조금씩 가깝게 다가왔고, 예의 그 컹컹거리는 소리는 쇳소리처럼 차갑고 날카로웠다.

그는 피하듯 멈칫거리는 뒷걸음질로 개를 유도했다.

개는 차츰 맹렬한 기세로 한 교수에게 다가왔다.

컹컹 커엉 —

개는 한 교수의 주위를 빙글빙글 돌며 강변로 철책이 있는 곳으로 껑충 뛰어 올라섰다. 한 교수는 순간 빠른 몸짓으로 개의 목을 휩싸 안았다.

그는 천천히 개의 목을 조르기 시작했다. 뒷발질을 해대는 개의 발톱이 그의 무릎 아래를 아프게 찔렀다. 강변로의 질주하는 차량들의 강한 헤드라이트가 철책 위를 핥듯이 지나가고 한상민 교수는 거의 광기(狂氣)로 충혈된 눈을 번득이며 그의 애견 재둥이의 목을 쥔 손에 온 힘을 다하여 조이기 시작했다. 이웃 K씨로부터 얻어온, 영리하고 민첩하여 식구들의 귀여움을 독차지해 온 그의 한 '식구'는 마침내 미친개 특유의 신음소리를 내지르며 주인의 손에 의해 살해되었다.

한 교수는 아직 미친 기운으로 뜨뜻한 개의 시체를 강변의 둑 아래를 향해 밀어넣었다. 개의 시체가 데굴데굴 굴러 강변에 떨어지는 모습을 지켜보고 있던 한 교수는 문득 심한 공포감에 어깨를 부르르 떨었다. 수은등의 불빛이 어지럽게 흩날리며 그의 시야에 달려들었다. 푸르스름한 가로등의 조명을 받으며 개의 시체는 저 음산한 시월의 밤하늘처럼 무서운 귀기(鬼氣)로 꿈틀거리는 듯하였다.

한 교수는 담배를 피워 물었다가는 황망히 개의 시체로부터 물러났다. 그는 다시 새로운 형태의 불안 속으로 빠져들기 시작했다. 개의 목을 조르는 일은 사실상 오십이 넘은 한 교수로서는 쉽지 않은 일이었다. 이상한 일이었다. 그러나 개의 목에 가해지는 그의 어깨의 힘이 더 거세어질수록 그의 불안은 그만큼의 무게로 더해져 갔던 것이다. 그는 마치 그에게 굴러오는 어떤 거대한 톱니바퀴의 선회를 가로막듯 초조와 불안으로 가쁜 숨을 몰아쉬며 개의 목을 쥔 손에 온 힘을 다했던 것이다. 그것은 그에게는 거의 기대할 수조차 없었던 놀라운 기운이기도 하였다. 더구나 개의 목을 조르는 일은 물론 지금까지 닭의 모가지조차도 비틀어 본 적이 없었던 한 교수였다.

그는 쫓기는 모습으로 병원 쪽으로 향했다. 둘째가 아이를 지켜보고 있는 동안, 그는 문득 병원을 나서 내처 걸었다. 가로등이 켜 있지 않은 기다란 골목 어귀에 이르러 그는 또 한 마리의 개와 마주쳤는데 그것은 이웃 K씨의 개인 모양으로 재둥이와는 한배 새끼였다. 어둠의 한쪽에서 그를 쳐다보고 있는 그 개는 마치 돌처럼 미동도 하지 않고 그를 향하고 서 있었다. 한 교수는 아직도 손끝에 남아 있는 재둥이의 마지막 파닥거리던 떨리는 다리를 생각하며 멈칫 뒤로 한 걸음 물러섰다. 이윽고 그 개는 그림자처럼 조용히 어둠의 공간으로 빠르게 사라져버렸다. 골목을 벗어나 그는 황급히 초인종을 눌렀다.

"아이는 괜찮소?"

마침 집을 나서던 아내에게 물었다.

"얼굴에 상처가 지워질지 모르겠어요."

"재등인 어딨어요?"

막내딸이 다급하게 물었다.

"원, 미친개를 키우니, 넌?"

한 교수는 소리지르듯 말하며 딸을 노려보았다.

"아부지, 정말 우리 재등이가…."

막내딸이 그를 따라왔다.

한 교수는 그러나 서두르는 몸짓으로 서재로 들어갔다.

"여보…."

서재에까지 따라들어온 부인 이 여사가 그때 한 교수에게 바싹 다가서며 말했다.

"아까 그 전화가 또 왔었어요. 낮에 걸려온…."

"뭐라구?"

"내일 아침 오겠대요."

"알았어."

"무슨 일일까요."

"알았어."

"여보…."

"알았어."

"혹시…."

이 여사가 나직이 말했다.

"당신, 병원에나 갔다 와."

"허지만…."

한 교수는 황망히 손을 내저으며 부인에게 손짓했다.

"당신, 오늘밤 왜 이렇소?"

한상민 교수는 그 순간 강변에 버려둔 개의 시체, 그 시체의 푸르스름하게 번득이는 귀기에 문득 어깨를 부르르 떨었다.

자정이 가까운 시간이었다. 한 교수는 삼경(三更)이 가까운 시간까지 그의 서재에 앉아 자신이 목 졸라 죽인 개의 주검을 떠올렸다. 그리고 그는 집필중인 근대사의 마지막 챕터의 한 부분의 서술을 시작했다. 사실(史實)이 모두가 다 신화(神話)처럼 생각되는 밤이었다. 손가락 사이에 끼인 만년필의 펜촉이 더듬거리며 원고지의 공백 위에서 자주 멈추었다.

인근 D발전소로부터 쾅다르르─하는 굉음이 서재의 창문을 가늘게 흔들었다. 이날 밤의 그 소리는 그가 거의 생소하게 듣게 되는 이질(異質)의 금속성이었다. 그는 창문을 열고 강변로의 밤 풍경을 바라보았다. 어둠의 끝에서 독일행이 취소되었다는 P와, 한 번도 본 적이 없는 P의 부친의 얼굴이 희끄무레 떠오른다. 그리고 쇳소리의 임자인 정체불명의 사나이의 얼굴이 번갈아 그려졌다.

"허지만 그 분은 이미 죽고 없는 사람이 아닙니까?" 대들듯 말하던 P의 음성이 귓가에 맴돌았다. "죽은 자가 다시 살아나는 법은 없어요…."

한 교수는 P의 취한 음성을 떠올리며 그때 황급히 창문을 닫아버렸다. 그리고 그는 서재의 불을 끈 채 소파에 몸을 뉘었다.

텅 빈 어둠의 공간 한쪽 끝으로부터 희끄무레하니 밝아오는 것이 있었다. 그것은 그의 손에 끌려오다가 그가 목 졸라 죽이고 만 개의 네 개의 다리였다.

3

이튿날 아침 한 교수는 늦잠에서 깨어났는데, 그것은 현관 쪽에서의 소란스러움 때문이었다.

"엄마, 엄마, 재둥이가 돌아왔어!"

그것은 둘째딸의 음성이었다.

"어디?"

"어디?"

방문 열리는 소리가 이곳저곳서 쿵당거리고 온 식구들이 현관 쪽으로 뛰어나가는 모양이었다.

"좀 조용히 못하겠니?"

"미친개가 돌아왔어?"

"아냐, 금방 초인종이 울렸지 않아?"

"모르는 사람이야…."

한상민 교수는 현관 쪽에서 들려오는 식구들의 말소리를 듣고도 좀처럼 자리에서 일어날 수가 없었다.

(《한국문학》, 1974.8)

줄 칼

금요일 오후의 교정은 파장 무렵의 장터처럼 부산하다. 학교를 빠져나가는 학생들의 무리가 줄을 잇고, 그 한두 시간의 소란스러움이 지나면, 토요일 강의를 아예 빼버린 이 대학의 금요일 오후의 교정에는 때아닌 적막감이 밀물처럼 몰려와 앉는다. 교수는 7·8교시 무기화학을 내리 두 시간을 떠들고 나온 참이었다. 연구실에 들어서자 목이 마른 그는 테이블 위의 찻잔에 남아 있던 커피를 홀짝 마셨다. 맛이 쓰고 차가웠다. 손을 씻고 앉아, 신축중인 자연과학동의 앙상한 시멘트 골조를 내다보고 있던 참이었다. 밖에서 노크 소리가 났다.

"네."

그는 대답했지만 문은 열리지 않았다.

다시 노크 소리가 났다.

"네!"

그가 소리치자, 문이 열리고 이내 녹색 군복을 입은 사내가 들어섰다. 교수는 이마를 좁혀 사내를 쳐다보았다. 그는 히죽히죽 웃고 있었다.

"？"

그가 물끄러미 쳐다보자 사내는 그에게 천천히 다가섰다.

"충, 성!"

군복의 사내가 그에게 경례했다. 사내의 목청이 필요 이상으로 컸으므로, 교수는 순간 흠칫 놀라는 표정이 되었다.

"팔삼 학번 오건탁입니다. 교수님께 휴가 신고합니다!"

"아, 오건탁!"

교수는 찌푸린 이마를 다시 풀었다.

"앉아, 앉아."

"교수님 오랜 만입니다."

"이년 만인가?"

"삼년 만입니다."

"그 동안 어찌 지냈나?"

"학교 쫓겨나구 한 일 년 빌빌댔죠. 그리구 곧장 입대했죠."

"얼굴을 몰라보겠다. 군대가면 살이 찐다더니, 자넨 좀 마른 것 같은데?"

"왜요, 살 많이 쪘죠."

"모자를 벗어봐."

"교수님도 이젠 지긋해 뵈는데요?"

"모자를 벗으니 그 얼굴이 살아나는군."

"잘 지내시죠?"

"물론."

"딴 교수님들 다 무고하시구요?"

"물론."

"다들 안녕하시니 반갑습니다."

"니 건강한 모습을 보니 나도 반갑다."

"감사합니다."

"감사하다구?"

"전 다 잊었습니다."

196

"난 그렇게 못 하구 있어."

"잊으세요."

"내가 부탁하고 싶은 말이야."

팔삼 학번 오건탁이라는 사내는 순간 히죽 웃었다. 하오의 햇살이 창유리에 낮게 비껴들고, 건너편 공사장의 신축건물 꼭대기에서 노란 헬멧을 쓴 인부 하나가 아래쪽을 향해 손짓하고 있는 모습이 빠르게 스쳐 지나갔다.

"차 마실까?"

"됐습니다. 금방 서클실에 들러 아이들을 만났습니다."

"요즘 아이들 자네들 때완 또 다르지. 많이 달라졌어."

"세대차를 느낀다니깐요."

"세대차?"

"네, 세대차."

"누구하구? 자네하구 나하구?"

"저희들하구 후배들하구죠."

"그게 일이 년 차인데두?"

"그게 얼만데요?"

"햐! 그럼 자네하구 나하구의 세대차는 어떤가?"

"엄청나죠."

"웃기는군. 그래두 우린 같은 시대를 살고 있지 않은가."

"호흡이 다르죠."

교수는 입맛을 쩝쩝했다.

"교수님은 지금도 심호흡만 하구 계십니까?"

사내가 다시 히죽 웃어보였다.

"달려온 거리가 있거든."

"더 달려야 하는데두요?"

"넌 달리기만 할 텐가?"

"교수님 연배에 심호흡이란, 좀 빠른 편이죠."

"건방지군."

"죄송합니다."

"자네 모습이 이제 되살아나는군. 자넨 그때 흰 두루마기를 걸치구선 마이크 앞에 서서 곧잘 김구 선생 흉내를 내곤 했었지. 거기다가 이마에 두른 붉은 띠는 또 뭐야? 꼭 빨갱이가 김구 선생 흉낼 낸 거 같았어."

"김구 선생이 빨갱이 흉낼 낸 것 같지는 않았었습니까?"

"자넨 김구가 아니었어, 그때."

"전 빨갱이가 아니었습니다, 그때."

"그걸 따지러 왔나?"

"휴가 나온 겁니다."

"그럼 좀 쉬어야지."

"교수님."

사내가 말했다.

"오늘 오후에 바쁘십니까?"

"왜?"

"제가 술이라도 한 잔 올리고 싶어서 그럽니다."

"좋지, 내가 사지."

"아니에요, 제가 삽니다."

휴가장병과 교수는 주섬주섬 나갈 채비를 했다. 자연과학동의 앙상한 골조 위에 때마침 때까치 한 마리가 푸드득 날아오르고, 그 사이로 느릿느릿 시가지 쪽을 향해 움직이고 있는 경비행기의 한쪽 날개가 햇빛에 반짝했다. 까치는 크고 검었으며 멀리 사라지는 비행기는 오려 붙인 색종이처럼 가느다랗게 흔들렸다. 김 교수는 열려 있는 연구실의 창문을 닫았다. 커튼을 잡아당기자 실내가 갑자기 어두워졌다.

"나가지."

그는 가방을 챙겨 들었다. 조명이 잘 되어 있지 않은 어두컴컴한 복도를 걸어나오면서, 교수는 문득 옆에 걷고 있는 사내의 어깨를 툭

쳤다. 사내가 히죽 웃으며 교수의 어깨를 맞잡았다. 군복의 사내는 교수의 어깨를 부축하고 있는 것 같기도 했고 잡아끌고 있는 것 같기도 했다. 원추형의 계단을 돌아 내려오면서 그들은 다소 서먹서먹하게, 그리고 매우 고즈넉하게 발걸음을 옮겨놓았다. 아래층 빈 강의실 어디쯤인가에서 기타 소리가 들려왔다. 태양은 묘지 위에 붉게 떠오르고 한낮의 찌는 더위는 나의 시련일지라, 나 이제 가노라 저 거친 광야로, 서러움 모두 버리고 나 이제 가노라. 그 노래는 교수와 사내에게 모두 귀에 익은 것이었다. 신입생 환영회, 개교 축제, 답사 여행, 서클 MT, 입복학 환송 환영 파티, 그리고 데모대의 기다란 행렬 중간쯤에서, 언제 어디서나 교가보다 먼저 부르곤 했던 노래. 사내는 너무 많이 불러서 정답고 교수는 너무 많이 들어서 지겹지만, 그러나 그들은 그 노래의 임자가 바로 자신들이라는 것 또한 알고 있었다. '1980년 자연과학대학 졸업생 일동 기증'이라는 글자가 쓰인 대형 거울 앞에서 교수는 문득 넥타이를 고쳐 맸다.

"흰머리가 몇 개 보이는데요?"

"이건 새치라구."

교수는 다소 퉁명스럽게 대꾸했고 사내는 간지럼이라도 타듯 키들키들 웃었다.

"올해 몇인가?"

"스물 여덟입니다. 교수님 올해 마흔 일곱이죠?"

"마흔 여섯."

"만으루요?"

"만으루."

"나이를 만으루 세십니까?"

"그리 됐어."

사내가 다시 키들키들 웃었다. 테니스 코트에서 몇 개 조가 어울려 공을 치고 있었다. 잡목이 우거진 숲을 배경으로 공들이 새처럼 하얗게 날아올랐다. 학생회관 앞에서는 한떼의 학생들이 모여 구호를 외치고 있었다. 물러가아라 물러어가라 무울러가라. 누군가에 의해 선창되고 있는 구호를 복창하고 있는 그들의 함성은 그러나 무엇이 물러가야 하는지는 정확히 들리지 않았다. 처음 물러가라는 '가'에, 두 번째 물러가라는 '러'에, 나중 것에는 '물'에 각각 힘이 주어져서 그 소리는 기묘한 화음을 이루고 있었다. 그것은 무당의 푸닥거리 같기도 했고 잘못 부르고 있는 자장가소리 같기도 했다.

"여전하군요."

군복의 사내가 말했다.

"여전하다구?"

한참 만에 교수가 대꾸했다.

"저 함성소리 말입니다."

"그렇게 말하는 걸 보니, 자넨 여전하지 않군."

군복의 사내는 대꾸하지 않았다.

그들은 행정동이 있는 건물을 옆구리에 끼고 후문이 있는 쪽을 향해 말없이 걸었다. 멀리 내다보이는 시가지의 외곽지대에서 기차의 굉음이 길게 이이졌다. 기차는 도시의 외곽지대를 휘감아돌며 천천히 미끄러져 갔다. 초여름 하오의 후텁지근한 공기가 목덜미에 후끈거리고 자동차가 스쳐 지나갈 때마다 마른 먼지가 풀썩거렸다.

"교수님."

차도의 소음이 뜸해진 사이 군복의 사내가 말했다.

"전 이미 잊었습니다."

"난 잊지 않았어."

교수가 말했다.

"잊었다고 말하는 거 보니 자네도 아직 잊지 않은 모양이로군."

"잊으세요."

"그건 내가 부탁하고 싶은 말이야."

그들은 잠깐 걸음을 멈추었다. 시 외곽지대로부터 헤드라이트를 켠 군 차량의 행렬이 길게 이어지고 있었다. 검은 헬멧을 쓰고, '어깨총'

을 한 장병들이 무표정한 얼굴로 앞을 응시하고 있었다. 그들의 기다란 행진을 방해하지 않도록 버스와 택시들은 인도 양쪽으로 비켜선채 멈춰 있고, 사람들은 무심히, 그들의 기다란 행렬이 끝나기를 기다리고 서 있었다. 군 트럭의 행렬이 잠깐 벌어진 사이로 길을 건너려던 한 여인이 교통경찰에 의해 거칠게 제지되고 있는 모습이 시야에 스치고 지나갔다.

"열두 대야."

교수가 말했다.

"열한 댑니다."

"분명히 열두 대였는데?"

"열한 대였어요."

그들은 기다란 군 트럭의 행렬이 끝나자 가벼운 승강이를 벌였다.

"어디로 가는 걸까?"

"작전 차량이에요."

"요 근처에 군부대가 있었던가?"

"전 이미 잊었습니다."

"마시자구."

그들은 '예산집'이라고 쓰인 술집으로 들어갔다. 돼지갈비 2인분과 소주, 그리고 메밀묵 한 접시를 주문했다.

"잔 받으세요."

휴가 나온 장병이 그의 스승에게 술을 권했다. 교수는 사은회에 끌려나온 사람처럼 잠깐 수줍음을 탔다.

"잔 받아."

스승은 제자에게 넘치게 술을 부었다.

"드세요."

"들지."

그들은 돼지갈비 2인분과 메밀묵 한 접시가 나오기도 전에 이미 소주 한 병을 비웠다. 그들은 깍두기로 안주를 삼았으며 침묵으로 입가

심을 했다. 교수는 문득 옛모습을 더듬듯 사내의 얼굴을 찬찬히 쳐다
보았다.

"고향이 충청도라구 했지?"

"당진입니다."

"부모 거기 계신가?"

"작년에 어머니가 돌아가셨습니다."

"저런, 아버진?"

"아예 안 계셨죠. 세 살 때 돌아가셨죠."

"다른 식군?"

"형님이 하나 있는데, 영등포에서 밧데리 장사를 하고 있죠."

"그 동안 형님댁에 있었나?"

"그런 셈이죠."

"결혼해야겠군."

"그런데⋯." 사내가 빠르게 술잔을 입에 가져갔다. "경찰과 교수
님들은 왜 그렇게 무얼 알고 싶어하죠?"

"묻는 게 직업이거든."

그들은 키득키득 웃었다. 돼지갈비와 메밀묵이 탁자 위에 놓였다.
그들은 굶주린 짐승처럼 그것들을 허겁지겁 집어먹기 시작했다. 젓가
락질이 끝나면 술을 붓고, 술을 비우면 바로 젓가락질부터 했다. 술
이 끊기고 먹는 일이 끊기고 난 다음 순간의 침묵을 그들은 그렇게
메웠다.

"입대 전엔 무얼 했지?"

"학교 쫓겨나니 갈 곳이 없었어요. 형님은 저를 받아주지 않았지
요. 하릴없이 거제도로 갔습니다. 제가 공고 출신이었기 때문이죠.
그곳 조선소에서 두 달 일하다 도망쳐 나왔습니다. 제가 사람을 죽였
거든요. 사고였습니다. 그곳은 대형선박 제조에 필요한 일부분을 제
작하는 공정으로 작업장은 A칸 B칸으로 구분되는데, A칸에 들어 있
는 절단기에서 가스가 새고 있었습니다. 그러나 작업자들은 A칸에

가득 찬 가스를 알 수 없었어요. 냄새를 맡을 수 없었기 때문이죠. A칸 작업자들이 작업을 시작하기 위해 불을 켜는 순간, 스파크와 함께 폭음이 나고 가스가 폭발했죠. 세 사람이 죽었습니다. 그건 제가 죽인 건 아닙니다. 그건 사고였으니까요. 그때 B칸에서 작업을 하던 두 명의 근로자는 살아 있었죠. 살려달라고 안에서 철판을 두드렸습니다. 그때 저는 밑칸 바로 옆에서 작업을 하고 있었거든요. 동료가 달려들어 가스 절단기로 철판을 절단하려 했는데 가스가 나오지 않았습니다. 이미 뒤에 있던 과장이 가스 호스를 잘라버린 거죠. 그 블록은 교수님 월급 수십 년 분에 해당하는 고가거든요. 저는 순간 옆에 있는 이산화탄소 용접기를 생각했습니다. 저는 그걸 다룰 줄 압니다. 이 용접은 전기온도가 높기 때문에 와이어 속도를 중간 정도로 올리고 암페어를 최대한 올리면 9.5㎜ 정도의 철판을 녹일 수 있습니다. 그런데 이상하죠. 그때 제가 망설였습니다. 퇴소가 두려운 건 아니었는데, 그때 저는 다만 무서워서 떨고만 있었죠. B칸에서는 이내 잠잠해졌습니다. 두 사람이 질식한 거죠."

교수는 비어 있는 제자의 잔에 술을 부어주었다.

"자넨 지금, 노동자의 생명이 9.5㎜의 철판값보다 못한 현실을 얘기하는 건가?"

"아닙니다. 9.5㎜의 철판을 뚫지 못한 자의 용기를 얘기하구 있습니다."

"자네가 변했군."

"그리군 다음날 조선소를 도망쳐 나왔죠. 다시 학교앞 다방에서 며칠을 서성거리는데, 그때 후배들이 저에 대한 학교당국의 퇴학처리에 대해 농성중인 걸 보고 형님댁의 골방으로 들어가 버렸습니다. 그 골방에서 석 달을 나오지 않다가, 징집영장 덕분에 군에 입대할 수 있었죠."

"강제징집이 결국은 도피처를 제공해 준 셈이 됐군."

"영장을 받아들고 울었습니다."

휴가 장병은 교수 앞에서 수줍게 웃었다. 새까맣게 타버린 돼지갈비 한 점을 그는 젓가락으로 쿡쿡 찔렀다. 세 병째의 소주가 탁자 위에 놓이고 두 번째의 메밀묵 접시가 바닥났다.

"거제도 체험은 결국 자네가 프롤레타리아나 기층 민중이나 근로계급 그 어느 쪽과도 화해로운 관계가 아니었음을 확인한 얘기로군."

"다만 저의 9.5㎜의 용기에 관한 얘기였습니다."

"용기란 신념에서 나오는 것 아닌가. 회색 두루마기에 붉은 띠를 두른 자네들의 투쟁이란 기실 노동자계급의 이념을 담보로만 했지 주도하지는 못했고 그 임무도 근로계급에게 떠맡긴 거야. 우리 김구 선생께서는 학교를 떠나는 순간 이미 뭍으로 올라와버린 물고기가 돼버린 거지. 자네의 잠깐 동안의 실업자 생활도 사실은 도시빈민의 체험이 아니라 룸펜 체험이었지. 룸펜과 상계동 철거민은 달라. 도시빈민이란 자본주의 사회구성체에서 비자본주의 부문에 존재하는 생산적 계급이지만 룸펜은 무능과 자의적 요인으로 그 생활을 스스로 선택한 집단이 아닌가. 자네가 그랬다는 게 아냐. 그들은 권력에 약하고 기회주의적 속성이 강해서 운동성은 기내할 수 없는 계층이지."

"4·19의 핵심세력이 5공화국의 주체세력의 일부로 등장한 사례는 어떨까요?"

"그들은 엘리트였지 기층도 룸펜도 아니었잖아? 그리고 그들 권력 엘리트들은 민중의 청지기 노릇을 자임했지만 결국 그것을 가장만 한 꼴이 돼버렸지. 민중, 그래 자네들 말대로 민중으로부터 위임받은 권한을 다시 민중을 위협하는 무기로 사용함으로써 이론적으로 실천적으로 파탄이 온 거지."

"교수님도 민중론자 다 되셨군요."

"자네들한테 배운 거야. 나야 어디 일반화학 실험실에서는 선수지만, 사회과학은 정말이지 시쳇말로 골 때리더군."

"골 때려요?"

제자가 킥킥 웃었다.

 "난 자연과학이 좋아. 요즘에 더욱 그런 생각을 하곤 하지. 어떤 목적이나 가치에 관계없이 현상 그 자체의 법칙과 원리에 매달린다는 게 얼마나 속편한 일인가?"
 "그래서 화학을 택하신 겁니까?"
 "택하고 보니 그렇게 됐어."
 "저는 화학을 잘못 택했나봐요."
 "그럼 정치나 사회학?"
 "그것도 힘들 거 같고요. 모든 게 현실하군 상관없이, 마치 저 혼자 굴러가는 공 같기도 하고."
 "미네르바의 부엉이는 저녁때가 되어 비로소 비상한다구 했어. 학문을 경멸하는 것도 문제지만 과신하는 것도 어리석은 일이지. 누군가가, 학문으로 인간의 값어치를 정하려 한다는 것은 잣대를 가지고 그 사람의 체중을 알아보려는 것과 같다구 했지."
 "제가 공불 계속할 수 있을까요?"
 "먼저 덕성스러워지게. 내가 그렇다는 게 아니라, 책에 그렇게 씌어 있어. 덕성에 관한 학문이야말로 학문에 대한 우리의 무지를 위로해 준다구 했어."
 "잊으세요, 교수님. 자, 자책하구, 있습니다."
 군복의 사내가 갑자기 말을 더듬었다.
 "조, 좋은 일이야. 그렇다고 자학하지는 말게."
 교수가 덩달아 말을 더듬고, 그리고 그들은 동시에 술잔을 들어 입으로 털어넣었다. 창 밖으로 초여름 하오의 기울어져 가는 저녁 햇살이 해변의 사금파리처럼 반짝반짝했다.
 "요즘도 약주 많이 하십니까?"
 "마시는 날보다 안 마시는 날이 더 많기는 하지."
 "저희 사단장은 술 땜에 죽었어요. 위암이었는데, 그 분이 한창 마실 때는 매일 저녁 썸씽스페셜 큰 거로 한 병씩 마셨다는데요?"
 "날 주례해 주셨던 은사 구자오 선생님도 어지간하셨지. 강의 첫시간인데도 술 냄새를 풍겼어. 간밤에 마신 술이 덜 깨어서가 아니라 아침 반주로 드신다는 게 보통 소주 한 병이었어. 신혼여행 다녀와서 안사람과 인사를 갔었지. 넙죽 절을 올렸더니, 우리를 찬찬히 쳐다보시더니, 자네들은 언제까지 그러고 있을 텐가? 빨리 식을 올려야지, 혼기를 놓치면 안 되네! 하구 소리쳤어.”

“취하셨군요.”

“돌아가실 임시엔 가족들에 의해 연금되어 있었어. 동네 술가게엔 아예 주류판매 금지령을 내렸었고. 허지만 그 분의 학문적 업적이란 대단했지. 기초과학 분야에서 그 분만큼 해내신 분도 드물어. 헌데 우린 뭐야, 술도 학문도 모두 그 분들한테 졌어.”

휴가 장병과 교수는 잠시 딴 생각에 잠기는 듯했다. 휴가 장병은 위암으로 죽은 사단장 얘기를 꺼냄으로써 오랜 만에 이루어진 은사와의 해후의 서먹서먹함을 메우려 했고, 교수는 또 자신의 은사를 추억함으로써 제자와의 서먹서먹한 침묵의 공간을 메우려는 듯하였다. 그러나 사단장은 교수가 모르는 사람이었고 술로 죽은 노(老)화학자는 제자가 모르는 사람이었으므로, 이내 그들의 대화는 끊기고 말았다. 주로 학생과 교직원을 상대로 하는 이곳 학교앞 주점 ‘예산집’은 이날 따라 한가해서, 그들의 대면을 더욱 고즈넉하고 눅눅한 분위기로 만들고 있었다.

“잊으십시오.”

마침내 제자가 또 말하였다. 이제 교수는 그것을 피해 나갈 만한 다른 화젯거리를 찾는 데 실패한 듯했다. 그는 제자의 군복에 붙어 있는 계급장을 찬찬히 쳐다보기도 하고, 때마침 맞은편 테이블에 붙어서서 시중을 들고 있는 여인의 펑퍼짐한 둔부에 시선을 두기도 하다가, 이내 시선을 거두어 버렸다. 앞에 놓인 술잔을 집어 빠르게 입안에 털어넣었다.

교수가 말했다. “선명과 사꾸라, 백로와 까마귀의 양분론이야말로 그때 자네들이 휘두르던 칼자루가 만들어낸 만능무기였지. 그러나 색이 어디 흰색 검은색뿐인가, 회색도 있어."

·"죄송합니다." 제자는 고개를 조아렸다. 그리고 그는 말했다. "회색도 아름답죠. 허지만 교수님은 그때 진정한 회색이 아니었습니다. 저희들이 혐오했던 것은 회의론이 아니라 기회주의였습니다. 그때 교수님은 말씀하셨죠. 이제 대학의 주체는 교수가 아니라 학생이라고까지 하셨습니다. 그리고 무엇보다도 재단의 전횡은 시대를 역류하는 전근대적 서당교육의 잔재라고 설파하셨습니다. 대학은 이제 더 이상 역사와 현실을 관망하거나 추상화된 관념으로 대응할 때가 아니라고 갈파하셨죠. 가부장적이고 유교적이고 봉건적인 폐습은 여러분이, 바로 저희들이 척결하지 않으면 안 된다고 강론하셨습니다. 저희들은 그때 우리 대학은 살아 있다고 마음속으로 수없이 외쳐댔습니다. 기억나십니까? 여학생회 대표 김효진이가 그때 교수님 소매를 붙들고 감격해서 울먹였지요. 재단의 비리란 사실상 교수님에 의해 입수된 정보였습니다. 교수님이 어떻게 해서 재단에 깊숙이 관련해 있었는지는 저희들도 아직 모릅니다. 그리고 당시 총장의 미국 모 재단으로부터 50만 달러 도서관 증축 차관과 관련한 스캔들 혐의도 사실상 교수님께 암시받은 셈이지요. 저희들은 총장실과 사무처장실을 점거했죠. 점거농성 일주일 후 교수님께서 저희들 앞에 나타나셨습니다. 재단의 비리란 의료원 신축공사에 대비한 자금비축의 과정에서 발생한 오해였음이 밝혀졌고, 50만 달러 미국 차관과 관련한 소문의 진원지는 지난 총장 후보였던 모 교수에 의해 왜곡된 정보였음이 또한 확인되었다는 것이었습니다. 교수님은 저희들을 설득하는 데 그다지 많은 시간을 소비하지 않았습니다. 제군들은 허위에 대해 지나치게 뜨겁고 진실에 대해 지나치게 차갑다 나무라셨습니다. 그로부터 한 달 후 교수님은 사무처장에 임명되셨고, 농성장에 경찰력이 동원되기 시작한 것도 그 후부터였죠."

"내가 까마귀였나?"

"다만 보잘것없는 한 마리의 벌레였습니다."

"내가 벌레였다는 판단은 어디에 근거한 것이었나?"

"교수님이 보직교수로 둔갑하고부터죠."

"놀랍군." 교수는 소리쳤다. "사실과 의견이 교묘하게 협잡했어. 엄청난 추론이야. 보직교수가 벌레가 아니라 벌레가 보직교수라는 게지."

"교수님." 휴가 장병은 이때 교수를 향해 야비하게 웃었다. "그건 언어의 유희예요. 객관성이니 가치중립이니 하는 낱말 뒤에는 역사 앞에 서는 것에 대한 두려움이 숨어 있습니다. 교수님은 그때 사실에 충실한 척하시면서 진실로부터 도망치신 것입니다. 그건 교수님 세대가 가꾸어온 기존 질서의 구조, 기득 이권구조의 뒷면이 드러나는 데 대한 방어본능이겠죠. 교수님께서 그때 한 마리의 벌레로 변신하는 과정이란 교수님 세대의 가장 현란한 치부였습니다. 저희들의 기대와 존경을 교수님은 그때 한순간에 저버리셨습니다."

"그래서 날 감금했었나?"

"저희들의 슬픔을 거기 가둔 겁니다."

교수는 메밀묵 한 점을 집어들었다가 탁자 위에 던져버렸다. 낮게 드리운 주점의 처마 끝에 까만 하늘을 배경으로 '예산집'이라고 쓰인 아크릴이 박꽃처럼 하얗게 매달려 있었다. 밖은 이미 진한 어둠 속에 잠겨 있고 붉고 푸른 네온의 불빛들이 주점 안으로 스며들어 물결처럼 흔들렸다.

"허지만 전 이제 잊었어요."

"…내 연구실의 책과 집기들이 생선내장처럼 운동장에 내팽개쳐져 있던 모습이 눈에 선하군. 그보다도 그것을 다만 바라보고 서 있던 동료 교수와 학생들 모두가 무서워졌지. 그들은 그때 동조자도 방관자도 아무것도 아닌 채, 다만 밀랍인형처럼, 거대한 팬터마임 극의 배우들처럼 무심히 내 책들을 바라보고 서 있었지. 흰 두루마기 차림의 우리 김구 선생의 머리에 두른 붉은 띠가 번득이는 살기로 내 눈을 찔렀지. 자네의 처벌을 주장하는 사람은 그리 많지 않았어. 교수

들은 그때 잘 길들여진 똥개처럼 몰려다니며 회의를 거듭했어. 교권
에 대한 중대한 위협이라고 어느 교수가 소리쳤지. 교권 이전에 윤리
의 문제라고 딴 교수가 되받았고. 일이 이렇게 된 건 전적으로 학생
들만의 책임이 아니다, 그 동안 누적되어 온 권위주의적 비민주적 학
사운영방식이 초래한 결과다, 이렇게 말하는 교수도 있었어. 이 땅에
교육은 물 건너갔노라고, 어느 노 교수는 그때 눈물을 흘렸고.”
　“그리구 그때 교수님이 일어서셨죠. 오건탁이를 영원히 대학에 복
귀할 수 없도록 하기 위해 출교로 하는 게 어떻겠냐고 말씀하셨죠.”
　“그걸 자네가 어떻게 알 수 있었단 말인가?”
　“교수회의의 내용은 회의가 끝난 지 삼십 분 이내에 저희들이 접수
합니다.”
　교수는 문득 까맣게 드리워진 창 밖의 어두운 하늘에 눈을 주었다.
어디선가 간드러진 여자의 웃음소리가 들려왔다. 한떼의 술 취한 사
내들이 주점의 문을 차고 밀려들었다.
　“나가지.”
　교수는 자리에서 일어섰다.
　“계산은 제가 합니다.”
　군복의 사내가 계산대 앞으로 다가갔고, 그의 뒷모습을 바라보고
서 있는 교수는 문득 여름감기에 걸린 사람처럼 어깨를 한 번 부르르
떨었다.
　“자네의 처벌을 주장하는 의견들이 의외로 많지 않았던 이유를 알
겠군.” 교수는 말했다. “그때 그 결정을 무기명으로 하자는 축도 있었
으니까. 마치 망나니 자식을 놓고 애비 에미 할미 할애비가 무기명으
로 매질을 할까 말까를 결정하자는 식이었지.”
　교수는 어둠 속으로 호호호호호호 간지럼이라도 타듯 어깨를 떨었다.
　“나는 그때 자네를 출교시키지 않으면 내가 나가겠다고 선언했어.
어때, 내가 잘했지. 그지?”
　교수는 제자에게 술주정을 했다.

옆으로 기울어지고 있는 교수의 어깨를 휴가 장병은 가볍게 감싸
안았다.

"까마귀 날자 배 떨어진 거야."

교수가 말했다.

"배가 떨어지고 까마귀가 난 겁니다."

제자가 말했다.

"양심은 설명하는 게 아니야."

"그리구 그건 우리가 갖고 있는 것 중에서 유일하게 사고 팔 수 없
는 것이죠."

"나는 그걸 팔지 않았어."

"다만 누군가가 훔쳐갔겠죠. 교수님은 그걸 지키지 못했습니다."

"자네들이 그렇게까지 하지 않으면 안 될 사연이란 결국 무엇이었
나?"

"슬픔 때문이었습니다."

"내가 그때 벌레였나?"

"그렇게 보였습니다."

"나를 며칠 동안 감금했었지?"

"사흘이었습니다."

"풀려나면서 내가 무슨 말을 했지?"

"그때 눈물을 많이 흘리셨죠."

"벌레가?"

교수가 짐승처럼 끄윽 안으로 당기는 신음소리를 냈다.

취한 교수와 휴가 장병은 비틀거리며 어둡고 긴 터널 같은 골목을
빠져나왔다. 한쪽으로 기울어져 버린 교수의 어깨를 제자는 자신의
한쪽 어깨로 받치고 있었다. 그들은 어깨동무를 하고 있는 것 같기도
했고 서로 넘어지지 않기 위해 안간힘을 쓰며 버팀질을 하고 있는 것
같기도 했다.

교수는 학교쪽을 향해 걸었다.

"학굘 가시게요?"

"밤엔 거기가 좋아."

제자가 구멍가게에서 오징어 한 마리와 소주 한 병을 사왔다. 그들이 간선도로로 들어서자 이내 캠퍼스의 밤 풍경이 시야에 들어왔다. 도서관의 불빛이 공중에 떠 있고 희미한 조명으로 떠받쳐진 동관의 시계탑의 바늘은 아홉 시를 가리키고 있었다. 그들은 내처 걸었다. 문이 잠겨 있는 정문 쪽을 지나 후문이 있는 쪽으로 걸었다. 반쯤 열려 있는 후문의 작은 철문 사이로 그들은 도둑고양이처럼 은밀하게 몸을 들이밀었다.

그들은 보건소와 학군단으로 통하는 건물을 옆구리에 끼고 비탈을 오르기 시작했다. 시가지의 소음이 가시고, 관목이 우거진 숲에서는 초여름의 풋풋한 풀냄새가 밀려들었다. 행정동과 동서관을 이어주는 진입로의 양쪽에 세워진 수은등 밑에서 기타를 든 몇 아이들이 노래를 부르고 있었다. 공터에 세워 놓은 간이농구대에서 까만 물체 서넛이 요란하게 움직였다. 조명도 되어 있지 않은 간이코트에서 그들은 드로잉 연습을 하고 있었다. 공을 던지는 사람도 골대도 어둠의 농도에 함께 녹아들어 분간이 되지 않았다.

그들은 설립자의 동상이 세워진 행정동의 앞 잔디밭에 가 앉았다.

"잔 받으세요."

"받아."

그들은 소풍 나온 유령들처럼 둘러앉아 두런거리며 술잔을 주고받았다. 행정동 뒤 숲에서 푸드득 날아오르는 새의 날갯짓 소리가 들렸다.

"교수님은 그 후 곧바로 독일로 떠나셨죠?"

"거기서 일 년을 지냈지. 튀빙겐의 어두컴컴한 골방에서는 늘 최루 가스 냄새가 났어."

교수는 라이터를 켜댔다. 거꾸로 뽑아 문 담배의 필터부분에 불이 붙어 그는 황급히 그것을 비벼 껐다.

"외롭게 지냈지. 한 마리의 애벌레처럼."

밤이 고즈넉하게 깊어갔다.

시계탑의 바늘이 열 시를 가리켰다. 휴가 장병과 취한 교수는 어둠에 잠겨 있는 교정을 뒤로하고 도둑고양이처럼 조용히 빠져나왔다. 공터의 아이들과 기타소리의 임자도 이제 보이지 않았다. 멀리 내려다보이는 시가지의 불빛이 웅웅거리는 도회의 소음에 따라 작고 낮게 흔들렸다.

"언제 뵙게 되는지 모르겠군요."

휴가 장병이 문득 교수 앞에서 차려 자세로 섰다. 그리고 그는 주머니에서 무언가를 꺼냈다.

"이거 돌려드립니다. 교수님 연구실 집기를 들어내면서 훔친 줄칼입니다."

교수는 옛 제자와 악수했다.

"충, 성!"

그가 경례를 붙이고 돌아섰다.

(《문학사상》, 1990.6)

밤의 소리

"나가세요?"

현관을 나서자 욕실의 문이 열리고 아내가 고개를 내밀었다.

"약속이야."

"어머님께 전화 좀 해요."

아파트의 기다란 복도를 걸어 내려오자 경비실의 사내가 신문지 크기의 창문을 드르륵 밀어제치며 어둠 속에서 손을 내밀었다. 무어냐고 물어볼까 하다가 나는 사내가 내미는 것을 그냥 받아들었는데, 그 우편물은 언뜻 어느 제약회사의 홍보용 '번지내 투입' 광고물 같기도 했고 매월 배달되는 어느 정당의 기관지 같기도 했다. 나는 그것을 두 겹으로 접어 뒷주머니에 찔러넣었다.

"비가 올려나 보지요."

내가 층계를 내려서며 한마디했다. 경비실 사내는 대답 대신 열었던 창문을 스르르 닫았다. 아파트 계단입구의 두어 평 남짓한 알루미늄 새시로 만든 상자 속에 그는 늘 정물처럼 놓여 있었는데, 그러나 출입구 쪽을 지키는 그의 눈매는 매서워서 이방인의 출입을 족집게처럼 잘 집어냈다. 한 층 열 가구에 10층짜리 건물이니 한 가구에 네 명

식구만 잡아도 400명 가까운 사람들이 이 8동에 모여 사는 셈이다. 사내는 이렇게 많은 아파트 식구들을 용케 알아보고 챙긴다. 어디 가십니까 구백삼 혼데요 안 계십니다 할머니는 계실 텐데요 모두 교회 가시고 할머니는 어제 시골 가셨습니다. …그는 대개가 다 이런 식이다.

스르르 창문 닫히는 소리를 뒤로하고 나는 이내 7동 쪽으로 향했다. 나는 경비실 사내에게 무슨 대답을 기대한 것은 아니었지만 그러나 이럴 때면 늘 조금은 불쾌했다. 지난 가을, 이 아파트에 이번에 이사 온 209호라고 정중히 자신을 소개했을 때도 사내는 무심히, 아주 무심히 열쇠 꾸러미를 나에게 내밀었다. 그리고 그는 정물처럼 돌아앉아 버렸다. 이후 아파트를 들어설 때나 나설 때나 나는 사내에게 가벼운 목례를 보내곤 하였으나, 매양 인사는 이쪽이 먼저였다. 처음에는 가볍게 목례를 한다는 것이 그것이 전달이 안 된 모양인지 매번 나를 쳐다보고만 있었다. 좀더 확실히 이쪽의 목례를 전하기 위해 그다음부터는 아예 고개의 각도를 더 수그리게 되었는데, 그때서야 사내의 고개가 무성영화치럼 약간 앞으로 구겨졌다.

나가는 사람 편에 급히 씁니다. 퇴원시켜 주세요. 어머니 말 믿지 마십시오.

그놈은 미쳤다.

어둠의 한쪽 끝에서, 동생과 어머니의 볼멘 음성이 다투어 들려오는 듯했다. 코끝이 근질근질해 왔다. 코끝에 수많은 벌레가 스멀스멀 기어다니는 것 같은 증세가 또 시작되고 있었다. 7동쪽으로 돌아서니 아파트 단지를 병풍처럼 둘러싸고 있는 숲이 문득 앞을 가로막고 섰다. 나뭇가지 사이를 나는 새의 날갯짓 소리가 푸드득 들려왔다. 여름이라고는 해도 밤에는 제법 서늘한 바람이 불었다. 나는 목덜미에 차오는 한여름 밤의 공기를 가슴으로 받기 위해 셔츠의 앞단추를 풀었다. 늘 하던 대로 1동과 2동이 기역자로 꺾이는 사이에 놓인 벤치에 가 앉았다. 등 뒤로 노인정이 있고 대각선으로 마주 보이는 곳에 어린이 놀이터가 있다. 순환도로를 질주하는 차량들의 불빛이 병풍처럼 둘러싸고 있는 아파트의 숲을 비추며 지나가고, 그때마다 관목들은 어둠 속에서 하얗게 모습을 드러냈다. 길 건너편 산꼭대기의 대공초소에서는 이따금씩 한줄기의 서치라이트를 하늘로 쏘아올리고 있었다.

"널 죽여버리겠어!"

갑자기, 어디선가 아주 먼 곳, 혹은 가까운 곳으로부터 이런 소리가 들려왔다.

"날 죽인다구? 당신이 날….”

다시 완강하게 외치는 소리. 이제 그 소리는 너무 크고 분명해서 나는 이내 소리의 출처를 알아낼 수 있었다. 차라리 죽여줘요. 그 소리는 이 아파트 단지 900세대 가운데 거의 반 이상의 텔레비전 수상기에서 동시에 뿜어대고 있는 어느 연속극의 한 장면임에 틀림없었다. 구백, 구천, 아니 구만 세대의 텔레비전 수상기에서 동시에 뿜어대는 소리. 멀리 바라다보이는 도심지의 수많은 불빛들이 한꺼번에 죽여줘요 죽여줘요 소리치며 벌떼처럼 웅웅거리고 있었다.

벌써 세 번째입니다. 형님도 저를 환자로 보십니까? 입원해야 할 사람은 어머니입니다.

붉게 충혈된 동생의 눈빛이 허공중에 희미하게 떠올랐다. 포장지를 찢어 휘갈겨 쓴 글씨에는 어머니에 대한 증오가 삐뚤삐뚤, 지렁이처럼 꿈틀거리고 있었다.

나는 이날로 열흘째 학교를 나가지 않았다. 학생들은 나를 거부했으며 나 또한 그들을 거부했다.

폭력교수 김 아무개 물러가라.

통일논의 다원화하여 분단조국 해방하자.

행정동과 교육동의 현관에 만장처럼 나부끼는 어지러운 현수막과 게시판을 뒤덮은 대자보의 홍수, 탁 탁 타다닥 터지는 최루탄 소리와 방사선을 그으며 송사리떼처럼 사방으로 흩어지는 붉은 띠의 데모대.

번득이는 헬멧에 방독면을 뒤집어쓰고 교문을 막아선 진압대원과 외계인들의 그것처럼 낯설고 무거운 저들의 행렬.

교수님은 낙관론자이시군요.

제7교육동 나의 연구실은 늘 코끝을 파고드는 미립자처럼 작은 수많은 벌레들로 우글거렸다. 톡 쏘는, 그러나 마른나무 가지를 태우는 듯한 그 매캐한 냄새는 학생들의 함성과 기묘한 배합을 이루면서 시시때때로 나의 연구실 앞을 서성거리고 있었다. 나는 그때마다 연구실의 문을 닫아버렸다. 언젠가는 교내로 진입한 진압대에 쫓기던 학생들이 연구실을 차지해 버리는 바람에 아예 안에서 문을 걸어 잠그기도 하였다. 연구실의 문을 닫고 있으면 학생회관앞 광장에서 들려오는 저들의 음성은 흡사 먼 나라에서 들려오는 종소리처럼 은은하게 때로는 고즈넉하게 들려왔다. 저들의 함성과 소음의 무게를 죽이거나 차단해 버린 연구실의 그 사위의 공간 속에 나는 스스로를 가두어버리곤 하였다. 그것은 일종의 은밀함이었고 아늑함이었고 다소 부끄러운 혼자만의 공간이었다. 나는 저들의 소리와 냄새를 차단하는 방법을 스스로 고안해낸 바 있다. 최루가스가 몰려오면 되도록 입으로 숨을 쉴 것, 눈물이 나거든 흐르는 대로 놔둘 것, 코를 막거나 눈물을 닦아서 멀쩡한 얼굴을 쓰라리게 하지 말 것 등. 연구실에 들어설 때는 소나기를 피하듯이, 문을 닫을 때는 우산을 접듯이, 따위. 그러나 나는 최근 들어 자신의 방이 감옥처럼 느껴졌다. 방에 들어설 때마다 채광이 잘 되어 있지 않은 어둑어둑한 벽면에 세워 둔 서가의 책들이 스스스슷 옆으로 쓰러지고 있는 듯한 착시현상에 흠칫 놀라곤 하였다. 나는 올해 마흔여섯이 되었지만 자신이 중년이 되어 간다든지 심지어 늙어가고 있다는 생각을 해본 적이 없다. 대학을 마치자 곧바로 독일의 어떤 재단의 장학금으로 유학을 떠났고 그곳 유학생활 구 년 동안 두어 군데 대학을 거치면서 석사 박사를 치를 때까지 단 하루도 피로에 지쳐 드러눕거나 쓰러져 본 적이 없다. 적어도 나에게는 그럴 만한 여유가 없었다. 귀국하여 지방의 어떤 대학에 잠깐 있다가 은사인 박 교수가 정년퇴임하여 그 후임으로 모교인 지금의 대학에 부임하게 된 것이 칠 년 전. 주위에서는 그것을 행운이라고들 말하지만 나로서는 그것도 불만인 셈이었다. 시답지 않은 논문으로 얼렁뚱땅 학위를 마치고 은사들한테 사교나 해서 일찍 전임으로 들어앉은 친구들에 비하면 나의 독일 유학시절이란 이미 추억도 반추의 대상도 아닌 지나간 시간의 아픈 생채기에 불과했다. 나에게 있어 독일의 추억이란 라인강변의 그것이 아니라 기숙사의 말라비틀어진 빵조각에 다름 아니었다.

폭력교수 물러가라!

언제나 정답고 가슴 설레던 중세풍의 석조건물. 상아탑에의 부푼 꿈을 안고 모교 교수가 된 지 오 년. 이제는 그러나 나의 이름은 낙서처럼 휘갈겨 쓰인 대자보에 실려 캠퍼스의 이곳저곳에 낙엽처럼 펄럭인다. 여보, 이젠 학위가 끝났으니 대학으로 가는 거죠? 프라하와 도나우 강과 스위스를 여행하며 어린아이처럼 보채던 그해 겨울의 아내의 꿈은 이제 저들이 써 갈긴 한 장의 대자보에 퇴색한 인화지처럼 바래고 있다.

나는 담배를 비벼 껐다. 속이 메슥거리면서 건구역이 났다. 두어 번 토악질을 하고 입안에 고인 침을 내뱉었다. 놀이터의 한쪽 끝에서 가느다란 여자의 웃음소리가 들려왔다. 노인정앞 후미진 구석의 벤치에서 검은 물체가 빠르게 옆으로 쓰러지는 모습이 보였다. 내가 가까이 다가가자 두 남녀는 이내 자세를 일으켜 세우며 옆으로 떨어졌다. 관목이 우거진 노인정 뒤 숲에서는 누군가가 휘파람을 불고 있었다. 순환도로를 질주하는 차량들의 헤드라이트 불빛이 아파트의 세 면 벽을 핥듯이 훑고 지나갔다. 까맣게 드리운 산등성이의 윤곽이 먹물처럼 풀어지고 하늘은 이내 후드득 빗방울 몇 개를 쏟았다. 우산을 가져갈까 하다가 나는 내처 시가지 쪽으로 걸었다. 켄터키치킨과 동양증권과 접골시술소와 런던 레스토랑과 만나 제과점을 지나면서 나는 문득 심한 갈증을 느꼈다. 시가지의 붉고 푸른 네온의 불빛이 반딧불처럼 빠르게 때로는 고즈넉하게 켜졌다가 꺼지는 운동을 지루하게 반복하고 있었다.

"말씀드릴 게 있습니다."

그날, 학회장이라는 아이는 연구실의 문을 박차듯 디밀고 들어왔었다.

"7교시 기말고사는 연기해 주십시오."

그는 좀 흥분해 있었다.

"과 행사가 있나?"

"외부인사 초청강연이 있습니다."

"서두르지 말자구. 민주화야말로 뜨거운 고구마 먹기지." 나는 타이르듯 말했다. "초청강연이라니, 누가 오나?"

"교수님은 낙관론자이시군요." 학생이 맞대꾸했다. "김훈재 선생이십니다."

"자넨 비관론자인가?" 내가 물었다. "김훈재 씨가 누군가?"

"교수님은 개량주의로군요." 학생이 되받았다. "교수님은 그분을 모르십니까?"

순간적으로 학생의 눈빛 속에 실망과 놀라움과 다소의 분기가 빠르게 교차했고 나는 그것을 놓치지 않았다.

"자넨 급진주의로군. 현실에 뿌리내리지 않은 이상은 공상일 뿐이야." 나는 대답했다. "그 사람 독문학자는 아닌 것 같고…."

"개량주의란 소수 엘리트집단의 언어적 유희에 불과합니다." 학생이 단호하게 말했다. "그분은 재야인삽니다!"

"요즘 재야인사가 어디 한두 사람인가."

"그 시간이 교수님 기말고사와 겹칩니다."

"안 돼."

"협조해 주십시오"

"혀, 협조라구?"

나는 갑자기 말을 더듬었다. 창틀 사이를 비집고 햇살 한줄기가 이마를 따갑게 내리쏘았다. 협조, 협조, 협조라고 나는 되뇌었다.

"자넨 우리말을 잘 못하는군."

"이해해 주십시오."

"그 말도 적절하지가 않아."

"학생회에선 이미 전체 휴강을 결의했습니다."

"통고하는 건가?"

"협조해 주셔서 감사합니다."

학생이 돌아섰다. 창 밖을 향하고 있던 나는 순간 빠르게 고개를 돌렸다. 그리고는 연구실을 나서는 그의 목덜미를 낚아챘다.

"이 새끼!" 나는 그때 이렇게 소리쳤다. "협조, 감사, 캄사! 네가 학생이야?"

나는 자신을 노려보고 있는 학회장의 얼굴을 향해 주먹을 내리뻗었다. 얼굴을 가리려던 손으로 코를 훔치자 흰색 티셔츠에 빨간 선혈이 몇 방울 떨어졌다.

"이건 폭력입니다."

이번에는 그의 가슴께를 주먹으로 쥐어박으면서 발길로는 정강이를 걸어찼다.

"닦아!"

테이블 위의 휴지를 뽑아 그에게 내민 것과 동시에 연구실의 문이 꽝 소리를 내며 닫혔다. 복도를 빠져나가는 그의 발자국 소리가 유난히 크게 귓전을 때렸다. 뚜벅뚜벅, 서두르지 않고 일정한 보폭으로 기다란 복도를 빠져나가는 그의 걸음걸이에는 안으로 다스리고 있는 듯한 모멸감과 분기가 무겁게 배어 있는 듯했다. 조심혀. 요새 학생들이 어디 전 같더냐? 테레비에 보니께 꼭 인공 때 날뛰던 놈들 같더라. 아무 데나 돌멩이 던지고 지 학교에 불지르고, 왜들 그 모양이라더냐? 아 정치가들이야 다 도둑놈이라 치드래도, 그래도 지들 가르치는 선생들한테 대드는 거 보니께 세상 아무짝에도 못 쓰게 돌아가는개 비드라. 니도 유학 갔다 와서부텀은 성질 많이 죽었드라마는 그 뿌가

사리 성질 언제 터질지 모르는 게로 조심하고 자중혀. 그 자리가 어뜨케 생긴 자린디, 학생들 비우도 좀 마차주고 그래라. 그래도 학생들 맘 알어줄 사람이 선생 말고 또 누가 있겄냐? 노모는 늘 말했었다. 나는 그때마다 웃어버리곤 하였지만 이즈음의 학교생활이라는 게 피곤하고 곤혹스럽기가 이미 한계를 넘어선 지 오래였다. 50분 강의에 20분 늦게 들어와 잠자리 안경을 낀 채 턱을 괴고 멍청히 앉아 있던 여학생을 불러 세워 머리채를 잡아 흔든 일이나, 강의도중 문을 열고 동료를 손짓해 불러내던 학생을 복도 끝까지 쫓아가 두들겨 팬 일은 모두 전임 초기의 일이었지, 이제는 총장실 집기를 들어내도 먼산만 쳐다보게 되었다. 마음의 평정을 잃고 화를 가끔 내는 나에게 아내는 교사의 자질 문제라고 핀잔을 주곤 하였지만 그러나 그리 쉽게 고쳐지지는 않았다. 노모의 말씀대로 나에게 아직도 그 뽀가사리 성질이 살아 있단 말인지. 그러나 사실로 말하면 나에게 칼날처럼 쏘아붙이던 뽀가사리 성질이란 이미 죽은 지 오래가 아닌가. 재작년의 대학교수 서명 파동 때는 낚시를 가고 없었고, 정치적 사건에 연루되었던 동료 교수를 위한 작년의 대정부 항의성명 때는 지방에 세미나를 나가고 없었다. '낚시'와 '세미나'는 아내가 고안해낸 그럴싸한 남편의 부재증명 내용이었다. 그녀는 병아리 감별사처럼 신속하고 재치있게 사태를 파악하고 상대방의 용무를 간파하는 능력을 가지고 있었다. 기관에서 온 전화, 학교에서 온 전화, 잡지사에서 온 전화, 술집에서 온 전화, 심지어는 재학생과 졸업생의 전화를 그녀는 쉽게 구별해 냈다. 그녀는 그때마다 알맞게 남편을 그들과 연결시켜 주거나 따돌렸다. 그거 봐요, 괜한 일에 말려들 뻔했잖아요. 그녀는 늘 남편을 무언가에 말려들지 않게 하는 것이 자신의 임무인 것처럼 말했다. 그리고 나는 그 말려들지 않는 훈련에 서서히 익숙해져 가고 있었다. 연구실을 들어설 때는 소나기를 피하듯이, 문을 닫을 때는 우산을 접듯이. 우울한 자기변모라고만 자조하기에는 좀 지나친 인격성의 포기가 아닌가 싶어 괴로웠다. 그리고 이날 나는 그것을 강요당한 것이다.

…학생에게 가한 일부 몰지각한 교수의 폭언 폭행은 학원 민주화를 갈망하는 우리 대다수 학우들의 염원을 저버린 행위이다. 신성해야 할 학원에 잔존하고 있는 이러한 봉건적 반민주적 폭력은 반드시 척결되어야 하며, 우리는 그의 강의의 수강을 거부함은 물론 교수로서의 품위를 스스로 손상시킨 책임을 물어 대학을 즉각 떠날 것을 학생회의 이름으로 요구한다. 폭력교수 김 아무개는 물러가라.

…애야, 한 번 다녀가그라. 그놈이 또 그런다. 이참에는 아조 일 년이고 십 년이고 학실하게 병을 고쳐야 헌다. 죽고 없는 지 애비 사진을 아끼마시 해서 책상 앞에 신주 모시대끼 해났구나. 어머니는 전화통을 붙들고 그윽이 울었다. 정신과병동의 널따란 뜨락에서는 늘 마른 종이 태우는 냄새가 났다. 녹이 슬어 칠이 벗겨진 철제대문 옆에 종려나무는 잎사귀를 늘어뜨리고 서 있고 늙은 개는 미동도 하지 않은 채 누워 있었다. 어두컴컴한 복도의 한쪽 끝에서는 ㅇㅇㅇㅇㅇㅇㅇㅇㅇ 하는 신음소리가 들려왔다. 조울증입니다. 오래됐군요. 이런 경우 치유기간을 조급하게 잡으시면 안 됩니다. 육이오 때 부친이 돌아가시고, 그리고, 모친께서는 재혼하신 적이 있습니까. 환자가 젖을 뗀 게 언제였습니까. … 김 선생이 부럽군요. 아직도 그런 성깔이 남아 있었다니 … 이거 큰일입니다. 우리 대학 팔십년사에 이런 일은 처음입니다. 도대체 학교당국은 무엇들을 하고 있는 건지. 돌아가신 남촌 선생이 이걸 보셨다면 무어라고 말씀하실까요. 이건 교권 차원의 문제가 아니에요. 교수실 집기가 생선내장처럼 내팽개쳐져도 다들 보고만 있으니 이 또한 무슨 해괴한 꼴이오. … 용공과 좌경은 구분하셔야 합니다. 아이들이 이 지경으로까지 나오게 된 게 전적으로 그들만의 책임은 아니지요. 우리가 그 동안 전통과 권위에만 지나치게 매달려 온 거나 아닌지 자체 반성도 해야 할 때입니다. 학내 문제도 그렇지만 어디 정치권이야 더 말할 게 있나요. … 이제 이 땅에 교육은 물 건너갔

습니다. 이꼴 저꼴 안 보고 어서 정년퇴임이나 했으면 했는데.

한떼의 사람들이 땅속으로부터 꾸역꾸역 솟아나오고 있는 모습이 시야에 들어왔다. 지하철역의 출입구는 그 거대한 아가리를 하늘을 향해 벌린 채 사람들을 토해내고 있었다. 나는 천천히 그 공동 속으로 걸어내려 갔다. 지하철역 구내는 그러나 밝게 조명되어 있었으며 신문판매대와 공중전화기는 잘 정돈된 병원처럼 단정해 보였다. 땅속을 질주해 가는 거대한 쇠붙이 소리가 요란한 굉음을 내고 귓가에 달려들었다. 그것은 수많은 벌떼들의 응응거림 같았으며 학생회관 앞 광장의 함성소리 같기도 했으며 정신과의 어두운 복도 끝에서부터 들려오던 이름 모르는 사내의 신음소리 같기도 했다. 나는 내처 걸었다. 파란 제복을 입은 역무원이 어느 한쪽을 향해 빠르게 달려가는 풍경이 눈앞에 펼쳐져 있던 잠깐 동안의 정적을 깨뜨렸다.

지하철역 건너편의 한적한 골목, 'Café 木馬'라고 쓰인 수은등이 하얗게 매달려 있었다.

"선생님, 이쪽요." 내가 입구의 문을 밀고 들어서 갑자기 어두워진 실내의 풍경을 마주한 채 엉거주춤 서 있자, 하얗고 가느다란 손이 가볍게 흔들렸다.

"학교는 어때?"

"총장실이 점거당했어요."

"좀 마실까?"

"이거, 교무처에서 보내온 거예요."

나는 조교가 내미는 봉투를 건네받았다. 논문 제출기한이 지난 문교부의 연구비 지원금이었다. 프란츠 카프카에 있어서의 절대적 양심의 문제—이 논문은 교육부의 학술연구비 지원에 의해 이루어진 것임을 모두에 필히 밝힐 것. 공동연구인 경우에 한해 논문 제출기한을 6월 연장할 수 있으며, 단독연구인 경우 지체사유를 첨부하여 3월까지 연기가 가능함.

"마시지."

“너무 드시지 마셔요.”

“고맙군.”

하얀 거품이 넘쳐흐르자 나는 습관처럼 빠르게 잔을 들어 그것을 빨아마셨다. 목마른 개처럼. 그리고는 앞에 앉은 조교에게 넘치게 술을 부었다. 그녀도 흉내내듯 빠르게 술잔을 들어 입에 갖다댔다. 그녀가 고양이처럼 키익 웃었다. 평소답지 않게 서먹한 자세로 마주앉아 있는 그녀의 좁은 어깨를 쳐다보며 나는 여름감기에 걸린 사람처럼 두어 번 어깨를 떨었다. 석사과정을 마치고 유학을 떠날까 시집을 갈까 아직 결정을 못하고 있는 처녀였다. 노발리스에게 붙잡힌 여자. 노발리스에 나타난 상징성 연구로 탁월한 재능이 들통나 삶이 갑자기 권태로워지기 시작한 처녀였다.

“괴로우시겠어요.”

내가 여기에 갇혀 지내기를 바라는 사람은 어머니, 오직 그 여자 한 사람뿐일 겁니다. 여긴 아직도 전기치료를 하고 있는 곳입니다. 어제도 그 역도선수에 이끌려 전기의자에 앉았습니다. 차라리 딴 병원으로 가겠습니다. 형님과의 마지막 흥정입니다. 여긴 하늘이 보이지 않아요.

“괴롭게 즐거워. 우리 윤 양께서 학교소식도 전해 주고, 연구비도 타다 주고.”

“저두요. 선생님과 카페에서 술도 마시구요.”

저 사람을 인전 아저씨라고 부르지 말아라. … 저 사람은 늬들을 대학꺼정 보내줄 어른이시다. 우리 군내 국회의원하고는 농업핵교 동창이란다. 저 사람 빽이면 읍장도 군수도 다 갈아치울 수 있어. 이제부텀은 아부지라고 불러라. … 개숫물을 퍼붓고 있던 어머니의 손길이 힘차게 움직이고 그릇 치우는 소리가 더욱 요란해지기 시작했다. 진눈깨비가 어지럽게 흩날리던 그날, 나는 동생과 학교 음악실에서 밤을 새웠다. 성은 저 사람을 아부지라고 부를 수 있어? 택도 없다! 택도 없제, 그지? 그지? 그지? 대답 대신 나는 풍금의 가장 높은 음계를 동동동동 밤새껏 수없이 두들겼다. 얼어붙은 다리와 허기진 배를 이끌고 집으로 돌아간 이튿날 아침에 우리는 심하게 맞았다. 엄니, 엄니, 담부터는 안 그르게, 안 그르게. 나는 수없이 되뇌며 빌었지만 동생은 다리에 피가 나도록 빌지도 않았으며 울지도 않았다.

…형님을 베트남에 초대하고 싶습니다. 나는 어제 다섯 사람을 죽였어요. 삶과 죽음이 여기처럼 확실하게 그 실체를 드러내는 곳은 이 지구상에 없을 거예요. 그런데 형님, 내가 어제 죽인 사람들은 무기를 갖지 않았었습니다. 다만 내가 확실히 살아남기 위해 그들을 쏘았을 뿐입니다. 그러나 그들의 죽음이 무의미하듯 나의 삶 또한 더욱 무의미합니다. 아니, 형님은 절대로 이곳에 와서는 안 됩니다. …저는 돌아가고 싶어요, 퇴원시켜 주세요, 여긴 하늘이 안 보입니다. …

정신과 병동의 널따란 뜨락에는 늘 금붕어처럼 유영하는 느린 동작의 침묵의 행진이 계속되고 있었다. 먼 나라의 종소리같이, 자장가처럼 은은하고 고즈넉하게 딩동댕 벨이 울리면 하얀 회를 바른 정육면체의 상자 속에서는 파란 유니폼의 밀랍인형들이 일렬종대로 유령처럼 걸어나왔다. 살금살금 걷는 것이 꼭 잠자리 잡으러 댕기는 사람들 같구나. 어머니는 눈물을 흘리면서 웃었다.

"학교 얘기만 나오면 코끝이 근질거려. 재채기가 터질 것 같아."

붉은 조명의 갓 스탠드 아래서 조교는 바알갛게 웃었다. 나는 네 병째 술을 따면서 문득 딸꾹질을 한 번 했다. 찍찍 소리를 간헐적으로 섞어가며 테이프에서는 낡은 유행가를 흘러보내고 있었고 카운터의 여자는 석고처럼 단정하게 앉아 무언가를 열심히 적고 있었다. 테이프가 끊기고, 한떼의 사내들이 왁자한 소리를 내며 몰려 들어오자 우리는 자리에서 일어났다.

"한 잔 더 하지 않겠어?"

카페의 문을 밀치고 나오면서 내가 이빨을 드러내며 말했다. 그녀는 말없이 나를 앞장서서 걸었다. 비는 포도 위에 질펀하게 흘러내리고 거리의 네온은 그것들을 물감처럼 풀어헤쳐대고 있었다. 비에 젖어 다소 어지럽게 가닥지어진 머리카락을 쓸어올리고 있는 그녀의 하얀 손가락이 유난히 길어 보였다. 선생님 저 결혼할까봐요, 괜찮은 남자가 하나 생겼거든요. 플루트를 전공한대나, 저는 플루트를 좋아하거든요. 언젠가 그녀는 말했었다. 갈매기가 저음의 목관악기로 해면에 깔리고, 바닷새가 맑고 투명하게 하늘을 나는 해변의 반짝이는 사금파리를 생각해 보셨어요? 그의 연주를 듣고 있으면 저는 늘 여름 바다로 달려가곤 해요. 허지만 연주가 끝날 때까지는 주욱 눈을 감고 있어야만 해요. 그 남자는 내가 눈을 뜨면 연주를 곧 중단해 버리거든요. 그 남자는 저한테 소리만 들려주려 하거든요. 그 남자는 다만 저에게 소리만…….

"거긴 너무 밝아."

차량들이 질주하는 간선도로를 버리고 나는 그녀를 골목으로 이끌었다. 이곳 어디쯤에 이쁘게 생긴 카페가 있었는데, 나는 그녀의 어깨를 감싸안았다.

"우산을 사야겠어요."

그녀는 다소 느린 동작으로 서서히 나의 손으로부터 벗어나 구멍가게 앞으로 다가갔다. 구멍가게 앞에서 핸드백을 열고 서 있는 모습이 비둘기처럼 작고 초라해 보였다. 빗줄기는 가늘었으나 쉼없이 내렸다. 꼴리마송이라고 쓰인 레스토랑의 네온이 '꼴' 자를 빠뜨린 채 빠른 속도로 리마송 리마송 움직이고 있었다. 담배를 피워 물었지만 이내 꺼졌다.

"선생님 감기 들어요."

우산을 펴들고 그녀는 하얗게 웃었다. 나는 다시 그녀의 어깨를 가볍게 감싸안았다.

"참, 이번 기말고사는 중간고사로 대체해도 된댔어요."

그녀가 문득 생각난 듯 말하며 어깨를 조금 비틀어 보였다.

"교무처에서 그러던가?"

나는 무심히 지껄이며 그녀로부터 우산을 넘겨받았다. 가로등이 희미하게 켜져 있는 골목 어귀의 전봇대 아래서 한 사내가 쭈그리고 앉아 토악질을 하고 있었다. 간선도로 반대방향의 골목으로 꺾어들자 길 건너편의 소음은 귓가에서 멀어지고 눅눅한 정적이 어둡게 깔리기 시작했다. 여긴 주택가예요, 그녀는 혼잣말처럼 중얼거리며 앞을 향해 걸었다.

제7교육동 나의 강의실은 코끝을 파고드는 미립자처럼 작은 수많은 벌레들로 우글거렸다. 톡 쏘는, 마른나무 가지를 태우는 듯한 그 매캐한 냄새는 늘 나의 의식을 몽롱하게 감싸안았다. …칸트가 환상만을 세계의 비밀을 해명하는 길로 인정한 것은 아닙니다. 그러나 그는 이성이 이러한 일에 지극히 무력하며, 계몽된 이성적 인간이란 궁극적으로 자기의 감각과 이성을 믿는 맹목성에 사로잡혀 있다고 확신함으로써 간접적으로 환상에의 탐닉에 박차를 가했다는 것입니다. 이성에 대한 칸트의 비판은 이처럼 지금까지 환상을 억압해 왔던 속박을 풀어놓은 셈이지요. 신념이 설 자리를 마련하기 위하여 지식을 파괴하지 않을 수 없노라고 술회한 칸트의 저 유명한 한마디야말로 일거에 낭만주의에서 차지하는 칸트 철학의 중요성을 갈파한 것입니다. … 교수님, 7교시는 휴강해 주십시오. 지금 우리에겐 슐레겔이나 호프만의 낭만주의보다는 창 밖으로부터 밀려오는 저 최루가스의 역사를…그래, 그래, 그 시간은 휴강을 하지. 그땐 내가 몸이 아플 예정이야! 와아 떠드는 웃음소리, 팡팡 터지는 교문 앞의 최루탄. 스스스슷 옆으로 스러지는 연구실의 기울어진 서가.

넌 언제까지 어머니한테만 매달려 있을 거냐.

형은 도망가는 거야.

동생은 속삭이듯 말했다. 그는 비행장의 대합실에서 돌멩이라도 걸어차듯 부질없는 발길질만 해대고 있었다. 넌 어려서부터 토끼나 기르고 그림이나 그리고 그랬었지. 나는 다르다구. 이렇게 남의 돈 가지고 유학도 떠나고 그러지 않니, 좀 뻔뻔스러워지자. 나는 고개를 돌려버렸다. 동생이 웃고 있었기 때문이었다. 튀빙겐의 말라비틀어진 빵조각에서는 늘 고향의 마른 풀꽃냄새가 났다.

어둠의 어느 한켠에서 킬킬거리는 웃음소리가 들려왔다. 걸음을 옮기면서 나는 오른쪽 겨드랑이에서 비 맞은 비둘기처럼 떨고 있는 그녀를 힘주어 껴안았다. 선생님 오늘은 이상해요, 라고 그녀가 나직이 말하는 순간, 나는 손에 들었던 우산을 접어 포도 위에 던져버렸다.

"널 좀 안아보고 싶군."

나는 다소 상투적으로 말했다. 그녀가 고양이처럼 키익 웃었다. 완고하게 버티고 선 철제대문의 요철 속에서 그녀는 자신에게 쏠리는 나의 무게를 받아들였다. 비에 젖은 이마에서는 끈적끈적한 권태가, 나의 입안에 가두어진 그녀의 혀끝에서는 당돌한 관능이 널름거렸다. 나는 기민한 딱정벌레처럼 그녀의 여기저기를 기웃거리기 시작했다. 그녀는 연체동물처럼 바쁘게 움츠러들고 휘어지곤 하였다. 눈을 감아, 나는 조바심치며 말했다. 그 남자는 내가 눈을 뜨면 연주를 중단해 버리거든요, 그 남자는 자신의 모습 말고 자신의 피리소리만 내게 들려줄 수 있는 방법을 연구하는 중이래요, 후훗. 웃기는 남자죠, 그죠. 선생님은 그게 무언지 아세요. 그녀가 등이 굽은 남자와 사랑한다는 애기가 학생들 사이에 퍼진 이후 나는 그녀에게 저음의 목관악기로 해면에 깔리는 갈매기와 맑고 투명하게 하늘을 나는 바닷새에 관해서는 더 애기하지 않았다. 그리고 자신의 모습은 말고 다만 자신의 피리소리만을 들려주고 싶어하는 사내의 연구결과에 대해서도 더 묻지 않았다. 석사논문이 좋았다고, 주위의 교수들이 칭찬했을 때 그녀는 다만 시집을 안 가기 위해서라면 유학도 가볼 셈이에요, 우등상을 탄 초등학생처럼 대꾸했다. 나는 되도록 천천히, 마치 오랫동안 헤어져 있을 사람들의 그것처럼 그녀의 여기저기를 확인하듯 더듬어 갔다. 그녀의 말라비틀어진 융기에서는 단무지 냄새가 났다. 그녀는 짧게 신음하며 철제대문에 머리를 기댄 채 밑으로 주저앉았다. 나는 바지의 지퍼를 잡아내렸다. 보라구, 나는 낄낄댔다. 황야의 건맨 같지. 그녀는 자신에게 가해지는 건맨의 총구를 옆으로 밀어냈다. 어디

선가 서툰 피아니스트의 엘리제를 위하여가 사과 굴러 떨어지는 소리
로 대굴대굴 굴러왔다. 선생님은 나빠요, 그녀는 짧게 소리치며 그러
나 자신을 겨누고 있는 총구를 두 손으로 감싸쥐었다. 이윽고 나는
철제대문에 손을 기댄 채 나의 하부에 가해지고 있는 널름거리는 관
능에 하마처럼 입을 벌렸다.

퇴원시켜 주세요, 어머니말 믿지 마십시오.

그놈은 미쳤다.

폭력교수 김 아무개 물러가라.

이제 그 소리들은 잘 꼬아진 새끼줄처럼 단단하게 나를 옭아맸다.

학생회에서는 현 정권의 퇴진을 요구했고 현재의 총장의 퇴진을 요
구했고 그리고 곁들여서 폭력교수인 나의 퇴진을 요구했다. 그들은
다만 요구함으로써 자신들의 존재이유를 삼고 있는 듯했다. 김 선생
이 부럽군요, 아직까지 그런 성깔이 남아 있었다니. 대머리 윤 교수
는 학생을 두들겨 팬 나에게 찬탄과 연민을 동시에 퍼부어댔다. 학교
에 나가지 않은 열흘 동안 나는 열 번을 사직하고 열 번을 복직했다.
길고 어두운 음계를 타고 오르내리는 저 서툰 피아니스트의 사과 굴
러 떨어지는 소리로 나는 수없이 올라갔다가 굴러 떨어지고 올라갔다
가 굴러 떨어지곤 하였다. 이봐, 대학이란 물론 이상주의자들이 모이
는 곳이지. 그래서 그것을 추구하는 과정에서는 아무래도 실질적이고
실리적인 것과는 거리가 먼 것들이기 쉽지. 대학은 그래서 개성의 난
투장이라기보다는 개성들의 화해로운 축제의 장소여야 해. 우리는 다
만 문제를 제기할 뿐 해결사는 아니지. 대머리 까진 윤 교수는 말했
다. 이상과 현실은 반대개념이 아닙니다. 우리 대학의 설립목표부터
가 실질과 위기탈출의 현실적 목표에서 설정된 것 아닙니까. 우리의
현대사란 학생운동사에 다름 아닙니다. 오늘의 사태란 선생님 세대의
가부장적 유교적 권위주의적 사고의 잔재가 첨예하게 드러난 케이스
죠. 이제 대학은 기성세대의 인습과 가부장적 권위의식을 버려야 할
때입니다. 대학은 우리들의 삶의 현장이지 그것을 바라보는 전망대가

아니죠. 역사는 바라보는 것이 아니라 우리가 참여하지 않으면 안 될 우리의 주체입니다. 깡마른 박 교수는 대머리 윤 교수 앞에서 다소곳이 말했다. 그러는 사이 미국에서 갓 돌아온 황 선생은 민주광장 앞에 모인 학생들을 이끌고 총장 퇴진과 공안부 해체를 외쳐대고 있었다. 대학은 서서히 해체되고 있었다. 막힌 곳이 뚫리고 뚫렸던 곳이 막혔다. 허물어졌던 것이 다시 쌓아올려지고 쌓아올려졌던 것이 무너졌다. 나는 막혔다가 뚫리고 뚫렸다가 막히는 일에 지쳐 있었다. 저들의 노래는 독창으로 시작해서 합창으로 이어졌고 드디어는 소음으로 변했다.

"기말고사는 중간고사로 대체해도 된댔어요."

길고 어두운 골목을 헤쳐나오면서 그녀가 말했다. 그녀는 오랜 침묵을 깨뜨릴 수 있는 말을 찾아내기에 실패한 사람처럼 다소 빠른 걸음으로, 신경질적으로 몇 발자국 앞서 걸었다. 빗줄기는 가늘게, 그러나 쉼 없이 내렸고 비에 젖은 머리를 쓸어올리며 그녀는 취한 사람처럼 비틀거렸다.

"선생님 안녕."

차량들이 질주하는 간선도로의 중간쯤에서 그녀는 초등학생처럼 단정하게 인사했다.

"안녕."

나는 삼학년 사반 담임처럼 다정하게 대꾸했다. 멀리 어둠 속으로 사라지는 그녀의 어깨가 한쪽으로 심하게 기울었다.

지하철 구내의 그 병원처럼 깨끗이 정돈된 지하도를 건너고, 만나제과점과 런던 레스토랑과 접골시술소와 동양증권과 켄터키후라이드 치킨을 거슬러 올라오면서 나는 나의 하부에 아직도 뜨뜻한 점액질로 남아 있는 관능의 찌꺼기에 잠시 몸을 비틀었다. 퇴원시켜 주십시오. 어머니말 믿지 마십시오. 여기는 하늘이 안 보입니다. 그놈 말 믿지 마라. 어머니와 동생은 번갈아가며 나에게 편지를 보냈고 전화를 해댔다. 포장지를 찢어서 뚜벅뚜벅 그리고 삐뚤삐뚤 써 갈긴 동생의 글씨에는 어느 해 겨울의 어머니에 대한 증오가 지렁이처럼 꿈틀대고 있었다. 성은 저 사람을 아부지라고 부를 수 있어? 택도 없제, 그지? 그지? 그지? 사십여 년의 세월을 한결같이 어머니한테 매달려 살 수 있다는 것은 대단한 집착이었다. 나는 동생이 무서워지기 시작했다. 여보, 당신 집안의 결손부분을 찾아보세요. 지금 삼촌이 앓고 있는 병을 삼촌만의 것이라고 보면 안 될 거예요. 그이는 당신들 삼 형제의 몫을 혼자 감당하구 있는 거예요. 도망다니지 말아요. 병이 나았다고 확신하는 순간보다는 앓고 있는 순간이 진실로 자기몫을 거머쥐고 있는 순간일 거예요. 아내는 정신과 의사처럼 말했다. 나는 어머니의 저런 태도가 못마땅해요. 도대체 이 집에 누가 환자란 말인가요? 그녀의 가늘고 기다란 손가락은 의사의 핀셋처럼 차갑고 예민했다. 여보, 학생들이 나를 거부했어. 내가 어느 날 술에 취해 소리쳤을 때 아내는 소금장수 쳐다보듯 나를 빤히 쳐다보며 말했다. 중요한 건 당신이 그들을 거부하지 않았다는 거겠죠.

"장마가 지려나 보지요?"

나는 층계를 올라서면서 경비에게 한마디했다. 경비실 사내는 대답 대신 열었던 창문을 스르르 닫았다. 두어 평 남짓한 알루미늄 새시 속에서 사내는 정물처럼 돌아앉았다. 아파트의 기다란 복도에도 빗물이 흥건히 고여 있었다. 멀리 내려다보이는 시가지의 모습은 이제 타다 남은 거대한 숯덩이처럼 검게 일그러져 있었다.

"이거 보아요."

아내는 현관을 들어서는 나에게 신문을 건넸다. 수난 맞는 C 대학 설립자 남촌 동상이 몸체가 검은 천으로 휘말린 채 기다란 밧줄이 목에 걸려 있는 사진이 오 단 크기로 클로즈업되어 있었다. 그것은 신원을 알 수 없는 임자 없는 시신이 포대기에 덮여 하늘가에 매달려 있는 형국이었다.

"아까 전화가 왔어요. …"

"알았어."

"총학생회라는데 ….."

나는 가재처럼 옆으로 기어서 방으로 들어와 불을 끄고 누웠다. 어둠에 둘러싸인 사위의 공간에 미립자처럼 작은 수많은 벌레들이 나의 코끝을 간질이기 시작했다. 그것은 최루가스였다. 지금껏 참아왔던 엄청난 크기의 재채기가 마침내 허공으로 터졌다. 감기 들겠어요. 아내는 간호원처럼 하얗고 부드러운 가운을 입고 내 옆에 단정히 누웠다. 나의 하부에서는 뜨뜻미지근한 점액질로 남아 있던 관능이 서서히 꿈틀거리기 시작했다. 나는 아내에게 달려들었다. 목마른 개처럼 나는 혀를 길게 빼내어 그녀의 여기저기를 기웃거렸다. 석고처럼 하얗게 누워 있는 그녀의 몸에서는 배합된 향료냄새가 묻어났다.

"잠깐,"

나는 그녀에게 떠밀렸다. 침대 위의 작은 서랍에서 그녀는 예의 그 튜브를 꺼냈다. 그녀는 빠르고 익숙한 솜씨로 나의 돌기를 덮어씌워 버렸다. 나의 온몸은 순식간에 거대한 비닐자루 속에 갇혔다. 나는 서서히, 한 마리의 애벌레처럼, 움츠러들었다. 어둠 속에서 나는 문득 동생의 갈라진 음성을 들었다.

—퇴원시켜 주세요. 여긴 하늘이 안 보입니다.

(《문학사상》, 1989.9)

동 박 새

　도계(道界)를 이어주는 기다란 터널을 빠져나오자 우리를 태운 봉고차는 풍뎅이처럼 기우뚱거리며 속도를 내기 시작했다. 운전수가 차창의 문을 열었다. 봄이라고는 해도 아직 바람끝이 얼굴에 차가웠다. 때마침 밀려드는 한기에 졸고 있던 정훈(定勳)이 잠깐 눈을 떴다가 이내 바람이 밀려오는 쪽으로 등을 돌렸다. 멀리 바라다 보이는 산등성이에는 그러나 제법 푸릇푸릇한 봄기운이 안개처럼 덮여 있었고, 길게 흐르고 있는 개천가의 버들개지가 잿빛으로 망울을 매달고 있었다.
　나는 여산 휴게소에서 커피를 한 잔 마신 이후 줄곧 담배만을 피워대고 있던 참이었다. 간밤에 마신 술이 아직 덜 깬 듯 뒷골머리가 쑤셔왔다. 잠을 청하기 위해 눈을 감을 때마다 하얗게 떠오르곤 하는 얼굴들이 한꺼번에 밀려들었고, 그때마다 나는 그 얼굴들을 피하기 위해 눈을 떠 창 밖으로 시선을 옮겨버리곤 하였다. 애시당초 이번의 고향길이 여행이 아닌 바에야 이렇다 할 객창의 무드를 즐긴 염을 하지도 않았지만, 그렇다고 그 동안 밀려오던 아버지의 묘소를 이장하러 나서는 일에 대한 감상이나, 산역(山役)에 따르는 잡다한 절차 따위에 신경을 빼앗길 생각도 또한 없었다. 사십여 년 세월동안, 아니

정확히 38년의 세월을 고향의 선산(先山)에 묻어두었던 아버지의 뼈를 추스르러 떠나온 이 길은 남다른 감회가 있을 수도 없고, 얼굴도 모르는 아버지의 부정(父情) 따위를 떠올리려고 애쓸 만큼 나는 한가롭지도 않았으며, 그리하여 세월은 나의 까마득한 과거 속으로 묻혀버린, 이미 화석(化石)이 되어버린 시간이랄 수밖에 없었다. 그러나 풍뎅이처럼 붕붕거리는 12인승 봉고버스 안에 운전사를 빼고는 단 두 사람, 동생 정훈이와 함께 고향의 선산을 향해 달리고 있다는 사실에 문득 문득 여름감기에 걸린 사람처럼 어깨를 떨곤 하였다.

"아가, 병영 성님한테 갈 때는 고깃근도 좀 넉넉히 사고, 슈퍼에 들려 내의라도 두어 벌 사 가는 거 잊지 마라. 작년 추석에도 그냥 빈손으로들 갔담스로, 요참에는 인사도 인사지만, 느그들 조심혀야 할 일이 한두 가지가 아니다. 명색이 서울서 대학꺼정 나오고 한다는 직장에 댕긴다는 것들이 집안 어른 못 알아봐서는 큰 욕 묵는 것인께. 애비 없는 호로자식이라는 말도 다 그런디서 나온 소리여."

노모께서는 제수를 챙겨 넣으시면서 간밤에 했던 말씀을 또 되풀이했다. 그리고는 봉고차에 오르는 우리의 등에 대고 속삭이듯 한마디 덧붙였다.

"땅의 영기를 받는 것이 사람의 뼈인게로 조심해서 다루어라. 느그들은 같은 뼈 영기를 받은 동기간이다."

"둘째 형을 어떻게 했으면 좋겠습니까?"

졸고 있는 듯싶었던 정훈이의 갑작스런 말문에, 엉뚱한 상념 속에 빠져 있었던 나는 문득 그의 얼굴만을 마주 쳐다보았다.

"무얼 말야?"

"둘째 형 말요."

정훈이가 다소 퉁명스럽게 대꾸했다.

"당분간은 그대로 두자. 본인은 자주 퇴원, 퇴원하는데. 우리가 한두 번 속아봤니?"

"묘를 옮기면." 정훈이가 말했다. "좀 나아지겠지요?"

그리고 우리는 간지럼이라도 타듯 마주보며 키들키들 웃었다. 낮게 드리운 들판과 산들의 능선이 함께 어우러져 만들어 내고 있는 차창 밖의 길고 완만한 곡선들이 몹시 낯익은 풍경으로 나의 시야에 펼쳐졌다. 그것은 '김재강 정신신경과'에서 보았던 그래프를 연상시켰다. 정신과 병원의 하얀 벽면에 붙여져 있던 그 그래프는 인간정신의 복잡하고 미세한 국면의 불안심리에 대한 측정치를 머리칼처럼 어지럽게 엉켜진 모습으로 나타내 보여주고 있었다. 현훈(炫勳)이의 일로 최근 몇 년 동안 정신과병원을 찾아다니는 동안, 나는 대학의 동기인 정신과 전문의 김재강으로부터 적지 않은 상식들을 배워온 셈이다. 그러나 나는 아직 현훈이가 정신질환을 앓고 있다는 사실에 완전히 동의하지는 않고 있다. 현훈이가 정신병자라면, 그렇다면 녀석을 정신병으로 몰고 있는 가족들은 또 어떠한가도 반문해 보았다.

"어머니, 제발 좀 자식을 미친놈으로 몰아붙이지 마세요, 어디 현훈이가 미치기나 할 아인가요? 그 녀석 워낙 성질이 괄괄해서 지 감정 지가 못 이겨 저렇지, 도대체 뭐가 어쨌단 말인가요?"

맨 처음 나는 이런 식으로 어머니를 위로해 드렸었다. 그것이 8년 전이었다.

"저놈은 미쳤다."

그해 여름, 어머니는 전화통을 붙들고 그윽이 울면서 말했다. 당신의 아들을 '미쳤다'고 단호하게 잘라 말씀하시는 어머니가 그때는 차라리 무섭고 비정해 보이기까지 했다. 서너 차례의 입원과 한두 차례의 휴직을 거치는 그 동안의 8년이라는 세월 동안, 현훈이는 서서히 '정신이상'이라는 진단쪽으로 굳어져 가고 있었고, 가족들 역시 그러한 진단에 대해 이론을 제기하는 데 이미 지쳐버린 듯했다.

"예삿일이 아니다. 이건 병원에 갈 일이 아니다."

어머니는 이미 현훈이의 문제에 관한 한 현대의학으로는 치유불가능하다고 단정을 내린 듯하였다. 이렇게 단정을 내리시기까지는 그동안 많은 인내와 자제심이 필요했을 것임을 나는 알고 있었다. 현훈

234

이는 정신이상의 원인이 선산(先山)에 누워있는 조상들에 있을지도
모른다는 당신의 확신은 작년부터 가족들에게 서서히 표명되기 시작
했다. 그리고 그것을 움직일 수 없는 사실로 굳혀가기 위해 어머니는
주도면밀하게 풍수(風水)설을 우리에게 설파하기 시작했다.

"사람이 아무리 지 명 지 목숨을 다하지 못한다고 한들 한평생 몸을
의탁한 이 땅위에 아무다나 지 육신을 묻고 싶은 사람이 어디 있것
냐? 누구는 죽어서 깨굴창에 제 육신을 딩굴게 하고 싶것냐, 부모가
준 몸뚱이 터럭 하나라도 당연히 잘 보존하고 아껴사 쓸 것인디, 하
물며 부모형제는 더 말해 뭣하것냐? 저놈은 지금 미쳤다. 우리 집안
에 첨 있는 일이여. 풍수쟁이를 불러, 땅이 좋아사 그 자손도 성하고
신령이 위태로우믄 자손도 위태하다. 느그들은 신식 공부를 해서 이
애미 말을 못 믿을 것이다만, 집안에 흉사가 겹치니 개장(改葬)헐 준
비나 해라. 택일은 내가 할 텐게 느그들은 돈 속이 어떤가 상의들이
나 혀."

도대체 그게 말이나 되는 소리냐고, 지금까지 아무 일 없던 우리
집안에, 그 사이 누구 조상님의 뼈라도 훔쳐가기나 했느냐고 정훈이
가 핀잔을 드렸지만, 이미 어머니는 그 사이 용인(龍仁) 근방의 이름
난 지관(地官)을 두 번이나 만나본 뒤였다. 그 사이 그녀는 선산이
있는 옥천면에 그 지관을 데리고 갔다왔으며 충청도의 묘원(墓苑)을
두루 답사하고 난 뒤였다. 서울의 국립정신병원에 입원한 지 오 개월
이 된 현훈이로부터는 그 사이 무려 아홉 통의 편지가 날아들었다.

　　　—나가는 사람 편에 급히 씁니다. 어머니말 믿지 마십시오. 곧
　　퇴원수속을 밟아 주십시오. 여긴 하늘이 안 보입니다.

찢어발긴 종이쪽지에 현훈이는 어머니에 대한 불신과 가족들에 대
한 원망을 담아 이렇게 휘갈겨 썼다. 나는 그때마다 퇴원수속을 밟겠
다고 어머니에게 통고했다. 어머니는 그럴 때면 그윽이 울기만 했다.

봉고버스는 장성을 지나면서 다소 지친 듯 속도를 줄이기 시작했다. 기사는 올해 서른쯤 돼 보이는 사람으로 나이보다는 점잖고 하는 일이 침착해 보였다. 전남 강진군 옴천면까지 왕복 이틀 빌리는 데 얼마면 되겠느냐고 했을 때 그는 십오만 원을 불렀다. 전라도는 초행길이라고 하면서 망자(亡者)의 유골을 모시는 길이니 기왕이면 노잣돈이라도 얼마 얹혀주시면 더욱 고맙겠노라고 너부죽이 웃었다. 생김새도 좋고 넉살도 점잖아 마음에 드는 젊은이였다. 휴게소에서 늦은 점심을 먹었는데 굳이 제 밥값은 제가 치르겠노라고 우길 만큼 경우도 예절도 밝았다.

"저어쪽이 무등산인가요?"

차가 광주와 순천쪽을 화살표로 가리키며 갈라지는 표지판에 이르러 그는 문득 멀리 보이는 산을 가리켰다.

"무등산을 아시나요?"

나는 초행길이라는 그에게 다소 반기는 음성으로 물었다.

"왜요, 광주 하면 무등산이지요. 그런데 산이 좀 밋밋한데요?"

"밋밋하다니? 그렇지, 특별이 모나고 뾰족거리는 봉우리는 없지요. 허지만 안으로 들어가 볼수록 넓고 깊어요. 푸근히 감싸안은 형국이지요."

"산이 크겠군요."

"크고 평평하고, 어느 쪽에서 바라보나 너그럽고 그윽하지."

"그 지방 사람의 인심은 그곳 산세(山勢)를 닮는다면서요?" 기사는 문득 내 쪽을 향해 고개를 돌렸다. "그런데 광주 사람들은 왜 그렇게들 드세죠?"

"드세다니?"

옆에 있던 정훈이 다소 큰소리로 대꾸했다. 사내는 백미러를 통해 이쪽의 눈치를 얼핏 살펴보았다. 그리고는 예의 그 나이답지 않게 점잖아 뵈는 얼굴에 웃음을 띠었다.

"제 말씀은, 타지방 사람들이 어물어물 넘겨버릴 일들, 말하자면 탐관오리의 부정부패나 일본 사람들의 행패나 독재자들의 강압 따위에 순종하거나 굴복하지 않고 끝까지 대어드는 기질을 그렇게 말씀드린 겁니다.”

(재밌는 친구로군.)

나는 속으로 웃었다. 이쪽에 약간 거슬러 보이는 표현을 썼다 싶었으니까, 그리고 이쪽의 반응이 다소 민감하다 싶으니까 저렇게 말을 우회하여 돌리는구나 싶었다. 그리고 그게 사실이 아니더라도 이 젊은 친구의 싫지 않은 넉살이 고향으로 가는 버스 안의 무료함을 덜어주고 있는 것 같았다.

“그건 틀린 말이 아니오. 동학농민전쟁이나 광주학생사건이나 사일구 오일팔 모두 이쪽 호남 사람들이 앞장섰지. 당신은 오일팔 광주사태를 제대로 알고 있소?”

내가 담배를 피워 물고 무심히 물었을 때 그 젊은 기사는 빠르게 뒤를 돌아다보곤 웃었다. 광주사람을 드세다고 했다가 문득 본의 아니게 미안해했던 표정이 갑자기 득의의 표정으로 바뀐 것이다. 그가

“광주사태라는 말은 안 쓰기로 했지 않습니까?”

라고 나에게 반격을 해왔기 때문이었다. 나와 정훈은 순간적으로 얼굴을 마주보고 놀란 표정이었는데 그것은 운전기사에게 한 대 얻어맞은 기분이어서가 아니라, 그 기사의 언어와 정치감각이 기대 이상으로 우리를 즐겁게 해주었기 때문이었다. 그렇다. 나는 백미러를 통해 우리를 힐끔거리며 웃고 있는 그에게 미소를 보내주었다. 회사에서나 술자리에서 심심지 않게 화제가 되고 있던 광주, 호남, 충청도, TK, DJ, YS 따위의 신물난 단어들이 젊은 봉고차 기사에 의해 점잖게 나무람당하고 있었기 때문이다.

“그런디, 광주민주화운동보담은 광주사태가 더 어울리지 않아요, 형님?”

정훈이는 짐짓 사투리를 써가며 나에게 말했다.

“글세, 그게 더 어울리기는 하다야. 이쪽 사람들의 집단적인 의사

표시라는 게 썩 그렇게 점잖은 편은 아니었거든, 다만 그것이 정의로 웠을 뿐이지.”

“후훗….”

버스가 ‘목포→’라고 가리키는 쪽의 국도를 접어들면서 우리는 키득키득 웃었다. 우리는 고속도로의 멋없이 질편하고 뻔뻔스럽게 일직선으로만 질러가는 단조로움에서 서서히 벗어나고 있었다. 잿빛 하늘에 수많은 건물들이 어지럽게 요철을 이루면서 뻗어 있고 이미 주요 간선도로마저 바꾸어버린 비대해진 광주의 외곽지대를 지나면서, 나는 문득 저 무등산의 골짜기와 산등성이 사이에 수없이 묻혀 있을 사연들을 떠올리고 있었다. 나른한 차 안의 공기와 잿빛으로 묻어나는 차창 밖의 초봄의 풍경들이 문득 고향으로 가고 있다는 생각을 실감나게 해주고 있었다.

“망월동엔 가보셨습니까? 박종철이도 거기 묻혀 있다지요?”

기사가 다시 입을 열었다.

“당신, 운동권 출신 아냐?”

나는 짐짓 큰소리로 웃어보였다. 망월동 공동묘지가 어디에 있는지, 아마 망월동이라는 동네에 있을 거라는 짐작만 했지 가보지는 않은 곳이었다.

“운동권이라뇨, 저는 고등학교 중퇴걸요.”

그 젊은 기사는 다소 신경질적으로 말하며 운전석 옆의 서랍을 빼내어 껌을 한 개 뽑아 물었다.

순간 그의 얼굴에 어두운 우수가 빠르게 스쳐 지나가는 것을 나는 놓치지 않았다. 고학력사회라는 우리나라에서 고등학교 중퇴 정도라면, 이건 운전기사나 단순노동 직종밖에는 걸려들게 없겠지, 하면서도 나는 그 젊은 사내와의 동질감(同質感)이 싫지 않았다. 봉고차를 운전해서 먹고사는 그의 뇌리에 박혀 있는 광주와 망월동과 박종철이라는 이름은 과연 고유명사인가 보통명사인가 하고 나는 자문해 보았다. 길고 어두운 터널을 빠져나온 지나간 세월의 아픈 생채기들이 산역(山役)을 떠나는 작은 봉고차 안의 공기를 납덩이처럼 무겁게 짓누르고 있었다. 그리고 그 때아닌 중압감은 그 젊은 기사의 무심히 내뱉는 한마디 말에 의해 마침내 나와 정훈을 괴롭히기 시작했던 것이다.

"광주사태 때 선생님 가족 중에 피해 입은 분은 없는가요?"

그가 이렇게 물어왔던 것이다. 우리는 아무 말도 하지 않았다. 짐짓 사투리를 섞어가며 '민주화운동'보다는 '사태'라는 말이 더 어울린다고 떠벌리던 정훈이는 고개를 창 밖으로 돌린 채 푸석푸석 담뱃갑을 끄집어내며 딴전을 피우고 있었다.

"느그들은 모를 꺼다. 저놈이 미친 것은 증조모 묘자리 때부터 다 정해졌던 것이다. 너들 아부지 형제가 육이오 때 연달아 죽는 거 하며, 조부님 재산 몽땅 불탄 거 허며 모두 다 정해져 있었던 것인게, 거그다 느그들 애비를 저 모냥으로 묻어놨으니 자식새끼가 성하겄어?"

노모는 신념에 차서 말했지만 다만 우리는 당신의 지나온 회오(悔悟)의 세월에 대한 보답할 길 없는 슬픔 때문에 묵묵부답했을 뿐이었다. 그러나 적어도 우리는 짐작하고 있었다. 현훈이가 첫 번째 직장을 그만 둔 것은 타인의 결정에 의한 것이었지만 이곳 광주의 이름 있는 국립대학의 조교수 자리를 그만 둔 것은 온전히 스스로의 결정에 의한 것이었다. 그 해 오월, C대학 역사과 조교 김(金) 군이 죽던 날, 현훈은 자신의 연구실에 앉아 있었다. 김 군의 시신을 확인하지는 않았으므로 정확히는 실종(失踪)이라고 말해야 옳을 일이었다. 김 군은 끝내 돌아오지 않았으므로, 그의 죽음은 이제 수수께끼가 되었다.

"지 제자 죽은 거하고 저하고 먼 상관이란 말이냐. 지가 죽이기라도 했단 말이냐. 쫓아다니기는 누가 저를 쫓아다닌다더냐. 그 자리가 어뜨케 생긴 자린디 사표는 또 웬 사표고, 그 산발한 머리는 또 뭐냐. 아편쟁이 얼굴에다 미친 년 널 뛰대끼 광주로 서울로 제주로 싸돌아 댕기는건 또 머시다냐."

어머니는 울부짖으며 아들을 말렸지만, 현훈이는 이미 자신의 생애에 깊숙이 끼어든 제자와의 관계 속에 스스로를 가두어가고 있는 듯했다.

"너 도무지 알 수 없는 놈이다. 도대체 김 군의 실종이 너와 무슨 관련이라도 있단 말이냐?"

현훈이 누군가에 의해 심하게 쫓기고 있다고 공포에 질려 있을 때 그를 가까운 병원에 입원시켜 놓고 나는 애원하듯 물었다. 현훈은 그러나 대꾸하지 않았다. 빨갛게 충혈된 눈빛과 연신 사방을 두리번거리는 그의 태도에서 그가 다만 무언가에 쫓기고 있다는 사실만을 확인할 수 있었다. 그를 쫓는 것의 실체가 어떤 단체나 기관원이 아닌 것만은 분명했다. 왜냐하면 이러한 의문에 대해서는 충분히 대답해 주었고 그럴 만한 낌새도 있을 수 없는 상황이었기 때문이다. 이 점이 어머니를 답답하게 한 대목이지만 정작 중요한 것은 현훈의 제자였던 김 조교와 관련된 부분이었다. 김 군이 실종되던 날 그와의 사이에 어떤 일이 있었는지, 그의 죽음이 자신의 어떤 행위와 연결이라도 되는지, 도대체 무엇이 지금 자신을 쫓고 있다고 생각하는가에 대해서는 동문서답 묵묵부답 횡설수설이었다. 오직 잠에서 문득 깨어나 소리를 지른다던가 자동차의 경적이나 쇠붙이 소리에 놀라 공포에 떠는 충혈된 눈빛만이 그가 환자임을 보여주고 있을 뿐이었다.

백미러를 통해서 본 운전기사의 표정은 무심하고 덤덤해진 채였다. 그는 조금 전에 자신이 무심코 내뱉었던 질문도 이미 잊은 듯 껌을 씹는 일만 되풀이한 채 앞을 응시하고 있었다.

시가지를 벗어나자 차는 다시 속도를 내기 시작했다. 광주에서 나주를 지나고 영암에 들어서자 나는 비로소 고향의 낯익은 풍경 속으로 빠져들기 시작했고 '미쳐버린' 현훈이의 생각으로부터 자신을 건져낼 수 있었다.

우리가 병영의 큰댁 형님댁에 도착했을 때는 마침 봄날의 짧은 저녁 해가 까치재를 넘어간 후였다. 이곳에서 면장을 지내고 계시는 큰댁 형님은 올해 쉰다섯, 우리 집안의 종손이 된다. 해가 설핏 넘어간 뒤 형님댁의 널따란 마당에는 이미 어둠이 짙게 깔려 있었다.

"오니라고 욕봤다. 들어가자."

큰형님은 짧게 한마디하고는 앞장서서 방으로 들어갔다. 나는 들고 간 술과 고기, 형수님 내의 등속을 선물로 전하고, 봉고차 기사에게 는 저녁값과 인근 여관의 숙박비로 이만 원을 건넸다. 내일 아침 여 섯 시 묘소로 출발해야 한다는 소리가 안방 쪽에서 들려왔다. 기사가 안방 쪽에 꾸벅 인사를 던지고, 이내 밖으로 나갔다.

"여그 술 가져오소."

형님은 부엌에 대고 다소 신경질적으로 큰소리로 소리쳤다. 그리고 는,

"도대체 그놈의 자식은 어뜨케 된 놈이 멀쩡한 직장 사표내고 사방 천지 쏘댕기게 됐다냐? 느그들 보기에도 그놈이 정말 이상하드냐? 난 도대체 알 수가 없다. 우리 집안에 모처럼 박사 하나 나왔능개비다 했더니, 이게 무슨 우환이냐?"

고 소리치기 시작했다. 형님은 현훈이를 얘기할 때는 늘 박사학위를 들먹거리는 것으로 화제를 삼았다. 그도 그럴 것이 집안의 우리 가까 운 친척 가운데는 박사학위를 얻기는 현훈이가 처음인 모양이었다. 학위수여식이 있던 날, '너는 우리 집안의 영광이다. 학문에 대성있 길 축원하노라'는 내용의 축전까지 보내주셨던 그는 공사간의 대화중 에 걸핏하면 나이어린 박사 사촌을 들먹이곤 한다는 것이다.

"지금도 병원에 있습니다. 아직 퇴원은 이른 것 같구요. 정신신경 과라는 게 애매해서 의사두 정확한 원인을 캐내지 못하고 있습니다. 지난 오일팔 광주사태 때 죽은 제자하고 무슨 관련이 있는 모양인데, 그때의 충격이 그대로 살아있는 모양입니다."

나는 되도록 작은 소리로 이렇게 얼버무렸다.

"광주사태라니, 그때가 언젠디, 그라고 그거하고 저하고 무신 상관 이 있다는거여?"

나는 알 수 없는 슬픔에 빠져 더 이상 아무 말도 하지 않았다. 큰

댁 형님의 말대로, 도대체 그거하고 저하고 그렇게 깊게 연결되어 있다는 것이 무엇인지, 깨어진 유리조각과 자동차 경적의 어떤 부분이 그를 괴롭히고 있다는 것인지, 제자의 죽음과 관련한 자신의 몫이 무엇인지, 늘 새삼스럽기만 한 의문의 꼬리가 나를 사로잡고 있었다.

"어머니께서 저렇게 우기시니, 우선 이장(移葬)이라두 하구 봐야죠."

정훈이 나지막한 소리로 끼어들었다.

"예삿일이 아니라는 거죠. 어머니께서는 아마 윗대조(祖)의 일과 아들의 상처를 관련지어 생각하시는 모양입니다."

"너도 알고 있었나?"

순간, 나는 큰댁 형님의 나지막하지만 놀라울 정도로 의문스러워 보이는, 약간 목이 쉰 듯한 음성에 흠칫 놀라고 말았다.

"무얼 말씀입니까?"

나는 다그쳐 물었다.

"아니다."

형님은 나와 정훈의 얼굴을 번갈아 쳐다보며 혼잣말처럼 중얼거렸다.

"아무것도 아니다."

나는 순간 알 수 없는 기분에 사로잡혔다. 큰댁 형님은 우리에게 무언가를 숨기고 있음이 분명해 보였다. 내가 말한 윗대조(祖)의 일이란 할아버지가 당신의 모친(우리의 증조모)의 묘를 쓸 때의 불상사(不祥事)에 관한 것을 말한 것이었고, 아버지의 묘혈에 살이 끼었다는 지관(地官)의 말에 근거한 정도였다. 큰댁 형님이 나에게 알고 있었느냐고 물었던 것은 내가 모르는 아마 다른 어떤 일과 관련이 있는 듯싶었다.

"아부지 묘를 이장해 보는 것도 한 방법이다. 느그들은 어무니를 이해해야 한다. 자꾸 미신미신 하지들 마라. 땅이 아름다우면 신령이 편안하고 그 자손도 성하는 법이다. 나무뿌리를 북돋아야 그 가지가

성한 것과 같은 이치다. 택조를 잘 가려 편안히 모시는 것도 효도가
아니것냐."

"그런데 형님."

나는 말꼬리를 돌리려는 그의 말을 중간에서 가로막았다.

"우리 집안에 과거 무슨 잘못된 일이라도 있었습니까? 증조모 묘를
쓸 때 산 임자인 우리와 그 산동네 사람들하고 싸움이 벌어졌다는 얘
긴 들었습니다만 ….."

증조모가 돌아가시던 그해 겨울, 할아버지는 구일장(九日葬)을 치
렀다. 마을 사람들에게는 상복(喪服)을 지어 입혔으며 돼지 다섯 마
리를 잡았다. 함박눈이 펑펑 쏟아지던 그날, 증조모의 장례행렬은 막
상 장지(葬地)에 이르러 그곳 작천 마을의 동네사람들에 의해 저지되
었다. 내 산에 내 모친 모시는데 웬 시비냐, 이 산에 타지인 묘를 쓰
면 동네 기(氣)가 죽는다, 양론이 맞붙었고 급기야는 동네 사람들과
장례행렬 간에 싸움이 붙었다. 옴천면의 세도가요 지주였던 할아버지
는 동네 청년을 풀어 상여를 가로막고 누워있는 그들을 몽둥이로 일
으켜 세웠다. 앞을 바로 보기도 힘들 만큼 펑펑 쏟아지는 눈발 속에
서 증조모는 서둘러 하관(下棺)되었고, 그 사이에 아래쪽에서는 쉴
사이 없이 돌멩이가 날아들었다. 얼마 안 있어 6·25가 터졌고, 할아
버지는 당신의 큰아들을 잃었다. 좌익 부역자들의 소행이었다. 큰아
들을 잃은 지 두 해 만에 오래 소식이 끊겼던 둘째 아들이 죽었다는
연락이 왔다. 훗날, 할아버지는 그것을 업(業)이었다고, 이는 적덕
(積德)하지 못한 자가 맞는 재앙이라고 탄식했다 한다. 길지(吉地)
를 잡아놓고도 향법(向法)이 틀려 용(龍)과 혈(穴)을 상하여 건너편
산의 살기가 뻗친 것이라 했다.

"그런 얘기라면 저도 어머니에게 들어 알고 있지요. 그걸 업(業)이
라고 자책하셨던 할아버지의 심정도 이해할 만하구요. 허지만 현훈이
형이 저러고 있는 거 하나까지도 관련이 있다는 말씀입니까? 도대체
이건 ….."

옆에서 말없이 술을 마시고 있던 정훈이가 한마디 끼어들었다.

"그런 얘기는 아니다."

큰댁 형님이 얼굴을 심하게 찌푸렸다.

"그만 두자, 작은 아부지 바람끼하고 현훈이 바람끼가 많이 닮아 있는 것이 맘에 걸려서 해본 소리다."

"그게 무슨 말씀이신지 ….."

"여보! 여그 술 더 가져오소!"

형님은 필요 이상으로 큰소리로 부엌쪽을 향해 소리쳤다. 그리고는 다소 허둥대는 몸짓으로 허리를 길게 뻗쳐 경대 옆에 놓인 텔레비전의 스위치를 켰다. 가요열창인지 주부가요인지 하는 쇼프로가 현란하게 화면을 가득 채우고 있었다. 텔레비전 수상기에 모두 시선을 빼앗긴 채 우리는 잠시 침묵 속으로 빠져들었다. 그 침묵의 여운 속에 아버지의 '바람끼'가 알 수 없는 의문부호로 나의 머리에 파고들었다. 얼핏 아버지의 제삿날을 어느 해부터인가 하루 앞당겨 모셨던 일이 생각났다. 그것은 어머니의 주장에 의해 그렇게 고쳐진 것이었는데, 그 연유에 대해서는 일체 아무 내꾸가 없으셨다. 큰댁 형님이 말한 아버지의 '바람끼'란 요즘 흔히 말하는 여자관계를 지칭한 것은 물론 아니다. 현훈이가 그것을 닮았다는 말로 미루어, 아마 여기저기를 쏘다니기를 버릇쯤으로 얘기한 것이 아닐까 싶었다. 사실 아버지는 해방 이후 일본유학에서 돌아온 후 6·25가 터지기 전후 몇 년간을 외지로 쏘다니셨다고 한다. 큰형님의 '바람끼'가 이런 정도의 것이었다면, 그렇다면 아무 문제도 근거도 없는 싱거운 소리일 수밖에 없지만 유독 6·25 전후의 아버지의 행적에 대해서만큼은 묵비권으로 일관하셨던 어머니의 침묵에 대해서 새삼스러운 의문이 솟기 시작했다.

"육이오 전후에 아버지께서는 무슨 일로 그렇게 돌아다니셨답니까?"

내가 묻자 그는 대꾸하지 않았다.

"그나저나 묘를 이장하겠다니, 어려운 결정들을 했구나."

형님은 나를 물끄러미 쳐다보았다. 그의 눈 가장자리에 발갛게 취기가 돌아 있었다.

"나도 그 자리가 썩 존 자리라고는 생각 안 한다마는, 그래도 앞서거니 뒤서거니 함께 돌아가신 두 분 형제가 같은 봉우리에 나란히 누워 계신 게 그렇게 보기 싫지는 않았다. 헌데, 이제 형님만 그 자리에 놔두고 동생은 충청도로 이사를 가시겠다니, 산 사람 같으면 서로 왕래라도 있을낀데, 이거 보통 서운한 것이 아니다. 니가 아부지 묘를 이장하겠다는 전화를 받고 그날 나는 한잠도 못 잤다. 충청도 그 자리가 얼매나 길지(吉地)인가는 몰것다만…."

"형님과 더 상의를 했어야 하는데, 어머니께서 저렇게 성화를 부리시니, 저희들도 이런저런 틈이 없었어요. 집안 산소가 모두 여기 있는데, 아버지만 혼자 모셔가자니 이래도 괜찮은가 싶기도 했구요. 더구나 충청도라는 데가 우리하군 아예 타향 아닙니까?"

서울을 떠날 때부터, 아니 아버지의 이장을 알리던 한 달 전의 형님과의 통화 때부터 마음속 깊은 곳으로부터 꾸역꾸역 치밀어오던 염려가 아픈 감상(感傷)으로 가슴에 저려왔다.

"느그 성님 서운해 할틴디, 잘 말씀드려라. 현훈이 살려낼라고 그러니 두 형제간 서로 떼어놓는 죄 용서해달라고 혀. 젊은 나이에 일찍 죽은 것도 서러울틴디, 이제 아들 조카들이 당신들 두 형제 떨어져 지내라고 그런다고 지하에서 노하기는 노하시것다만, 으짤것이냐, 산 사람이나 살어야제."

노모는 큰아버님과 아버님이 그렇게도 우애가 좋았다고, 만주여행이라도 갔다오면 꼭 당신의 선물도 잊지 않았다는 말도 덧붙였다.

"아무튼 작은 아버지 가실 곳이 좋은 집이었으면 쓰것다. 옛부터 길한 땅을 얻으려거든 어진 지관을 구해야 한다고 했어. 땅을 얻기가 어려운 것이 아니라 어진 지관 만나기가 어려운 법이다."

큰댁 형님은 술기운 때문인지, 아니면 요절한 두 분 형제분을 갈라놓지 않으면 안 될 결정을 내리고 내려온 동생들에 대한 서운함 때문인지 음성이 점점 높아지기 시작했다.

"죄송합니다, 형님. 아부진 따로 모시지만, 저희들두 예전처럼 이곳 선산에 소홀하지 않겠습니다."

나는 죄인처럼 고개를 숙인 채 형님께 말했다. 아버지의 이장이 마치 큰댁 형님과 우리와의 그토록 끈끈하고 녹녹했던 우애를 그만큼 멀리 떼어놓는 것 같다는 생각에 가슴이 저며왔다. 도회지의 뻔뻔스럽고 각박한 생활의 톱니바퀴를 타는 데 익숙해져 있는 나에게도 그런 정도의 애상(哀傷)이 남아 있는 바에야 문중(門中) 대소가의 잡다한 일들을 주무관장하고 서울 등지에 떨어져 사는 친지와 동생들의 안위와 발전을 늘 걱정해 온 형님의 심중이야 오죽하겠는가 하는 생각이었다. 정훈 역시 큰댁 형님 앞에 죄인처럼 다소곳이 앉아 있었다. 텔레비전의 볼륨이 다소 높아지며 마이크를 잡은 여인의 열창하는 모습이 화면을 가득 채웠다.

"느그들도 이제 중년나이다. 아부지 묘자리 살필 나이도 되었지."

"형님 주무세요."

우리는 안방에서 물러나 마루로 나왔다. 이른봄의 차가운 밤공기가 쏴아 하니 얼굴에 밀려들었다. 감나무가 심어진 마당 끝의 담 너머로 네온사인으로 붉게 물들어진 대형 십자가가 어둠의 허공중에 떠 있고 제법 높이 올라간 3층 건물의 꼭대기에서 '영동 cafe'라고 쓰인 파란색 네온이 번쩍거리고 있었다. 담 너머의 골목 쪽으로부터 한떼의 취한 사내들이 노래를 부르며 지나갔고 어디선가 간드러진 여자의 웃음소리가 달려들었다.

우리는 형수님이 마련해 놓은 건넌방의 잠자리 속으로 들어가 누웠다. 일 년에 한두 번쯤, 제사나 성묘 때면 들러 노상 묵던 방이었지만 이날따라 다소 낯설게 느껴지는 방 안의 풍경이었다. 불을 끄자 대문 바깥으로부터의 소음이 뚝 그치고 사위의 벽에 까맣게 드리운 정적만이 무겁게 감돌았다. 눈을 감았지만 잠은 오지 않았다.

"형, 아까 큰 형님이 무슨 얘기를 하려다 만 것 같던데?"

어둠 속에서 정훈이 불쑥 말했다.

"무얼 말야?"

나는 짐짓 대꾸했지만, 그가 얘기하고자 하는 것이 무언지 이미 짐작하고 있었다.

"아버지의 바람끼 말야."

"그게 무얼까?"

"아부진 빨치산이었어."

순간 나는 나의 귀를 의심했다. 정훈이는 분명히 이렇게 속삭였던 것이다.

"무슨 소리야? 어디서 들었어?"

나는 자리에서 일어났다. 스위치를 올리자 형광등의 불빛이 나방이의 날갯짓처럼 파닥파닥 거리다가 한참 만에 켜졌다. "불을 꺼."

정훈은 이불을 뒤집어쓴 채 이불 속에서 말했다. 나는 불을 껐다. 어느 해부터인가 아버지의 제삿날이 하루 앞당겨졌던 일, 6·25 전후의 아버지의 행적에 대해 묵묵부답이었던 어머니의 태도, 일본의 어느 전문학교를 나온 후 해방이 되자 아버지가 가담했다는 어떤 단체의 이름 등이 문득 생각났다. 아버지가 빨치산이었다니, 나는 순간 어머니에게 심한 배신감을 느꼈다. 사실이건 아니건 간에 아버지와 관련된 비밀을 동생의 입을 통해서 처음 듣게 되었다는 사실에 나의 턱없는 자존심이 발기발기 찢겨나가는 것 같았다.

"아버지가 빨치산이었다는 건 너의 추리에 불과할 거다. 내가 알기로는 아버지는 주의자였어."

형으로서의 나의 알량한 자존심은 마침내 이렇게 아버지를 변호하는 말로 뒤바뀌어 있었다. 아마 그것은 사실일는지도 모른다. 어렴풋하게나마 나는 아버지의 행적과 그의 죽음에 대해 이런 식으로 정리를 해두고 있었던 게 사실이다. 굳이 확인하고 싶지도 않았으며 그것이 두렵기도 했었다는 게 나의 솔직한 심정이었다. 어머니는 막내에게 어떤 이야기를 해주신 걸까, 아마 그것은 유복자인 막내에 대한 당신의 애처로움을 스스로 달래기 위해 어느 날 문득 내뱉었던 하찮은 이야기들에서 비롯된 추측일 것이었다.

나는 알 수 없는 절망감에 잠시 몸을 떨었다. 형체를 알아볼 수 없는 아버지의 얼굴이 어둠 속에서 나를 내려다보고 있었다. '미쳐버린' 동생을 치유하기 위해 묻힌 지 사십여 년이 가까운 아버지의 유골을 추스르러 나선 이 길목에서, 나는 해방을 맞고, 6·25를 만나고, 그리고 망자(亡者)의 수수께끼와 마주치고 있었다.

"형, 아부지 유골이 지금도 남아 있을까?"

정훈이 조심스럽게 물었다. 나는 순간 형언할 수 없는 슬픔 때문에 하마터면 그의 목을 덥석 끌어안을 뻔하였다. 유복자였던 그가 새삼스레 기억도 없는 부정(父情) 따위를 갈구해서는 아니겠지만 녀석은 필시 유골(遺骨)로서나마 육친과의 해후(邂逅)에 가슴 설레고 있음이 분명했다.

"오늘밤은 니가 좀 외로워 보인다."

나는 짐짓 큰댁 형님의 말투를 빌려 나직이 말했다. 정훈이 쪽에서는 대꾸가 없고, 다만 덮고 있던 이불을 머리 위로 끌어당기는 듯한 부스럭거리는 소리만이 가깝게 들려왔다.

우리가 옴천면 봉림리에 도착했을 때는 이미 두 사람의 인부가 삽자루를 든 채 우리를 기다리고 있었다. 그들을 함께 태운 봉고버스가 다소 가파른 좁은 길을 기우뚱거리며 올라가자 마른 나뭇가지 사이에서 텃새 두어 마리가 푸드득 날아갔다.

건너편 산봉우리는 안개 같은 것에 희부옇게 덮여 있었고 새벽녘의 찬 공기가 싸늘하게 목덜미를 감싸안았다.

"조심해서 다루어야 허네."

차가 멈추자, 형님은 인부들에게 이렇게 당부하고는 앞장서서 산길을 오르기 시작했다. 싣고 간 제물(祭物)들을 꺼내고, 유골을 담을 상자를 꺼내고, 흰 장갑을 챙기면서, 나는 사십여 년의 세월동안 칠흑 같은 어둠의 공간에 묻혀 지낸 사람의 흔적은 도대체 어떤 모양을 하고 있을까를 생각해 보았다.

"형기로 봐서는 우리 선산도 꽤 좋은 폭이다. 저어쪽이 주산인디, 원래는 뒤에 있어야 할 것이 앞에 있는 게 흠이다. 좌우 두 맥이 마주친 것을 보고 용호상충이라고 안 좋게 말하는 사람도 있드라마는 두 맥이 내려오다가 마주쳤으니 그걸 화합이라고 좋게 보는 사람도 있다."

가파른 비탈에서 형님은 잠깐 숨을 몰아쉬며 나에게 이런 설명을 덧붙였다. 간단한 제수를 양손에 나누어 들고 우리는 먼저 윗대조의 묘가 있는 쪽으로 향했다. 아버지 형제가 모셔져 있는 왼쪽 위편 봉우리에 증조부 내외, 조부, 그 뒤에 후사(後嗣)가 없는 문중의 한 분 선조의 묘가 있다.

"잔 올려라."

형님의 지시에 따라 우리는 맨 위의 묘에서부터 간단한 예를 지냈다. 묘의 차례대로 우리는 나란히 서서 재배, 재배, 또 재배하였다. 술을 부어드리고, 과일을 뿌려드리고, 모난 풀을 뜯어내면서, 우리는 하염없이 고즈넉하고 눅눅한 마음으로 조상께 경배했다. 동박새 두어 마리가 아까부터 우리 일행 주위를 맴돌며 푸득푸득 마른 나뭇가지 사이를 옮겨다녔다.

"아버님, 오늘 작은 아버님은 저어쪽 충청도 천원이라는 데로 따로 모시게 됐습니다."

큰댁 형님은 백부(伯父)의 상석(床石) 앞에 서서 이렇게 나직이 읊조렸다. 사진틀에서 보았던 흰 두루마기 차림의 백부의 모습이 우리 앞에 성큼 다가와 서 있다는 착각에 나는 여름감기에 걸린 사람처럼 잠깐 어깨를 떨었다.

이윽고 우리는 아버지의 묘 앞에 섰다. 내가 술을 붓고, 정훈이가 과일을 벗겼다. 형님의 지시에 따라 나는 예의 그 주문(呪文)을 외듯 하는 나지막한 소리로 아버님의 이장(移葬) 사실을 고했다.

"아버님께 아룁니다. 집안에 흉사 있어 좋은 날을 택해 이장코자 합니다. 충청남도 천원군 병천면 봉황리 산 159번지, 길지가 거기 있어 택조를 마련하였으니, 모쪼록 집안 대소가 상서롭고 발복 끊이지 않기를 축원합니다."

우리는 다시 절을 올리고 술을 사방으로 흩뿌렸다.

"서두르게, 여기서 충청도까지는 네 시간 잡아야 허네."

형님이 인부들을 향해 말했다. 인부 하나가 삽을 들어 묘의 한쪽 끝에 꽂았다.

"놀래지 마쑈 잉, 오늘은 존 날인게."

그는 지하의 망자(亡者)에게 타이르듯 말했다. 그들이 빠르고 익숙한 솜씨로 삽질을 시작했다. 건너편 산 위에는 이미 아침해가 솟아 있었고 희부옇게 봉우리를 감싸고 있던 안개도 이미 걷힌 뒤였다. 인부들의 삽질 소리만이 골짜기 멀리까지 고즈넉하게 울려퍼지고, 때아닌 경비행기 한 대가 잠자리처럼 날아가고 있는 모습이 나뭇가지 사이로 바라다 보였다.

"원래 물이나 불이나 기어다니는 짐승의 피가 없으면 개장을 잘 안하는 법이다. 파묘를 하다가도 검붉은 등나무넝쿨이 관을 얽고 있거나 생기 있는 물건을 보게 되면 이것은 상서로운 것이라 파헤친 묘를 다시 봉축하라고 했어. 저 흙을 봐라. 아직은 박토가 아니잖냐?"

이장소식에 밤잠을 설쳤다는 큰댁 형님의 허허로운 마음은 나란히 누워 있었던 두 분 형제의 이별을 끝내 만류하고 싶은 눈치였다. 단조롭고 규칙적인 인부들의 삽질 속도가 점점 빨라졌다. 형님께 소주 한 잔을 따라드렸다. 그리고 나는 거푸 두 잔을 따라 마셨다. 술기운이 뱃속을 싸하게 퍼졌다.

'무서운 일이다. 미쳐버린 아들의 넋이 저 땅 속에 묻혀 있는 망자의 유골과 선이 닿아 있다니.'

나는 마음 속으로 이렇게 부르짖고 있었다. 그리고 무엇보다도 내 앞에 무성영화처럼 선뜻 다가와 서 있는 아버지의 환상에 가슴을 떨

250

었다.

“모친께서 하시자는 대로 묘를 옮겨는 보게. 하지만 그것은 어머니 자신의 병을 치유하는 방법 아닌가. 동생은 지금 심하게 쫓기고 있지만, 자신이 쫓기고 있다고 생각하는 순간이야말로 그가 진실로 자신의 상처를 스스로 움켜쥐고 있는, 자기 존재에 대한 확인의 순간이 아닐까. 전기치료도 인슐린요법도 당분간 필요없을 것 같네. 자신의 상처를 의식하지 못하고 있는 자들의 삶이란 얼마나 무서운가.”

정신신경과의 김(金)은 나에게 이렇게 말했었다. 그렇다면 환자는 지금 인슐린요법으로도, 샤머니즘으로도 치유불가능한 상태란 말인가. 중요한 것은 우리 모두가 지금 앓고 있다는 사실의 확인뿐이란 말인가. 서울을 떠나 고향의 선산으로 향하는 동안, 내가 보고 듣고 마침내 확인하게 된 것은 결국 조부와 아버지와 어머니와 현훈이의 아픈 상처들과의 마주침에 다름 아니었단 말인가. 나는 계속해서 소주잔을 입에다 갖다 부었다. 인부들의 삽질이 갑자기 조심스러워졌다. 그리고는 흙더미 사이에서 인부 하나가 이쪽을 향해 손짓했다.

“비쳤소.”

망자의 유해가 형체를 드러내고 있었다. 나와 정훈이 달려가 천천히 흙더미를 손으로 헤쳐냈다. 잃어버렸던 사십여 년의 세월이 하얀 뼈다귀로 일어서고 있었다. 정훈이 망자의 두개골을 껴안아 올렸다. 흰 장갑을 낀 그의 손이 가늘게 흔들렸다. 동박새 한 마리가 푸드득 하늘로 날아올랐다.

(《예향》, 1990.4)

지워진 이름

신문

'C일보 절대사절'이라고 써 붙인 쪽지가 찢겨나간 것이 이날로 꼭 다섯 번째였다. 소년은 그 쪽지를 말끔히 찢어버리고 예의 그 C일보를 문틈에 정중히 끼워놓았다.

"끈질기기도 해라. 안 보겠다는 신문을 이렇게 억지로 넣어서 어쩌겠다는 거야?"

아내는 마침 배달된 신문을 한쪽으로 던져놓으며 투덜댔다.

"낼부터 아예 대문 앞에 서 있으라구. 그 자식을 잡아서 직접 타일러."

그는 소리쳤다. 차라리 신문을 하나 더 볼 요량이면 조간보다는 석간이 필요한 형편이었다. 굳이 조간을 두 개씩이나 볼 필요가 없는데다가 평소 C일보에 대해서는 나름대로 좋지 않은 인상을 가지고 있는 터라 그냥 넣어준다고 해도 그 C일보만큼은 사양하고 싶은 터다. 그 신문이 배달된 것이 벌써 두 달이 넘었다. 구독신청을 하지도 않았는데 어느 날인가부터 문득 그 신문이 배달되기 시작했고, 월말이면 어김없이 '구독료' 고지서가 발부되었다. 처음 한 달분은 순순히 내놓았으나 두 번째 달에는 아내가 '억지로 본 신문'이라는 이유로 이천 원인가를 깎아서 지불했다고 한다. 그리고 아내는 번번이 'C일보 사절'이라는 쪽지를 대문 앞에 붙여 놓는 것이었으나, 그때마다 그 쪽지는 말끔히 찢기고 대신 그 C일보가 문틈으로 빠끔히 꽂혀 있곤 했다. 'C일보를 계속 넣으면 보급소장을 고발하겠음'이라는 사뭇 공갈조의 '편지'를 써붙여도 마찬가지였다.

그러던 어느 날이었다.

"여보, 우리 그 신문 그대로 보도록 해요."

아내가 이렇게 말하는 것이었다. 그는 의아해서 그 이유를 물었다. 아내는 대답 대신 쪽지 하나를 내밀었다.

—아저씨 아주머니. 그 동안 감사했습니다. 저희 신문을 구독해주셔서 제가 받은 수당이 많아져서 앓아 누워 계신 엄마 약값을 반이나 갚았답니다. 아빠는 돌아가시고 엄마는 누워 계시니 제가 소년가장인 셈이지요. 저도 다른 아이들처럼 열심히 공부해서 나라의 참일꾼이 되겠습니다. 고마우신 아저씨 아주머니, 저희 신문을 더 보아주셔서 저를 도와주세요. C일보 배달원 김남식 올림.

아내는 그 쪽지를 받고 좀 감동한 모양이었다. 직접 아이를 만나 혼을 내주고 신문을 당장 끊겠다고 생각하고 일찍 일어나 대문에 나가보니 그 쪽지가 문틈에 꽂혀 있더라는 것이다. 평소 감동하기를 인색해하는 아내이기는 하지만 이런 경우 좀 난처한 모양이었다.

"어쩌지요? A일보는 그 동안 삼 년이나 보았으니 이젠 그걸 끊구 이걸 보두룩 해요."

아내는 아마 판잣집 단칸방에 물수건을 이마에 얹고 누워 있는 소년의 어머니의 모습이라도 떠올린 듯싶었다.

"거 안됐군. 허지만 그 신문은 영 틀려먹은 신문인걸?"

"요즘 신문들이 뭐 다를 게 있나요? 다 그게 그거죠. 아마 구독부수를 늘리면 수당도 늘고 대우가 좋아지나 봐요. 그리구 이 아이 하는 게 좀 대견스럽지 않아요? 미안해 할 줄두 알구."

아내는 마침내 아이들에게도 내일부터는 그 'C일보 사절'이라는 쪽지를 문에 붙이는 것을 중지하라고 일렀다.

"그 자식 얄밉던데, 엄마? 신문 안 본다고 그냥 가져가라니까 혓바닥을 날름대구선 도망질만 쳤어요."

둘째놈이 엄마에게 이렇게 일러바치자,

"넌 자기 또래 어려운 처지에 있는 아이에게 그만한 동정심두 없니? 넌 엄마 아빠가 없으믄 그만큼 열심히 살아갈 용기라두 있을 거 같애? 밥 한 끼만 굶어두 야단이 나는 녀석이."

아내는 아이를 이렇게 힐난했다.

그는 아무 말도 하지 않았다. 가난한 아이가 어머니 약값을 벌기 위해 미명의 새벽길을 내닫고 있는데 굳이 그 신문을 끊어버림으로써 그 아이가 잠깐이나마 마음의 상처를 받게 할 필요가 없다는 생각도 해보았고, 아내의 말대로 제 어려움을 당당히 호소도 하고 도움을 청하는 품이 어른스럽기도 했다.

결국 그들은 조간을 두 개나 볼 필요가 없다고 하여 오래 보아오던 A일보를 끊기로 했다. A일보는 비교적 독자도 많고 전통도 있는 편이어서 별 군소리 없이 배달을 중지했다.

그는 매일 아침 일찍 어김없이 배달되는 그 C일보를 받아볼 때마다 그 소년의 얼굴을 상상해 보곤 하였다. 좀 끈질긴 데도 있는데다가 세상 살아가는 태도의 당당함이 보통내기는 아닐 거라는 생각도 아울러 해보았다. 그는 그 아이를 한 번쯤 만나보았으면 하는 생각도 들었다.

그들이 신문 때문에 다시 신경을 쓰게 된 게 그로부터 두 달 후였다. 이번에는 조간이 아닌 석간이었다. B일보가 또 허가 없이 배달되기 시작한 것이다. 그래서 조간과 석간을 두 개나 받아보게 되었는데, 사실 아내의 말마따나 요즘 신문이 다 그게 그거가 아닌가. 더구나 B일보는 과거 군사정권 때 어용지로 소문난 신문으로 세간의 인기도 보도의 신뢰도도 다른 신문에 비해 많이 떨어지는 편이었다.

이번에는 아내가 적극 나서서 대문 앞에 기다리고 서 있다가 그 B일보 배달원을 쉽게 붙들 수 있었다.

"알았어요."

그 배달원 소년은 쉽게 대답하고 골목길로 총총히 사라졌으나, 다음날 역시 그 B일보는 그대로 배달이 되었다. 요즘 아이들 어른들 타이르는 말을 저렇게 안 들어서 정말이지 큰일이라고 아내가 개탄했다.

그 B일보가 허가 없이 배달되기가 한 달이 가까워 오는 어느 날이었다. 퇴근하여 일찍 들어서는 그에게 아내는 낭패한 얼굴로 그 B일보 배달소년이 문틈에 넣은 쪽지를 내밀었다.

—아저씨 아주머니. 그 동안 감사했습니다. 저희 신문을 구독해 주셔서 제가 받은 수당이 많아져서 앓아 누워 계신 엄마 약값을 반이나 갚았답니다. 아빠는 돌아가시고 엄마가 누워 계시니 제가 소년가장인 셈이지요. 저도 다른 아이들처럼 열심히 공부해서 나라의 참일꾼이 되겠습니다. 고마우신 아저씨 아주머니, 저희 신문을 더 보아주셔서 저를 도와주세요. B일보 배달원 이만호 올림.

아내는 다음날 그 아이를 붙들고 다그쳐 물었다. C일보의 '남식이 형'이 가르쳐 준 방법이라고 자백하고는, 그 방법이 한 집에 두 번 겹치게 된 실수(?)를 몹시 안타까워하는 눈치더라는 것이다. 그 다음날부터 그의 집에는 B일보는 물론 C일보도 배달되지 않았다.

전 화

그는 한일물산 자재부 부장이다. 올해 나이 마흔둘. 그는 이제 마흔두 번째의 여름을 맞이하여 다른 때와는 다른 유별난 감회에 빠지게 되었는데, 그것은 물론 그의 나이와 관련한 일종의 가슴 뿌듯한 지난날에의 회상이었다. 그는 동기 가운데서 '시시하게' 인생을 살아오지 않았다는 자신감 속에 살고 있다. 그가 자신의 중년을 전혀 시시하게 살아오지 않았다고 자신 있게 회고할 수 있는 근거는 물론 그의 명함에 찍힌 국내 굴지의 재벌회사인 '한일그룹'의 '자재부장'이라는 큼지막한 고딕체 활자가 그것을 말해 주고 있으며, 그 직함이 찍힌 왼편 하단에 인쇄된 그의 자택주소가 그것을 증거해 주고 있는 것이다. 평당 수백만 원을 호가하는 강남구 ××동의 아파트 로열층의 동호수가 그렇고, 명함에 찍히지는 않았지만 그것이 자그마치 오십삼 평짜리라는 것만 보아도 알 수 있는 것이다.

그는 지금까지의 마흔두 해의 생애 가운데 다만 한 가지 부끄러운 것이 있다면 그가 대학 사학년이 되던 해에 딱 한 번 자살을 기도했었던 일 말고는 별로 없다. 그의 자살소동이란 그가 사랑했던 같은 대학 원예과의 한 여학생과 관련한 것이었는데, 대학시절 그의 전부를 쥐고 흔들어대던 그 아가씨가 어느 날 문득 딴 남자에게 '제비처럼 반짝이는' 날개를 퍼덕이며 날아가 버렸을 때, 그는 마침내 죽기로 결심해 버린 것이다. 그리고 그 이유가 다만 자신이 '가난하기 때문'이었음을 알았을 때, 그는 자신이 자살에 실패하고 만 것을 절대적으로 다행이었다고 여기게 되었다. 그것이 다만 가난 때문이라면, 그렇다면 한 번쯤 도전해 볼 만한 것이라 여겼다. 자살이란 명예를 빛내기 위해서라면 몰라도 해야 할 일을 회피하기 위한 수단이 되어서는 안 된다고 하지 않았던가.

어쨌든 그는 그때 죽지 않았으며, 자살하려다 살아난 놈 치고 똑똑한 놈 못 보았노라고 호통을 치시던 그의 조부(祖父)의 꾸지람을 교훈 삼아 지금까지 열심히 살아온 것이다. 그는 남쪽 바닷가 K읍이라는 곳을 그의 고향으로 가지고 있었지만, 이제까지 겨우 대여섯 번 정도밖에 다녀온 바가 없다. 결혼을 해서 한 번, 할아버지가 돌아가셔서 한 번, 그리고 큰댁 형님이 며느리를 볼 때 한 번, 그가 돌아가셔서 한 번, 그리고 성묘길로 두어 번, 이 정도였다. 그는 그 사이 매우 바빴기 때문이었다. 대학시절에는 시간제나 입주제 가정교사 노릇을 하느라고 방학도 없이 서울 부잣집의 그 높고 기다란 대문을 들락거렸고, 졸업을 하고 군대생활을 마친 뒤로는 한일물산의 촉망받는 신입사원 노릇을 하느라고 바빴기 때문이었다.

회사 자재부장인 그는 어느 날 두꺼운 카펫이 깔린 그의 집무실에 앉아 문득 한 통의 전화를 받았는데, 그것은 좀 의외의 곳으로부터 온 전화였다.

"야, 너 이 새끼! 나 누군지 알것냐?"

자재부장으로서는 좀 거슬리는 전화였다.

"거, 누구십니까?"

그는 자신에게 가해 오는 상대편의 무례를 지긋이 누르며 물었다.

"임마 나다. 느그 성님이다."

아마 그쪽에서는 좀 흥분한 모양이었다. 자신을 '성님'으로 자칭하고 있는 그 사내는 아마 이쪽을 전부터 알고 있는 모양이었다.

"여보세요, 우리 형님은 진즉 돌아가셨는데, 거기가 어딥니까?"

"느그 성님이 진즉 돌아가셨다고? 그럼 여그가 저승이란 말이냐?"

상대방이 좀 근엄하게 나무라듯이 말했다.

"누구신지 …?"

"임마, 나 덕재야, 덕재!"

상대편이 그때서야 자신의 신분을 밝혔다.

"덕재? 덕재 씨라 ….."

"몰르겠어? 덕재 몰라? 더, 덕재?"

상대방이 아까와는 달리 몹시 당황해했다. 그가 갑자기 말을 더듬었다. 상대방이 말을 더듬자 그는 비로소 자재부장의 안정을 되찾았다. 그리고 그는 나직이, 바로 얼마 전 신입사원 면접 때의 위엄을 회복하여 좀 느린 목소리로 한마디했다.

"무슨 덕재요?"

"정덕재 …."

상대편에서는 마치 면접시험에 불려온 사람처럼 중얼거리듯, 그러나 또렷하게 대답했다.

"정덕재?"

"그래 그래, 정덕재다."

"……."

"강내중학교 정덕재다, 강내중학교."

상대방이 마침내 조바심을 치기 시작했다.

"강내중학교 정덕재?"

"어? 이 새끼, 나 몰라, 나?"

"글쎄…? 기억이 잘….”

그는 좀 난처하였다. 저쪽은 이쪽을 잘 알고는 있는 모양인데, 이쪽은 저쪽을 전혀 기억할 수 없었다.

"실례지만, 그쪽이 그러니까….”

"지금 전화받는 분이 박달호 씨가 맞기는 맞는가요?"

상대가 다시 전화를 처음부터 시작했다.

"네, 그렇습니다만….”

"강내중학교 출신 박달호지요?"

"맞아요.”

"이이고 요런 싸가지 없는 놈 조깨 보소잉!"

전화가 짤각 끊겼다.

"무슨 전화예요?"

마침 서류를 들고 부장실을 들어서는 미스 김이 그의 부은 얼굴을 살피며 한마디했다.

"이상한데, 저쪽은 내 고향 친구이긴 한 모양인데….”

"반가우시겠어요.”

"헌데, 그 이름이 생각나지가 않아….”

"별루 가까운 사인 아니셨든가부죠?"

"아냐. 우리 시골학교는 친하구 안 친하구가 없어. 학생수도 몇 사람 되지두 않았었구….”

"오래 돼서 그러시겠죠."

"그래두 그렇지. 내가 그네들을 기억 못할 리가 없지."

"무슨 일인지 몰라두, 잘 알아보세요."

미스 김이 한마디하고는 그의 방문을 나갔다. 요즘 세상이 하도 도깨비 같아서, 사무실에 앉아 있자면 벼라별(별의별) 사람들이 다 찾아와 별의별 부탁을 다 한다. 얼마 전에는 그가 졸업했던 대학의 생면부지의 후배가 찾아와 자기 학번을 소개하고는 다짜고짜 자동차를 바꾸라고 떼를 썼다. 선배님 정도면 로얄 살롱 정도는 타고 다니셔야지 쏘나타가 무어냐고, 도대체 선배님은 자동차가 사치품이 아니라는 것만 알았지 그것이 이젠 자신의 품위를 상징하는 물건이라는 것은 모르고 있다고, 당장 살롱으로 바꾸라고 부추겼던 것이다. 일리 있다 싶어 현금 칠백을 통장에서 인출해 주고 나머지는 신용카드로 할부계약을 해버렸다. 새차를 몰고 들어온 그를 보고 아내가 길길이 뛰었다. 겨우 삼 년밖에 안 탄 멀쩡한 차를 바꾼 거부터가 틀렸고, 도대체 눈치가 저렇게 없어서야 어떻게 사회생활을 하겠느냐고 나무랐다. 당장 그의 상관인 김 이사나 선임인 송 부장은 로얄 프린스와 쏘나타를 타고 다니는 걸 못 보았느냐고 소리쳤던 것이다. 개구리 올챙이적 생각을 해야지, 당신 전세금 문제루 집주인과 주먹질까지 하려던 때가 언제였느냐고 다그치기도 했다. 또 얼마 전에는 필드에도 아직 안 나가본 인도어 골프경력에 백오십만 원짜리 외제 골프채를 덜컥 사고 나서 아내와 싸웠고, 고향 후배라고 찾아온 사람이 '브리태니커' 백과사전을 구입하라고 떼를 써 고생한 적도 있어서, 외부로부터 걸려온 이런 전화에는 다소 예민한 상태이긴 했다.

그는 그 정덕재라는 인물에 대한 기억을 더듬어 보았다. 말하는 품이 오다가다 들러 술이나 한 잔 얻어 마시거나 사무실에 일없이 앉아 시간이나 때우곤 하던 사람 같아 보이지는 않았다. 그렇다고 화를 벌컥 내며 전화를 끊는 품이 무슨 부탁이나 용건이 따로 있는 것 같지도 않아보였다. 그는 이마를 찡그려 보았다. 그는 오랜 만에 자신의 고향 K읍을 머리에 떠올려 보았다. 탱자나무가 가지런히 둘러서 있고 양조장을 끼고 길게 구부러져 있는, 빨랫줄처럼 길고 가느다랗게 흘러내리는 그 시냇물과 하얀 페인트칠을 한 읍사무소 건물. 그리고 여름이면 참외를 훔쳐 따서 물 속으로 뛰어들어 미역감으며 으깨어 먹곤 했던 원두막이 있는 자릿골의 풍경. 같이 뛰놀곤 했던 친구들이 기억에 아물아물하는 한편 그 정덕재라는 이름이 유독 가물가물했다.

그는 이날 구미지역의 수출전망을 답사하려 한 달 예정으로 떠나는 김 이사의 환송식사에 참석하고 좀 늦게 귀가하였다.

"오늘 회사루 그 사람 전화 왔었어요?"

아내가 이부자리를 펴다 말고 문득 한마디했다.

"누군데?"

"당신 시골학교 동창이라는 사람 말예요."

"정 누구라고 하던 친구?"

"전화가 두 번이나 왔었어요."

"모르는 친구던데."

"그쪽은 당신을 잘 아는 눈치던데요?"

"글쎄."

"날더러 제수씨냐구 하면서, 언제 쳐들어갈 테니 술상 잘 보아놓으라구 이르던데요?"

"싱거운 자식이군."

"당신 모르는 사람이에요?"

"모른다니까!"

그는 약간 신경질을 부렸다. 그리고 그는 화제를 딴 데로 돌려버렸다.

"어쩌면 이번 김 이사가 해외에 다녀오면 다른 부서로 옮길지두 모르겠어."

"승진이에요?"

"김 이사가 승진하게 되면 그렇다는 얘기지. 당신 이번 일요일에 사장님 사모님이나 찾아가 봐. 아주 자연스러워야 돼."

"알았어요."

그는 잠자리에 들면서 문득 낮에 걸려온 전화의 임자를 떠올려 보았으나 역시 그에 대한 기억이 없었다.

그로부터 일주일 후쯤 되어서 예의 그 남도 고향 사투리의 사내에게서 전화가 집으로 한 번 걸려 왔고, 박달호의 부재중에 두 번 사무실로 전화가 왔었다고 했다.

"혹시 당신 이름만 어디서 듣고 온 월부 책장수 아닐까요?"

아내는 이렇게 말했다. 그러다가는 곧

"아무리 월부 책장수라 해도 그렇지. 날더러 제수씨라고까지 하기야 할려구요?" 했다.

"동창생을 사칭하고 다니는 가짜도 더러 있다구."

그는 이제 그에게 더 이상 신경을 쓰지 않기로 했다.

김 이사의 귀국이 다소 앞당겨지고 구미지역의 수출전망이 생각보다 벽이 두텁더라는 보고와 함께 예상되던 인사이동도 연기되었고, 그리고 그는 승진이니 이동이니 하는 회사 내의 어수선한 분위기로부터 벗어나 다소 홀가분한 상태로 며칠을 지내고 있던 터였다. 그러던 어느 날 그 전화가 다시 걸려온 것이다.

"나, 덕재다."

"오, 덕재, 정덕재 씨로군."

그는 다소 구면처럼 대했으나 여전히 막막하기만 했다. 그는 빠르게 시골의 그 빨랫줄 같은 기다란 시내와 읍사무소와 기다란 강둑을 떠올리며 이마를 좁혀 보았다.

"나 느그 회사 앞에 와 있는디, 너 좀 나올래?"

"좋아, 이렇게 하지. 이따 퇴근무렵에 회사앞에 베니스 다방이라구 있는데 …."

"임마, 베니슨지 페니슨지 그때까장 어뜨케 기달리고 있겠냐? 니 얼굴 좀 보자. 지금 너 점심시간 아니냐?"

"지금은 좀 그런데. 회사간부들 점심회동이 있거든."

"그라믄 잠깐 나왔다가 들어가라. 오늘은 니 얼굴이나 좀 보고, 담에 또 만나지 뭐."

"그러지 말고 이따 퇴근해서 차분히 ….."

"너 아조 바쁜 모양이구나. 알았다."

전화가 일방적으로 끊겼다. 박달호는 좀 낭패한 기분이 들었다. 사내는 수화기 속에서 자신의 섭섭함을 안으로 당겨 지긋이 누르고 있는 모습이 역력했다. 그의 음성은 몹시 가라앉아 있었으며 처음 전화 때와는 달리 점잖고 침착했으며 일방적으로 퍼부어대던 친애감의 표시를 스스로 거두어들인 자의 다소간의 엄정한 거리감을 나타내고 있었다. 그의 이러한 태도가 다소 마음에 걸렸지만, 그는 자신의 기억력을 의심하지는 않았다. 신입사원 시절 이래 지금까지 이 한일물산 안에서 치고 달리며 뛰어온 십육 년의 세월동안 그는 잊지 말아야 할 것을 잊어서 낭패한 적이 없었으며 원예과의 여학생이 딴 남자에게 나비처럼 날아가 버린 이유, 자신의 가난에 대해서도 잊어본 적이 없었으며 그의 자살소동이 실패로 끝난 것을 하나의 행운으로 여겼던 그 야망의 순간도 결코 잊은 바가 없었다.

여름 무더위가 한창 기승을 부리던 어느 날이었다. 그는 이날 오랜만에 동대문에서 전자제품 대리점을 하고 있는 고향친구 S를 만났다. 그와는 업무관계로 몇 번 만난 적이 있는 사이였다.

"우리 동기 중에 정덕재라구 기억하니?"

그는 문득 물었다.

"뭐? 정덕재? 그 새끼를 봤어?"

S는 순간 손에 들었던 찻잔을 소리나게 탁자 위에 내려놓았다.

"정덕재를 알아?"

그는 다그쳐 물었다.

"그 자식이 서울에 있었나?"

"전화가 몇 번 걸려 왔었는데…."

"정방구 그 자식이 그 동안 서울에 있었나?"

"뭐라구? 정방구?"

순간 박달호는 소리쳤다. 정방구. 정방구. 이제 생각이 난다. 그 정방구를 잊을 사람은 아무도 없다. 어느 해 가을 학교앞 팽나무에 올라가 열매를 따려다가 떨어져 한쪽 다리를 절게 된 아이, 정방구. 언젠가 선생님이 교단에 올라서고 반장이었던 그가 차려 경례를 하는데 선생님이 갑자기 코를 움켜쥐고는 황급히 창문을 열라는 시늉을 했다. 어떤 놈이 황산가스를 뿜었느냐, 야 그 보리방구 냄새 한 번 지독하다고 얼굴을 찌푸렸다. 앞에 앉아 있던 놈들이 당황해했다. 아무도 자신이 범인이라고 자수하는 놈이 없자, 문득 뒤에 앉은 놈들이 약속이나 한 듯이 "정덕잽니다"라고 낄낄댔다. 졸지에 범인으로 몰린 덕재가 얼굴이 빨개져서 어쩔 줄을 몰라했다. 덕재가 다음 순간 자리에서 벌떡 일어나 교탁으로 돌진해 나갔다. 순간적으로, 자신의 결백을 주장하는 것은 그 방법밖에는 없다고 판단한 모양이었다. 그는 궁둥이를 선생님 쪽으로 향하고 소리쳤다. "맡아 보쑈, 선생님!" 일그러졌던 선생님의 얼굴이 곱빼기로 구겨지고, 그의 구둣발에 엉덩이를 걷어차인 덕재는 교탁 밑으로 꼬꾸라졌다. 선생님은 가쁜 숨을 몰아쉬며 '감히' '어따가' '항문을' 디밀 수 있느냐고, 교탁 아래 꿇어앉은 덕재에게 훈계했다. 그로부터 정덕재는 '정방구'로 불리고 말았다.

"나쁜 자식." 박달호는 소리쳤다. "진즉 정방구라고 말했어야 할 거 아냐!"

그는 목메인 소리로 외쳤다. 그의 마흔두 번째의 여름은 이렇게 해서 엉망이 되어버렸다. 수백 명이나 되는 회사의 간부와 사원의 이름이 모조리 입력되어 있는 그의 머리의 기억용량 속에 그 정덕재가 빠져 있었음을 알았다.

"그 자식, 요즘 어렵다는 얘길 얼핏 들었는데…."

S는 지나가는 투로 한마디했다. 박달호는 순간 오랫동안 자신이

쌓아오던 벽이 한꺼번에 와르르 무너져 내리는 소리를 들었다. 정방구의 전화는 그 뒤로 한 번도 걸려오지 않았다. 그는 어느 날, 자신의 이름도 이미 정덕재의 수첩 속에서 지워져 있을지도 모른다는 생각에 여름감기에 걸린 사람처럼 어깨를 한 번 부르르 떨었다. 마치 그가 덕재를 기억해 내지 못했던 것처럼.

경비실

"여보, 304호 있잖아요?"

반상회에 다녀온 아내가 어느 날 좀 흥분한 어조로 말했다. 반상회라는 게 매월 한 집씩 번갈아가며 과일이나 차를 이웃들에 대접하면서 관리비나 새로 산 가구나 이사온 이웃들을 화제에 올리는 것이 고작이었다. 그러나 이날은 좀 달랐다.

"경비실 김 씨 있잖아요, 그 사람 좀 이상한 사람인가 봐요."

경비실 김 씨라면 3동에서 이곳 5동으로 교대근무를 나온 지 두 달이 채 안 된 서른예닐곱 가량의 말없는 사내였다. 그는 우선 전에 있던 박 씨처럼 중형차를 타고 다니는 사람과 소형차를 타고 다니는 사람을 차별대우하지 않아서 좋았다. 자동차가 서기가 바쁘게 굽실거리며 달려가 문을 열어주지는 않았지만 무거워 뵈는 짐을 보면 엘리베이터 앞까지 들어주는 것 또한 잊지 않았다. 아파트를 들어오고 나가는 사람 모두에게 그는 무심히, 그러나 친절하게 대했다. 두 평 남짓한 경비실 안에 그는 정물처럼 앉아 들어오고 나가는 사람에게 가벼운 목례만을 보낼 뿐이었다. 어떤 때는 그 목례를 확실하게 받아낼 요량으로 오히려 이쪽에서 더 큰 각도로 초등학생처럼 인사를 해보여도 그는 창유리 저쪽에서 다만 고개만 까딱해 보일 뿐이었다. 이렇듯 조용히 앉아 있던 그가 아파트의 부인네들을 대하는 게 심상치 않다는 것이었다. 그는 좀 뜻밖이다 싶었다.

“그래, 그 작자가 누굴 유혹이라도 했단 말야?”

“도대체 그게 말이나 돼요? 자기가 누구 월급을 받고 있으며 자기 할 일이 무어냐 말예요.”

“오늘 반상회는 재밌었겠군.”

아닌게아니라 이날의 반상회는 시종 그 김 씨에 대한 성토로 일관한 모양이었다. 생긴 건 멀끔한 사내가 인상과는 달리 엉큼하기 짝이 없다는 것이었다. 304호 여자가 어느 날 외출에서 돌아오는데 열쇠꾸러미를 건네면서 “오늘은 참 멋있습니다아?” 하더라는 것. 내가 멋있는 거하고 저하고 무슨 상관이냐는 것이다. 사람이 분수를 알아야지, 그래 자기하고 나이트클럽에라도 가잔 말이냐고 304호 여자가 길길이 뛰더라는 것이다. 208호 여자는 언젠가 시골에서 부쳐온 고구마 찐 것을 한 접시 갖다주었더니 아주머니를 보니까 죽은 누님 생각이 난다고 하더라는 것이다. 그때의 그 애틋한 눈초리가 〈왕룽일가〉에 나오는 쿠웨이트박인가 뭔가 하는 자식을 꼭 닮아 징그럽더라는 것이었다. 그리고 무엇보다도 요구르트 아줌마나 우유배달 아줌마를 얼마나 잘 꼬셔놓았는지 음료가 떨어질 날이 없다는 것이고, 경비실에서 시시덕거리는 꼴 보기 싫어 요구르트고 뭐고 이젠 다 끊어야겠다고 을러대더라는 것이었다.

“한심한 예펜네들이군!”

그는 아내에게 쏘아붙였다.

“도대체 멋있는 걸 멋있다 하고, 주는 음식에 고맙다는 게 뭐가 어쨌다는 거야? 그게 유혹인가?”

“아니, 자기의 직분이 뭔데, 열쇠꾸러미나 챙기고 도둑이나 지킬 일이지, 스타일이 좋으니 죽은 누님이 생각나니 하는 건 또 뭐예요? 그리고 그런 말을 할 때의 그 분위기라는 게 있잖아요, 그게 다 속보이는 것 아녜요?”

“놀라운 일이군. 설사 김 씨가 누굴 유혹했다 칩시다. 그런데, 그게 어쨌단 말인가? 모두들 무언가 착각하고 있어. 도대체 우리가 그 사람의 감정과 추억까지도 간섭할 권리가 있다고 생각해?"

"아이들 자전거나 잘 지키라구 해요."

"그리구 그 304호나 208호 여자도 그렇지, 남이 자기에게 베푼 은밀하고도 따뜻한 감정을 그런 식으로 남 앞에서 떠들어도 된다는 것이야? 거 뭐하는 여자요? 304호 여자, 혼자 산다면서?"

"남편이 있긴 있대나 봐요."

내가 언성을 높이는 바람에 아내는 이날 곧 잠잠해지고 말았지만, 아무튼 경비실 김 씨한테는 여러 여자들이 지극히 퇴폐적인 분위기를 느끼고 있는 것만은 사실이라고 꼬리를 달았다. 이후 그는 평소와는 달리 격일제로 근무하는 경비실 김 씨를 좀 유심히 관찰하게 되었다. 아내의 말대로 요구르트 아줌마나 청소하는 아줌마와는 각별히 지내는 모양이었고, 아주 가끔 부인네들이나 아이들이 무엇을 접시에 담아 경비실에 넣어주기도 하는 모양이었으나 그때마다 그는 예의 그 무표정한 얼굴로 굳어 있었다. 괜한 남자에게 엉뚱한 혐의들을 씌우고 있는 이곳 아파트 여자들이 한심해 보였다. 다만 어느 늦은 시간에 생반을 받쳐는 304호 여자가 경비실 쪽을 향해 천천히 걸어가는 것을 차 안에서 바라보곤 좀 의아한 생각을 해본 일이 있었던 정도였다. 그러나 이후의 반상회에서도 그 사내에 대한 아파트 여자들의 성토는 끊이지 않았는데 이번에는 다소 엉뚱한 루머가 나돌았다. 208호 여자와의 관계가 이상해 뵌다는 것이었다. 이건 좀 조심스러운 부분이어서 서로 먼저 화제로 삼기를 꺼리거나 쉬쉬하면서 입에서 입으로 퍼지기만 했다. 소문의 진원지는 요구르트 아줌만지 304호 여잔지 분명치 않았다.

붕어의 산란기가 시작되어 입질이 좋아지기 시작하던 어느 늦은 봄, 그는 경비실 김 씨의 비번 날을 택해 그를 낚시터로 끌어낼 수 있었다. 낚시에 다녀오는 그를 항상 부러운 눈으로 바라보았고, 자신도 낚시를 좋아한다기에 언제 함께 가기로 약속을 해둔 터였다. 안성 고삼 저수지까지 차를 몰아 김 씨와 함께 하루를 즐기는 동안 그는 김

씨가 평소의 경비실에 앉아 있을 때와 조금도 다르지 않은 데 놀랐다. 그는 말없이 수면만을 응시했고, 건네는 술잔을 황망히 받아 마시기만 했다. 그가 이날 알아낸 김 씨에 관한 정보는 마누라는 죽고 네 살된 딸이 하나 있다는 것 정도였다. 다만 말이 없던 그가 시내에 들어와 아파트 건너편의 소주집에 들렀을 때에 잠깐 취기를 보였을 뿐이었다.

"혼자 사니 관심 두는 여자도 많겠군요?"

하루종일 미루어오던 질문이었다. 그때 사내는 예의 그 취기를 드러내며 그에게 씨익 웃어보인 것이다.

"경비실 근무가 점점 힘들어지는군요, 요즘엔."

그리고 그는 그 며칠 후부터 출근하지 않았다. 304호 여자가 이민을 떠난 것도 그 즈음이었다. 반상회에서는 어느 누구도 김 씨와 304호 여자를 관련지어 함께 입도마에 올리는 일은 없었다. 다만 새로 들어온 영감은 아파트 사람을 잘 알아보지 못한다는 새 투정들을 부리기 시작했다.

(1988)

가을비

가을비가 촉촉이 내리고 있던 가을 어느 날이었다. 좋아하는 라면을 점심으로 때우고, 무료하게 서재에 앉아 있던 나는 때아닌 전화 한 통화에 기분이 덜커덩 좋아졌다. 오랫동안 소식이 끊겼던 J에게서 온 전화였다. 졸업하고 몇 번 만나본 이후 여러 해 동안 문득 소식이 끊겼던 그녀는 총명하고 귀여운 데다 마음 씀씀이가 넉넉해 늘 가까이 지내던 아이였다.

"선생님 저예요."

전화통 속에서 들려오는 맑고 명랑한 목소리의 임자를 나는 바로 알아보았다.

"너로구나?"

"죄송해요, 그 동안 연락 못 드려서."

"거기 어디니?"

그 동안 어찌 지냈느냐, 어디서 무얼 하고 있었느냐, 왜 그리 소식이 없었느냐고, 반가워도 하고 나무라기도 하고 해야 할 법도 없이 다짜고짜 거기가 어디냐고 물었다. 그만큼 반갑기도 했겠지만 나이 어린 제자에게 자신의 그런 속내를 쉽게 드러내 버린 것이 좀 뭐 하기도 하다는 생각을 했다. 언제 시간이 나거든 연구실로 한 번 들르라든가 오늘은 원고가 밀린 게 있어 다음에 보자든가 하는 너스레도 좀 피울 나이가 되었건만, 이날은 순전히 기다리던 애인전화 받듯이 용수철처럼 벌떡 일어난 것이다.

외출중인 아내가 돌아올 시간이 되었는데도, 그리고 오후에는 오랜만에 백화점에 들러 가을옷이나 둘러보자는 약속을 깨고 주섬주섬 옷을 갈아입었다. 아내에게 미안했지만, 시동을 걸고 그녀와 약속한 장소로 차를 몰면서부터는 다시 기분이 들뜨기 시작했다. 나는 평소 나이가 꽤 되었다고는 생각하지만 늙었다고는 생각해 본 적은 없어서 늘 학생들과 어울려 마시고 웃고 토론하기를 좋아한다. 더구나 J양과 같이 재능있고 예쁜 제자들과 어울리는 것은 고통과 즐거움을 동시에 맛보게 되는 시간이다. 고통이란 그녀가 나의 제자라는 것 때문이었고 즐거움이란 그녀가 여자라는 것 때문이다. J 같은 재능 있고 귀여운 여성과라면 이 나이에 '사제지간'이 뭐 별 거냐 하는 생각도 안 해 본 건 아니다.

나는 오랜 만에 만나는 그녀에게 손을 내밀었다. 그녀의 따스한 체온이 손바닥에 슬그머니 전해 왔다.

"이 자식, 오랜 만이군."

"죄송해요."

"그 사이 시집이라도 간 줄 알았지."

나는 그녀의 무심함을 이렇게 점잖게 나무랐지만 눈치 빠른 그녀는 그것이 대단한 노여움의 표현이라는 걸 놓칠 리가 없다.

"그 사이 일 년쯤 직장에 나가다가 그만두고, 최근엔 대학원에 진학할까 어쩔까 했는데 아빠가 반대하시는 바람에 그것두 포기했어요."

카페에 앉아 우리는 오랜 만의 해후를 한 잔의 술로 즐겼다. 나는 오랜 만에 만난 그녀의 모습에서 성숙한 여자의 냄새를 맡았다. 그녀의 신랑감에 대한 주문도 받아보고, 결혼과 성에 대한 실제적인 토론도 벌여보고, 그녀의 장래에 대해 격려와 걱정을 함께 해보는 동안 나는 문득 자신의 나이를 떠올리고는 문득 여름감기에 걸린 사람처럼 어깨를 부르르 떨기도 하였다. 갓 스탠드의 조명을 받으며 발그레하니 앉아 있는 J의 모습이 이날따라 퍽 섹시해 보이기도 했다. 선생이 제자더러 섹시하다니, 이건 너무했다 싶었지만 그것은 그 가을을 맞는 나의 가장 솔직하고 담백한 심정이었다.

"그 사이 아무 일도 없었단 말야?"

"무슨 일요?"

"연애사건 같은 거…."

"훗훗."

그녀는 푸푸 웃었다. 그러나 그 사이 아무 일도 없었느냐고 다그치는 자신의 말투가 무슨 질투심 많은 사내자식이 애인한테 보낸 투정 같기도 해서 나는 순간 또 한 번 머쓱해졌다.

"선생님 이거 받으세요."

헤어질 시간이 되어 문득 그녀는 탁자 밑에 놓인 페이퍼 백을 내밀었다.

"이쁜 티를 전부터 하나 봐둔 게 있었거든요. 검정 바탕에 밤색 체크가 있는 건데, 어울리실 거예요. 선생님 체크무늬 좋아하시잖아요?"

"고마워."

나는 순간 감동했다. 오랜 만에 만나는 선생에 대한 그녀의 마음 씀씀이도 고마웠지만 자신이 체크무늬를 좋아한다는 취향까지 기억하고 있었다는 게 여간한 일이 아니다.

“난 무얼 주지?”

내가 기쁨에 차서 묻자,

“선생님 마음요.”

라고 J는 대답했다.

우리는 밖으로 나왔다. 어둠이 짙게 깔린 골목의 중간쯤에서 이번에는 그녀가 먼저 나에게 손을 내밀었다.

“선생님, 안녕.”

나는 그녀의 작고 귀여운 손을 오랫동안 놓지 않았다. 그 바람에 그녀는 어느 순간 끌려오듯 내 쪽으로 몸을 기울였다가 황망히 자세를 바로세우기도 했다.

집으로 돌아오는 차 안에서, 나는 문득 나와 J양과의 관계는 매우 부당하다고 생각했다. 그리고 이날의 아름답고 아쉬운 그녀와의 데이트는 아파트 관리비에 시비를 붙거나 백화점 바겐세일 날짜나 외우고 있는 아내 따위는 알아서는 안 된다고 생각했다. 차창에 와 부딪는 가을비를 보며 나는 다소 센티멘털한 기분이 되었다.

“어디 갔었어요?”

현관에 들어서자 아내가 한마디 쏘아붙였다.

“정 선생하고 바둑 세 판!”

나는 소리질렀다.

“그건 뭐예요?”

“오다가 샀어. 검정 바탕에 밤색 체크!”

나는 고함쳤다.

차분하지만 다소 분기에 찬 아내의 얼굴이 서서히 나에게 다가온 건 내가 서재로 들어간 지 5분도 안 된 시간이었다.

“당신, 이러구 다녀도 되는 거예요?”

나는 아내가 내민 페이퍼 백에서 꺼낸 분홍색 사각봉투를 받아들었다. J의 것이었다.

—그동안 베푸신 선생님 마음 오래 간직할 거예요. 저 오는 17일 결혼합니다. 어쩐지 선생님께는 직접 말씀드릴 수가 없었답니다. 안녕, 선생님.　　　　　　　　　　　　　　　　　　(1989)

선주하 評傳

　우리의 친구 선주하(宣周河) 군은 마침내 깊은 시름 속으로 빠져들기 시작했다. 내가 과연 속물(俗物)인가, 속물이란 어떤 뜻으로 쓰이는 단어인가. 아니 도대체 속물이란 어떻게 생긴 물건인가. 그는 책상머리에 앉아 곰곰이 생각에 잠겼다. 속물—거기에는 먼지가 끼어 있는가. 아마 그럴 것이다. 그렇다면 어떤 모양을 하고 있는가. 세모꼴인가 네모꼴인가 아니면 이등변 삼각형인가. 그는 서랍을 열어 해태 마미 비스켓을 몇 개 꺼내어 우두둑 씹었다. 복잡한 상념에 잠길 때거나 헝클어진 생각들을 정리할 때 그는 입에 무엇을 넣고 우물거리는 버릇이 있었다. 그리고 그는 담배 한 개비를 피워 물었다. 담배를 피우고 있을 때면 헝클어졌던 생각들이 일렬종대로 늘어서더라는 시인 C형의 얘기는 이때 순전히 거짓말이 되었다. 실오라기 같은 파란 연기가 스멀스멀 그의 머리를 휘어감았다.

　“내가 속물이라면.” 주하는 생각했다. “그럼 놈들은 무엇인가.”

　놈들이란 이날 그가 만났던 태석과 문호를 말한다.

　“선주하가 드디어 우리를 슬프게 하는군.” 태석은 말했다. “넌 스스로를 촌놈이라고 소개하고 다녔었지. 그게 니 프라이드였구. 넌 알고

272

보니 줄리앙 소렐의 형님뻘이야."

문호의 이 말에 그는 하마터면 손에 들었던 찻잔을 집어던질 뻔하였다. 그리고 그는 이내 다방 〈쪽샘〉을 나왔던 것이다. 슬픈 일이다. 이젠 안태석과 한문호까지 나를 속물로 몰기 시작하다니. 만원버스의 손잡이에 매달려 서서 그는 문득 고향생각을 하고 있었다. 하숙으로 돌아오는 청파동의 골목이 이날따라 낯선 도시의 긴 터널을 지나고 있는 듯 불안했다. 골목 어귀의 어느 철문 앞에 서성거리고 있을지도 모르는 엄혜인 양을 떠올렸다. 솔직히 말하자면 지금 주하는 한 여자를 버리려 하고 있는 중이었다. 주하는 그 이유를 '감당할 수 없는 여자'로 표현하였고 문호와 태석은 그것을 '자기기만의 극치'로 파악하고 있었다.

주하는 올해 스물여덟. 전라남도 C읍에서 고등학교 과정을 마치고 때마침 그의 젊은 홀어머니가 경영하는 제과점이 번창하여 서울에 유학했다. 그는 K대학에서 역사학을 전공하였으며 아울러 예술을 사랑하는 다채로운 청년으로 성장하였다. 서울은 모든 욕망의 집결지였다. 스물여덟 해를 살아오는 동안의 그의 생애에서 빼놓을 수 없는 사항이 있다면 그것은 그가 그 동안 벌이지 않으면 안 되었던 그의 자살소동이다. 자살이란 명예를 빛내기 위해서나 할 일이지 해야 할 일을 회피하기 위한 창피스러운 수단이 되어서는 안 된다고 언젠가 그가 읽었던 풀타아크 영웅전에는 씌어 있었지만, 그러나 그는 어느 서양 시인의 말대로 '자살하는 힘을 가진 행복한 자'이기도 했던 것이다. 그는 다혈질(多血質)이었으며 정념적(情念的)이었다. 그는 기민한 벌레처럼 스스로에 가해지는 변모조건에 몸을 움츠리고 또 몸을 폈다. 그것은 서울에서였다. 여자의 성기가 그녀의 모든 부분 가운데에서 가장 비예술적(非藝術的)인 곳임을 안 것도 서울에서였고, 출세를 해야겠다고 가장 강렬하게 결심한 것도 서울에서였고, 메뚜기 숨구멍의 소재를 알아야 가정교사를 할 수 있음을 안 것도 서울에서였고, 50만 원짜리 개새끼도 있음을 본 것도 서울에서였고, 그래서 그는 문득 저 슬픈 별처럼 하마터면 영영 사라져 버릴지도 몰랐던 곳이 서울이었다. 그래서 버나드 쇼는 그의 인생살이의 즐거운 스승이었으며 브람스는 그의 고달픈 영혼의 위무자였다. 그는 한용운(韓龍雲) 시인을 할아버지로 갖고 싶어했으며 술에 취하면 대원군(大院君)을 무지하게 사랑하곤 하였다. 하마터면 죽어버릴 뻔했던 선주하. 서울에서 그가 내보이고 만 최초의 취약성(脆弱性)은 물론 그의 자살소동이었다. "자살조차도 제대로 못해 낸 자식을 앞으로 어따 쓸 것이냐." "자살하려다 살아난 놈 치고 똑똑한 놈 못 봤느니라." 그의 자살소동을 전해들은 시골에 계신 그의 조부는 이렇게 말했다 한다. 그리고 이 말씀을 전해들은 주하는 마치 간지럼이라도 타듯 킬킬킬킬 웃었다. "오빠는 알고 본께 참 조잔해요 잉. 세상 남자가 다 저렇다믄 난 죽어도 시집 안 갈래." 그의 이종동생 인숙이의 이와 같은 강평(講評)에도 그는 예의 그 킬킬킬킬 간지럼을 탔다. 그러나 "차라리 금관 태우는 놈을 이해했으면 했지 넌 도무지 알 수 없는 놈이다"라고 몰아세운 그의 친구 문호의 발언에 대해서는 몹시 초조한 낯빛으로 굳어버렸던 것이었다. 그의 최초의 자살소동은 그가 사랑했던 한 여지와 관련되었었다. 세상에 흩어져 있는 사랑이야기 치고 신기한 것 없지만 흥미없는 것 또한 없는 법이다. 그것들은 모두가 다 엇비슷해 보이지만 사실은 각각 다른 사연들로 채워져 있는 것이다.

지금의 선주하 군의 속주머니에 깊이 간직되어 있는 김화란 양에 대한 기억도 그런 것 중의 하나였다. 주하는 이제 김화란 양에 대해서는 울지 않고는 그 기억을 떠올릴 수 없게 되어버렸다. 그럼에도 불구하고 그는 또 한 여자 엄혜인 양을 버리려 하고 있는 것이었다. 그리고 주하는 "기꺼이" 그녀를 단념하기로 하고 있다. 그의 대학동기이며 그 당시의 '靑虎會'의 멤버였던 안태석과 한문호는 이제 그를 이단(異端)으로 몰아세우고 있는 것이다. 청호회는 시인이자 역사학자인 김호국 박사를 고문으로 한 월례토론과 교양강좌를 위한 교내서클이었다. 그들은 하늘만 보는 푸른 소나무처럼 싱싱하고 곧게 자라기를 수양했다. 속물이란 그 당시 주로 그들에게 고구(考究)의 대상이 되었던 용어이기도 하였다. 그들은 송충이 배때기만큼이나 징그럽고 추악한 혐오의 대상으로 그것을 이해하고 있었다. 바로 그 명예롭지 못하고 생(生)의 가장 미존한 대목을 상징하는 '속물' 운운에 대해 주하는 찻잔을 집어던질 뻔하다가 그만둔 소극적인 도전만을 내보이고 돌아온 것이다.

"내가 속물이라면, 그러면 놈들은 무엇인가?"

주하는 다시 마미 비스켓을 두 개 꺼내어 우두둑 씹었다. 니코틴과 비스켓 가루가 이빨 사이에 끼어 입안이 찝질하였다. 그는 성냥개비의 모가지를 꺾어 이쑤시개를 만든다. 도대체 놈들은 나에게서 어떤 냄새를 맡았단 말인가. 벽에 걸려 있는 모딜리아니의 목이 긴 소녀는 그를 내려다보고 있었다. 빌어먹을, 웃고 있구나, 넌. 주하는 서성거리며 다다미방을 빙글빙글 돌았다. 초조하다. 엄혜인 양은 지금쯤 그의 하숙으로 오는 골목어귀에서 밀감이라도 몇 개 든 봉지를 들고 이쪽으로 오고 있을지도 모른다. 작고 귀여운 엄혜인 양은 이젠 그에게는 하나의 공포로 변모하고 있는 것이다. 그것을 어떻게 놈들에게 아니 엄혜인 양에게 설명해 보일 수 있단 말인가. 수사(修辭)에 능한 선주하로서도 스스로 어떻게 할 수 없는 지경 속에 빠져 있었다. 사단법인 연사학회(研史學會)인 그의 근무처로서 걸려온 이날의 혜인의 전화가 속물론의 화근이 되었다.

문호들과의 약속을 위해 퇴근채비를 서두르고 있을 때였다.

"혜인이에요."

"말 해."

"지금 좀 나와요."

"어딘데?"

"소공동."

"웬일이지? 우리 약속은 낼인데."

"글쎄 나올 거예요, 아녜요."

"문호하고 약속인 걸."

"나와 안 나와?"

"지금 말할 수 없어?"

"전화루?"

"하면 안 되나?"

"왜 신경질이에요."

"거긴 왜 그렇지?"

"나올 거예요. 안 나올 거예요."

"글쎄 얘기해 봐."

"증말 왜 이러는 거예요?"

"뭐라구?"

"끊겠어요."

"이봐 이봐!"

전화는 끊겼고 주하는 마치 먼저 수화기를 놓지 못했던 일을 후회하듯 내던지듯 수화기를 내려놓았다.

"씨팔!" 주하는 욕지거리를 퍼부었다. "왜들 이러는 거지."

그리고 그는 이날 엄혜인 양에 대한 그간의 생각을 모아 그의 소신의 일단을 문호와 태석에게 피력해 보였던 것이다.

"…좌우지간 난 기권이야."

주하는 엄 양으로부터 물러설 것을 얘기하고 기지개를 펴듯 등의자에 몸을 기댔다. 그리고는 이어 '속물'세례를 받고 다방을 뛰쳐나온 것이다.

주하는 창 밖으로 내다보이는 청파동의 저녁풍경을 구경하고 있었다. 왜식으로 지어진 많은 고층 목조건물들이 다닥다닥 늘어붙어 있었다. 도요토미 히데요시가 남기고 간 그 별장들은 이제 퇴색한 인화지처럼 청파동의 하늘 아래 깔려 있었다. 앙상한 나뭇가지 위에 송도관광 기념타월이 걸려 있고 그 아래에서 늙은 식모 아주머니는 떨어

276

진 낙엽더미를 소제하고 있었다. 계절이 껍질을 벗고 전봇대 위에 늘어섰던 작은 새떼들은 더 깊고 아늑한 숲으로 날아간다. 그러나 저 더듬거리며 간신히 음계를 오르내리는 서툰 피아니스트의 엘리제는 하루에 두 차례씩 그의 창문을 두드린다. 부잣집 막내딸이 치는 엘리제를 위하여. 동대문시장에 오십 평이 넘는 청과상회를 가지고 있다는 저 자랑스러운 문패 表大成 씨. 그의 막내딸이 치는 피아노는 언제나처럼 사과 굴러떨어지는 소리로 청파동 1가 1백의 10번지 일대를 괴롭혔다. 피아노가 저렇게 비예술적인 소리를 낼 수도 있는가, 주하는 창문을 닫았다. 돈이 예술이라면, 아 나는 무엇인가. 여자가 속물이라면 그리고 월봉 7만 2천 5백 원이 생활이라면 아 그러면 내가 학문일 수 있는가. 낡은 다다미방 위에 펼쳐진 C읍 출신의 생활가구. SONY트랜지스터, 카시미롱이불, 원고지, 볼펜, 그 옆에 펼쳐진 《韓國近代史》, 그리고 그 위에 꽂혀 있는 《性生活의 길잡이》, 《바둑原論》, 낡고 퇴색한 가방, 소주병, 중고 포터블 전축 위에 널려진 네댓 장의 디스크. 그것은 모두 브람스로 채워져 있었다. 주하는 백발과 턱수염으로 디자인된 브람스의 재킷을 들어 찬찬히 들여다보았다. C읍 출신의 선주하는 그때마다 문득문득 자신의 백발이 성성한 노대가(老大家)의 만년을 그려보게 되었다. 그것은 습관이었다.

"차라리 금관 태우는 놈을 이해했으면 했지 ⋯." 주하는 서서히 어두워지기 시작하는 청파동 일대의 저녁풍경을 내려다보며 키득키득 웃는다. 그리고 그는 그의 속주머니 깊숙이 넣어둔 낡은 수첩을 꺼낸다. 주하는 문득 밖으로 나왔다, 이제 막 어두워지기 시작한 골목 어귀에서 밀감을 사고 있는 한 여자가 서 있었다. 주하는 천천히 발길을 옮겼다. 날씨가 차다. 문득 겨울이 멀지 않았다고 그는 생각했다. 주하는 리어카 앞에 서 있는 엄혜인 양을 발견하자 그쪽으로 천천히 다가갔다. 여자는 때때로 요런 실수 때문에 매력이 있어보인다. 범인은 현장(現場)에 가보고 싶어한다. 서성거리며 밀감이 든 봉지를 들고 주하의 하숙 근처를 배회하고 있던 혜인은 그를 보자 신인 탤런트처럼 웃었다.

"아깐 미안했어요."

혜인은 사과했다. C읍 출신의 선주하는 이때 자기가 하려고 했던 말을 먼저 해버렸으므로 약간은 쑥스럽고 문득 혜인이 누나처럼 생각되었다. 작고 귀여운 혜인 양이 때때로 누나처럼 보일 때 주하는 어김없이 촌스러운 웃음을 내보인다. 애인들은 미안하다고 말할 때 가장 촌스러워지고 그래서 그들은 그것 때문에 또한 더 쑥스러워지는 법이다. 주하는 그녀에게 손을 내밀었다. 누렇게 익은 밀감 하나가 그의 손바닥에 와 안긴다. 저 우이동의 대낮 숲 속에서 그에게 안겨 오던 혜인의 작은 어깨처럼 그 밀감은 꼼지락거리며 꼼지락거리며 그의 손바닥 안에 있다. 그러나 어떻게 할까, 주하는 생각했다. 이 작고 귀여운 밀감을 어떻게 할 수 있는가, 나는 오늘. 주하는 망설였다. 전봇대 위에 걸린 초겨울의 저녁 하늘이 이날따라 더 두껍고 무거워 보인다. 사내들은 여자로부터 도망가고 싶을 때면 저 오월의 하늘과 빛나는 별들과 우수수 떨어지는 낙엽과 솜사탕 같은 눈송이도 하나같이 어둡고 어지러우며 어수선하여 시끄러운 소리를 내게 되며 그래서 그는 문득 나무꾼처럼 엉성한 포즈로 여자 앞에 서게 된다.

여자는 그래서 뒤늦게 발견한 사내의 비낭만성에 소스라치게 되고 마침내 그녀의 뮤즈는 치맛자락을 거두고 나무꾼으로부터 물러서게 된다. 새를 날리듯 후여후여 소리내어 여자를 날릴 수가 있다면…. 전라남도 C읍 〈탐진 제과점〉의 장남 선주하 군은 생각했다. 자신을 단 한 번도 플레이보이라고 생각해 본 적이 없는 선주하는 이때 몹시 괴로운 심정이 되었다.

"할 얘기가 있어요"

혜인은 전봇대 꼭대기를 쳐다보고 서 있는 주하의 어깨를 끌었다.

그들은 S여자대학 옆에 별관처럼 붙어 있는 다방 〈라이프〉로 들어갔다. 다방 안은 어두컴컴하고 어수선하였다. 여자대학 근처의 다방은 남자대학 다방이 되어 있었고 놈들이 피워대는 담뱃불은 마치 도깨비불처럼 여기저기서 깜박이고 있었다. "내버려둬요. 날 내버려둬요." 스피커는 소리 지르고 있었고 한떼의 여자들이 까르르 소리내어 웃고 있었다.

"나 주하 씨하구 결혼할래요."

엄혜인 양은 마치 커피를 주문하듯 주하에게 말했다.

"이 몸이 새라면 좋겠어."

주하는 희극적으로 말했다.

"난 도망가고 싶어."

"남자답지 못해요."

"할 수 없지. 비굴할 수는 더욱 없으니까."

주하는 등의자에 몸을 기댔다.

"이젠 아버지의 도장이라도 받아오기 전에는 난 혜인을 만날 수가 없어. 서로가 좋아하고 결혼하고 싶어한다는 이유 하나만으로 우선 쭈욱 만나왔지만 이제부턴 그건 도둑놈들이 하는 짓들이 되고만 거야. 어떻게 할까, 내가 혜인을 꿰차고 설악산쯤으로 도망을 간다면? 그때 우린 텔레비전 속의 주인공처럼 깔깔거리며 이겼노라의 설악산의 소나무를 붙들고 하늘을 향해 외칠 수 있을까. 허지만 혜인이나 나나 그땐 열등감 때문에 마침내는 서로를 욕하고 헤어지고 말겠지. 나를 마치 딸도둑놈으로 보고 있는 엄화식 씨는 좀 한심한 데가 있어. 그 친구는 아마 영영 딸을 시집보내고 싶어하지 않을지도 모르지. 혜인의 작은 입술과 커다란 눈동자와 알맞게 솟은 젖가슴과 적당히 퍼진 딸의 엉덩이가 몹시도 귀엽고 사랑스러워서 더구나 나 같은 족보도 모르는 촌놈에게 빼앗길 수가 없겠지. 욕심많은 남자야. 아니, 내가 지금 거짓말을 하고 있군. 혜인은 날 모르지만 실은 내가 장관아들이 아니기 때문이지. 혜인이 아버진 그렇다면 개새끼다. 내가 부자가 아닌 때문이라면 혜인의 부친 엄화식 씨는 대단히 소심한 사람임에 틀림없어. 혜인이의 아버진 어느 쪽일까, 치사하게도 엄화식 씨는 빵장수의 아들임을 내세워 나를 성토했다더군. 그런 친구를 어떻게 해서 지금의 대 미림재단의 이사가 되게 했는지, 저주스러운 땅이야. 그런 아버지를 갖고 있는 혜인은 좀 부끄러워해야겠지. 누군 빵장수가 좋아서 하고 있나, 누군 아버지가 필요없어서 육이오 때 죽게 했나, 누군 장관아들이 되고 싶지 않나, 우스운 친구의 돼먹지 못한 고집을 난 더 이상 구경만 하고 있을 수가 없다고 봐.

도대체 내가 엄화식 씨의 따님을 가져서는 안 된다는 사실 앞에 요즘 나는 본격적으로 놀라고 있는 중이지. 우스운 사내의 귀엽고 철없는 딸 엄혜인 씨, 당신의 아버지를 위해서 난 결혼을 거부하겠어. 우리 서로를 위해서는 슬프고 불행하겠지만, 아 빌어먹을 불행이고 행복이고 세계평화고 다 소용없이 난 지금 공부를 하고 싶은 거야. 내가 그 동안 혜인에게 사준 찻값을 모조리 물어내게 했으면 좋겠는데 계산서가 없군. 쓸데없이 우린 웃고 떠들며 깔깔거리며 수원 그린필드로 인천 맥아더 대장에게로 안양 풀장으로 설파다방으로 바로크 음악 감상실로 쏘다니곤 했었지. 연애는 실패여도 안 해본 것보다는 낫다는 말이 있지만 그건 연애 못 해본 친구들이 부러워서 한 소리야. 이젠 어느 것도 연애를 위한 변명도 수식도 될 수 없어. 결혼하지 못할 연애는 시작하지도 말 것이며 시원찮은 연애는 하지도 말 일이야. 저 엄화식 씨 같은 당대의 속물을 아버지로 둔 여자는 다만 집에서 뜨개질이나 해서 책상보나 하나 더 만드는 일이 중요하지 돼먹지 못하게 밀감이나 사들고 사내 녀석의 하숙을 기웃거린다면 남자만 자꾸자꾸 온달처럼 되어갈 뿐이야. 나는 온달이 아니고 혜인인 이제 평강공주도 아니야, 엄화식 씨와의 싸움은 싸움 같지도 않고 꼭 허공에다 스파링 하는 권투선수처럼 싱거워. 혜인, 이젠 밀감을 손에 들지 않아도 돼. 이 시끄러운 다방엔 들어오지 않아도 돼. 그리고 아버지가 데리고 올 초봉이 십칠만 원의 칠성물산의 공대 출신 살찐 사장 아들을 기다리고 있으면 돼. 이 삐쩍마른 C읍 출신의 선주하에게는 몇 번 자기의 알몸을 구경시킨 사건을 후회하면 쉽게 잊을 수 있겠지. 여자들은 그것을 능청스럽게도 '빼앗겼다'고 안타까워 하지만 오히려 '빼앗은' 경우도 많지. 나는 주로 빼앗기면서 서울을 살아온 셈이야. 그래서 촌놈이라는 프라이드는 아직 갖고 있어. 오늘 문호 녀석들은 나를 속물로 몰아세우더군. 실사구시형(實事求是形)의 또 한 여자를 숨기고 있음이 틀림없으며 그래서 나는 줄리앙 소렐이 형님뻘이라는 거지. 아 차라리 내가 줄리앙 소렐이라면 좋겠군.”

주하는 술을 퍼마시듯 커피를 입에 갖다부었다.

“남자답지 못해요.”

혜인은 쿨적거리며 말했다.

“어떻게 해야 내가 남자다워지지?”

“우리 아부진 그런 분이 아녜요.”

“말해.”

“좀더 신중히 주하 씨를 타진하시고 싶으신 거예요.”

“그 분의 청진기는 아주 낡은 모양인데. 불알이 네 쪽 붙은 놈을 찾고 있는 모양이군.”

“뭐라구요?”

“도대체 내게서 무얼 원하시는지 모르겠어.”

“딸을 더 적극적으로 사랑하고 그것을 믿을 수 있을 때를 기다리고 있단 말예요.”

“그걸 어떻게 내보이지?”

“주하 씨 눈에 써 있대요.”

“돋보기를 쓰셨군.”

“비꼬지 말아요.”

“홋홋.”

“웃지 말아요.”

“미안해.”

“난 가겠어요.” 혜인은 일어섰다. “비굴해요.”

주하는 따라 일어섰다. 비굴한 남자는 철없는 여자를 따라 청파동의 긴 골목길을 헤매었다. 수은등은 박꽃처럼 하얗게 떠 있었고 붉고 푸른 네온들은 이 도시를 지키는 레이더처럼 하늘가에 떠서 빙글빙글 맴을 돌고 있었다.

"미안해." 주하는 혜인의 팔을 붙들었다. "난 아마 독설가(毒舌家) 흉내를 내고 싶었던 것 같애."

엄혜인은 손수건을 꺼내 눈두덩을 찍어내고 있었다.

"자꾸 미안하다고 그러지 말아요." 혜인은 나직이 그러나 몹시 화난 음성으로 말했다. 그러고는 마침내 쿨적쿨적 울기 시작했다. 주하는 전봇대 꼭대기를 찾다가 그 끝이 어둠 속에 묻혀 버렸음을 알고는 갑자기 초조해지기 시작했다. 불안하고 긴장할 때 전봇대 끝에 시선을 걸어두는 주하의 버릇은 슬프게도 쌍학표 시멘트의 네온판에 시선을 박은 채 온달처럼 서 있게 했다. 어지럽게 돌고 있는 네온의 불빛 저 멀리 비로드를 깔아 놓은 듯 하늘은 진하게 어두웠고 그것은 바다처럼 새파래 보이기도 하였다. 주하는 문득 C읍을 생각했다. 실배암같이 완만히 구부러진 긴 시내, 연탄공장과 양조장을 옆구리에 끼고 길게 늘어선 탱자나무의 숲, 소들은 그 개울가에 깔린 잔디 위에서 게으름을 피우고 해질녘 물오리떼들은 저녁산보를 나온다. 하얀 페인트를 칠한 읍사무소와 그 옆에 다소곳이 서 있는 조그마한 2층 제과점, 그 가게의 여주인의 얼굴이 커다란 원을 그리며 그의 시야에 가깝게 다가왔다.

도넛처럼 둥글고 모찌떡처럼 찰지게 한 여자를 사랑하고 그리고 이제는 한 여자를 잊으려고 허둥대며 전봇대 끝만을 안타깝게 찾고 있는 C읍 출신 빵장수의 아들. 만원버스 손잡이에서 가로등이 켜져 있지 않은 하숙집으로 오는 어두운 골목 어귀에서 그는 문득문득 습관처럼 C읍내의 탱자나무 숲을 떠올리곤 하였다.

─한 번만 더 그라믄 아들 안 삼는다. 이 짜잔한 자식아….

─넌 사나구 자식이 으짜믄 그리도 가시내같냐?

선주하 군은 혜인 양의 울음을 달래면서 그의 젊은 홀어머니의 꾸지람을 떠올린다. 초겨울의 초저녁 바람이 이제 옷깃에 차다.

"혜인이." 주하는 말했다. "우린 첫눈에 반해버렸었지. 그건 확실히 연애할 숙명에 놓인 사람들의 축복받은 순간일 거야. 허지만 알고 보니 연애는 너무 맹랑하더군. 연애는 바둑같기도 하고 장티푸스 같기도 하고 설사병 같기도 해. 연애는 소모(消耗)일 뿐이야."

"선생님은 참 정정하십니다."
주하는 손에 들었던 찻잔을 조심스럽게 내려놓으며 말했다.
"이 사람아, 그게 무슨 소린가. 난 아직 감기 한 번 걸려본 적이 없어요. 요즘 젊은 친구들은 너무 빨리 늙어요. 자넨 일요일이면 뭘 해? 등산하나? 낚시는 어때?"
K 교수는 좀 큰소리로 연거푸 말했으므로 옆자리의 박, 서, 정 교수도 모두 선주하와 교수 쪽으로 시선을 돌렸다.
"전 요즘 바빠서 산엔 못 다니고 있습니다. 전엔 가끔 친구들을 따라나섰습니다만⋯."
"자넨 그 얼굴 꼴이 뭔가? 학문하려면 첫째 건강이야."
주하는 모교 은사이면서 그가 소속하고 있는 학회의 상임위원인 K 교수를 만나 이날 공부를 계속하고 싶다는 평소의 그의 생각을 말했다.
주하는 교수실을 나와 천천히 동관(東舘) 쪽으로 걸음을 옮겼다. 졸업한 지 삼 년, 그동안 그는 두어 번 모교를 찾은 일이 있었다. 한 번은 졸업증명서를 떼기 위해서였고, 또 한 번은 성적증명서를 떼기 위해서였다. C읍 출신의 선주하는 때때로 K 교수와 같은 분을 아버지로 갖고 싶은 충동 속에서 산다. 서울이 그의 하숙방처럼 차고 서먹서먹하다고 느낄 때 그는 문득 K 교수를 떠올린다. C읍 출신의 선주하 군은 사실상 외로움을 타고 있었다. 주하는 유독 서울이 서먹서먹하고 배반한 친구의 뒤통수처럼 야속하였다. K 교수 같은 분에게서 급히 필요한 돈 오천 팔백 원을 꾸어다 쓰거나 때때로 그 분과 함께 얌전한 색시가 있는 술집에라도 가서 유쾌하고 신선한 음담이라도 늘어놓고 싶을 때가 그래서 가끔 있다. 주하는 십여 년 가까이 서울에서 살아왔지만 서울은 그러나 갑작스럽고 어울리지 않게 안면을 바꾸어 그를 대하곤 하였다. 그럴 때면 주하는 예외 없이 10여 년 전 저 64년 1월 어느 날의 새벽녘 서울역 대합실에 가 있게 되곤 하였다. 주하는 지금도 그 몹시도 추웠던 서울의 첫 아침나절을 잊을 수가 없다. 대합실 유리창에 낀 성에를 손바닥으로 닦아내며 마중나온 사촌형을 기다리던 얼어붙은 시간, 주하는 그때 무료하고 춥고 초조한 나머지 신고 있던 구두를 닦기로 하였는데 십 원하던 요금을 육십 원이나 강제 지불당하고 말았다. 구두닦이인지 깡패인지 분간하기 어려웠던 그때의 얼떨떨했던 순간을 주하는 그후 아무에게도 얘기한 적이 없다. 서울은 그에게 바가지를 씌우면서 맞이했고 주하는 그 바가지를 선물로 받고 서울에 입성(入城)한 셈이었다. 서울은 춥고 어둡고 치사하고 간사한 도시였다. C읍 출신의 주하는 그래서 서울을 일종의 전장(戰場)으로 생각하게 되었으며 버스 안이나 대학 강의실에서도 문득문득 속주머니에 손을 넣어 하숙비나 책값들을 확인하곤 하는 좀 소심한 버릇을 가지게 되었다. 지금도 주하는 서울역 근처에서는 구두를 닦지 않는다. 그것은 이미 버릇이 되어버렸지만 가령 주하에게 "내일 12시 정각 서울역 시계탑 밑에 서 있겠어요"라고 예쁜 음성의 아가씨가 데이트를 청해 온다고 해도 그는 차라리 미아리 9번 버스종점에서 만나자고 우길지도 모를 일이다. 대학 2학년 때던가. 주하는 입대할 고향친구를 환송하고 술에 취해 거리의 여자에게 끌려가 그녀의 몸값으로 시계를 풀어놓고 새벽녘에 탈출한 일이 있었는데 그것도 전혀 강제적인 방법에 의해서였다. C읍 출신의 동정남(童貞男) 선주하 군의 순정을 처음 앗아간 그 갈보아가씨는 그때 '포도당구균에 의한 요도염'을 선물로 주었고 주하는 그것 때문에 비뇨기과의 기다란 층계를 설사병환자처럼 바쁘게 오르락거려 한 달치 하숙비를 몽땅 털었던 것이다.

이와 비슷한 내용의 사건들은 그 후 선배와 친구와 서울 시민들에게서도 간혹 당하기도 하였으며 그래서 주하는 마침내 저 편리한 보호색을 준비해 둔 '카멜레온'처럼 기민해지기 시작했다. 정념적이고 다혈질인 선주하는 서서히 능청스러웠으며 몇 개의 보호색을 장만해 가고 있었다. 주하에게 슬픔을 주고 실망을 주었던 지난날의 그들에 대해서도 이제는 이해할 수 있고 더러는 용서해 줄 수도 있는 지경이 되었다. 주하가 그렇게 자라는 것을 주위에서는 대견스럽게 보아주었으나 사실상 주하 자신으로서는 좀 우울한 자기변모라고 생각하였다.

"자살은 한 번쯤 기도해 볼 만하군. 저 자식이 죽었다 살아난 뒤로 사람이 좀 돼가는 거 같애."

그의 사촌형은 언젠가 이런 말을 했다. 이러한 그가 대학에서 K 교수를 만난 것은 퍽 다행스러운 일이었다. 서울이 문득 고슴도치의 등처럼 차갑고 날카로워졌을 때 그는 교수에게 달려가 하소연하고 상의하고 또는 따지기도 하였다. 데모대의 요원으로 동원되기만 했던 어수선한 대학생활을 마치자 K 교수는 그에게 지금의 일자리도 소개해 주었던 것이다.

이날 그가 K 교수를 찾아온 용건은 좀 애매한 채로였다. 이유없이 초조하고 불안하여 그는 교수의 연구실에 달려온 것이 사실이었다. 초조하고 불안함 때문이었다면 아마 그것은 엄혜인 양으로부터의 불안일 것임에 틀림없다. 주하는 지금 엄혜인 양이 두려운 것이다. 주하는 스스로 그것을 알고 있었다. 그녀의 부친 엄화식 씨에 대한 반발이 곧 그의 딸을 취하지 않음으로써 성취될 수 있는 감정인가. 주하는 자신을 속물로 몰아세운 문호 녀석들의 발언이 못마땅하면서도 그러나 몹시 귀에 거슬려 오랫동안 그의 머리를 떠나지 않는 것이다. 그들은 줄리앙 소렐이라는 이름의 저 19세기 불란서 청년의 흑심(黑心)에 비유하여 주하를 성토했다. 가난한 제재소의 아들 줄리앙의 도박적인 생을 그가 닮으려한다는 것이다. 문호녀석은 주하에 대해서는 아주 자세히 알고 있는 터수였으므로 녀석의 발언은 언제나 신랄한 데가 있었다.

동관(東舘) 돌계단을 내려서면서 주하는 문득 생각하였다. K 교수를 찾아와 공부를 더 계속하고 싶다는 얘기며 가능하면 신학기에라도 대학원에 진학하겠다는 그의 포부는 실상 이날의 용무가 아니었음을 알았다. 그는 교수에게 무엇인가를 고해(告解)하러 온 것임에 틀림없었다. 그는 혜인 양으로부터 스스로를 건져낼 구실을 찾고 싶었던 것이다. 그러나 그것은 서른 살이 다 된 청년으로서는 좀 어울리지 않는 고민거리가 아닌가. 아니 그보다도 주하는 K 교수의 조언이 두려웠던 것이다.

"… 그렇다면 계속 그 아가씨의 부친을 설득시켜야 하겠지. 둘이 서로 좋아하고 결혼하고 싶어한다면 그 정도의 반대는 견디어내야 할 거야."

K 교수는 당연하게도 이렇게 말할 것이 틀림없었으며 주하는 그러면 거북해지고 말 터이었다.

솔직히 말해서 주하는 K 교수의 그러한 조언을 원하지 않는 것이다. 가능하다면,

"그만두게, 자넨 지금 여자문제로 아옹다옹 할 때가 아니야. 원하지 않는 결혼은 그만두는 게 좋지."

라고 일언지하에 혜인을 묵살해 버린다면 주하는 못내 아쉬운 표정을 지으며 그러나 호기있고 단호한 표정으로,

"네. 저두 이젠 제 할 일에나 신경을 쓰겠습니다. 아직 결혼할 때도 아니구."

하면서 어물어물 연구실을 빠져나올 것이며 그러면 그것이 하나의 작은 구원이라도 될 것이 아닌가.

교직원 식당으로 향하던 발길을 돌려 주하는 학생식당으로 들어갔다. 교수식당은 이날따라 삼백오십 원 균일의 비프가스를 메뉴로 내걸고 있었다. 백이십 원짜리 비빔국수를 주문한 주하는 공중전화에가 회사에 전화를 걸었다.

"전화가 세 번이나 왔었어요."

286

미스 정의 좀 투덜거리는 목소리였다.

"누구라고 그러던가요?"

"글쎄요. 세 번 다 같은 여자분이었는데."

"혹시 ….."

"하지만 그 미스 엄이라는 분 목소리는 아니었어요."

"알았습니다. 저두 곧 들어가겠습니다."

주하는 이제 비빔밥처럼 복잡한 상념들에 휩싸이기 시작했다. 치사하군, 플레이보이도 아닌 주제에. 주하는 벌레를 씹은 얼굴로 허겁지겁 식당을 나왔다.

〈MEMO 선주하 씨. 지하다방에서 김화란 씨가 빤스 벗고 기둘린다고 2시경 전화옴. 처녀 좀 작작 울리쇼. 대진〉

사무실에 돌아온 주하는 테이블에 놓인 자료부(資料部) 박(朴)의 쪽지를 휴지통에 구겨넣었다. 의자에 앉아 서랍을 열고 해태 마미 비스켓을 두어 개 꺼내 입 안에 넣었다. 담배를 피워 문다. 비스켓 가루가 이빨 사이에 낀다. 성냥개비를 꺾어 이쑤시개를 만든다. 실오라기 같은 파란 연기가 어수선하게 헝클어지며 빙글빙글 돈다. 담배를 피우고 있으면 복잡한 상념들이 일렬종대로 늘어서더라는 C형의 얘기가 아주 거짓말이었음을 또 한 번 생각해낸다.

―아니 이것이 먼 지랄이여! 니가 안 죽을라구 발광을 해싸도 그나저나 죽게 될틴디 뭣이 급해서 벌써부터 못 죽어서 이 지랄이여!

미아리의 성가병원 4층까지 헐레벌떡 뛰어올라와 소리치던 마포 사는 그의 외숙모의 음성이 귓가에 달려든다.

―오빠는 조잔해, 참말로 조잔해요. 남자가 으짜믄 저러까 잉. 나는 시집 안가. 세상 남자가 오빠 같으면 난 죽어도 시집 안가.

―이 새끼야 왜 안 죽고 살아나니? 왜 살아나.

―너는 사나구 자식이 으짜믄 그리도 가시내 같으냐.

인숙이와 사촌형님과 탐진제과 여주인인 젊은 홀어머니의 음성들이 다투어가며 귓가에 들려온다. 그들은 마치 주하의 자살이 미수가 된 것을 슬퍼하듯 쿨적거리며 주하에게 대들었다. 하마터면 죽어버릴 뻔했던 우리의 선주하. 그는 이제 그를 죽게 할 뻔했던 김화란 양의 면회를 요청받고 다만 열심히 해태 마미 비스켓을 우두둑 우두둑 씹고 있었다.

김화란 양은 선주하 군에게 생맥주 500cc들이 다섯 잔을 샀다. 주하는 목마른 짐승처럼 꿀꺽꿀꺽 술을 퍼마셨고 1년 만에 만난 화란 양과의 구정(舊情)을 술로 달래었다. 화란 양은 그간에 있었던 일들은 마치 출장갔다 돌아온 남편에게 집안일을 보고하듯 지극히 사실적으로 들려주었다.

"주하 씨하고 헤어진 뒤론 쭈욱 집에 틀어박혀 주로 소설책을 읽었어요. 발자크가 쓴 《골짜기의 백합》이 그 중 재미있었어요. 소설을 읽고 울어보긴 처음이었어요. 앙리에트 부인이 기다리던 청년을 만나는 장면을 읽다가 주하 씰 생각했어요. 주하 씬 내가 앙리에트 같은 여자이기를 바랬던 거지요? 여자의 숙명이란 참 견뎌내기 어려운 거예요. 난 주하 씨가 거기에 나오는 방드네스가 앙드르 골짜기로 찾아오듯 되돌아오리라고는 생각 안 했지만 자꾸 그럴지도 모른다는 기대도 해보았어요. 내가 나쁜 여자죠. 그죠. 아마 난 영영 시집은 안 갈 거예요. 그동안 강제로 두어 번 맞선은 보았지만 주하 씨보다 몇 배나 더 무서운 남자 같았는걸요. 아니 이젠 세상남자들을 무서워하지 않고는 살아갈 수가 없게 되어버린 걸요. 주하 씨가 나 땜에 괴로워하지 않았다면 난 지금쯤 창부 같은 여자가 돼 있을 거예요. 주하 씬 그때 나더러 죽어버리라고 하셨지요. 그땐 그게 분하고 억울했었는데 이젠 죽을 수 있을 것 같아요. 정말이지 난 그래도 괜찮은 줄 알고 있었어요. 나는 손때묻은 여자였어요. 아주 더러운 손때가 묻은 여자였단 말예요. 그리구 주하 씨 말대로 나는 가난한 여자구요. 주하 씬 가난한 여자를 싫어하시죠. 그죠. 가난해 보지 않고는 가난한 사람을 미워하지는 못할 거라구 그랬죠. 주하 씬 가난하기 때문에 가난한 여자를 더 싫어하게 되었던 거죠. 허지만 그것 때문에 내가 주하 씨에게 쫓겨나게 된 거라면 난 절대루 주하 씰 놓치지는 않았을 거예요. 난 앙리에트 부인이 되기엔 이미 글른 여자였기 때문이었지요. 주하 씨가 나 때문에 자살소동을 일으킨 건 아니었을 거예요. 아니 내가 지금 무슨 얘길 하고 있나. 미안해요. 주하 씬 나 땜에 죽고 싶어한 건 사실예요. 허지만 결국 내가 필요없어진 거예요. 손때 묻구 가난하구 그리구 이젠 주하 씨에게 아무런 도움도 줄 수 없게 되었구, 학교마저 중단하고 시간제 가정교사 자리나 찾고다니던 내가 역겹고 역겨운 나머지 마침내 주하 씨 자신마저 싫어졌던 거겠죠. 그러나 주하 씬 누굴 열심히 사랑하거나 의지하지 않고는 살아갈 수 없는 분 같애요. 집에 드러누워 소설책을 읽으면서 나는 자꾸 그런 생각을 하고 있었어요. 요즘도 어떤 아가씨를 열심히 사랑하고 있거나 아니면 일 년 전 어느 때처럼 열심히 미워하고 계시겠죠. 난 그걸 알 수 있어요. 이상한 일이어요. 주하 씨가 작년의 그 성가병원에 누워 있는 꿈을 꾸구선 오늘 갑자기 여길 와보구 싶었던 거예요.”

김화란 양은 좀 슬픈 내용의 이야기를 늘어놓았으나 그녀의 표정은 반대로 서정시를 낭독하듯 밝고 명랑하였으며, 그래서 주하는 밝고 명랑한 표정을 지어보였으나 반대로 몹시 슬픈 심정이 되었다. 주하는 말했다.

“화란이하구 나하구 꼭 결혼했드래면 좋았을 걸 그랬다는 생각이 드는군. 허지만 화란인 이제 나를 조금도 좋아하지 않고 있음이 분명하고 나는 더구나 버림받았던 남자 앞에 고해 성사하듯이 다소곳이 앉아 꿈 이야기나 하고 있는 여자를 쳐다보고 있기가 괴롭군. 남자의 손때가 묻은 여자는 앙리에트 부인을 아무리 존경한다고 지껄이고 지껄이고 또 지껄인다 해도 앙리에트는 될 수 없어. 난 화란이 땜에 죽어버리자고 결심하였지만 이제는 내가 그때 죽지 않고 살아나게 된 것이 얼마나 축복인가를 알았어. 자살은 기필코 실패하지 않으면 안 된다구 봐. 자살이 자살다워지려면 우선 죽지 않아야 할 거야. 그러

면 살아난 친구는 아무리 슬프고 괴로운 일이 있어도 다시 죽을 생각
은 안 하게 되지. 난 자살을 한 번쯤 더 기도해 보구 싶어. 서양의 어
떤 친구는 자살을 생각하는 일은 큰 위안이 된다구 했어. 그 생각으
로 불쾌한 밤을 잘 지낼 수 있는 거지. 허지만 그 친군 아주 죽을 예
정이었고 난 다시 살아날 예정이야. 화란이에게 이런 말을 해서 안
됐군. 난 절대로 자살을 성취시킬 위인은 못 될 만큼 똑똑한 거 같아,
그래서 난 화란이를 취하지 못 했었구. 자살 연습을 두어 번 하고 나
면 난 아마 출세하구 부자가 될 거야. 아 지금 생각하니 내 친구 문
호녀석의 말이 옳겠군. 그 친군 내가 전처럼 어리숙하지 않은 게 불
만이고 그래서 나를 속물이라고 몰아세웠는데 그렇다면 나는 더 속기
를 갖고 싶어. 두고 보아.”

　주하는 취해 있었다. 전라남도 C읍 출신의 선주하는 옛 친구 김화
란 양을 충분히 괴롭히면서 능청스럽게도 자신의 자살 트레이닝에 관
한 역설(逆說)을 늘어놓고 있었다. 주하는 술에 취하면 전혀 촌놈답
지 않은 데가 있었다.

　“나 가겠어요.”

　김화란 양은 일어섰다. 그녀가 계산을 하는 동안 주하는 잠깐 생각
에 잠겼다. 계산을 끝낸 화란이 홀의 문을 밀치고 나가자 주하는 그
제서야 후닥닥 일어나 화란의 뒤를 따라나섰다.

　“이봐,” 주하는 화란의 어깻죽지를 심하게 잡아당겼다. “내가 코오
피를 사겠어.”

　“그냥 가겠어요.”

　김화란 양은 옷에 달라붙은 송충이를 털어내듯이 주하를 탈탈 털었
다.

　“찻집에 가지 않겠어?”

　“그냥 가겠어요.”

　“코오피를 사겠다는데?”

　“그냥 가겠어요.”

김화란 양이 그냥 가겠다고 네 번째 우겼을 때 우리의 선주하 군은 터무니없게도 화란의 따귀를 철썩 갈겼다.

"날 따라와. 코오피가 싫으면 …."

주하는 지나가는 사람들의 시선을 무시하고 난폭한 몸짓으로 화란을 잡아끌었다. 갑자기, 도시의 현란한 불빛의 어지러움이 별똥처럼 우수수 그의 시야에서 수없이 떨어져 내리곤 하였다. 차가운 밤공기가 술에 취한 선주하 군을 마귀의 입김처럼 뜨뜻미지근하게 감싸고 있었고 주하는 저 서울의 밤공기가 항용 가져다주는 피곤한 욕망의 울타리를 기웃거리기 시작했다. 주하는 대원군처럼 김화란 양의 어깨를 비틀듯 잡아끌었다. 여자는 마침내 쿨쩍거리기 시작했고 사내는 더 의기양양해진다. 기성복센터와 코스모스 다과점과 국민신보 서울지사와 헐리우드 제과점과 자마이카 비어홀과 통닭집과 접골시술소와 김병두 법률사무소와 오뎅센터 앞을 지나는 동안 주하는 수없이 많은 별들이 눈앞에 쏟아져 내리는 밤의 일루미네이션에 심한 현기증을 느꼈다. 생맥주 오백시시들이 석 잔에 선주하 군은 술주정을 했다. 도회의 밤은 되도록 독한 술병들만을 준비하고 그의 손님은 맞는다. 밤의 술은 아무리 맹물로 섞고 또 섞어도 사람들은 결국 그 술에 취하고 만다. 밤의 도시는 맹물 탄 술독 같으면서 '특주'처럼 독한 기운으로 비틀거린다.

지방산(地方産) 선주하 군은 일 년 만에 만난 김화란 양을 이끌고 저 도회의 방이 시키는 대로 여자를 윽박질러 〈새서울 호텔〉이라고 쓰인 집 속에 가두어놓았다. 하얀 회를 바른 직사각형의 기다란 터널 같은 호텔의 좁은 복도에서 이제는 화란 양이 주하의 따귀를 한 대 때렸다. 주하는 따귀를 맞고, 그리고는 이내 여드름 난 늙은 중학생처럼 빙긋이 웃었다.

"어쩌자는 거예요."

김화란 양은 입술을 파르르 떨며 짧게 소리쳤다.

"앙리에트 부인," 주하는 희극적으로 말했다. "여긴 탈의실입니다."

"아아."

김화란 양은 길게 늘어뜨린 머리채를 두 손으로 휘잡아 흔들었다. 머리를 벽에 찧고 또 찧었다. 멜빵을 길게 늘어뜨린 가방이 방 한 쪽으로 내동댕이쳐지고 화란 양은 벽에 기대서서 울었다. 선주하는 도회의 밤이 가져다주는 저 욕망의 울타리를 서서히 넘어서고 있었다. 그 울타리는 높고 견고하였으며 한편으로는 깊고 아늑하였다. … 방드네스는 쓰러져 있는 앙리에트를 일으켜 세웠다. 단추를 풀고 자크를 잡아내리고 고무줄을 풀고. 그는 잘 훈련된 비행기의 조종사처럼 기민하게 움직였다. 취한 사내의 더운 입김이 여인의 몸 구석구석에서 후끈거리고 여인은 열기에 못 이겨 굽고 있는 오징어처럼 바쁘게 움츠러들고 휘어지곤 하였다. 앙리에트 부인, 당신은 이럴 땐 항상 눈이 젖어 있군. 당신의 젖꼭지도 배꼽도 허벅다리도 곱슬머리가 붙은 부끄러운 곳도 이럴 땐 항상 축축이 젖어 있습니다. 울지 말아요 앙리에트, 눈을 감아요 앙리에트, 당신이 눈을 치켜 뜨면 나는 무서워집니다. 방드네스는 소곤거리며 속삭이며 윽박지르며 한 마리의 기민한 딱정벌레처럼 앙리에트의 여기 저기를 기웃거렸다. 여인은 시체처럼 누워 있고, 사내는 황혼의 들짐승처럼 음흉하게도 날뛰었다. 어디선가 쇠망치 두드리는 소리가 들려왔다. 어디선가 간드러진 여자의 웃음소리가 들려왔다. 어디선가 우르르 몰려가는 사람들의 발자국 소리가 들려왔다. 여인은 바이올린의 현(絃)이 되고 사내는 작은 오케스트라의 지휘자가 된다. 사내는 주문(呪文)을 외우고 여인은 저 도회의 밤신령께 제사된다. 눈을 감아, 앙리에트, 석고처럼 하얀 당신의 목덜미가 얼음처럼 차다. 옷을 벗으면 습기에 차 축축한 여자. 방드네스는 여인의 습기를 목마른 개처럼 혀를 빼내어 핥는다. 저당잡힌 하루의 밤 마지막 시간이 사내의 맥박처럼 빠르게 움직이고 하얀 회를 바른 정육면체의 상자 속에 갇힌 한 마리의 나비는 그의 마지막 파닥거림을 멈춘다.

"눈을 감아요."

마침내 김화란 양은 초조하게 말했다.

"나 자살해 버릴까 부다."

HONG KONG BAKERY라고 쓰인 네온이 까맣게 어두워지는 것을 보면서 김화란 양은 말했다.

"그게 좋겠군."

선주하가 어둠 속에서 대답했다.

"증말?"

"좋은 약이 있어."

"그건 시시해요."

"설악산?"

"아니."

"한강?"

"아니."

"미군트럭?"

"잔인해요."

"연탄?"

"너무 흔해요."

"미시마 유키오?"

"무서워요."

"윤심덕?"

"신파에요."

"그럼 결국 안 죽겠다는 말이군."

"훗훗."

김화란 양은 어둠 속에서 유령처럼 키득키득 웃었다.

수은등이 켜져 있는 C로의 번화가에 이르러 화란 양은 또 한 번 예의 그 키득거리는 유령같은 웃음을 흘렸다.

"안녕히 가세요, 선주하 씨."

화란이 그에게 손을 내밀었다. 선주하는 그때 황급히 밤의 한곳에 세워 둔 전봇대 끝을 찾고 있었다.

"안녕히 가세요."

화란 양이 다시 손을 내밀었다.

"손이 차군."

선주하는 그녀와 악수했다. 갑자기 도회의 불빛이 어지럽게 흩날리며 그의 시야에 달려들었다. 현기증이 일어났다. 김화란 양은 쓰러질 듯 위태한 걸음으로 어둠 속으로 사라졌다. 전라남도 C읍 출신의 선주하 군은 서울의 한복판을 미아(迷兒)처럼 헤매었다. 윈도 안에 진열된 비싼 반지를 기웃거리고도 하고 하늘가에 떠서 빙글빙글 돌고 있는 밤의 네온을 쳐다보기도 하고 그러다가 고향의 실배암 같은 긴 시내를 문득 떠올리기도 하고 탐진 제과점의 홀어머니의 얼굴도 떠올리기도 하고 그리고는 김화란 양을 맨 먼저 차지해 버리고 말았던, 그래서 마침내는 자신을 열등감 속에 내던져 버렸던 얼굴도 모르는 거인(巨人) 같이만 느껴지는 한 사내의 얼굴도 그려보다가 문득문득 몸을 부르르 떨기도 하였다. 그는 어깨를 움츠리고 걸었다. 어깨를 움츠리지 않고는 이제 걸을 수가 없게 되었고 울지 않고는 화란이를 생각할 수가 없다. 그는 이미 '靑虎會'의 회원이 아니었다. 내가 브람스를 들을 수 있을까, 내가 한용운 시인을 존경한다고 지껄일 수 있는가, 내가 지방산인가, 그것이 프라이드일 수 있는가, 술취한 성기를 지휘봉처럼 흔들며 서툰 음악을 연주한 사내.

카바이드를 켠 포장집에 들러 주하는 대포를 거푸거푸 마셨다.

주하는 청파동으로 향하는 버스 안에서 심한 구토증에 얼굴을 찡그렸다. 김화란 양에 대한 기억은 신선한 가을 풋과일 같은 것으로 시작해서 이제는 흉측한 음모로 끝나고 말았다. 주하는 한 개의 모난 바위덩이로 상경하여 서서히 둥글고 원만해 가고 있었으며 마침내는 물결에도 떠내려가지 않을 만큼 기민하고 둥근 작은 조약돌이 되어가고 있었다.

청파동의 기다란 골목어귀에 접어들어 주하는 소주 한 병과 오징어

한 마리를 샀다. 불 켜진 방의 싸늘함 때문에 그는 황급히 형광등의 스위치를 찾았다. 중고 포터블 위에 하얀 턱수염으로 디자인된 브람스의 재킷이 눈에 들어온다. 디스크를 걸어놓고 바늘을 올려놓았다. 한 개의 작은 소우주가 무겁고 느린 연주 속에 전개된다. 취한 사내는 벽에 기대어 그 소리를 듣고 있다. 돈에 쪼들리고 도시에 쪼들린 지방산 선주하의 가난한 방은 이제 풍성하고 아름답고 그리고 아늑한 소리들로 꽉 차 있다.

소주를 마시고 있으면 늘 눈물이 날 것 같다. 소주는 가난한 사람들이 마시는 것이 아니라 이제는 괴로운 사람들의 술이 되었다. 소주는 괴로움이었다. 질기고 질긴 섬유질처럼 그의 괴로움으로 이어진 오징어, 선주하는 창문을 열었다. 표대성 씨의 막내딸이 치는 엘리제를 위하여는 예의 그 사과 굴러 떨어지는 소리로 그의 창문을 두드리고 있다. 돈이 예술이라면, 월봉 7만 2천 5백 원이 생활이라면 아 나는 무엇인가. 돈이 학문일 수 있는가.

그는 서랍을 길게 빼내어 해태 마미 비스켓을 꺼낸다. 담배를 피우면 헝클어졌던 복잡한 상념들이 일렬종대로 늘어서더라는 시인 C형의 얘기가 또 거짓말이 된다. 긴 강물처럼 브람스는 흐르고 선주하는 개새끼처럼 눈을 번득인 채 밤의 청파동을 내려다보았다. 어둠의 한쪽 끝에서부터 또 한 마리의 개가 뛰어오고 있다. 주하는 서서히 그쪽을 응시했다. 그러자 그 개는 슬며시 꼬리를 내리고 어둠 속으로 사라졌다. 충혈한 눈을 가진 지방산 작은 똥개는 서서히 도망치는 또 한 마리의 개를 뒤쫓았다. 저 잘 길들여진 도회의 기민한 짐승들은 이제 그에게 무릎을 꿇었다. 주하는 탁자 위에 앉아 실로 오랜 만에, 아니 아프지 않고는 울어본 적이 없는 우리의 선주하는 신파극의 배우처럼 끼윽끼윽 소리내어 울었다.

"알겠어, 알겠다구."
한문호는 담배를 다시 이어붙였다.

“선주하 만세다.”

안태석은 손에 들었던 *Man and Transformation* 을 내던지듯 탁자 위에 내려놓았다.

‘그랬었군.’ 한문호는 중얼거리고 나서 선주하를 노려보았다. “좌우지간 선주하 만세다.”

“네가 미국을 가게 되면 가자마자 아마 교통사고를 당할지도 모르겠군.”

“아니야, 이 새긴 태평양 한가운데로 추락해서 뒈질 거야.”

“허긴 뒈질놈 같으면 아예 두 여자를 해 처먹지도 않았겠지. 이놈은 3년 안에 학위도 도둑질해 올 꺼야. 그땐 교수님의 굵은 안경테 너머로 그의 음모를 감추고 다니겠지.”

(잘해 보라구, 넌 미국가도 끄덕 없을 놈이다)

“선주하 만세!”

안태석과 한문호의 얘기를 들으면 주하는 성냥개비의 모가지만 자꾸자꾸 비틀고 있었고 엉뚱하게도 조금이 기운이 솟아나기 시작했다.

주하는 문득 그들이 아버지처럼 생각되기도 했다.

“화란이나 혜인이나 다 내가 사랑하는 여자였지.”

주하는 좀 큰소리로 말했다.

“내가 혜인이나 화란이를 사랑했다는 건 정말이다.” 주하는 목에다 힘을 주고 말했다. “그것이 정말이라고 우기고 있는 내가 어째 좀 이상하다.”

“이 자식은 사랑을 설사하듯이 해대는 놈이군, 선주하 선생께선 여자 젖꼭지만 만지작거리고 있으면 그게 다 사랑인 줄 아는 모양이지?”

그들은 걀걀걀 키득키득 킬킬킬 웃어가면 주하를 비아냥거리기 시작했다.

“개새끼들.”

주하는 자리에서 일어섰다.

“앉아, 앉아, 앉으래니까.”

"어이 선주하, 앉아, 앉아."

"가겠어."

"앉아 이 새끼야!"

한문호가 자리에서 벌떡 일어나 주하의 어깨를 쳤다. 선주하 군은 자리에 앉았다. 앉아 있으면 또 어쩌란 말인가. 아니 앉아 있지 않으면 또 스스로 어찌해 볼 수 있는 일이라도 있는가. 답답하고 지루하고 피곤하고 쑥스럽다. 엄혜인 양에 대한 자신의 무성의와 김화란 양에 대한 자신의 무례함과 아직 그들에게 다 공개하지 못한 그의 도미(渡美) 유학의 야심을 어떻게 얘기할 수 있는가. 주하는 망설이고 망설이고 또 망설였다. 치사한 생각도 들고 창피한 생각도 들고 그래서 그는 몹시 화가 치밀었다.

"미안하군." 한문호는 의자에 등을 깊숙이 묻고 몹시 심드렁한 음성으로 말했다. "네가 두 여자를 해 처먹든 열두 여자를 해 처먹든 우리야 관계없는 일이지, 원칙적으로 그렇단 얘기지. 허지만 우린 친구가 아니니?"

"말해."

주하는 신경질적으로 성냥을 드윽 그어대며 말했다.

"우리가 친구인가?"

한문호가 다시 그에게 물었다.

"대강 그런 거 같다."

"자신을 속이지 마."

"그걸 네가 아니?"

"너만 알고 있겠지."

우리의 선주하 군은 순간 손에 들었던 찻잔을 문호의 얼굴을 향해 내던졌다. 탁자 위에 놓인 유리잔이 짤캉 굴러 깨지고 문호의 와이셔츠의 깃에 코피 자국이 얼룩덜룩 묻고 바지가랑이에 쏟아진 엽차물이 주르르 배었다.

"어이구 안 되겠어, 더 얻어맞기 전에 난 가야겠어."

한문호는 바지가랑이를 툭툭 털며 자리에서 일어섰다. 그는 그가 항용 즐겨 사용하곤 하는 그 거드름 피우는 포즈로 서양 사람처럼 양 어깨를 으쓱해 보였다. 그리고 그는 껄껄껄껄 호기 있게 웃다가는 뚜벅뚜벅, 다시 예의 그 호기 있는 걸음걸이로 카운터 앞에 가 계산을 마치고, 그리고는 휑 나가버렸다.

"이제 내 차례군. 나도 더 얻어맞기 전에 가야겠어."

마침내 태석이 자리에 일어났다.

"앉아, 앉아."

주하는 황망히 손은 내저으며 말했다.

"다음에 만나."

"앉으래니까!"

주하는 초조하게 말했다.

"너 미국가게 되면 연락해, 그때 만나자."

"제발⋯." 주하는 변비증환자처럼 얼굴을 찡그리면 손을 휘젓고 있었다. "내 얘기를 들어, 난 너희들이 이대로 가는 걸 원치 않아."

안태석은 다시 지리에 앉았다.

"얘기해."

선주하. 본적 전라남도 C읍, 28세, 제과점을 경영하고 있는 편모 슬하에 사형제 중 장남.

서울 K대학교 역사과 졸업, 현재 사단법인 연사학회 연구부 간사, 월봉 72,500원, 세금 떼고 구내식당의 월식사대 제하면 실수령액 6만 5천 원 정도. 현재 청파동 1가 1백의 10번에서 하숙생활. 취미 당구, 브람스 감상. 친구 한문호(S대학 대학원 미학과 재학중) 안태석(XX은행 경영관리과). 이상의 신상(身上). 나 선주하는 어느 날 문득 방년 24세의 김화란 양에게 사랑의 감정에 빠짐. 두 사람은 명동 '코오지·코오너'를 무대로 이틀 걸러 혹은 사흘 걸러 만나 도너스가 만들어지는 과정, 대원군, 한용운 시인, 특히 브람스와 버나드 쇼 등에 관해 얘기를 나눔.

1970년 초가을 어느 날 오후 나 선주하는 을지로 2가 한진고속을 이용, 수원 농과대학 뒷숲에 소풍. 그곳서 김화란 양은 나 선주하 군에게 그간 연기해 오던 선주하의 사랑을 수락 발표, 스물일곱 해의 생애 가운데 처음 만난 저 브람스의 교향곡 제1번 같은 생에의 무겁고 황홀한 충동 앞에 속연해진 나 선주하, 탱자나무를 울타리 삼아 나의 몸과 마음을 다 바쳐 나의 애정을 행동으로 표시, 그때 그 여자는 쿨적쿨적 소리내어 울었는데 나 선주하는 여자란 행복할 때는 우는 버릇이 있다는 것을 그때 처음 알았음. 그로부터 몇 개월간 지방산(地方産) 나 선주하는 서울생활이 고슴도치 등처럼 차갑고 나의 하숙방처럼 서걱서걱 할 때 문득문득 김화란 양을 불러내어 시골에 계신 나의 어머니가 구워내는 도너스의 맛에 관해 얘기하고 대원군의 실정(失政)에 대해 안타까워하는 등의 얘기도 들려주다가 가끔 아주 가끔씩 그녀의 젖가슴 속으로 파고들곤 했음. 나중에야 안 일이지만 수원농과대학 뒷숲에서의 김화란 양의 울음은 행복해서 우는 울음이 아니라 미안해서 울었던 것이었음. 나 선주하는 그로부터 소위 남자의 '손때'에 관해 혼자 생각해 오는 버릇이 생겼고 그 버릇 때문에 복잡한 상념들을 머리 바깥으로 몰아내기 위해 입에 무엇을 넣고 우물거려 보는 버릇도 함께 가지게 되었음. 지금도 회사의 나의 테이블 속이나 하숙방에는 해태 마미 비스켓이 상비되어 있는 실정임. 나 선주하는 그러나 자신이 대학시절의 '靑虎會' 회원이었던 것처럼 모든 미적 대상물을 형이상학적인 시점에서 이해하려고 노력하였고 감각적이고 물질적이고 생물학적인 모든 것들을 스스로 회피하고 증오하려 하였음. 허지만 그 여자는 결국 나의 종교는 될 수 없었음. 이것은 칸트가 참다운 형이상학은 인식능력을 비판한 다음에 이루어질 수 있다고 주장한 것과 비슷하다 하겠음. 나 선주하는 결국 초경험적이고 초월적인 경지까지는 이해할 수 없음을 알았음. 언젠가 진술한 바 있지만 내가 그 여자를 사랑하는 만큼의 무게로 나는 하나의 선입견 속에 깊이 빠져들게 되었음. 나는 그래서 차라리 기꺼이 그 관념의 노예가 되는 것을 택하고 열심히 그 관념을 신봉하고 거기에 따르기로 하였음. '남자의 손때'에 대해 무관심한 사람이라면 나는 그들과 만나 얘기해 보고 싶고 그리고 나서는 그들을 존경하거나 불쌍히 여기는 어느 한쪽을 택하게 될 것임. 자, 이제 나 선주하는 감각의 아들이면 생물학적 근거를 신봉하는 형이하학의 수제자임을 자처함. 세상이 나를 그렇게 만들었다고 핑계대지는 않겠음. 그 여자로부터의 충격 때문에 나 선주하는 미아리 성가병원에 누워 하마터면 죽을 뻔했음. 나는 지금 기꺼이 그것을 "하마터면" 이라고 표현할 수 있음. 나는 자살 트레이닝을 훌륭히 잘해냈기 때문에 타살의 방법이 아니면 나는 절대 죽지 않을 것임. 브람스 교향곡 제1번 같았던 그 여자는 그래서 나에게서 매를 좀 아프게 맞고 그리고는 스스로 나로부터 떠났음. 이상의 진술이 나를 하마터면 죽게 할 뻔했던 김화란 양에 대한 대강 요지임. 다음엔 혜인 양과의 관계에 대해서는 심문자도 알고 있는 바와 같이 XX재단의 이사인 엄화식 씨의 셋째딸임. 방년 이십육세. 그 여자는 못생긴 편은 아닌데 잘 생긴 편은 더욱 아니어서 자칫 오해받기 쉬움. 그 오해란 그녀의 아버지가 좀 지나치게 돈이 많다는 사실 때문일 것임. 자세히는 모르지만 안양 근방에 시멘트공장을 두 개나 갖고 있는 모양임. 잘만 따라다니면 링컨 컨티넨탈 정도는 몰고 다닐 수 있겠다는 K군의 말을 들은 뒤론 솔직히 말해서 그 여자가 무슨 복권처럼 보이기도 했음. 그 복권 같았던 여자는 다행히도 나를 몹시 따랐고 나도 가정교사 자리나 찾아다니는 김화란 양보다는 더 실사구형이 아닌가 하는 생각도 들어 자주 만났는데 저 유행가 가락처럼 만나면 정드는 케이스 쪽으로 빠져 들어갔음. "우리 결혼해요, 그리구 아부지헌테 얘기해서 서울에다 크은 도나스공장도 하나 차려서 시골 어머니도 모시도록 해요" 하고 가끔 지껄이기도 하는 철없고 방정맞은 데가 있기도 함. 그 여자는 미술대학 조소과를 나왔는데 불란서 유학을 가겠다고 말하면서 De Gaulle를 '데 까울레'로 발음하여 읽곤 하였음. 우리 데 까울레 양은 그러나 몹시 착하고 순진한 데다가 나이답지 않게 이해심도 많아서 사실상 그 여자와 만나는 시간은 마치 흔들의자에 앉아 휴식을 취하고 있는 것처럼 안온하고 편안했음. 그것이 내가 그 여자에게 발견한 장점이었음. 이때부터 나는 나이답지 않게 유식하고 자질구레한 짓도 많았던 김화란 양을 쉽게 잊을 수가 있었고 지난 여름 나는 엄혜인 양의 인솔을 받으며 그녀의 부친 엄화식 씨를 만났음. 엄화식 씨는 그때 대뜸 "우리 딸을 얼마만큼 사랑하오?"라고 물었음. 나는 그때 사랑의 깊이를 표현할 수 있는 적당한 낱말이 우리말에 없음을 알고 그냥 빙긋이 웃었는데 알고 보니 그것이 큰 화근이 되었음. 엄화식 씨는 나더러 자기 딸을 좋아하지 않음이 분명한 데다가 집안이 안 좋다고 했다는 말을 철없는 그의 딸 혜인 양을 통해 전해 들음. '집안'이 나쁘다는 기준은 순전히 시멘트 보유량에 의한 것이었음을 알고 큰 실망은 안 했지만 그쪽의 소위 집안이라는 것에 대해서는 지방산인 나 선주하를 분개하게 하는 데 촉진제가 되었음. 이제야 솔직히, 정말로 솔직하게 나를 진술하는 바이지만 결혼거부를 선언받은 뒤로 틈나는 대로 엄혜인 양을 불러내어 틈나는 대로 호텔이나 우이동으로 데리고 다니며 그 여자의 젖가슴이나 만지작거리는 것으로 소일했음. 링컨 컨티넨탈을 타고 싶지 않음을 스스로 확인했으며 도대체 사랑이고 애정이고 순정이고 다 순국선열에 대한 묵념처럼 맹랑하고 허전한 것임을 알았음. 다만 그 여자를 '위해서' (이 말을 쓰게 되어 유감임) 두어 번 엄화식 씨를 만나 청혼을 하였지만 청혼이 아니라 입씨름이나 주고받고 돌아왔음. 심문자는 나 선주하의 입장을 약간은 떳떳한 것으로 들어주길 바람. 나는 지금 도저히 엄화식 씨를 용서할 수 없으며 그녀의 딸이 가령 지금 내 아이를 쌍둥이를 안고 있다 해도 이젠 미안할 것 없다고 생각중임. 분명히 말하자면 나는 혜인 양을 사랑하였으며 그것이 거부되었음도 알고 있음. 그렇기 때문에 나는 링컨 컨티넨탈을 안 타겠음. 여자란 미안해하면서 버릴 수 없는 물건이라고 봄. 차라리 통쾌해 하면서 버리는 것이 그 여자를 위해 축복이라고 봄. 버리다니, 내가 무얼 버릴 수 있다는 말인가. 나는 지방산이며 그 여자를 취하지 않을 만큼 아직은 순진함. 내가 미국으로 유학을 가겠다고 하였지만 아마 나는 곧 그렇게 될 것임. 어떻게 해서 돈 한 푼 안 들이고 미국을 가게 되었는가에 대해서는 심문자 안태석이 알다시피 고등학교 시절 나에게 성경교리를 잠깐 가르쳤던 C읍 성당의 이태리인 아르키메데 파키날리 신부님의 후원 때문임. 나는 그분이 바라는 대로 곧 영세를 받을 예정이며 가능한 대로 빨리 서양사를 전공, 천주님의 맡기신 바 나의 소임에 임할 것임.

선주하 군의 진술을 듣고 있는 동안 안태석은 몹시 간지럼을 타듯 애써 웃음을 참고 있었다.

"알았어." 태석은 말했다. "그래 넌 아직 촌놈이다."

주하는 수족관 속에 갇힌 열대어에 시선을 빼앗긴 채 잠깐 생각에 잠겼다. 주하는 순간 알 수 없는 기분으로 빠져들어 갔다. 도대체 이 자식은 나에게 어떤 냄새를 맡았단 말인가. 선주하는 안태석이 몹시 두려워져 가고 있었다. '이마아쥬'라는 이름의 저 간사스런 언어의 뉘앙스, 주하는 순간 안태석의 말에 대해 몹시 신경을 쓰며 술을 퍼마시듯 컵을 입에 갖다부었다.

"넌 수사학자야. 아주 뛰어난."

그리고 태석은 이미 일어나 뚜벅뚜벅 걸어 다방의 문을 밀치고 밖으로 나갔다. 조용하다. 검은 부리를 가진 열대어 한 마리가 다른 한 놈을 열심히 좇으며 수족관을 왔다갔다하고 있었다. 수초가 흔들리고 수포가 피어오른다. 아, 주하는 생각했다. 저 열대어는 지금 자기가 헤엄치고 있는 곳이 유리벽 저쪽과 같은 곳이라고 생각하고 있다. 저 유리벽은 차라리 불투명했어야 한다. 주하는 천천히 자리에서 일어났다. 다방의 기다란 층계를 혼자 걸어나오면서 주하는 스스로 중얼거렸다. 내가 수사학자인가. 조명이 잘 되어있지 않은 다방의 기다란 층계를 올라서자 주하는 갑자기 밝아오는 바깥풍경에 잠시 눈이 부셨다. 〈로오마 제과〉라고 쓰인 간판의 색깔이 쉬 구별되지 않았다. 하오의 햇살이 탱탱 소리를 내며 빌딩의 창유리에 와 부딪치고 있었다. 많은 사람들이 마치 개미떼의 행렬처럼 줄을 지어 빌딩의 사이로 수없이 밀려오고 밀려가곤 하였다. 주하는 천천히 군중들의 대열 속에 끼어 M동의 기다란 골목을 벗어났다. 내가 수사학자인가. 주하는 또 생각하였다. 그것은 고대의 어떤 영악한 친구가 고안해낸 저 앙징스런 언어의 마술성에 의한 음흉한 권설(權設)의 수단은 뜻하는 것이 아닌가. 내가 비논리(非論理)인가, 주하는 생각하였다. 두 여자에 대한 나의 이 가난한 진술은 모두 비논리였단 말인가. 주하는 고개를 들어 전봇대의 끝을 찾았다. 온몸이 후끈거리고 저 여름날 하오의 몹시 배가 고팠던 하학(下學) 때처럼 등에 땀줄기가 배기 시작하였다. 엄혜인 양의 철없이 크기만 하던 눈동자와 김화란의 번득이는 안경테가 눈앞에 떠올랐다. 사람이란 솔직하면 솔직할수록 또한 덜 솔직해지는 것이 아닌가. 주하는 스스로 솔직하지 않다고 생각해 본 적이 없다. 그러나 솔직하면 솔직할수록 또한 그만큼 덜 솔직해 보이도록 만드는 것은 무엇인지, 선주하는 손수건을 꺼내어 목덜미의 땀을 훔쳐냈다. 목이 마르고 속이 답답해졌다.

그는 제과점에 들러 사이다 한 병을 마셨는데 그러자 갑자기 가슴 속이 사이다처럼 맑아지기 시작했다. 사이다를 마시듯이 세상을 살 수는 없는 것인가. 유리컵 위에 끓어오르는 이 하얀 거품처럼 쉽게 가라앉는 고민이라면, 그러면서 주하는 혼자 쿡쿡 웃었다. 등에 붙은 땀줄기가 곧 서늘하게 식어가고 갑자기 선주하는 여름감기에 걸린 사람처럼 가슴을 후들후들 떨었다. 그는 지나가는 택시를 잡아 세운다. 빌어먹을, 택시의 문을 잡아당기면서 그는 소리쳤다. 그리고 그는 호기있게 목소리로 운전사를 향해 시비걸 듯 또 소리쳤다. "성북동!"

"그래 어떻게 왔소?"

엄화식 씨는 응접실의 문을 밀치고 마악 들어서는 선주하를 향해 말했다.

"앉으세요."

엄혜인 양은 그에게 응원을 보내듯 좀 큰소리로 그의 아버지 앞에 놓인 소파를 가리켰다.

"안녕하셨습니까?"

선주하는 두 번째 만나게 되는 엄화식 씨에게 정중히 인사를 하였다.

"앉으시오."

"네."

"앉으세요."

"혜인 씨도 앉으시지요."

선주하는 자리에 앉아 엄혜인 양에게 자리를 권했다.

"넌 좀 나가 있거라."

엄화식 씨가 딸에게 손짓했다.

"주하 씨, 요번엔 분명히 말씀드리셔요."

엄혜인 양은 옆에 있는 아버지를 전혀 무시하듯 그의 귀에 대고 속삭였다. 그리고 그녀는 아버지를 힐끔 쳐다보고는 밖으로 나갔다.

"우리 딸을 사랑하오?"

"사랑합니다."

"허허헛."

엄화식 씨가 시멘트회사 사장답게 큰 소리로 웃었다.

"대답이 왜 그렇소?"

순간 주하는 멈칫 놀랐다. 사랑의 깊이, 사랑의 높이, 아니 사랑의 넓이.

"저희들은 지금 서로 결혼하고 싶어하고 있습니다."

"결혼은 둘이만 하는 게 아니오."

엄화식 씨가 발끈했다.

"그래서 제가 선생님의 동의를 구하러 온 겁니다."

"허락할 수 없소." 엄화식 씨는 그때 쟁반을 들고 들어서는 딸 혜인 양을 향해 다시 소리쳤다. "우리 아일 데려가겠다니 우선 고맙기는 하오만, 저게 어디 나이만 먹었지 원 연탄불 하나 제대로 못 가는 애요."

엄화식 씨는 가져온 홍차를 입에 대었다간 곧 떼었다.

"이 홍차맛 좀 보게, 설탕물이로군."

엄혜인 양은 엉거주춤 서서 울상을 지었고 순간 선주하는 입에 머금었던 '설탕물'을 몇 방울 떨어뜨리며 쿠욱 웃었다.

"가지고 가, 그리구 넌 나가 있어."

엄화식 씨는 단호하게 말했다.

"난 자네를 사위로 삼고 싶은 생각이 없네. 섭섭해 하지는 말게. 우리 혜인이보담 훨씬 좋은 규수는 얼마든지 있지 않은가. 더구나 자넨 젊은 나이구."

"그렇긴 합니다만." 주하는 짧게 말했다. "저희들은 서로 결혼하고 싶어하고 있습니다."

"결혼은 둘이서만 하는 게 아니야."

선주하는 일어섰다. 엄화식 씨에게 정중히 인사하고, 그리고 엄혜인 양의 배웅을 받으며 현관을 나선다.

"뭐래요?"

엄혜인 양이 조르르 따라붙으며 말했다.

"갈 테야." 주하는 대문 밖에 따라나온 혜인에게 손을 내밀었다.

"악수."

"가겠어."

그는 다시 손은 내밀었다. 선주하는 엄혜인 양의 볼은 툭 치고 그리고는 휑 돌아서 성북동의 높은 돌담을 옆구리에 끼고 걸었다. 한문호가 생각났다. 안태석이가 생각났다. 시골에 계신 그의 홀어머니의 얼굴도 생각났다. 한문호 그 새끼, 오늘 이 꼴 직접 보았더라면 얼마나 내가 솔직한가를 알 것이다. 안태석 그 새끼, 오늘 이 꼴을 보았더라면 내가 얼마나 수사학자가 아닌가를 알 것이다. 그는 걸었다. 버스가 와도 타고 싶지가 않고 엄혜인이 울며 따라와도 뒤돌아보

지 않을 것이고 결혼을 하라고 엄 사장이 우겨대도 안 할 것이고 이제
는 결혼을 하지 말라고 더 반대해도 기분 나쁠 이유가 안 될 것이며
지금도 엄혜인을 사랑하느냐고 물으면 '사랑 안 함'이라고 대답할 것
이며 그리고 그는 지금 심정이 어떠냐고 동아일보 기자가 와서 묻는
다면 '좋다'고 대답할 것이었다. 선주하는 다시 사이다가 먹고 싶어졌
다. 그는 구멍가게에 들러 사이다 한 병을 꿀꺽꿀꺽 마셨다. 사이다
를 마시면 가슴이 시원해지는 법인데, 그래서 세상을 사이다처럼 살
아가고 싶어지는 법인데 성북동의 사이다는 이상하다. 사이다를 먹어
도 사이다 같지 않고 자꾸 걸어도 다리가 안 아프다. 선주하는 걸었
다. 걸으면서 그는 문득 안태석, 한문호를 생각했다. 그리고는 그들
을 만나는 일은 좀 무서운 일이라는 생각이 들었다. 내가 수사학자인
가? 그는 사기꾼처럼, 그러나 아무에게도 자신의 웃는 모습을 보지
못하게 몰래 웃었다.

 '결혼거부'를 확실히 선언받은 뒤 두어 차례 주하는 그를 비아냥거
렸던 친구들과 어울려 술도 마시고 유쾌하게 웃고 떠들기도 하였다.
그리고 그는 그들로부터 서서히 자신을 구원받고자 하였다. 그는 사
실을 얘기함으로써 그것을 자기구제의 수단으로 삼았다. 그러나 사실
이란 무엇일까? 타인들은 다만 사실만을 믿는 자이며 자기는 그 사실
의 배후를 아는 자가 아닌가. 선주하는 연사회 간사이며 브람스와 버
나드 쇼를 좋아하고 한용운 시인을 존경하며 아직 청운(靑雲)을 구경
하고 싶어하는 자이며 그는 더구나 올해 스물아홉 아닌가. 지방산 줄
리앙은 백작부인과의 사랑놀음에는 지쳐 있었다.
 그는 걷는다. 사이다를 마시며 세상을 사이다처럼 살수는 없는가에
대해 문득문득 생각하며 그러나 그는 친구들에게 자기는 지방산이며
수사학자가 아니라고 수없이 지껄이고 대어들고 소리치고 찻잔을 집
어던진다. 우리의 친구 선주하 — 그는 그러나 어느 날 찻집에서 보았
던 수족관 속에 갇힌 열대어의 '착각'에 대한 기억도 함께 가지고 있

으며 그럴 때마다 그는 여름감기에 걸린 사람처럼 문득문득 어깨를 떨기도 하였다. 선주하—그가 축복받을 놈이 될 수 있을까에 대해서는 아직 자신 없다.

(《월간문학》, 1975.10〜11)

白痴의 여름

1

　장마전선이 예년보다 보름 정도 앞당겨진다는 기상대의 예보가 나온 지 사흘도 못되어 하늘은 잿빛 납덩이로 무겁게 가리앉기 시작했다. 멀리 바라다보이는 산등성이에 검은 구름이 몇 점 색종이처럼 다닥다닥 붙어 있고, 그 사이를 비추고 있던 마지막 남은 몇 가닥의 빛줄기마저 거두어 가버린 여름의 하오. 하늘은 이내 후둑후둑 빗방울을 떨어뜨리기 시작했고, 준태는 그 비 사이를 헤치며 '미쳐 버린' 현태의 일을 상의하기 위해 정신과 병원을 찾아가고 있었다.

　여름날 하오의 삽시간의 날씨변덕이 그에게 매우 낯선 풍경으로 시야에 들어왔다. 한 무리의 사람들이 때마침 골목을 돌아나오던 택시 쪽으로 날벌레처럼 모여드는 모습이 빠르게 앞으로 스쳐갔다. 준태는 서둘러 걸었고 그 사이 손에 들고 있던 신문을 다시 머리 위로 가져가 보았지만 이미 신문은 축축이 젖어 있었다. 그는 고개를 들어 골목 안 깊숙이 자리잡고 있는 건물을 찾아냈다. '김수복 접골시술소'와 '경운 통닭센터', 그리고 '새생명 다방'이라고 씌어진 아크릴을 지나 '김제강 신경정신과’ 의원의 목간판이 눈에 들어왔다. 좀 오랜 듯한 인상을 주는 붉은 벽돌집의 그 건물에는 푸르딩딩한 담쟁이가 마침 그 담을 싸고 올라가고 있었다.

준태는 칠이 벗겨진, 붉은 녹물을 흘리고 있는 철제문 앞에서 잠깐 발을 멈추었다. 그는 고개를 들어 안쪽을 살폈다. 골목으로 꺾어 들기 이전의 보도의 소란스러움은 가시고 백여 평 남짓해 보이는 병원의 뜨락은 이와 같은 고요가 내려와 있었고, 다만 후둑후둑 쏟아지고 있는 빗방울이 뜰 한가운데 세워둔 종려나무 잎사귀를 두드리고 있었다.

그가 문을 열고 안으로 들어섰을 때, 현관 옆에 쭈그리고 있던 한 마리의 개가 마치 마른기침을 하듯 킁킁거리며 소리 없이 그에게 다가왔다. 개는 그의 구두 끝에 코를 댈 듯이 가까이 다가왔다가 이내 소리 없이 다시 현관 앞으로 되돌아갔다. 찾아오는 사람에 대한 경계보다는 때마침 쏟아지고 있는 빗방울을 피하려는 모습이 역력했다. 그가 현관의 문을 열자 문에 부착되어 있던 버저가 저절로 소리를 냈다. 하얀 페인트를 칠한 현관 입구의 문이 드르륵 열리고 한 사내가 고개를 내밀었다. 하얀 가운을 입은 간호원의 모습을 기대했던 그는 조금 어눌한 기분이 되었다.

“어떻게 오셨습니까?”

사내는 고개를 다시 안으로 당기며 그에게 말했다.

“원장 선생을 좀 만나러 왔는데요.”

“어디서 오셨습니까?”

“김 원장과는 친구 되는 사입니다.”

“기다려 보세요.”

사내는 자리에서 일어서면서 말했다.

“성함이 …?”

“박준탭니다.”

그는 짧게 말하고, ‘접수실’이라고 씌어진 작은 방 앞에 놓인 소파에 앉았다. 담배를 꺼내 물고 성냥을 찾고 있던 그는 때마침 병원의 복도 저쪽 끝에서부터 들려오는 괴성에 언뜻 고개를 그쪽으로 돌렸다. 복도의 맨 끝방쯤으로 짐작되는 곳으로부터 으으으으으으으 하는 소리가 들렸다. 그 소리는 마치 어떤 참기 어려운 고통을 견뎌내는 안간힘 같기도 했고 실성한 사람의 웃음소리 같기도 했다. 환자인 모양이었다. 아마 물리치료라도 받고 있는 모양이라고 혼자 생각하면서, 그는 그 환자의 괴성에 의해 잠시 병원의 고요가 흔들려 버린 상태에서 꺼져 버린 담배에 다시 불을 붙여 물었다. 매캐한 담배연기가 복도의 퀴퀴한 냄새에 빨려들었다.

“들어오십시오.”

안쪽으로 들어갔던 사내가 현관 입구의 자기방을 들어가며 말했다.

“이쪽입니까?”

준태는 사내에게 물었다.

“네, 거기 앉아 계시면 곧 나오실 겁니다.”

“고맙습니다.”

준태는 사내가 가리키는 쪽 방으로 들어갔다. 복도의 마른 풀잎을 태우는 듯하던 매캐한 냄새가 이번에는 짙은 크레졸 냄새로 바뀌어 코끝에 달려들었다. 그는 소파에 앉아 방의 이곳 저곳을 둘러보았다. 원장실인 모양이었다. ‘감사장’이라고 씌어진 곳 아래 김제강이라는 이름이 보이고 그 아래에는 전국 정신과 의사회라고 씌어진 감사패가 있고 바로 그 옆에는 개업승인서 비슷한 것, 그리고 바로 그 옆에는 그의 간단한 이력이 곁들인 학위기가 있었다. 준태는 김제강의 박사 학위가 미국에서 얻은 것임을 기억할 수는 있었지만 그게 어떤 대학 에서였는지에 대해서는 소상한 기억이 없었다. 그는 자리에서 일어나 작은 글씨로 씌어진 그것을 확인해 볼까 하다가 그만두었다. 이윽고 의자 뒤의 캐비닛 위에 키 순서로 나란히 세워둔 세 개의 트로피에 눈이 갔다. 무슨 단체의 테니스 대회에서 상으로 받은 것인 모양인데 자세히 보니 그것은 모두 ‘감투상’이었다. 미기상이나 감투상 또는 공로상 따위의 트로피는 참가자 다수에게 주어지는 일종의 애석상(?)의 하나라는 것을 알고 있는 그로서는 이때 피식 웃음을 터뜨리지 않을 수 없었다. 뚱뚱한 체구에 코트의 이쪽저쪽을 곰처럼 뛰어다니고 있는 김제강의 모습을 떠올려 보았다.

"왜 혼자서 실실 웃고 있지?"

이때 그가 들어섰다.

"이 구질구질한 날씨에 남의 방에 앉아 실실 웃고 있는 모습이 영락없는 환잔데? 어때, 진찰을 좀 받아보겠나?"

김제강은 그에게 손을 내밀지도 않고 그냥 자리에 앉으며 농부터 걸어왔다. 하긴 그들은 새삼스럽게 악수를 건네야 할 만큼 서먹서먹한 사이는 아니었다. 꽤 오랜 만에 만나는 사람들 사이처럼 서먹서먹한 관계는 아닌 것이다. 순간적으로, 준태는 대학 3학년 어느 해 겨울 청계천 근방의 싸구려 여인숙에서 여자들을 사서 함께 밤을 새웠던 기억을 떠올렸다. 그리고 이상스럽게도 김은 말짱한데 이쪽만 병에 걸려 한 달치 하숙비를 몽땅 털었던 기억도 함께 떠올랐다.

"웬일이지?"

"좀 상의할 게 있어서…."

준태가 말끝을 흐리자, "앉아 있는 꼬락서니가 수상한데? 무슨 일이 있어?" 하고 그가 담배를 피워 물며 말했다.

"자네, 현태를 기억하나?"

준태가 좀 큰소리로 말했다.

"물론, 현태라면 자네들 바루 끝엣녀석 아닌가?"

"그렇지."

"지금도 거기 있냐?"

"거기라니?"

"연사회(研史會) 말일세."

"얘기 안 했던가? 거긴 이미 그만뒀지."

"아아 맞아 맞아. 그 친구 지금 교수님이 됐다지 아마?"

"벌써 2년이 됐어. 그 동안 별 일이 없었는데 ···."

준태가 말끝을 흐리자 김제강이 의자를 그에게 한 발짝 끌어당기며 다가왔다.

"무슨 일이 생겼어?"

"또 그 증세가 온 거 같애."

"또오? 전에도 무슨 증세가 있었나?"

"자네에게 상의를 했지 않았나?"

준태가 좀 큰소리로 말했다.

"자넨 날 믿지 못하고 있군. 아직까지도. 분명히 말했지만 현태는 아무 이상이 없었어. 3년 전의 그 얘기와 연관시키고 있는 모양인데 현태는 그때 아무 병도 앓고 있지 않았네."

"아냐."

준태가 다시 담배를 꺼내 물었다.

"3년 전의 연사회 건과 연관이 되는 사건이 생겼어. 이번 사건이 아니었다면 자네 말대로 3년 전의 연사회 건은 아무 이상이 없는 정상인의 그것이었는지도 모르지. 이젠 현태의 증세가 3년 전으로 거슬러 올라갈 수밖에 없게 됐어."

준태는 자신이 좀 지나치게 흥분하고 있다고 생각되어 순간적으로 마음을 고쳐먹었다. 김제강이 잠깐 밖으로 고개를 돌렸다. 그가 쓰고 있는 두터운 검은테 안경 너머로 '강박행동에 소비한 시간의 절감', '치료방법이 두통의 빈도에 미치는 효과', '외향성 신경증적 경향의 생리학적 기반', '스탠포드 비네 아이큐에 의한 지능 수준', '단어 자극이 도형 기억에 미치는 영향' 등의 표제가 붙은 도표나 그림이 하얀 회를 바른 벽에 다닥다닥 붙어 있었다. 그것들은 수많은 점과 선, 그리고 소수점 이하 두세 자리까지의 숫자와 인간의 내부의식의 거미줄 같은 구조를 표시하는 여러 가지 용어로 가득 채워져 있었다.

"그 친구 지금 무슨 대학에 있다고 했나?"

문득 김제강이 고개를 돌렸다.

312

"C대학 역사과."

"시간강사인가?"

"전임강사 발령을 받았어. 연사회 때의 연구경력을 인정한 모양이
야."

"허긴 그렇지. 거기 연구부도 대학 연구경력에 쳐줄 거야. 헌데,
그 친구한테 또 어떤 사건이 생겼단 말인가?"

"사표를 냈어."

"이유가 무어야?"

"글쎄, 아직 …."

"지방 대학치군 꽤 큰 대학 아닌가? 거 요즘 대학 전임자리 하나
따기가 얼마나 어려운데, 사표라니?"

"자네가 좀 도와줘야겠어."

"그게 내 소관이란 말인가? 자넨 그럼 현태를 환자로 본단 말인가?"

그들은 잠시 말을 그쳤다. 갑자기, 예의 그 울부짖는 듯하기도 한
어떤 환자의 <u>으으으으으으</u> 하는 기성이 복도 끝에서 들려왔기 때문
이었다. 이어 복도를 내닫는 뚜벅뚜벅거리는 거친 발자국 소리가 멀
리 사라지고 그 환자의 기성은 갑자기 그쳤다. 아마 현관 입구의 사
내가 그 환자에게 달려간 모양이었다.

"조울증 환자야."

김제강이 말했다.

"여긴 간호원이 없나?"

"왜 있지 않구."

"여자 간호원 말일세."

"여긴 여자 간호원이 많이 필요하지 않아. 남자래야 되지, 힘이
센."

"그렇겠군."

준태는 아까 현관문 입구에서 안내를 해주던 사내의 딱 벌어진 어
깨를 떠올렸다. 그의 억센 손아귀에 끌려 전기 치료실로 들어가는 환

자의 모습, 감시인의 눈을 피해 병원을 도망치다가 그에게 붙들려 가는 모습, 치료를 거부하며 발버둥치다가 그 사내의 힘에 눌려 의자 위에 오르는 환자의 모습 등이 잇따라 눈앞에 그려졌다. 그리고는 이내 현태의 충혈된 눈빛과 사내의 억센 힘에 의해 전기의자에 강제로 앉혀지는 현태의 일그러진 모습도 떠올랐다.

"현태가 환자라는 진단을 내리는 것은 아직 일러. 환자의 병을 치유하는 것은 물론 어렵지만, 그가 환자인가 아닌가를 판단하는 일 또한 중요한 작업이네."

"그렇겠지. 우선 내 얘기를 좀 들어보게."

"시간 있나? 한 잔 하지 않겠어?"

김제강은 준태의 대답을 듣기도 전에 입고 있던 가운을 벗었다. 바깥날씨는 여름날 하오에 걸맞지 않게 많이 어두워져 있었다. 후둑후둑 쏟아지는 소나기는 이제 가랑비로 변해 있었다. 준태는 김제강이 이끄는 대로 병원을 나서 근처의 술집으로 향했다. 병원의 소파에서보다는 차라리 술이라도 한 잔씩 하면서 현태에 관한 이야기를 하는 것이 낫겠다 싶었다.

'야누스'라는 간판이 붙어 있는 술집으로 들어서자 카운터에 앉아 있던 한 여자가 쪼르르 다가와 섰다. 얼굴은 예쁜 편이었으나 지나치게 하얀 얼굴과 지나치게 큰 눈동자가 어쩐지 좀 병색이 있어보였다. 정신과 의사를 동반하다 보니까 보이는 사람마다 정신질환 환자로 보이는 것이 이상하다고 준태는 스스로 생각했다.

"김 박사님 오늘은 웬일이세요, 여길 다 오시구?"

여자가 호들갑을 떨었다.

"난 여기 오믄 안 되나?"

"너무하셨어요, 김 박사님."

"좀 오래 됐군."

"그때 밤낚시에 절 데리구 가시겠다구 하시구선. 무어야요 증말, 우리 같은 사람하군 약속을 그렇게 막 깨먹어도 좋대요?"

김제강이 핫핫 웃다가 "여기 술 좀 주지" 하면서 준태에게 고개를 돌렸다.

"자넨 무얼 하겠나? 난 맥주루."

"난 진으로 하겠어."

준태는 요사이 현태에 관한 일로 광주에 있는 그의 어머니와 몇 차례 시외전화를 주고받았는데, 그때마다 현태의 '증세'에 대해 그의 어머니의 좀 지나치다 싶으리만큼 과민한 반응을 달래기에 애를 먹었고, 술을 연거푸 퍼마신 것이 화가 생긴 모양이었다. 장이 나빠졌는지 설사가 나고 아침이면 식사를 할 수 없었다. 술을 마시고 난 다음 날은 변소에는 세 번 정도 다녀와야 되고 그러고 나면 일은 손에 잡히지 않았다. 밤이면 불면증까지 겹치기도 했다.

"현태 일로 고생이 많겠어."

김제강이 혼잣말처럼 중얼거렸다.

"나야 뭐. 제놈이 그 모양이지."

"그 친구 그림솜씨가 보통을 넘었었지, 아마?"

"자네두 기억하는군. 원래 그 자식 미술대학을 갔었던 놈이야. 어려서부터 그림이나 그리구 그랬었지. 너무 내성적이구 고집이 세. 뭐랄까. 이런 아이들이 주로 자네 병원신세를 지는 게 아닌가?"

"내성적인 사람만 신경증이 심하고 불안정한 것은 아니야. 그 같은 일은 외향적인 사람도 마찬가지지. 다만 신경증적인 사람은 정신 쇠약반응을 주로 하고 외향성은 히스테리성 징후를 보인다는 점이 특징이야. 그런데 히스테리아 진단은 일차대전 이후에 많이 내려졌고 또 환자도 많이 볼 수 있었지만 요즘은 좀 드물지. 현태가 내성적이라는 자네의 진단도 사실은 너무 소박한 견해일 수 있지."

"현태가 최근에 보인 행동은 우리가 보통으로 이해해 줄 수 있는 항목이 전혀 없어. 나야 뭐 직접 목격한 것은 아니지만 어머니나 주위사람들의 얘기로는 완전한 환자야. 가령 강의도중에 느닷없이 큰소리로 웃는다든지 좀 엉뚱한 질문이 나오면 그 학생을 불러내 손찌검까지 한다는 거지. 이거 어디 대학 강의실에서 할 짓인가? 요즘은 집의 아이까지 손찌검이라니, 원!"

"그야 우리 대학의 구자오 교수도 그랬었지. 머리는 꼿꼿이 일어서구 와이셔츠 사이로 배꼽은 튀어나오지, 가끔 입에서는 술냄새도 났구, 어떤 때는 운동장가에 멍청히 서서 나뭇가지나 만지작거리구⋯. 하지만 그분 강의야 명강의로 소문났었잖아?"

"그분이야 물론 당대의 석학이 아닌가. 현태가 강의도중에 느닷없이 웃는 모습을 본 어떤 여학생은 아예 다음 시간부텀 강의를 빼먹고 있다는군. 교수님이 무서워졌다는 게지."

"눈빛은⋯?"

김제강이 이때 조심스럽게 물어왔다.

"그때마다 아주 붉게 충혈돼 있다는 게지."

"결혼은 했나?"

"물론."

"올해 몇인가?"

"서른하나. 애가 하나 있어."

"아까 누굴 때린다고 했지?"

"물론 때에 따라서는 학생이고, 자식이고 손질을 할 수도 있겠지만, 이 친군 아예 적대감정을 노골적으로 나타내기 때문에 정상인으로 볼 수 없다는 게지."

"그 친구에게 불안이나 공포의 대상이 될 만한 것을 자넨 알고 있나?"

"불안? 공포? 그거야 사람마다 있기두 하구 없기도 하는 증세가 아닌가?"

"그런 식으로 현태를 진단하지는 말게."

김제강이 좀 소리나게 술잔을 탁자에 내려놓으며 말했다.

"신경증 환자의 공포나 불안은 우리와 달라. 특히 그 지속기간에 차이가 있어. 원자폭탄에 대해서 많은 사람들이 걱정을 하는 것은 사실이지만 그것 때문에 자기생활에 커다란 변화를 초래하지는 않아. 문제는 과장된 정서반응인데, 그러한 강박관념이나 정신쇠약이 어느 정도의 정서반응으로 나타나는가가 문젤세. 자네의 지금 얘기로는 의사에게 진술할 수 있는 정도의 내용이 못 돼. 어때, 자네가 직접 현태를 만나보지 않겠나?"

"물론." 준태는 이때 좀 큰소리로 대답했다. "이번 주말에 내려갈걸세. 그리고 가능하면 그 아일 데리고 와서 자네에게 직접 보이려구하네."

"그게 좋겠군."

김제강은 여기서 말을 마치고 아까 그 병약해 보이던 여자에게 손을 들어 술을 청했다. 여자는 마침 걸고 있던 전화의 수화기를 다른 손으로 바꿔 들면서 김제강에게 윙크하듯 눈을 찡긋해 보였다. 하얀 얼굴에 유난히 큰 눈동자를 굴리고 있는 그녀의 모습이 이상하게 그의 신경을 자극했다.

"저 여자도 우리 병원 신셀 좀 졌지."

김제강이 전화를 받고 있는 여자에게 시선을 고정시킨 채 혼잣말처럼 중얼거렸다. 준태는 순간 자신의 그 여자에 대한 불안한 예감이 적중된 사실에 스스로 놀라고 말았다.

"무슨 증세였나?"

"의상도착증."

"의상도착증?"

"거기에다가 동성애까지 합병된 것이었어."

준태는 아직 전화통을 붙들고 깔깔거리고 있는, 좀 모자라 보이는 듯한 그 여자에게 시선을 주었다. 병색이 완연해 보이는 얼굴색 말고는 아주 훌륭한 용모라고 준태는 생각했다. 그녀의 엷은 블라우스 위로 가는 허리와 몹시 큰 둔부의 선이 또렷이 드러난 모습이 선정적이었다.

"환자에게 남자의 나체그림을 보여주었지. 그리군 곧 전기쇼크를 가하고 그 강도를 점진적으로 높여가지. 남자의 나체와 쇼크를 결합시키고 성은 즐거운 것이 아니고 고통스러운 두려운 것이라는 생각을 주입시킨단 말야. 물론 요즘에는 동성애를 질병으로 안 보는 사람도 있지만, 이런 식의 일종의 혐오치료를 써서 낫게 하는 수도 있어.”

“의상도착증은 또 뭔가?”

“동성애 치료와 비슷하지. 환자를 실험실에 데리고 가서 항상 입고 즐기던 여자의 옷가지를 입게 하고 전기쇼크를 가하는 방법이야. 그러다가 그 여자가 입고 있던 옷가지를 벗어던지면 쇼크를 차단시키지. 요즘엔 전기요법이 의심받고 있지만, 효과는 있지.”

준태는 때마침 그들에게 가까이 다가서는 그 여자를 찬찬히 쳐다보았다. 김의 얘기를 듣고 나니 그 여자와 같이 있는 것이 좀 이상한 기분이 들었다.

그 여자는 ‘미스 안’이라고 준태에게 자신을 소개했다. 옆에 있던 김이 “미스가 아니라니까 잘해 보라”고 한마디 거들었다. 준태와 김은 이때 함께 웃었지만 멀뚱멀뚱 눈만 깜박이고 있는 여자의 모습이 백치 같기도 했다.

한떼의 사내들이 홀에 몰려들고 실내 스피커에서 음악이 나왔다. 퇴근 손님들이 몰려드는 시각인 모양이었다.

그들은 밖으로 나왔다.

“자넨 아직 거기 사나?” 김이 물었다. “내 바래다주지.”

김이 주머니를 뒤져 자동차의 키를 꺼내면서 말했다.

“난 좀 걷겠어. 먼저 가게.”

“걱정이 병이라구. 현태를 꼭 만나보고, 가능하면 한 번 데리구 오게.”

김이 병원의 골목에 세워둔 차를 꺼내기 위해 다시 골목으로 들어가고, 그는 돌아섰다. 그 미스 안이라는 여자와 술이라도 한 잔 하고 갈까 어떨까 하는 생각을 하면서 그는 내처 걸었다. 비는 아직 개지 않았다. 시 외곽지대로부터 군(軍) 트럭이 헤드라이트를 모두 켠 채 시내 중심가 쪽으로 들어오는 행렬이 시작되었다. 버스나 택시 등의 차량들이 그들의 진입(進入)을 방해하지 않도록 하기 위해 진행을 중단하고 인도 옆으로 비켜섰다. 검게 탄 얼굴의 계엄군(戒嚴軍)들이 쓰고 있는 헬멧이 몹시 무거워 보였고, 전투복과 방독면으로 무장한 그들 일부의 모습에서 준태는 온몸이 짜릿해 오는 살의를 보았다. 트럭 위에 올라타 '어깨총'을 하고 말없이 전방만을 주시하며 도회의 한복판을 누비며 지나가는 풍경은 무성영화처럼 무거운 침묵을 거느린 채 낯설고 기이한 모습으로 그의 앞을 가로막았다. 사람들은 마치 그 침묵의 무게에 눌리기라도 한 듯 말없이, 그리고 무표정하게 길고 긴 트럭의 행렬이 끝나기를 기다렸다. '어깨총'을 한 군인에게 네거리의 교통진행권을 빼앗긴 경찰은 때마침 군트럭의 행렬이 벌어진 사이로 길을 건너려던 한 노인의 어깨를 심하게 낚아채고 있었고, 그가 불어 대는 호루라기 소리만이 잠시 동안의 침묵의 공간을 흩트려 놓았을 뿐이었다.

도시의 정적은 이방인에게 점령당한 죽음의 도시처럼 무겁고 두텁고 그리고 오래 계속되는 듯하였다. 길게 이어지는 군트럭의 행렬을 바라보면서, 준태는 순간 고향 옥천면을 떠올렸고, 그리고 동구 앞에 널브러져 있던 간밤의 총소리의 주인공이었던 빨치산들의 시체를 떠올렸다. 낮에는 군경(軍警)이 밤에는 빨치산들이 번갈아 출몰하던 마을의 뒷산과 면사무소앞 기다란 방둑에 대한 기억은 군인들의 헬멧에 번들거리는 햇빛만큼이나 강렬했다.

계엄군의 행렬이 끝나고 차량들의 진행이 계속되자 거리의 소음은 이전의 그 무겁고 단조로웠던 침묵의 부피를 사방으로 분산시키며 되살아나기 시작했다. 신문꾸러미를 옆구리에 낀 소년이 외치며 옆으로 지나갔다. 얼핏 가판의 신문판매대에 시선을 던졌다. '북괴'의 '남침'을 우려하는 당국의 견해가 머릿기사로 대서특필되어 있었다.

2

　김제강을 만나본 후 사흘 동안 준태는 줄곧 현태에 대한 자신의 진단들을 요모조모 내려보았으나 그때마다 그는 오히려 자신이 더 혼란에 빠지기가 일쑤였다. 현태가 어떤 이유로 연사회를 그만두지 않으면 안 되었으며 또 어떤 이유로 지금 그가 애써 얻은 직장인 대학의 교수자리를 사직하려 하고 있는지, 짐작은 여러 가지로 할 수 있지만 그 어느 것도 그럴싸한 이유가 되지는 못했다. 사실 3년 전 연사회를 그만둘 때의 현태의 분위기조차도 그는 어렴풋이 짐작만 하고 있을 뿐이었다.

　"당신, 삼촌하고 만나믄 자꾸 언성만 높이려 드는데, 이번엔 좀 차근차근히 따져 보세요. 내가 보기엔 예삿일이 아닌 거 같아요. 나이도 그만한 사람이 어쩌자고 자꾸 직장을 그만두겠다는 거예요? 난 말이지요, 지금까지 당신한테 아무 말도 안 했지만 무언가 근본적인 연구가 있어야 한다구 봐요."

　현태가 아무래도 더 이상해 가기만 하니 빨리 한 번 다녀가라는 어머니의 전화를 두 번이나 받은 아내가 이렇게 준태에게 다그쳤다.

　"근본적인 연구라니?"

　준태는 아내에게 되물었다.

　"말하자면, 뭐랄까. 당신 집안 형제들의 성장과정이라든지 가정환경 또는 어머님과 아들들 사이의 관계, 이런 것들과 관련을 지어서 지금 삼촌에게 나타나는 증세를 생각해 보자는 거죠."

　"우리들 성장과정이 다른 집에 비해 뭐 유별난 데라도 있나? 당신 지금 현태 일을 놓고 무슨 사례연구(事例研究)라도 하자는 거야?"

　준태는 심드렁하니 대꾸했다.

　"언뜻 보면 다들 엇비슷한 성장과정이구 엇비슷한 생활환경이지만 사실은 전혀 다르다구요. 무턱대고 언성만 높일 게 아니라 차근차근 그 원인을 찾아내야 한다구요."

“당신도 현태를 환자 취급하는 거요?”

“물론이죠.”

“여기도 박사가 하나 있군.”

준태는 아내에게 쏘아붙이고 말았지만 내심으로 좀 뜨끔한 데가 있었다. 그는 김제강에게만 현태가 환자임이 분명하다고 우겼을 뿐 아직까지 그 어머니에게나 아내에게나 대전에 있는 수태에게도 전혀 그런 내색은 하지 않았었다. 그러나 주위 사람들은 약속이나 한 듯이 모두 현태를 ‘환자’로 보고 있는 것이다. 그들은 다만 그의 환부를 정확히 찾아내는 일만이 남아 있다고 믿고 있는 것 같았다.

마침 주말이라 터미널은 많은 사람들로 붐비고 있었다. 버스가 출발하고, 안내양으로부터 안전벨트를 맬 것을 주의받은 그 순간부터, 준태는 아내가 아침에 말했던 자신의 생활환경과 그들 형제들의 성장과정에 대해 찬찬히 생각해 볼 수 있었다. 기껏 식품영양학과를 나온 여자의 입에서 근본적인 원인발견이 어떻구 성장과정이 어떻구 하는 게 아무래도 덜 떨어진 소리로만 들렸지만, 현태의 행동에 대한 어떤 현학적인 설명이라도 붙이기로 작정한다면 어차피 그런 데서만이 무엇이 좀 찾아지지 않을까 하는 생각도 없지 않았다. 아내의 말대로, 그가 환자임에 틀림이 없고 지금 당장 그의 환부를 찾아내는 것이 불가능하다면 어차피 그런 교과서적인 데서부터 출발할 수밖에 없다는 생각도 들었다. 그러나 그것은 아무래도 좀 황당하고 추상적이고 구름 잡는 식의 하나의 추측에 불과할 것이라는 생각을 지울 수가 없었다.

준태는 차창 밖으로 흘러가는 풍경들에 눈을 주었다. 시내를 벗어나자 주위의 산등성이가 완만한 곡선을 그으며 아까보다는 좀 느린 속도로 뒤로 물러나고 있었다. 아파트의 숲을 벗어나면서 시작된 산등성이의 완만한 곡선은 며칠 전 김제강 신경정신과의 하얀 회를 바른 정육면체의 상자 속에 닥지닥지 붙어 있던 그래프를 연상시켰다. 그것은 ‘성취동기와 불안이 위험부담을 취하는 행동에 미치는 영향’에 관한 곡선 같기도 했고 ‘강박행동에 소비한 시간의 절감’이라는 표제에서 보았던 곡선의 진폭을 연상케 하기도 했다. 차창 밖으로 바라다 보이는 산등성이의 곡선을 강박관념을 지시하는 곡선으로 이해하고 있는 자신의 모습에 그는 스스로 실소하기도 했다. 그는 자신이 직접 만나서 확인하지 않으면 안 될 현태에 관한 여러 가지 상념의 조각들을 주워 모으기 시작했다. 그들 준태와 수태와 막내인 현태와는 각기 세 살 터울이었다. 그리고 그들은 6·25 때 아버지를 잃었다. 그때 준태는 여섯 살, 수태는 세 살, 현태는 유복자(遺腹子)였다. 아버지 박봉동(朴奉東) 씨는 강진읍의 농업학교를 마치고 일본으로 건너가 전문학교를 다녔다. 일본에 자주 들락거렸던 그가 해방이 되던 해에 준태를, 이어 수태와 현태를 낳았는데, 현태를 낳은 당년에는 좌우익 싸움으로 그가 이미 집을 떠난 후였고, 그의 시체가 발견되었던 성전 마을 사람들은 어느 쪽의 손에 그가 찔려 죽었는지 알지 못했다. 어머니 이 씨로부터 아버지 박봉동 씨의 죽음에 관한 얘기를 자세히 들어본 적이 없는 준태로서는 다소간의 추리와 억측으로만 남아 있을 뿐이었다.

"미친 세상이 느그들 애비를 주였다."

광주(光州) 시가 속해 있는 도(道)의 경계에 이르러 버스가 갑자기 속도를 늦추었다. 버스가 정거하자 두 사람의 '어깨 총'으로 무장한 군인이 버스에 올라와 가볍게 승객을 향해 경례했다. 그들이 승객 사이를 지나며 검문을 하는 동안 준태는 문득 창자를 드러낸 채 동구 앞에 널브러져 있던 공비의 시체를 떠올렸다. 대학생 차림의 두 청년이 검문 장병들에 의해 강제로 하차되었고, 정중히 경례를 붙였던 그들이 두 청년을 검문소 쪽으로 끌고가는 모습을 뒤로하고 버스는 다시 움직이기 시작했다.

국내 최장이라는 그 터널은 누렇게 매단 조명등에도 불구하고 어둡고 침침했다. 바다 속 깊은 곳으로, 아니면 어느 알 수 없는 어둠의 골짜기로 자신이 실려가고 있다는 생각에 준태는 어깨를 떨었다.

3

　광주(光州)는 거대한 하나의 정적의 도시로 변해 있었다. 붐비던 인파는 간 데 없고, 통행이 끊긴 채 무장한 군인들이 정물처럼 군데 군데 정렬지어 서 있고 이따금 오가는 시민들의 표정은 납덩이처럼 굳어 있었다. 시 외곽지대의 임시 터미널에서 간신히 얻어 탄 택시가 시내에 들어설 때까지, 그를 안내하던 택시 운전사의 표정도 석고처럼 굳어 있었고, 차를 모는 동안에도 한마디 말도 건네지 않았다. 그래서 5월 하오의 광주는 한편으로 거대한 한 편의 팬터마임으로 연출되어 있었다. 정적과 침묵으로 휩싸인 광주의 어느 곳에 현태는 숨어 있을 것이었다.

　준태가 대문을 밀고 들어서자 마당 가운데에 망연히 서 있던 어머니 이 씨가 그에게 서서히 다가왔다.

　"저 왔습니다. 어머니."

　"들어가자."

　어머니 이 씨는 손에 들었던 풀 포기를 놓는 것도 잊은 채 마루로 올라섰다. 그리고는 이내 흐느끼기 시작했다.

　"왜 이래요, 어머니."

　준태는 이제 60을 넘어선 그녀의 까칠까칠한 손을 맞잡아 쥐며 말했다. 그토록 억척스럽게 삼 형제를 키워 오시던 분이 요즈음에는 자꾸 눈물을 보이는 때가 잦아졌다. 당신의 말대로 '박 씨 집안의 희생물'로 일생을 살아오는 동안 눈물 한 방울 안 보였다고 하시던 분이 최근 들어 아주 달라지고 만 것이었다.

　자신과 관련된 과거의 일이나 현재의 어려움을 돌아다보거나 회상할 수 있는 잠깐 동안의 여유조차 없이 그저 앞으로만 억척스럽게 뛰고 달리기만 했던 한평생이었다. 이제 그녀는 자신이 이르고자 한 어느 지점에 가까워진 것을 스스로 알고 있기라도 한 듯, 가끔 뒤를 돌아다보기도 하고 자신의 주위에 눈을 돌리기도 하였다. 그녀는 그만큼 여유가 생긴 것이기도 하였지만 차라리 이제는 더 이상의 눈물겨운 희생에는 지쳐 있는 때문이기도 할 것이다. 준태가 결혼을 한 이후부터 그녀는 자주 아들이나 며느리들 앞에서 자신이 걸어온 지나간 세월의 앙금을 들추어내어 그것을 보여주었다. 사실 준태가 그의 부친이나 조부의 생전의 일에 관련된 이야기들을 자주 듣게 된 것은 극히 최근의 일이었다. 부친 박봉동 씨가 6·25 때 누군가에 의해 창에 찔려 비참하게 죽었다는 애기나, 조부 박준일 씨가 어려서 외지인 목포로 나가 포목상을 하여 돈을 모아 고향에 '금의환향'한 이야기 따위는 이미 들어서 알고 있지만, 최근 들어서는 말하자면 부친의 죽음에 관련한 일이나 조부의 치부(致富)와 관련한 자질구레한 구석들을 자주 화제로 삼기도 했다. 시아버지와 남편의 지난날의 삶에 관련한 일련의 비사(秘史)랄까 아니면 덮어두었던 것들을 털어놓기 시작한 것이다. 정확히 따지자면 현태가 연사회를 별 이유 없이 그만두게 된 때부터 어머니의 이러한 징후가 뚜렷해진 것이었다.

"예삿일이 아니다."

그녀는 흐르는 눈물을 닦아내며 혼잣말처럼 중얼거렸다.

"도대체 현태가 어떻길래 모두들 이럽니까?"

"그 자식은 미쳤다."

"네?"

준태는 순간 소리쳤다. 어머니의 입에서, 그것도 30여 년간을 손수 키워오신 당신의 아들을 두고 '미쳤다'고 잘라 말하는 어머니의 차가운 음성에 그는 놀라고 말았다. 그녀의 음성 속에는 이미 현태로부터 그 동안 받지 않으면 안 되었던 수많은 고초와 불면의 밤으로부터 자신을 구원하고자 하는 사람의 냉혹함과 비정함마저 감돌았다. 아들이 미쳤다고 말하는 순간의 이 씨는 현태의 어머니도 그리고 앞에 마주앉아 있는 장남 준태 자신의 어머니도 아닌 전혀 다른 사람의 모습으로 완강하게 그리고 차갑게 느껴졌다.

"그놈은 미쳤응께 그리 알어라."

어머니 이 씨는 되풀이하여 말했다. 아까의 말이 분노에 찬 음성이 었다면 이번의 것은 체념과 슬픔이 밴 음성으로 들렸다.

"서두르지 말아요, 어머니. 현태가 미치기나 하고 있을 아입니까? 그 자식은 똑똑한 놈이에요. 성질이 좀 강해서 그렇지 별일 없을 겁 니다."

준태는 담배를 피우기 위해 방구석에 놓인 성냥을 끌어당기며 말했 다. 담배를 피워 문 그는 오랜 만에 어머니가 거처하고 있는 안방을 찬찬히 쳐다볼 수 있었다. 그리고 그는 문득 벽시계 옆에 걸려 있던 아버지 박봉동 씨의 사진이 없어진 것을 발견하였다. 울고 있는 어머 니 이 씨에게 준태는 다소 퉁명스레 말했다.

"아버지 사진은 치웠군요."

"니 애비가 나허구 무신 정분이 있다고 요새는 밤마다 꿈자리만 뒤 숭숭하니 맹기니, 이것도 예삿일이 아니다."

"현태는 제가 아는 병원하는 친구가 있는데 거기로 입원이라도 시 키기로 하죠."

"소용없다. 병원에 갈 병이 아니다."

이때 준태는 바깥쪽으로부터 들리는 소란스러움에 잠시 말을 그쳤 다.

"어머니 저예요."

현태의 처가 들어오는 모양이었다. 준태가 마루로 나왔다.

"오셨어요?" 그녀는 시아주버니가 되는 준태에게 인사하고는 웃어 보였다. 그리고는 안고 있던 아이에게 "큰아빠 오셨는데 인사 안 해?" 하고 한마디했다. 애써 밝은 표정을 지어 보이려 하는 것 같았다.

"현태 일로 신경을 많이 쓰겠어요, 계수씨."

준태가 말하자 "괜찮을 거예요. 어머님이 저러시는 게 더 걱정이죠" 하고 받았다. 현태의 처가 냉장고에서 주스를 꺼내오고 준태가 조카 를 안아 들고 있는 동안 어머니 이 씨가 마당으로 내려섰다.

"나 가게에 나가 있을 테니 현태소식 들어오믄 그쪽으로 전화해라."

"가게에 가시게요."

"금방 오마. 피곤할 텐디 씻고 좀 눕거라."

어머니 이 씨가 밖으로 나갔다. 시내 변두리이기는 하지만 20평 남짓한 제과점을 차리고 그것을 손수 경영하고 있었다. 현태가 이곳 C대학으로 자리를 옮기자 그 동안 살았던 장흥읍을 떠나 광주시에다 가게를 차린 것이다. 서울 큰아들한테 가서 함께 여생을 보내라는 주위 사람들의 권유도 많았지만 그녀는 아직 자신이 활동할 수 있으며 현태가 제 집을 장만할 때까지만 이 일을 하겠다고 고집했고, 그렇게 하자면 서울보다는 낫겠다 싶어 현태와 합류한 것이다. 준태 자신으로서도 명색이 한국에서 꼽히는 수출회사의 과장으로 있으면서 어머니를 늘그막까지 장사를 시키는 것이 주위 사람들의 시선도 신경 쓰였고 장남 노릇도 못한 것 같아 늘 마음이 무거웠다.

현태의 처가 딸기를 소반에 받쳐들고 와 준태가 앉아 있는 소파에 마주 앉았다. 결혼 당년에 현태가 연사회 간사직을 그만두게 된 것을 목격했고 그로부터 3년이 채 못된 지금에 와서 대학의 교수직을 그만두려는 사정을 기장 가까이 보고 있는 여사였나. 그녀는 서울의 어떤 여학교에서 잠깐 가르치다가 현태와 결혼했다. 현태의 대학후배였다.

"계수씨 보기에 어떻습니까, 현태가 정말 이상합니까?"

준태는 딸기를 하나 집어 입에 넣으며 물었다.

"성격 탓이에요."

현태의 처 하경이 짧게 대답했다.

"성격이야 원래 좀 꼿꼿하고 내성적이라고는 하지만⋯."

준태가 말을 어물거리자 하경이 곧이어 말을 이었다.

"하나 이상한 게 있어요." 그녀는 고개를 숙인 채 말했다. "요즘 은정이를 가끔 심하게 때려요."

하경이 이내 흐느끼기 시작했다. 이제 준태는 더 이상의 환자가 아니기를 바라는 그에 대한 기대를 갖는 것을 포기하기로 했다. 알 수 없는 절망감이 엄습해 왔다. 이날 현태의 처 조하경이 그에게 들려준 현태에 관한 '증세'는 대개 이런 것들이었다.

대개의 경우 학교가 끝나면 곧장 집으로 돌아와 서재에 앉아 책을 읽거나 은정이를 데리고 집에서 그리 멀지 않은 시내 공원에 산보를 하고 돌아와 저녁을 먹고 서재에 들어간다. 그리고 12시나 1시가 가까운 시간이면 아내의 방으로 들어와 잔다. 아침이면 어김없이 (강의가 없는 날도) 9시까지는 학교에 나간다. 술을 일주일에 한두 번 정도 마시고, 마시게 되면 좀 과음을 하는 편이어서 하경으로서는 뒤치다꺼리를 하기가 여간 성가신 게 아니다. 월급 때면 봉투를 뜯지도 않은 채 가져다주지만 어떤 날은 아예 통째로 쓰고 들어와 하경을 당황하게 하는 수도 있다. 그러나 연사회를 그만둔 사건 이후 이렇다할 문제가 없이 잘 지내왔다. 그러던 어느 날이었다. 현태가 대문을 요란하게 두들겼다. 밤 열두 시가 가까운 시간이었다. 하경은 슬리퍼를 끌고 바삐 나가 문을 열어 주었는데, 얼굴은 피투성이가 되어 있었다. 현태를 부축하여 방으로 데려와 얼굴을 씻겼다. 무슨 일이냐고 물었으나 대꾸하지 않았다. 그리고 그는 곧 서재에 들어가 버렸다. 잠을 자지 않겠느냐고 하경이 묻자 먼저 자라고 대답했고, 서재의 불은 밤새 켜져 있었다. 새벽 3시쯤 되어 하경이 서재의 방문을 열어보려고 하였으나 문은 굳게 잠겨 있었다. 이튿날 하경은 현태에게 간밤에 무슨 일이 있었느냐고 물어보았으나 대꾸하지 않았다. 그러한 일이 있은 이후 별다른 일이 없어 하경으로서도 그 일을 잊고 지내던 참이었다. 그러던 어느 날, 열두 시가 가까운 시각에 전과 똑같이 바쁘게 대문을 두들기는 소리가 나서 나가보니 현태가 서 있었다. 이번에는 얼굴에 아무런 외상은 없었고 다만 가쁘게 숨을 몰아쉬며 사방을 두리번거리기만 했다. 하경은 빠른 몸짓으로 남편을 끌어들여 문을 잠갔다. 방에 들어온 현태는 옷을 벗지 않은 채 그대로 서 있었다.

하경이 세숫대야에 물을 떠다가 방문 앞에 갖다 놓자 그는 마당 한쪽 끝에 서 있는 정원수를 빠끔히 노려보며 하경에게 빠르게 말했다. "당신 골목에 좀 나가 보지 않겠어?" 그러나 하경은 남편이 시키는 대로 할 수가 없었다. 이튿날 하경은 현태에게 간밤의 일에 대해 물었으나 역시 대꾸하지 않았다. 그가 학교에 나간 후 이 일을 시어머니 이 씨에게 얘기했다. 이제는 어머니도 "가끔 그럴 때가 있는 아이"라는 말은 하지 않았다. 그가 오후에 돌아오자 어머니는 현태에게 얼굴이 안돼 보인다고 말하고, 가까운 병원에라도 가보지 않겠느냐고 했다. 안 그래도 한 번 다녀올 참이라고 순순히 대답한 그는, 그날 밤늦게 술에 취해 들어왔다. 이때 현태는 전날 밤처럼 쫓기는 모습으로 달려오지도 않았고 흥얼흥얼 노래까지 부르면서 대문을 발길로 찼다.

그가 유쾌하게 술을 마시고 돌아온 것을 보고 하경은 기뻤지만, 문득 이상한 기분에 사로잡히고 말았다. 하경은 아직까지 남편 현태가 노래 부르는 것을 한 번도 본 적이 없었기 때문이었다. 신혼여행을 마치고 돌아와 친정 식구들과 친척들이 모인 자리에서 장인, 장모, 처남, 처제, 처이모 할 것 없이 그토록 많은 사람들이 신랑의 노래를 듣고 싶어했으나 끝내 그 '한 곡조'도 들려주지 않았던 남편을 순간 생각했다. 하경은 대문에 기대서서 현태가 부르는 노래가 끝날 때까지 기다리기로 했다. '목포의 눈물'인가 하는 노래였는데 대체적으로 음정은 맞았으나 목소리가 낙제였다. 술에 취한 탓도 있었겠지만 아마 대학졸업 이후 처음 불러본 노래여서 그런가 보다 하고 하경은 혼자 생각하고 쿡쿡 웃었다. 방에 들어온 현태는 이날 자신이 대문간에서 불렀던 노래에 대한 하경의 강평을 듣고 마치 간지럼을 타듯 길길길길 웃었다. 그리고는 다른 날과는 유난히 다르게 이상한 포즈로 하경에게 달려들었다. 하경의 옷을 난폭하게 벗기고 이제껏 경험하지 못한 괴상한 자세를 취하면서 (하경은 이 대목을 얘기하면서 얼굴을 붉혔다) 낄낄낄 웃기까지 했다. 하경은 갑작스런 현태의 태도에 몸을 움츠리고 반항도 해보고 몸을 뒤틀기도 해보았지만 막무가내로 그녀를 덮쳐 왔다. 그러나 그녀에게 달려드는 현태의 태도는 몹시 조급한 것이어서 흡사 싸우고 있는 두 마리의 짐승처럼 그들은 서로 밀고 밀리고 하다가 곧 잠이 들었다.

학교가 쉬게 되고, 주로 서재에만 틀어박혀 있던 현태가 은정이를 때리기 시작한 것이 그 즈음이었다. 하루 종일 서재에만 틀어박혀 있던 어느 날이었다. 마침 할머니 가게에서 가져온 사이다를 마시려 하던 은정이가 손에 들었던 병을 떨어뜨려 깨지고 말았는데, 그때 현태가 서재에서 뛰어나와 은정이의 따귀를 갈긴 것이다. 쨍그렁 하는 날카로운 유리조각이 흩어지는 소리와 뒤이어 은정이의 으앙 하는 울음 소리에 놀라 뛰어나온 하경은 그때 하마터면 소리를 지를 뻔하였다. 깨져서 여기저기 흩어진 유리조각들을 내려다보고 있는 현태의 충혈된 눈동자를 보는 순간, 바로 3년 전 연사회를 그만두기 직전 술에 취해 들어온 그가 마침 새로 갈아 끼운 형광등의 불빛이 너무 밝다는 이유로 재떨이를 내던져 깨버리던 때의 그 충혈된 눈빛과 똑같다고 생각한 때문이었다. 그녀는 아이를 끌어안고 현태를 노려보며 소리쳤다. 현태는 어물어물 뒤로 물러서더니 이내 방으로 들어가 버렸다. 현태가 대학에 사표를 냈다고 말한 것도 이즈음이었다. 연사회를 그만둘 때만 해도 그는 하경에게 자신의 의사를 상의조로 비추기도 했지만 이번에는 달랐다. 사표는 학교로 우송했고, 이 사실은 그로부터 일주일이나 지나서 아내에게 통고되었다.

"그 뒤로 또 아이를 때린 일은 없었소?"

준태는 마침 소파 밑에 쓰러져 자고 있는 은정이를 내려다보며 물었다.

"바로 그저께였어요. 골목에서 놀던 은정이가 뾰족한 쇠붙이를 하나 주워 왔어요. 누가 쓰다 버린 콤파스인 모양인데, 그걸 가지고 아이가 마루에서 장난질을 쳤겠죠. 코끼린가 무언가를 그린다고 콤파스의 뾰족한 끝으로 마루를 쩍쩍 긁어댔어요."

"그때 현태가 뛰어나왔군요."

"그리군 또 때렸어요. 은정이에게서 빼앗은 쇠붙이를 들고 부르르 몸을 떨었는데 제가 그때 아이를 안방으로 안고 들어와 버렸어요."

하경이 흐느끼기 시작했다. 밖은 어둠이 깔리고 있었고 시가지의 외곽지대로부터 강렬한 한 줄기의 서치라이트가 어두운 하늘을 칼날처럼 두 쪽으로 가르고 지나갔다.

4

　현태는 집에 들어오지 않았다. 그가 있을 만한 곳으로 여기저기 전화를 해보았지만 연락이 되지 않았다. 전화를 받았던 어떤 동료 교수 한 사람은 현태의 행방을 알려주는 대신 그를 입원시키는 것이 어떻겠느냐고 정중히 제의해 오기도 했다.
　"가 볼 데가 있다."
　아침식사를 마치자 어머니 이 씨가 주섬주섬 옷을 챙겨 입었다.
　"거길 가시게요?"
　준태가 묻자 "서둘러라. 마침 잘 본다는 노인 한 사람을 사뒀다."
　"도대체 거길 가서 어쩌겠다는 겁니까?"
　"나도 몰것다. 니 애비 붙들고 물어나 보지!"
　이젠 더 이상의 만류가 소용이 없을 것 같았다. 진작부터 어머니 이 씨는 그곳을 생각하고 있었음에 틀림없었다. 현태가 이상해지고부터, 아니 지금까지 수십 년을 살아오는 동안 그녀의 삶이 고달프고 어려울 때면 어김없이 찾아보았던 곳이 그곳이었다. 강진군 옴천면 봉학리. 그녀의 남편과 시아버지와 그 윗대조의 조상들이 묻힌 곳이었다. 남편 박봉동 씨와 사별하던 때의 그녀의 나이는 스물 일곱이었고, 처녀 때에 그녀는 목포의 어느 개인병원 간호원인 신여성이었다. 남편 박봉동 씨의 농고 졸업과 일본 유학의 학력이나 그녀의 간호원 출신의 경력을 따라올 사람은 그 당시 옴천면에는 아무도 없었다. 그녀는 가끔 그것을 자랑삼아 아들들에게 이야기를 꺼내기도 하였지만, 한편으로 그러한 신식사람(?) 답지 않게 자주 점을 친다던가 무당을 부르는 따위의 자신의 행위에 대해서도 전혀 어색해하거나 쑥스러워하지 않았다. 준태는 어머니 이 씨의 그런 변모를 잘 이해하고 있었다. 남편이 죽고 세 아들들이 하나같이 늑막염과 폐결핵을 순서를 바꾸어가며 앓았을 때, 간호원 출신인 그녀는 이때부터 점쟁이나 무당을 찾았던 것이다. 어머니 이 씨가 갖게 된 어떤 불가해한 힘이나 운명론적 세계인식의 방법은 그녀 스스로가 터득한 하나의 자기구원의 방법이었다.

어머니 이 씨를 따라 대문을 나서는 준태는 좀 설레는 심정이 되었다. '미쳐버린' 현태의 일로 조상의 묘를 찾아가고 있는 자신의 모습이나, 마치 살아 있는 사람이기라도 하듯 남편과 시아버지를 만나러 가자고 우기는 어머니의 허둥거리는 모습에서 준태는 형언할 수 없는 슬픔과 절망감을 함께 느끼지 않을 수 없었다.

택시를 잡아타고 어머니 이 씨가 이르는 곳으로 갔다. 다방이었다. 그들이 들어서자 한 노인이 벌떡 일어서며 손짓하는 게 보였다.

"인사드려라."

어머니가 그를 소개했다.

"박준탭니다."

"반갑소" 하고 그 노인이 말했다. "코가 아주 좋게 생겼구만."

준태가 무심코 코에 손을 가져가자 노인은 껄껄 웃었다. 건장해 보이지만 머리에는 백발이 성성했다. 그들은 다방으로 나와 택시를 대절하여 강진군 옴천면 봉학리로 향했다. 광주에서 한 시간 반 남짓이면 닿을 수 있는 거리였다.

택시가 시가지를 벗어나자 뒷자리 안쪽에 앉아 있던 그 지관(地官)이 말했다.

"유택이 좋아야 허네. 요즘 것들 묘자리를 아주 등한히 허는디, 거 큰일이야."

준태는 대꾸하지 않았다. 비록 연로한 분이라고는 하지만 초면에 좀 너무하다 싶었다. 그러자 노인은 혼잣말처럼 계속했다.

"공수래공수거라, 인생이 아무리 유한하여 혼령과 육신이 함께 영생토록 명을 다하지 못한다 한들 한평생 몸뚱이를 의탁한 이 땅 위에 아무 데나 자기 육신을 파묻고 싶은 사람은 어데 있었는가? 세상 사는 것도 그렇지만 죽어서 깨끗이 묻히는 것이 더 소중혀. 누군들 죽어서 깨굴창에 묻히기를 바랄 것이며 아무디서나 뒹굴기를 바랄 것인가? 어버이가 주신 머리털 하나라도 당연히 잘 보존하고 아껴야 하거늘 하물며 부모 형제는 어쩌겠능가? 택조를 잘 가리는 것이 중요한 거여. 땅이 아름다우면 신령이 편안하고 그 자손도 성하는 법이여. 나무뿌리를 북돋으면 잎사귀가 성하듯이 자손들이 성하고, 신령이 위태로우면 자손도 위태한 것이여."

노인은 마치 준태에게 꾸지람이라도 하듯이 좀 엄중하고 위엄이 있게 말했다. 그리고는 "부인께서는 슬하에 몇을 두셨소?" 하고 문득 어머니에게 물었다.

"아들만 셋입니다."

"거, 자식 농사 한 번 잘 지었소 그랴."

노인이 웃었다.

"노인께서는 들어가실 자리를 보아두셨는지요."

준태는 지관 노인이 혼자 떠드는 것을 막기라도 하듯이 좀 심술이 들어 있는 말투로 이렇게 농을 붙여보았다.

"좋은 데를 하나 보아두었는데, 그쪽 사람이 땅을 안 팔려구 하니 걱정이오."

"명당이라는 게 정말 있습니까?"

"거 무슨 소리!"

노인이 화난 음성으로 말했다.

"그렇다면 아예 남의 명당자리를 사서 거기다가 다시 묘를 쓰면 좋겠군요. 명문 세도가의 선조 묘를 사서 장사 지내면 어떨까요?"

"무식한 소리!" 노인이 크음 하고 안으로 당기는 기침을 했다. "소용없는 것이여. 아무리 구터가 좋은 자리라 해도 그 터는 지맥이 처음에는 불같이 일어나나 패할 때는 냉랭한 재와 같으니 열 가지를 구해도 하나를 얻지 못하는 걸세. 구혈은 바람이 옮기고 물이 바뀌면 기가 다하여 다시는 발복이 안 되는 벱이여."

노인과 이야기를 주고받는 동안 택시는 어느덧 완만하게 경사진 고개를 넘어 오르고 있었다. 까치재라는 곳이었다. 강진읍과 장흥읍을 잇는 그 재는 마치 헝클어진 빨랫줄처럼 어지럽게 구부러져 있었다.

"왼쪽 길로 가십시다."

어머니 이 씨는 운전기사에게 간단히 지시하고는 고개를 돌려 사방을 두리번거렸다. 그녀는 지나간 수많은 세월이 남겨주고 간 고통과 번민과 고독의 그림자라도 찾듯 감회 어린 눈으로 창 밖을 응시했다. '증산 수출건설'이라고 씌어진 팻말이 논 가운데 서 있고 멀리 농업협동조합 창고가 있는 곳에 '새마을 종합회관'이라고 씌어진 야트막한 단층 벽돌건물이 보였다. 부락회의나 결혼 따위의 행사를 치르는 다목적 회관인 모양이었다.

택시에서 내린 그들은 동네 어귀에 있는 산지기 김 씨네에 잠깐 들렀다. 지관 노인은 산세를 살피듯 뒷짐을 지고 사방을 두리번거리고 있고 운전사가 담배를 문 채 저만큼 떨어진 소나무 옆에 기대서서 소변을 보는 동안, 준태와 이야기를 나누었다. 해마다 한두 번씩 성묘를 왔다가 들르는 곳이었다. 김 씨는 산 아래에 밭 두어 마지기를 얻어쓰는 대신 봄, 가을로 묘자리를 살피고 벌초나 해주는 일을 맡아 하고 있는 사람이었다. 그들은 손에 들었던 내복과 과일 따위를 건네고 차에 올라탔다.

택시 한 대가 겨우 다닐 만한 좁고 구부러진 길을 오 분쯤 달리자 이윽고 묘가 눈에 들어왔다. 준태의 부친 박봉동 씨는 야트막한 등성이의 왼쪽에, 그리고 조부 박준일 씨와 증조모 손 씨는 또 다른 봉우리의 오른쪽에 누워 있었다. 어머니 이 씨는 남편 박봉동 씨의 묘를 바라보면서 잠깐 생각에 잠기는 듯하였다.

"올라가십시다."

어머니 이 씨는 지관 노인을 안내하여 좁고 경사진 등성이를 올라갔다. 왕래가 거의 없는 곳이라 사람이 다닐 만한 길을 만들어 놓아도 한철이 지나면 다시 잡초로 메워지곤 했다. 어머니 이 씨는 그러나 익숙한 몸짓으로 먼저 시아버지의 묘가 있는 곳으로 잡초를 헤치며 올라갔다. 뒤따르던 준태가 어머니 이 씨를 부축하려 하자 이내 손을 저었다. 백발이 성성한 지관 노인도 산을 오르는 데는 숙달이 된 듯 별로 숨도 가빠하지 않으며 잘 따라 올라왔다.

어머니는 지금 무엇을 생각하고 있을까. 시아버지에게로 가까이 다가가는 그녀의 지금 심정은 어떠한 것일까. 준태는 이마에 땀을 흘리며 등성이를 오르는 어머니의 뒷모습을 보고 새삼스러운 감회에 젖었다. '미쳐버린' 막내손자 현태를 어떻게 하면 좋겠느냐고 그녀의 시아버지에게 상의할 것이다. 거처가 편치 않으면 당장 딴 곳으로 옮겨 드리겠다고 달랠 것이고, 그리고 이제는 손자들이 다 자랐으니 곧 자신도 남편 가까이 오겠다고 말할 것인가. 어머니 이 씨는 시아버지와 이러한 교신(交信)이라도 주고받듯 묘 앞에 세워진 조그마한 묘비를 찬찬히 쳐다보고 있었다. 順天朴公準一之墓라고 씌어진 비명 아래에 들고 온 과일과 소주를 놓았다. 준태는 지난해 구정 때 이후 추석 성묘를 하지 못했었다. 그는 이미 얼굴조차 기억이 없는 조부 박준일 씨에게 절했다. 그리고 마음속으로 '현태가 미쳤습니다'라고 고했다.

"저 아이 조부요."

어머니 이 씨가 지관 노인에게 묘의 임자를 소개했다. 지관 노인은 손에 들었던 막대기와 줄자를 사방으로 삐쳐 보고 방향을 이쪽 저쪽으로 바꾸어가며 잡고 반대편에 마주 보이는 산을 바라보았다. 뾰족한 돌멩이를 집어 흙을 파헤쳐 보기도 했다.

"용은 있으되 혈이 없소이다."

노인이 한참 후에 짧게 대꾸했다.

"용이라면 …?"

"용은 산이여. 산은 모양이야 천 가지 만 가지 아닌가. 어떤 것은 크고 어떤 것은 작고, 일어나고 엎드리고, 거슬리고 순하고, 숨고 나타나는 것이 산줄기의 모양에 따라 판이해지네. 용이 움직이는 것하고 산이 변하는 것하고 똑같은 것이네. 숨었다가 나타나고 보이고 날고 뛰는 것이 꼭 용이 아닌가.”

“자리는 좋다고 합디다만….”

이때 어머니 이 씨가 조심스럽게 한마디했다.

“혈이 없소이다.” 노인은 봉분 위에 길게 뻗친 잡초 하나를 쑥 뽑아 쥐며 말했다. “산용의 혈도 정해진 혈터가 있는 법인디….”

“무슨 말씀인지…?”

준태가 노인에게 물었다. 노인은 다시 한 번 확인이라도 하듯 사방을 두리번거리며 손에 들었던 막대기를 상하좌우로 번갈아 가며 삐쳐 보았다.

“산은 좋소이다. 웅우간자우형이라고, 황소가 암소를 쫓는 형인디, 용이 나뉜 후에 장막을 열고, 뻗어나온 맥이 가늘고 연하고 기묘해. 가운데 맥이 거꾸로 되어 명당의 물이 등지고 흘러버린 것이 흠이지만 그래도 용은 좋구만. 그런디 산꼭대기를 꼬이는 맥이 머리로 삐쳐 나와 성진봉이 머리를 볼 수가 없게 되아뿌렀소. 그리고 음양이 사귀지 않고 저 아래 물이 합쳐지는 것하고 갈라지는 것이 분명치 안혀서 생기가 흩어지고 거둘 것이 없어 썩은 배를 감추고 있는 형상이오.”

물이 합쳐지고 갈라지는 것이 분명치 않다는 말과, 생기가 흩어져 거둘 것이 없다는 지관의 말을 듣고 준태는 문득 현태의 충혈된 눈빛을 떠올렸다. 그는 문득 지관 노인의 설명을 현태의 일에다 맞추고 있는 자신을 발견했다.

“그래서 웬만하면 이장을 할라고 그러고 있소만….”

어머니 이 씨가 말했다.

“그래도 이 정도 되는 묘자리도 흔한 것이 아닌게 그냥 두시오. 집 안에 무슨 우환이라도 있으면 모르되, 파묘는 함부로 하는 것이 아닌 벱이요!”

어머니는 대꾸하지 않았다.

　그러나 그들이 다시 준태의 아버지 박봉동 씨와 조모 손 씨의 묘로 자리를 옮겼을 때, 지관 노인이 소리쳤다.

　"명당이올시다 명당!" 그는 사방을 두리번거리며 탄복하듯이 말했다. 준태보다도 어머니 이 씨가 몹시 놀라는 표정을 지었다. 노인은 빠르게 뒤이어 말했다. "사람 죽이는 명당이요, 사람 죽이는!" 이때 어머니 이 씨가 가벼운 현기증을 일으키며 자리에 털썩 주저앉았다. 준태가 달려가 스러지듯 자리에 주저앉고 있는 어머니 이 씨를 붙들었다.

　"이런 땅에 이렇게 상극이 있었다니." 노인은 혼잣말처럼 말했다. "이쪽은 명당인디 저쪽은 살기가 삐쳤소."

　노인이 가리키는 '이쪽 묘'는 준태의 조모 손 씨의 묘를 말하는 것이었고 '저쪽 묘'는 준태의 부친 박봉동의 묘를 말하는 것이었다.

　"저쪽을 보소." 노인이 준태의 어깨를 끌어당기며 앞을 가리켰다. "사람이 무릎을 꿇고 불 꺼진 화로 앞에 앉은 형상이 아닌가. 저렇게 되믄 기맥이 거칠고 좌우가 포위하지 않고 물이 흩어지는 꼴이 아무리 부자라도 없는 것과 진배없어. 저기 저쪽, 저 뒤섶은 팔이 얼마나 무정한가. 용호가 서로 등을 돌리니 불의 불효자식밖에 더 나올 것이 있는가?"

　"이장을 해야겠군요."

　"이장도 이장이지만 제자리를 못 찾았구만. 조금만 이쪽으로 내려 앉았드래도 저쪽의 살이 삐치지는 않았을 틴디." 노인은 혀를 끌끌 찼다. "명당을 잡아 놓고 제자리에 들어앉질 못했어!"

　어머니 이 씨는 더 이상 이야기를 들으려 하지 않았다. 그녀는 이미 지관 노인의 '사람 죽이는 명당'이라는 소리를 듣자마자 풀썩 자리에 앉고 말았던 것이다.

5

옴천면 봉학리를 다녀온 이날 밤, 어머니 이 씨는 집에 돌아오자마자 자리에 눕고 말았다.

"그 영감태기가 보기는 제대로 봤능갑다!"

어머니 이 씨는 집에 돌아오는 도중 혼잣말처럼 수없이 이렇게 지껄였으며, 이날 준태는 그것을 놓치지 않았다. 아버지 박봉동 씨의 묘에 살(煞)이 끼었다는 소리가 그녀로 하여금 오랜 과거, 정확히 30년 전의 자신의 옴천면 시절의 과거 속으로 되돌아가게 한 것이었다. 살(煞)을 자신이 감당하지 않으면 안 될 하나의 업고(業苦)로 받아들이고 있음이 분명하였으며 그 업과(業果)가 바로 현태의 일로 일어난 것이라는 것이다. 어머니 이 씨는 남편 박봉동 씨의 살이 유복자 현태와 만수받이로 칡넝쿨로 얽히고 설켜서 그것들을 풀어주어야 한다는 것이었다.

"이장도 이장이지만, 니 아부지헌테 시왕가름도 해야 하고 병원도 병원이지만 현태한티는 무엇보담도 신풀이를 먼저 해줘야 해여!"

어머니 이 씨의 기억은 이미 30년 전의 과거, 전쟁이 끝날 무렵의 옴천면 봉학리의 뒷산으로 달려가고 있었다. 준태가 얼마간 수수께끼로 치부해 버렸던 아버지 박봉동 씨의 죽음에 관련한 이야기는, 사실로 말하면 준태로서도 다소간의 회술레로 남아 있었던 게 사실이었다. 얼핏 바람결에 웃어른들에게 엿들은 적은 있지만, 가장 유권적이었던 어머니 이 씨 당신은 지금까지 단 한 번도 남편의 죽음에 관해서는 혀끝에 담지 않았던 것이었다.

"그 영감태기 말을 듣고 보니께 니 애비 망제가 삼십 년이 지난 지금까지 우리 박 씨 문중 대문 밖을 기웃거리고 있더구나."

어머니 이 씨는 자리에 누운 채 문득문득 고개를 돌려 까맣게 드리운 창 밖의 어둠 속에 시선을 옮기기도 하였다. 그녀가 30여 년의 세월 동안 깨끼 겹저고리 깊은 곳에 감추어 두었던 애기란 바로 봉학 삼거리에서의 그날 밤 남편 박봉동과의 마지막 해후에 관한 일이었다.

어머니 이 씨(이삼점)가 봉학리를 뜨지 못한 것은 순전히 남편 박봉동 씨 때문이었다. 해방되던 해에 준태를, 정부수립이 되던 해에 수태를 낳고부터 남편 박봉동은 밖으로만 쏘다니기 시작했다. 강진의 농고를 마치고 바로 대판(大阪)의 어느 전문학교를 들어갔던 그가, 귀국하여 하는 일이란 유학중에 만났던 사람들이나 고향 선후배들과 어울려 무슨 단체를 꾸미는 일이었다. 5백 두락의 부농의 아들이었던 그가 부친 박준일로부터 곁붙이 취급을 받고 덤받이로 밀려난 것은 그의 지나친 방랑벽 때문이었다. 자연히 아내인 자신도 시아버지로부터 농사일을 돌보거나 손주들을 맡아 기르는 젖어미 취급이나 받는 형편이 되었다.

누구의 입에선지 전쟁이 터졌다고 했다. 연 삼 년째 가뭄이 계속되고 후텁지근한 날씨에다 들끓는 모기, 흉흉한 소문은 옴천면 봉학리 마을에까지 들어왔다. 도청소재지가 점령당했다는 소문을 듣고 있던 날 밤, 이미 작천고개 마루에서는 봉홧불이 오르고 밤새도록 총성이 울렸다. 면사무소와 지서가 텅텅 비고 동네의 남정네들은 모두 산으로 피신했다. 남편 박봉동이 도회지로 집을 떠난 지 5개월 되던 때였다. 시아버지 박준일마저 유치면 대리부락으로 피신을 하고 집에 남은 식구는 시어머니와 두 아이, 그리고 찰가난에 시달리는 문간방의 막살이꾼 내외뿐이었다.

"험한 시상이 오는 거여!"

동네 노인들은 사람을 만나면 한 걸음씩 뒤로 물러섰다. 배메기로 연명해 오던 동네 마름들이 박준일 씨의 집에 무시로 드나들며 푸성귀나 미숫가루를 스스럼없이 집어갔다.

가을걷이가 시작될 무렵, 군인민위원회에서 박준일 씨의 집을 접수, 사무실로 사용하기 시작했다. 그러나 그곳은 한편으로 향토방위대나 의용경찰의 사무실이기도 했다. 인민공화국과 대한민국이 밤과 낮 혹은 일주일과 보름씩을 번갈아가며 찾아늘었다.

이삼점 씨는 막살이꾼 내외와 함께 하루 수십 인분의 밥을 밤낮으로 지어야 했다.

"감사합네다. 영용한 우리 인민군대의 해방전선에서 동무들이 보여준 희생정신은 본받아야 합네다."

"북선군 치하에서 고생되것소이다. 놈들을 소탕하는 것도 시간문젠데, 모쪼록 협조를 해주시오. 빨치산들은 지리산 쪽으로 모이는 모양인디, 아직도 이쪽 영암 유치 쪽으로 합류 못한 공비들이 득실거리고 있소."

삼점 여인은 국방군과 산사람들을 번갈아 맞이하지 않으면 안되었고 돼지와 닭, 나중에는 개와 소까지 그들의 뱃속에 모두 채워졌다. 옴천면 일대의 제일가는 부농의 집 마당에는 멍석 서너 장이 항상 깔려 있었고, 삼점 여인은 아직 소식이 없는 남편이기는 하지만 박봉동의 안위에 후더침이 없도록 그들의 수발에 온갖 눈치를 살폈다. 동네 인심이 좋아 재판에 밀고되거나 산사람 밥을 해줬다 해서 경찰에 시달림받거나 하는 일이 없이, 그해 여름과 가을을 무사히 넘겼다. 이웃 작천마을에서 남선군에게 밥을 해주었던 사람이 대꼬챙이에 찔려 창자가 내장처럼 쏟아지고 산사람과 내통하였다 해서 처형당했다는 소문이 들릴 때마다 삼점 여인은 이게 무슨 조화속인지 하루하루가 오금이 저리고 가슴이 무너져 내렸다.

봉학리 뒷산께서 유난히 개가 짖어대던, 칠흑같이 어두운 그해 가을이 다 간 어느날 밤, 굳게 잠가두었던 안방문이 딸그락거렸다. 삼점 여인은 불을 켜지 않은 채 자신도 모르게 소리쳤다.

"당신이요?"

"문을 여시오."

문 밖의 사내가 다급하게 소리쳤다. 집을 나간 지 9개월이 지나도록 일자 소식이 없던 무심한 사람 박봉동이 사람을 보낸 것이다.

"나를 따라오시오."

사내가 사방을 두리번거리며 다급하게 말했다.

"나는 안 가요!"

삼점 여인이 서럽고 분해서 소리쳤지만, 그녀는 어느새 스스로 옷을 챙겨들고 있었다.

동구앞 개울을 끼고 그녀는 사내를 따라 엎어지고 기면서 칠흑 같은 어둠 속을 한두 시간 걸었다. 작천 마을과 성전 마을을 잇는 주인 없는 삼거리 주막에서 남편 박봉동이 초췌한 모습으로 그녀를 기다리고 있었다.

"미안하구만."

박봉동은 더 이상 아무 말도 하지 않았다. 집에 잠들어 있을 두 아이의 안부도, 유치 쪽으로 피신한 부친 박준일의 안부도 그는 묻지 않았다. 이쪽 소식은 이미 다 소상히 알고 있는 듯했다. 그는 다만 거칠고 아쉽고 다급한 몸짓으로 울고 있는 삼점 여인의 가슴에 파고들었다.

"좋은 세상이 온다."

박봉동은 풀어헤친 옷섶을 추스르지도 못하고 울고 있는 삼점 여인을 뒤로하고 어둠 속으로 사라졌다. 밤길을 안내했던 예의 그 사내의 인도를 받으며 다시 봉학리로 향하는 작천 고개를 넘으면서 삼점 여인은 마침내 소리내어 울었다.

"잘 가시오, 동무."

고갯마루에서 사내가 짧게 말하고 어둠 속으로 사라졌다. 그가 '동무'라고 말했을 때 이미 삼점 여인은 그 자리에 풀썩 주저앉고 말았다.

성전마을 국민학교 창고 뒤에 박봉동의 시체가 발견된 것은 그로부터 사흘 후였다. ××당 '오루구'(고위층의 특수업무를 수행하는 임무를 띤 수행자)였다는 소리도 들렸고 강진군 인민위원회 위원장이었다는 소리도 들렸고, 봉학리 마을사람들은 그 사람이 좌익머리 쓸 사람이 아니라고 우겨대기도 하였다.

삼점 여인은 그때부터 남편 박봉동의 죽음에 대해 아무에게도, 전쟁이 끝나고 피신하고 돌아온 시아버지 박준일에게도 입에 올리지 않았다. 다만 단 한 번, 인근 장흥읍으로 이사하기 위해 짐을 챙기던 전날 밤, 그녀는 시아버지 박준일에게 삼거리 주막에서 스쳐 지나가 듯 만나본 박봉동의 얘기를 꺼냈을 뿐이었다. 그 사이 그는 아랫배가 불러오고 있었기 때문이었다.

"도대체 그것이 … ."

준태는 소리쳤다.

"시끄럽다! 모두가 니 애비가 부른 업이었느니라. 그 업이 이젠 현태한테까지 뻗친 거여!"

어머니 이 씨는 한쪽 어깨를 부르르 떨며 말했다.

준태는 측량할 수 없는 설움이 북받쳐 입술을 깨물었다. 집을 나간 채 소식이 없이 어디론가 잠적해 버린 현태와 그러한 현태를 바라보는 어머니의 엄청난 발상. 현태의 증상을 그의 아버지의 행적과 그가 묻혀 있는 묘터와 연결시키고 있는 어머니를 마주하고 준태는 문득 자신이 고아처럼 느껴졌다.

"도대체 그것과 현태의 지금 꼬락서니와 무슨 관계가 있단 말씀이세요?"

"너도 생각날 것이다. 니 애비 묘를 싹동리에서 왜 지금의 봉학리로 이장했는지 … 그때 너희들이 번갈아 가믄서 늑막염을 앓아쌌길래 점을 쳤느니라. 애비 묘자리를 파 보라는 거였어. 니 아부지 바로 옆구리에 구렁이가 또아리치고 있드라. 너희들 갈비뼈에서 고름이 한 요강씩 나오던 곳도 바로 그 자리였다. 요것이 다 미신이고 쓸데없는 짓이냐?"

"큰일입니다. 이러다가 어머니까지 … ."

"오냐, 나도 지금 미쳤다."

준태는 다시 흐느끼기 시작하는 어머니를 방에 놔두고 밖으로 나왔다. 마루의 소파에서 현태의 처 하경이 고개를 떨구고 있었다.

"아버님 묘를 옮기자고 하십니다."

준태가 퉁명스럽게 말했다. 하경이 입가에 엷은 웃음을 흘렸다.

"어머님이 자꾸 저러시니 그렇게 해보도록 하죠."

"묘자리 옮기는 게 어려운 건 아니지만, 도대체 어머닌….."

"오냐오냐, 니가 현태를 서울로 끌고 가서 정신병원에 입원시켜 봐라. 어디 낫기나 한가 보자. 귀신이 씌었으면 귀신한테 가야 하는 거여….."

하경이 안방에서 들려오는 어머니 이 씨의 말을 듣고 갑자기 얼굴을 감싸안았다. 그녀는 시어머니의 말에 귀기(鬼氣)를 느낀 듯 어깨를 떨었다. 후드득 비가 듣기 시작했다. 연탄을 쌓아 놓은 광의 함석 챙이 빗방울에 요란스럽게 소리를 냈다. 방에서 자고 있던 은정이가 빗소리에 놀란 듯 마루로 나왔다. 아빠의 서재가 있는 쪽을 힐끗 쳐다보고는 이내 하경에게 안겼다. 준태는 일어나 현태가 쓰고 있는 서재로 들어갔다. 사면의 벽에 책이 빼곡이 들어차 있었다. 낙관이 없는 이조 민화계열의 그림이 책더미 위에 비스듬히 세워져 있고 그 위에는 족자로 된 글씨 한 폭이 있었다. 책상 위에는 집필중인 듯한 원고가 뚜껑을 닫지 않은 만년필과 함께 나란히 놓여 있었다. 주로 조선 후기의 징치사상에 관한 논문을 발표해 오다가 최근에는 계층문제에 관한 저서를 준비중인 모양이었다.

하경이 소반에 술을 받쳐들고 서재로 들어왔다.

"요전 현태가 피투성이가 되어 뛰어들어 왔다는 다음날 출근은 했습니까?"

준태가 문득 하경에게 물었다.

"네."

하경이 짧게 대답하고 무언가 말을 하려다 입을 다물어 버렸다.

"도대체 누구하고 싸운 겁니까? 아니면 폭행이라도…?"

"그걸 말하지 않았어요."

"누구에게 쫓기는 듯한 인상은 안 받았습니까?"

"그렇게 보였어요. 하지만 원래가 말이 없고 혼자서만 무얼 생각하고 결정하는 사람이라….."

하경이 방으로 들어가고, 준태는 혼자서 현태의 서재에 앉아 술을 마셨다. 밤 12시가 가까운 시간에, 자신을 밝히지 않은 채 어떤 기관이라고 말하는 사내로부터 현태를 찾는 전화가 걸려왔고, 현태는 이 날도 자정이 넘도록 돌아오지 않았다. 준태는 술에 취해 와이셔츠를 입은 채 잠이 들었다.

6

양주코너 '야누스'는 많은 사람들로 붐비고 있었다. 준태는 김제강이 나오기로 한 시간보다 조금 일찍 약속한 장소에 들어섰다. 미스 안이 먼저 그를 알아보았다. 병적으로 얼굴이 희고 좀 백치 같아 보이던 그 여자는 이날은 좀 달라보였다. 준태가 맥주를 시키자 "여긴 양주집이에요"라고 농을 걸어왔고 지난 일요일에는 김 원장을 따라 밤낚시 다녀왔노라고 자랑을 늘어놓기도 했다. 전기의자에 앉아 남자의 성기를 바라보고 있는 그녀의 치료장면을 혼자 머리 속에 그려본 준태는 순간 쿡 웃었다.
"잘 다녀왔어?"
김제강이 들어오며 미스 안과 얘기하고 있는 준태의 등을 가볍게 때렸다.
"앉게."
"만나보았어?"
"돌아가신 조부님, 조모님, 부친 모두 만났지."
"거 무슨 소리야?"
"산소엘 다녀왔어. 가서 넙죽 엎드리고 현태가 미쳐버렸다고 조상님께 고하고 왔지."
"허."
김제강이 가볍게 탄성을 질렀다.

“현태를 못 만났단 말인가?”

“내가 있는 동안 쭈욱 집에 들어오질 않았어.”

“연락도 없이?”

“물론.” 준태는 대답했다. “이제 현태를 환자로 인정해 주겠나?”

“요전에도 말했지만 중요한 건 병을 치유하는 것이지만 그보다도 그가 환자인가 아닌가를 식별하는 일이야.”

“직접 만나보지 않고는 단정할 수가 없다는 말인가?”

“물론.” 김제강이 말했다. “오늘은 자네의 보고만이라도 듣기로 하지.”

“나도 현태를 만나보지 못했으니 이렇다할 이야깃거리를 갖고 있지는 못하네만….”

준태는 우선 현태의 처 하경에서 들은 것을 되도록 자세히 들려주기로 하였다. 현태가 어느 날 피투성이가 되어 쫓겨 들어왔다는 이야기, 밤늦게 사방을 두리번거리며 다급하게 대문을 두드리던 이야기, 그런 날이면 예외 없이 아내에게 짐승처럼 달려들어 난폭한 몸짓을 보인 이야기, 딸아이가 사이다 병을 깨뜨렸을 때 그가 보인 이상행동, 언젠가 연사회를 그만두기 직전의 형광등을 깨버리던 때의 그 충혈된 눈빛이 되살아나기 시작했다는 아내의 지적, 딸 은정이가 가지고 놀던 녹슨 쇠붙이로 된 뾰족한 콤파스에 관한 이야기, 강의중의 학생에 대한 구타, 일언반구의 상의도 없이 학교당국에 사표를 우송해 버린 일과 그 일을 1주일이나 지나서 아내에게 통고한 일, 말없이 집을 나가 이틀이고 사흘이고 어디론가 잠적하듯 없어져 버리는 행동 등에 관해 준태는 비교적 소상하게 얘기했다. 그리고 혹시 참고가 될까 하여 현태와 관련된 에피소드 몇 가지—이를테면 어느 해 가을, 어머니의 생일잔치에서 벌어졌던 이른바 현태의 ‘부끄러움’에 관한 것이라든지 미술대학을 포기하고 이듬해에 역사과에 재입학한 이야기—를 첨가하여 말했다.

“알 수가 없군.”

"그래도 환자가 아니란 말인가?"

"징후로 충분해."

"그런데, 그 연사회를 그만둘 때는 어떤 사건이 있었지?"

"형광등의 불빛, 그렇지, 형광등의 불빛 때문이었어."

"불빛이 너무 밝다는 이유로 그걸 깨뜨려 버렸단 말인가?"

"그렇다지 아마."

김제강은 생각에 잠겼다. 이마를 찡그리고 무언가를 되살리려 하는 김제강의 모습에서 준태는 이미 현태가 김의 환자로 등록되어 있음을 알 수 있었다. 김제강은 아마 형광등의 불빛과 관련이라도 있었던, 그가 치료한 지난날의 어떤 환자라도 떠올리고 있는 모양이라고 준태는 생각했다.

"연사회를 그만두었을 때 본인의 사직이유는 무엇이었는가?"

"적성이 안 맞는다는 얘기였어."

"적성?" 김제강이 좀 큰소리로 웃었다. "환자였군. 그게 사실이라면 환자야. 그러나 현태가 과연 적성 때문에 거길 그만두었을까?"

"그렇게 생각지는 않네."

"환자의 진술이 흔히 교묘하게 위장되는 수가 많지. 현태가 연사회를 그만두었던 사건을 나는 지금도 환자의 그것만으로는 보지 않고 있어. 현태는 그때 자신을 위장하지 않으면 안 되었지."

"그럴 만한 이유가 있었을까?"

"이건 나중에 얘기하세. 그런데 지금 현태가 보이고 있는 증세는 전과는 좀 다르군. 정도가 심해."

"처의 말이, 아이를 심하게 때리고 있던 때의 그의 충혈된 눈빛이 바로 3년 전의 그 연사회 때의 토끼눈 그대로였다는 거야."

"이야기를 좀 정확히 하게. 아이를 때리던 순간의 눈빛이 3년 전의 그것과 똑같았다는 건지, 형광등을 깨부수던 때의 눈빛이 딸아이가 깨뜨린 사이다 병의 유리파편을 보았을 때의 눈과 같았다는 건지…."

"같은 얘기가 아닌가."

“아냐.” 김제강이 혼잣말처럼 대꾸했다. “자네는 지금 현태의 눈빛에 대해 얘기하고 있는 거야. 내가 묻는 건 현태의 그러한 눈빛이 아니라 마음에 대해 묻고 있는 거네.”

“그럼 다시 말하지. 형광등을 깨부수던 때와 딸아이가 사이다 병을 깨뜨린 것을 보았던 때의 반응이 같았다는 말일세.”

“그거였어.”

김제강은 손에 들었던 술잔을 내려놓았다. 준태는, 현태가 보인 이상행동에서 어떤 공통점을 찾을 수 있는가에 대해 생각했다. 김제강의 말대로 현태의 눈빛이 그때나 지금이나 똑같았다는 진술보다는 그러한 반응이 있게 한 똑같은 원인을 찾아내는 일이 중요하다고 그는 생각했다.

“형광등의 불빛과 깨진 사이다 병 ….”

“가만있어. 형광등하고 사이다 병이라고 했지.” 이때 문득 김제강이 말을 막았다. “유리, 유리조각이야!”

“유리조각?”

준태가 반문했다.

“유리조각을 보고 현태가 그런 충혈된 눈빛을 했단 말인가?”

“물론이지. 그 유리조각이 두 사건을 이어주는 단서야.”

“그렇다면.” 준태가 말했다. “형광등과 딸아이가 가지고 놀던 쇠붙이로 만든 콤파스와는 어떻게 되나?”

김제강이 머리에 손을 얹고 찡그렸다. 그는 준태의 말에 아무 대꾸도 하지 않았다.

“어떤 식으로든 현태의 병리적 징후의 원인은 찾아내야겠어. 이번이야말로 자네의 정신과 의사로서의 역량이 ….”

준태가 말하자 이번에는 김제강이 갑자기 소리내어 웃었다. 그의 웃음은 매우 자조적이었고 시니컬하게 들렸다.

“그런데, 주위 사람들은 그 원인을 어떻게 보고 있나?”

“가장 가까운 사람인 아내가 별 뚜렷한 이유를 대지 못하고 있어.

다만 어머니는⋯."

"뭐라고 그러시든가?"

"묘자리를 옮겨야겠다는군."

"하," 김제강이 가볍게 소리쳤다. "그래서 산소에 다녀왔다는 얘기였군."

"지관을 데리구 갔었지. 묘자리를 옮겨야 한다는 게야."

"누구의 묘를 옮긴다는 건가?"

"아버지."

"하."

김제강은 이번에는 한쪽 손을 들어 자신의 이마를 소리나게 탁 쳤다. 준태는 피식 웃으며 손에 들었던 맥주잔을 들어 벌컥벌컥 마셨다. 갈증이 나기 시작했다. 조상의 묘자리를 딴 곳으로 옮기는 일만이 현태의 병을 치유할 수 있다고 우기는 어머니의 주장을 그가 어떻게 받아들일 것인가는 뻔한 일이었다.

"객귀가 들렸다는 거야."

"무당을 부를 건가?"

준태는 대답하지 않았다. 아마 그럴 것이다. 어머니 이 씨는 묘자리를 옮기고, 단굴을 부르고, 또 점을 칠 것이다. 검고 흰 돌로 제단을 쌓아놓고, 공물을 쌓아 악귀를 쫓기 위해 무당이나 박수를 부를 것이다. 전립을 쓰고, 쾌자를 입은 무당이 둥둥둥 북을 치며, 손에 방울과 부채를 들고 옆구리에 장도를 차고 빙그르르 돌아가는 모습과 그 옆에서 손에 든 막대를 부르르 떨고 있는 어머니 이 씨의 모습이 번갈아 가며 눈앞에 떠올랐다. 그가 어렸을 때 몇 번 보았던 풍경이었다.

"그런데 그것도 이상한 데가 있더군. 우리 삼형제가 번갈아가며 늑막염을 앓았던 적이 있었지. 무당에게 굿을 시켰더니 그때도 묘자리를 파보라는 거였어. 파묘를 해보니 바로 아버지의 옆구리에 구멍이 뻥 뚫려 있었다는구만. 구렁이 여러 마리가 거기에 또아리를 치고 있었던 모양인데, 바로 그 자리가 고름을 한 요강씩 빼내던 우리들의 그 갈비뼈 위치하고 똑같은 곳이었어.”

“이상하군.” 김제강이 조금 웃으며 말했다. “거 사실인가?”

“나두 그걸 기억하고 있어.”

“그걸 믿나?”

준태는 말없이 김제강을 쳐다보았다. 그는 준태를 빤히 마주 쳐다보고 있었다. 샤머니즘. 준태는 김의 그러한 눈빛에서 이미 그것을 읽고 있었다. 깊은 수렁으로 빠져들어 가고 있는 자신을 마치 연민의 눈초리로 바라보고 있는 것 같았다.

준태는 다시 갈증이 오기 시작했다. 그리고 아버지 박봉동 씨의 묘자리를 옮김으로 해서 자신들의 병을 치유할 수 있었다는 이야기를 늘어놓고 있는 자신에 대해 심한 모멸감을 느꼈고, 한편으로는 그러한 이야기를 하지 않을 수 없는 자신의 처지에 분노를 느꼈다. ‘미쳐버린’ 현태와 수십 년 전의 아버지의 죽음과는 도대체 어떤 상관이라도 있단 말인가. 부친 박봉동 씨의 죽음과 조부 박준일 씨의 관계란 어떤 것이었었는지. 그것들 사이에 어떤 업보나 인과의 단단한 밧줄이라도 있는 것인가.

“자네가 환잘세.”

김제강이 말했다. 준태는 순간 웃어보였지만 김은 그때 웃지 않았다.

“자넨 그럼 이걸 어떻게 설명할 텐가?”

준태가 좀 큰소리로 말했다. 이왕 내친걸음이라고 그는 생각했다. 김은 대답하지 않았다. 그는 말없이 자리에서 일어났다. 카운터에 가 계산을 하는 동안 준태는 자신의 비어 있는 술잔에 나머지 술을 채워 마셨다.

“내가 필요하다면,” 김이 새삼스럽게 준태에게 손을 내밀었다. “현태를 한번 만나게 해주게.”

자동차를 꺼내기 위해 김이 병원의 골목으로 들어가고, 그는 돌아섰다. 그 사이 소나기라도 내린 듯 밤의 보도 위에는 수많은 자동차의 헤드라이트와 네온의 현란한 불빛이 거꾸로 박혀 술기운이 오른 그의 시야를 어지럽게 했다. 한떼의 군인들이 어깨 총을 한 채 천천히 지나갔다. '미쳐버린' 현태와 그로 인하여 30년 전의 세월로 거슬러 올라가버린 어머니 이 씨의 모습이 하늘가에 떠서 빙글빙글 맴을 돌았다. 준태는 언젠가 사진첩에서 한 번 본 적이 있는 증조모의 모습도 애써 머리 속에 그려보았다.

고향에 다녀온 며칠간, 준태는 자신도 모르게 어떤 알 수 없는 혼란 속으로 빠져들고 있다고 스스로 생각했다. 그것은 물론 아들의 이상행동을 바라보는 어머니 이 씨의 태도에 기인하는 것이지만, 그것이 전혀 맹랑하고 터무니없는 운명론의 소산만은 아닐지도 모른다는 자신의 생각 때문이었다. 현태의 징후를 알아보기 위해 그는 내려간 것이었지만 결국 현태를 둘러싼 자신의 과거와 만나고 온 셈이 된 것이었다. 놀랍게도, 그 과거들은 살아서 꿈틀거리며 자신의 현재의 모습을 칡넝쿨처럼 칭칭 감아올라 왔다. '미친 세상이 니 애비를 죽였다'고 어머니 이 씨는 말했지만 그렇다면 미쳐버린 현태의 지금은 아비의 어떤 살(煞)에 덮씌움을 당하고 있다는 것인지. 과연 땅 속에 묻혀 있는 망자(亡者)의 유골을 편히 모시고 달램으로써 그것이 치유될 수 있다는 것인지. 준태는 어머니의 이러한 움직일 수 없는 신념에 서서히 끌려들어 가고 있는 자신을 발견하고 스스로 놀라기도 하였다. 준태는 자신의 이러한 심경을 빤히 꿰뚫어 보고 있는 듯한 김제강의 눈빛에서 자신에 대한 두려움을 느꼈고, 새삼스럽게 악수를 청해 오면서 '도움이 필요하다면' 환자를 한 번 만나볼 수 있다는 김의 태도에서 어머니 이 씨에게서 맛보았던 것과 똑같은 단절감을 느꼈다.

다시 갈증이 나기 시작했다. 지나가는 택시에 손을 흔들다 말고 그는 '야누스'가 있는 쪽으로 발길을 돌렸다. 공중전화 박스에 들어가 전화를 걸었다.

"빨리 들어오세요! 삼촌이 왔어요."

아내의 다급한 목소리였다.

"그 자식 꼭 붙들어! 곧 들어갈게."
준태는 지나가는 택시를 향해 손을 흔들었다.

7

장마가 계속되고 있었다. 호남지방과 남부 서해지방에 호우주의보
가 내려진 가운데 전국은 본격적인 장마권으로 들어서고 있었다. 현
태가 병원에 강제 입원한 지 한 달이 가까워오고 있었다.
현태의 상태가 빨리 회복되지는 않을 것 같다는 김제강의 진단이었
다. 환자와의 대화는 완전히 가능한 상태이지만 대화에 의해 그의 안
정을 꾀하기란 좀처럼 어려워졌다는 것이었다. 대화마저 불가능한 심
한 상태라면 오히려 간단한 전기충격 요법이나 약물치료에 의해서라
도 그 차도가 바로 나타나는 것인데 현태에게서 그러한 효과를 기대
하기란 어려운 상태라는 것이었다. 어떤 때는 정상인과의 식별이 어
려우리만큼 또렷한 정신상태를 보였고, 그와의 대화에서는 정확한 판
단과 빈틈없는 논리가 평소와 다름없이 드러나곤 하였다. 연사회를
그만두지 않으면 안 되었던 현태를 만나본 적이 있는 김제강으로서는
환자에 대해 비교적 정확한 자료를 가지고 있는 셈이었으므로 담당
의사로서의 그의 고충은 다른 환자에 비해 유독 심한 편이었다. 김제
강은 먼저 환자에 대한 철저한 근육이완 훈련을 실시했다. 그리고 면
접에서 얻은 자료를 사용하여 불안계층표를 먼저 작성하여 보았다.
처음 며칠간은 담당의사의 질문이나 지시에 전혀 응하지 않았다가,
두 번째의 탈출이 저지된 이후부터 그의 지시나 질문에 응해 오기 시
작한 것이다.
현태가 어느 정도 그의 질문이나 지시에 성의를 보이기 시작한 어
느 날이었다. 그는 라디오와 텔레비전을 동시에 틀어놓고 "너는 지금
이 라디오 텔레비전의 여러 가지 장면을 분명히 들을 수 있으며 조용

히 상상할 수 있다. 앞으로 나올 장면이 너의 이완되어 있는 상태를 방해하지 않을 것이다. 만일 우연히 네가 방해를 받고 있다고 생각될 때는 너의 손가락을 1인치 가량 들어 나에게 일러달라." 그렇게 지시한 다음 그는 그가 작성한 계층표에서 가장 작게 방해하는 문항을 제시했다. 그때마다 그는 조소와 뒤틀림과 적대적인 감정을 노골적으로 나타내기는 하였지만 대체로 그러한 김의 주문에 응해 주었다. 그의 반응은 음악프로를 듣는 데서 가장 낮은 단계의 반응을 보였고 그 다음이 희극프로를 보거나 듣는 데서, 그리고 그 다음은 드라마, 그 다음 뉴스프로그램이었다. 드라마나 뉴스프로그램이 나올 때에는 가장 민감한 거부반응을 보였는데, 수사극이나 첩보극의 시그널 음악이나 효과음이 나올 때는 아예 귀를 틀어막아 버렸다. 그것은 주로 자지러드는 사람들의 비명소리에서보다는 자동차의 급브레이크나 유리 깨어지는 소리 따위가 나올 때 더욱 심했다. 말하자면 쇠붙이 따위의 금속성의 음향에는 심한 거부반응이랄까 일종의 혐오적인 반응을 보이고 있었다. 이러한 프로그램에는 10초 이상의 인내조차 보이지 않았다.

깨진 유리조각이나 쇠붙이 따위에 대한 그의 불안이나 공포의 징후는 그에 대해 이제 입증이 된 셈이었다. 그러나 그를 쫓고 있다는 것에 대한 구체적인 대상이나 이유는 환자 스스로 그 이유를 대지 않고 있었으며 김제강은 그것을 확인할 장치를 아직 마련하지 못한 상태였다.

그는 충격요법을 실시하면서 어느 정도 그 가능성을 보았지만 나타나는 효과는 없었다. 0.3초의 전류를 감당해 내지 못하는 데서 오는 것이 아니라 자신이 전기치료를 받고 있다는 강박관념에서 온 반응임이 드러났다. 약물치료와 충격요법에서 별다른 효과를 보지 못한 김제강은 수정전두엽질 절개수술을 실시해 보았다. 그 결과 현태의 긴장은 눈에 띄게 완화되었으나 강박적 행동은 호전되지 않았다. 준태는 이러한 김제강의 치료가 계속되는 동안 거의 하루도 빠짐없이 그의 병원에 들르곤 하였지만, 김제강으로부터 이렇다 할 현태의 병리적 징후의 원인을 듣지는 못하였다. 현태가 감시인의 눈을 피해 두 번째의 탈출을 기도하던 날, 김제강은 좀 짜증 섞인 음성으로 말했던 것이다.

"이젠 조울증까지 겹친 거 같아. 이러다가 내가 저 친굴 더 망쳐놓는 게 아닌지 모르겠어."

탈출이 저지되면 그로부터 아예 식사를 거부한 채 이틀이고 사흘이고 말을 하지 않는다는 것이었다.

"그게 무슨 소린가? 치료를 포기하겠다는 말은 아니겠지."

"물론," 김제강은 약간 신경질적인 반응을 보이고 있었다. "그런데 그 치유방법에 대해서는 자네도 좀 협조해 주어야겠어."

"무슨 얘긴가?"

"깨진 유리조각, 형광등의 불빛, 뾰족한 쇠붙이, 그리고 첨가해서 이런 것들이 만들어내는 소리… 이것들이 지금 현태가 심하게 내보이고 있는 불합리한 정서적 반응의 대상이야. 언젠가 형광등의 불빛이 너무 밝다는 이유로 재떨이를 내던져 그것을 깨뜨렸던 사건이 이러한 정서적 불합리한 반응의 시초가 된 것이지. 현태가 형광등의 불빛에 혐오반응을 보인 것은 최소 3년 전부터의 일이야."

"연사회를 그만두게 된 때부터였지."

"딸아이가 사이다병을 시멘트 바닥에 깨뜨렸을 때 보인 반응은 물론 깨진 유리조각에 대한 환자의 고정된 선입견이 크게 작용한 것이지만, 언젠가 자네도 말한 녹슨 쇠붙이로 만든 콤파스에 대한 것 역시 마찬가지로 보고 있네. 난 일차적으로 깨진 유리에 대한 환자의 강박관념을 해소하기 위해 이런 방법을 썼지. 감도감강법이라고, 뭐 학계에서 각광받고 있는 방법은 아니지만, 좌우지간 깨진 유리에 대한 환자의 불합리한 공포나 적대감을 해소하기 위해 일단 유리조각을 환자의 주위에 몇 개 늘어놓았지. 물론 자세히 보지 않으면 발견하지 못하다가 사흘째 되던 날 그걸 찾아냈지. 예상한 대로 환자는 이후 그 깨진 유리조각을 찾기 위해 여기저기를 지나치게 살피는 강박성 반응을 보이기 시작했어. 손을 되풀이 씻거나 심지어 식사 전에 밥알을 모두 파헤쳐 가며 유리조각을 찾아내려고까지 했지. 이러한 징후는 전기치료도 효과가 없었고 인슐린 혼수요법으로도 효과가 지속되지 않았어. 더 심해지기만 했지. 환자는 결국 만지는 것 먹는 것 쓰는 것 할 것 없이 깨진 유리조각만을 찾고 있는 거야."

김제강이 자신의 빈 술잔에 술을 따랐다. 안주 대신 그는 설탕물을 홀짝거리고 있었다.

"…결국 환자의 우울증과 공포와 불안은 이러한 관습적 행동을 초래하게 된 것인데, 문제는 깨진 유리조각에 의해 자신이 상처를 입지나 않을까, 심한 경우 자신의 목이나 동맥을 잘리게 되지나 않을까 하는 기본적 공포로부터 유래한 것으로 가정할 수 있다는 거지. 나는 번쩍거리는 유리조각이나 알 모양으로 된 설탕까지 확대하여 환자로 하여금 유리조각을 만지도록 하는 훈련을 시작했어."

"그 훈련이라는 게 어떤 식인가?"

"말하자면 처음에는 설탕이 필요한 음식을 주고 다음에는 설탕을 손수 찍어먹지 않으면 안 되는 음식을 주고, 다음에는 병 속에 깨진 유리조각을 넣어 그것을 환자에게 점점 가까이 가져다놓는 거지. 말하자면 이것도 유리조각에 대한 환자의 자신감을 증대시키기 위한 방법이었지."

"그렇다면 녹슨 콤파스에 대한 반응은 무엇이란 말인가?"

"깨진 유리조각이나 쇠붙이, 자동차의 급브레이크 소리에 보인 반응이 모두 같았어." 김제강은 문득 말을 멈추고 준태의 얼굴을 찬찬히 쳐다보았다. "그런데, 자네 혹시 이 사람을 아는가?"

김제강은 주머니에서 종이 한 장을 꺼냈다. 수없이 구겨지고 겹겹이 접어져 거의 누더기처럼 닳아진 원고지였다.

"이게 환자의 뒷주머니에서 나왔어. 아마 꽤 오랫동안 주머니에 넣고 다녔던 듯싶은데."

준태는 그것을 받아 읽었다. '林東振 임동진 Lim Dongjin' 같은 사람인 듯한 사람의 이름이 한자와 영문으로 세 번이나 휘갈겨 씌어져 있을 뿐이었다.

"모르는 사람인데?"

준태는 대답했다.

"자네 이젠 환자의 낙서에까지 매달리는군!"

"흐흐흐흐홋!" 김제강이 마치 신음소리를 내뱉듯 힘없이 웃었다.

"나가거든 임동진이라는 자를 수배해 보게."

"환자가 쫓기고 있다고 했는데, 기관원이 아닐까?"

"유추가 너무 단순해."

김제강은 서둘러 가운을 입었다.

"다음에 보세. 지금 회진이야."

김이 준태에게 손을 들어보이고 이층으로 향했다. 그의 서두르는 듯한 발걸음 소리가 무거운 공기를 흔들고 지나갔다. 임동진, 임동진, 임동진이라고 준태는 중얼거리며 병동의 복도를 걸어나왔다.

8

현태의 입원이 한 달이 되어 가던 날, 강진군 옴천면 봉학리에서는 마침내 어머니 이 씨의 지시대로 부친 박 씨의 이장작업이 진행되고 있었다. 어머니 이 씨, 준태와 수태 내외, 현태의 처 하경과 지관 노인을 태운 봉고차가 현장에 도착했을 때는 두 사람의 인부가 삽자루를 든 채 이들 일행을 기다리고 있었다. 그들을 함께 태운 봉고버스가 다소 가파른 길을 기우뚱거리며 올라가자 자작나무숲 사이로 두어 마리의 텃새가 푸드득 하늘로 솟아올랐다.

"조심해서 다루어야 한다."

차가 멈추자 어머니 이 씨는 일행들에게 이렇게 당부하고는 앞장서서 산길을 오르기 시작했다. 싣고 간 제물(祭物)들을 꺼내고, 유골을 담을 상자를 꺼내고, 흰 장갑을 챙기면서, 준태는 삼십여 년간의 칠흑 같은 어둠의 공간에 묻혀 지낸 사람의 흔적은 도대체 어떤 모양을 하고 있을까를 생각해 보았다.

"형기로 봐서는 이 산도 그리 나쁜 것은 아니요. 저어쪽이 주산인디, 원래는 뒤에 있어야 할 것이 앞에 있는 게 흠이요. 좌우 두 맥이 마주치는 것을 보고 용호상충이라고 안 좋게 말하는 사람이 있습니다마는 두 맥이 내려오다가 마주쳤응께 그걸 화합이라고 좋게 보는 사람도 있소."

지관 노인이 말했다. 간단한 제수를 양손에 나누어 들고 일행은 먼저 윗대조의 묘가 있는 쪽으로 향했다. 부친을 모신 왼쪽 위편 봉우리에 증조부 내외, 조부, 그 뒤에 후사(後嗣)가 없는 문중의 한 분이 모셔져 있다.

"잔 올려라."

어머니의 지시에 따라 준태와 수태 내외, 그리고 현태의 처 하경이 맨 위의 묘에서부터 간단히 예를 지냈다. 묘의 차례대로 이들은 나란히 서서 재배, 재배, 또 재배하였다. 술을 부어드리고, 모난 풀을 뜯어내면서, 준태는 하염없이 고즈넉하고 눅눅한 마음으로 조상께 경배했다. 텃새 두어 마리가 푸드득거리며 자리를 옮겨다니고 있었다.

"아버님, 오늘 작은아들은 저어쪽 싹동리로 따로 데려갑니다."

어머니 이 씨가 혼잣말처럼 시아버지 준일의 묘 앞에서 낮게 읊조렸다. 사진틀에서나 보았던 흰 두루마기 차림의 조부의 모습이 자신 앞에 성큼 다가와 서 있다는 착각에 준태는 다시 여름감기에 걸린 사람처럼 어깨를 떨었다.

준태는 아버지 박봉동의 묘 앞에 섰다. 수태가 술을 붓고, 하경이 과일을 벗겼다. 어머니 이 씨의 지시에 따라 준태는 예의 그 주문(呪文)을 외듯 나지막한 소리로 아버님의 이장(移葬) 사실을 고했다.

"아버님께 아룁니다. 집안에 흉사 있어 좋은 날을 택해 이장코자 하오니 허락하여 주시옵소서. 강진군 옴천면 싹동리 산 1번지 길지(吉地)가 거기 있어 택조를 마련하였사오니, 모쪼록 집안 대소가가 상서롭고 발복 끊이지 않기를 축원합니다."

일행은 다시 절을 올리고 술을 사방으로 흩뿌렸다.

"서두르게, 여그서 싹동리까지는 한 시간을 잡어야 하네."

어머니 이 씨가 인부들을 향해 말했다.

"놀래지 마쑈 잉, 오늘은 존날인게."

그는 지하의 망자(亡者)에게 타이르듯 한마디했다. 이윽고 그들은 빠르고 익숙한 솜씨로 삽질을 시작했다. 아침해가 어느 사이 산의 중턱에 와 있었다. 인부들의 삽질소리만이 골짜기 멀리까지 고즈넉하게 울려퍼지고, 때아닌 헬리콥터 한 대가 잠자리처럼 날고 있는 모습이 나무숲 사이로 바라다 보였다.

"원래 물이나 불이나 기어다니는 짐승의 피가 없으믄 개장은 잘 안 하는 법이요. 파묘를 하다가도 검붉은 등나무 넝쿨이 관을 얽고 있거나 생기 있는 물건을 보게 되믄 이것은 상서로운 것이라 하여 파헤친 묘를 다시 봉축하라고 했네. 저 흙을 보게. 아직 박토는 아니네만, 혈이 없네."

지관은 또 같은 소리를 되풀이했다. 단조롭고 규칙적인 인부들의 삽질 속도가 점점 빨라졌다. 수태는 말없이 소주만 따라 마시고 있었고 현태의 처 하경은 등을 돌린 채 흐느끼고만 있었다.

"모친께서 하자시는 대로 이장(移葬)은 해보게. 하지만 그것은 당신의 병을 치유하는 어머님 자신의 방식이 아닌가."

준태는 순간 정신신경과 김(金)의 취한 음성을 떠올렸다. 그는 수태가 건네주는 소주잔을 계속해서 받아 목구멍에 털어넣었다.

인부들의 삽질이 갑자기 조심스러워졌다. 그리고는 흙더미 사이에서 인부 하나가 이쪽을 향해 짧게 소리쳤다.

"비쳤소."

망자의 유해가 형체를 드러내고 있었다. 준태와 수태가 달려가 흙더미를 손으로 헤쳐냈다. 잃어버린 삼십여 년의 세월이 뼈다귀로 일어서고 있었다.

"조심혀."

어머니가 소리치고, 준태는 망자의 두개골을 일으켜 세웠다. 흰 장갑을 낀 그의 손이 가늘게 흔들렸다.

"인제 두고 봐라. 현태한테 미친 기운은 금방 가실 것이다. 느그들 알다시피 우리 현태가 미치거나 하고 살 놈 같으냐?"

어머니 이 씨가 울부짖듯 소리쳤다.

이장작업은 오후 늦게 끝났다. 인부들과 지관 노인에게 상당한 금액의 사례비가 주어졌다. 집으로 돌아오는 차안에서, 이 씨는 비로소 아침부터 참아왔던 눈물을 하염없이 닦아내고 있었다. 그리고 그녀는 계속 흐느끼고 있는 현태의 처 하경에게 고개를 돌리고 "애기 엄씨 너도 맹심혀. 서방한테 생기는 병은 거개가 다 지어미 용심에도 달려 있응께. 으차든지 맘을 좋게 묵고 남편 구완 잘 해야 되아" 하고 마치 꾸지람이나 하듯 말했다. 하경이 손수건을 꺼내 코를 풀었다.

"거 젊은 양반이 안되얏소만, 다 이것도 한때라고 생각하시오." 지관 노인이 하경을 향해 말했다. "참말로 세상 사물의 모양이라고 하는 것이 동서고금에 부동함이 하나둘이 아닌 벱이오. 예전에 모난 것이 지금은 둥글고 예전에 길던 것이 지금은 짧아지고 예전에 없던 것이 지금은 생기고 허니, 어찌 세상 만물의 모냥을 한가지로 말할 수 있겠소? 잠깐 조상의 살기가 뻗쳐 그리된 것이니 너무 상심하는 것도 불경이오."

봉학리를 떠난 지 두 시간 만에 그들이 광주로 돌아왔을 때는 이미 거리의 수은등이 켜진 시각이었다. 도심지로부터 들려오는 많은 차량들의 굉음이 마치 수만 수천의 벌떼들의 웅웅거림으로 귓가를 달려들었고, 무겁게 가라앉은 도회의 하늘 아래서 거리의 빌딩들의 불빛은 여름날 밤의 반딧불처럼 어지럽게 흩어지고 있었다. 공동묘지. 준태는 눈앞에 펼쳐지는 광주(光州)의 풍경을 순간 공동묘지라고 생각했다. 그리고 도회의 불빛은 죽은 자들의 지친 혼백이 날아다니는 것이라는 환각 속으로 빠져들고 있었다.

"웬만허믄 내일이라도 당장 현태를 병원에서 빼오도록 해라. 한 달이 다 되도록 그 모냥이라니, 요새 의술도 믿을 것이 못 된다."

이날 밤 어머니 이 씨가 현태를 병원에서 퇴원시키는 게 어떻겠냐는 의견을 내놓았다. 그녀는 이미 당신의 남편 박 씨의 묘를 이장함으로 해서 현태에 대한 자신의 치유방법에 대한 어떤 자신에 찬 예감이라도 가지고 있는 듯 당당하기조차 했다.

"안돼요, 어머니. 이왕 입원이 되었으니 의사의 지시를 따라야죠."

하경이 말하자 "쓸데없는 소리! 현태한테 뻗친 객귀는 물러갈 것이니께 따로 걱정할 것이 없다."

이 씨는 대답하고 내일이라도 당장 현태를 퇴원시키라는 말을 되풀이했다.

현태의 서재에 앉아 준태는 이날도 술을 마셨다.

전기의자에 앉아 있는 현태의 모습과 얼굴도 잘 기억나지 않는, 이날 자신에 의해 뼈가 옮겨진 아버지 박 씨의 얼굴이 번갈아가며 떠올랐다.

9

이마에 따갑게 내리꽂히던 나른한 햇볕이 문득 거두어지고 사방이 삽시간에 어두워졌다. 장마전선이 만주와 시베리아 쪽으로 북상중이라는 관상대의 예보였지만 아직 중부지방에는 간혹 세찬 빗방울이 하루에도 한두 차례 쏟아지곤 하였다. 멀리 바라다 보이는 산등성이에 다닥다닥 붙어 있는 구름조각을 헤치고 빗방울이 듣기 시작했다. 한떼의 사람들이 마침 골목을 돌아나오고 있는 택시를 향해 손짓하며 날벌레처럼 달려드는 모습이 보였다. 준태는 손에 들었던 신문지를 몰아쥐고 우산처럼 그것을 펴 머리 위로 가져갔다. 초가을의 하늘이 문득 어두워지고 이마에 따갑게 내리꽂히던 몇 줄기의 햇살을 거두어 가 버리고, 이내 빗방울을 후둑후둑 쏟기 시작하는 날씨의 변덕스러움이 언뜻 생소한 풍경으로 그의 시야에 들어왔다. 그러나 그것은 이내 매우 낯익은 풍경이라고 생각을 바꾸었다. 오 개월 전 자신이 처음 이곳 김제강 신경정신과를 찾던 때의 그것이 거짓말처럼 그대로 반복되고 있었다. 무겁고 지리했던 여름날 하오의 날씨의 변덕스러움이 가져다준 당혹감마저 그때와 너무 흡사한 것이어서, 준태는 잠깐 오 개월 전의 시간 속으로 다시 걸어가고 있다는 착각 속에 빠졌다. 골목을 돌아나오는 택시와 거기에 달려드는 사람들의 모습이 날벌레 같았다는 기억마저 그대로 되살아나게 해주는 풍경이었다.

변한 것은 아무것도 없었다. 이제는 눈을 감고도 김제강 신경정신과의 녹슨 철문을 찾아낼 수 있으리만큼 익숙한 발걸음이 되었지만, 그러나 준태는 이 골목을 들어설 때마다 만나게 되는 어떤 이물감과 당혹감을 떨쳐버릴 수 없었다. 김수복 접골시술소와 경운 통닭센터와 새생명 다방의 아크릴을 지나 병원의 녹슨 철제문 앞에 이르는 동안에 담쟁이 너머 이층 병동에서 들려오던 ㅇㅇㅇㅇㅇㅇㅇㅇㅇㅇㅇ 하는 환자의 기성마저도 오 개월 전의 그것과 똑같았다.

"어서 오게." 김은 또 취해 있었다. "어쩔 텐가? 우리 교수님은 아무래도 내가 치료할 만한 환자가 아닐세."

"포기하는 건가?"

"아, 아니야." 그가 심하게 말을 더듬었다. "다만 나는⋯⋯."

"중요한 정보가 있어. 그 임동진이라는 자를 알아냈어."

준태는 조금 큰소리로 말했다.

"알고 있어. 그 대학 역사과 조교이자 환자의 후배였지. 그리구 이번 사태에 실종된 인물이야."

"그의 사망을 확인했네."

"죽었나?"

　김제강이 문득 고개를 들었다. 그리고 그는 이내 창 밖으로 시선을 옮겨버렸다. 마른번개를 동반한 소나기가 후드득거리며 담벼락의 담쟁이를 두드렸다.

　"임동진이란 자의 죽음을 지나치게 환자와 관련지어 생각지 말게. 한마디만 하겠어. 환자는 지금 살아 있는 자의 고통을 공포의 정서로 환치하려고 하고 있어. 중요한 건, 그는 미침으로써 자신을 구원받고자 한다는 사실이야. 당분간 치유를 기대하지 않는 게 좋겠어. 자네 모친의 샤머니즘도 사실은 미친 세월에 대응하는 자기구제의 한 방편이라 할 수 있지. 환자는 지금 심하게 쫓기고 있지만 그렇게 함으로써 진실로 자신의 상처를 스스로 움켜쥐고 있는, 자기확인의 순간이 아닐까 싶네. 샤머니즘도 인슐린 요법도 당분간은 필요없을 거 같네."

　"그렇다면, 우리가 찾아낸 현태의 병리현상은 결국 무어란 말인가?"

　"다만 발견해 냈을 뿐이야. 자네에게 미안하네. 자넨 나에게 변명할 기회를 주지 않으면 안 되네. 우리들은 정신·신체적 질병이 존재한다는 것을 말을 바꾸어 '발견한다' 구 말하곤 하지. 이 말은 사실은 새로운 깃이 아니고 또 새로운 것은 사실이 아니라는 점이야."

　그들이 밖으로 나왔을 때는 이미 밖은 어두워 있었다. 어디선가 기다란 사이렌을 울리며 사이드카의 행렬이 지나가고 뒤이어 창유리에 철망을 두른 버스의 행렬이 이어졌다. 도회의 불빛은 여름날의 공동묘지의 반딧불처럼 어지럽게 흐트러지고 사람들의 밀랍인형 같은 침묵의 행렬은 어둠 속으로 서서히 빨려들어 가고 있었다. 차를 꺼내기 위해 병원 골목으로 향하고 있는 김의 어깨가 한쪽으로 심하게 기울어져 있었다. 준태는 문득 고개를 들어 까만 하늘을 쳐다보았다. 도회의 불빛은 지쳐빠진 영혼들의 그것처럼 어지럽게 흐드러지고 있었다.

(《문학사상》, 1991.2)

산문 散文

풍경과 시간

나는 강의를 위해 매주 이삼 일 조치원을 오르내린다. 조치원은 광주에서 두 시간 반, 부산에서 세 시간 정도 '올라와'야 되고 서울에서는 120km, 기차로 80분, 자동차로 한 시간 반 정도를 '내려가'야 하는 지점에 위치하고 있다.

조치원은 서울이나 부산 혹은 광주를 오르내리기 위해서, 아니면 청주나 대전을 가로지르기 위해 반드시 거치거나 스쳐지나가야 하는 곳이다. 이처럼 어디선가 올라오거나 내려와야 하는 과정 속의 지점, 지상(地上)의 모든 마을이 다 그러하겠지만 그러나 조치원만큼 그것을 적절히 간섭하고 있는 도시는 없다. 부산이나 광주는 서울을 그리워하는 것을 거부하거나 포기할 수 있는 곳에 위치하고 있으며 서울 또한 부산이나 광주를 그리워하는 것을 거부하거나 포기할 수 있는 곳에 위치하고 있다. 오르내리기가 쉽지 않기 때문이다. 그러나 조치원은 이 모든 거부와 포기의 중간지점에 있다. 오르내리기가 쉽기 때문이다.

이 작은 도시는 그리하여 그만한 거리만큼씩의 안타까움과 망설임이 엉거주춤 머물러 있는 곳이다. 사람들은 그래서 이곳이 좋을 때는 서울에서 한 시간 반'밖에' 안 걸리는 곳이라고 소개하지만 싫을 때는 서울에서 한 시간 반'이나' 걸리는 곳이라고 소개한다. 이는 전적으로 그들 탓이 아니다. 서울이 우리들의 일상의 모든 욕망들을 담보하고 있기 때문이다. '인사동'과 '바탕골소극장'과 '롯데백화점', 그리고 '룸살롱'과 '8학군'과 '잠실운동장'이 모두 서울에 있기 때문이다. 지리적 거리가 곧 문화적 거리임을 통속적으로 보여주는 사례가 거기에 있다.

조치원은 백제 때에는 두잉지현(豆仍只縣)이라 불렀다 한다. 신라 때에는 연산군(燕山郡, 지금은 없어진 文儀)에 속해 있다가 고려 때에는 청주(淸州) 혹은 공주(公州)에 귀속되었고, 조선조에는 전의(全義)와 합병하여 전기(全岐)로 개칭되다가 다시 분리, 연기군으로 하여 현감과 훈도를 두었다. 숙종 때 만설이라는 읍민이 역모하여 주살됨으로써 문의에 속하게 하였다가 이후 다시 복귀하는 등 분리 합병을 되풀이하다가 1931년 읍면제 실시에 따라 조치원읍이라 불렀다. 역(驛)이란 지금은 기차의 정류장을 가리키지만 원래는 역리와 노비와 가마를 두고 행정상 일이 있을 때 통신을 맡았던 기관이었다. 원(院) 또한 옛날에는 여관이 없었으므로 군마다 군비(郡費)로 설치하여 여행할 때 유숙케 하거나 수령이 교대하던 곳이었다.

지금은 상하행선 열차 때문에 건널목의 신호기가 하루 수십 번을 땡땡거리며 지나는 사람과 차량들을 가로막고, 고속버스와 출퇴근버스가 풍뎅이처럼 바쁘게 서울을 오르내리는, 작지만 바쁜 도시로 변했다. 홍익대학교와 고려대학교와 충청실업대학과 교원대학교가 불과 오 분 거리에 모여 있어 예로부터 문향(文鄕)이라 불리던 마을답게 캠퍼스타운이 되었다. 그러나 무엇보다도 낮의 훤소(喧搔)와 밤의 이동(移動)이 끊임없이 교차하는 중부권의 이 작은 도시는 글자 그대로 역이요 원이다.

조치원은 얼핏 보아 서울의 영등포나 미아 삼거리의 한 대목을 옮겨놓은 것처럼 보인다. 무단 가출한 처녀의 방댕이처럼 되바라져 보이기도 하고 치맛자락 흘러내리는 여인네의 뒷모습처럼 어수선해 보이기도 한다. 조치원은 그러나 멀리서 보면 움직이는 것은 오직 실배암처럼 도시를 길게 상하로 무질러가는 기차뿐이다. 이 기차의 이동을 제외하면 마치 긴 침묵이 고여 있는 늪지대 같다.

멀리 미호천과 샛강으로부터 진주해 오는 안개의 군단(軍團)은 이곳의 우울한 명상과 고즈넉한 평화의 시간을 보여준다. 이곳의 안개는 사람들을 늘 혼돈과 환상의 시간 속으로 몰아넣곤 한다. 대기 속을 연기처럼 부유(浮遊)하는 그 안개는 나를 늘 과거의 무질서와 절망과 혼돈과 방황의 시간 속으로 이끌곤 하는 것이다. 가령 어느 이른 새벽, 간밤에 마신 술이 덜 깨어서 문득 잠에서 깨어나 창문을 열었을 때, 눈앞에 드리운 가볍고 미세한 하얀 포말들의 부유—속삭이며 흐느적거리며 창 틈을 비집고 들어오는 그 안개뭉치는 간밤에 몰래 내린 함박눈처럼 나를 당혹스러운 기쁨 속으로 몰아넣는 것이다.

조치원의 아침 안개는 지상의 나무와 집들과 창문과 전봇대와 사람들의 어깨 위에, 서리는 것인지 끼이는 것인지 내리는 것인지가 분명치 않다. 그것은 시간과 모양과 색깔과 이동하는 방향에 따라 다르다. 그보다두 그것을 바라보고 있는 자의 정서에 따라 서리거나 끼이거나 내릴 것이다. 국문과의 K양은 "안개는 '내린다'는 말 외의 다른 표현이 없다"고 썼고, P군은 "그것은 케니지의 색소폰 소리처럼 끈적끈적하게 달라붙는다"고 썼고, L양은 "내려와 쌓인다"고 썼다. 그들은 안개 없는 조치원을 상상할 수 없노라고 말하고 안개가 걷힌 어느 날 때가 되면 조치원을 떠날 것임을 안다. 그리고 그들은 바람에 날아가 버린 자신들의 몸에 묻어 있는 안개의 분말과 기억나지 않는 안개의 냄새를 그리워할 것임을 예감하는 것이다.

안개에 휩싸이고 보면 당혹스럽고도 즐겁다. 그 당혹스러움이란 우선 아무것도 볼 수 없기 때문이요, 그 즐거움이란 이내 무엇인가가 보이기 시작한 때문이다. 안개의 이러한 장난이야말로 그윽한 환희의 순간이다. 안개가 뿌얀 이슬비를 타고 내리는 순간이나, 자욱히 피어나면서 줄을 짓는 시간, 혹은 안개가 서서히 사라져가는 시간이 바로 그 순간이다. 허공에 매달린 바알간 신호등이 흐릿하게 반짝이고 땡땡거리는 소리가 들리면 이윽고 긴 막대가 가슴께를 막아선다. 흐릿한 안개 속에서, 서서히 도시를 가로지르는 기차의 동체를 그러나 이때처럼 자세히 들여다보는 때는 없다. 열차의 옆구리에 '부산·서울' 혹은 '서울·목포'라 쓰인 표지는 문득 우리로 하여금 그 기차에 편승하도록 유혹한다. 건널목의 막대가 거두어지고 다시 발걸음을 옮기면 교회의 첨탑과 읍사무소와 대서소와 가전품 대리점과 표구점과 우체국과 장의사가 차례 차례로 시야에 나타난다. 그것들은 시간도 아니고 공간도 아닌 채로 무심히 어깨를 비비고 서 있다가, 문득 그 대낮의 우리들의 망각과 무관심을 일깨워주듯 '여기에 죽음이 있노라'고 자신의 위치를 주장하는 것이다. 아직 문이 잠긴 채 '근조'(謹弔)라고 쓰인 가게 안의 몇 개의 지등(紙燈)들이 공중에 매달려 있는 것이 문틈으로 보이고, 그럴 때면 나는 어김없이 한 세상을 건너가는 이름 모를 어떤 얼굴을 떠올리게 되고, 어깨 위로 내려와 쌓이는 안개의 무게를 느끼게 된다. 이윽고 간밤에 우리가 순례하였던 카페 '하얀섬'과 '뮤즈'가 소복한 여인으로 우리 앞에 나타나면 지난밤의 우리들의 말의 성찬(盛饌)과 열락(悅樂)의 순간들이 서서히 안개의 시간 속으로 사라지는 것을 목도하게 되는 것이다. 우체국 입구의 돌계단 아래에 얼룩진 토사물의 크기는 우리를 소슬한 심사로 빠져들게 한다. 그 토사물의 임자가 간밤에 토해낸 것은 마른 오징어처럼 질긴 삶에의 열정과 소주처럼 맑고 투명한 슬픔의 찌꺼기였을 것이다. '보카치오 93' 혹은 '위험한 노출'이라고 쓰인 왕성극장의 동시상영 포스터 —신새벽 안개 속에 떠 있는 벌거벗은 여인의 앞가슴의 크기는 이 도시의 문화적 허기와 그 통속성을 동시에 보여준다. 재개봉관의 매표소 앞을 기웃거리는 사람들의 뒷모습에는 늘 타야 할 열차를 놓쳐버린 지각한 승객의 쑥스러움이 서려 있곤 하였다.

안개는 펑펑 쏟아지는 함박눈을 보고 함성을 내지를 때와는 다른 정서로 우리를 간섭해 오는 것인데, 이 작은 도시의 집들과 나무와 사람들의 어깨를 훑으며 어루만지며 감싸고도는 그 모양의 처연(凄然)함은 이처럼 우리를 고즈넉한 비감(悲感) 속으로 몰아넣는 것이다. 그것은 음악과 같이 시간상으로 움직이며 그림과 같이 공간상으로 우리 앞에 나타나곤 한다. 그리고는 여인의 치맛자락처럼 너울거리며 산등성이와 나무와 전봇대 위를 스치는 바람을 타고 사라지는 것이다. 안개는 수많은 이미지들이 만들어낸 냄새나지 않는 화공약품이며 지상의 떠도는 은유(隱喩)이다. 그리하여 안개 속의 사물과 인간은 자신의 모습을 드러내되 그것을 우리로 하여금 '발견'하도록 해줌으로써 자신의 존재를 소중한 것이 되게 하고 그것을 찾아낸 자의 기쁨을 배가시켜 준다. 안개는 우리를 모호함과 무분별 속으로 이끄는 것이 아니라 그것으로부터의 해방을 가르쳐 준다. 우리가 찾아야 할 것, 보아야 할 것들은 사실은 무엇인가가 그것을 가리고 있었음을, 무엇인가가 가려져 있는 것만이 우리가 찾아야 할 무엇이었음을 일깨워 주는 것이다.

아침의 안개가 낮의 뜨거운 태양을 예비해 주는 어김없는 약속의 시간이라면 안개가 걷힌 대낮 풍경의 절정은 무엇보다도 이 도시의 외각을 둘러싸고 있는 복숭아나무의 도열(堵列)에 있다. 그것은 우리를 또한 고즈넉한 평화의 시간 속으로 이끄는 것인데, 그 침묵의 공간은 도시의 중심가로부터 불과 1km를 벗어나지 않은 거리에 있다. 역구내를 가로지르는 기다란 육교를 건너고 목욕탕과 교회와 소금구이 집과 군청 청사를 지나면, 지금까지의 도심의 훤소(喧騷)가 한낮 거짓말이었음을 보여주는 풍경이 거기 있다. 조치원의 과수원은 얼핏 마을의 외곽을 둘러싸고 있는 것처럼 보이지만 자세히 보면 마을들이 그 속에 은밀하게 숨어 있음을 볼 수 있다.

복숭아의 매력이란 그 꽃과 열매의 명실상부한 심미적 결합에 있다. 이 요염한 도화의 미는 예로부터 사랑을 받아 도화성모(桃花聖母)니 도화랑(桃花娘)이니 하는 여성이름이 있었고, 특히 기녀의 이름에 자주 등장했다. 조치원의 도화꽃은 사월의 중순쯤에 자신의 모습을 보여주는데, 그 그윽한 아름다움은 그림처럼 나타났다가 거짓말처럼 사라져버린다. 그 기간이 불과 일 주일을 넘지 않기 때문이다. 도화꽃은 '붉다'와 '바알갛다'와 '검붉다'를 뒤섞어 놓은 그 적색의 농담(濃淡)으로 인하여 더욱 그윽하고 은밀하며 때로는 도발적으로 보인다. 이때쯤이면 이 도시의 낭만주의자들은 과수원의 언덕을 함께 오른다. 그들은 손에 술병을 들고 머리에는 자신의 시편(詩篇)들을 이고 간다. 옛 시인의 풍류를 흉내내기 위해서이다.

그러나 어느 해부터인가 나는 그 복숭아밭의 산책을 중지하였다. 그 복숭아밭이 문득 나의 슬픔의 텃밭으로 변해버린 탓이다. 그해 여름, 어머니는 나에게 말씀하셨다.

"아범아, 조치원에 가거든 동쪽으로 뻗은 복숭아나무 가지를 하나 꺾어오너라."

"무얼 하시게요?"

"쓸 데가 있다. 꼭 동쪽으로 뻗은 가지여야 쓴다."

그때 나는 비로소 나무목 변(木)에 점괘조 자(兆)를 합성한 복숭아나무도 자(桃)를 떠올렸고, 그 무렵 과거의 우울과 현재의 울분을 머리에 이고 골방에 틀어박혀 있었던 아우를 떠올렸다.

"그 가지를 썰어서 그놈 베갯잇 속에 넣어둘란다. 예삿일이 아니다."

어머니는 그윽이 울었다. 나는 과수원으로 달려가 '동쪽으로 뻗은 복숭아가지' 하나를 주인 몰래 꺾었다. 가지를 꺾어들고 눈자위의 눈물방울을 훔치며 나는 그 여름의 햇볕 속을 망연히 걸어다녔다. 그리고는 꺾어든 복숭아나무 가지 끝에 묻어 있는 귀기(鬼氣)에 문득 여름감기에 걸린 사람처럼 어깨를 떨었다. '동쪽으로 뻗은 복숭아나무 가지'는 그후 어머니의 샤머니즘의 손길에 의해 잘게 썰어져서 아우의 베갯잇 속에 몰래 넣어졌다. 그해 여름에 대한 기억은 그후 나를 오랫동안 우울한 상념에 빠지게 했는데, 꽃의 은은함과 열매의 싱그러움이 울적한 삶과 슬픔의 알갱이로 전이(轉移)되는 그 상호작용이 신기했다.

자연의 책은 우리에게 생성과 소멸 혹은 시간의 순환원리를 가르쳐 주지만, 그것은 이처럼 우리들의 삶의 열락과 슬픔의 사연들에 따라 비밀스런 은유로 돌변하는 것이다. 지상에 내리는 안개와 그 사이에 낮게 엎드린 집들을 둘러싸고 있는 복숭아나무의 행렬은 이 도시가 연출하고 있는 작은 평화의 한 장면이다. 나는 그때마다 이 작은 도시에서의 배회와 몽상이 그 풍경과 어울려 있고 그것들이 합치되는 소중한 시간에 도달하는 것을 경험하는 것이다. 물론 그 풍경들은 우리의 마음의 상태에 따라 다양해지는 것인데, 관찰자인 우리들의 오역(誤譯)만 없다면 결코 환상적이지도 않을 것이며, 역전 과일가게 앞에 나뒹구는 포장지나 육교 난간의 조야한 페인트, 그리고 과수원 위의 구름의 갑작스런 이동은 모두 그대로 존재할 뿐 다른 것으로 가장되지도 미화되지도 않을 것이다. 그런 점에서 풍경들은 그 자신 스스로 표현하게 하지 않는 한 '벙어리'에 불과하며 이 때문에 일단 자연은 예술보다 저급하다고 할 수 있다.

그러나 이 도시의 풍경들은 보는 이의 번역에 따라 그 흐트러진 모습들은 하나의 형식을 갖추게 된다. 예술이 자연보다 더 구조적이라는 명제에 부합되는 이 순간들이야말로 이 작은 도시가 은유적 공간으로 변하는 시간이다.

(《모시울》, 1993)

지워진 이름

해가 바뀌어서 수첩을 새 것으로 바꿨다. 만나는 사람, 드나드는 곳이 뻔한 나로서는 대개는 지난해의 묵은 수첩 속의 전화번호를 그대로 옮겨 적게 마련이다. 예전에는 직장에서 나오는 교직원용 수첩을 그대로 사용했으나 그것이 너무 크고 두꺼워서 요즘에는 손바닥보다 더 작은 미니수첩을 사용한다. 겨울철에는 별 문제가 없으나 상의를 짧고 얇은 것으로 입어야 하는 여름철에는 그것을 바지 뒷주머니에 넣어야 하기 때문이다.

가끔 경험하는 일이지만, 수첩 속의 이름들을 옮겨 적을 때면 문득문득 펜을 멈추어야 할 때가 생긴다. 며칠 전, 나는 새로 산 수첩의 빈칸에다 예의 그 이름들과 전화번호들을 옮겨 적어나가다가 문득 낯선 이름을 발견하고는 한참이나 머뭇거렸다. 내게 기억나지 않는 이름이 거기 있었다. 자세히 보니 그것은 내 필체가 아니었다. 흔들리는 전철 안, 신촌이나 총신대입구역 어디쯤에서, 아니면 어느 골목의 희미한 가로등 아래서 서둘러 꺼낸 나의 수첩에 그 사람은 자신의 전화번호를 내게 적어주었을 것이다. 내가 두려웠던 것은, 그가 누구인가보다는 내가 그를 당연히 잊어도 될 사람인가 잊어서는 안 될 사람인가가 떠오르지 않은 점이었다. 아마 나는 그 사람을 종이에 적어놓았지 마음에는 적어놓지 않았음이 분명했다.

나는 기억나지 않는 그를 건너뛰어 버렸다. 영문과의 술친구 김 아무개 교수의 이름은 반쯤 쓰다가 지워버렸다. 그는 지난해에 교환교수로 미국으로 떠났는데, 일 년이라고 당국에 신고는 했지만 사실은 과거 유학했던 대학에서 학위를 마무리짓기 위해 일 년을 더 묵을 예정임을 나는 알고 있었기 때문이었다. 그의 이름이 지워지고, 대신 그 자리에는 연필로 그냥 J라고만 적힌 사람의 전화번호를 옮겨적었다. 자주 사용하지는 않은 전화번호지만, 서울생활이 문득 고슴도치 등처럼 차갑고 자신이 호롱불처럼 외롭게 흔들릴 때 한 번쯤은 다이얼을 돌려보고 싶은 옛 친구의 호출부호였다. 비밀이 없다는 것은 재산이 없는 것처럼 허전할 일이라고 아마 이상(李箱)이 그랬을 것이다. 등기소와 구청 민원실의 전화번호가 나란히 적혀 있었는데, 그것은 이번에는 옮겨 적지 않았다. 그들이 불친절해서가 아니라, 이미 은행융자를 받은 데다가 이자를 갚는 데에는 그 번호가 필요없어졌기 때문이었다. 송 아무개의 전화번호도 이번에는 옮겨 적지 않았다. 지난해에는 한 번도 만난 적이 없는 데다가, 필요할 때면 언제나 그쪽에서 먼저 나를 수배해 왔기 때문이었다. 대단치 않은 일로 나를 섭섭하게 했던 황 아무개의 이름 역시 건너뛰어 버렸다.

박 아무개의 이름이 나오자, 수첩이 오래 된 고문서처럼 낯설어졌다. 그의 호출부호는 이제 사용할 수 없게 된 것이다. 그는 지금 없다. 그를 떠나보내면서 친구들은 취해서 울고 화가 나서 소리쳤지만, 하관(下棺)할 때 "아무개 이 개자식아!"라고 불러본 것이 그 이름의 마지막이었다.

묵은 수첩의 것들을 새 것으로 옮겨놓아 보았더니 두 페이지가 줄었다. 글자들을 잘게 정돈해 놓았으니 그리 된 터이지만, 어쨌든 내 수첩에 입력된 분량은 그만큼 초라해진 셈이다. 그러나 수첩을 새 것으로 바꾼다고 모두 바뀌지는 않았다. 바뀌지 않는 것과 바뀔 수 없는 것, 바뀌어져 버린 것과 지워져 버린 것들이 거기 함께 있었다. 그래서 묵은 수첩은 서랍 깊숙이 넣어둔다. 묵은 수첩을 버리지 못하는 것은 거기에 버리지 못할 것들이 늘 남아 있곤 했기 때문이다. 그리고 건너뛰고 지워버렸던 그 이름들이 서랍 깊숙한 곳으로부터 다시 뚜벅뚜벅 걸어나오곤 했던 과거의 경험 때문이기도 했다.

수첩을 정리할 때면, 늘 거기에는 나의 기억과 망각이라는 이기심의 조각들이 편리하게 정돈되어 있음을 본다. 그러는 한편, 누군가의 수첩에서 나의 이름도 또한 그렇게 지워지거나 건너뛰어 정리되고 있으리라는 생각에 문득 우울해지고 마는 것이다. 그리하여 나는 페이지가 줄어버린 수첩에서 그만큼 사라지고 지워지고 마모되어 가고 있는 우리들의 꿈과 욕망의 실체, 이웃들과의 관계의 소멸들을 보게 되는 것이다.

(《月刊에세이》, 1991.3)

가시고기

변변한 취미생활을 해오지 못한 나로서는 만만하게 낚시를 좋아한다고 말해서 앞자리에 앉은 사람의 사교적인 질문에 사교적으로 넘어갈 때가 있다. 나는 고향의 강과 냇가의 추억 때문에 낚시를 만만하게 나의 취미로 내세우기는 하지만, 요즘은 새로 장만한 낚시장비를 쳐다보며 문득 여름감기에 걸린 사람처럼 몸을 움츠리는 때가 있다. 그것은 내가 낚아올린 한 마리의 우럭 때문이다.

나의 조력(釣歷)이야 미미하기만 하여서 뒤엉킨 낚싯줄을 푸느라고 많은 시간을 보내거나 가져간 밑밥이나 축내고 빈 그물로 돌아오기가 일쑤인데, 최근 나는 김녕으로 가는 해안도로의 방파제에서 오랜 만에 짜릿한 손맛을 보았다. 거무튀튀한 갯바위 색깔을 닮은 우럭이 걸려든 것이다. 손바닥보다 조금 큰놈이었지만 야성의 그 우럭은 자신에게 가해오는 낯선 감촉을 거부하며 몸을 세차게 파닥거렸다. 어느 핸가 대청댐의 밤낚시에서 누런 잉어를 걷어올리던 때의 흥분이 되살아났다. 나는 기쁨에 차서 낚싯줄에 매달린 그놈을 찬찬히 쳐다보았다. 물 속 깊은 곳 어느 바위틈에 스며 있다가, 아니면 어느 이역의 먼 길을 떠나다가 문득 눈앞에 매달린 새우 한 마리를 덜컥 삼

켜버린 탐욕. 무엇이 그리 급해서 미끼를 던지자마자 덜컥 입에 물고 바위틈으로 도망쳤을까. 나는 이날의 노획물인 그 우럭을 집으로 가져갔다. 아내가 탄성을 질렀고 나는 낚시꾼처럼 회를 뜨라고 아내에게 명령했다. 캘리포니아산 와인을 새로 따고, 회를 먹으면서 우리는 건배했다. 매운탕 맛은 이날의 식사를 더욱 풍성하게 했다.

그리고 나는 그날 이후 그 우럭에게 걸려든 것이다. 매운탕을 먹으며 가시가 목에 걸리는가 싶더니 식사를 끝낸 후에도 그 가시는 목에 머물러 있었다. 나는 욕실로 달려가 목구멍에 손가락을 집어넣었다. 가시가 손에 닿지 않았다. 가래침을 뱉듯 침을 아래에서 위로 밀어올려 보아도 소용이 없었다. 옆에서 김치를 말아주며 씹지 말고 삼켜보라고 했다. 나흘째가 되는 날 나는 동네의 이비인후과로 갔다. 우럭은 힘이 셉니다. 우럭가시는 특히 조심해야 합니다. 다음 번에는 하귀 쪽으로 가보시지요. 의사는 웃으며 말했다. 젓가락같이 생긴 기다란 대롱을 목구멍 깊이 밀어넣고 이히 — 소리를 크게 내보라고 주문했다. 나의 목구멍의 내부가 티브이의 모니터 화면에 짐승의 내장처럼 펄떡펄떡 움직이는 게 보였다. 온 힘을 다해 이히— 하고 목구멍을 열어보았지만 가시는 화면에 나타나지 않았다. 안 보입니다. 아마 가시가 내려가다가 낸 상처 때문일 경우가 있습니다. 우선 소염제를 드시고 기다려보지요. 웬만한 생선가시는 녹아서 밀려내려 갑니다만. 나는 의사의 처방전을 들고 병원을 나섰다.

일 주일이 지나도록 가시는 그대로 남아 있었다. 나는 그 동안 수없이 켁켁거리고 켁켁거리고 또 켁켁거렸다. 바다속 깊은 바위틈을 헤매다가 문득 뭍으로 끌려나온 우럭 한 마리가 마침내 나의 목을 옥죄고 있었다. 육신은 끓여지고 살코기는 잘게 썰어져서 나의 목구멍 속으로 넘어갔지만, 그러나 녀석은 자신의 죽음은 인정하되 나의 탐욕은 용서하지 않았던 것일까. 그는 목구멍으로 넘어가는 자신의 몸뚱이 대신 다만 한 개의 가느다랗고 거센 가시 하나로 나의 목구멍에 빗장을 채워 놓은 것이다. 나는 우럭 한 마리의 죽음보다도 그 죽음

의 수반물이 두려워졌다. 녀석은 자신의 질기고 날카로운 가시 하나
로 자신의 죽음을 나에게 호소한 것이다. 그리고 나는 그가 내 목에
만든 상처 때문에 그의 죽음을 비로소 발견한 것이다. 상처만이 서로
를 이해할 수 있다는 말인가. 내 몸 속의 우럭 한 마리가 마침내 내
게 속삭였다. 지상에, 우리가 자초하지 않은 것은 하나도 없다고.

(《다층》, 2002.여름)

짧은 생각

작은 것

작은 것이 아름답다고 한다. 아름다운 것은 작은 것인가, 아니면 큰 것은 아름답지 않다는 것인가. 이 또한 모두 아닐 것이다. 그러나 우리는 작은 것의 아름다움을 알고 있다. 작은 것, 크지 않다는 것과 아름답다는 것 사이에는 어떤 가치가 이들을 연결지어 주고 있는 것일까. 우리는 작은 것의 아름다움을 알고 있듯, 모든 작은 것이 모두 아름다운 것은 아니라는 사실을 또한 알고 있다.

작은 것이 아름답다는 진술 속에는 두 개의 주부와 술부를 이어주는 삶의 보편적인 가치가 전제되어 있어야 한다. 모든 아름다운 것 속에는 우선 무엇인지 모를 균형을 이루고 있음을 우리는 알고 있다. 이쪽과 저쪽, 안과 밖, 음과 양이 평화롭게 조화를 이루고 있음을 우리는 균형이라고 부르며 거기에서 우리는 아름다움을 느끼는 것이다. 아름다움이란 무엇보다도 판단하기보다는 느끼는 데서 우러나오는 것일 것이다. 그래서 아름다움이란 우선 사랑스러워야 할 것이다. 사랑스럽지 아니한 아름다움은 상상하기 어렵다. 사랑스럽다는 것은 그러므로 그것이 진실되어야 할 것이다. "모든 아름다움은 그것이 진실일 때뿐"이라는 말은 또한 조화가 진실에 가까운 것임을 말해 주는 것에 다름 아니다.

작은 것은 사랑스럽다. 모든 큰 것이 사랑스럽지 않다는 말이 허위이듯이 모든 작은 것 속에는 그 나름의 삶의 이념이나 가치가 배어 있어야 한다. "작다"는 말 속에서 우리는 소박함과 검소함을 느낀다. 작은 것에서 우리는 큰 것이 지닐 수 있는 허위와 과장과 부실을 안으로 다스리는 내성의 아픔이 응어리져 있음을 본다. 큰 것은 많기 십상이며 작은 것은 적기 십상이다. 그러나 우리는 전자에서 부담과 불안을, 후자에서 평화와 안식을 보는 것이다.

작은 것이 아름답다는 진술은 그러므로 다분히 공리적인 경구일 수 있다. 큰 것, 많은 것만을 좇던 사람들이 마침내 도달하게 되는 자성의 아픈 절규일 것이다. 작은 집 작은 창문, 작은 소망 작은 행복, 그것들은 단순히 작았기 때문에 아름다운 것이 아니라 작은 것으로 남을 수 있는 삶의 슬기로움으로 아름다울 수 있었던 것이다. 크고 많은 것보다는 직고 직은 것에서 우리는 삶에의 의욕과 용기를, 그리고 무엇보다도 아름다움을 느낀다. 이것이야말로 많고 큰 것을 좇던 사람들이 만들어낸 위대한 아이러니가 아니고 무엇인가.

가난

사람들은 자신이 가난하다고 말하기를 좋아한다. 아마도 그것은 개인에 따라 사실일 것이다. 오랜 세월 동안의 우리의 굶주림의 역사는 사실이었고 그로부터의 해방이야말로 민족사의 숙원이었다. 그러나 그 가난에 얽힌 수많은 삶의 애환을 우리는 부끄러워하지는 않는다. 가난이란 다만 우리를 불편하게 하였을 뿐이었으므로.

사실 최근 수십 년간의 우리의 경제지표는 엄청나게 달라졌으며 지엔피의 성장곡선이나 수출증대의 상승곡선은 과거에 그 유례를 찾아볼 수 없는 것이었다. 그래서 지금 우리가 걱정하고 있는 것이 '과소비'에 있다는 것이 또한 놀랍다. 그 과소비의 현장들을 보는 우리를 마냥 슬프게 하고 있다. 우리 모두가 '망각'이라는 이름의 중병을 앓고 있다는 자책감을 금할 수 없는 것이다. 그러나 실질적으로 우리가 걱정해야 하는 것은 '과욕'을 부리는 사람들이다. 값비싼 외제 카펫을 구입하는 사람들보다는 부당한 방법으로 재산을 증식시키려는 사람들이 더 걱정스러운 것이다. 전자가 안락하게 살려는 의지를 드러낸 것이라면 후자는 정직하게 살기를 포기한 사회윤리의 결핍을 드러낸 것이기 때문이다.

가난하다는 말은 적게 가진 사람을 두고 한 말이 아니라 많이 갖고 싶어하는 사람을 두고 한 말이다. 가난이 게으름의 결과가 아니라면 그것은 수치스러움과 아무런 관계가 없다. 많은 사람들이 가난하다고 말하고는 있지만 사실에 있어 자신이 허기에 차 있음을 그렇게 고백한 것이나 아닌지 따져볼 일이다. 허기에 찬 사람만이 5백만 원짜리 골프채를 살 수 있다. 그리고 그 허기는 아무리 채워도 허허로울 뿐 끝내 채워지지 않는 정신의 병이다. 그래서 가난이란 돈을 가지고 있지 않다는 말이 아니라 정신을 가지고 있지 않음을 말한 것에 다름아니다. 물질적인 가난이란 재산을 늘리는 것으로 해결된다. 그러나 그것은 쉽지 않을 것이므로 자신의 욕망을 줄이는 것으로 해결할 수 있다. 그러나 자신의 욕망을 줄인다는 것이 과연 쉬운 일인가? 그래서 우리는 다시 가난해지고 마는 모양이다.

우리가 때때로 가난하다고 느끼는 것은 그 불편함보다도 마음의 허기 때문이 아닌가 따져볼 일이다. 과소비는 가난이란 자의식에 추월당한 행위이며 오랫동안 우리를 슬프게 했던 그 허허로움 때문일 것이다. 우리는 지금 정신의 가난을 두려워해야 할 때에 와 있다.

인 기

무하마드 알리는 권투선수로서 인기가 있다. 고 양주동 박사는 그 해박한 지식과 거침없이 뿜어 나오는 달변과 유머 섞인 명강의로 인기가 있었다. 김태식 선수는 앞뒤 안 가리고 주먹을 휘둘러대는 링의 '작은 거인'으로 팬들을 흥분시켰으며 최불암 씨는 텁텁한 마스크와 진솔한 연기로 안방극장의 관객들을 매료시키고 있다. 이분들은 모두 오늘을 사는 당대의 스타들이다.

인기란 세상사람들로부터 얻게 되는 좋은 평판의 하나이다. 따라서 인기를 얻어가면서 세상을 사는 일은 그리 쉽지 않은 것이며, 인기란 세상을 함께 살아가는 우리들 모두의 은밀한 소망이기도 하다. 볼테르의 비극 《이렌느》가 연극으로 공연되고 원작자는 월계관을 받았다. 월계관 수여식을 구경하고자 군중들이 그의 집 앞에 모여들었다. "대단한 군중이로군요!" 군중 가운데 한 사람이 옆에서 말했다. "이게 뭐가 많소? 내가 사형을 당하는 때도 이만한 군중은 모일 텐데…"라고 대꾸하면서, 너무 유명해진 이름이야말로 얼마나 무서운 짐인가 하고 볼테르는 반문했다. 채플린이 네 번째의 아버지가 되었을 때, 축하하러 온 사람들 중에 아인슈타인이 끼어 있었다. "채플린 씨, 당신의 훌륭한 예술은 당신의 국제성에 있습니다. 세계 어느 나라 사람도 당신을 알고 있소"라고 아인슈타인이 말하자, "고맙습니다. 그러나 당신의 명성은 더욱 꿩장한 것입니다. 박사님, 당신이야말로 전 세계의 추앙을 받고 있습니다. 누구 한 사람도 당신이 말씀하시는 것을 모르고 있으니까요"라고 채플린은 대답했다. 재치와 익살이 섞인 이들의 대화 속에 인기, 혹은 명성이 가지고 있는 속성이나 아이러니가 잘 드러나 있다.

그러나 세상의 많은 사람들이 자신들이 만든 명성을 위한 명성에 복무하고 있다. 인기의 본질이란 어느 날 아침에 문득 얻어지는 명성이 아니라는 데 그 원인적 의미가 있을 것이다. 앞의 노교수나 예술인이나 운동선수는 어느 날 문득 유명인이 되어버렸던 사례가 아니었다. 우리는 그들의 그러한 속사정을 정직하게 바라보고 있었으므로 그들을 칭찬하고 존경할 수 있었던 것이다. 인기인이란 물론 먼저 대중들로부터 사랑받고 있는 사람이다. 그래서 인기의 본질이란 또한 그 대중성에 있다. 대중성은 전문성 쪽에서 크게 기피하는 가치지만 그것이 통속성과 결탁하지 않은 바에야 기피할 이유가 못 된다.

어쨌든 '인기 있다'는 표현 속에는 그렇게 되기까지의 그 사람 개인의 노력과 고난의 과정에 대한 치하가 생략된 경우일 수가 많다. 그것은 인기에 집착했던 일부 사람들에게서 우리가 경험하지 않으면 안 되었던 그들의 위선의 결과에 기인한다. 그래서 인기인으로 판정되거나 그렇게 불리는 사람들은 대개는 즐거워하거나 쑥스러워하기 십상이다. 전자가 인기의 대중성에 고무되었다면 후자는 인기의 통속성을 경계한 반응일 터이다.

몇 년 전의 일이다. 어떤 유명 여자대학 강당에서 서양의 어떤 유명한 가수를 초청한 이른바 'XXX의 내한공연'이 있었다. 이를 관람했던 어떤 이가 분개했다. "철딱서니 없는" 일부 극성팬들이 마침내 공연이 절정에 이르자 울음보를 터뜨리기 시작했다는 것. 그리고는 뒤이어 무대 앞의 여성 팬들의 손에서 몇 개의 헝겊조각이 무대 위로 뿌려졌다는 것이다. 알고 보니 그것은 손수건뿐 아니라 그녀들의 몸 가장 비밀스러운 부분을 가렸던 속옷이었다는 것이다. 우리들은 그 가수를 부러워할 수밖에 없다. 그야말로 인기절정의 순간이 아닌가. 그러나 그것을 팬들의 갈채의 표시로 볼 수 있는 것인가. 자존심을 인기와 관련짓는 것은 그들에게 무리일지 모르겠다. 그러나 자존의 정신이란 무엇인가. 자기가 스스로 자기임을 주장하는 태도이며 자신을 제어할 수 있는 능력이다. 인기란 그것을 바라보는 사람들의 태도의 적법성과도 관련되는 문제이다.

이른바 인기인의 타자지향적 태도 또한 우리를 상실감에 빠지게 하는 것 중의 하나이다. 얼마 전, 우리가 사랑해 마지않았던 어떤 가수와 여배우가 결혼을 발표했다. 그들은 그 동안 남몰래 서로 사랑했으며, 이제는 자신들의 사랑을 더 이상 감추어 둘 필요가 없다는 이유로 해서 한쪽의 파경을 감내하면서 마침내 결혼발표를 한 것이다. 우리 모두는 그들 인기인의 결혼에 축하의 박수를 아끼지 않았으며 그들의 장래를 축원했다. 그리고 우리는 그로부터 몇 달 후, "너무나 사랑하기 때문에" 헤어지지 않을 수 없노라는 또 하나의 발표에 접했다. 아, 그들은 너무나 사랑했기에 헤어지지 않으면 안 되었구나 하고 다시 한 번 찬탄해 마지않기에는, 우리는 너무 바쁘고 그들의 애정철학을 천착해 볼 기분 또한 아니었다. 우리는 그래서 배반당한 느낌으로 그들로부터 등을 돌렸던 것이다.

많은 사람들이 인기를 좇고 인기인은 그에게 쏟아지는 인기에 다시 쫓긴다. 그럼에도 우리는 인기를 좋아하고 인기를 바란다. 그러나 인기인과 그 인기인에게 박수를 보내는 대중 사이의 인간적 신뢰는 중요하다. 그것은 내면적 진실성이라는 이름의 약속으로 이어진 관계이지 아니면 안 된다. 이름나는 것을 누가 싫어하겠는가. 그러나 이름에도 실명(實名)과 허명(虛名)이 있다. 우리 모두 이 시실에 동의하기 때문에, 동양의 점잖은 선인들은 그 양명(揚名)에의 허욕을 다음과 같이 경계했던 것이다. "덕은 있으나 이름이 나지 않고, 이름은 났으나 지위가 나타나지 않는 것을 군자는 근심하지 않는다. 그러나 덕이 그 지위에 맞지 않고 이름이 어쩌다가 실제보다 지나치게 나는 것은 군자가 크게 두려워하는 것이다"(李穡,《牧隱集》).

아름다움

내가 만일 미인선발대회 심사위원(위원장이라면 더욱 좋다)에 위촉된다면, 지금까지 쭉 해오던 대로, 우선 '잘 생긴' 여자를 '미스 OOO'로 추천하겠다. 아름답게 생긴 여자를 보는 것은 얼마나 즐거운 일인가. 모든 아름다운 것 속에는 무엇인지 모를 균형과 조화가 있으며,

그것의 아름다움을 분별해 내는 능력이야말로 신이 우리에게 내려주신 은총이 아니고 무엇인가. 그러므로 내가 만일 미인대회 선발위원이 된다면 우선 팔등신이 고루고루 알맞게 배열된 미인을 찾을 것이다. 이마, 머리, 눈동자, 코, 입, 이빨, 턱, 가슴, 허리, 그리고 그 밑부분, 종아리… 그리고 가능하다면 발톱까지도 볼 것이다.

그러나 나는 이러한 눈에 보이는 부분 부분에서 가장 많은 점수를 얻은 분을 1등(!)으로 결정하는 일은 일단 보류할 것이다. 왜냐하면 모든 사물은 이쪽과 저쪽이 있고 눈에 보이는 부분과 눈에 안 보이는 부분이 있기 때문이다. 나는 그래서 어떤 기업체의 사장님처럼, 이들에게도 면접시험에다 다른 무엇보다도 많은 점수를 배점하겠다. "취미는 무엇입니까?"라고 묻는 심사위원의 질문에 어떤 미녀는 서슴없이 "독서예요!"라고 대답한다. 심사위원인 나는 그때 물론 감격할 예정이다. '독서를 취미로 하고 있는 미녀'란 얼마나 상상하기에 즐거운 것인가. "요즘 어떤 책을 가장 감명 깊게 읽었습니까?"하고 물었을 때, 그 미녀는 하얗게 드러내었던 이를 오므린 채 약 10초 가까운 시간을 얼버무리다가 마침내 생각난 듯이 "전쟁과 평화!"라고 소리친다. 그러나 나는 이 순간에 그녀에게 줄 예정이었던 점수 A를 B로 깎아내릴 것이다. 내가 톨스토이를 싫어해서가 아니라, 요즘 읽은 책을 기억해내는 데 10초나 기다리게 한 데 대한 섭섭함 때문이다. 나는 또한 김치찌개나 오징어를 좋아하는 식성을 가진 미녀에게는 B를 줄까 C를 줄까 망설이다가 말겠다. 가난한 심사위원인 나의 식성을 너무 잘 알아차려서 슬쩍 아부하려 한다는 혐의도 혐의지만, 평소에 그 지겨운 김치찌개 말고 좀 비싼 것을 먹어보고 싶어했던 나를 약간 화나게 했기 때문이다. 나는 또한 장래희망도 물어볼 것이다. 그러나 "디자이너나 영화배우가 되겠다"는 미녀에게는 A를 줄까 B를 줄까 망설이다가 C를 주겠다. 대단히 훌륭한 재능이나 노력이 아니고는 쉽게 해낼 수 없는 직업을 택한 그녀에게서 존경심은 느끼지만, 옷 짓는 재주하고 연기하는 재주하고는 좀 동떨어진 재주가 아닌가 싶어

나를 불안하게 했기 때문이다.

그러나 무엇보다도 심사위원인 나는, 모든 아름다움은 도달점이지 출발점이 아니라는 사실, 그리고 사물이 아름다운 것은 단지 그것이 진실이기 때문이고 진실 이외에는 어떤 아름다움도 존재할 수 없다는 사실을 확인해 볼 수 있는 방법 때문에 절망할 것이다. 잘 생긴 용모가 추천장이라면 아름다운 마음은 신용장이다. 추천장만 가지고 신용하기가 두려운 것이다. 그러므로 내가 미인선발대회 심사위원에 위촉이 된다면, 우선 그런 대회를 안 할 수는 없는가를 주최측에 통사정해 보고, 그것이 안 될 때는 나는 심사위원 자리를 사퇴하겠다. 미인에 뽑히고 안 뽑히고는 마음대로 할 수 없지만, 뽑고 안 뽑고는 내맘대로 아닌가.

(《샘터》, 1980.11)

슬픈 모기

다자이 오사무

다자이 오사무(太宰治)를 처음 읽은 것은 대학 졸업 무렵, 그러니까 1960년대 후반이었다. 신구문화사에서 나온 《세계전후문제작품집》이라는 전집의 일본편에서였다. 당시 〈사양〉과 〈인간실격〉이라는 작품을 읽고 감동했는데, 그것은 아마 그의 작품에서 풍기는 삶에의 비감과 죽음의 그림자 같은 것을 드러내는 그의 감수성의 참신함 때문이었을 것이다. 그의 작품에는 당시의 내 또래 청년이 도저히 떨쳐 버릴 수 없는 인생에 대한 절망감이나 비애, 냉소와 패러독스, 명상과 우울 등에 대한 감성들이 파노라마처럼 수놓아져 있었다. 내가 읽은 일본소설들이란 대개 그 즈음에 읽은 것들이었는데, 미시마 유키오(三島有岐夫)의 《금각사》라든가 오에 겐자부로(大江健三郎)의 《사육》 같은 작품들이 인상적이었다. 그러나 무엇보다도 서른일곱에 여인과 동반자살해 버린 다자이 오사무의 짧은 생애, 그리고 그의 문장 사이사이에 섬광처럼 내비치는 삶에의 비감과 죽음에의 예감 같은 것이 오래 머리 속에 남아 있었다.

그로부터 실로 삼십여 년, 와세다 대학에 방문교수로 와 있던 1998년 6월 어느 날 대학의 구내서점에서 문득 그를 다시 만난 것이다. 반가웠다. 창백하고 우수에 찬 얼굴로 턱받침을 하고 있는 낯익은 프로필이 북 디자인되어 있었고, 그의 전집이 문고판과 평론집들로 묶어져 있었다. 알고 보니 마침 일본문단은 그의 50주기를 준비하고 있었다.

다자이 오사무의 삶의 드라마는 그의 첫 단편집 《만년》의 여기저기에 음화처럼 예고되어 있다. 가마쿠라에서의 첫 자살기도 때 동반여성만 죽게 된 데 대한 죄책감, 고향생가와의 불화, 순진한 처녀라고 믿었던 첫 아내에게 이미 다른 남자가 있었다는 사실을 알게 된 슬픔, 아오모리(靑森)현 굴지의 부잣집 아들로서 자란 그의 내향적이고 폐쇄적 성격, 공산주의 운동에서의 탈퇴에서 오는 죄의식 등. 다자이를 절망으로 몰고 스스로를 삶의 무의미한 존재로 단정지어 버린 정황은 27살의 처녀창작집 제목을 《만년》(晩年)이라고 붙인 데서도 잘 나타난다. 그는 "자살을 전제로 유서를 남기듯 소설을 쓰기 시작한 것"(유숙자 역, 《晩年》, 도서출판소화, 1997)이다. 이 난편십에는 그러한 징후를 보이는 단상이나 묘사들이 모자이크되어 있다. 가령 〈잎〉에서는 "선택된/ 황홀과 불안/ 이 두 가지 내게 있으니"라는 베를렌의 시구로 자신의 심경을 드러내고, 곧이어,

죽으려고 생각했다. 올해 설날, 옷감을 한 필 받았다. 새해 선물이다. 천은 삼베였다. 쥐색 줄무늬가 촘촘하게 박혀 있었다. 여름에 입는 거겠지. 여름까지 살아 있자고 생각했다.

라고 하여 언젠가는 스스로 마련하지 않으면 안 될 죽음의 시간을 예감하고 있는 것이다. 그의 이러한 태도는 삶에의 권태와 자포자기에 기인한 것이다. 다음과 같은 아포리즘은 이러한 그의 내면풍경을 잘 드러내 준다.

신주쿠〔新宿〕의 인도 위에, 주먹만한 돌멩이가 느릿느릿 기어가는 걸 보았다. 돌이 기어가고 있군. 그저 그렇게만 생각했다. 그러나 그 돌멩이는 그의 앞을 걸어가는 지저분한 아이가 실에 매달아 끌고 있는 것임을 금방 알 수 있었다.

아이에게 속임을 당한 것이 쓸쓸한 건 아니다. 도무지 일어날 수 없는 일을 태연히 받아들인 자신의 자포자기가 쓸쓸했다.

그리고는 다음과 같은 자학으로 이어진다.

설마 그런 일이야 없을 테지, 없을 테지만 말야. 내 동상을 세울 때 오른쪽 발을 반걸음 정도 앞으로 내밀고 느긋이 몸을 약간 젖힌 듯이 해서, 왼손은 조끼 속에 오른손은 잘못 쓴 원고를 구겨 쥔 채로, 그리고 목을 달지 말 것. 아니, 아무런 의미도 없어. 참새 똥을 콧등에 맞고 싶지 않을 뿐이야. 그리고 받침돌에는 이렇게 새겨 줘. '여기에 남자가 있다. 나서 죽었다. 일생을 쓰다버린 원고를 찢는 데 썼다.'

삶의 무의미와 권태, 예술행위의 무상성에 대한 이러한 아픈 자의식은 다자이 문학의 역설적 주제였다.

나는 와세다의 토고 가쓰미(東鄕克美) 선생에게 다자이에 대한 여러 얘기를 들었다. 마침 그는 다자이의 고향 아오모리(靑森)에서의 '다자이 문학제'를 주관하고 있었다. 학회에 같이 가보지 않겠느냐고 했지만 알아들을 수 없는 모임이라 포기할 수밖에 없었고, 그 대신 나는 신주쿠의 다카다노바바(高田馬場)의 전철역이 있는 어느 이층 주점에서 그의 50주기를 추념해 준 셈이 되었다. 왜냐하면 토고 선생이 나를 이끌고 들어간 그곳이 바로 다자이가 자신의 첫 창작집 출간을 자축했던 곳이었기 때문이다. 작품 몇 편 읽은 인연으로도 이리 감회가 새로운데 하고 생각하자니 술시중 드는 기모노 차림의 여인의 얼굴이 예사로 보이지 않았다.

문학청년 시절, 나를 문득 저 아득한 비애의 늪으로 끌고 들어갔던 이방의 한 작가—이미 기억의 어느 한쪽으로 물러난 한 작가가 다시 부활해 온 것은 재미있었다. 와세다 대학 구내서점에서 사들고 나온 《만년》과 《사양》은 그 기념이었고, 이방의 내 연구실에 세워놓은 그 두 권의 책은 나를 줄곧 그에 대한 상념에 빠져들게 했다. 나는 그때마다 무심코 그리고 가슴 아프게, 그보다 1년 늦게 태어났지만 12년 먼저 죽은 우리의 이상(李箱)을 떠올리곤 하였다.

《만년》은 신주쿠의 나의 아파트에서 읽었다. 그의 삶과 문학적 징후를 통째로 드러내고 있는 이 단편집이야말로 그의 자화상에 다름 아니었다. 거듭되는 자살기도와 미수, 약물중독과 정신병원 입원, 그를 둘러싼 여인들, 재혼, 동반자살로 이어지는 드라마의 예고편인 셈이었다.

다자이 오사무는 이데올로기도 혁명도 못해낸 작가이다. 그의 문학이 우리에게 던져주고 있는 것은 그러므로 역사도 힘도 아니었다. 그러나 자신을 둘러싸고 있는 삶의 원초적 정황—나르시시즘, 부끄러움, 죄, 연민 등에 대한 그의 비극적 인식은 섬세하고 슬프고 아름다운 것이었다. 내가 그를 경배하는 것은 그가 유별나게 살았기 때문이 아니라 아프게 살았기 때문이다.

슬픈 모기

가을까지 살아남아 있는 모기를 슬픈 모기라 한단다. 모깃불은 피우지 않는 법, 불쌍하기 때문이지.

다자이 오사무의 단편 〈잎〉에 나오는 대목이다. 스토리의 연결 없이 짧은 묘사와 아포리즘들을 연결시킨 이 작품은, 작중화자가 할머니를 회상하는 형식으로 되어 있다. 누이가 시집가던 어느 해 가을날 밤, 작중의 소년은 밤중에 깨어나 문득 "하얗게 쓸쓸히 앉아 있는" 한 유령을 본다. 유독 슬프고 아름다운 눈을 가진 '은둔 게이샤'였던 할머니에 대한 회고담이다.

아아 한구절 한마디 저는 그대로 기억하고 있습니다. 할머니는 잠들면서 잦아드는 어조로 이렇게 말씀하시고 저를 안고 주무실 때에는 어김없이 제 다리를 할머니 다리 사이에 끼워 따뜻하게 해주셨습니다. 어느 추운 날 밤, 할머니는 저의 잠옷을 모두 벗긴 다음, 할머니 자신도 눈부시게 아름다운 살결을 드러내시고 저를 안아 몸을 덥혀 주신 적도 있습니다. 그만큼 할머니는 저를 소중히 생각하고 계셨습니다.
"맙소사, 슬픈 모기는 바로 나인 걸. 허망해 ⋯."
말씀하시면서 제 얼굴을 뚫어지게 바라보셨는데 그토록 아름다운 눈이 또 없습니다. 안채에서 들려오는 혼례의 소란도 이제 완전히 잠잠해졌고 아마 한밤중이나 되었겠지요. 가을 바람이 살랑살랑 덧문을 스치고 그럴 때마다 처마 끝의 풍경이 힘없이 울리던 것도 희미하게 기억해낼 수가 있습니다. 네, 유령을 본 것은 바로 그날 밤의 일입니다. 언뜻 잠이 깬 저는 쉬— 하고 말했습니다. 할머니의 대답이 없어 잠이 덜 깬 채 주위를 둘러보았는데도 할머니는 계시지 않았습니다. 무서움을 느끼면서도 혼자 살짝 이부자리를 빠져나가 반들반들 검게 빛나는 느티나무로 된 긴 복도를 지나 멈칫멈칫 변소 쪽으로 걸어가는데, 발바닥만은 싸늘하게 차가웠습니다. 졸음은 아직 가시지 않아서 마치 깊은 안개 속을 흔들흔들 헤엄치는 듯한 기분, 바로 그때입니다. 유령을 본 것입니다. 길고 긴 복도 한쪽 구석에 하얗게 쓸쓸히 웅크리고 앉은 모습이, 아주 멀리서 본 탓에 필름처럼 조그맣게 보였는데, 그렇지만 분명히 분명히 누이와 오늘밤의 신랑이 자고 있는 방을 엿보고 있었습니다. 유령, 아니에요, 꿈이 아닙니다.

나는 이 이야기를 읽으면서 문득 '은둔 게이샤'처럼 혼자 중얼거리고 말았다. "맙소사, 슬픈 모기는 바로 나인 걸⋯."

여름이 다 가고 있는데 창작집을 하나 묶어야겠다고 생각했다. 그런 지가 벌써 십여 년이 넘었다. 첫 창작집을 낸 지 20년. 그 동안 발표했던 걸 모아 보았더니 한 권 분량이 될까말까다. 작가가 되겠다고 생각한 지가 30년. 그 동안 나는 무얼 했나. "소설이 시시하다고 생각지는 않아. 내겐 그게 분명하지 않을 뿐이야. 단 한 줄의 진실을 말하려고 백 페이지의 분위기를 조성하거든." 다자이가 나를 구원하려 들었다.

에세이집도 한 권 내야겠다고 생각했다. 그런 지가 벌써 10년이 넘었다. 그 동안 발표했던 걸 모아보니 한 권 분량이 될까말까다. 술렁술렁, 시원하게, 그리고 읽기 좋게 조판하면 어떨까, IMF시대에 걸맞게. "정말이지 말은 짧을수록 좋아. 그것만으로 믿음을 줄 수만 있다면." 다자이가 나를 거들었다.

창 밖에 이역의 매미가 울고 있다. 신주쿠의 오래된 골목, 울창한 나무들 사이에서 매미들이 히라가나와 가타카나로 울어댄다.

매미는 공기를 마시고 이슬을 머금어 그 덕이 청결하다고 했다. 매미에게도 오덕(五德)이 있다고? 머리엔 반문이 있으니 '文'이고, 이슬을 마시며 사니 '淸'이며, 곡식을 먹지 않으니 '廉'이고, 집을 짓고 살지 않으니 '儉'이며, 계절을 지키니 '信'이다…, 운운. 매미가 나를 구원한다 라고 나는 기쁨에 차서 외쳤다. 그 순간, 창 밖의 매미울음이 뚝 그쳐버렸다. 여름이 다 가고 있는데.

(도쿄, 1998)

암호시대

신문을 읽고 있노라면 낯선 용어나 신조어(新造語)를 만나게 되고 어떤 것은 용어해설이나 부연설명이 없으면 해독이 잘 안되는 것이 많다. 빠르게 변하는 세상이라 이렇듯 신문을 펴들고도 세상읽기가 쉽지 않다. 가령 FBI니 NATO니 하는 것은 사용한 지가 오래 돼서 웬만한 사람은 다 안다. 그러나 이것은 처음부터 미연방수사국이라든가 북대서양조약기구 따위로 표기했더라면 좋았을 것이다. AIDS, PC는 후천성면역결핍증이나 개인용 컴퓨터보다 우리에게 더 친숙한 용어가 되어버렸고 요즘 많이 보이는 IAEA, APEC도 이미 핵확산금지협약기구나 아세아태평양협력기구보다 더 친숙한 용어가 되어가고 있다. 용어는 이렇듯 사용하기에 따라 우리에게 인지도와 친숙도가 판이하게 달라지게 된다.

그러나 아무래도 EC보다는 유럽공동체가 더 친숙하다. 조금 접어 생각해서 이들 용어들은 원어로 사용해 주는 것이 오해와 혼동을 막을 수 있다는 측면이 있기는 하다. 그러나 언제부터인가 우리는 '야키도리'니 '와사비'니 하는 일본어를 차용하거나 '핸섬'이나 '매스컴' 같은 영어를 끌어들이는 버릇이 붙었다. 언어보다는 언어 사용국에 대한 선입견이나 선호도가 개입된 경우일 것이다. 그러나 이것도 더 양보해서 생각하면 다만 외국(래)어를 사(남)용한 사례이지만 최소한 의미전달이라는 언어의 기본기능은 수행하고 있는 셈이다.

그러나 'YS와 DJ의 연합설의 진상'이니 'TK는 과연 재기할 수 있는가' 하는 등의 신문 잡지의 기사는 문제가 있다. 이들 YS, DJ, JP, TK, PK 등의 인명과 지명의 머릿글자는 사용자의 음험한 정서가 개입되어 있는 암호이다. 나는 오랫동안 영어에 시달려 온 사람이라 그 머릿글자들을 대할 때마다 반사적으로 Young Student, Disk Jockey, Jack Pot, TKO, Penalty Kick 따위의 엉뚱한 단어가 떠올라 실소하곤 하는데, 이러한 머릿글자로 특정인이나 지역을 표기하는 방식은 그 인격의 익명성만 두드러질 뿐 아니라 보도내용의 신뢰도를 의심케 한다. '김영삼 씨', '김 대통령', '김대중 씨', '김씨 측', '김종필 의원', '대구 경북지역', '부산 경남지역' 등의 본래적 의미가 기묘하게 왜곡되거나 선동되어 있다. 지난 선거 때에는 어떤 후보가 자신을 아예 'CY로 불러달라'고 기자들에게 주문한 것을 보았는데, 여기에는 다만 짧고 간편한 것이 좋다는 언어 경제직 측면 이상의 미신이 배어 있는 것 같다.

인명과 지명을 기호화하고 이를 좇는 경향은 본명과 실명이 제몫을 하지 못하고 가명과 암호가 판을 치던, 지난 30여 년 동안의 군사통치가 낳은 정보와 책략의 세월이 낳은 흔적이다. 이것은 요즈음의 공직자에 대한 그것보다 더 시급한 사정(司正) 대상이다. 언어란 인간에 의해 만들어지지만 그보다는 훨씬 더 많은 사람들이 언어에 의해서 만들어진다는 논리는 중요하다.

(《高大新聞》, 1993.11.29)

시간의 춤

나의 단편 〈圓舞〉(《현대문학》, 1976)는 고향친구 P의 얘기였다. P는 나와 초등학교를 같이 다녔었는데, 이후 서로 다른 곳에서 아주 다른 생활을 하면서 지내온 터였으므로 그 사이 서로 만나거나 소식을 주고받을 처지가 못 되었다. 그러나 워낙 어려서부터 함께 뒹굴고 싸우고(내가 주로 그에게 얻어맞은 편이었지만) 하면서 고향의 어린 시절을 보냈으므로 그의 소식을 늘 궁금해하곤 했었다. 그가 서울에 있다는 소식을 얼핏 들었으나, 동창회 비슷한 모임에도 그는 나타나지 않았었다. 어려서부터 싸움질이나 하고, 땅따먹기·팽나무·열매먹기·공차기에서 늘 대장노릇이나 하고, 여자 변소 뒤쪽에 잠입했다가 들켜 하루종일 양동이를 들고 벌이나 서고 그랬던 친구였다.

다분히 문제아였던 그가 고향을 떠나 서울에 자리를 잡기까지의 경력 또한 화려한 편이었다. 그는 중학과정을 끝으로 공부하는 일을 집어치우고 일찌감치 서울로 올라와 세상을 경험하기 시작했다. 종로나 동대문 청계천이 주로 그의 서울생활의 무대였는데, 다방 주방일에서부터 밀주판매에 이르기까지 안 해본 것이 없었다.

내가 그를 십수 년 만에 만난 것도 아주 엉뚱한 장면에서였다. 어느 해 가을, 서울운동장에서 아주 큰 국제 축구시합이 벌어지게 되었다. 표를 미리 사 두지 못한 나는 당일의 매표구 앞의 기다란 행렬의 끝에서 서성거리고 서 있었다. 그때 한 사내가 내게 은밀히 다가왔다. 표가 있다는 것이다. 암표장사였다. 얼마요 하고 내가 고개를 들어 그를 쳐다보았을 때, 우리는 서로 놀라고 말았다. 손가락을 펴 보이던 손을 거두어 그가 내 손을 덥석 쥐었다. 어? 너 이 새끼, 어쩌구 하면서 우리는 잡았던 손을 놓지 않은 채 건너편 술집으로 들어갔다. 그는 그때 매형이 경영하는 동대문의 등심구이집에서 종업원노릇을 하고 있었는데, 빅게임이 있을 경우에만 아르바이트 삼아 암표도 '취급'한다고, 다소 수줍게 웃었던 것이다.

 이후 우리는 가끔 만났다. 어느 날 그의 가게에 들러 이런저런 얘기들을 나누다가, 나는 그가 누군가를 기다리고 있음을 알았다. 그의 여자에 관한 얘기였다. 지금도 기억에 생생한 것은, 그와 1년 전까지 동거했던 여자가 부산으로 간 지 2년이 지났는데도 1년이면 돌아오겠다는 그녀와의 '약속'을 잊고 있지 않을 뿐더러 그것을 철석같이 믿고 있던 그의 모습이었다. 그 이야기를 하고 있는 P의 놀랍도록 순진하고 불안해하고 한편으로 수줍어하기까지 하던 모습은, 내가 최초로 목격했던 P의 가장 순진무구한 모습이었다.

 "잊으소. 그년 이미 딴놈하구 붙었다구."

 작중의 만호는 달곤이에게 이렇게 말하는 것으로 나오지만, 실제로 내가 P에게 그런 소리도 해보았다. 그러나 P는 "그년은 꼭 온다"고 고집하였으며, 그리고 그것은 '약속'이라는 것이다. 진눈깨비가 어지럽게 흩날리던 그날, 나는 집으로 향하는 버스 안에서 가슴이 뭉클해져서, 다시 그에게 달려가 "그녀는 온다"고 말해주고 싶었다. 뚜쟁이 노릇도 하고 동료들과 칼부림도 서슴지 않았으며 주방장 암표장사 밀주장사까지 해보았으며 동거한 여자도 두엇 있었지만, 그러나 P는 부산으로 '돈 벌러 간' 그 여자를 오래도록 기다리던, 그해 겨울 유난히도 많이 쏟아지던 흰눈 같은 순정의 사내로 변해 있었던 것이다. 소설 〈圓舞〉에서의 시작은 이렇다.

"눈 한 번 삼삼하게 오누나." 달곤이는 창밖으로 쏟아져 내리는 눈송이를 바라보며 혼잣말로 중얼거린다. 올 들어 처음 내리는 눈이다. 등심구이 집으로서는 구태여 눈오는 것을 싫어할 이유가 없다. 눈오는 날이면 사람들은 고기 먹기를 좋아하기 때문이다. 그리고 무엇인가를 생각하기를 좋아한다. 눈오는 날이면 달곤이는 질퍽거리는 골목길을 고기배달 다녀야 하지만 그것은 일도 아니다. 눈오는 날이면 달곤이는 부산으로 도망간 선숙이 생각이 나서 좋다. 도망간 년을 생각해 보아야 소용이 없다는 것을 그가 모르는 것은 아니지만 그래도 도망간 년이라도 생각케 해주는 때는 이렇게 눈오는 날 뿐이다. 이제 제법 굵어지기 시작한 눈발을 바라보며 문득 선숙이의 눈송이같이 하얀 허벅다리를 떠올리고는 어깨를 한 번 부르르 떤다. 빌어먹을, 곗돈 십만 원, 하루저녁 술값밖에 안 되는 돈…….

하얀 눈송이와 등심구이와 선숙이의 허벅다리의 병렬은 이때의 달곤이의 선숙이에 대한 소망과 관능을 드러내기 위한 보조적 장치였다. 작중의 달곤이는 올해 스무두 살. 방을 얻기 위해 모아둔 돈을 써버림으로써 선숙이를 실망시켰으며, 그 때문에 선숙이는 다시 돈을 모으기 위해 좀더 나은 일자리를 찾아 집을 떠난 것으로 되어 있다.

"내년 이맘 때, 오늘처럼 이렇게 눈이 오는 날 돌아오겠어요." 달곤이는 선숙이가 눈이 오면 다시 오겠다고 했을 때 하마터면 울어버릴 뻔하였다. 사실 선숙이가 그렇게 멋진 데가 있는지 몰랐다. 하지만 지금 생각하면 그년이 사람을 달래기 위해서 한 말 같기도 하고, 〈마이아미〉에 있을 때 성가시게 구는 사람을 떼내는 수법으로 배워둔 것인지 알 수가 없다. 달곤이는 선숙이가 너무나 멋진 말을 해버렸기 때문에 그 말을 믿지 않으면 자기가 너무 멋이 없는 놈이 될까봐 그대로 더 붙잡지 못하고 만 것을 지금은 후회한다.

11시가 가까운 시간까지 손님은 끊이지 않고, 눈발은 계속 날린다. 순전히 "아침부터 내리기 시작한 눈 때문에" 하루종일 선숙이만을 생각했던 달곤이는 자정이 가까운 시간이 되어서야 비로소 심한 공복감과 갈증을 느낀다. 가게문을 닫고 가게의 동료 종업원 만호와 함께 술과 고기로 허기를 채운다. 달곤이는 이날 하루종일 자신을 따라다녔던 2년 전에 집을 나가버린 선숙이, 첫눈 내리는 날의 선숙이를 생각하지만 그러나 늘 "그년 이미 딴놈하구 붙었다구"라는 대꾸가 두려워 그녀를 화제로 삼지도 못한다. 다만 운전면허를 따서 이 집을 나가야 하는데 (선숙이 때문에) 이 집을 나갈 수 없다고만 할 뿐이었다. 자정이 넘은 시각, 그들이 세 병째의 소주를 비우기 시작했을 때, 문득 그들은 취한 여자의 음성을 듣는다.

"여보세요."
갑자기 그 소리는 어두운 골목 어딘가에서부터 불쑥 다가서는 것처럼 가깝게 들려왔다. 달곤이가 표정이 굳어지며 빠르게 물었다.
"누구요?"
"선숙이에요⋯."
어둠 속에서, 그 여자는 이렇게 대답하는 것 같았다. 달곤이는 순간 지금 눈이 내리고 있다는 사실을 다시 떠올리고 있는 듯하였다.

"공짜 나이를 다섯 살쯤 더 먹어 보이는" 그 여자는 "눈화장과 눈물 자욱이 뒤범벅이 된", "술을 마시고 있을 때는 갈보처럼 보이고 울고 있을 때는 갈보가 아닌 것처럼 보이는", 그러나 이날은 어쩐지 "그냥 쫓아버릴 수 없는 사람처럼" 생각되어지는 여자였다. 자정이 넘은 시간에 그들은 이 낯선 침입자를 손님으로 맞이한 채 그 여자와 술잔을 건네고 맞대거리 해주게 된다. 달곤이는 이것도 순전히 아침부터 내리기 시작한 눈 때문이라 생각하고, 그녀를 적당히 대해 준다. 그리

396

고 그는 취한 여자의 주정을 대거리하는 데 지쳐 그의 다다미방으로
들어가 버린다. 〈圓舞〉의 끝은 다음과 같이 시작한다.

　　전날 아침부터 내리기 시작한 눈은 간밤 내내 내린 모양이다. 고
　　기배달을 나온 김 씨가 가게문을 발길로 차는 바람에 달곤이와 만
　　호는 늦잠에서 깨어났다. 간밤의 여자는 어디로 갔는지 보이지
　　않고 샛문만 열려 있다.
　　　"이봐 달곤이, 좀 나와보라우. 눈 속에 사람이 죽어 있어."
　　　그들은 많은 사람들이 둘러 서 있는 곳으로 다가갔다. 간밤의
　　여자가, 마치 소복한 사람처럼 눈더미 속에 묻혀 있었다. 그리고
　　이날 오후 달곤이는 〈쌍꺼풀〉에게서 밀린 월급을 받아쥐고 〈암소
　　의 집〉을 나갔다. 그가 선숙이를 찾아나선 것이 아닌 것은 분명
　　한데, 다만 고향인 장흥군 유치면으로 갔는지 운전면허를 따기
　　위해 자동차 학원으로 갔는지 만호로서도 짐작이 잘 안 가는 모양
　　이었다.

　〈圓舞〉의 끝은 이렇게 시작하면서 끝난다. 끝이 시작을 달고 시작
이 끝을 물고 도는 이 춤은 율동의 반복성에 그 특성이 있을 것이다.
이 작품은 그러므로 탐색적인 주제라기보다는 반복적인 주제의 새로
운 확인에 주안점을 두어본 것이었다.
　간밤에 나타난 작부와 그녀의 죽음은 그가 기다리는 것들의 실체였
으며 그의 출분(出奔)은 그것이 환영이었음을 인지하고 새로운 세계
속으로의 출발을 시도한 것이었다. 이는 그러나 반복되는 우리들의
삶의 율동이며 끝없는 허무에의 질주이다. 달곤이는 체험의 지각을
통하여 미래에의 허무를 '발견'한 것이다. '원무'는 그러므로 '시간의
춤'이었다. 우리들의 일상적 삶은 안단테 혹은 비바체로 다가오는 시
간의 파괴적인 리듬에 의해 서서히 마모되고 괴멸되고 변질되어 간
다. 우리는 그것을 인지하고는 있지만 그것을 체험함으로써 절망에
이르는 세계에 살고 있는 것이다. 존재의 무숙성(無宿性) 또는 허무

의 발견이야말로 우리들의 일상적 삶의 산문적 형상화가 아닌가.

그것은 또한 나의 데뷔작이었던 〈外出〉(《문화비평》, 1969)의 주제에 의한 변주인 셈이었다. 〈수렁〉(1969), 〈亡靈〉(1974), 〈麗水〉(1976), 〈바다의 끝〉(1979) 등도 모두 같은 계열이다. 〈外出〉은 나의 26살 되던 해의 작품인데, 이 또한 과거 혹은 미지의 시간 속으로의 외출을 통하여 미래에의 예감에 이르는 과정을 그려본 것이다. 〈外出〉은 바로 나의 얘기였다. 내가 대학을 졸업하고 허겁지겁 대학원에 들어갔던 1968년은 저 고등학교 시절의 방황과 미래에의 막연한 불안의 그림자가 다시 나를 엄습해 오던 때였다. 졸업이 다가오자 과의 친구들은 서두르기 시작했다. 정종병을 들고 교수 자택을 은밀히 방문하여 휘문고등학교나 동두천여고의 교사자리를 노리는 축과, 국문학과는 아예 혈연관계도 없는 삼성물산의 입사원서를 들고 뛰어다니는 축들 사이에서 나는 진실로 난감하였다. 그 어느 쪽도 나에게는 형벌처럼 느껴지는 곳이었다. 나는 아무것도 결정할 수 없었다. 생각은 빠르지만 결정은 느리게 마련인 나의 불합리한 성격이 마침내 나로 하여금 대학원을 진학토록 결정했다. 나의 대학원 진학은 그러므로 나의 결단의 소산이라기보다는 그것을 위한 시간을 벌기 위한 도피처인 셈이었다. 안암동의 나의 대학시절은 늘 고즈넉이 쓸쓸했다. 신춘문예와 연애는 모두 열병으로 끝나버렸고 중세국어는 F가 나왔다. 그리고는 '졸업'이라니! 안암동을 그대로 떠나버리는 것이 내게는 자신에 대한 일종의 직무유기가 아닌가 하는 생각도 들었다.

나의 조교시절은 송민호 교수의 연구실에 설렁탕을 배달시키는 일과 정한숙 교수의 원고 심부름을 하는 것으로 시작되었다. 김민수 교수는 시내 양지다방에 외출중인데도 조교의 근무상황을 체크했으며, 박병채 교수는 《高麗歌謠語釋研究》의 교정을 나에게 맡겼다. 조지훈 교수가 마석에 묻히던 날, 그의 무덤 속으로 함께 뒹굴던 왕학수 교수의 울부짖음 때문에 더욱 서럽게 울어버렸던 기억. 해마다 사월이면 '하얀 버선발로 내려선'(당시 오탁번의 시구) 인촌묘소의 목련과,

눈을 찌르는 선홍빛 진달래꽃 아래 아무리 누워보아도 좀처럼 잠이 오지 않던 그 '불면의 낮'에 대한 소슬한 기억. 《구운몽》의 사상적 배경이 불교냐 유불도의 짬뽕이냐를 가지고 세미나를 벌이는 동안, 나의 아홉 개의 꿈들은 서서히 작아지고 생략되어지고 그리고 마모되어 갔으며 도서관의 시계탑은 새야새야 파랑새야로 쓰러지고 줄어들어가는 나의 꿈을 달랬다.

거대한 시간의 톱니바퀴가 다소 바쁘게 회전하던 그 무렵의 나의 혼돈과 무질서와 절망의 그림자들을 담은 것이 〈外出〉이었다. 이 작품은 30년 가까운 지금까지 함께 어울리며 같은 분야에서 지내고 있는 한용환, 오탁번과 함께 당시 춘천의 유영식에게 놀러갔을 때의 어느 날의 기록이다. 이들은 그로부터 오랜 시간 속을 헤엄쳐 지나와 이제는 모두 이 땅의 문학교수이자 작가로서, 그리고 언론인으로서 한자리들을 차지하고 있는 실명(實名)으로 남아 있지만, 그러나 작중의 선준태와 오태빈과 한용과 유영식의 미래에의 예감(豫感)은 다만 한 마리의 '송충이', 혹은 나이팅게일이 되려다 말아버린 '작부'의 얼굴에 투영되어 있었다.

작중의 선준태와 오태빈과 한용은 어느 날 "꽃다발처럼 와 안기는 하루 동안의 휴가"를 즐기기 위해 그들의 일상적 시간으로부터의 탈출을 기도한다. 뒤늦게 찾아온 그들의 바캉스. 그들은 연구실과 교정실과 사무실에서밖에 보낼 수 없었던 그 길고 지루했던 여름을 기억하고 있다. 그들은 다만 학교에서 회사에서 촉망받는 조교이며 사원이라는 이유 때문에 그들의 상관은 가능한 한 그들의 휴가를 없애려 하였다. 국경일과 일요일의 황홀한 은혜를 등에 업고 그들은 은밀히 서울을 벗어나려는 기도를 숙의한 것이다.

그들 앞에 한 폭의 때묻지 않은 풍경이 놓여 있다. 아무도 아직 손대지 않은, 다만 그들이 처리하지 않으면 안 될 시간이 그들 앞에 서서히 흐르고 있다. 조그마한 한 개의 세월이 마침내 그들에게 손을 내민다.

"오늘은 당신들의 것입니다. 자, 맘대로 해요."

수학여행을 떠나는 그들 초등학생의 가슴이 이제는 신부를 맞는 신랑의 가슴이 된다. 한 개의 조그마한 세월이 서서히 옷을 벗고 있다. 하얀 치맛자락을 위로 위로 걷어올리면 종아리가 나오고 허벅지가 나오고 곱슬머리가 붙은 부끄러운 곳이 나오고. 그들은 순결한 신부에게 새끼손가락을 내민다. 신부여, 약속하자. 당신은 우리와 해로(偕老)하자. 당신은 지금까지 우리들을 속이면서 어디론가 숨어버렸었지. K대학 생물학과 연구실과 풍문출판사와 덕림산업에 우리는 지금까지 갇혀 있었다. 우리는 다만 멀리 도망치는 당신의 기다란 치맛자락만 구경했을 뿐이다.

춘천에서의 낯선 시간 속의 그들은 그러나 버스 안에까지 따라온 서울의 시간과 술래잡기를 하고 있는 시가지의 아이들을 통해 겹쳐지는 유년시절의 시간—이른바 그들의 과거와 반과거와 대과거의 교착 속을 유영(遊泳)하는 것에 지나지 않았다. 재잘거리는 소년들의 웃음소리를 듣는 순간 준태는 자신이 술래가 되어 "아카시아가 개울 쪽으로 쓰러지고 자갈이 화롯돌처럼 뜨거웠던" 과거 속으로 돌아가고, 어디선가 자신을 부르는 어머니의 음성을 듣는 것이다. 이들은 잠깐 술래잡기에 대한 기억 속으로 빠진 듯하였으나 이내 그들은 술래잡기를 하기에는 너무 늙어버렸음을 안다.

그들은 소양강과 등선폭포로 달려가 보트도 타보고 사진도 찍어 보지만, 그러나 거기에도 그들은 과거의 기억이라는 행동을 통해서 현재에 존재할 뿐임을 인지하게 되는 것이다.

… 그들은 1969년 모월 모일 17시 현재 나무숲이 우거진 강원도 춘천시의 외곽 등선폭포에 와 있지만, 그러나 거기에는 하얗게 빛나는 형광등의 불빛 아래서 브람스를 듣던 어느 날 밤 11시의 설파다방에서 혹은 大統領이 犬統領으로 식자(植字)된 교정지에 OK를 놓았던 날 밤에 일어났던 잃어버린 과거의, 그러나 영영

잊혀지지 않은 그 어지러운 과거만이 지렁이처럼 꿈틀거리고 있고 그들은 웃기도 하고 화를 내기도 하면서 그것들에 질질 이끌려 가고 있었다. 모든 현장에는 다만 과거만이 살아남아 있다. 주임교수에게서 빌려온 준태의 카메라는 등선폭포도 춘천시의 관광지도 꽃다발처럼 가슴에 안았던 그들의 황홀한 휴가도 아닌, 그들이 뒤로 남겨두고 온 그 〈길고 지루했던 여름〉을 찍은 필름으로 꽉 차 있다.

손에 들었던 소주병을 동댕이치고 그들은 다시 시내로 돌아와 당구를 쳐보지만, 그들은 "자신들이 당구를 치고 있는 건지 당구알이 그들을 치고 있는 건지"가 분명치 않다고 느낀다. 이러한 시간에 대한 낯설음과 당혹감은 그러므로 과거의 무수한 세월의 우주로부터 점점 멀어지고 잃어버려지고 이끌려갔던 자신들의 절대적인 고립감과 절연감의 체험에 기인하는 것이었다. 세월은 늘 그들을 어디론가 데려가 버렸었고 비켜 지나가 버렸으며 앞에 다가선 듯했다가 문득 뒤로 달아나버리곤 하였기 때문이다.

〈外出〉의 끝은 작중의 선준태, 오태빈, 한용이 소양강의 밤 보트 놀이를 하는 것으로 되어 있다. 시간의 때, 혹은 세월의 자국을 드러내는 데 작부를 상정해 보는 것은 진부하지만 적절하다. 이들이 소양강의 밤 보트 놀이에 술과 아가씨들을 동원한 것은 그들이 처리하지 못했던 하루의 세월을 좀더 효과적이게 하려는 것이었지만 그러나 그들이 만나지 않으면 안되었던 것은 역시 등선폭포와 당구장과 술래잡기하는 아이들에게서 만나보았던 과거, 그 잃어버린 과거 속으로의 질주에 다름 아닌 것이었다. 그들의 유행가는 준태로 하여금 그의 고향 목포의 유달산 밑으로 달려가게 하였으며 "기다란 터널 같은 세월"을 지나온 스러져 가는 꿈의 확인에 지나지 않았다. 안데르센과 안창호를 꿈꾸었던 준태에게 취한 작부는 자신은 나이팅게일이 되는 게 소원이었음을 말한다.

“난 간호부가 되고 싶었다니까요.”

마침내 여자가 울먹인다.

“아가씨 취했군.”

“나이팅게일 얘기 좀 들려주어요. 하얀 가운을 입고, 머리에도 흰 천사의 모자를 쓰고, 그리고…….”

“난 오늘 송충이를 잡으러 여기 온 거야. 난 과학자가 되는 게 소원이거든.”

“내가 간호부가 되려고 했던 것처럼?”

준태는 순간 흠칫 놀란다. 그는 잠깐 눈을 감는다. 등허리가 오싹 하는 한기를 느낀다.

（중략）

준태는 스르르 눈을 감는다. 졸음이 온다. 어디선가 쾅다르르 하는 기차의 굉음이 들려 온다. 여자의 무릎을 베고 누워 준태는 잠깐 졸음에 빠진다. 꿈속에서, 그는 조그마한 한 마리의 송충이가 된다.

백발이 성성한 노대가의 모습을 문득문득 머리에 그려보곤 하였던 준태에게 작부는 그것이 마치 자신이 간호부가 되려고 ‘했던’ 것과 같은 것이었음을 일깨워 준다. 현재의 시간을, 아니면 다가올 미래의 어느 지점을 이미 ‘과거’로 처리하고 있는 그녀의 대꾸에서 그는 ‘한기’를 느끼는 것이다. 그것은 작부의 세계관이 아니라 시간의 문법이었다. 그리하여 꿈속의 그는 이미 작은 한 마리의 ‘송충이’로 왜소화되어 있는 것이다.

어디선가 들려오는 달리는 기차의 굉음이야말로 우리들의 꿈의 마모를 재촉하는 시간의 파괴적인 리듬이다. 강이나 바다를 흐르는 세월의 거대한 은유로 상정하는 것은 매우 흔한 일이다. 끊임없이 움직이고 사정없이 지나가는 세월의 가장 명확한 상징으로 기차를 상정해 보는 것도 또한 자연스럽다. 이 강물의 은유 속에 숨겨진 이미지는 말할 것도 없이 흐름, 연속성, 지속성, 비가역성을 떠올리게 해준다. 왜냐하면 어느 고대 철학자가 말했듯이 우리는 같은 강물에 두 번 몸을 담글 수가 없기 때문이다.

그 즈음 나는 토마스 울프의 《천사여 고향을 보라》나 《그대 다시는 고향에 가지 못하리》, 《세월과 강》에 보이는 세계에 동의하고 있었으며 작가의 짧은 생애에 대한 막연한 인인애(隣人愛) 비슷한 감정 속에 빠져 있었던 모양이다. 그의 소설에 보이는 세월에 관한 상실감, 이를테면 "Time is a fable and a mystery …, It broods over all the images of earth" 따위의 구절에 경도되고 있었던 것이다. 그것은 당시의 나에게 있어 막연한 하나의 예감이었다. 토마스 울프가 그려낸 가슴 아프게 짧은 그의 인생이 들어 있는 절대적인 세월에 대한 의식이 우리들 중의 어느 누구도 되돌아갈 수 없는, 잃어버린 과거의 상징인 '고향' 속에 형상화되어 있었다.

시간에 대한 명상은 형이상학의 전제라고 바슐라르가 말했듯이, 세월은 그 당시의 나에게 매우 난처한 존재—붙잡을 수도, 오감으로 느낄 수도 없는, 그러면서도 그 어떤 일도 그것 밖에서는 일어날 수 없는 엄존하는 세계—의 하나였다. 〈圓舞〉나 〈外出〉은 안단테 혹은 비바체로 다가오는 시간의 질주에 의해 마모되어 가는 자아를 형상화해 본 것인데, 그 수법의 단순함에도 불구하고 그것은 당시의 나의 예감이었으며 정진규의 '들판의 비인 집이로다'의 일절, "어쩌랴, 하늘 가득 머리 풀고 우는 빗줄기, 뜨락에 와 가득히 당도하는 저녁나절의 저 음험한 悲哀의 어깨들 오, 어쩌랴, 나 차가운 한 잔의 술로 더불어 혼자일 따름이로다 뜨락엔 작은 나무 椅子 하나, 깊이 젖고 있을 따름이로다 全財産이로다"에서의 '뜨락에 와 가득히 당도하는 저녁나절의 저 음험한 悲哀'와 같은 세계였다.

(《문학을 사랑하는 이들에게》, 1997)

까발려진 성(性) 가려진 성

오늘의 미국사회가 안고 있는 문제 가운데 큰 이슈가 되는 것 중의 하나는 아마도 성과 관련한 일련의 윤리적 법적 시비의 문제가 아닌가 싶다. 필자의 견문으로는 적어도 미국에서의 성의 문제는 이제 더 이상의 부끄러울 것도 감추어질 것도 없는, 다만 상처를 확인하기 위해 팔뚝이 걷어 올려지는 이상의 문제는 아니라는 것이다. 이것은 물론 오래 전부터의 일이고, 이러한 징후야말로 미국만의 문제가 아니라 이미 한국에서도 그러한 징후는 나타나고 있지만, 그러나 그러한 일련의 사건을 보는 우리의 심사는 그때마다 조금은 놀랍고 낯설다. 그것은 아마 오랫동안 우리가 껄끄러워하면서도 한편으로는 편리할 때면 그 뒤로 숨어버리곤 하였던, 우리를 길들여왔던 기존의 윤리나 가치의식이 분명히 무너지고 있다는 데 대한 놀라움과 낯설음일 것이다. 그것은 때로는 즐거움일 수 있지만 한편으로는 매우 당혹스럽다. 묵과되어서는 안 될 것들이 마침내 '까발려'진 데 대한 즐거움, 묵계되어 넘어갔던 것들이 새삼스럽게 '시비'를 걸어오는 데 대한 당혹스러움이 그것이다.

필자가 이곳 뉴욕 컬럼비아 대학 동아시아 연구소에 객원교수로 온 것이 지난 해 여름이었는데, 텔레비전에서는 당시의 무더위만큼이나 뜨거운 청문회가 연일 벌어지고 있었다. 부시 대통령이 토마스라고 하는 사람을 대법원 판사로 임명했는데, 그의 품위가 제동에 걸려 있었던 것이다. 이 흑인 대법관 후보는 십수 년 전에 함께 일하던 한 인텔리 흑인 여성에게 '성적 희롱'을 가했다는 혐의로 고소된 것이다. 그 성적 '희롱'이라는 것이 어떤 내용이었는지, 왜 그것이 십수 년이 지난 지금에야 문제가 되고 있는가가 우선 궁금했다. 텔레비전 화면에 비친 그 흑인 대법관 후보의 꽤 잘생긴, 그러나 매우 곤혹스러워하는 표정을 보고 뭐가 잘못되긴 하였구나 하고 짐작했다. 양측의 공방이 연일 전국적으로 텔레비전 생중계된 것은 그만큼 국민적 관심사라는 것을 말해 주고 있었다. 그들의 정확한 토론내용을 자세히는 알아들을 수 없었지만, 다만 현재의 교수인 그 흑인 여성은 한때 이 남성을 좋아하였으며, 그의 점잖지 못한 언어적 유희로 희롱을 당함으로써 정신적 고통을 받았다는 것이 골자였다. 그는 과연 부도덕한 언사로써 한 여성을 '괴롭힌' 게 분명했다. 오죽 괴로웠던 체험이었으면 그녀는 지금까지 잊지 않고 있다가 마침내 대법원 판사의 자격에 브레이크를 걸게까지 되었겠는가 하는 생각이 들고, 공직자의 '품위'에 이렇게 엄정한 이들의 태도에 감복했다. 그리고는 다시 나는 이내 한국 남자답게, 성적인 접촉도 없었고 혼인을 빙자하지도 않았는데, 그것이 이제 와서 그렇게 문제가 되는가 하고 생각했다.

결국 그 피고는 배심원들의 열띤 공방 끝에 무죄판결로 쓰디쓴 승리를 거두긴 하였지만, 그의 도덕성은 크게 훼손되었으며, 그를 반대하는 야당의 정치적 배후가 있었다는 소문에 관계없이 그 원고는 성차에 의한 여성의 사회적 문제를 용감히 제기한 투사가 되었다.

이 재판은 나에게는 불만스러웠다. 우선 그 혐의를 추궁하기에는 그것은 이미 추억거리에 지나지 않는다는 생각, 그리고 그 희롱의 내용뿐만 아니라 그 희롱을 낳게 한 당시의 분위기는 두 사람 말고 누가 알 수 있으며 도대체 어디까지가 희롱이고 농담인지가 불분명하다는 생각이었다. 나는 그 재판을 보면서 자신의 품위를 '미국식으로' 스스로 점검해 보았다. 물론 낙제였다. 고위 공직자가 될 수 없음은 물론 요다음 교수 재임용에 탈락이 예상되고, 지금의 아내로부터 언제 이혼청구가 날아들지 모른다는 생각이 들었다. 그것은 내가 누군가에게 성적 희롱을 가했다는 사실에 근거해서가 아니라 누군가가 나에게 그것은 희롱이었다고 몰아세운다면 아니었다고 우길 근거를 가지고 있지 않기 때문이었다. 그것은 나에게는 재판 자체가 성립될 수 없는 것으로 보였다.

바로 그 즈음에, 컬럼비아 대학 동아시아 연구소의 스티븐 린튼 선생은 좀 희한한 사건에 연루되어 애쓰는 것을 보았다. 미국인 선교사의 아들인 그는 할아버지 때부터 한국에서 오래 살아서 우리말 구사에 문제가 없을 뿐만 아니라 된장국에는 '멸치 다시다'를 꼭 넣어야 한다고 우기는 사람이다. 연구소 일을 돌보는 일 외에 뉴욕 한인들의 여러 어려움들을 거들어 주기도 하던 그에게 어느 날 한 장의 편지가 날아든 것이다. 알래스카의 한 교민의 호소인데, 내용은 이런 것이었다. 즉, 자신은 이민 첫 사업에 실패하고 가족과 떨어져 홀로 먼 알래스카까지 진출해 비디오와 만화가게를 벌이고 있다는 것. 동네 아이들이 모여들고 그들과 친해졌는데, 가끔 아이들이 귀여워 사내아이의 사타구니 근처를 슬쩍 건드리거나 훑는 시늉을 하면서 "야, 그놈 꼬추 맛있다"든가 하면서 손을 입으로 가져가는 시늉을 하곤 했던 게 화근이었다는 것. 그 장면이 어찌해서 가게 앞을 지나던 한 아이의 어머니에게 목격되었고 시비가 되어 아이들과 대질심문한 결과 그것은 '사실'로 판명되고, 그는 재판에 회부되었다는 것이다. '상습적 성추행'으로 최소 2~3년의 징역이 예상된다는 것이다. 한국에서는 그것이 죄가 아니라 상대방 부모로부터 저녁초대를 받을 일이라는 것을 어떻게 좀 납득시켜 달라는 하소연이었다. 여기가 어디라고, 그것도 철 지난 옛날 한국의 시골노인 흉내를 내고 있다니, 우리는 웃었지만 웃고만 있을 일이 아니었다. 사건의 전말을 알아보고, 린튼 선생은 한국의 전통적인 남아선호사상과 풍속·민속·민담까지 동원하여 그의 무죄를 탄원했다. 결국 그는 6개월로 감형되고 몇 가지 경고가 뒤따랐다. 미국문화를 빨리 익히고 영어를 열심히 배울 것, 그리고 이후로는 동네 아이들과의 접촉을 피할 것 등.

그리하여 그 재수 없는 교민은 앞으로는 미국의 갓난아이 고추도 안 쳐다보겠다는 각오를 적은 감사의 편지를 보내왔다. 이것이야말로 문제삼아야 할 사안이었지만 그 피고가 안고 있는 다른 개인사정도 있고 해서 그 정도로 덮어두었다고 한다. 이 사건은 문화와 관습의 차이 때문에 곤욕을 치르게 된 이야기이다. 그러나 가치관이나 풍속의 차이란 비교되는 것이지 처벌되는 것은 아닐 것이다. 이 단적인 사건은 오늘의 이민자들이 이질문화와의 접촉과정에서 겪고 있는 어려움의 일단을 잘 말해 주고 있다 하겠다.

한편, 에드워드 상원의원의 외조카 윌리엄 스미스의 팜 비치 별장에서의 강간혐의가 법정문제로 비화된 것은 지난해 연말이었다. 이 사건이야말로 세계적으로 화제가 되었는데, 그것은 한 철없는 청년의 성 추문으로서가 아니라 미국민의 존경과 사랑과 동정을 동시에 받고 있는 케네디 집안에 대한 관심이었음은 물론이다. 존 케네디 대통령이 암살 당하고 동생인 로버트가 대통령 도전을 앞두고 다시 암살되자, 미국민들은 상심한 에드워드의 술 주정과 여성문제를 너그럽게 보아주기도 했던 게 사실이었다. 개가한 재클린까지 법정 동원하여 국민적 동정심을 유발키도 했던 이 재판은 스미스의 무죄로 판결이 났다.

이 재판은 강간이 성립되었는가에 논란의 초점이 모아졌다. 그 논란의 과정이 텔레비전에 중계되었을 때, 사실로 말하면 나는 매우 신기했다. 피해 여성의 팬티와 브래지어가 화면에 빨랫줄처럼 나풀거리고 그들이 흔들어대는 그 속곳들을 배심원들은 엑스선 필름을 살피는 내과의처럼 요리조리 비추어 보고, 피고는 그것이 강간이 아니었음을 입증하기 위해 침실에서의 두 사람의 행위를 조목조목 설명을 하고,

그리고 이를 중계하는 아나운서는 흥분했다. 엘리베이터에서 그녀가 먼저 가슴으로 등을 밀어 성적 자극을 유도했다는 것, 같이 있던 에드워드 상원의원이 먼저 들어가자 예의 그 여성이 접근해 왔다는 것, 별장으로 순순히 따라 들어와 애무에 응했으며 자신의 성행위가 용이하도록 스스로 도와주었다는 것, 그리고 임신이 되지 않도록 방법을 강구해 줄 것을 호소했다는 것 등을 자세히 진술했다.

그 재판정은 확실하고 분명한 질문과 답변이 오갔으며 현품 그대로의 증거물들에 의해 진행되었다. 그러나 그것을 바라보는 나의 마음은 몹시 착잡했다. 사실을 밝히는 데는 개인의 인식의 개입없이 냉엄하고 움직일 수 없는 객관성에 따라야 한다는 것쯤이야 누구나 아는 일이다. 그러나 사실이란 무엇인가. 냉엄하고 움직일 수 없는 객관성 자체라기보다는 지각되는 것과 사유되는 것의 통합작용에서 출발하는 것이다. 그 여성이 제시한 늘어진 브래지어는 자신의 피해를 증거해 주기보다는 그녀의 흐트러진 성 관념을 보여준 것이었다. 그 남성이 주장하는 성행위의 자의성이란 자신의 비강압성을 설명해 주기보다는 용의주도한 자신의 성적 분위기의 연출능력을 보여준 것이었다.

이 재판은 명백히 성 문제에 대한 법적 처리의 한계를 보여준 사례였다. 우리는 그들이 제시한 증거물과 증언을 통해 어떤 '객관적'이라 생각되는 '사실'에 접근할 수 있었지만, 그 사실들이 거느리고 있는 '허구성'을 놓쳐서는 안 될 것이다. 무엇보다도 이 재판을 보는 우리들의 가장 큰 안타까움은 가려져서 소중하고 은밀했던 정서나 가치가 까발려져서 환멸로 둔갑해 버렸다는 사실이다. 성적 피해로부터 사람을 보호하는 과정에서 파생된 이러한 성에 대한 법의 희롱(?)은 제소할 데가 없다.

권투선수 타이슨의 경우는 스미스의 그것과 유사한 상황이면서 그의 강간혐의는 유죄로 판결이 났다. 미스 블랙 아메리카 선발대회에서 게스트로 초청되어 만난 미인대회 출연 여성을 자신이 묵고 있던 호텔 방에서 강간했다는 혐의였다. 남녀 12명으로 구성된 배심원들은 오랜 격론 끝에 유죄평결을 내렸다고 한다. 그들은 "침실에서의 일뿐만 아니라 그날 저녁에 있었던 일련의 사건들도 고려했다. 이와 같은 결정을 내리기가 쉽지는 않았지만 우리는 최선을 다했다고 생각한다"고 말했다. 원고측 변호사는 타이슨을 "전문적인 사기꾼"이라고 몰아붙이고 인기와 명성으로 순진한 여성을 유혹했다고 비난했다. 타이슨의 변호사는 "그 여성이 타이슨과 순순히 관계를 가진 후 타이슨이 난폭한 행동을 보이자 화가 나 경찰에 신고했다"며 타이슨이야말로 돈에 혈안이 된 여성의 손아귀에 걸린 희생자라고 주장했다. 그러나 타이슨은 유죄판결을 받음에 따라 그의 권투생명은 끝장이 났다.

그러나 이 평결은 타이슨에게 억울한 재판이라는 여론이 뒤따랐다. 그것은 흑백간의 인종적인 견해차이를 뚜렷이 드러낸 것으로 타이슨에게 유죄판결을 내린 것은 인종적인 이중척도의 재판이라는 견해와, 그 평결은 옳다는 견해로 갈라졌다. 물론 전자가 대다수 흑인들의 견해요 후자가 많은 백인들의 견해였다. 흑인 중산층과 상류층을 시청자로 확보하고 있는 워싱턴의 한 방송국의 여론조사 결과 198명 가운데 150명이 배심원의 유죄평결을 "불공정한 것"이라 규정했다. "요즈음의 18살짜리는 바보가 아니에요. 새벽 2시에 사내가 불렀다니 무슨 까닭인지 몰랐단 말입니까?" "아마도 그녀가 정말로 그것을 바랐겠지요. 단지 하룻밤만의 정사로 끝난다는 것을 알고 복수하고 싶었겠지요." 이렇게 반응을 보인 흑인 여성이 대부분이었다는 것이다. 일부 시청자로부터는 배심결정의 뒤에는 유명해진 흑인을 끌어내리려는 사회 전체의 음모가 있다는 지적도 나왔다고 한다. 한편 백인 청장년을 시청자로 갖고 있는 다른 방송국 조사에서는 4 대 1의 비율로 "이번 결정이 여자를 싸구려 상품으로 취급하려는 자들에게 좋은 경종이 됐다"는 반응이 나왔다고 한다. 그러나 배심결정을 받아들인 일부 흑인 여성들조차도 "물론 여자가 발가벗고 길거리를 뛰어다닌다고 해서 남자들에게 어떤 능욕의 권리를 주는 것은 아니지만 이번의 경우는 원고인 18세 여인이 거짓말하는 듯했고, 돈벌이를 노린 것이 틀림없다"

는 부정적 반응을 보였다는 보도였다.

스미스와 타이슨의 재판결과를 보면서, 많은 사람들은 은연중에 명문 케네디가의 백인 청년과 브루클린 소년원 출신의 흑인 선수를 상대적으로 비교하는 듯했다. 그것은 매우 자연스러운 일이다. 왜냐하면 우리들은 거의 관습적으로 그러한 기준들에 의해 자신들의 삶이 규정되거나 왜곡되는 것을 경험했기 때문이다. 이것은 특히 스미스의 무죄평결이나 타이슨의 유죄판결이 부당하다고 보는 측들 모두에게 위안이 되는 경험들이라 할 수 있다.

위 두 경우는 인종·환경·문화적인 부대상황이 재판에 영향을 줄지도 모른다는 경고를 준 사례라기보다는 사람의 자연적인 욕구나 욕망을 채우는 데서 오는 쾌감을 좇는 쾌락주의, 오늘의 시대를 지배하고 있는 이른바 헤도니즘의 위기를 잘 보여준 예라 하겠다. 그 정점을 이루는 사례가 바로 미국의 NBA 프로 농구스타 매직 존슨의 에이즈 소동이라 할 수 있다. 여기에서는 희한하게도 헤도니즘에 탐닉했던 한 개인의 문제가 사회적으로 쟁점화하는데 그것은 물론 그 질병의 사회적 성격 때문이었다.

이 사건은 여러 가지 측면에서 사람들에게 충격과 감동을 준 것으로 이해되고 있다. 매직 존슨은 그 동안 선수생활을 하면서 전국 각지를 돌아다녔는데 어디를 가나 그는 파트너가 없어 심심해 본 적이 없었으며, 그 동안 자신과 관계한 여성은 수천 명을 넘는다고 고백했다. 그는 가는 곳마다 숙소를 빠져 나와 여성과 즐겼으며, 가는 곳마다 그곳 여성들은 그를 가만 놔두지 않았다는 것이다. 이 미남 흑인 농구선수는 어느 날 자신의 신체에 전해 오는 증세를 담당의사에게 호소하였으며, 검진결과는 에이즈였다. 그는 이를 발표했으며 사람들은 놀랐고 마침내는 감동했다. 그가 에이즈에 감염되었다는 사실에 놀랐고 그것을 발표하는 용기에 박수를 보냈다. 그는 자신의 병을 팬들에게 밝히는 한편으로 이제는 앞으로의 자신의 삶은 에이즈를 퇴치하는 운동에 바치겠다고 선언함으로써 팬들을 감격케 한 것이다. 그리고 그는 외쳤다. "팬들이여, 콘돔을 사용하시오!"

매직 존슨의 에이즈 감염을 보는 미국사회의 모습 또한 나에게는 좀 의아스러운 것이었다. 그것은 몹쓸 병에 걸린 사람은 일단 그의 인격성이나 도덕성을 먼저 성토하고 그 다음에 동정하거나 이해하거나 했던 기왕의 우리들의 관습이나 통념을 떠올리게 했다. 도덕성이나 윤리성 따위의 사회 규범성을 빠르게 건너뛰어 곧바로 합리적 해결방법이나 본론으로 들어가는 저들의 생략의 사상(?)이 나를 촌스럽게 만들었다. 이 친구, 농구하는 틈틈이 잘도 놀아났군. 부인도 있다면서, 혼인을 빙자한 적은 없나? 도대체 그가 상대한 여성 중에 우리가 알 만한 사람은 누구누구인가? 따위의 궁금증이란 너무 한가롭고 부질없다. 그들은 대체로 슬퍼하거나 후회하는 데 바치는 시간이 짧은 대신 감격하거나 대책을 강구하는 데 할애하는 시간이 중요한 듯이 보였다. 지난 달, 매직 존슨이 정들었던 노란색 32번 유니폼을 벗고 코트를 떠나던 날, 포럼을 가득 매운 1만 5천여 관중들은 그의 은퇴식이 진행되는 동안 시종 기립한 채 존슨의 은퇴를 아쉬워했으며, 감정에 복받쳐 눈물을 흘리는 그에게 힘찬 격려의 박수를 보냈다. 그는 반드시 오는 하계올림픽에 출전, 팬들과 조국을 위해 마지막 봉사를 하겠다고 굳게 말해 관중들로부터 뜨거운 호응의 박수를 받았다. 반납된 그의 유니폼은 포럼에 영구 보관키로 하였다고 한다.

미국 사회는 몹쓸 병에 걸린 한 농구선수의 과거보다는 그의 미래에 대한 결단에 박수를 보냈다. 그것은 아주 현명한 자가처방의 방법으로도 보였다. 그러나 여기에는 아무래도 거치지 않으면 안 될 개인의 도덕성과 사회적 책임의 문제가 생략되었거나 경시되었다는 생각을 떨쳐버릴 수가 없었다. 모든 질병에 대한 최선의 방안이란 그 치료가 아니라 예방이다. 매직 존슨은 그것을 콘돔을 사용함으로써 대처하자고 말했다. 맨해튼의 고등학교들은 최근 학생들에게 에이즈 예방을 위해 콘돔을 배부할 것을 결정하였다고 한다. 성윤리와 도덕성의 고양은 이제 한계에 다다른 것인가. 그리고 과연 콘돔이 그것을 막을 수 있는가. 콘돔을 뒤집어쓴 또 다른 정신의 에이즈는 어떻게 치유할 것인가. 매직 존슨에 대한 저들의 환호는 그래서 보는 사람을 더욱 씁쓸하게 했다.

성에 대한 지극히 개인적이고 내밀했던 고민 같은 것을 혼자서 해결하려 했던 시대는 지났음을 보여준 사례가 연이어 지상에 보도되었다. 많은 여성들이 자신의 성범죄 피해사례를 고발 폭로하고 나선 것이다. 미국의 몇몇 유명 여배우들은 과거 자신이 겪었던 성적 희롱과 폭행 체험을 토로하고 그 정신적 번민의 시절을 회상함으로써 성범죄의 잔혹상을 고발했다. 이에 고무되어 일반 여성 등의 신고 고발의식도 확산되어 자신의 문제를 소송으로 해결하려는 분위기가 고조되고 있다. 실제 이곳 교포신문에 의하면 한인 여성들의 신고 건수도 급증하여, 수치심이나 주위의 압력으로 포기했던 기왕의 태도에 중대한 변화를 보이고 있다고 보도하고 있다.

이제 우리들의 성은 그 익명성으로부터 해방된 지점에 와 있다. 분실수표의 번호를 게재 광고함으로써 그 수표가 무효임을 공표하듯이 자신에게 가해진 어느 순간의 신체적 접촉이 무효였음을 공표하는 것이다. 최근에 일어난 일련의 성 문제에 대한 법적 처리를 보면서 우리가 우선 느끼는 것은 성에 대한 그동안의 우리들의 관념이나 가치관에 대한 전면적인 수정이 불가피해졌다는 점이다. 이러한 변화야말로 어제오늘의 이야기는 아니지만, 그 내용과 속도에 있어 풍속사의 어떤 전환기적 상황이라 이를 만하다. 성은 이제 나뭇잎으로 가려진 신성하고 은밀한 곳도 아니며 세계에 대한 한 인간의 존재방식이라는 생각 또한 진부한 개념이 되었다. 성은 다만 육체의 한 부분일 뿐 쾌락이 선이며 그 훼손여부는 외과적 진단에 의해 판독되거나 수리될 수 있다. 성은 하나의 구조물에 불과해서 햄버거 속 까보듯 필요하면 언제나 내용물을 들추어 볼 수 있다. 법은 성적인 것보다는 성기적인 것에 우선한다.

과연 그렇게 할 수 있는 것인가. 성적 분쟁에 대한 법적 대응이란 결국 법의 한계를 확인해 주는 것에 다름 아니다. 그것은 극히 개인적이고 관습적이고 내면적이고 비강제적인 성 윤리가 지극히 사회적이고 객관적이고 외면적이고 강제적인 법에 의해 해석되고 판정되는 데서 오는 허구성의 표현일 터이다. 몇 개의 성적 분쟁을 통해 본 문제는 이제는 성이 윤리가 아니라 이미 법으로 넘어가 버린 오늘의 사태에 대한 안타까움 같은 것이었다. 그리하여 눈물과 박수와 환호로 뒤범벅된 에이즈 환자 매직 존슨의 은퇴식은 바로 지상에서 사라져 가는 성윤리에 대한 고별의 의식이었다.

(《월간중앙》, 1992.5)

내 마음의 캔버스

초등학교 시절, 나는 일 주일 내내 미술시간만 있는 학교는 없을까 하고 생각한 적이 있다. 미술시간이 그렇게 좋았다. 지금도 가끔 인사동이나 경복궁 근처를 배회하다 혼자 돌아오는 때가 있는데, 그럴 때면 영락없이 속이 허신허신해지고 고즈녁하게 외로워진다. 내가 그리다 만 그림들이 모두 거기에 있었다. 그림 쪽을 기웃거리거나 그 주변을 서성거리게 되는 게 내게는 이제 버릇이 되어버렸다.

그림에 관한 한두 가지 스산한 기억이 있다. 어느 해 가을, 아마 내가 초등학교 2학년 땐가 그랬을 것이다. 전쟁이 끝난 것인지 덜 끝난 것인지 낮이면 학교에 나가 책걸상도 없는 교실 바닥에 엎드려 공부하고 밤이면 이불을 뒤집어쓰고 콩 튀듯 들려오는 총소리에 머리를 처박고 엎드려 있다가 이튿날 아침 일찍 탄피를 주우러 다리 밑으로 달려가 보면 거기엔 어김없이 간밤의 총소리의 임자였던 한 사람의 공비의 시체가 널브러져 있기 마련이었다.

그해 어느 날 담임 선생님이 나를 비롯한 몇 아이를 교장실로 데려갔다. '전쟁 유자녀'들에게 미제 '구호품'이 전달되었다. 공책, 필통, 연필, 크레용을 펼쳐놓고 하나씩 골라 가지라는 선생님의 말씀이었다. 크레용을 골라든 나는 숨도 쉬지 않고 집으로 달려갔다.

"엄니 엄니! 이거 나한티만 준 거여, 전쟁 유자녀한티만!"

숨을 헐떡이며 소리쳤지만 어머니는 전혀 기뻐하지 않았다. 그 크레용에서는 지금까지 내가 맡아보지 못했던 상큼하고 은은한 냄새가 났다. 그 새롭고 이상한, 그러나 전혀 싫증이 나지 않는 냄새를 나는 '미국냄새'라고 생각했다. 나는 그것을 코끝에 갖다대고 냄새를 맡고 맡고 또 맡았다. 이튿날이었다. 이쁘게 생긴 나의 여자 담임선생님은 시간표에도 없는 '미술'을 할 테니 내일은 크레용과 도화지를 가지고 오라고 해서 나를 또 한번 흥분시켰다. 다음 날 나는 질 나쁜 국산 크레용 대신 매끄럽고 색깔 잘 먹는 미제 크레용으로 탁자 위의 주전자를 본때 있게 그려 제출했다. 내 그림이 얼마나 훌륭한 것인지, 선생님은 아이들에게 그림을 들어 보이시며 칭찬을 해주셨는데, 미술시간이 끝나자 선생님이 말씀하셨다.

"요담 미술시간까지 그 크레용을 선생님한테 맡겨 놓는 게 좋것다잉. 요런 비싸고 질 좋은 크레용은 아껴 쓰고 잘 간수해야 하는 거여."

선생님의 말씀에 동의하면서도 나는 그 미제 크레용이 잠시나마 내 손을 떠나는 것이 안타까웠다.

학년이 바뀔 때까지, 그러나 기다리던 미술시간은 돌아오지 않았다. 나는 선생님을 원망했지만, 철이 들면서 나는 그녀를 용서하기로 하였다. 지금 생각하면 기껏해야 그녀는 그때 스무 살 남짓이었던 것이고, 그리고 무엇보다도 그녀는 나 못지않게 그 '미국냄새' 나는 크레용이 갖고 싶었을 테니까. 겨우 물주전자 하나밖에 그려보지 못하고 그 미제 크레용은 나를 떠나버린 것이어서, 오랜 세월이 지난 지금까지 나는 그 '미술시간'을 기다리고 있는 것인지도 모른다.

중학교를 졸업할 때까지도 나의 '장래의 희망란'(요즘 아이들 통지표에는 그 란이 없는 게 이상하다)은 늘 '화가'(!)라고 큰 글씨로 써넣곤 했었다. "꺼꾸리와 장다리"나 "코주부"나 "박기당"의 만화에 빠져서 한

때는 '만화가'를 지망하기도 했고, 《학도주보》라는 데에다는 "나는 만화가가 되고 싶다"라는 글을 싣고 주인공을 소개하기도 했다. 그 무렵 나는 《학원》에 소설을 흉내내서 발표하기도 해서 '학원문학상'이라는 상을 타기도 했었는데, 생각해 보면 그때 나는 무언가 그리거나 끼적거리지 않으면 허전해서 견딜 수가 없었던 모양이다.

도회지의 고등학교에 진학하면서 나는 화가 지망을 포기했다. 어떤 고등학교 미술반 학생들의 전람회에서 받은 충격 때문이었다. 그것은 열등감 때문이 아니라 배반감 때문이었다고 말할 수 있다. 그 동안 줄곧 군 단위 미술대회에서 특선이니 최우수니 하는 상만을 타곤 했던 나의 그림이 도회지 아이들의 그림 앞에서 그렇게 주눅이 들어 전락하는 모습을 스스로 용납할 수가 없었다. 그 잘 그린 도시의 미술반 아이들의 그림들 앞에서 나는 마음 속으로 그윽이 울었다. 나는 우울한 고등학교 시절을 《자유문학》이나 《현대문학》을 사서 뒤적거리면서 보냈다.

운전면허 시험치듯 '소설가' 면허증을 따고 대학에 시간강사로 나다닐 무렵, 나에게 다시 광주를 오르내려야 할 일이 생겼다. 거기서 만난 사람이 청년화가 박노련(朴魯璉)이었다. 껑충한 키에 더부룩한 머리, 깡마른 체구에 검은테 안경을 쓰고 줄담배와 말술을 일삼았다. 이건 제대로 환쟁이의 꼬락서니가 아닌가. 이제 화실이나 하나 차리고 있는 주제에 이중섭과 장욱진을 합쳐놓은 모습이라니! 나는 그것이 좋아보였다. 그의 화실에 들어서면 나는 그토록 오랜 세월 동안 잊지 않고 있었던 미술시간에 대한 그리움이 거짓말처럼 되살아나기 시작하는 것이다. 나는 그때마다 그의 스케치북을 꺼내 북북 그어대기 시작하는 것이다. 물주전자도 그려보고 지금도 안 보고도 그릴 수 있는 고향의 억불산도 그려보고. 그러나 그것은 만화도 아니고 데생도 아닌 것이 되곤 하였는데, 그는 그때마다 나를 이렇게 위로하곤 하였다. "그림을 꼭 잘 그릴 필요는 없어요. 좋아하믄 그만이제."

광주의 'P 아틀리에'에는 언제나 내가 그리지 못한 꿈의 찌꺼기가

빨래처럼 여기저기 걸려 있었다. 찌그러진 물주전자, 거꾸로 뒤집어
진 얼굴, 도롱테를 굴리던 어린 시절의 골목길, 금붕어와 미꾸라지가
하늘로 나는 개울, 연 이파리 뒤에 희미하게 떠오르는 여인 등, 그것
들은 대체로 나이프로 문지르거나 긁어버린 것이어서 단순한 형태나
선으로만 이어진 아련한 꿈이거나 기억의 환상들이었다. 그의 그림은
현재보다는 과거에, 현실보다는 꿈 쪽에 기대고 있는 것 같았다.

어느 해 여름 그와 함께 어떤 개인전에 갔었다. 황갈색 피부에 온
통 검정색투성이의 광부들이 막장에서 굴을 파거나 죽어서 들것에 실
려 나오는 모습이 삼십여 점 걸려 있었다. 캔버스를 덮고 있는 색조
는 붉은 핏빛과 검은빛 석탄 두 가지뿐이었다. 아마 민중미술이라던
가 하던 거였다.

"이건 노동이야. 예술은 아니다."

"힘은 있어 보이지만…."

"그러나 예술이 힘인가?"

나는 대충 이런 식으로 현대회화에 대한 나의 궁금증을 물어보고
따져보기도 하곤 하였다.

광주의 박노련 화실에 드나든 지도 이제 십 년이 넘었다. 그 사이
그는 장가도 가고, 너덧 번의 국내외 개인전 그룹전을 가졌으며, 구
상전 회원으로 도청 미술관계 전문위원으로 있으면서 신진작가로서의
야심을 다듬고 있다. 그 사이 나는 그의 그림 몇 점을 얻어오거나 훔
쳐오거나 보관하겠다고 하여 나의 연구실과 서재에 걸어놓았다.

선으로 뭉개 버린 "골목 안 풍경"과 "사람들"이라는 그림을 보며 나
는 나의 유년시절, 아니면 잃어버린 '미술시간' 속으로 달려가 보곤
한다. 여기에 보인 "사람들"은 7호짜리 유화소품이다. 개성과 배경과
조형이 무시된 채로 황·갈·녹색으로 대상을 기호화해서 처리한 이
그림은 대체로 가볍고 경쾌한 느낌을 준다. 날뛰고 걷고 엎드리고 달
리는 사람들의 형국이 마치 못 가의 물방개 같다. 함부로 흐트러져
있는 황·갈·녹의 율동은 가운데 부분을 백색 공간으로 남겨 두는

데 합의함으로써 비로소 하나의 질서를 유지하고 있다. 거꾸로 선 나무는 이들이 백색의 공간에서 물방개처럼 튀는 해학과 열락의 표현이다. 황갈녹색의 동적(動的)인 그리움이 대낮처럼 밝다.

남의 작품에 대해 떠드는 일은 대개가 다 싱겁고 쑥스럽기 마련이다. 소설보다는 시가, 음악보다는 그림이 간혹 그러하다. 오랜 과거의 '미제 크레용'으로부터의 상실감과 어느 전람회에서의 충격으로부터 나를 불러내서 문득 기다리던 '미술시간' 속으로 안내하곤 하는 그의 작업실이야말로 나의 외로움과 기쁨이 난투(亂鬪)하는 공간이다. 대학의 내 연구실에는 아직도 와뜨망지와 진한 물감이 나의 그 '미술시간'을 기다리고 있다. 올 가을에는 한두 점 만들어서 가까운 친구의 방에라도 걸어줄 참이다. 누구 말대로 그림을 꼭 잘 그려야 맛인가.

(《문학사상》, 1987.9)

맨해튼의 초승달

내가 김원숙을 만난 것은 1991년 여름 뉴욕의 컬럼비아 대학에 객원교수의 자격으로 가 있을 때였다. 1년간의 나의 미국체류는 그 대학 동아시아연구소의 초청이었고 연구소의 스티브 린튼 선생은 그녀의 남편이 되는 사람이었다. 나의 미국 방문목적은 관계당국에 써낸 연구계획서와는 달리 순전히 미국의 대학가나 문화가의 이곳저곳을 돌아다녀 보기 위한 것이었다.

나는 허드슨 강 건너편 뉴저지 크리프턴의 조그만 목조 이층에 세들어 지내면서 매주 두세 차례씩 시외버스를 타고 40분 남짓 걸리는 맨해튼으로 향했다. 컬럼비아 대학의 "코리안 포럼"에 참석하는 일은 늘 영어에 시달려서 피곤했고, 도서관의 방대한 책들은 대출용이라기보다는 눈도장용으로 남겨두고, 나는 시간만 나면 맨해튼의 빌딩 사이를 누비고 돌아다녔다. 피자 한 쪽에 커피 한 잔이면 나의 허기는 가셨지만 맨해튼의 거리는 늘 나를 허기지게 했다. 거대한 공룡과도 같았던 그 도시는 낡고 우중충하고 오래되었지만 한편으로 화려하고 요란했다. 메트로폴리탄은 볼거리가 많았다. 아무 데나 내려서 아무 데나 들어가 본 그 이역의 공간에서 나는 어줍잖게 '문화인' 흉내를 내고 있었다. 주빈 메타의 리허설 시간을 알아내어 싼 입장료로 뉴욕 필을 관람한다거나, 자연사 박물관에서 공룡을 들여다보거나 메트로폴리탄 혹은 구겐하임 미술관에 들러 들라크루아나 칸딘스키 컬렉션을 구경하는 일이 그랬고, 휘트니나 뮤지엄 오브 모던아트에서 샤갈을 보거나 따피에스의 화집을 사들고 나오는 일들이 모두 그랬다.

맨해튼의 허드슨 강변쪽 124번가, 컬럼비아 모닝사이드의 할렘가와 브로드웨이가 만나는 낡고 오래된 건물 6층에 김원숙의 스튜디오가 있었다. 50평 남짓한, 사치스러울 정도로 넓어보이는 그녀의 스튜디오에는 크고 작은 그림들로 빼곡이 차 있고 시멘트 바닥에는 캔버스와 물감과 붓과 먹, 그리고 라면과 초콜릿 봉지가 어지럽게 흩어져 있었다. 그녀의 스튜디오에는 늘 양희은과 바흐가 흐르고 있었다.

소호의 시그마 갤러리에서 처음 만나본 김원숙전은 나에게는 좀 당혹스러운 것이었다. 인사동, 아니면 저 남쪽 소도시의 어느 화랑에서나 만남직한 장면들이 뉴욕의 시그마갤러리에 가득 채워져 있었다.

김원숙의 그림은 얼핏 호기심 많고 감수성 예민한 여학생의 그림일기 같았다. 연한 갈색 피부의 소담히고 뭉퉁한 인체와 때묻지 않은 풍경, 구김살 없는 색조와 거리낌없는 대담한 구성들이 순진무구하게 캔버스 위에 펼쳐져 있었다. 그래서 김원숙의 그림을 보는 것은 우선 자발적으로 즐거웠다. 그녀의 그림은 그 자체로서 우리로 하여금 일상적이고도 환상적인 미적 충동의 세계에 빠져들게 하며 우리의 안주머니에 깊숙이 감추어 두었거나 잊어버렸던 내밀한 감성들과 다시 만나게 해주었다. 그것은 또한 단순한 감각적 즐거움의 단계를 넘어서서 사물과 인간, 사람과 사람 사이에 관련한 정서와 행위의 경험들을 나누어 갖도록 해줌으로써 가능한 세계였다.

김원숙의 그림은 보여주기보다는 들려주는 형식에 의존함으로써 현대 회화에서는 보기 드물게 설화성을 강화하고 있다. 화면에 담긴 이야기들의 모티프는 설화나 민담 혹은 성경이나 노자, 장자에서부터 환상적인 꿈이나 범상한 일상의 현실에 이르기까지 다양한 양태에 걸쳐 있으며 그것들은 모두 우화적 기법으로 처리되어 있다.

이러한 그의 설화적 조형성은 무엇보다도 거기에 구사된 선과 색조와 형태의 단순성과 격렬성에 기인하고 있는 것처럼 보였다. 그 단순성이란 단조로움과 변별되고 그 강렬함 또한 원색성과도 다른 것으로서, 차이를 드러내면서 반복되고 반복되면서 변화한다. 이러한 그의 강렬한 터치의 색조와 형태의 변주는 극도로 절제된 나머지 일러스트 풍으로 나타나기도 하고 색채를 조합하거나 배합하는 일을 대체적으로 거부하고 있는 데서 그 단색들이 주장하는 바 정서의 순일성을 선명히 해주고 있다.

김원숙의 인물과 자연과 사물들이 야기시키는 정서나 관념들은 그러나 사치스럽거나 수다스럽지 않다. 그것들은 모두 아련한 혹은 고즈넉한 꿈과 그리움과 슬픔과 희열과 당혹감 따위의 인간정서와 깊게 연계되어 있으며 그것들은 우리들의 일상적 삶의 여러 국면에서 마주치게 되는 기민한 부분, 이른바 인간심리의 델리커시한 국면들을 포착하여 제시함으로써 우리의 상상력과 미적 체험의 영역을 넓혀주고 있다.

집으로 표상된 공간에서의 인물들의 움직임은 주로 꿈꾸거나 밖을 향하고 있고 그러한 꿈들은 초승달이나 그곳으로 향하는 계단으로 형상화되어 있으며 마침내 안과 밖을 뚫고 지나가는 바람으로 현실화된다. 김원숙의 공간에 부는 바람은 물과 불과 나무와 꽃과 커튼을 부추기고 밀어올리고 흔들고 나부끼게 함으로써 화면에 역동성을 부여하고 있다. 정태적인 것과 동태적인 것들과의 대비에서 오는 조화와 낯설음 또한 작가가 의도하고 있는 긴장감에 적절히 기여하고 있다.

이러한 미적 긴장은 특히 잘려진 나무둥치, 이제 마악 엎질러지고 있는 물그릇, 화병의 꽃가지를 향해 다가서는 가위, 수면에 가라앉기 시작하는 바이올린, 흐트러진 꽃가지와 넘어진 화병, 강에 빠진 달을 건지기 위해 뻗은 손길, 어디에나 열려 있으나 아무도 아직 가지 못한 아스라한 꿈길 등에 잘 나타나 있다. 이것들은 모두 황갈색이나 남청색 계열 혹은 수묵의 손놀림으로 처리하여 그 정황을 강화하고 있다. 순간적으로, 그러나 무겁지 않은 경이로움으로 우리를 낯설게 하는 이 반전의 기법은 단순한 작가의 재치는 아닐 것이다. 어떠한 인물이나 풍경이나 사물들의 정태적인 상태를 묘사하기보다는 그러한 정황에 이르는 계기나 진행의 순간을 기민하게 포착하여 보이는 기법 또한 단순한 회화적 유희가 아니다. 그것은 일종의 로맨틱 아이러니(*romantic irony*)—현실과 꿈, 기쁨과 슬픔, 만남과 헤어짐, 희망과 상실 등 동전의 양면과도 같이 우리들의 삶의 질서를 지배하고 있는 이들의 대칭적 국면을 뒤집어보거나 통찰한 자들만이 마침내 구사하곤 하는 유머와 패러독스이다. 그리고 그러한 자기초월에 이르렀을 때에야 비로소 우리가 도달하게 되는 삶에 대한 긍정—방안 가득히 드리운 황혼의 그림자와도 같이 엄습해 오는 짙은 페이소스의 세계이다.

김원숙의 그림에서 맛보게 되는 이러한 시각적 긴장과 정서적 희열은 또한 그녀의 붓과 먹의 당돌한 구사에 기인하고 있는 것 같다. 무심히 내뻗은 검은 선과 그 선이 거느리고 있는 껄끄럽고 부박한 붓길 자국은 디테일에 연연하지 않고 주제를 치장하지 않는, 담백하고 직선적인 동양정신의 어떤 전통에 맞닿아 있다. 기름과 물을 거침없이 섞어 쓰는 그녀의 작법은 대상을 모방하기보다는 선택하고 분석하기보다는 종합하려는 작가정신의 반영에 효율적인 방법이 되고 있다. 수탉의 돌진을 나무 뒤에서 훔쳐보고 있는 처녀, 늑대와 마주앉은 여인, 아득히 펼쳐진 길을 응시하고 있는 여인, 강물 위에 중첩되어 떠오른 달—이들은 모두 민화의 역동성과 해학의 전통에 이어져 있거나 수묵의 기법에 닿아 있다.

양식과 기법으로부터 지극히 자유로운 지점에 서 있는 이 작가에게 있어 전통 목가구를 그림의 틀로 차용한 방법 또한 아주 그럴싸하다. 삶의 우수와 열락이 땟국처럼 묻어 있는 이 오래되고 질박한 나무들은 그 자체로서 표현적 이미지로 가득 차 있으며, 이를 실타래처럼 하나씩 펼쳐 보이고 있는 만화경들은 우리들의 꿈과 추억의 원형들이라 할 수 있다. 강물 위에 떨어진 달 그림자, 긴 회랑이나 수면에 드러누운 여인과 그녀가 꿈꾸는 그리움, 툇마루에 고즈넉이 놓인 한 켤레의 뾰쪽 구두와 그 구두의 임자가 드리우고 있는 아련한 실루엣, 나뭇가지의 끝을 향하고 있는 여인의 무심한 손길, 반주자의 빈자리에 머문 연주자의 고독한 눈길, 낭패한 방안 풍경에 들어선 사내의 상실감 ─ 이들은 우리가 머리맡에 베고 꿈꾸곤 하였던, 세월의 나이테인 베갯모가 들려준 한여름밤의 꿈의 기록이다. 황갈색의 우수와 남청색의 꿈을 뒤섞어 놓은 이 추억의 파노라마 앞에서 우리는 문득 현재의 시간 속에 되살아나는 과거의 모습과 만난다. 액자가 그림에 가담하고 있는 것인지 그림이 액자에 가담하고 있는 것인지가 불분명하거나 불필요한 상태로 이들은 서로에게 다가가고 있다. '집'으로 테두리(line) 지어졌던 기왕의 이미지들이 여기에서는 '나무'의 틀(frame) 속에 변주되어 나타난 것이다. 이는 내용과 형식의 불가분성에 대한 평소의 삭가적 신념의 형상화 작업이라 할 만하다. 김원숙은 언젠가 "우리에게 주어진 이 삶의 강은 즐거움과 슬픔이, 아름다움과 추함이 어울려 흘러가고 우리는 이 강물을 마시며 산다. 나는 이 흐르는 강에서 멈추고 싶은, 떠다놓고 싶은 것들을 그린다"고 했다. 그녀가 캔버스에 담아놓은 이 세상의 "멈추고 싶고 떠다놓고 싶은" 순간들, 그 삶의 편린들은 결국 자신이 고안한 그릇에 담아낸다.

김원숙의 그림에 보이는 선과 색조와 형태의 단순성과 강렬성, 자유분방한 조형성은 그러므로 주어진 것이 아니라 체득된 것이었다. 기술과 문명, 실험성과 운동성이 지배하는 시대의 거대한 도시 맨해튼 한쪽에서의 그녀의 작업은 그러므로 사라져가는 것들에 대한 연민이 아니라 지켜야 할 것들에 대한 방법적 대응이다. 그리하여 우리는 이 억제받지 않은 양식의 그림들에서 새삼스럽게 현대 회화의 또 하나의 완강한 개성과 만나는 것이다.

(김원숙전, 뉴욕, 1991)

매산리의 대바람 소리

박노련의 그림 속에는 고즈넉한 평화 혹은 일상의 열락(悅樂)이 깃들여 있다. 그것은 우선 그의 화폭에 담겨진 색채의 배열과 조합의 기법에 의한 것처럼 보인다. 그의 색채는 부드럽거나 무거우며 때로는 화사하다. 그리고 그것들은 연약하거나 어둡거나 사치스러움의 정서와는 다른 것으로서, 화폭에 여과된 색채들의 교감(交感)과 이미지가 만들어 낸 세계이다. 그의 색채가 보여주는 미적 감흥은 감각적이고 질료적인 데서가 아니라 묘사되는 대상에 투영된 추상화된 관념에서 온다.

그의 작품의 모티프는 주로 자연에서 빌려오지만 그것들은 거의 기호 혹은 붓놀림의 대상으로 처리된다. 소재의 즉물적 의미가 제거되는 대신 그것들을 묘사하는 과정이 흔적으로 남는다. 하늘과 구름과 새와 나무와 꽃, 그리고 기억 속의 아련한 골목 안 풍경 등은 모두 자신의 정서표출의 빌미로써 차용된다. 그의 마티에르는 주로 문지르고 긁고 뭉개는 작업을 거치면서 확대되거나 축소되고, 변형되거나 강화되는 모습을 보인다. 그의 이와 같은 작업은 자신의 미의식 혹은 세계인식에 이르는 모색과 자기확인의 과정이라 할 것이다.

424

　박노련의 그림을 보고 있노라면 작가들의 작품제작 원리란 결국 하나의 자서전적 행위에 다름 아니라는 말을 상기시켜 준다. 그의 그림은 그의 인간과 환경의 반영물인 것처럼 보인다. 매산리의 그의 스튜디오에는 아내와 아들 그리고 열두 마리의 강아지가 산과 달과 대숲을 거느리며 함께 살고 있다. 늘 가까운 이웃과 친구들이 찾아들고 그의 작업실에는 바흐가 흐르고 있고 뒤안 대나무 숲에서는 바람소리가 투명하다. 그의 이러한 나날의 삶은 캔버스 안의 풍경과 인물들을 평화와 일락(逸樂) 속에 있게 한다. 그리고 그것들이 환기시키는 정서는 안단테 혹은 비바체로 다가오는 은은한 실내악의 선율에 닿아 있다. 박노련의 표현양식이 추상성에 있고 그 정신이 서정성에 기초해 있는 것은 이러한 그의 환경에 연유한 것인지도 모른다. 그의 화면에 인간이 자주 등장하지 않는 점도 이런 데에서 이해할 수 있다. 인간보다는 자연에서 모티프를 구하는 그에게 있어 '사람들'은 보조적 심상(心像)이나 배경으로 처리되는가 하면, 묘사되기보다는 기호화되는 경우가 많다. 박노련의 화폭 속에 무르녹은 이러한 색채의 질감과 이미지의 조화는 그가 지금까지 바르고 긁고 문질렀던 무수한 시간들이 이루어낸 각고의 결과임에 틀림없다. 그의 그림 속에 우리가 마침내 빠져들게 되는 이러한 미적 긴장은 그의 관념과 색채의 화해로운 만남이 이루어낸 절정의 순간들이라 이를 만하다. 그것이 주는 따스한 평화나 아련한 그리움, 또는 무겁지만 어둡지 않은 정신의 깊이는 정제되고 다스려진 현대 회화의 한 고전미를 이룬다.

　그러는 한편으로 박노련 그림의 이와 같은 기질과 특성은 자연스럽게 우리로 하여금 회화의 이념성이나 사회성의 의미를 떠올리게 해준다. 예술이 높은 정신주의보다는 삶의 치열성에 관련되어 있음을 우리는 익히 보아왔다. 그는 이제 자신의 대상을 표현하기보다는 해석하고, 해석하기보다는 구현해야 할 시점에 와 있는 것 같다. 그의 그림이 색채 이미지와 질감이 만들어내는 아름다움의 한 경지를 이루고 있고 그것이 자연과 사물에 대한 작가의 미의식과 해석적 관점의 소중한 표현임에도 불구하고, 우리는 풍경 속으로 물러난 '사람들'이 현실 속으로 걸어나와서 좀더 서사적(敍事的)인 구도 속으로 끼여들기를 바라는 것이다. 그리하여 그의 이러한 일련의 작업들은 마침내 '자연' 속의 인간보다도 자연 속의 '인간'의 의미를 더욱 심화 확대할 수 있을 것이기 때문이다.

(박노련전, 1993.3)

변시지와 모딜리아니

한국과 이탈리아의 두 화가 변시지와 모딜리아니는 우연으로만 치부할 수 없는 인간 존재에 대한 연민과 우수로 가득 찬 그들의 세계를 함께 보여준다. 그것은 예술사의 영원한 테마이자 탐구대상인 '인간'에게 그들의 방법론이 모아지고 있다는 점에서 우연일 수 없으며, 그들의 이러한 예술적 성취가 거침없는 개성과 인간에 대한 깊은 성찰의 결과에 의존하고 있다는 점에서 공통된 감동을 자아내게 한다.

변시지(1926~)는 제주 출생의 금년 75세의 원로 작가로서 주로 제주의 바다와 바람과 말을 그린다. 한 마리의 바닷새와 돌담의 까마귀와 쓰러져 가는 초가와 소나무 한 그루와 마침내 이 모든 것들을 휘몰아치는 바람의 소용돌이 —그의 이러한 풍경 속에는 어김없이 구부정한 한 사내가 바람을 마주하고 서 있는데, 이러한 변시지 회화의 기본 구도 속에는 형언할 수 없는 비애와 고독감이 고즈넉하게 녹아 있다. 화면 전체가 장판지색 혹은 건삽한 황톳빛으로 처리되어 있고, 풍경과 인물은 먹선의 고졸(古拙)한 맛과 역동성(力動性)이 함께 어울려 장대한 대자연의 율동으로 형상화된다. 제주에서 출생하여 어려서 일본으로 건너가 미술수업, 23세 때 일본의 광풍회전(光風會展)

최고상을 수상하여 화제를 모았던 그는 귀국하여 서울대와 서라벌대 교수를 역임하며 극사실의 비원파(秘苑派) 시절을 거쳐 마침내 제주로 돌아간다. 실로 40여 년 만의 귀향이었고, "폭풍의 바다" 연작들은 자기검증의 결실이었다. 어설픈 서구 추수의 모더니즘 속에서 자기 예술의 정체성(正體性)을 찾는 일의 어려움을 제주 - 오사카 - 동경 - 서울 - 제주로 이어지는 작가의 고향회귀의 과정이 잘 말해 준다. 변시지 예술의 구도자적(求道者的) 순례는 대지와 바람의 뒤섞임 속에서 마침내 황톳빛으로 열렸으며 그것은 이제 그의 사상이 되었다. 그는 자연 속에서의 인간의 실존적 위상을 바라보는 우주적 연민, 달관과 체관의 어떤 높은 경지에 와 있는 듯하다. 그의 그림처럼 예술과 풍토, 지역성과 세계성, 동양과 서양이 함께 만나는 희귀하고도 소중한 사례는 아직 없다.

아메데오 모딜리아니(1884~1920)는 '목이 긴 여인상'으로 우리에게 매우 친숙한 화가. 그는 끈질기게 사람을 사랑하며, 사람을 그리고 조각한 화가였다. 학창시절이나 말년에 그린 몇 점의 풍경화를 제외하고는 그의 모든 작품이 인물화였고 그것도 대부분이 구체적인 인물을 그린 초상화였다는 데서 앞의 변시지와는 대조된다. 거침없이 흐르는 유려한 선과 조각적이고 견고한 형태, 풍요롭고 정감 넘치는 색채, 이를 통해서 우리에게 강하게 전해오는 것은 작가의 인간에 대한 깊은 애정이며 이 애정을 통해서 느끼는 인생의 근원적인 슬픔과 연민이다. 모딜리아니는 화면을 가득 채운 인물의 눈과 코와 입의 구체적인 이미지를 통하여 인간 존재에 대한 따스한 연민과 우수를 전달한다. 한 점 기호로 처리되어 바닷가에 한 마리의 말과 함께 바람을 마주하고 서 있는 변시지의 인물들과는 크게 다르다.

변시지가 인물을 풍경의 일부로 원경 처리하여 존재의 고독감을 표현했다면, 모딜리아니는 인물을 화면 중심으로 불러들여 디테일한 표정과 묘사를 통하여 인물들의 우수와 연민을 드러낸다. 이들은 방법론적으로 다르지만 인간존재에 대한 고독감과 연민이라는 핵심적 주제에서 함께 만난다. 모딜리아니는 사람만을 그린 화가였다. 전통적인 의미의 초상화는 특정한 사람을 기념하고 찬양하기 위한 것이었고, 그래서 명령이나 주문에 의해 제작되거나 주문주의 마음에 들도록 미화시키는 것이 보통이었다. 초상화란 근본적으로 개인적인 것이어서 많은 사람을 위한 감상용 미술이 아니었다.

모딜리아니 예술의 사색적 분위기, 관능적 아름다움, 그의 우정과 사랑, 화가로서의 천재성 등은 많이 알려져 있지만, 모딜리아니 예술의 우아함 속에 스며든 엄격함, 민첩함 속에 스며든 태연함, 애매함 속에 스며든 순수함, 근대정신 속에 스며든 이탈리아주의야말로 그의 그림의 핵심이다. 자연과 대상을 단순히 모사(模寫)하는 것이 아니고 강한 조형의지를 가지고 화면을 통제하며, 형태를 단순화시키고 곡선을 간결하고 명확한 것으로 발전시키며, 과장된 단순함과 견고한 구축성을 인간의 심리적인 특성을 강조하며 끝까지 인간성을 추구하려한 작가가 모딜리아니였다. 가령 그의 대표적인 초상화 "안나 즈보로프스키" 같은 작품은 초상정신과 영혼의 고귀함을 잘 드러낸 걸작이며, "부채를 든 루나 체코프스카"는 '모딜리아니의 생애 마지막 성화'로 극찬을 받았던 작품으로 기록된다. 그러는 한편으로 폴 기욤, 장 콕토 등의 모델들에게서는 야심적인 면과 속물적 요소, 잠재적인 신경질 등까지도 숨김없이 드러내 인간의 얼굴에서 세상을 읽도록 해준다. 그는 어떤 모델을 그리더라도 철저하게 자신의 독창적인 방법으로 분석하여 자기화한 작가였으며 그의 형태의 구조나 형식 등에서 항상 조형적 언어로 초상화를 제작했다.

목을 길게 빼고 누군가를 향하고 있는 모딜리아니의 인물들은 얼핏 보기에 감미롭다. 그러나 거기에는 깊은 슬픔과 아릿한 애절함이 느껴진다. 변시지의 그림 역시 얼핏 보기에 제주의 풍물이 시적으로 처리되어 있는 것처럼 보인다. 갈매기와 바닷새와 쓰러져 가는 초가, 바람 혹은 태양을 마주하고 망연히 서 있는 사내―이 소재들은 그러나 인간 존재의 근원적 상황을 드러내기 위한 부수적인 소도구일 뿐 제주풍경을 서정적으로 그려낸 풍물시(風物詩)가 아니다. 풍경으로 처리된 변시지의 인물과, 화면 중심에 확대 조명된 모딜리아니의 인물에서 우리가 느끼는 것은 인간에 대한 연민과 우수였고 그 표현의 저돌성은 모두 아름답고 개성적이다.

(열화당 인터넷 사이트, 2000)

A$^+$와 F

자신은 학점이 후하다고 생각하고 있는데도 가끔은 학생들로부터 학점이 '짜다'는 소리를 듣는 수가 있다. 학점이 짜다니, 내가 성적표에 소금이라도 뿌렸단 말인가, 아니면 신촌상가 라이터장수 기름 넣듯 가난한 흥부 아이들에게 떡 쪼개주듯 궁상이라도 떨었단 말인가. 나는 그때마다 나의 '무혐의'를 주장하지만 학생들은 아무래도 좀 섭섭하다는 눈치다. 섭섭해하기로 말하자면 오히려 이쪽이 더할 텐데도 말이다.

그러나 한편 생각하면, 그 학점이라는 괴물은 우리가 떨쳐버릴 수 없는 하나의 굴레이다. 어차피 우리들의 삶은 누군가에 의해, 그리고 우리들 스스로에 의해 끊임없이 시험에 '들게' 되고 점수 '매겨지기' 마련이다. 그리고 그것을 끝내 피할 수 없다는 사실이 우리를 또한 우울하게 하는 것이다. 남을 저울질하는 대로 너희도 저울질당할 것이라는 성경말씀이나, 나이 먹을수록 자신의 판단을 의심하게 되고 남의 평가를 존중하게 되었노라는 어느 정치가의 말은 모두 '평가행위'에 대한 오랜 경험과 성찰의 결과이다.

학문의 존엄성과 독자성과 자율성이 최대한도로 보장된다는 대학에서의 점수매김은 따라서 그만큼 공정하고 권위가 있어야 함은 물론이다. 그러나 그것은 매우 어렵다. 나의 대학시절 어느 해였다. 며칠 걸려 작성한 리포트를 한 여학생이 빌려갔다. 행 하나 바꾸지 않고 그대로 베껴서 제출했다. 그러나 기말에 받아본 성적표는 내가 B, 그녀가 A. 나는 그날 그녀가 감사의 표시로 사준 만두 두 접시를 와삭와삭 씹어 삼켰는데, 그것은 나의 왕성한 식욕 때문만은 물론 아니었다. 같은 해 학기말 시험 때였다. 정부의 어떤 잘못된 정책을 성토하는 집회가 벌어졌다. 학생들은 운동장에 모여 스크럼을 짜고 교가와 애국가를 부르고 있는 쪽과 슬금슬금 눈치를 살피며 고사장으로 들어가는 쪽으로 갈라졌다. 한문선독인가 하는 과목이었는데, 나는 난처해졌다. 시험에 응시하자니 준비가 부실했고, 데모에 가담하자니 학점이 걱정이었다. 이쪽 저쪽을 살피다가 마침내 나는 운동장 쪽으로 달려가 버렸다.

과대표를 보내 리포트를 내게 해주시거나 재시험을 보게 해주십사 하고 교수님께 사정했으나 모두 거절당했다. 그러나 우리가 나중에 받아본 성적표에 이변이 일어나 있었다. 성직도 완전히 '이쪽'과 '저쪽'으로 갈라져 있었다. 응시자 쪽은 모조리 C, 운동장 쪽은 모조리 A. 나는 기쁨에 차서 그 늙은 교수님의 번들거리는 이마에 키스라도 퍼부어 드리고 싶었다.

그러나 한편 생각하면, 위의 두 경우는 모두 공정하지 못했던 경우일 터이다. 하지만 A와 C를 뒤바꾸어 놓으셨던 그해 겨울의 그 노교수의 무표정한 얼굴은 오랜 세월이 지난 지금까지 내 머리 속에서 지워지지 않고 있다. 공정성을 뛰어넘은 이 점수매김의 파격성 앞에 우리는 즐거운 당황 속으로 빠져들었던 것이었고, 그때 그분의 절대적으로 주관적이셨던 평가기준의 권위를 아무도 부정하지 못했다. 기준이 선명하면 평가도 공정해 보이는 것인가.

나는 지금까지 수많은 세월을 성적표를 받으며 살아왔고 앞으로도 그렇게 살아가지 않으면 안 될 것이지만, 이제는 남에게 성적을 주어

432

졸업을 '시키고' 학위도 통과'시킨'다. 내가 점수를 '매기'다니. 사람을 높게 평가하는 것은 흔히 착오일 수 있지만 낮게 평가할 때는 좀처럼 틀리지 않는다는 어느 철학자의 해학을 모르는 바도 아니다. 점수 매김이 쉽지 않다는 것은 이미 알고 있지만 그러나 그것이 얼마나 어려운 일인가는 아직도 잘 모르고 있다. 학생들은 가끔 점수가 '나오게' 하기 위해 대리출석(대답)을 부탁하기도 하고 리포트를 날조하기도 하고 연구실을 방문하여 사적으로 해결하려 하기도 한다. 강의를 마치고 나오는 복도에서 방범대원처럼 쪼르르 뒤따라와 "교수님, 저 왔는데요!"라고 출결정정을 요구하는 학생이 있다. 그 학생은 강의시작 20분 만에 들어온 것이 그렇게 당당하다는 투다. 나는 그때마다 동사무소 민방위 담당처럼 장부(출석부)를 꺼내어 '/' 표시를 出 자로 고쳐주지만, 씁쓰레한 기분은 어쩌지 못한다.

/와 出 은 사선 두개의 차이가 아니다. '점수가 짜다'는 속언 속에는 저 상업주의와 타협주의가 음험하게 도사리고 있다. 우리는 '짜다'는 비유 속에 담긴 우리의 상업적 정서를 경계하지 않고는 언제까지나 '짜디짠' 일상이 우리를 기다리고 있을 것이다. 우리들의 삶은 어차피 A⁺와 F의 등급 사이로 용해된다. 그러나 그것은 점수 매기는 자와 매겨지는 자 사이의 보이지 않는 신뢰의 끈에 의해서여야 할 것이다. 그것은 내면적 진실성이라는 이름의 단단한 밧줄이지 않으면 안 될 것이다. A가 B로, C가 B로 바뀌어 매겨지는 착오가 있다. 점수 매김이란 어차피 이러한 착오의 연속에 그 가장 큰 특성이 있다. 그러므로 A⁺라고 해서 의기 양양해하는 자는 그가 바보라는 증거이며, F라고 해서 절망에 빠지는 자는 그가 바보의 아들이라는 증거이다. 진실로 A와 F 사이에는 인간적 성실성과 내면적 진정성의 등급만이 보석처럼 박혀 있어야 할 것이다. 학점이 짜다니, 내가 성적표에 소금이라도 뿌렸단 말인가.

(《弘益》 21, 1979)

그리운 노년(老年)

"그 치마가 무언가. 속살이 다 보이네."

노 교수는 강의를 하다 말고 문득 소월 시를 읊듯 한마디했다. 앞에 앉아 있던 여학생은 리어카에 받친 얼굴로 벌개져서 스커트 자락을 무릎 아래로 잡아내리려 안달이었다. 학생들은 끼룩끼룩 갈매기처럼 웃었고, 결국 그 여학생은 강의실을 탈출해 버렸고, 노 교수의 '君子有三畏 …' 만 낭랑하게 강의실을 덮었다. 미니 스커트가 처음 유행하기 시작하던 아주 오래 전의 일이다. 그 선생님은 물론 지금은 돌아가시고 안 계시지만, 그 여학생은 지금쯤 어디선가 1남 1녀의 어머니가 되어 딸아이에게 "너 그 눈화장 좀 지울 수 없니?"라고 나무라고 있을 것이다.

생각하면 그때가 좋았다. 사람들은 세월이 흐르고 나면 다들 "그때가 좋았다"고 말하기를 좋아한다. 그러나 사실은 정말 그때가 좋아서가 아니라 지금이 안 좋아서 그렇게 말하는 것이리라. 나처럼 먹는 나이를 견마지치(犬馬之齒) 라 하던가, 어느덧 마흔을 훌쩍 넘겨버렸다. 불혹이니 지천명이니는 황공스럽고 모자란 공부를 실력(實力) 으로보다는 시력(視力) 으로 앞가림하기 바쁜 나이이다. 그러나 무엇보다도 우울한 것은 주위의 어른들이 하나 둘 학교를 떠나고 세상을 떠난다는 사실이다. 당신도 바지 단추에 하얀 백묵가루나 묻혀 다니시면서, 미니스커트가 요즘 얼마나 유행인지도 모르시면서 자꾸 남의 속살만 보인다고 꾸중하시던 그 완고(頑固)가 그리워지는 요즘이다. 사회가 나이들어 갈수록 사람들의 나이가 거기에 걸맞지 않고 거꾸로 맞물려 간다. 그래서 더욱 돌아가신 어른들이 생각나고 떠나려는 선생님들이 아쉬워진다.

대학의 나이하고 그 나라 민주주의 나이하고는 같은 또래로 성숙해 간다 하나 이 말은 지금의 우리에겐 아무래도 엉터리 수작에 불과하고, 대신 인간의 나이에는 하나의 철학이 대응한다는 이치는 사실인 것 같다. 어려서는 말(馬)을 좇고, 자라서는 정열과 관념을 좇다가, 장년이 되어서는 지성과 합리를 좇는다는 말은 의지나 판단이나 선택의 과정에 이르는 인간의 성숙과 변화의 모습을 대충 지적한 것이리라. 그러면 노년은 무엇인가. 서양의 어느 작가는 이들을 신비주의자로 규정했다. 그들은 많은 일들이 우연과 연결되어 있다는 것을 알고 있다는 것이다. 비합리가 성공하며 합리가 실패하기도 하고 행복과 불행이 기약 없이 차별을 두지 않고 따른다는 것을 알고 있다는 것이다. 그렇다면 노인은 그렇고 그런 늙은이에 불과할 뿐인 것인가.

오늘의 우리 사회에는 노인이 없다. 있다면 적어도 '속살이 보인다'고 꾸짖는 어른이 없다. 아니라면 현상과 결과만을 좇는 합리주의와 기능주의가 그들을 밀어내고 있다. 사람이 현명해지는 것은 무엇보다도 경험이고 그보다 중요한 것은 그 경험에 대처하는 능력에 따라서일 것이다. 오늘의 우리 사회에는 어른이 보이지 않는다. 실험실습비를 어디에 썼느냐고 학생들이 몰려왔을 때 '버릇없는 놈들'이라고 꾸짖을 스승이 없다. 그러한 일은 충분히 불합리하기 때문이다. 젊은 교수가 늙은 교수에게 자리를 양보하지 않아도 버릇없는 자라고 꾸짖을 선배가 없다. 그것은 충분히 불평등한 충고이기 때문이다.

합리주의나 기능주의는 그 자체의 내적 논리에 의존했을 때보다는 그것을 둘러싼 더 큰 테두리와 관련지을 때 그 허구성이 두드러진다. 대학은 가르치는 것도 많지 않지만 개성도 가장 적게 상하게 하는 곳이다. 그러나 개성의 난투장일 수는 없다. 실질과 목적을 추구하는 것이 현대사회라고 하지만, 아무래도 대학은 그러한 실제적 이익과는 거리가 멀다는 것을 가르쳐 주는 곳이어야 한다. 칠순된 학장이 가재처럼 엉금엉금 걸어와서 학생들에게 어떻게 살 것인가를 토론하고, 육십이 넘은 처장이 교문을 막고 최루가스가 몸에 해롭다고 타이르는 순진한 모습을 상상해 보는 일은 아주 즐겁다. 속살 보인다고 꾸짖는 어른이 그립고 그 때문에 강의실을 도망가는 학생이 그리운 요즈음이다.

(《高大新聞》, 1987.5.2)

민주연습

오늘의 우리 사는 마치 하나의 거대한 청문회장을 방불케 하고 있다. 이른바 6·29 선언을 정점으로 해서 그 동안 유보되었거나 억압되어 왔던 민주화의 욕구가 그야말로 봇물처럼 터져서, 그 흐르는 봇물이 또 하나의 홍수를 만들지나 않을까 걱정하는 사람들도 적지 않다. 회사에서는 노사분규가 잇따라 일어나고 학생들은 민주인사의 석방과 비리관련자의 구속을 요구하고 정치인들은 5공 비리 특위를 구성하고 교수와 교직원은 협의회와 노조를 구성하는 등, 각계 각층의 다양한 목소리의 요구와 주장과 비판과 질문들이 엇갈리고 있다. 그래서 요즈음의 우리 사회는 한편으로는 하나의 거대한 민주학습의 場이 되고 있다.

전직 대통령이 산 속에 은둔하고 그의 실형이 구치소에 수감되던 다음 날, 그 대통령의 측근이었던 한 사람을 향해 "당신은 악마야!"라고 한 야당의원이 소리쳤다. 텔레비전 생중계로 그것을 보고 있던 나는 깜짝 놀랐다. 그 야당의원이 그 동안 당해야 했던 수모와 억압을 생각하면 그 정도의 한풀이는 이해할 만한 것이지만, 그러나 그곳은 청문회장이었기 때문이었다. 연일 생중계되고 있던 그 청문회 실황을 보고 있던 이튿날, 나는 손에 들고 있던 커피 잔을 텔레비전 화면을 향해 던져버렸다. 거짓말을 하고 있음이 분명한 한 '증인'의 얼굴에 오물색 커피가 주르륵 흘러내렸다. 증인은 그러나 아는 바 없고 지시한 바 없으며 기억나지 않는다고 대답했다. 옆에 앉아 있던 노모께서는 저렇게 아무것도 모르는 사람이 왜 나와 앉아 있는 거냐고 물었다. "글쎄요, 저 거짓말만은 아마 진짜일 거예요"라고 나는 그때 답답해하는 노모를 위로해 드렸다.

대학교수가 학생들에 의해 머리가 강제로 깎였다는 신문보도가 난 것은 바로 그 며칠 후였다. 학생들과 의견을 달리했거나 그들의 존경을 받지 못했던 듯 판단되었던 그 스승은 '제자'들에 의해 삭발 당한 것이다. 잔인하게도 그 신문은 파르라니 깎인 머리를 선명한 사진까지를 곁들여 보도하고 있었다. "이젠 학생들이 이발까지 무료로 시켜 줄 모양이지?" 교수휴게실의 어떤 분은 굉장히 멋있는 농담을 고안해 내기라도 한 듯 이렇게 말했지만, 그때 웃는 사람은 그러나 아무도 없었다.

학교측에 제시한 요구사항에 대한 학교당국의 무성의를 경고하기 위해 학생들이 이사장과 총장의 장례(?)를 치르고 조사까지 낭독되었던 일이 일어난 것도 바로 그 즈음이었다. 검은 휘장이 행정동 앞에 무겁게 드리워지고 그 앞에 '故 XXX 理事長 XXX 總長之墓'라 쓰인 관이 묻혀 있었다. 아무도 그것을 치우지 못했다. 두려워서라기보다도 거기에 가까이 가기가 부끄러웠기 때문이었다.

교수평의회가 열리던 날의 본관 3층 회의실은 난데없는 고함소리가 두어 번 오갔다. 당사자들의 별다른 사심도 목적의식도 없어보이는 회의 진행상의 사소한 이견이 맞부딪치는 순간, 그들은 자신의 체면과 이념에 중대한 손상이라도 입은 듯 삿대질을 하고 고함을 질렀다. 창 밖에 내리는 진눈깨비를 바라보며 나는 순간 한국사람이 은근과 끈기를 자랑하는 민족이라는 말이 전혀 진눈깨비처럼 정처 없는 소리라는 생각을 하고 있었다.

"여보 이제 우리도 카페 출입 좀 해야 할까봐요." 신문을 디밀며 아내는 어느 날 키득키득 까마귀소리로 웃었다. 이른바 '호스트 바'라는 것이 생겨서 술시중과 각종 서비스(?)를 남자가 해내는 카페에 관한 기사가 실려 있었다. 허긴, 남자들만 재미보고 댕기라는 법은 없지, 하고 나는 대꾸해 버렸지만, 남성이 제거되어 버린 듯한 낭패감은 이 날 하루종일 나를 따라다녔다.

요즈음의 우리 사회는 그 변화의 속도가 가속화되고 있다. 어느 시대고 자신의 시대가 '위기'가 아니었던 때는 없었지만, 오늘의 우리 사회야말로 그 위기의식은 고조될 대로 고조되었다 할 수 있다. 변화의 지향점이 '민주화'라는 데서 다소의 위안은 받을 수 있지만, 그러나 민주화의 정향은 민주적 절차가 아니면 안 된다는 평범하기 짝이 없는 논리가 불통중이라는 데 문제가 있다. 요즈음의 우리 사회의 위기란 현존하는 질서가 무질서에 의해 고쳐지기를 바라는 사람들과 민주화가 비민주적 방법에 의해 추진될 수밖에 없다고 믿는 사람들에 의해 파생된 것에 다름 아니다. 역사란 범죄와 재난의 기록에 지나지 않으며 선보다는 악의 방면을 한층 강하게 그려낸다는 지적처럼 어차피 흘러간 역사는 심판의 대상일 수밖에 없고 그들은 단죄되기 마련이다. 역사는 언제나 패자에게 등돌리기 마련이니까.

그러나 저들의 어리석음을 등기부에 등재하고자 하는 오늘의 승자인 우리들의 어리석음은 또 다음 세대에 의해 어떻게 등재될 것인가. "당신은 악마야!"라고 소리쳤던 사람의 감정은 수긍할 수 있지만 그의 인격의 개별화나 의식의 사회화는 아직 이루어지지 않았음을 또한 인정해야 한다. 아는 바 없고 지시한 바 없고 기억나는 바 없다고 장승처럼 버티고 앉아 있던 증인은 지나간 역사에 의리로써 보답하고자 했지만 그것은 인격성의 포기선언에 다름 아니다. 묻는 자의 감정과 답하는 자의 허위는 모처럼 시험해 본 청문회의 낙제 답안이다. 스승을 감금, 강제 삭발하면서까지 목적을 달성하지 않으면 안 될 학내문제란 아무것도 없다. 우리는 '스승'의 머리가 깎인 것을 개탄하는 것이 아니라 한 인간의 머리가 그렇게 깎인 것을 슬퍼하는 것이다. 대학의 권위가 아무리 무너졌다 해도 자신의 장례식까지 구경해 가면서 이사장 총장 하겠다는 사람은 없다. 교수회의의 기능이 아무리 강조되어도 의회적 발상 없이는 추진될 수 없다. '호스트 바'는 남녀평등의 문제가 아니라 도덕성의 문제와 직결된다.

오늘의 우리 사회는 거대한 하나의 청문회와 민주연습의 장이 되어 있지만, 우리가 경계해야 할 것은 그러한 변화의 조짐에 대응하는 태도의 적법성에 있다. 우리들의 오늘의 민주학습은 아직은 낙제점이다. 그러나 그 과목이 민주연습이기 때문에 한편으로 또한 즐거운 것 아닌가.

(《高大敎育新報》, 1988.12.25)

대학 속의 숫을대문

직접 만나서 상의할 일이 있어서 대학의 책임자를 몇몇 교수와 함께 찾아간 적이 있었다. XX실이라고 쓰인 곳으로 찾아가니 문은 잠겨 있고, 팻말 바로 밑에 'XX실은 비서실을 경유하여 들어오십시오→'라는 표지가 붙어 있었다. 우리는 그 화살표가 가리키는 곳으로 갔다. 거기에는 비서실이라고 쓰인 팻말이 있고 비서실 직원이 우리를 안내했다. 용무를 마치고 그 XX실을 나오면서 얼핏 그 팻말을 다시 쳐다보았다. XX실의 문은 고장이 나서 옆문을 사용하라는 것이 아니라 아예 그 문은 사용하지 않고 있었다. 그렇다면 그 방은 다른 방을 경유하지 않고는 출입이 불가능하다는 사실을 알았다. 권위주의로구나, 하고 순간 나는 생각했지만 이내 생각을 고쳐먹었다. 그렇게 하는 것이 오히려 효율적이 아닐까 하는 생각이 들었기 때문이었다. 왜냐하면 그는 만나지 않으면 안 될 사람이 많을 것이고 처리해야 할 업무 또한 많을 것이기 때문이다. 따라서 만날 사람을 고르고 순서와 시간을 정하는 일은 비서실에서 도와주는 것은 매우 효과적일 것이다. 역시 XX실은 어딘가를 '경유'하는 수밖에 없겠다 싶었다.

그런데 언젠가 OO실이라는 데를 갈 일이 생겨 그곳을 방문했을 때는 다소 혼란이 일어났다. 그곳 역시 '옆문을 이용하십시오→'라는 표지판이 붙어 있고 문은 역시 잠겨 있었다. 또 화살표를 따라갔다. 여러 사무원들이 있는 사이에서 한 여사무원이 길을 막고 용건을 묻고 그 방 주인에게 안내했다. 여기도 권위주의인가 했다가 이번에는 그것이 효율적이라는 생각은 들지 않았다.

그후 나는 '옆문을 경유하십시오→'라는 표지가 대학의 곳곳에 심심찮게 붙어 있는 것을 발견하고는 저으기 놀랐다. 학처장실, 연구소장실, 무슨 부장실 심지어 친목회(상조회) 회장실까지 모두가 어딘가를 경유하도록 되어 있었다. 능률과 효율을 가장한 관료주의가 그 화살표가 가리키는 곳에 음험하게 도사리고 있었다. 무엇이 그들로 하여금 어딘가를 거쳐야만 자신들을 만나볼 수 있도록 해놓았는지, 자신이 '옆문'으로 들어왔기 때문에 남도 '옆문'으로 들어오라는 얘긴지, 이건 한심했다. 권위주의라고 말하기에는 너무 유치하고 관료주의라고 말하기에는 너무 촌스럽다. '연구실 앞이니 조용히 하시오'라는 표지판의 당당함에 비하면 그 화살표는 얼마나 치졸한 허세인가.

미국의 어느 주시사는 재임시 그의 사무실에 "어서 오십시오. 문이 닫혀 있는 것은 순전히 실내온도를 조절하기 위한 이유뿐입니다"라는 푯말을 달아 놓았다 한다. 익살맞지만 가슴 트이는 이야기다. 오늘의 우리 대학은 이 화살표가 가리키는 곳에 은밀하게 도사린 권위주의를 경계해야 한다. 그들의 제자도 친구도 단골술집 마담도 언제든지 어딘가를 거치지 않고도 자유롭게 문을 노크할 수 있어야 한다. 대학 속의 솟을대문이란 허세로 통하는 문이다.

(《全敎學新聞》, 1990.5.23)

우상을 위하여

우상(偶像)은 허상(虛像)이다. 우리들의 삶은 수많은 우상숭배의 연속선상에 놓여 있으며 또한 그것이 마침내 우리에게 던져주고 있는 실체에 대한 자각에서 만나게 되는 절망의 과정 속에 있다. 우상이란 우리의 고정관념이나 편견, 사고능력의 마비 또는 그러한 이성적 활동의 정체성에서 유래되는 안이한 문화주의의 한 양상이다.

우상이란 원래 베이컨의 용어였다고 하는바, 그는 자연연구에서 경험을 충실히 관찰하지 않으면 안 되는데, 그러기 위해서는 우선 이를 방해하는 모든 편견을 제거하지 않으면 안 된다고 하였다. 그에게 있어 편견이란 종족의 우상, 동굴의 우상, 시장의 우상, 극장의 우상으로 나타난다고 하였다. 우상이란 그러므로 우리들이 필요에 의해서 만들어낸 하나의 악이다. 우상은 이제 신불(神佛)을 본떠 만든 상이나 종교적 숭배의 대상이 되는 것으로서의 한계를 이미 넘어선 것이다. 우상은 따라서 허상이며 수많은 선입견과 편견들이 결탁하여 만들어낸 위대한 허구이다. 우리들의 삶을 둘러싸고 있는 세계에서의 진정한 탐구와 경험의 충실한 관찰을 방해하는 수많은 편견, 그 편견들이 산출해 낸 것이 바로 우상이 아닌가. 우상은 그러므로 편견과의 필요적 공범자이며 우리를 들뜨게 하고 광기에 떨게 하지만 그러나 결국은 우리를 절망케 하는 것이다.

우리들의 일상적 삶 속에 촘촘히 배어드는 삶의 이념이나 가치는 우상의 커다란 허상이 드리운 그림자 속에 알게 모르게 훼손되고 있다. 우리는 이러한 사실의 인식에 동의하는 시간의 반복 속에 있다. 그러면서도 우리는 또다시 우상을 만드는 것이다. 종교에서는 일신교(一神敎)의 전단계로서 우상숭배라는 말이 사용되었다. 오늘의 우리에게는 진실로 우리들 스스로가 극복해 내지 않으면 안 될 수많은 이단적 우상이 우리 위에 군림하고 있다. 이때의 우상은 허수아비이며 허수아비는 결국 겁 많은 참새에게나 유의미한 것이다. 이범선의 소설 〈오발탄〉에 다음의 대목이 있다.

법률? 그건 마치 허수아비와 같은 것입니다. 참새떼들을 위해서는 그것은 제법 공갈이 되지요. 그러나 까마귀쯤만 돼도 무서워하지 않아요. 무서워하기는커녕 그놈의 상투 끝에 턱 올라앉아 썩은 흙을 쑤시던 주둥이를 쓱쓱 문질러도 별 일이 없거든요.

전쟁의 참담함과 또한 그것 때문에 수없이 마모되어 가는 인간성의 상실을 조금도 지켜주지 못하는 법률을 이렇게 허수아비에게 빗대어 풍자하고 있다. 이때의 법률이란 그들에게 있어 하나의 커다란 허상으로 떨어지는 것이다. 우리들은 때때로 2.0과 1.5의 왕성한 시력을 자랑한다. 그러나 우리가 바라보고 있는 세계란 결국 어디인가. 그것은 우리가 빠져들었던 늪, 우리가 만들어 놓았던 비뚤어진 창문, 아니면 예의 그 '동굴' 속에서 바라다본 세계가 아닌가. 그것은 편견이었으며 편견이란 한마디로 판단을 거치지 않은 의견에 불과한 것이다. 서양의 어느 작가는 편견은 문명을 떠받치는 기둥이라는 아이러니를 산출하기도 하였지만, 우리가 만들어낸 수많은 우상이야말로 '극복하기 위해' 만들어낸 것이지 않으면 안 된다. 우상이란 신불을

'본떠' 만든 것이기 때문이다.

역사는 때때로 박제된 우상들의 창고일 수 있다. 그것이 긍정적인 것이든 부정적인 것이든 우리는 그것들의 실체에 접근하지 않으면 안 된다. '있는 것'과 '있어야 할 것'은 3음절과 5음절의 차이가 아니다. 우리 역사의 과거와 현재 속에는 수많은 우상들이 칩거하고 있다. 수많은 영웅들은 그들이 고난의 아들인가 아닌가가 확인되어야 하며, '당파성'이나 '뇌동성'으로 대표되는 우리 민족성에 대한 이해는 '반도성'(半島性)이라는 우상을, 전통부정론과 단절론은 코스모폴리타니즘이나 진보주의나 연방주의라는 미명으로 도금된 우상을, 오천 년 문화민족의 긍지는 잠수함과 넬슨 제독과 구텐베르크를 돌아보지 아니한 거북선의 우상을 극복한 연후에야 가능한 것이다.

"절망은 기교를 낳고 그 기교 때문에 현대인은 절망한다"고 이상(李箱)은 말했다. 여기서 '기교'를 우상으로 바꾸어 놓으면 어떨까. 우상숭배자들은 그들을 숭배하고 난 다음에 자신이 감당하지 않으면 안 될 허무주의를 달랠 수 있는 내적 논리를 마련할 수 있어야 한다. 우상파괴와 우상숭배는 반대되는 행위인 것처럼 보이지만 사실에 있어 그 메커니즘은 다르지 않다.

결국 우상을 보는 우리들의 내적 논리란 갈등의 논리 속에 수렴된다. 갈등이 있는 곳에서만 사람들은 지각이 있게 되고 자아의 세계화가 가능해질 수 있다. 갈등이야말로 '나'와 '그(들)'와의 관계분석을 위한 사회학적 해석의 카테고리를 제공하는 것이다. 갈등의 개입을 거치지 않은 일체의 관념이나 행위는 우리를 안일한 문화주의에 빠지게 한다. 따라서 갈등이란 우리들의 부정적 사고능력의 한 표상이다. 부정적 사고란 무엇인가. H. 마르쿠제는 이를 변증법적 사고의 원동력으로서 사실의 세계를 그 세계 자체의 내면적 부적당성을 지적하는 도구라 하고, 어떠한 사고방식이나 근본적 모순을 그 논리에서 제외하는 한 그릇된 논리가 되며 현실의 모순된 구조를 파악하여 그 현실을 변화시키는 가운데서만 사유와 실체의 일치가 이루어진다 하였다.

따라서 현실을, 혹은 우리들의 우상을 파악한다는 것은 사물들이 정말 무엇인가를 파악하는 것이며 이 또한 사물들의 표면적 사실성을 배격함을 뜻하는 것이며 배격한다는 것은 곧 행동과정인 동시에 사유과정이라 할 수 있다.

갈등은 그러므로 '질병'이 아니다. 그러므로 부정 또한 '파괴'가 아니다. 갈등과 부정적 사고능력이야말로 우리로 하여금 그렇게 살도록 강요하는 모든 대상—이념, 가치, 제도, 풍습—과의 싸움에 역동성을 부여해 주는 사회학적 상상력의 소산이다. 우상산출과 우상파괴의 메커니즘은 상황을 주어진 것이라기보다는 분석하여야 할 것으로 받아들여야 하는 이성적 노력으로서만 극복 가능한 것이다. 그것은 사실의 세계에 대한 열렬한 도전이며 탐색이며 진리에 이르는 통로이다.

(《梨大學報》, 1981.10.26)

조치원 북악산

애국가를 부르면서 마침내 울어버렸던 일을 우리는 한두 번쯤은 기억하고 있을 것이다. 국가가 그 나라의 건국이념이나 국민적 기상을 담고 있듯이 교가 역시 그 학교의 건학이념이나 이상을 함축적으로 담고 있는 터이어서, 국가나 교가를 부를 때의 우리들의 마음가짐은 '비내리는 영동교'를 부를 때와는 판이하게 다를 수밖에 없다. 애국가의 한 소절만 들어도 눈물이 난다는 어느 해외 동포의 말이나, 진흙 투성이가 되어 개선한 선수들을 세워놓고 불렀던 어느 해 가을 그 서울운동장 스탠드에서의 목 메인 교가는 바로 이러한 순간에 해당될 것이다. 국가나 교가야말로 어느 개인의 '십팔번'이 될 수 없으며 그네들 집단의 자존과 기풍의 표현이 아닐 수 없다.

새 학년도를 맞이한 요즈음은 유난히 행사가 많다. 삼일절, 광복절, 개천절에 애국가가 빠질 수 없듯이 입학, 응원, 졸업에 교가가 빠질 수 없다. 고려대학의 구교가는 이광수가 작사하고 김영환이 작곡한 것으로 후반부가 '눌린 자를 쳐들기에 굽은 것 펴기에/ 쓰리로다 부리리다 이 힘과 이 생명/ 고려대학 고려대학 우리모교 고려대학'으로 되어 있다. 창가풍의 보성전문 교가 '우리모교 보성전문'이 '우리모교 고려대학'으로 고쳐졌다. 지금 부르고 있는 교가는 조지훈이 작사하고 윤이상이 작곡한 것으로 부를 때마다 잘 지은 노랫말, 잘 붙인 곡조의 교가라는 생각이 들곤 한다.

> 북악산 기슭에 우뚝 솟은 집을 보라
> 안암의 언덕에 퍼져나는 빛을 보라
> 겨레의 보람이요 정성이 뭉쳐 드높이 쌓아올린
> 공든 탑 자유 정의 진리의 전당이 있다
> 고려대학교 고려대학교 마음의 고향
> 고려대학교 고려대학교 영원히 빛난다

이 교가는 그러나 오늘의 고려대학의 변화와 발전의 모습과 기풍을 드러내 보이는 데에는 다소 문제가 있다. 얼마 전 일이다. 이날은 서창 캠퍼스의 국문학과 신입생환영회가 있었던 날이었다. 교수와 학생의 환영의 말과 자기소개에 이어 한 사발씩의 텁텁한 막걸리 시주(試酒)가 끝나고 마지막 순서로 '교가제창'이 있었다. 신입생들은 떠듬거리며, 재학생들은 아주 익숙하게 교가를 불렀다. 박수를 치고 모두들 일어서려는데 한 신입생이 불쑥 한마디했다.

"교수님! 근데요, 여긴 북악산도 안 보이는 데다 안암의 언덕도 아니잖아요? '북악산 기슭'이 이미 안암 캠퍼스를 상징하고 있으니까 '안암의 언덕'이라는 부분은 이제 '서창의 언덕' 쯤으로 바꿔서 서창도 교가 속에 함께 아우르도록 넣어두는 게 어떨까요?"

모두들 재밌게 웃고 말았지만 그 여학생의 지적은 대단히 옳은 것이었다. '서창의 언덕'에 서서 '안암의 언덕에 퍼져나는 빛을 보라'고 외치고 있자니 퍽이나 싱겁고 쑥스러웠던 모양이었다. 흡사 남의 학교 교가를 불러주고 있는 기분이나 안 들는지?

"좋은 지적이군. 허지만 고려대학은 무얼 함부로 뜯어고치거나 성급하게 서두르지 않는 좋은 버릇을 가진 학교이니 '안암의 언덕'을 '서창의 언덕'으로 바꾸어 부르는 문제도 시간을 두고 좀 기다려보기로 하지."

서창 캠퍼스가 정말 고려대학의 '퍼져나는 빛'인가도 좀 따져보아야 겠고 해서 이날은 대충 이런 식으로 대답을 해주었지만, 좀 멋쩍은 기분이었다. 그러나 어쨌든, 고려대학은 이제 '북악산 기슭'과 '서창의 언덕'에 자리잡은 매머드 대학으로 '발전'해 있다. '북악산 기슭'에 안암동 종암동 캠퍼스가 있고 '서창의 언덕'에 몇 단과대학이 있다. 대학이 우수해지기보다 커지기만 하는 데에는 물론 반대하는 입장이 지만, 그러나 이때의 캠퍼스간의 일체감 형성은 중요하다. 대학의 발전과 변화를 수렴할 수 있는 '틀'이 마련되어야 한다. 그것은 '행정의 틀'에 의해서라기보다는 대학인들의 '의식의 틀'에 의해서만 가능하다. '안암의 언덕'을 '서창의 언덕'으로 바꾸어 부르는 일은 그러므로 단순한 노랫말 짓기로 끝나서는 안 될 것이다.

(《高大新聞》, 1987.3.16)

갇힌 자유

입학시험 문제 출제를 위해 약 2주일 동안을 갇혀 지냈다. 이렇게 장기간을 집이 아닌 한 공간에서 지내기는 나로서는 이번이 처음이었다. 갈아입을 옷과 세면도구, 입시관련 참고서와 문학작품집 몇 권, 그리고 밀란 쿤데라의 소설을 가방에 넣어갔다. 창 밖으로는 까치둥지 몇 개를 매달고 있는 겨울나무 숲이 내려다보이고, 옆으로는 외국인 교수 숙소가 있는 신축 고시반 기숙사에 우리는 수감(?) 되었다.

입소 첫날 출제위원장은 몇 가지 주의를 주었다. 외부와의 연락은 금하며 부득이한 경우 내용을 대신 전달해 줄 수 있다는 것, 모든 창문은 밀폐되어 있으니 답답하더라도 양해해 달라는 것, 식사는 메뉴표대로 제공되며 특히 시간을 잘 지켜달라는 것, 주방과 세탁시설은 일층, 헬스기구와 탁구장 시설은 이층에 있으며, 삼층에 각 일간지를 비치한 신문대가 있다는 것, 특별한 사유로 잠자리가 불편함을 호소해 올 경우 독방을 주거나 룸메이트를 바꾸어줄 수도 있다는 것, 술 좋아하는 교수들은 죄송하지만 출제의 골격이 잡힐 때까지는 당분간 음주를 자제해 주었으면 한다는 것 등이었다.

그러나 자세히 보니 몇몇 '전과자'(前科者 : 과거에 이미 출제에 동원된 바 있는 교수를 우리는 전과자라 불렀다)들은 첫날부터 이 방 저 방을 돌아다니는 남다른 여유를 보였다. 그들은 이미 각자 준비해 온 개인용 PC나 미니 FM 라디오를 설치해 놓거나 해서 방 분위기를 안정시켜 놓은 뒤였다. 화학과의 김건 교수는 좋은 문제를 '구상'하기 위해서라며 남의 면도기를 만지작거리거나 이거 얼마 주고 산 거냐며 옷가지를 잡아당겨 보거나 하면서 이 방 저 방을 돌아다녔다. 첫날부터 재소자(在所者)의 규칙은 무너졌다. 저녁식사가 시작되자마자 어느 테이블에선가부터 술잔이 돌기 시작했으며 웬술이냐고 누군가가 즐거운 비명을 지르자 전과자 한 사람이 이건 음주가 아니라 다만 반주일 뿐이라고 우겼다. 첫날의 반주(飯酒)(?)는 그러나 새벽 두 시까지 이어져서 다음 날 아침식사 시간에 출석하지 못하는 사태가 벌어졌다. 위원장의 금주령(禁酒令)은 '한 번 해본 농담'이고, 그 역시 식사 때마다 자신에게 건네 오는 반주잔(!)을 사양하지 않았다.

입소 다음 날부터 출제위원들은 방에 틀어박혀 문제의 구상출제 토의가 계속되는 모양으로 복도가 조용하더니, 나흘째가 되자 복도와 현관 로비가 부산해지기 시작했다. 볼거리 읽을거리를 찾아 복도를 서성거리거나 망연히 창 밖의 겨울새들의 비상을 바라보고 서 있거나 지나간 신문을 다시 뒤적이거나 했다. 일문과의 김춘미 교수는 자신의 방에 설치해 두었던 CD 플레이어를 복도에 내놓았다. 모차르트와 바흐, 김민기와 신효범이 번갈아 흘렀다. 그럴싸한 분위기였다. 문제의 틀이 잡혀가고 그것을 교정보는 사이사이, 아래층에서는 이미 비디오방이 개관되어 있었고 이층에서는 입소 다음날부터 실시한 기공(氣功) 체조 '팔단금'(八段錦)이 성황을 이루고 있었다. 비디오 부장은 불문과의 황현산 교수였고 체육부장은 전성기 교수였다. 황 교수는 입소 때 이미 20여 개의 비디오를 준비해 와서 〈仙鶴神針〉 12편, 〈블루〉, 〈레드〉, 〈화이트〉, 〈바그다드 카페〉, 〈프라하의 봄〉, 〈데미지〉, 〈스피드〉, 〈패트리어트 게임〉, 〈마농의 샘〉, 〈마르텡 기어의 귀환〉 등, 하루 2편 이상의 비디오를 연속 상영하였다. 비디오 상영은 오후 2시와 8시, 기공체조는 오전 11시와 오후 4시에 각각 30분씩. 출제요원들은 각자의 시간에 맞춰 영상문화와 기공훈련을 즐겼다. 기공체조를 시작한 국문과의 정광 교수는 식사중인데도 자신의 '변이 좋아졌다'고 여러 사람 앞에서 떠들었다. 서연호 교수는 아예 방에 틀어박혀 밀린 원고를 쓰는 모양이었지만 대개는 무술영화와 할리우드의 액션물, 특히 줄리엣 비노쉬의 차갑고 우울한 마스크가 펼치는 농염한 연기에 깊이 빠졌다. 〈프라하의 봄〉이나 〈데미지〉에서의 치열한 장면들에서는 모두들 화면의 주인공들에 부러운 시선들을 주었다. 〈바그다드 카페〉를 보면서 깊은 잠에 빠져 있던 화학과의 김 교수는 〈스피드〉를 상영할 때는 의자를 앞으로 당겨앉기도 했고, 스모 선수처럼 체격이 좋은 과학과의 한 교수는 영화보다는 아이스크림을 꺼내먹는 데 열중이어서 그의 체중감량의 불가능을 예감케 해주었다.

모두 자신들이 정한 규율에 따라 지냈다. 많이 마시고 떠들었고 토론하였다. 나는 이 주일 동안 갇혀 지냈지만 자유로웠다. 마흔두 끼의 식사 메뉴표에 사선을 그어가며 출감일(?)을 기다리며 지냈던 그 감옥은 그러나 명징한 자기응시를 위한 침묵과 고독의 공간으로 기억된다. 그것은 한편으로 삶의 권태와 그로부터의 도피를 위한 우울한 의식(儀式)의 반복이었음을 확인하는 일에 다름 아니었다.

본고사 이틀째가 되는 날 아침식탁에는 익살맞게도 생두부가 한 모씩 올라왔고, 우리는 '갇힌 자유'에서 풀려났다. 집에 돌아오니 청소기를 밀고 있던 나의 줄리엣 비노쉬가 호박꽃처럼 웃으며 반겼다. 나는 그녀의 손바닥에 학교측에서 받은 봉투를 건네주고 온달처럼 웃었다. 마침내 또 다른 감옥으로의 입주식을 마친 것이다.

(《교수신문》, 1995.4)

제 이름과 빌린 이름

'금융실명제'로 말들이 많다. 돈의 출처와 행선지를 바로 알자는 것인데, 요컨대 떠도는 돈에 이름표를 달아주자는 것일 게다. 이른바 가짜 이름(假名)이나 빌린 이름(借名)이나 훔친 이름(盜名)으로 움직이는 돈이란 출처가 떳떳치 못하거나 세금 물 생각이 없거나 온당하지 못한 곳으로 빠져나갈 혐의가 있으므로 이 돈들을 제 이름(實名)으로 하여 경제정의에 맞는 의무와 혜택을 적용하자는 것이 이번 조치의 근본취지일 것이다. 서민들에게는 다만 강 건너 불이고, 그나마 통장 들고 은행 찾아가 때아닌 '실명확인'을 위해 줄을 서는 시간이 짜증스러울 뿐이다. 그러나 많은 돈을 주체할 수 없어하는 일부 사람들에게는 그렇지만도 않은 모양이어서, 이번 조치 때문에 재산 '관리'에 비상(?)이 걸렸다는 소문이다.

그러나 당혹스럽기는 나도 마찬가지였다. 돈'세탁' 할 일도 없고 책 한 권 술 한 잔도 제 이름으로만 거래해 온 나에겐 그렇게 당황해하는 축들이 낯설기도 했지만, 무엇보다도 하나뿐인 나의 통장은 그 동안의 나의 살림살이의 정직성을 말해 주기보다는 그 무능을 드러내 보인 것 같아 문득 우울해지고 말았다. "그 동안 가명계좌 하나 없이 지냈단 말이오?”라고 어떤 교수에게 한마디했더니, 그는 짐짓 거드름을 피우며 “세 개밖에 안 된다”고 역습해 왔다. 대다수의 서민들은 대개 이런 식의 농이나 주고받으며 요즘의 실명화(實名化) 소란을 저만치서 지켜보고 있을 뿐이다.

그러나 생각해 보면, 정작 실명화를 서둘러야 할 곳은 금융뿐만이 아닌 것 같다. 일부 부당한 돈의 흐름에 꼬리표를 달아주는 일 이상으로 그것은 중요한 것처럼 보인다. 가령 오늘의 대학의 주인들이 전반적으로 가짜 혹은 빌린 이름으로 존재하고 있는 저간의 사정은 어떠한가. 우리는 지금까지 우리들에게 이성적 힘으로 존속해 왔던 대학의 이념이나 가치나 혹은 제도, 그런 것들의 틈새에 도사린 가명, 차명, 도명의 의식으로부터 얼마나 자유로울 수 있는지 한 번쯤 자문해 보아야 할 때이다. 민족의 이름으로 대학의 이름으로, 혹은 합리성과 실용성의 이름으로 우리는 그것을 차용(借用) 혹은 도용(盜用)하지 않았는지 따져볼 일이다. 지금 세간의 어떤 곳은 ‘투자금융’이면서 ‘대학’ 이름을 빌려쓰고 있고, 어떤 이는 사채시장 ‘큰 손’이면서 대학 ‘이사장’ 이름을 훔쳐 쓰고 있고, 어띤 이는 배우이면서 ‘교수’를 임대해 쓴다. 보수(保守)가 전통(傳統)으로, 담합(談合)이 인사(人事)로 고쳐 불리기도 하고 F가 A로 ‘인정’(人情) 된다. 오늘의 대학들이 이렇듯 허명(虛名)으로 존재하고 있다는 지적이 어느 정도 사실이라면 그 성원인 우리들 대학인 또한 거기에 더부살이하고 있다는 혐의를 벗어날 수 없다. 시장은 시장다워야 하고 대학은 대학다워야 한다. 이름이란 그렇게 불러줌으로써 그렇게 존재하기 시작한다. 이름이 사람과 사물을 구속하지만 그것은 스스로 그렇게 불려지기를 요구하였으므로 스스로 자유롭다. 사람 혹은 사물이 스스로의 존재를 주장하는 이와 같은 이름이란 세상에 대하여 내세우는 자신의 독자성과 절대성에 대한 신념의 소산이며 그 존립의 근거일 것이다. 물론 이름이란 그러한 이상을 담은 하나의 환상일 수도 있지만, 중요한 것은 그 이름들이 추구하는 바의 가치일 것이다. ‘명전자성’(名詮自性)의 논리란 바로 이러한 지경의 한 정점이 될 것이다. 사람은 생명을 빼앗기는 일은 있어도 이름은 빼앗기지는 않는다고 한다. 이 말을 뒤집으면 이름에 부응하여 살기가 얼마나 중요하고 어려운가를 잘 말해주는 것 같다.

금융실명화가 경제정의를 실현하는 첫걸음이라면 대학의 실명화야말로 문화정의를 실현하는 지름길일 것이다. '대학'이라는 이름의 계좌를 실명화시켜야 한다. '민족고대', '민족사학', '자유 정의 진리의 전당'은 지금까지 우리가 스스로 자부했고 부여받았던 명명(命名)들이었다. 그것이 다만 한 줄의 수사(修辭)가 아니라 역사의 소명(召命)이었기 때문에, 우리는 다시 자문해 보는 것이다. 지금 '고려대학'은 실명인가?

(《高大新聞》, 1993.9.6)

내가 다시 대학생이 된다면

나는 대학생활을 잘못 보냈다. 4·19의 환희는 이내 5·16의 절망으로 이어졌고, 거리에는 최루가스가 멈출 날이 없었다. 간밤에 내린 함박눈처럼 자유는 찾아왔지만 그것은 이내 만끽할 시간도 없이 녹아버렸다. 환희와 절망이 번갈아가며 우리를 엄습해 왔다. 신입생 환영회를 치르기도 전에 우리들은 거리로 내몰려 한일회담 반대, 군사독재 반대구호를 외치며 신설동 동대문으로 내달렸다. 터지는 최루탄 소리에 놀라 데모대는 송사리떼처럼 사방으로 흩어졌고, 지친 몸으로 하숙집 골목으로 들어설 때면 민주에의 갈증과 문학에의 허기가 나를 서럽게 했다. 휴교령, 휴업령으로 이어진 1960년대의 정치적 억압과 사회적 혼란은 1970년대의 군부대가 대학을 점령한 유신개헌으로 그 절정을 치달았고, 1979년의 대통령 시해사건으로 종말을 고하는가 싶더니 이내 1980년의 광주가 터졌다. 나는 이 기간 동안을 모두 대학에서 보냈다. 학부학생으로 대학원생으로 조교로 시간강사로 조교수로. 이 기간동안 수업일수를 제대로 채운 학기가 있었는지 기억이 없다. 그리고 이 광기의 세월은 나의 2, 30대를 깊고 어두운 블랙홀로 남게 했다.

나의 대학생활은 그러나 이러한 미친 세월 때문에 망쳤노라고 말할 수 없다는 것도 이제는 알겠다. 나는 대학생활을 잘못 보낸 것이다. 그것은 광기의 세월이 내게 가져다준 선물이라기보다는 내가 팽개쳐 버린 시간들의 아픈 조각들이었다. 억압과 결핍이 자유와 풍요를 가져다준다는 역설을 나는 그때 알지 못했던 것 같다. 그래서 내가 다시 대학생이 된다면 나는 우선 돌아다니고 기웃거리는 일에 몰두하겠다. 나는 그때 좁은 하숙집 문간방에서 틀어박혀 바깥세상이 조용해지기를 기다리는 새앙쥐가 아니라 나를 괴롭히던 저 지겨운 시간으로부터 해방되어 아무 때 아무 곳이나 일단 여행을 떠나는 다람쥐여야 했다. 주말이면 하루나 이틀쯤 무단외박을 할 수 있는 어떤 낯선 곳, 아니면 당일치기로 다녀올 만한 어느 해변이나 아니면 작은 도시로 무작정 떠돌이로 나서야 했다. 떠나는 것은 물론 돌아오기 위해서겠지만 돌아올 때면 떠나기 전과는 분명히 다른 무언가가 나의 옷깃에 묻어 있었을 것이다. 세계는 한 권의 책이라는 것을 그때 나는 알지 못했었다. 여행은 그래서 그 책의 한 페이지를 읽는 것과 같은 것이라는 것을 그때는 깨닫지 못했었다.

내가 다시 대학생이 된다면, 연애편지를 쓰더라도 일단 도서관의 내 단골좌석에서 쓸 것이다. 시험기간이나 리포트 작성 때에만 주로 도서관을 이용했고 밤늦게까지 켜져 있는 도서관의 불빛을 보고는 고시생은 참 안 되었다고만 생각했다. 좋은 책을 읽는다는 것은 과거의 뛰어난 사람과의 대화라는 것을 절감하지 못했었고 너절한 책을 읽어서 인생을 낭비해서는 안 된다는 것만을 알고 있었다. 차라리 《선데이 서울》이라도 열심히 뒤적거려 카프카가 얼마나 훌륭한가를 입증했어야 했는데, 나는 남들이 정해준 '세계명작'을 그나마 열심히 읽지도 않았다. 요즘의 미팅 소개팅을 그때는 쌍쌍파티라고 불렀다. 잘생긴 여학생은 우리를 흥분시켰지만 무식한 여학생은 우리를 절망케 했다. 많이 읽은 여학생이 잘생긴 여학생보다 얼마나 이쁜 것인가를 나는 그때는 모르고 있었다.

　내가 다시 대학생이 된다면, 우선 자신의 전공을 버리겠다. 나의 성적증명서에는 일사불란하게 국어국문학으로만 채워져 있다. 한국문학에 대한 무지몽매한 이 짝사랑은 사실 내가 그에게 배신당하는 길이었음을 나중에 알았다. 한국문학 텍스트는 아무리 읽어도 나에게 문을 열어주지 않았는데, 해결사는 바로 인접분야에 있었음을 안 것은 불행하게도 대학을 졸업한 후였다. 나는 그때 역사·철학·사회학·심리학 강의실을 스파이처럼 기웃거렸어야 했다. 의과대학생은 인문대학 강의실을 기웃거려 보라. 거기에 생물학적 인간이 아니라 정의적(情誼的) 인간이 있다. 문과대 학생은 자연과학 강의를 '선택'해 보라. 거기에 우주의 신비가 있고 삶의 비의(秘義)가 있다. 자신의 전공을 진정으로 끌어안기 위해서 우선 전공을 버려야 한다.

　내가 다시 대학생이 된다면, 그러므로 헤매고 기웃거리는 일을 게을리 하지 않을 것이다. 헤매고 기웃거린다는 것은 제대로 돌아오고 제대로 서기 위함이다. 제 갈 길을 잃었다고 생각했을 때가 성취의 순간이다. 그는 그때 포기했는가 다시 도전했는가에 따라 그의 생애가 결정되기 때문이다. 내가 다시 대학생이 된다면 가끔 노인처럼 굴겠다. 청년 같은 노인도 좋지만 노인처럼 구는 청년은 아름답다. 행과 불행이 예고 없이 찾아들고, 삶이 우연과 모순으로 가득 차 있다고 느끼는 청년의 회의와 신비주의는 그의 열정과 결단을 지혜롭게 해 줄 것이다.

　헤매고 기웃거릴 시간은 지금 나에게는 주어져 있지 않지만 이제 대학에 들어온 이들에게는 그것은 축복이다. 대학은 그래서 아무래도 너무 실용적인 공간이 아닌 편이 좋다. 대학은 좀 느슨하고 비효율적인 어떤 조직이어야 한다. 대학이 초기의 중세적 가치관에 안주해 있어도 문제지만 이제는 벤처타운이 되어야 한다고 우기는 사람들의 조급함은 천박하다. 대학의 구성원인 학생과 교수는 본질적으로 상업적이거나 생산적이 아니다. 그 가치를 발굴해야 하는 방법론이 대학이다. 그래서 성적표가 A라서 환호하는 자는 바보일 수 있고 F라고 해서 절망에 빠지는 자는 바보의 아들이다. 대학에서 중요한 것은 결과가 아니라 과정이기 때문이다. 탐색과 모색의 시간은 길수록 좋다.

(《高大新聞》, 2001.3.2)

뿔 달린 암사슴

첫 창작집 《외출》을 냈을 때, 책을 받아본 지인 한 분이 내게 편지를 보내왔다. 작품집 발간을 축하하는 한편 재미있게 읽은 작품에 대한 평가도 덧붙였다. 나의 데뷔작품인 〈수렁〉이라는 작품이었는데, 작중의 화자인 '나'는 출판사 직원으로 어느 날 퇴근 버스 인에서 자신의 안주머니 깊숙이 낯선 손이 들어와 있는 것을 보고 당황해한다. 그 소매치기 사내는 '나'의 안주머니에 손을 집어넣은 채 황홀해하고 있었던 것이다. '나'와 이 기이한 사내는 버스에서 함께 내려 소매치기 행각에 대한 이야기를 주고받게 된다. '나'는 버스에서 소매치기를 당하고 있는 순간을 알고 있었다고 말하자, 소매치기 또한 그것을 괘념하지 않았음을 말하고 그들은 서로 놀란다. 사내는 처음에는 물론 남의 돈을 꺼내기 위한 것이 목적이었지만 이제는 손을 집어넣는 것 자체가 목적이 되어버렸다고 실토한다.

"손은 마침내 그의 속주머니 깊숙이 들어가 있게 되고 저는 그럴 때면 황홀해져서 몸을 떱니다. 제 몸뚱이가 송두리째 그의 속으로 들어가고 있다는 생각이지요."

소매치기의 이러한 말을 듣는 순간, '나'는 문득 백정이었던 옛날 자신의 할아버지를 떠올린다. 특히 도수장에서 소를 잡을 때의 광경이 떠오르는 것이다. 소가 들어오면 할아버지는 소의 둘레를 춤추듯이 빙글빙글 돌고, 소는 마침내 정신을 잃은 듯 한자리에 우뚝 서게 되고, 막대를 든 할아버지는 짧은 동작 하나로 소를 순간적으로 쓰러뜨린다. 그것은 마치 춤추는 형국이었으며 스스로의 동작에 취해 있는 귀신 같기도 했다.

결국 할아버지의 동작이나 소매치기의 동작이나 일종의 신들림과 같은 것이고, 그것은 당초의 특정한 목적을 위해 시작되지만 마침내는 그 목적의식을 잊어버리고 동작 그 자체에 취하게 된다. 말하자면 이 동작 자체의 자의성(恣意性) 또는 무상성(無償性)은 넓게 말해서 예술가들의 창작활동, 목수들의 건축공사, 무당의 굿놀이처럼 완성을 향해 진행되면서 그 과정에서 스스로의 동작에 취하는 황홀경 같은 것이다. '나'는 아득한 기억을 되살려 할아버지의 그 춤의 신비를 비로소 이해하게 된다. 다소 추상적이고 심리적인 문제를 한 소매치기와 백정을 대비시켜 드러내 본 것이다.

그분은 자신의 독후감을 적어 보내면서 그 작품을 쓴 작가의 '용기'를 칭찬하는 걸 잊지 않았다. "…그리고 무엇보다는 작가 자신의 가계(家系)에 대한 당당한 태도도 부러웠습니다. 아무리 시대가 변했다지만 자신의 조부가 백정이었음을 밝히기에는 대단한 용기가 필요하겠지요" 운운. 아, 1인칭 소설이 위험하구나, 하고 나는 그때 절망했다.

나의 두 번째 필화(筆禍)(?) 사건 역시 창작집 《白痴의 여름》에서였다. 여기서도 나는 1인칭 소설 때문에 약간 곤혹스러웠다. 작중인물들인 '나'는 주로 대학교수이고 그의 아버지는 육이오 때 죽었으며, '나'의 조부는 지주였고 일찍이 과수가 된 홀어머니는 아들 삼형제를 헌신적으로 키운다. 둘째가 조울증으로 정신과 병원에 입원한다. 작품의 원줄기인 이 외적인 상황은 아들 삼형제라는 것 말고는 그대로 나의 가족사의 일부로서 소설에서 나는 그것을 모방해 본 것이다.

나와는 30년 지기인 오 아무개 교수는 작품해설에서 이 점을 강조한 것이다. '그의 소설을 읽다보면 작자의 얼굴이 너무 자주 떠올라서 명상적이고 객관적인 독서가 방해받게 된다. 이런 의미에서 나는 서 아무개 소설의 가장 친근한 독자이면서 또한 가장 위험한 독자인지도 모른다'는 것이다. 그리고 그는 작가가 쳐놓은 그물, 그 너스레, 위악, 변주의 눈금도 다 안다고 덧붙였다. 나는 눈치 빠른 그의 지적이 반가웠지만, 그러나 독자들에게는 오히려 그것이 픽션임을 잠시 잊고 전기라고 착각하게 한 꼴이 되어버렸다.

이 진단은 매우 "위험한" 진술이었다. 한 대학원 학생〔아마 그는 작품연구에 있어서의 작가 전기(作家傳記)의 중요성을 잘 인식한 듯〕이 대단히 수줍고 낮은 목소리로 나에게 물어왔던 것이다. "선생님은 그러니까, 연좌제에 묶여 있었던가요? 부임하실 때 어려움은 없었습니까?"

나는 당황했다. "거 먼 소리지? 지주의 아들인 나의 부친은 면장을 지내다 피난길에 좌익에 붙들려 총살당했어. 그 죽음이 너무 바보 같아서, 작품 속에서는 의식 있는 사회주의자로 바꾸어 놓았고 인민위원회 위원장으로 둔갑시킨 거야."

"동생 분도 대학교순가요?"

"아냐. 조울증으로 정신과에 입원한 적이 있는 아우가 있는데, 이 또한 너무 바보 같아서 광주사태 때 미쳐버린 진보적 지식인 교수로 둔갑시킨 거지. 좌익인 아버지와는 저항세력을 잇는 혈연관계를 만든 거고."

"어머니와 아들과의 대결의 원인은요?"

"스물 여섯에 과부가 된 여자의 일생을 상상해 보라구. 그 여자는 혼자서 아들 넷을 서울에서 대학까지 보낸 여장부였어. 그 헌신적인 삶은 존경스럽지만 그것은 고대소설 〈거짓말〉 주인공으로밖엔 어울리지 않겠지. 그래서 작품에서는 상황을 바꿔치기 한 거지."

소설책을 내놓고 '이것은 소설이다'고 각주를 붙인 꼴이 되었다. 사실과 허구가 서툴게 협잡했기 때문인가. 모든 서술적 행위란 일단

자서전적 행위이다. 쓴다는 것은 어떤 형태로든 서술자의 삶을 반영할 수밖에 없다. 이는 작가, 시인, 화가, 모두에게 예외일 수 없다. 그러나 문학은 허구와 실재와의 내밀한 협잡관계임을 이해하지 않고는 성립이 안 되는 이야기이다. 괴테는 단 한 줄의 묘사도 경험하지 않은 것은 쓰지 않는다고 했다. 그러나 경험한 것을 그대로 쓴 것도 단 한 줄도 없다고 하였다. 다자이 오사무는 단 한 줄의 진실을 말하기 위해 백 줄의 거짓말을 한다고 했다. 이는 모두 소설에서의 실재와 허구 사이의 관계를 잘 드러내준 말이다. 이렇듯 작가는 모방 대상에 대한 축소, 과장, 왜곡, 뒤바꾸기, 혼합 등의 변용을 반복하는 것이다.

소설은 소설로써 읽어야 한다. 작가전기를 만든답시고 조사를 포기한 채 작가가 꾸며낸 작품 속, 작중의 비슷한 인물이나 정황들에서 작가의 생애를 유추하는 혜안(?)을 보여주는 석·박사 논문이 많다. 매우 위험한 일이다. 있었던 것과 있어야 할 것, 역사와 문학—후자가 전자보다 참이라는 논리는 그 개연성(蓋然性)과 보편성의 원리에서이다. 그래서 〈표본실의 청개구리〉는 "김이 모락모락 날" 수 있었던 것이며 〈메밀꽃 필 무렵〉의 동이는 "왼손잡이"로 유전이 되었다. 그리하여 우리는 "오른편 두 다리를 한꺼번에 내어 디디는 말" 그림이나 "뿔 달린 암사슴"의 묘사도 가능하다고 말한다. 믿을 만한 거짓말이 믿을 수 없는 사실보다 낫다.

(《모시울》, 1999)

작가의 집

문학기행은 교수나 학생 모두에게 기다려지는 시간이다. 보길도에서 어부사시사를 다시 읽고 해남을 거쳐 다산초당을 지나 영랑의 모란을 구경하고, 올라오는 길에 무등산 자락의 면앙정과 담양의 소쇄원에 들려 물소리를 듣는 코스가 있는가 하면, 메밀꽃이 '소금을 뿌린 듯' 하얗게 피어 있는 대화 봉평의 달밤을 걸어 물레방앗간의 그 성서방네 처녀도 만나보고 이튿날 춘천의 외곽 실레마을로 나가 김유정의 들병이들과 막걸리로 목을 축이는 코스도 있다.

문학사 탐방은 이처럼 작가의 발자취와 숨결과 만나는 시간이어서 각별한 감회가 있다. 마을 어귀의 흔해빠진 고목 한 그루, 쓰러져 가는 오래된 주막 하나라도 거기에 얽힌 사연들이 문득 우리에게 작가의 체취를 강하게 느끼게 해준다. 아울러 작가의 작품세계나 작품의 해석적 근거를 마련하는 데 도움을 주기도 한다.

그러나 우리는 오랜 문화적 전통에도 불구하고 그 유적이 잘 보존되어 있지 못하다. 다른 나라를 여행하면서 우리는 이 사실을 더욱 실감하게 된다. 미국은 땅도 넓고 정치 경제 모두 세계최강이지만 그들의 역사란 고작 몇백 년에 불과하다. 그 콤플렉스 때문일까. 아니면 이민자들의 문화적 전통 때문일까. 미국의 여러 기념관, 박물관, 미술관, 혹은 동네의 작은 성터 어느 곳에서나 그들은 과거의 역사를 잘 보존하고 있었다. 어느 대학, 어느 마을을 가도 그들은 지나간 시간의 역사를 한곳에 모아 진열해 놓고 있었다.

여행중 내가 들러 본 대학들—동부의 코넬, 하버드, 예일, 컬럼비아, 럿거스, 펜실베이니아, 프린스턴, 서부의 UCLA, 버클리, 남가주, 스탠퍼드 등 유명대학은 물론 몬클레어, 저지시티 칼리지 등 어느 지방대학을 들러봐도 박물관은 잘 갖추어져 있었고, 그 대학의 역사와 함께 수많은 미술, 민속, 민예품들을 전시하고 있었다. 박물관은 이렇듯 그 지방이나 대학의 문화적 전통, 분위기를 바꿔놓기에 충분했다. 뉴욕 브로드웨이의 카네기 홀 기념실은 초등학교 교실만한 좁은 공간이었지만 당시 배우의 모습, 공연일지, 계약서, 팜플릿 공연소품 등이 그대로 꼼꼼히 그리고 자세히 보존되어 카네기 홀 100년의 역사가 거기에 한데 모아 있었다.

샌프란시스코의 해변 몬트레이는 존 스타인벡이 태어나서 자란 곳. 존 스타인벡의 동상은 물론 그의 소설의 무대이자 소설제목이었던 "통조림 골목"(Cannary Raw)이 관광포인트로 자리잡고 있었다. 이곳에는 기념품점은 물론 그의 이름을 딴 레스토랑, 기타의 가게가 있었고, 비릿한 냄새가 갯바람에 실려 코끝에 밀려들고 갈매기가 어깨 위를 떠도는 순간, 대학원 시절 강봉식 선생의 영미 소설시간에 읽었던 그의 〈Totilla Flat〉이라는 소설의 막벌이꾼 해변 노동자들이 줄줄이 내 앞으로 걸어오는 듯했다.

동부여행중에 본 〈헤밍웨이 하우스〉 역시 매우 인상적이었다. 미국 최남단의 섬, 플로리다 반도에서 태평양 연안을 거느리고 실타래처럼 가늘게 섬들로 이어지는 키 웨스트에 그가 살던 집이 있었다. 그는 이 스페인식 이층집에서 오래 동안 살았다는데, 《킬리만자로의 눈》, 《누구를 위하여 종은 울리나》 등을 여기서 썼다고 한다.

그 집은 보존상태가 완벽해서 마치 주인이 잠깐 외출중인 집에 와 있는 것처럼 현장감이 넘쳤다. 4달러인가 5달러의 입장료만 안 받았더라면 이러한 느낌은 더욱 실감났을 것이다. 왜냐하면 정원에는 십수 마리의 고양이들이 우글거리고 있었는데, 실제로 그 고양이들은 헤밍웨이가 그토록 좋아했던 애완용 고양이의 직계 후손이라는 것이다. 금발의 한 여학생이 정원의 벤치에 앉아 고양이를 쓸어안고 헤밍웨이의 소설을 한가롭게 읽고 있었다. 미국 국문과 학생인가? 표지를 보니 *To Have and Have Not*. 이층의 작업실에는 그가 쓰던 타이프라이터가 방 한가운데 놓여 있고, 가구 또한 원래대로 배치되어 있었다. 멀리 바다를 배경으로 그가 쓰던 침실 베란다에서 기념사진을 찍었는데, 낯선 이방 작가의 집에서 나는 문득 문학청년 시절의 헤밍웨이의 추억 속으로 빠져들어 갔다. 헤밍웨이가 즐겨 다녔다는 퍼브에는 그가 단골로 앉은 테이블의 의자까지 보존, 사람들은 그 자리에 앉아도 보고 헤밍웨이처럼 맥주잔을 들고 사진도 찍고 하였다. 작품 몇 편 읽은 인연만으로도 그의 체취가 이리 새로운데, 연구자들의 기분은 어떨지 짐작이 갔다.

유럽 여행중에 들렀던 카프카의 집 또한 북구의 냄새기 물씬 풍겼다. 습기 차고 어두운, 그러나 육중하고 완고해 보이는 프라하 중심가의 빌딩을 거닐고 있으려니 어느날 아침 문득 한 마리의 벌레로 변해버린 세일즈맨 '그레고어 잠사', 그리고 다다를 수 없는 성곽을 향해 배회하는 측량기사 'K'—육중하고 완고해 보이는 도심의 오래 된 고층건물 사이에서 나는 카프카의 소외와 실존의 인물들과 만났다. 그의 집은 중심가 빌딩 사이에 끼어 있었던 것 같은데, 그가 그려낸 인물들과 배경의 이미지가 절묘했다.

일본의 요코하마는 외래문물이 수입되던 개화기의 항구. 일본 근대화의 현장이었던 이 항구에 근대문학관을 지어 일본의 작가들의 유품과 문헌들을 정리해 놓고 있었는데, 나쓰메 소세키, 모리 오가이, 다니자키 주니치로 등의 근대 작가들의 문학사를 진열해 놓고 있었다. 여기에 덧붙여 이 지방 출신의 작가(이름은 잊었는데, 아마 역사 대중물

을 주로 썼던 소설가였다)의 전 작품과 유품, 육필원고, 사진 등이 고
스란히 보존, 정리되어 있었다. 동행한 와세다대학의 토고(東鄕) 선
생에게 물었더니 그는 일본 문학사에서보다는 아마 그 지방의 향토문
화사가 기억해야 할 인물인 듯싶었다. 그러나 그들은 그를 기념하는
건물과 자료를 어느 기념관보다 더 크고 규모있게 꾸며 놓고 있었다.

최근에는 우리나라도 작고한 예술인들의 자취와 흔적을 보존하고
가꾸는 작업이 활발해졌다. 가령 제주의 서귀포 이중섭 거리는 최근
에 조성한 것인데, 그가 전쟁중 피난해 와 잠깐 지내던 서귀포시절이
원상대로 복구되어 있었다. 담뱃갑에나 그림을 그릴 수밖에 없었던
처절하게 가난했던 서귀포의 단칸 셋방이 원상태로 보존되고 그 옆에
그를 기념하는 미술전시실이 마련되어 있었다. 비록 복사본이나 파는
작은 전시실이기는 하지만 시청에서 근무요원이 나와 있기도 해서 그
나마 다행이었다. 이미 이효석·김유정 생가, 강진의 다산·고산·영
랑의 생가, 괴산의 단재·홍명희 생가, 청원의 장욱진 생가, 계원예
술대학의 동서문학관 등이 복원 개관되기는 하였지만, 그러나 이들은
너무 초라하고 우리는 그 사이 너무나 많은 문화유적 유품들을 유실
시켜 버렸다.

역사는 기록할 뿐만 아니라 보존해야 한다. 그것은 과거를 이야기
하는 것이라기보다는 미래를 예언하는 일이기도 하다. 작가의 집은 그
러므로 이미 주거공간이 아니다. 한 치열했던 영혼과의 대화방이다.

(《모시울》, 1998)

미메시스의 감동

내가 에리히 아우어바흐의 《미메시스》를 읽은 것은 1970년대 후반, 아마 문학 계간지인 《세계의 문학》에 번역본이 연재되면서부터였을 것이다. 잡지의 사정에 따라 연재가 중단되기도 했는데 드문드문, 때로는 건너뛰면서 읽었던 것 같다. 그러다가 1987년 이것이 단행본으로 묶여 민음사에서 출간되었다. 영문학자인 김우창 선생이 번역하다가 후에 유종호 선생이 함께 번역에 참여한 것으로 기억되는데, 책이 단행본으로 묶여 나오면서 나는 그것을 새로 읽기 시작했다. 왜냐하면 그 동안 드문드문 읽은 데다가, 특히 본문에서 다루고 있는 작품의 원작 자체를 못 읽은 것들이 적지 않아 그 장면들을 기억해 내는 일이 쉽지 않았기 때문이었다.

《미메시스》는 '서구문학에 나타난 현실묘사'를 부제로 달고 있다. 그것은 일종의 리얼리즘의 역사라 할 수 있는데, 그것을 규명하는 방법이 주로 문체(*style*)의 형식과 개념을 차용하고 있다는 점에서 지극히 인문학적이다. 문학이 현실을 반영한다는 관점은 온당한 생각이면서 동시에 많은 논점을 안고 있는 명제이다. 문제는 그것이 어떻게 현실을 반영하며 그것을 어떻게 읽어내는가일 것이다. 그 구체적인 독서의 사례를 이만큼 선명히 그리고 감동적으로 보여준 책은 일찍이 없었다. 아우허바흐는 한 작가, 한 작품, 한 구절에까지도 얼마나 많은 개인적·문화적·사회적 요인이 개입되어 있는가를 텍스트의 언어적 문맥과 사회적 상상력을 절묘하게 결합하여 보여준다. 무심코 그리고 관습적으로 지나쳤던 대수롭지 않은 문장이나 어절 하나 하나, 단어의 배치나 묘사의 정도에 따라 변하는 풍속과 사상, 이러한 스타일의 변화와 차이에서 오는 작품의 시대적 의미와 사회의식을, 저자는 문체를 통하여 "읽어"낸다. 치밀한 독서 내지는 꼼꼼히 읽기가 어떻게 한 시대의 역사와 정신의 습관을 추적 가능하게 해주는가를 입증해 주고 있는 것이다.

에리히 아우어바흐는 1892년 베를린에서 태어났다. 처음 하이델베르크에서 법률공부를 했으나 1차 세계대전에 종군한 뒤 예술사와 언어학을 공부했고 1921년에 로망스어로 학위를 받았다. 이어 말부르크 대학에서 로망스 어문학을 가르쳤고, 나치 정권의 유태인 박해에 따라 터키의 이스탄불로 가서 터키 국립대학에서 11년 동안 가르쳤다. 《미메시스》를 쓰기 시작한 것은 이때였는데, 도서와 자료의 부족이 오히려 이 대작을 가능케 했다. 참고도서의 부족은 그에게 원전의 치밀하고 반복적인 독서를 강요했고, 그 결과 자질구레한 실증적 자료에 구애받지 않는 통찰의 책을 내놓게 된 것이다. 원전을 세밀하게 분석하여 20개의 장으로 구성하였고, 오디세우스와 성서의 대조적 고찰에서 시작하여 버지니아 울프의 소설론에 이르기까지 이 책은 거의 3,000년의 시간을 다루고 있다. 그리스어·라틴어·프랑스어·이탈리아어·독일어·스페인어·영어의 7개 국어의 원문을 다루었으며, 서사시·역사·로망스·극·자서전·에세이·소설 등 거의 모든 분야가 망라되어 있다. 이 책이 저자의 열악한 연구환경 때문에, 혹은 참고도서의 부족으로 인하여 주로 작품의 원전에만 매달린 독서의 방법이 이루어낸 성과라는 점은 매우 아이러니컬하다. 도대체 원전 이외의 다른 참고도서나 자료가 하나의 텍스트를 이해하는 데 얼마나 도움이 될 수 있을 것인가에 대한 의문을 제기해 주면서, 하나의 텍스트가 얼마나 많은 사회사적 시대적 컨텍스트를 담고 있는가를 아울러 잘 보여준 사례이다.

'역사와 사회와 미적인 가치, 컨텍스트와 텍스트를 성공적으로 융합시킨 기념비적인 저작'으로 평가받고 있는 이 책은 한마디로 문학과 사회와의 상관성의 깊이에 대한 섬세한 통찰을 담고 있는 책이다. 당시 《미메시스》를 읽으면서 나는 진한 감동에 사로잡혔는데, 그것은 어떤 문학작품에 감동하는 일반적인 경우가 아니라 그것은 읽어내는 방식에 감동하는 특이한 체험 때문이었다.

《미메시스》는 나에게 기왕의 독서습관에 대한 반성적 성찰을 하게 된 계기를 주었던 책이다. 당시 나는 대학에 전임교수가 된 직후였고 학위논문을 준비하고 있던 때였다. 당시 내가 준비중이던 학위논문의 주제는 "한국 근대소설 작중인물의 사회갈등 연구"였다. 텍스트를 읽는 데 아우어바흐의 이러한 문체론적 접근방식이 당장 원용되었음은 물론이다. 나는 〈혈의누〉, 〈은세계〉, 〈치악산〉 등의 개화기소설에서 문체의 구체적인 정황을 통해 시대를 읽어냈으며, 염상섭에게서는 몇 마디의 대수롭지 않아 보이는 대화와 묘사에서 작중인물들의 갈등과 대립의 징조단위들을 끄집어낼 수 있었다. 요컨대 텍스트 자체보다는 그것을 둘러싸고 있는 자질구레한 주변적 사실과 사료들에 매달렸던 기왕의 방법론을 버리고 언어의 관습과 스타일상의 특징에서 사회 역사를 읽어내려는 시도가 더욱 분명해진 것이다.

《미메시스》는 어떤 형태로든 문학이 현실을 반영한다는 사실에 대한 소중한 사례를 보여줄 뿐 아니라 그 반영과 굴절의 정도를 측정하는 기술을 우리에게 가르쳐준다. 인문학을 하는 모든 이들이 반드시 읽어야 할, 텍스트에 접근하는 태도에 대한 깊은 통찰과 반성을 제시해 주는 책이다.

(《21세기@고전에서 배운다》, 하늘연못, 2000)

評論

평론

예술과 풍토
변시지의 그림

1980년대의 어느 해, 변시지의 그림을 처음 대했을 때 전해 오던 감흥을 잊을 수 없다. 그의 그림은 다소 원초적이고 설화적이었다. 그것은 존재의 쓸쓸함과 생명력에 대한 깊은 통찰의 결과처럼 보였고 그것을 드러내는 방법의 저돌성에 그 특징이 있어보였다. 적어도 그의 그림이 나에게 전해오는 메시지의 강렬함이란 다른 어떤 화가의 그림에서는 볼 수 없는 그런 어떤 것이었다.

선생의 그림에는 우선 형언할 수 없는 슬픔과 외로움이 평화롭게 어우러져 있다. 비애와 고독이 '평화롭게' 어우러져 있다는 표현은 다소 무리가 있다. 그러나 화폭에 담긴 절제되고 생략된 구도—한 마리의 바닷새와 동화처럼 비뚜로 선 한낮의 태양과 낚싯대를 드리우고 서 있는 구부정한 한 사내, 쓰러져 가는 초가와 망연히 바다쪽을 향하고 있는 등짐 진 아낙네와 돌담의 까마귀와 소나무 한 그루, 그리고 마침내 이 모든 것들을 휘몰아치는 바람의 소용돌이—그의 세계는 하늘과 대지의 뒤섞임 속에서 황톳빛으로 열리며, 이들을 묘사하는 먹선의 고졸(古拙)함과 역동성(力動性)이 함께 어우러진 세계였다. 이러한 구도들이 연출하는 원초적인 적막감과 비애감은 인간존재의 근원적인 상황에 닿아 있었다. 우리의 가장 감미로운 노래들이 가장 슬픈 생각을 드러내고 있을 때이듯이, 그리고 가장 위대한 드라마가 비극의 가장 깊숙한 투쟁과 패배를 그리고 있을 때이듯이, 비애와 고독을 드러내는 그의 방식이 주는 미적 쾌감은 적막하고 평화로워 보였다. 여기에서 우리가 느끼게 되는 우주적 연민, 이 감정들은 아마 우리가 자연에서 품을 수 있는 감정 가운데 최고의 것이며 인생과 예술미의 원형적 형상이기도 할 것이었다.

한 지역의 바람과 흙은 거기에서 나서 자란 예술가에게 어떤 형태로 모습을 드러내는 것일까. 스페인 카탈로니아 지방의 피카소와 미로, 지중해의 습기와 향일성 식물과 알베르 카뮈, 그리고 제주의 변시지에게 그 흙과 바람의 의미는 무엇일까. 그러나 변시지의 그림에 보이는 남국적 풍광의 제주도는 귀향인의 향토애도 자연에 대한 서정주의도 아닌 그 무엇이었다. 제주의 선과 빛과 형태는 그에게 있어 하나의 방법이요 이념으로 승화되었다. 그는 그곳의 선과 색채와 형태에서 그의 삶의 근원적인 고독이나 설화의 줄거리를 찾으려 한 것 같았다. 그러므로 태양, 바다, 바람, 갈매기, 폭풍, 까마귀, 조랑말은 그에게 있어서는 하나의 풍물의 대상으로서보다는 존재의 탐구를 위한 모티프로 차용된 것이었다. 단순히 '로컬리즘이나 풍물시의 작가'로 불리는 것은 그가 궁극적으로 원하는 바가 아닐 것이다. 존재의 근원적인 상황을 형상화하는 데 그러한 모티프들은 끊임없이 변형되고 삭제되고 추가된 것이다. 제주 - 오사카 - 도쿄 - 서울 - 제주로 이어지는 그의 예술의 구도적(求道的) 순례는 마침내 황톳빛으로 승화되었으며 그것은 이제 그의 사상이 되었다.

변시지는 제주도 서귀포 출생이다. 여섯 살 때 일본으로 건너가 오사카 미술학교 서양화과를 졸업했고, 1948년 약관 23세에 일본 최고 권위의 공모전 '광풍회전'에서 최고상을 수상, 일본화단을 놀라게 한 바 있다. 1957년 영구 귀국한 그는 서울대학교와 서라벌예술대학 등에서 강의하면서 고국의 생활에 대한 어려운 적응훈련에 들어간다.

직장과 가정에서 다소간의 생활의 안정을 되찾으면서 그는 한국의 자연풍광을 주목하기 시작했는데, 고국의 산과 나무, 오래된 건축물들에 먼저 눈길이 머물렀다. 그는 캔버스를 들고 자연과 역사 속으로 들어간다. 그것은 강단미술에 저항하는 발걸음이었다. 그는 일본에서의 자신의 활동이 일본을 통한 서구미술의 흉내에 불과한 것이 아닌가 하는 의심에 빠졌다. 화려했던 일본에서의 업적이 회의로 다가왔고, 마침내 그것은 자신이 극복하지 않으면 안 될 과제로 남게 된 것이다.

그는 우리 것을 통해 한국의 화풍을 개척해 보고 싶었다. 한옥의 처마와 고궁의 후미진 곳에서 하루종일 캔버스를 붙잡고 있게 된 것도 이런 연유에서였다. 비원(秘苑)과 종묘(宗廟)에 매일 출근하다시피 하였다. 시간마저 정지된 듯한 그 정적의 공간 속에서 한국미의 전형을 탐색해 들어갔던 것이다. 정지된 시간 속에서 그는 풍경과 마주 앉아 원형으로서의 한국미의 근원을 탐색하기 시작한 것이다. 시간의 더께가 내려앉은 시공 안에서 선대의 호흡을 감지할 수 있게 되면서 그는 고궁에 서려 있는 영욕의 과거를 오늘에 되살렸다. 후일 이러한 고궁 그리기 작업에 뜻을 같이한 사람들, 손응성, 천칠봉, 이의주, 장이석 등을 아울러 '비원파'라고 불렀는데, 주로 고궁 등의 실경을 화폭에 담았다.

이들은 지극히 사실적인 기법으로 인적 없는 적막한 고궁을 눈과 마음으로 어루만지듯 섬세하고 치밀하게 묘사했다. 당시의 '비원파'에 대한 명명 속에는 고전적 의미의 아카데미즘의 추궁이 아닌, 새로운 리얼리즘의 추구로서의 방법적 모색이자 실험정신이 포괄되어 있었다. 변시지는 한국인의 생활양식, 습관 등 한국적인 것이 배어 있는 대상으로서의 궁터를 그리기 시작한 것이며 일본에서 배운 것은 서양철학에서 나온 것이므로 한국에서 느낀 한국적인 것을 표현하려면 일본에서 그리고 느꼈던 형식으로는 안 된다고 생각했다. 그래서 가장 먼저 서양철학을 버리는 연습을 해야 했으며 이를 위해 가장 한국적인 건축물인 동시에 역사적인 것이라고 볼 수 있는 비원에 들어가서 지금까지의 모든 것을 영점으로 돌리고 새로 공부하는 자세로 시작한 것이다. 그리하여 그림의 형식이란 자기가 배웠던 이념에 따라나오는 것이므로 그 이념을 버린다 하면 그 형식도 버리게 되는 것이고, 그 새로운 이념은 한국의 풍토나 생활습관에서 우러나오는 것이라는 생각뿐이었다. 그리고 무엇보다도 중요한 것은 소재가 한국적인 것에 그치지 않고 감성적으로 우러나서 표현하는 것이라고 강조한다.

기술적인 면에서도 비원을 표현하기 위해서는 일본 시절의 기법과는 전혀 다른 방법론이 요구되었다. 비원 시절의 작품은 섬세하면서도 치밀한 묘사가 주종을 이루는데, 나무 이파리 하나하나를 세어가면서 그린다는 평을 들을 정도로 극세필의 화면구성을 시작했다. 〈애련정〉의 경우 실제와 똑같은 수의 기왓장이 그대로 캔버스에 묘사되기도 하였다. 이러한 극사실주의적 화법에 대해 오광수는 "우리를 슬프게 하는 잔광의 비늘처럼 파닥이는 애틋한 정감이 숨쉬고 있으며, 투명한 공기 속에 스며드는 햇살과 짙은 그늘이 자아내는 우수와 연민이 잔잔한 세필로 표출되어 있다"고 평했다. 이 시기의 '비원파'(秘苑派)의 작품들은 일본에서도 큰 인기를 모았다.

그러나 1975년, 그는 제주대학에 부임하면서 돌연 서울생활을 청산하고 영구 귀향한다. 6살 때 오사카행 배를 탄 지 실로 44년 만의 귀향이었다. 제주는 그에게 새로운 도전의 공간이었다. 화단의 많은 인물들이 유럽으로 무대를 옮겨간 사이, 그는 신화적 시공적 공간으로서의 고향으로 귀환한 것이다. '고향'이 의미하는 자기 동질성에는 변시지 자신의 실존적 반성의 측면이 우선되는 공간이었다. '도대체 나는 누구이며 어디에서 와서 어디로 가는가?'라는 자기정체성에 대한 의문과 마주하게 된 것이다. 이러한 근원적이고 불변적 자기동질성 내지 정체성에 대한 욕구는 유동하는 오늘의 사회와 급변하는 시대의 기류에서도 늘 '자기임'으로 남고자 하는 예술가적 독자성에 대한 희구이기도 했다.

그는 제주에 돌아와 그 동안의 자신의 예술의 익명성에 대한 일차적 물음에 봉착한다. 나의 색깔의 본질은 무엇인가, 나의 예술의 혈통은 어디에 닿아 있었던가. 그리하여 제주는 그에게 존재의 추상성을 배격하도록 요구한 것이다. 그는 따라서 자기동질성의 바탕으로서의 제주를 모색하기 시작한다. 그것은 제주 - 오사카 - 동경 - 서울 - 다시 제주로 이어지는 작가의 순례자적 구도의 길에서 마침내 회귀하게 된 자기정체성의 귀환점이었다. 따라서 제주는 그에게 있어 자기 예술의 본령과 동일성과 친화성이 함께 하는 자유의 공간—그가 습득한 예술적 역량의 출발과 종착이 공존하는 공간이었다.

제주는 추사 김정희가 귀양을 와 금석학을 개척한 곳이기도 하고, 동란중에는 이중섭, 김창열, 장이석 등의 화가가 피난 내려와 활동했던 곳이기도 하지만 제주의 문화 예술적 풍토는 척박하기만 했다. 그는 오랜 시간을 두고 제주에 머무르며 찬찬히 새로운 화법을 만들어내는 데 골몰했다. 그는 '비원파' 스타일로 제주의 본질을 표현하는 것은 불가능하다고 생각했다. 제주를 위한 제주만의 화법이 필요했다. 그는 그 생각 하나에만 골똘했으나 해답은 쉽게 얻어지지 않았다.

급기야 절망감 속에 식음을 전폐하며 폭음을 일삼기에 이르렀다. 죽음의 문턱까지 이르는 정신적 방황, 육체적 고통 속에서도 결코 캔버스 앞을 떠나지 않고 붓을 놓지 않았다. 그는 자신을 찾아온 아내에게 3년의 말미를 청하였다. 그는 제주에 아내는 서울에, 그림을 위해 두 내외는 생이별을 감수하였다. 이때는 가족과의 단란한 생활은 아예 꿈도 꿀 수 없을 만큼 정신적으로 초조한 시간이었고 고독과 방황의 시기를 맞는다. 이 즈음의 가족들과의 서신내용은 이 시기의 그들의 방황과 갈등의 시간들을 짐작케 해준다. 당시의 서울과 제주 간의 교통여건과 그 아득한 절연감을 생각하면, 이들의 편지는 경제적 궁핍만을 제외한다면 마치 피난시절 제주의 이중섭과 일본으로 떠난 그의 가족들의 외로움과 고통을 연상케 한다. 그가 제주 체류를 결정하기까지의 갈등은 그만큼 컸던 것이고 이를 결행한 뒤의 그의 혼자만의 생활은 정신적으로 육체적으로 외로움과 고통의 나날이었다. 이때의 '비원파' 시절의 작품은 일본에서도 큰 인기였으며, 국내 화랑의 호당 값에 비교가 안 되는 금액으로 팔리곤 했지만, 그에게는 이미 새로운 작품세계에 대한 집념과 모색 외엔 달리 몰두해야 할 일이 없었다.

변시지가 '황갈색'의 제주의 빛을 발견하게 된 것은 이즈음이었다. 그는 이 바탕색을 제주도의 자연광으로부터 얻었다고 한다. "아열대 태양빛의 신선한 농도가 극한에 이르면 흰빛도 하얗다 못해 누릿한 황톳빛으로 승화된다. 나이 오십에 고향 제주의 품에 안기면서 섬의 척박한 역사와 수난으로 점철된 섬사람들의 삶에 개안했을 때 나는 제주를 에워싼 바다가 전위적인 황톳빛으로 물들어감을 체험했다"고 회고한다.

변시지가 이 황갈색과 먹의 색조와 만나게 된 순간이야말로 이른바 '유레카 현상'이라 이를 만한 것이었다. 그가 제주에 정착하였을 때 자신을 괴롭힌 것은 지금까지의 것과는 다른, 자신이 규정하지 않으면 안 될 제주의 형태와 사상이라고 했다. 자연이 빚어낸 색채는 제주의 사계에 그대로 투영되어 나타나지만, 그리고 일본에서의 창작시절에서부터 비원시절까지 그는 섬세하고 현란한 역사(고궁)의 색채를 캔버스에 담았지만 제주는 다시 그에게 새로운 색채를 요구해 온 것이다. 그는 서귀포의 태양과 바다와 섬과 바람을 망연히 바라보며, 때로는 때까치가 몰려 있는 돌담을 배회하며 늘 '제주의 빛'에 대해 생각했다.

1970년대 중반, 서귀포의 어느 날 아침, 그는 작업의 피로와 간밤의 숙취로 늦은 아침을 맞았다. 그는 그 즈음 일본시절에 자주 꾸곤 하던 악몽에 시달리고 있었다. 작업이 진척되지 않아 초조해질 때면 어김없이 찾아오곤 하던 —형체를 알 수 없는 괴물이 나타나 자신을 압박하곤 하던 가위눌림—악몽이었다. 이튿날 잠에서 깨어난 그가 문득 텔레비전 화면에 떠오른 초록, 파랑, 노랑의 단조로운 제주의 풍광이 유독 역겹고 여기에 생리적인 거부감을 느껴 자리를 박차고 일어서는 순간이었다. 순간적으로, 그는 간밤에 마주하고 망연히 바라보았던 자신의 캔버스가 장판지색깔의 까칠까칠한 황갈색의 색조로 휘덮이고 있는 것을 목도했다. 원초적이며 극도로 단순화한 그 황갈색의 토온이 오랫동안 그의 시야에서 떠나지 않았다. 그는 캔버스 주위를 바쁘게 맴돌았다. 그리고 그는 소리친 것이다.

"형과 색이 보인다!"

그가 제주의 빛과 사상을 발견하던 순간이었다. 그것은 아열대 태양빛의 신선한 농도가 극한에 이르면 하얗다 못해 누릿한 황톳빛으로 승화되는 순간이기도 했고, 순수와 원시의 섬, 그리고 척박한 역사와 수난의 섬 제주가 현란한 색채의 유혹을 떨쳐버리고 마침내 제 모습을 드러낸 순간이었다.

그것은 왕리와 아르키메데스가 발견한 '유레카 현상'에 다름 아니었다. 고대 중국의 화가 왕리는 예술가가 자연이나 예술작품들을 수동적으로 모방함으로써 창조활동을 하는 것은 아니라는 사실을 날카롭게 인식하고 있었다. 그는 후아산을 화폭에 담아보았지만 형태만 있음을 알고 고민했다. 식사중이거나 산책로에서나 대회중에나, 그는 늘 그 '사상'에 대해 생각했다. 어느 날 휴식을 취하고 있을 때 그는 문밖을 지나는 북과 피리소리를 들었고, 순간 그는 미친 사람처럼 뛰어올라 소리쳤다. "이제야 깨달았다"라고. 그는 전에 그렸던 밑그림을 찢어버리고 다시 후아산을 그렸다. 그의 무의식적인 상상력 속에서 형태와 사상이 결정화되어 의식 속으로 분출되면서 비로소 그는 '진정한 산'을 그릴 수 있었다.

이는 아르키메데스의 "유레카!"와 같은 외침이었다. 아르키메데스는 어느 날 군왕으로부터 한 금관이 순금인지 아닌지를 조사해 달라는 부탁을 받았다. 그는 그 방법에 대해 고민하고 오랫동안 사색하였다. 어느 날 그가 목욕을 하다가 고체의 궤적은 그것을 물 속에 넣었을 때 넘쳐 나온 물의 체적과 같다는 사실을 떠올렸다. 왕관의 체적을 이 흘러나온 물의 양과 무게를 연결지음으로써 그 금속의 밀도를 측정할 수 있었고, 그리하여 그 왕관이 다른 금속과의 혼합에 의해 더 가벼워졌는지 아닌지를 판단할 수 있었다. 그는 기쁜 나머지 "유레카, 유레카!"(나는 알아냈다)라고 소리치며 벌거벗은 채 거리를 질주했다.

이렇듯 예술에서나 과학에서의 독창성이란 환경이 성숙되었을 때나 마음이 풍부하게 채워졌을 때, 준비작업이 끝났을 때, 혹은 무의식적인 사색의 기간이 있었을 때에야 비로소 생겨나는 것이다. 그렇게 되면 무의식 세계로부터 갑자기 샘이 솟아날 수 있는데 이러한 현상을 유레카 현상이라고 부른다. 왕리의 후아산과 아르키메데스의 금관과 변시지의 제주라고 하는 피상적인 외양 뒤에는 이처럼 진정한 산, 진정한 무게, 진정한 색깔이 있었다. 이들이 발견한 진실은 자연과 사물의 내적인 힘과 구조에 대한 탐구와 묘사에서만 가능한 세계였다.

변시지의 황톳빛은 일종의 '해석된 빛'이었다. 특정한 색으로 표현하기 힘든 태양빛을 화폭에 하나의 구체적인 빛깔로 옮길 때 거기에는 필연적으로 작가의 '전이의 자의성'이 개입되기 때문이다. 변시지의 이러한 변화를 처음으로 크게 주목한 비평가는 원동석이었다. 그는 "색채 없는 자연주의 양식을 유화기법에서는 상상할 수 없다. 그러나 그는 흔연히 색채를 버리고 황색조의 단색 톤만을 유지하고 있다"고 하고 자기환경에 충실한 작가이자 로컬리즘의 새로운 토착정서의 재발굴에 기여한 점을 지적했다.

한편, 변시지의 화면은 간결한 생략법이 지배하고 있다. 미리 장판지 같은 질감(혹은 제주도 농부의 갈옷빛)과 색깔의 바탕을 만들고 그 위에 검은 선묘로서 대상을 묘출해 가기 때문에 드로잉적인 요소가 강화되고 대상 하나 하나에는 고유한 색깔이 가해지지 않는다. 모든 색깔은 풍파에 바래지고 앙상한 대상의 윤곽만 남아난 형국이다. 마치 동양화의 운필 같은 선묘 속에 모든 것을 함축하는 생략법을 연상시킨다. 이러한 그의 작품에서 느끼는 염결성과 고독은 추사의 '세한도'(歲寒圖)의 이미지를 연상시킨다.

변시지 그림에 노동이 소재로 취급되는 예는 드물다. 송상일은 이를 가난이 기호처럼 정지해 있다고 본다. 돌담, 초가, 소나무, 소, 말, 까마귀, 수평선, 돛배, 태양 등의 소재들이 정형화, 기호화되어 있다는 것이다. 자연의 모사가 아닌 기호의 복제를 추구하는 셈이다. 변시지 그림의 소재들은 고향의 이미지를 띠는 기호들이다. 기호는 끝없이 재사용이 가능한 법. 그의 반복되는 느낌의 그림들은 그러므로 일종의 원형 재생산이라고 할 수 있다. 즉 현실의 제주가 아닌 기억과 심상으로서의 제주를 그린 것(송상일, "원체험의 순례,"《변시지 제주풍화집》, 봄데강, 1991)이다.

송상일의 지적처럼, 그의 그림 속의 지팡이를 짚고 구부정한 모습으로 서 있는 사내는 변시지 자신이며 화가가 그림을 그리고 자신을 풍경 속의 소재로 삼는 이런 형국은 그가 기억을 그리고 있다는 반증일 수도 있다. 그러나 무엇보다도 자신의 화면에 빠짐없이 등장하는 구부정한 사내야말로 화폭에 나타난 세계를 주체적으로 마주하고 있는 당사자임을 보이고자 하는 작가의 의도가 반영된 것이다. 화가 자신이 그려낸 세계가 작가와 일정한 거리를 둔 그때/거기의 풍경이나 상황이 아니라 지금/여기의 그것임을 보이고자 하는 작가의 현실인식의 현장성을 우리는 느끼게 되는 것이다.

"본질적으로 서구 모더니즘의 유토피아는 이러한 인문학적 세계를 과학과 테크놀로지에 의한 무한소비와 무한자본으로 대체함으로써 산업공해와 생태계의 파괴를 가져와 인간 자체마저 파멸하는 지경에 이르렀다. 따라서 변시지의 회화세계는 모더니즘이 잃어버린 인간의 인문학적 신화의 세계를 회복시킴으로써 우주적 생명현상을 그의 운필에서 보여주고 있다. 그래서 그간의 서구의 회화양상이 주제 공간의 독점, 물성의, 또는 회화형식의 검증 등 지엽적인 문제에 매달렸다면 변시지는 가장 지역적이며 개인적인 출발점에서 시작하여 가장 세계적이며 우주적인 경지에 도달했음을 보게 된다"고 한 다음과 같은 이건용의 지적은 변시지의 세계가 대다수의 사람들이 공감할 수 있는

'비극적이고 운명론적인 요소'를 가득 담고 있음을 보인 것이다.

무엇이 작가로 하여금 이렇게 소박하면서도 거침없는 표현의 경지에 달하게 하였는가. 그것은 욕심없이 대자연과 작가자신이 만날 수 있는 경지에서 우주적 질서에 그 자신의 운필을 내어맡길 수 있는 자유를 획득했기 때문일 것이다. 그것은 그토록 그가 그린 비원파류의 풍경화가 화려하고 이상화된 감각이 풍만했었고 그 많은 현대미술의 시대적 조류가 강타하였어도 그는 이 모든 것을 포기함으로써 오히려 포스트모던적 지역주의의 승리를 가져온 것이 아닌가 한다. … (중략) 따라서 변 선생의 회화세계는 모더니즘이 잃어버린 인간의 인문학적 신화의 세계를 회복시킴으로써 우주적 생명현상을 그의 운필에서 보여주고 있다. 그래서 그간의 서구의 회화양상이 주제공간의 독점, 물성(物性)의, 또는 회화형식의 검증 등 지엽적인 문제에 매달렸다면 변 선생은 가장 지역적이며 개인적인 출발점에서 시작하여 가장 세계적이며 우주적인 경지에 도달했음을 보게 된다. 그것은 분명 포스트 모던시대에 있어서 한국회화의 특유한 한 성과이며 한국회화의 특질을 이어가는 하나의 예인 것이다(이건용, "제주 풍경화에서 얻어진 세계성의 획득", 《변시지의 삶과 예술》, 예맥화랑, 1992).

그리하여 그의 제주풍경은 마치 동양화의 모필이 화선지 위를 그어나가듯이 흡수되고 농축된 선의 농담과 멋이 자유롭게 실현되는 유화의 새로운 기법을 창출한 것이며 이는 이중섭이나 박수근 등 한국 근대회화의 전통의 맥이라 하였다. 결국 그는 자신의 말대로 소재가 제주이면서도 실경(實景)이 아닌 내적 의미를 표현하려 하기 때문에 사실이나 인상주의의 기법 가지고는 한계가 있어 새로운 표현양식을 끊임없이 추구하게 된 것이다.

1981년, 그가 유럽 스케치 여행을 떠났을 때, 그는 이국의 풍경들을 자신 특유의 황갈색 마티엘에 먹색의 필선으로 담아냈다. 비록 소재와 재료는 서구의 것을 빌려썼더라도 그 표현양식만큼은 동양의 것, 자신의 것을 바탕으로 해야 한다는 정신을 갖고 있었던 것이다. 그는 여기서도 다만 거칠고 건삽한 황갈색 바탕 위에 선묘로서 대상을 묘출해내는 한편 그 선묘의 대상은 수묵담채의 직정적인 운필로 그 여운과 특징을 잡아냈다. 매체와 양식으로서의 서양화가 그에게선 순수한 동양 또는 한국적 회화양식의 독창적인 해석으로 탈바꿈한 것이다.

1981년 10월 이탈리아의 아스토로라비오 화랑 초대전은 그의 이러한 한국적인 것의 세계적인 해석과 전망을 잘 보여준 전시회였다. 이탈리아의 《세기신문》에서 레나토 시벨로(Renato Civello)는 다음과 같이 평했다.

> 변시지 씨의 바다의 초가집 앞에 있는 말 등은 우연과 주관에 의한 유효성의 열매만이 아닌 상상력의 세련됨을 증명해 준다. 양 어깨 위에는 영화로움과 찬란한 빛이 함께 있는 천년의 문화가 있다. 그러나 그 문화에는 무엇보다도 인간의 깊은 결백성을 배반하지 않을 노력과, 악과 고뇌에도 불구하고 다시 살아나게 하려는 의무를 고집스럽게 지려는 것이 함께 있다.

프랑스 문화원장 베르나르 쉬네르(Bernard Schnerb)는 제주에서 만난 변시지의 그림에서 받은 깊은 인상을 적어보내면서 바람과 하늘과 대지가 뒤섞인 작품세계와 작가의 감수성을 극찬하였다. 예술과 풍토, 예술의 지역성과 세계에 대한 인식을 새롭게 해준 사례였다. 시간이 지나면서 한국의 화단 외곽지대에 서 있던 그에게 세계의 화단과 화랑이 그를 주목하게 된다. 제주에서의 그 자신의 예술적 방법과 이념에 대한 신념은 더욱 깊어만 갔다.

> 나는 예술로서의 창작이라는 것은 역시 자연 속에서 얻어지는 충동에서 출발한다고 본다. 그렇다고 해서 자연 그대로의 재현이나 모방이 아니라 대자연 속에서 얻어진 심상의 것이어야 한다는 것

이다. 그러한 심상을 캔버스에 옮기는 과정에서 누구나 공감할 수 있는 예술로 순환시켜가는 과정, 그것이 곧 나의 삶이라고도 할 수 있다. … (중략)

그런데 유독 내게는 바람을 소재로 한 그림들이 많다. 그것은 바람 부는 제주가 나에게 많은 것을 생각하게끔 하기 때문이다. 고독, 인내, 불안, 恨, 그리고 기다림 등이 내가 자주 다루는 소재이다. 어떻게 보면 제주도는 바람으로부터 역사가 시작되었다고 생각해본다(변시지, 《제민일보》, 1993. 9. 1).

일명 '제주화'가 어느 정도 진척을 보이자 제주도의 풍정을 표현하는 데 있어 변시지가 가장 주목했던 것은 '바람'이었다. 제주도의 역사는 바람으로 이루어졌던 것이다. 땅에 뿌려진 씨와 흩어진 흙을 날려버리는 바람. 숱한 전설과 민담이 서려 있는 신화의 세계인 제주의 바람 속에 제주의 산과 돌, 초가가 놓여 있고 까마귀, 조랑말 그리고 구부정한 사내가 풍경을 마주하고 서 있었던 것이다. 이렇듯 역사적 심상과 자연의 풍정을 담아내고자 한 그는 그 방법론인 화풍 또한 역사적 물길 속에서 찾아냈다.

동양적 수묵의 필법을 접목시킨 변시지의 이러한 시도는 유년시절 서당에서 한학을 배우고 미술학교 시절 동양화를 공부한 데서도 적잖은 영향을 받은 것이라고 본인은 술회하고 있다.

오광수의 지적대로, 화면은 언제나 상하 구도를 갖춘다. 상단은 바다, 하단은 해안. 바다에 에워싸인 섬이란 상황을 가장 실감있게 암시하는 것이다. 이러한 제주 풍정화는 기법상 두 가지로 분류된다. 하나는 황갈색의 전체적 화면구성이고, 다른 하나는 1980년대 후반에 접어들어 변모한 화면 상단의 어두운 톤과 하단의 밝은 톤의 대비를 통한 이분법적인 공간분할이다. 멀리 수평선과 그것을 바라보는 한 사나이 그리고 조랑말의 정감 넘치던 풍경은 숨막히는 격랑의 구도 속으로 매몰되고 하늘과 바다는 알아볼 수 없을 정도로 같은 검은색으로 뒤덮인다. 그 속에 하얗게 부서지는 파도를 배경으로 집과 말

과 사나이가 내비친다. 흑백의 제한된 색채의 대비가 도드라지면서
화폭은 극적으로 펼쳐지고 풍경 전체가 흔들리는 듯 느껴진다. 이러
한 변화는 분명 정태적이던 이전의 제주화와 꽤 구별되는 점이다.

그는 자신의 제주화를 두고 "서양의 모방이 아닌 나만의 예술세계"
라고 말하였다.

> 오늘날 현대미술에 대한 많은 사람들의 생각은 다기 다양하다.
> 그러나 이러한 다양성도 그 저류에 있어서는 어딘가 공통된 점이
> 있다. 그 까닭은 인간의 본성에 그 근간을 둔 때문인지도 모른
> 다. 동시에 민족, 시대, 기후적 조건 등이 예술의 모체가 되고
> 정신문화의 체온을 형성한다고도 생각할 수 있고 이것을 예술의
> 풍토라고도 말할 수 있다. (중략) 조상이 물려준 우리의 문화재는
> 고유한 풍토의 미, 즉 자연지리학적인 풍토만이 아니라 정신적
> 풍토로서 인간 본연의 풍토인 것이다. 그러므로 우리는 우리의
> 민족정신이 깃든 전통적인 풍토 위에 새 시대의 흐름 속에 인간
> 자신을 빛낼 수 있는 현대적 예술관을 정립하고 중단과 휴식 없
> 는 무한한 발전을 희구하며 진진해야 할 것이나.

그렇다면 그만의 세계인 제주화란 어떤 의미를 갖는 것일까. 평론
가 이구열은 변시지의 제주화가 "최대한으로 단순화되는 주제전개,
바탕에 황갈 색조와 검은 필선 외에 극히 제한된 자연적 색조보완으
로 제주도의 풍정미를 농축시켰다"고 평한 바 있다.

이렇듯 제주의 본질 속에는 바람이 있다는 사실을 발견한 이후
1990년대 접어들며 그의 그림은 더욱 변한다. 이때부터 그의 바다는
격랑을 일으키고 조용히 서 있던 소나무는 걷잡을 수 없이 바람에 휩
쓸린다. 속삭이던 까마귀들은 이제 정신없는 바람 속에서 맴돈다. 그
는 드디어 빛과 바람이라는 제주의 본질을 알게 된 것이다. 염결성과
고독의 세한(歲寒)의 풍정은 이제 풍경으로서의 바람과 태양이 아니
라 "자신을 포함해 그 속에 사는 사람들의 역사적 삶에 대한 인식"(고

대경) 으로서의 그것이었다. 풍랑과 소용돌이치는 바람은 마침내 존재
에의 시련으로 상징화된다.

이 시기의 제주풍화에 대해 한 시인은 다음과 같이 노래했다.

> 제주
> 바닷가에는 까마귀떼만 차욱하다.
> 耳鳴같은 파도소리에 묻히는
> 까마귀떼 울음소리만 자욱하다.
> 해 뜨기 전,
> 예감의 시간에 바닷가로 나온
> 검은 점술의 巫女들이 부르는
> 降神의 휘파람 소리,
> 휘파람 소리만 자욱하다.
> 솟구치는 파도의 이랑보다 더 깊은
> 저 生者와 죽은 이의 靈界를 넘나들며
> 슬픈 혼백들을 달래는….
>
> —이수익, 〈검은 抒情〉, 《현대시》 2, 1990

이 시의 "예감의 시간에 바닷가로 나온 /검은 점술의 巫女들이 부
르는 /降神의 휘파람 소리"가 주는 이미지는 매우 서사적이다. 누런
색과 검은색의 단색조에 까칠까칠한 흙의 건기가 실감났는데 이 마티
엘의 결합은 이상적인 것이었다. 유채라는 서양화의 재료를 사용하면
서도 동양화를 연상시키는 것은, 대상을 풀어놓는 어떤 설명의 시각
이 아닌 시공을 넘나드는 정서의 내밀한 구현이 화면을 압도하기 때
문일 것이다. 또한 제주만이 갖고 있는 시공으로서의 원초성을 드러
내고 있기 때문이기도 하리라.

변시지의 제주 풍정은 제주도라는 커다란 시공간이 작품을 생산해
내는 데 있어 구체적인 원천이 되고 있는데, 그 소재들에 대한 분석
(고희찬, "변시지의 제주풍화 연작연구")은 참고해 볼 만하다. 먼저, 돌

과 바람과 여자로 불리는 제주의 삼다(三多) 풍정이다. 제주에 돌이 많고 바람이 많다는 것은 그만큼 제주의 자연이 불모성을 띠고 있음을 뜻하고 또한 여자가 많다는 것은 그러한 불모의 자연을 개척하고 극복하고자 하는 원망을 의미한다는 것이다. 바람은 육지로만 불어드는 것이 아니라 바다 한가운데서도 엄존하는 자연의 장애였다. 고기잡이를 하러 나간 남편이 해풍에 쓸려 사라지면 여자들은 물옷 하나만을 입고 바다 속으로 들어가 전복과 소라를 캐 생계를 이어나갔다. 이러한 제주만의 독특한 풍정은 변시지의 작품에서 빈번히 등장하는 소재들에서 드러난다. 거세게 불어오는 바람의 기운, 이에 버티기 위해 굵은 줄로 얽어매어진 초가의 지붕과 돌담, 조랑말 등은 제주의 독자적인 삶의 정형성을 부각시켜 준다. 하염없이 누군가를 기다리는 듯한, 혹은 멍하니 바다의 물결을 바라보는 듯한 그림 속의 인물들은 기다림의 정서를 구현하면서 생계를 위해 목숨을 담보로 한 이별을 수행하곤 했던 제주인의 일상적 단면을 적절히 반영하고 있다.

다음은 조랑말. 변시지의 제주화에는 조랑말이 빠짐없이 그려지는데, 그럴 수밖에 없는 것이 조랑말은 일종의 제주노의 아이콘이라 할 수 있기 때문이다. 제주도에서 말의 역사는 유구하다. 역사 속의 제주말은 수난과 수탈로 점철된 고난의 역사에 다름 아니었다. 고려말 최영 장군과 변안렬 장군(변시지의 직계 조상)의 탐라도 정벌도 말을 얻기 위한 것이었다는 주장이 있고, 조선조에 이르러서는 한 해 평균 5백여 필의 말을 진상했었다고도 한다. 일제시대에도 여전히 제주말은 공출대상의 주요 항목으로 올라 있었고, 4·3 사태까지도 말의 수난은 그치지 않고 있었다. 제주말에 대체 어떤 특성이 있기에 그 오랜 기간 동안 소유의 대상이 되어왔을까. 제주인의 끈기와 인내력을 두고 흔히 조랑말의 품성과 빗대어 말하곤 하는데, 그만큼 조랑말은 강인한 생활력을 가지고 있는 가축이었다. 제주의 조랑말은 제주민과 일상을 같이 해오며 삶을 영위하는 데 중요한 기능을 담당했다. 그의 작품 속에 등장하는 비루먹은 듯한 모습의 지치고 초라한 조랑말은 쓰러져 가는 듯한 초가와 늙고 구부정한 모습의 인물과 어울려 제주의 신산스러웠던 역사를 웅변하는 듯 보인다. 또한 작가 자신의 고독을 대변하는 소재라 해석될 수도 있는데, 따라서 화폭 속의 조랑말은 작가의 심상과 제주만의 원초적이고 역사적인 상황을 암시하는 중요한 상징체로 기능한다고도 볼 수 있다.

다음으로 예감으로서의 새 까마귀. 까마귀는 거친 자연 속에서의 삶에 어떤 이정표로써 심정적 안정을 도모하는 데 동원되었던 것이다. 까마귀가 백보 안의 가까운 거리에서 동쪽을 향해 울면 재물수가 있을 것이고, 서쪽을 향해 울면 집안에 질병이 들며, 남쪽인 경우에는 귀신이 들고, 북쪽일 때는 장차 손해볼 일이 닥친다고 여겼다. 또 숨가쁘게 울어대면 나쁜 일이 생길 것이고, 한가롭게 낮은 소리로 울면 평안이 찾아온다고 믿었다. 그의 까마귀는 돌담 위에 혹은 바람을 타고 거칠게 울어대는 모습으로 정형성을 띠고 있다. 이는 고기잡이를 나갔다 돌아오지 못한 이들의 넋을 달래준다는 설정이기도 하고, 아니면 곧 닥쳐올 해풍을 암시해 주는 예언자적인 자태를 담고 있기도 할 것이다.

이어도는 환상의 섬이다. 죽어서만 갈 수 있는 섬이기 때문이다. 머리 속에서만 존재하는 섬 이어도는 신산스런 삶 속에서 제주민들이 그려왔던 유토피아이기도 하다. 바다 속 어딘가에 숨겨져 있다는 전설의 섬 이어도는 언제 목숨을 잃을지 모르는 뱃사람 제주민들에게 불안한 마음을 위무해 주는 안식처로서 존재했던 것이다. 그의 작품 속에 등장하는 몇몇 소재, 사나이나 까마귀, 조랑말 등은 바다를 향해 시선을 고정하고 무언가를 보는 듯 생각하는 듯한 모습으로 그려지기 일쑤이다. 이들의 시선이 바다를 향해 있는 듯하면서도 무언가를 사유하는 듯 보이는 것은 제주민들이 오랫동안 꿈꿔왔던 이어도에 대한 환상을 이들 역시 공유하고 있기 때문은 아닐까 싶다.

이러한 해석들은 다소 번거로울 수도 있지만 그의 그림에 담긴 서사성을 잘 보조해 줄 수 있는 것으로 보인다. 그리고 작가는 이즈음의 자신의 변화의 본질을 다음과 같이 말하고 있다.

> …사람들은 나를 가리켜 제주도를 대표하는 화가라 한다. 그 동
> 안 내가 제주도의 그 독특한 서정을 표현하려 무던히 애써왔기 때
> 문이다. … (중략) 하지만 사실은 그렇지 않다. 진정으로 내가 꿈
> 꾸고 추구하는 것은 역설적이게도 '제주도'라는 형식을 벗어난 곳
> 에 있다. 인간이란 존재의 고독감, 이상향을 향한 그리움의 정서
> 는 시간과 공간을 초월한 것이고 인간이면 누구나 갖는 것이다.
> 내 작품의 감상자들이 그런 정서를 공유하며 위안받았으면 한다.

1987년, 그는 오래 꿈꾸어오던 미술관 건립의 꿈을 이루었다. 고
향 서귀포에 세운 '기당미술관'. '기당'(奇堂)은 제주출신의 재일 기업
인 강구범(康龜範) 선생(1994년 작고)의 호를 딴 것이다. 강구범은
변시지의 외사촌 형제로서 강 씨의 고모가 작가의 백모(伯母)가 된
다. 기당 선생은 일본에서 고무공장으로 자수성가하여 큰 재산을 모
았는데 거부였음에도 씀씀이가 매우 알뜰한 사람이었다. 그는 변시지
가 생애 최초의 개인전을 열었을 때 소식을 듣고 찾아와 지원하겠나
고 약속한 바 있었으나, 변시지는 신세지는 것이 부담이 되어 찾아가
지 않은 터였다. 기당 선생은 변시지의 제주정착 소식을 전해 듣고
1986년에 제주로 날아와 변시지가 주관하는 바람직한 문화사업이나
기념사업에 대해 의논하고자 하였다.

건물은 기당 선생이 맡기로 하고 소장작품은 변시지가 맡기로 했
다. 그는 동료 화가들을 찾아다니며 소장작품을 수집했다. 지역사회
문화발전을 위해 시에서 관리 운영하는 것이 바람직하다는 의견에 따
라 개관식 날 미술관을 서귀포시에 기증했고, 그는 종신 명예관장으
로 추대되었다.

기당미술관은 시 단위의 미술관으로는 국내 최초이며, 현재 500여
점의 작품을 소장하고 있다. 미술관의 구체적인 계획이나 마스터 플
랜은 그가 직접 제안했고, 2층에는 자신의 상설 전시장도 마련하는

등 미술관의 면모를 갖추었다. 이때 일본의 가누마 그룹의 회장 아들이 제주로 날아와, 가누마 그룹에서 지은 미술관에 데라우치와 변시지의 상설전시실을 마련코자 하니 50~100호의 대작 20점을 달라는 제안을 했다. 변시지는 그에게 광풍회 최고상 수상작인 〈베레모를 쓴 여인〉과 〈제주 풍경〉 등 11점을 선뜻 주었지만 아직도 20점을 채우지 못한 상태다.

1991년 제주대학을 정년 퇴임한 이후의 작업은 주로 50~100호 이상의 대작 중심의 작업에 매달리고 있다. 그의 화폭에는 정지된 화면과 역동적인 화면이 번갈아 화폭을 덮고 있다. 1970년대 이후 제주에 정착하면서 그가 발견한 색조인 황갈색의 장판지색은 이제 그의 사상이 된 듯이 보인다. 그는 고희기념전(1995) 이후 그가 창립한 '신맥회'와 '이형전'을 돌보는 한편 명예관장으로 있는 기당미술관의 작업실과 서귀포 아파트를 오가며 작품제작에 몰두하고 있다.

1995년, 제주시절 20년을 결산하는 고희기념화집 《폭풍의 바다》를 일별해 보면 제주에 정착한 후 그곳의 풍광을 매개로 한 인간들의 삶과 역사에 대한 각성은 그의 미술세계를 복잡한 것에서 단순한 것으로, 사실주의적인 것에서 상징주의적인 것으로, 형상에서 본질로 변모시켜 왔음을 확인할 수 있다. 누런빛과 바람으로 가득찬 바다는 단순히 평온한 풍경 이상의 것으로 그려진 것이다. 그것은 인간 존재의 소슬한 삶과 역사를 끊임없이 재생산해내고 있는 바탕이었다. 또 현재의 삶과 의식의 세계를 강렬하게 제약하는 것이기도 했다. 고희를 맞은 그에게 아들딸 3남매는 화집 《폭풍의 바다》를 바치는 헌사에서 다음과 같이 자문하고 있다.

> …(전략) 철학과 현실 사이에서 순수한 예술혼을 그토록 오랫동안 불사르시며 도달한 天地玄黃의 작품세계. 태초에 하늘은 위에 있고 그 빛이 검고 땅은 아래에 있어 그 빛이 누랬다. 더욱이 양자는 구분을 할 수 없는 혼돈과 신비로 가득찬 상태였을 것이다. 검은 선 누런 바탕으로 단순화된 그러한 화폭 속에, 길 없는 길

을 가야함에 지친 듯한 가냘픈 인간의 모습을 형상화함으로써 당신께서 담고 싶었던 것은 무엇이었을까?

그것은 사회가 과학적으로 발달하면 할수록 점점 더 위축되고 소외되고 마는, 그래서 인간은 마치 슬프기 위해 태어난 것처럼 느끼게 하는 이 세계에 대한 대결의지가 아닌가 한다. 당신께서는 우리가 삶 속에서 얻게 되는 모든 좌절과 고통, 누구와도 나누어 가질 수 없는 절대적인 외로움 등 그런 숨기고 싶은 나약한 내면을 과감히 들추어내 보여줌으로써 우리로 하여금 자기를 긍정하게 하고 세계와의 대결을 다시금 모색해 보게 한 것이 아닐까?

〈폭풍의 바다〉 연작은 절반이 50호에서 100호에 이르는 대작이었고, 바다와 언덕, 나무와 노인의 머리칼 등으로 휘몰아치는 바람은 작가의 내면적 방황과 절망의 심연을 형상화하고 있다. 한편 〈제주바다〉 연작으로 이어지는 작품들에서 바람은 잦아들고 고요한 평심과도 같은 잔잔한 물결 속에 어떤 예감을 가득 담아낸다. 그것은 기다림, 만남, 이별, 죽음의 이미지와 닿아 있다. 까마귀떼들의 어지러운 비상은 불길한 예감을 보여주며 죽음을 삶의 연속성 속에서 파악하고 있는 것처럼 보인다. "大望"은 그가 죽음을 불안이 아닌 또다른 세계에 대한 희구로 바라보고 있음을 드러낸다. 이로써 변시지는 가장 제주적인 것이면서도 보편적이고 동시에 자신만이 차지할 수 있는 가장 특이한 작품세계를 확고히 구축하게 된 것이다.

변시지의 회화적 맥락은 짙은 황토의 색조와 보다 분명한 기호와 상징, 그리고 화면을 이용하여 자신의 내면적인 메시지를 전달하고자 하는 의지가 나타나게 되는 다양한 표현적 기법이 강화되는 과정으로 요약된다. 최근의 신문과 잡지는 그의 그림이 사이버시대의 갤러리를 선도하고 있음을 보도하고 있는데, 이는 그가 그 동안 벌여왔던 작업의 방향과 그 정점이 마침내 보편성과 세계성을 획득하게 된 것을 웅변해 준 것이었다. 최근의 매스컴들은 그를 "세계적인 작가들과 같은 반열에 서는 한국 최초의 작가"라고 소개하고 있다.

492

그는 최근 들어 또 다른 하나의 실험적 작업을 벌이고 있는데, 그것은 극도의 절제되고 단순화된 구도로 끝을 맺는 '먹그림'이다. 그가 오래 전부터, 아마 서양화를 하면서 마음 어느 한구석에 자리잡고 있었던 수묵에의 향수가 다시 작용한 것일 것이다. 그는 이미 오래 전부터 틈틈이 수묵 담채에 대한 강한 집착을 내보인 적이 있는데, 이는 최대한으로 단순화되는 주제 전개, 황갈색조와 검은 필선 외에 극히 제한된 자연적 색조보완으로 자연을 농축시켰던 작업을 더욱 극대화한 방법으로 보인다. 그의 먹그림은 순간적으로 대상의 중심을 포착하여 단 한 번의 운필로 치닫는 민첩성과 과감성과 생략법을 함께 아우른다. 이것은 그가 터득한 자기 절제의 또 다른 표현이 아닐 수 없으며, 이미 그것은 황갈의 바탕색과 건삽한 먹선의 제주시절부터 예고된 것이었다.

그의 황톳빛의 사상은 이제 하나의 절정을 이룬 듯하다. 그것은 그의 세계관이 되었고 지순한 조형미로 탄생하였다. 얼굴에 마주치는 바람이 인간을 지혜롭게 한다고 했던가. 바람은 신화의 가장 오래된 형태 중의 하나다. 모든 민족이 바람에 관심을 두었고 어떠한 유령이나 신들도 바람처럼 관심과 두려움의 대상이 되지는 못했다. 폭풍우, 뇌우, 회오리바람은 가장 오래된 영웅 서사시의 줄거리를 이루는 요소로서 작용했던 것이다. 그의 바다에 이는 풍랑과 바람에서 우리는 삶의 예감과 현존재의 시련을 함께 보는 것이다.

이제 그는 자연 속에서의 인간의 실존적 위상을 바라보는 우주적 연민(憐憫, *cosmic pity*), 달관(達觀)과 체관(諦觀)의 세계를 형상화하는 어떤 지고한 경지에 와 있는 듯하다. 변시지의 그림처럼 예술과 풍토, 지역성과 세계성, 동양과 서양이 함께 만나는 희귀하고도 소중한 사례를 보여준 예는 아직 없다.

(《변시지》, 열화당, 2000)

문예창작과 문예비평

창작과 비평

문예작품이 예술이라는 데 의심의 여지가 없듯이 문예비평이 예술이 아니라는 데 또한 의심의 여지가 없다. 그러나 문예비평이 학문인가 하는 데에는 다소간의 의문이 제기되어 왔다. 문학은 즐기는 대상이지 따지는 대상이 아니라는 점, 지극히 개인적인 천재성이나 개성의 발로인 예술품을 객관화, 체계화, 일반화를 속성으로 하는 학문의 영역에 포함시킬 수 있는가 하는 의문이 그것이다.

똑같은 예술작품에 대한 두 개의 상이한 체험이나 평가가 공존할 수 있으며 그 중 어느 것도 완전한 오류가 아닐 수 있다는 데서 비평의 객관성(!)은 의심받게 되지만 그것은 옳다 아니다가 아닌 감수성과 기호의 문제이며 정서의 문제이다. 상이한 두 개의 체험이나 평가가 공존하는 장이야말로 예술작품의 창조자나 수용자가 함께 누리는 삶의 고양화의 한 형태이다. 그러므로 문학이 다루는 다양하고 복잡하기 짝이 없는 여러 가지 양상의 삶의 모습들은 어차피 인간의 그것이며, 그 인간 개개인은 그가 속한 사회 속의 일원이라는 데서, 좀더 높은 차원의 인간과 사회에 대한 객관화, 체계화, 일반화의 성찰이 가능한 것이라 하겠다. 문학은 언어라는 약속체계를 수단으로 인간의 문제를 다룬다는 데서 어차피 인문학의 일부로 수렴될 수밖에 없다. 따라서 문학은 창작가의 열정에 못지 않게 비평가의 열정적인 연구의 대상이 아닐 수 없다.

비평이란 현대사회의 예술영역에 중요한 몫을 담당하고 있는 예술의 부속물이다. 예술의 부재를 개탄하는 비평이 있을 수도 있겠지만 본질적으로 비평은 예술작품에 부수되어 나타나는 정신활동의 하나이다. 요즘처럼 걷잡을 수 없고 때로는 난삽하기 짝이 없는 예술작품들이 쏟아져 나오는 때일수록 작가와 감상층을 매개하는 중개인의 역할이 중요하다 하겠다. 한 폭의 그림을 놓고 입체감이 없다고 말하는 비평가와 제 발가락 하나도 제대로 못 그리는 주제에 입체감이 없다니 하고 되받아치는 예술가는 일단 표면적으로는 대립되어 있는 것처럼 보인다.

그러나 수용자의 내부에 잠깐 떠올랐다가 사라져버린 작품에서 받은 감정, 관념, 이념을 의식화, 체계화시키는 일은 물론 그 세계관적 근거나 삶의 문제까지 파고들어 해석하는 비평가의 기능은 중요하다. 그는 문필가이면서 동시에 삶의 문제에 대한 해석가이며, 이런 점에서 예술가의 영역에 동참하고 있다고 할 수 있다. 비평가란 예술작품의 생산과 소비 사이에 서서 보편타당한 가치를 들추어내고 그때그때의 예술적 현상을 통합하고 간섭하는 전문가이다. 따라서 비평가로서의 우리에게 이상적인 타입은 문학작품에 대한 재판관이 아니라 이상적인 독자여야 할 것이다. 여기서 이상적인 독자란 작품에 나타난 것을 대중이 쉽게 인식할 수 있도록 해줄 능력이 있는 사람을 말한다. 그러나 실제에 있어 이러한 화해로운 상황이란 그리 흔하지 않다. 비평에 관한 중요한 쟁점들이 바로 여기에 포함되어 있다고 해도 지나친 말이 아니다. 무엇이 올바른 해석이냐가 문제이지만 올바른 해석이 무엇이냐가 또한 문제이다. 지식과 사회경험과 넓은 사고의 영역을 갖추고 거기에 감수성이라는 재능까지 갖추어야 올바른 해석을 낳을 수 있고 그때에 비로소 그는 바람직한 비평가일 수 있기 때문이다.

요즈음의 한국문학 일반에 대한 비평활동의 대부분은 저널리즘이 안방을 차지하고 있다는 혐의가 짙다. 저널리즘이란 문학 자체보다는 문학에 관한 사건을 주로 논평함으로써 감상층을 끌어들이는 일에 주력하는 것이다. 이는 본격적인 예술비평이 기울이는 문학적 탐구와는 전적으로 다른 것이다. 현대사회가 저널리스트의 세력이 커지기에 매우 적합한 구조적 특성을 지니고 있다고 하지만, 이들의 시사적이고 단편적이고 흥미촉발적인 코멘트가 가져오게 되는 엄청난 대중선동의 효과를 경계하지 않는 한 비평의 존재가치는 점점 더 훼손될 수밖에 없다.

저널리즘과 마찬가지로 비평은 본질적으로 시사적인 것이다. 그렇다고는 하나 현재의 이념이나 가치는 과거의 그것에 대한 발전적 계승이거나, 새로운 창조의 영역과의 조응을 통해서만 가능할 것이다. '있는 것'을 들추어내는 비평은 어렵지 않지만 '있어야 할 것'을 들추어 보이는 비평은 쉽지 않다. 요즈음의 한국의 문학계에 보이는 문예비평이 주로 저널리즘에 의해 통제되고 있다는 혐의는 베스트셀러 작가와 작품, 문학출판물의 생산과 소비형태, 문학상의 균등배분, 문학단체의 비문학적 활동 등에서 그 구체적인 증거를 댈 수 있다. 이러한 현상은 좀더 넓고 긍정적인 관점으로서 문학사회학의 일부로 고찰의 대상이기도 하지만, 예술의 본령과 비평의 임무에 크게 저해되는 조야한 문단적 실정과 다를 바 없다. 비평이란 무엇보다도 자신의 독립성을 강조하는 데서 출발하는 근엄하고 냉정한 정신활동인 것처럼 보이지만 그리고 때로는 독재적 성격까지 띠면서 자신의 존엄성을 강조하는 것처럼 보이지만, 실제에 있어서는 생산자(출판사 혹은 작가)의 하수인의 기능을 떠맡고 있는 경우가 많다. 비평의 명성이 높아지고 그 기능이 강화되는 것은 감상층이 민주화되고 평준화되어 간다는 증거라고 말할 수 있는바, 이는 오늘의 우리의 비평계로서는 다소 요원한 얘기일 수밖에 없다.

이는 한편 생각하면, 비평의 이러한 세속화 과정은 현대 산업사회의 예술작품의 생산과 소비의 과정에 깊게 관련되어 있는 것처럼 보인다. 기계적 복제술의 발달과 산업화에 따른 개인의 이기화, 가치의 저하, 취미의 통속화 추세는 비평가만을 따로 고상한 자리에 남아 있도록 허락하지 않는다는 속사정 때문이다. 그러나 비평이 예술활동에 끼어들 수 있는 유일한 정신의 독자성이란 물론 이들로부터 본래의 냉정함을 회복하는 일이다. 상을 골고루 나눠주는 행위란 일차적으로 비평행위의 타락을 가장 확실하게 보여준 예가 된다.

물신화와 상업화는 예술의 몰락을 예고하는 가장 대표적인 개념이다. 문학상이 잘못 주어지는 경우와 나눠주어지는 경우는 비평의 전혀 다른 두 측면의 실수다. 잘못 주어지는 경우는 오판의 결과이지만 나눠주는 것은 상업의 결과이다. 오판은 그것대로 비평의 하나이지만 상업은 비평의 포기이다. 비평이 아무리 발전해도 오판은 줄어들지 않는다.

창작과 비평의 화해로운 관계에 끼어드는 또 하나의 반예술과 정신의 타락현상은 이른바 통속예술의 범람이다. 통속예술이 산업사회의 불가피한 부산물이라는 데는 의심할 여지가 없고, 그것이 오락적 요소와 긴장해소의 생리적 심리적 순기능적 역할을 수행하고 있다는 것도 인정하지 않을 수 없지만, 그것은 예술에 대한 비평정신의 타락이나 방심의 결과와 다를 바 없다. 이른바 통속예술의 범람은 정신의 위기, 다시 말하면 우리들 자신의 삶의 양식에 대한 모색과 관찰과 진지함의 부재에 기인하는 것이다. 여기에서의 비평정신이란 읽기에 편한 작품을 쓰는 작가를 비평하는 것이 아니라 진지하지 않은 삶을 그리는 작가를 비판하는 정신을 말한다.

현대사회에서의 비평의 이와 같은 문학의 통속화 현상에 대한 경계는 작품 자체가 가지고 있는 미적 가치나 내재적 구성원리를 밝히는 일차적 임무를 뛰어넘어서는 문제일 수 있다. 어차피 사회는 많이 읽히지만 조야한 작품과 덜 읽히는 유의미한 작품이 공존할 수밖에 없다. 비평이 이때 간여해야 할 문제는 천박함과 진지함, 진부함과 새로움, 순응과 탐색의 의미를 밝혀내는 일이다. 위에 예를 든 상업주의는 비평가 자신의 양심의 문제이며 세속화한 예술의 등장은 일차적으로 작가의 양식의 문제이다. 그러면, 예술 수용자로서의 관람자나 독자에게 주어진 문제는 무엇인가. 그것은 비평이 작가와 작품을 중개할 수 있는 자리에 바로 서려는 태도여하에 달려 있다. 덜 세련되고 영세한 대로 독자는 비평가의 비평을 비평할 수 있는 거리를 유지해야 한다. 그것은 대단히 어려운 문제이지만 작품을 대하는 내면적 성실성에 따라 거기에 근접해 갈 수 있다. 가장 권위 있고 생산적인 비평은 대개는 익명이라는 역설은 비평의 직업성에 대한 순진성의 승리의 한 예가 된다. 그러므로 예술 수용자는 예술에 '관한' 것보다는 '예술'에 관해 자신의 해석적 기능을 부여해야 할 것이다. 연애론보다는 연애가 우리의 정서를 더 고양시킨다.

비평은 예술일 수는 없지만 예술활동에 간섭적 역할을 담당하고 있다는 데서 공동의 가치를 추구한다. 따라서 우리는 문예창작과 문예비평 어느 한쪽에 우위를 둠으로써 양자가 지니고 있는 독자적 기능이나 존재가치를 약화시켜서는 안 된다. 예술의 사회성에 대한 인식 때문에 그것을 사회학의 일부로 종속시키는 일이 부당하듯이 예술 혹은 비평이 어느 한쪽에 기생한다는 생각 또한 부당하다. 따라서 문학연구는 문예비평이 되어야 하고, 문예비평은 단순한 작품에 대한 내재적 원리를 밝히는 일을 뛰어넘어 우리들의 삶에 대한 해석과 통찰에의 접근이라는 인식에 도달할 수 있어야 할 것이다.

저널리즘과 소설

이른바 "신문소설"의 등장은 《황성신문》(1897) 이후 《데국신문》, 《대한매일신보》, 《만세보》 등 개화기 민간신문이 대거 발간되면서부터였다. 당시의 이러한 신문들은 거의 유일한 소설의 발표무대가 되었으며 "딱지본"이라 불리던 단행본들도 일단은 신문에 연재된 것들이었다.

외세에 맞서야 할 민족주의 이념을 돈독히 하고 새로운 근대사조의 이입, 수용의 과정에서 당시 신문들이 떠맡았던 시대적 책무는 신문의 본래의 기능인 보도와 논평의 차원을 넘어선 것이었다. 자주와 개화의 두 가지 책무가 부과된 사명이었던 이들 신문이야말로 당시의 시대적 이념과 문화적 욕구의 가장 구체적인 실천의 무대였다. 1906년의 《만세보》는 이인직의 〈혈의누〉를 연재하면서 이 땅에 소설문학의 대중화와 상업화의 첫장을 열었다. "신소설"이라는, 다분히 상업적 명칭을 달고 나온 당시의 소설들은 개화일변도 혹은 무주체적 역사인식, 멜로적 사건구성 등의 부정적 측면에도 불구하고 소설의 사회적 기능에 고무되었으며 전대소설에 비해 한층 성숙된 기량을 보여주었다.

1917년 《매일신보》에 연재된 이광수의 〈무정〉은 많이 읽히기도 했지만 그만큼 잘 씌어진 소설이었다. 한국소설의 근대적 면모가 비로소 이 소설에서 구체적으로 시험, 구현된 셈이었다. 이후 김동인의 〈운현궁의 봄〉(조선일보, 1933), 염상섭의 〈만세전〉(조선일보, 1924)과 〈삼대〉(조선일보, 1931), 이광수의 〈단종애사〉(동아일보, 1928)와 〈유정〉(조선일보), 채만식의 〈탁류〉(조선일보, 1937), 심훈의 〈상록수〉(동아일보, 1935), 현진건의 〈무영탑〉(동아일보, 1938), 홍명희의 〈임꺽정전〉(조선일보, 1928) 등 문학사에 기념될 만한 많은 작품들이 연재되었으며, 이태준, 이기영, 김동리, 김유정, 김정한 등 헤아리기 어려운 많은 작가들이 신문을 통해 문단에 등장했고 현재에도 "신춘문예"라는 이름의 현상문예를 통해 수많은 작가가 배출되고 있다. 신문이 문학에 기여하고 있는 대표적인 사례이다.

그러나 시대에 따라 신문에 게재되는 소설도 그 사회적 기능이나 작품의 성향이 다소 달라졌다. 신문학 초기의 공리주의적 성향이 통속적인 것으로 바뀌면서 취미성향에 빠지는 경향이 많아졌다. 1920년대에 김기진에 의해 이 문제에 대한 논의가 제기된 이래, 이른바 '순수소설'과 '통속소설'의 이원화 현상이 이즈음에 등장했다. 따라서 신문소설은 통속소설이요, 거기에 참여한 작가는 타락한 작가라는 것이다. 이러한 통념은 현재에까지도 계속되고 있는데, 이러한 지탄에 대한 책임은 일단은 신문보다는 작가에 있다고 하겠다. 사회가 산업화, 도시화되고 개인이 세속화, 이기화되고 이에 발맞추어 저널리즘이 발달함으로써 소설의 대중화—그러나 상업화가 가속화되었다. 이러한 추세는 소설의 근본속성인 대중성을 고려할 때 필연적인 변화의 양상이며 어차피 문학은 특수계층의 독점물이어서는 안 된다는 당위론의 반영이라 하겠다.

문학의 대중화 현상은 이상적으로 바람직하나 현실적으로 문학의 통속화를 초래하는 것이 불가피해진다. 많은 독자들에게 고루고루 읽히기를 바라는 소설은 작가의 개성이나 창의보다는 독자의 상투적 감성과 보편적 욕망 쪽에 쉽게 가담하게 된다. 매일매일 조금씩 발표되면서 계속 읽히기를 바라는 소설은 또한 그때그때의 흥미유지를 위해 자극적인 성과 극적인 사건과 과장된 정서가 동원되기 쉽다. 그리고 '신문'이란 무엇보다도 팔려야 할 것이므로 작가는 신문이나 독자 쪽으로부터 유혹과 압력을 받기 마련이다. 많은 원고료 또한 작가들의 신문소설 '제작'의 촉진제로 가세한다.

"신문소설"의 통속화 현상은 그러므로 산업화, 도시화, 세속화, 개체화로 표현되는 현대의 사회적, 종교적, 문화적 속성과 불가피한 동기적 관련을 맺고 있다고 할 수 있다. 따라서 우리는 저널리즘에 대해 소설의 통속화를 비난하는 일에 앞서 소설작품의 '수요'를 불러일으킨 기여를 지적해야 하며 대중 위에 군림하는 '고독한 천재작가'의 '순수성'을 고무하기에 앞서 그 역시 대중의 일원임을 인식하는 일이 중요하다. 이와 같은 사정에 대한 합의 없이는 이른바 "신문소설"에 대한 어떠한 지탄도 온당하지 못한 것이 되기 쉽다. 그런 다음에 비로소 우리에게 "신문소설"에 대한 다음과 같은 논의가 진지하게 이루어져야 할 것이다.

첫째는 "신문소설"이라는 용어의 사용에 대한 문제다. 이는 다분히 '통속적', '비예술적' 등의 부정적인 선입견이 개입된 용어인바, "신문소설"이란 "신문에 연재(게재)되는 소설 일반"을 가리키는 개념 이상도 이하도 아니라는 점에 대한 확인이다. "신문소설=통속소설"이란 등식을 입증하는 수많은 작품을 우리는 보고 있지만 그 반대의 예증이 되는 작품 또한 우리(또는 세계의) 문학사는 소중히 간직하고 있다.

한편, "신문소설"이라는 용어의 불필요성에 대한 인식은 무엇보다도 그러한 사정의 명백한 원인이 되는 작가의 주체적 개입에 의해 가능하다는 생각 또한 중요하다. 미적인 기능과 사회적 기능이 서로 분리될 수 없는 성격에 진정한 예술적 업적의 본질이 있다면, "신문소설"이야말로 오늘의 작가가 능동적으로 뛰어들 만한 야심적인 무대일 수 있다. 고독한 천재의 진정한 고독은 여기에서 비로소 현실화되고 유의미한 것이 된다. 그 고독이란 재생보다는 창조에, 순응보다는 비판에, 향락적이기보다는 심미적인 것에 대한 외로운 싸움에 다름 아니다. 현대사회의 구조와 저널리즘의 특성이 그의 고독한 싸움에 짐이 될 것이지만, 그것은 그가 작가이기를 포기했을 때에나 가능한 생각이다. 〈자유부인〉의 통속성이 〈별들의 고향〉이나 〈휘청거리는 오후〉의 대중성으로, 마침내는 〈장길산〉의 역사인식으로 성숙한 것은 신문소설의 전망을 제시한 예가 된다.

한편 우리는 예술적 표현의 장으로서의 신문의 기능을 따져볼 필요가 있다. 연재소설의 경우 특히 일회성과 독서의 단절성이 작가와 독자 양쪽의 제약이 되고 있다. 이러한 제약은 대중매체의 범람 속에서 특히 신문만이 가지고 있는 취약점이 아닐 수 없다. 신문학 초기의 신문은 거의 유일한 발표의 무대였기에 참을 수 있었고 문화운동의 첨병임을 자부했던 당시의 신문의 긍지일 수도 있었다. 따라서 저널리즘에 부과된 초기의 문화적 책무는 이제 수많은 월·계간의 문예지나 종합지에 넘기는 것이 좋다는 의견이 나올 수 있다. 그 구체적 예가 신춘문예 행사의 폐지론이다. 그러나 이 역시 신문소설에 대한 어떤 편견에 연유한 생각이다. 발표지면이야 많을수록 좋고 작가의 배출도 많을수록 좋다. 문제가 되는 것은 지면이 아니라 작품이다.

지면이 작품을 규제했던 과거의 통념으로부터 벗어나는 것이 순수소설, 참여소설, 통속소설, 대중소설, 민중소설, 신문소설 따위의, 소설이라는 이름의 예술에 쉬파리처럼 달라붙은 접두어를 떼내는 작업과도 무관하지 않다. 신문소설에 대한 논의는 결국 신문이라는 관형어를 떼내는 작업에 다름 아니다. 따라서 다양한 편집과 새로운 독자인식의 차원에서 과거의 영광을 되찾는 데서 신문소설의 진로가 모색될 수 있을 것이다.

예술과 외설

우리들의 일상에 끼어든 외설스러움은 이미 용인될 뿐만 아니라 은밀한 대접을 받고 있다. 동네의 비디오가게에서는 일금 천 원이면 한 시간짜리 에로물을 대여해 주고 웬만한 '인간적인' 호텔이나 여관에 들면 TV를 켜자마자 옷 벗은 사람들이 등장한다. 일본이나 구미 어디를 여행해도 마찬가지다. 거리마다 광고마다 성적인 것이 범람하고 있다.

그러나 이는 우려할 만하지만 무서워할 일은 아니다. 성은 묘사만 잘하면 전쟁과 사랑, 해학과 풍자, 진지함과 경박함에 관련한 인간탐색의 근원적 모티프가 될 수 있다. 그래서 예술과 외설을 구분하는 기준을 놓고 사람들은 고민하게 된다. 그러나 예술과 외설은 그렇게 엄살을 떨지 않아도 우리들은 어렵지 않게 구별해낸다. 우리는 일단 본래적으로 이성적이기 때문이다. 문제는 그 자율적인 비평행위를 물리적으로 대행하려는 데 있다.

인간만사의 백화점인 문학작품에서 그러저러한 시빗거리는 얼마든지 많이 있어왔다. 몇 년 전 문학적 완성도에서 크게 문제가 있었던 '외설작품'의 작자가 교수직위가 해제되고 강단을 물러나 감옥에 갇혔다. 문학의 사회적 기능이나 효용가치, 예술과 외설 혹은 윤리와 법의 한계, 작가나 교수로서의 사회적 책임의 문제들에 관한 생각들을 되새겨보도록 하는 계기였다. 최근에는 어떤 젊은 작가가 같은 문제로 작품이 판금되고 출판사는 그 책을 회수했다고 한다. 이들 작가들에 대한 법적 조치와 옹호의 논거들은 오늘의 우리가 처해 있는 풍속의 현주소를 말해주고 있다고 하겠다. 그것은 우리에게 지켜야 할 것과 버릴 것, 소중한 것이 사라져가는 것에 대한 안타까움 등을 분명히 해준 사건이었다.

그럼에도 불구하고 이들 작품들은 법에 의해 '심판'되어서는 안 된다는 생각이다. 이는 예술작품의 치외법권적 특성을 말하려는 것이 아니라 그 독자적 성격 때문이다. 그들의 소설이 외설적이었다면 비난받을 수 있고 예술성이 있다면 또한 칭찬받아 마땅하지만, 그것은 오직 항구적이고 보편적인 문화적 자율성 안에서 그렇게 되어야 한다. 장외(場外)로 물러나버린 오늘의 문화재판은 마침내 작가를 수감시켰다. 정작 가두어야 할 것은 그 비평활동을 유기한 오늘의 문단이었다.

우리는 1930년대의 시인 이상(李箱)을 기억하고 있다. 그의 시 〈오감도〉(烏瞰圖)가 신문에 처음 연재되었을 때, 독자들은 그를 매도했다. 그의 시는 제목부터가 사전에 없는 것이고 띄어쓰기를 하지 않았음은 물론 병자의 '넋두리'로 활자를 뒤집거나 성적 상징어나 숫자를 동원했다. '시대의 좌절과 존재의 불안'을 노래했다는 그는 우리 시문학사에서 '알 수 없는 시'를 처음 쓴 사람이었다. 그는 시를 중단당하자 "우리는 언제까지 저 19세기의 달만을 쳐다보며 살 텐가"고 투덜거리며 일본으로 떠났고, 신문 편집부장은 사표를 냈다. 춤바람 난 교수 사모님을 묘사했다고 해서 비난받았던 정비석의 〈자유부인〉은 이제는 진부하기 짝이 없는 소재요 내용으로 전락한 지 오래다. 〈분지〉(糞地)의 남정현이나 〈오적〉(五賊)을 쓴 김지하는 투옥되었지만 그들은 이제 복권되었고 책은 재출간되었다. 이들은 모두 당시의 경직된 법적 제도적 논리에 의해 '반모럴', '비윤리', '반국가'로 지목되었던 것이다. 이 사건들의 공통점이란, 불과 몇 년 못 가서 그 평결이 그릇되었다는 것을 우리 모두가 인정하게 되었다는 점이다. 이는 사회이동의 과도기를 건너면서 내린 우리들의 서툰 법적 윤리적 결단의 한 사례였다.

최근에 문제된 이들 작품들은 작품의 완성도가 떨어지고 문제된 외설적인 부분들의 미학적 근거 또한 희박하지만, 다른 한쪽에서 그 동안 문화계를 지배해 왔던 경직된 민중적 사유방식과 획일주의의 일방통행에 '우선멈춤' 신호를 마련하려 한 의도는 인정해 줄 수 있다. 맑스와 사실주의와 폐쇄된 도덕적 엄숙주의의 행렬 앞에 그들은 비록 서툴지만 프로이트와 모더니즘과 자유스러운 성 논리로 반발하려 한 것이다.

예술작품은 평가의 대상이지 문책의 대상은 아니다. 그들이 물의를 일으킨 것도 사실이고 그의 작품이 외설이라는 것도 인정되는 한편으로, 우리는 그럼에도 불구하고 몸무게를 다는 데 잣대를 들이대는 잘못을 범하지는 말아야 한다. 외설이라는 생각은 했지만 그냥 지나치려는데 법이 끼어드니까 마침내 본격적으로 외설이 되고 마는 경우가 많다. 실패한 예술은 웃음거리나 되고 말 일이지 감옥까지 들어간다면 이건 너무하다. 어떤 철학자의 말처럼 윤리나 도덕이란 우리에게 '하나의 요긴한 오류'일지도 모른다.

박제된 문학

주문한 "강의실 속의 문학"은 아무래도 문학에서의 이론과 실제의 문제와 관련한 주제로 보인다. 따라서 그것은 문학이 연구의 대상이 되었을 때 우리가 마주치게 되는 문제들에 대한 토로가 될 것이다.

문학이 연구의 대상이 될 수 있는가에서부터 논의의 여지는 있지만, 어차피 문학도 인문과학의 일부로 수렴될 수밖에 없다. 따라서 대학의 문학교실은 문학을 학문이라고 보는 입장이 전제된 장소다. 문학을 학문으로 다루기 때문에 문학을 그저 즐기고 창작해 보려는 소박한 즐거움은 사라지고 엄격하고 딱딱하고 때로는 진부하다. 삶의 현장에서 벌어지는, 처지가 다른 사람들의 태도나 여러 가지 목소리로 짜인 생의 의미나 진실의 기록인 문학작품을 문학교실에서는 무심히, 되도록 냉정하게 거리를 두고 따지려 든다. 한 작가나 시인의 열정과 분노와 좌절과 환희와 비애의 기록들인 그것들을 문학교실은 되도록 차근차근, 흥분하지 않고, 조목조목 살펴가며 쪼개보고 붙여보고 해석하고 평가한다. 문학을 감상하려 들기보다는 문학을 의식하려 든다. 감동하기보다는 감동의 원인을 찾으려 든다. 그냥 좋다, 나쁘다가 아니라 어째서 그런가를 따지자니 교수와 학생 간에 말도 많고 그래서 어떤 때는 문학교실이 흡사 증권시장 같기도 하고 개성의 난투장 같기도 하다.

나는 학교에서 학기에 따라 주로 소설론, 작가론, 창작실기 등을 번갈아 맡고 있다. 강단에 선 지 올해로 15년이 되지만 강의는 늘 뒤죽박죽이다. 공자의 수사법이 아니라 이제 나는 진실로 문학강의가 얼마나 어려운가를 안다고 말할 수 있다. 그것은 아무래도 문학이 화학방정식이나 생물의 유전법칙에 의존하는 것이 아니라는 사실에 있을 것이다. 문학이 곧 인생이니까 문학연구야말로 인생에 대한 탐구에 다름 아니라는 표현은 진부하지만 사실이다.

나는 그래서 문학작품을 대하는 태도가 겸허해야 한다는 점을 강조하는 것으로 늘 강의를 시작한다. 텍스트에 대한 신뢰를 강조하는 것이 그 첫 번째 실례다. 씌어진 말에 최대한의 권위를 부여하면서 찬찬히, 꼼꼼히, 되풀이해서 읽을 것을 주장한다. 이것이야말로 한 작가나 시인의 메시지에 접근하는 첩경이요 당연한 원칙인데도, 놀랍게도 학생들은 한 번 주르륵 읽거나 줄거리만을 기억하고는 '연구'에 뛰어든다. 그리고는 감히 '평가'하려 드는 것이다. 나는 이런 학생들을 곯려주기 위해서가 아니라 반성케 하기 위해서 가끔 이런 문제를 가지고 중간고사를 치르기도 한다. 가령 "김동인의 〈감자〉에서 복녀가 처음 왕서방에게 팔려온 금액은 얼마인가. 이 소설에서 그녀는 몇 번이나 사고팔리는 행위에 가담하고 있는가", "염상섭의 〈만세전〉의 주인공 이인화가 아내의 위독전보를 받고 맨 처음 찾아간 곳은 어디인가, 그가 동경에서 서울로 가는 동안에 거쳤던 곳과 만났던 사람을 모두 써라" 하는 따위의 문제 말이다. 문학사나 평론집을 복사해서 열심히 시험에 대비했던 학생에게는 좀 "치사한" 문제일 수밖에 없다. 윤동주가 감옥에서 죽었다는 사실은 중요하지만 그 사실 때문에 그의 시가 애국시로 판정되는 것은 부당하다. 작가나 시인의 생애야말로 한 작품의 명백한 원인이 되지만 그것은 작품의 해석에 유의미하게 작용할 때만 가치있는 자료가 된다. 텍스트를 겸허하고 선입견 없이 허심탄회하게 마주 대하는 태도는 무엇보다 중요하다.

한편, 문학을 즐기기보다는 따지는 곳이 대학의 문학교실이기 때문에 자연히 먹물기기 넘치기 마련이나. 문학교실이 비록 표면적으로나마 비문학적 공간이 되는 순간이 바로 이 대목이다. 문학이 즐거운 것이 아니라 고통스러운 것이라는 생각으로 변하면서 마침내 사람들은 여기서 문학을 즐기기보다는 따지기 시작한다. 좀더 객관적으로 합당하게 즐기기 위해서 따지고, 따지다 보니 고통스럽다. 그러나 여기에서 벌어지는 논의가 그럴싸하게만 진행된다면, 문학에 대해 기대했던 우리의 소박한 욕구는 마침내 삶의 의미에 대한 깊은 천착이나 깨달음에까지 이르게 되고 지적 성취감이나 정서의 고양감과 만나게 된다. 문학논의의 가장 이상적 장면이다.

그러나 실제에 있어 학생들은 자기도 모르는 사이에 딴 길로 접어들기가 십상이다. 이른바 현학취미에 빠져서 작품은 온데간데없고 요란한 용어들만 난무한다. 서울에서 부산으로 향하던 중 삼천포로 빠지던가, 혹은 대전에서 "노리까이"(갈아타기) 해서 난데없이 목포로 향하고 마는 현상들은 교수들의 논문에서도 쉽사리 발견할 수 있다. 문학은 한 가지만 얘기하는 것 같지만 여러 가지를 담고 있기 십상이고 또 그 반대이기도 하기 때문에 이런 삼천포 현상과 노리까이 현상이 생기기 마련이다. 가령, 문학이 인간정신의 단편 혹은 총체적 표현이라는 데서 역사, 철학, 심리학 등의 도움을 받고 작품의 가치를 해명하는 데 그것들을 원용하는 것은 당연하고도 필요한데, 여기서 본말이 전도되는 사태가 그 대표적인 예다. 프로이트, 융, 헤겔, 맑스, 루카치, 골드만, 프라이, 프레이저, 짐멜, 뒤르켕 다 동원할 만한 사람들이고, 단군신화, 삼국유사, 그리스 로마신화 모두 들먹거릴 만한 이야기들이고, 조선왕조실록, 경제사, 의병운동사, 학생운동사, 조선, 동아일보 모두 필요하다. 문제는 이들의 중요성과 필요성을 인식하는 이상으로 그것들을 작품연구에 효과적으로 적용하는 일일 것이다.

강의실에서의 문학논의에서 딴 길로 접어드는 것을 경계하는 것 이상으로 중요한 것은 편견과 고정관념으로부터 해방되는 것이라 하겠다. 허심탄회하게 텍스트를 대하라는 말은 독자인 스스로를 기만하지 말라는 것과 같다. 교양국어 시간에 한용운의 시를 놓고 이거 기막힌 연애시가 아닌가 하고 감탄했더니 학생들은 나를 이완용 쳐다보듯 했다. 이게 연애시가 아니고 무어냐고 따졌더니 학생들은 애국시라고 대들었다. 나는 결국 연애시나 애국시나 애자 들어가기는 마찬가지고 그 이상의 구애시도 맞다고 말했지만, 아무래도 명쾌하지 않은 태도가 불만인 모양이었다. 관동출판사판 《大入國語100日作戰》이 그들을 그렇게 만든 것이다. 작품을 해석하고 감상하는 자리에 설 때 특히 교사는 좀 우유부단할 필요가 있다. 텍스트를 작가로부터 교사로부터 해방시켜 좀더 자유롭게 그들 앞에 흩트려놓아야 한다. 강독시간이면 1인 혹은 2인 1편을 연구작품으로 과제를 주고 해당시간에 나가서 발표하도록 하고 교사는 뒷자리에 앉아 있고 학생들끼리 독서토론을 벌인다. 이때 그들이 주고받은 언어와 감수성들이 비교되고 수정되는 기회를 맞는다.

문학은 정답이 없어보이는 국면에 이르러서야 비로소 진정한 삶의 의미와 정서적 고양감과 만나게 된다. 인생을 사는 데에는 여러 가지 길과 방법이 있듯이 문학을 연구하고 평가하는 데 또한 여러 가지 길과 방법이 있음을 보이도록 교사는 노력해야 한다. 상반되고 모순되어 보이는 논리가 상호 대립 혹은 공존할 수 있는 마당이야말로 문학이 인생에 관한 것임을 입증해 주고 있는 것이다. 이론화, 체계화, 추상화의 길로 내닫는 문학 강의실은 그러므로 문학이 화석화된 공간만은 아닐 것이다. 삶의 이념이나 가치에 대한 진지하고도 솔직한 논의가 활발히 이루어질 때 문학은 비로소 우리들의 삶의 일부로서 편입되는 것이다.

문학적 실천과 실천적 문학

요즈음의 한국소설이 왜 감동이 없는지, 그 이유를 주로 소재면에서 찾아보라는 게 편집자의 주문이지만, 사실로 말하면 이것은 일단은 편의주의이다. 한 편의 소설이 우리를 감동시킨 원인이란 소재의 그럴 듯함에 연유하는 것이 아니듯이 소재 때문에 감동을 받지 못했다는 진술 또한 어느 정도 부당하다. 문학작품의 소재란 우리가 숨쉬는 공기와 같이 세상에 미만해 있어서 우리 앞에 항상 널려 있지만 그러나 언제나 구해지는 것은 아니다. 문학작품에서의 소재란 그러므로 선택의 대상이지 가치의 대상은 아니다. 선택된 재료가 얼마나 그럴싸하게 뜻 있게 짜여 있느냐에 따라 비로소 그 가치가 인정될 수 있다. 황석영의 〈삼포가는 길〉이 감동적이었다면 그것은 소재의 신선함에 기인하는 것이 아니라 그것들의 신선한 결합에 이유가 있을 것이다. 이들 떠돌이 노동자와 작부들이 벌이는 수작이란 매우 흔해빠진 것이다. 그러나 이 작품은 소재들을 결합하는 과정 속에 끼어든 작가의 미의식, 가치의식에 의해 그 상투성과 범박성으로부터 벗어나

508

게 한 데 감동의 한 원인이 있다.

소설에 감동이 없는 이유를 소재 면에서 찾아보는 일이란 그러므로 이런 관점에서 유의미한 것이며 주제나 인물이나 사건구성 등의 다른 미시적 거시적 국면과의 조응을 통해 그 총체적 모습은 드러날 것이다. 한국소설이 감동이 없다는 얘기는 경우에 따라 다소 무책임하다. 그러나 이러한 지탄을 일부 받게 되는 속사정에는 그럴싸한 이유도 있다. 요즈음의 어떤 소설들이 감동이 없다면, 특히 소재면에서 그 이유의 일단을 찾아보자면 우선 소재를 처리하는 방식의 유형성에서 찾아야 할 것 같다. 그것은 노동자·농민·도시빈민 등 기층민들의 생활에서 취재한 소설들에 보이는 방법의 유형성이다. 산업화의 근간이 되는 합리주의나 생산주의적 발상은 멀리 조선 후기까지 거슬러 올라갈 수 있지만 그것이 조직적 집단적으로 추진되기 시작한 1960년대 이후, 특히 1970년대의 '고도성장'이나 '수출증대'를 부르짖던 때부터 기층민들의 생활이 사회적 쟁점으로 부각되었다. 따라서 이 시기의 소설들이 여기에 따른 문제들을 수용하게 된 것은 아주 자연스럽다. 그리고 이 시기의 소설적 성과의 상당부분이 산업화와 깊게 연계되어 있으며 그에 따른 문제의 일부도 여기에서 비롯되고 있다는 데서 또한 검토의 여지가 있다.

이 시기의 우리 소설의 가장 큰 쟁점이란 급격한 경제성장의 열기나 산업화의 과정에서 드러난 인간적 삶의 훼손이나 비인간화, 소외 등의 문제로 집약된다. '민중문학' 따위의 용어가 이때부터 낯설지 않게 따라다니면서 그에 대한 이론적 근거도 마련되고 주의주장이 만발하기에 이르렀다. 이는 문학에서의 '민중' 논의의 중요성이나 당위성을 말해주는 것이기도 하지만 한편으로는 아직도 그에 따른 문제들에 대한 합의가 이루어지지 않고 있음을 보인 것이다.

근대화 또는 시민사회란 어차피 개인의 이기적 욕망을 우선으로 하는 가치관이 지배하는 사회이지만 도시화 산업화를 수행하는 과정에서 필연적으로 만나게 되는 것이 소득의 편재와 비인간화와 불평등,

자유의 유보를 강요당하는 일이다. 그 사건의 현장이 가장 흔하게는 노동자, 농민, 도시빈민, 호스테스, 의식있는 빈자들의 생활공간이었으며 이만한 사회적 쟁점과 문학적 소재라면 이미 그 작품성도 어느 정도 드러나기 마련이었다. 이 시기의 〈客地〉, 〈난쟁이가 쏘아올린 작은 공〉, 〈아홉 켤레의 구두로 남은 사내〉, 〈浮草〉, 〈영자의 全盛時代〉, 〈별들의 故鄕〉, 〈겨울女子〉 등의 작품은 많이 팔리고 읽혔다. 이들 작품들에 보이는 성향의 일부를 빌미로 하여 그것을 '민중' 혹은 '대중' 소설로 구분하여 부르기도 하였다. 영자나 별들이나 겨울여자 이야기를 한마디로 상업주의로 치부해 버리는 것을 나는 반대하는 입장이지만 그러나 이들이 그러한 지탄을 일부 받게 된 데는 그럴 만한 이유가 있다. 한 나약한 여자의 도덕적·인륜적 파탄을 산업사회의 부산물로 결부시켜 보는 것은 가능하지만 그러한 과정을 그려보이는 작가의 시각은 의심스러운 것이며 여대생의 왜곡된 성 윤리는 간혹 도시화의 잔재일 수 있지만 그것이 과장된 정서와 욕망으로 묘사될 때 그것은 '통속'일 수밖에 없는 것이다. 〈별들의 고향〉보다는 〈他人의 房〉에서, 〈겨울여자〉보다는 〈아메리카〉에서 보다 성숙한 인간통찰의 깊이를 보게 되는 이유야말로 소재처리의 상투성과 조형성의 차이이다.

요즈음의 일부 소설이 감동이 적은 이유란 그러므로 소재들을 사회적 쟁점이 되는 문제들의 표면에서, 그러니까 재료적 차원에서 재구성하거나 반복하려는 일부 작가들의 작업태도에 기인하는 것이라 할 수 있다. 문제는 이들 작품들이 굶주린 자들의 삶을 그렸기 때문에 좋다는 것인지 그것을 잘 그렸기 때문에 좋다는 것인지를 구분하지 못 하고 있거나 안 하고 있다는 점이다. 빈부, 노사, 도시화, 비인간화 등 산업사회와 관련한 소재들은 주제 자체로 이미 현실의 핵에 접근해 있다는 인식 때문에 그것을 용해하는 형상화 작업을 게을리하기 쉽다.

감동이 없는 소설, 이른바 실패한 소설이란 이러한 인간생존의 외

510

부적 조건 자체에 매달리고 성공한 소설이란 그러한 삶의 조건에 대
응해 가는 과정 속에 모습을 담는다. 르포나 논픽션이 우리를 사로잡
는 경우란 사실에 있어 소재의 신기함이나 놀라움에 기인하는 것일
때가 많다. 최근의 경제적 핍박, 정치적 억압에 따른 계층이나 인간
소외의 문제를 다룬 일부 소설이 우리를 식상케 하는 이유란 주제나
소재의 진부함이 아니라 그것을 드러내는 방법의 진부함 때문이다.
오늘의 현실이 안고 있는 사회변동의 충격과 정치적 혼란은 그 드러
내는 방법론조차 한갓된 사치일 수 있을 것이다. 그러나 진정한 의미
의 문학적 힘이나 실천은 이념 자체보다는 그것을 형상화하는 과정
속에서 찾아지는 것이다.

오늘의 한국소설에 두드러진 소재의 또 하나는 이른바 ‘분단문학’이
라 일컬어지는 한국전쟁과 관련한 것들이다. 해방 이후의 좌우익의 대
립이나 6·25 전쟁이란 한마디로 우리의 현대소설의 소재의 보고(寶
庫)라 이를 만하다. 이러한 소재들은 한국 현대사의 핵심적 문체들에
닿아 있어 서사문학의 대표적 장르인 소설에서 이에 대해 야심을 갖는
것은 당연하다. 전쟁을 치른 지 40년이 가까워 오지만 전쟁은 아직 끝
나지 않았다. 그리고 그 전쟁의 비극성에 비견할 만한 작품에는 아직
합의를 본 바 없다. 그러나 더욱 중요한 것은 그 비극성이 오늘의 한
국인의 정서와 존재의 양상에 깊게 침윤되어 있다는 데 있다. 6·25는
따라서 흘러간 역사가 아니라 살아 있는 오늘의 환부라는 점에서 소설
적 탐구는 계속될 전망이다. 〈鶴〉(황순원), 〈요한詩集〉(장용학), 〈暗
射地圖〉(서기원), 〈板門店〉(이호철), 〈廣場〉(최인훈) 등의 전후 소
설에서부터 최근의 〈남과 북〉(홍성원), 〈乾〉(김승옥), 〈새와 십자
가〉(오탁번), 〈장마〉(윤흥길), 〈가을 公演〉(한용환), 〈空山吐月〉(이
문구), 〈노을〉(김원일), 〈영웅시대〉(이문열), 〈태백산맥〉(조정래) 등
에 이르기까지 많은 작가들이 중 단편 내지 ‘대하소설’로 전쟁에 관련
한 소재들을 다루었다. 전후의 1950년대 작품들이 주는 감동이란 주
로 전쟁의 피폐한 현실에서 만나게 되는 실존적 상황이나 굶주림, 이

데올로기 대립의 세계에 대한 형상화에 기인하는 것이다.

　한편 전쟁을 직접 체험한 세대들의 이와 같은 성과에 못지 않게 그 것을 먼발치서 바라보았던, 유년시절의 기억으로 간직한 전쟁을 그린 이후 세대들의 작품성과 또한 주목되는 것이었다. 그들은 각각 자기 또래의 성인과 소년을 작중인물로 내세웠지만 그 감동은 성인과 소년 의 차이가 아니었다. 작품의 소재가 체험으로서뿐만 아니라 그것이 상상력과 결합되어 나타날 때 비로소 주제에 가담하게 되는 예라 할 수 있다.

　분단문제를 소재로 한 일부 소설이 항용 빠지곤 하였던 문제는 이 데올로기에 봉사하는 사람들에 대한 이데올로기적 처리방식이다. 이 쪽과 저쪽, 좌익과 우익 어느 한쪽에 일방적 성원을 보냄으로써 사태 (소재)에 대한 객관적 인식을 잃어버리는 경우이다. 6·25 소설의 상 당부분이 알게 모르게 이러한 현상에 깊게 빠져 있음을 본다. 〈지리 산〉, 〈겨울골짜기〉, 〈영웅시대〉, 〈태백산맥〉 등에 보인 인간통찰의 방식이나 엄정성의 확보는 이러한 도식성을 벗어난 예다. 이른바 민 중문제와 분단문제에 관련한 소재들은 앞으로도 계속 작품에 채용될 것이 분명하다. 그것은 오늘의 우리가 안고 있는 사회적 역사적 책무 이고 작가는 그것을 외면할 수 없기 때문이다.

　그럼에도 불구하고 일부 독자들이 이러한 소재에 다소간의 염증을 느끼고 있는 이유는 무엇인가. 그것은 우리들 개개인의 삶의 양식이 란 집단적이고 체제적인 것에 의해서만이 아니라 다른 한편으로 그러 한 것들로부터 철저히 자유로운 지점에 존재의 준거를 두고 있다는 데 있다. 노사, 빈부, 분단의 문제는 어느 일방이 아니라 집단과 집 단의 합의나 승인하에 성립되고 해결될 수 있는 정치의 성향을 띠고 있어서 그러한 집단적 가치로부터 초월하여 목표나 전제조건 없이 자 유롭게 행동하고자 하는 개인의 근원적 욕망을 충족시킬 수 없다. 요 즈음의 한국소설에 보이는 새로운 가능성은 이러한 생각이 전제된 자 리에서 찾아질 수 있을 것이다. 이문열의 〈황제를 위하여〉나 복거일의 〈비명을 찾아서〉에서 보인 소재의 공간확대는 단순한 소재주의가 아니다. 이제하의 〈草食〉에 보인 소재는 그 상징적 조작에, 오정희의 〈別辭〉의 소재는 그 환상적 조합에 의해 소재의 상식성과 통속성을 극복했다. 그리하여 이 작품들은 역사와 사회와 정치와 인간에 대한 새로운 전망과 해석을 시도케 한 것이다. 최창학의 〈지붕〉이나 〈긴 꿈속의 불〉은 특수지대(복지원이나 정신병동)에서 취재한 르포성이 강한 소재이지만 오늘의 한국사회의 병리적 현상에 대한 진단에 매우 적합한 것이었다. 〈만다라〉나 〈사람의 아들〉은 우리 소설이 그동안 등한히 해왔던 관념과 형이상의 세계에 대한 탐색적인 소재로 의미가 있었다.

오늘의 우리 소설에 감동이 없다면 그것은 편협한 소재주의에 그 원인이 있음을 부인할 수 없다. 죽은 아내의 환상을 좇는 사람의 얘기는 저임금에 시달리는 공장 노동자의 현실적 문제를 외면한 소비적 속물근성의 발로라는 비난이나, 이제 우리도 배부를 권리가 있으며 즐길 수 있으되 소득의 편재는 나의 문제가 아니라는 자기 방어의 태도 모두 잘못된 고집이다. 1980년대도 이제 중반을 넘어섰다. 1970년대가 정치적 억압의 시대요 경제적으로 산업화를 추구했다면 1980년대는 정치적 경직(硬直)의 시대를 거쳐 이제 민주화의 바람이 더욱 거세졌다. 소득이 높아져서 생활이 안락해진 한편 소득이 치우쳐 빈부가 더 벌어지기도 했다. 굶주림이 문제인 다수가 있는가 하면 살아 있음의 근원이 문제인 다수가 있다. 이때 소설의 소재란 어떤 것이어야 하는가 하는 문제는 그러므로 단답형의 질문이 아니다.

오늘의 한국소설은 과거의 유형적 단답형적 소재에서 벗어나 다답형의 주관식으로 옮겨져야 한다. 그 구체적 대안이 지금까지 문학에 과도하게 부과되었던 정치적 사회적 책무를 덜어주는 일이라 하겠다. 소설이 그러한 책무를 절대로 외면해서는 안 되지만 그러한 책무로부터 자유로울 때 비로소 원만히 수행될 수 있다. 다양한 소재에의 모색과 그에 대한 새로운 해석적 접근이야말로 오늘의 우리 소설의 과

제이다. 그것은 우리들이 나날의 삶 속에서 만나게 되는 신선한 삶의
체험이자 우리의 예술적 충동이기 때문이다.

밤배 고동소리로 울리는 슬픔

김용익의 소설

　재미작가 김용익(1920~1995) 혹은 그의 소설은 잘 알려져 있지 않다. 그는 4, 50대 이후의 몇몇 관심있는 사람들에게 〈꽃신〉의 작가쯤으로 기억되고 있는 정도이다. 그의 소설이 잘 알려져 있지 않은 것은 무엇보다도 그가 해외에 거주하면서 그것도 외국어로 작품을 발표하였다는 점일 것이고, 아주 드물게 그 작품들은 작가 자신에 의해 우리말로 재발표되기는 했지만 그 활동 또한 지속적이지 못했다. 따라서 그의 소설은 독자나 연구자에게 크게 주목받지도 못했다.

　1920년 경남 충무에서 태어나 28살에 도미, 생애의 중요한 시기를 거의 해외에서 보낸 그는 미국생활을 정리하고 돌아온 1995년 서울에서 사망했다. 유명한 외교관이었던 가형 김용식의 사망과 거의 같은 시기였다. 그는 중앙중학과 일본 동경 청산학원 영문과를 졸업하고 1948년 도미, 남플로리다 대학(Florida Southern College)에 유학했다. 한국전쟁이 발발하기 직전이었다. 이후 그는 켄터키대학교와 아이오와대학교 대학원 소설창작부에서 수학했다. 맥도웰 콜로니(Macdowell Colony), 야도(Yaddo), 헌팅턴 하트포드 기금(Huntington Hartford Foundation), 창조적 예술을 위한 버지니아 센터(Virginia Center for

Creative Art) 등 미국의 아티스트 콜로니(Artist Colonies)에서 거주, Fellowship을 받고 집필활동을 하다가 1957년부터 1964년까지 고려대학교와 이화여자대학교 영문과에서 강의했다. 1964년에 다시 도미한 그는 웨스턴일리노이 대학교, 캘리포니아 대학교(Berkeley)에서 소설 창작을 강의했다. 그후 피츠버그의 듀케인 대학교에서 소설창작을 강의하는 한편 1976년 미국 국가문학지원금을 받았고, 1981, 1983년에는 펜실베이니아주 문학지원금 심사위원을 역임했다. 1990년에는 〈꽃신〉으로 한국문협의 제1회 해외 한국문학상, 충무시 문화상 등을 수상하였다.

김용익은 청년기를 식민지 지배하에서 성장했고 문학에 뜻을 품고 창작공부를 위해 미국유학을 떠난 때가 28세, 37세에 귀국하여 대학 강단에 섰다가 44세 때 다시 미국으로 건너갔으니, 그의 한국 체류기간은 청년기를 빼면 대학에서 가르치던 1957년부터 1964년까지 불과 7년에 불과한 셈이다. 김용익의 이러한 약력은 그의 소설의 특성, 특히 그의 소설의 한계를 설명해 주거나 변호하는 데 중요한 빌미가 된다. 그는 한마디로 고국의 전쟁소식을 먼 이국땅에서 접했으며 그가 겪은 전쟁체험이란 그 상흔이 남아 있던 1950년대 후반의 한국사회의 모습에서였고 군사정권이 들어서고 월남전이 벌어지기 전 다시 도미한 것이다. 한국인으로서의 그의 소설적 공간은 이렇듯 그 근거가 매우 빈약하고 좁다. 또한 첫 작품〔〈꽃신〉(The Wedding Shoes), *Harper's Bazzar*, 1956. 6〕을 외국어로 써서 외국의 문예지에 발표함으로써 작가로 입문한 데다 그 작품이 한국에 소개된 것이 그로부터 7년 뒤(현대문학, 1963. 8)이었으니 이러한 그의 문단경력 또한 특이하다. 그가 미국에서 데뷔한 무렵에 한국문단에는 〈카인의 後裔〉(1953), 〈소나기〉(1959), 〈밀다원시대〉(1955), 〈요한시집〉(1955), 〈혈서〉(1955), 〈암사지도〉(1956), 〈불꽃〉(1957), 〈잉여인간〉(1958), 〈오발탄〉(1958), 〈나무들 비탈에 서다〉(1960), 〈광장〉(1960) 등이 발표되고 있었다.

현재 알려진 그의 작품으로는 단행본으로 *The Happy Days*(Bos-

516

ton: Little Brown, 1960), *The Diving Gourd* (New York: Alfred A. Knopf, 1962), *The Blue In The Seed* (Boston: Little Brown, 1964), *Love in Winter* (New York: Doubleday, 1970), *The Shoes from Yangsan Valley* (New York: Doubleday, 1972) 등이 있고, 이 밖에 한국의 세시풍속을 담은 *Moons of Korea* (Seoul: Korea Information Service, Inc, 1959) 가 있다. 이 가운데 *The Happy Days*와 *The Diving Gourd*는 국내에 소개되지 않았으며, 한국판으로는 소설집 *Love in Winter* (서울: 고려대학교 출판부, 1963), 《겨울의 사랑》(서울: 정한출판사, 1975), *Blue in the Seed* (서울: 시사영어사, 1990), 《겨울의 사랑》(백인무 역, 서울: 양우당, 1983), 《꽃신》(서울: 동아일보사, 1984), 《푸른 씨앗》(서울: 샘터사, 1991) 등이 있다. 그의 단편들은 주로 《현대문학》, 《문학춘추》, 《사상계》, 《세계의 문학》, 《한국문학》, 《문예중앙》 등의 잡지에 번역·개작되어 국내에 재발표되었다.

특히 그의 소설 가운데 *The Happy Days*는 영국, 서독, 덴마크, 뉴질랜드에서도 출판되었고, 미국 도서관협회의 1960년도 우수 청소년도서로, 《뉴욕 타임스》의 연말 '우수도서'로 각각 선정되었다. *The Diving Gourd*는 인도에서 재출판되었으며 *The Blue In The Seed*는 1966년 서독에서 '우수도서'로 선정되었고 덴마크 교과서에 축소판으로 게재되는 한편 1967년 오스트리아 청소년 정부 명예상을 수상했다. 특히 그의 단편 〈꽃신〉, 〈종자돈〉(샘터사판에는 〈씨값〉) 은 TV, 영화, 발레 등으로 세계 각국에 수 차례 소개되었으며 〈변천〉(From Below The Bridge) 과 〈동네술〉(막걸리, The Village Wine) 은 "Best American Short Stories"에 선정되었다. 〈해녀〉(The Sea Girl) 는 미국 중고등학교 문학교과서 (People: Focus on Literature) 에 수록되었고 〈달도둑〉(Moon Thieves) 은 판 아시아 레퍼터리 극장에서 스테이지 리딩 (*Stage Reading*) 되었다.

그러나 김용익의 이와 같은 이력서에는 그의 소설이 담고 있는 한

두 가지의 특수성과 논점이 드러나고 있다. 그가 사용했던 언어와 그것으로 이루어진 작품의 귀속문제가 그것이다. "한국말은 모국어이고 일본말은 일본 점령당시에 배운 말이고 영어는 중학부터 배우기 시작했으니 셋째 말"이라던 그가 일차적으로 사용한 언어가 영어였다는 점, 그래서 그것을 한국문학의 범주에 넣을 수 있느냐 하는 논의가 그것이다. 그는 왜 처음부터 영어로 소설을 썼는가. 거기에 따른 어떤 저항감은 없는가. 그는 이에 대해 고독과 향수의 표현으로, 한국말로 써 가지고는 발표할 길도 없어 영어로 썼다고 했다. 그는 재일동포나 러시아의 어떤 작가처럼 일본어 혹은 노어로 쓸 수밖에 없는 상황에 처한 사람은 아니었다. 그는 미국 이민 2세도 아니었고 영문학을 위해 도미한 유학생이자 영문학자였다. 번역·개작의 과정을 거쳐 같은 작품을 최소한 두 번 발표한 김용익은 자신의 작품에 씌어진 언어나 국가에 대해서는 크게 의미를 부여하지 않은 채 다만 그 예술성에 유의했다. 그의 미국 시민권 또한 "형식"에 불과하고 "옷 한 벌 갈아입는 느낌"(최일남의 작가대담) 이상의 의미는 아니었다.

김용익의 문학은 당연히 한국문학일 수밖에 없다. 그는 한국어 표현의 맛이나 토속의 아름다움을 영어로 표현하는 데 고심한 작가이지 영문학의 전통이나 문장의 뉘앙스를 살리려고 고심한 것은 아니다. 그는 산(미국)에서 혼자 노래부르다가 마침내 마을(한국)로 내려온 것(그는 〈꽃신〉 머리말에서 "나의 이야기는 내 밑바닥에 깔린 고향에 대한 詩感이 원천이니 그것은 바로 나의 노래다. 영어로 쓰기 이전의 본연으로 돌아가 한국말로 재창작한 것을 단행본으로 준비하니 마치 산에서 혼자 오랫동안 노래부르다가 내려와 마을사람 앞에 처음 서는 것 같다"고 썼다)이다. 그는 외국의 무대에서 한국인의 삶을 노래했으며 그 노랫가락의 원천을 외국에 소개하기도 했다. 그가 영어로 쓴 〈Moons of Korea〉는 한국의 월별 세시풍속을 소개한 논픽션으로, 한국의 민속과 전통적 정서에 대한 그의 관심을 잘 말해준다. 요컨대 그는 영어를 잘 구사했던 한국인일 따름이었고 그의 창작행위가 이루어진 공간

518

이 미국이었을 뿐이었다. 따라서 외지에 살더라도 '반드시' 한글로만 써야 된다는 주장은 민족어에 대한 긍지와 애착의 소산일 수 있지만 그것은 문학의 "문화 사회적인 다양한 기능과 그것이 산출하는 활력을 외면한"(홍기삼, "재외한국인문학개관", 《문학사와 문학비평》, 해냄, 1996, p. 292) 견해이다. 재외 한인문학을 논의하는 데는 씌어진 언어와 그 작품의 독자가 우선 고려되어야 하겠지만, 무엇보다도 중요한 것은 그 작품이 "누구"에 의해 "무엇"을 썼느냐일 것이다. 이러한 기본전제가 없는 논의는 편협한 언어귀속주의에 불과하다.

김용익 소설의 시간적 배경은 상당부분 한국전쟁과 연루되어 있으며 공간적으로는 바닷가나 섬 혹은 뭍으로 형상화되어 있다. 작가는 "어린 시절을 보냈던 통영 부근, 어릴 적 시감(詩感)을 주던 곳, 늘 감동의 바이브레이션을 주던" 그곳을 자신의 작가적 "영토"(territory)라 하였다.

그의 소설에서 6·25 전쟁은 원경으로 처리되어 있고 전쟁이라는 특수한 상황보다는 거기에 놓인 사람들의 정서가 주로 서사의 대상이 되고 있다. 전쟁은 농민들에게 "개값으로 백정에게 소를 팔"(〈꽃신〉, p. 14) 게 했으며, "전쟁의 북새통에"(〈金시계〉, p. 109) 집에 도둑 아닌 도둑이 침입해 오고, 전쟁이 나고부터 "부산항구에는 생선과 색시들이 가득 차 있게"(〈겨울의 사랑〉, p. 20) 된다. 그리하여 마침내 미군부대 양공주 상대의 "번역사 사장"이 생기고(〈번역사 사장〉, p. 89), 궁핍과 기아를 못 이겨 양공주촌에 들어간 어머니를 훔쳐보게 된 다리밑 움막집 소년(〈변천〉)이 있는가 하면, 후퇴명령을 받은 읍장이 국군과 북군을 잘못 알아보고 낭패를 당하기도 하고(〈동네술〉), 맹아를 돕던 미군병사의 고향이야기(〈서커스타운에서 온 兵丁〉)도 있다. 이처럼 전쟁은 작중인물의 행위와 그 굴절에 동기적 관련을 맺고 있으며 그는 특히 전후적 상황보다는 그러한 상황에 놓인 인간들에 더 많은 관심을 기울인 것 같다. 한편 〈뒤웅박〉, 〈땅꾼〉, 〈종자돈〉(씨값), 〈밤배〉, 〈해녀〉, 〈오좀고개 무지개〉, 〈동짓날 찾아온 사람〉, 〈아시땅〉 등에서는 전통적인 한국의 산간이나 섬과 뭍의 이야기를 토속의 빛깔로 채우고 있다.

김용익 소설의 배경은 시간적으로 전후적(戰後的)이요 공간적으로 토속적(土俗的)인 것으로 크게 나눌 수 있다. 전자가 변해버린 세상(時俗)에 대응하지 못해 하는 사람들의 안타까움과 상실감을 그렸다면 후자는 본래적인 것에 대한 향수와 애정을 그린다. 데뷔작 〈꽃신〉은 이러한 작가의 문학적 성향이 어우러진 것으로 이후의 그의 소설 일반을 지배하고 있는 기법과 관념이 촘촘히 배어 있는 작품이라 할 수 있다.

〈꽃신〉은 《현대문학》 1963년 8월호에 발표된 작품으로 원제는 〈The Wedding Shoes〉(*Harper's Bazaar*, 1956. 6)이다. 여기서의 본문 인용은 소설집 《꽃신》(서울 : 동아일보사, 1984)을 참조했다.

작중 1인칭 화자인 '나'(상도)는 어느 날 피난지의 시장터에서 낯익은 신장수 노인을 발견하게 되는데, "전쟁을 피해 꽃신을 메고 온" 그 초라하고 남루한 노인은 과거 자신에게 아픈 상처를 남겨 주었던 산간마을 이웃 신집 노인이었다. '나'는 그의 딸에게 청혼했으나 노인으로부터 백정네집 자식이라는 이유로 거절당한 바 있다.

하나밖에 없는 신집 딸은 늘 꽃신을 신고 다녔다. 남들은 혼례 때 말고는 좀처럼 신어보기 힘든 귀한 그 신발은 '나'에게 늘 위안과 기쁨을 주는 것이었다. 꽃신에 대한 묘사는 이렇다.

> 다만 그녀가 신은 꽃신을 좋아했다. 그녀는 발이 부르틀까봐 흰 버선을 신었는데 학교로 가는 길에서 나는 가끔 그녀보다 뒤져가며 꽃신에 담긴 흰 버선발의 오목한 선과 배〔木船〕 모양으로 된 꽃신을 바라보았다. 그 선은 언제나 달콤한 낮잠을 자고 있는 느낌을 주었다. 비가 온 다음날 물이 괸 길에서 나는 그녀를 업고 넘어지지 않으려 애썼다. 그녀는 청개구리처럼 등에 꼭 매달렸는데 나는 내 허리 양켠에서 흔들리는 꽃신을 얼마나 사랑하였던가.

특히 비라도 심하게 온 다음이면 겨우 꽃신만이 처마 밑에 보인다. 왔다갔다 하는 꽃신은 공중에 춤추는 것 같아 얼마나 아름다웠나! … 그해 봄철 동안 청개구리가 논에서 울 때 나는 그 공중에 뜬 꽃신을 보러갔다.

"달콤한 낮잠을 자고 있는 듯" 혹은 "흔들리며 공중에 떠 춤추는 것 같은" 꽃신은 매우 환상적으로 묘사되어 있다. 아울러 그것은 작중의 서사적 자아가 세계에 대해 가지고 있는 욕망과 그리움의 구체적 상관물임을 보여주고 있다. '나'는 신집 딸을 좋아하지만 백정의 자식이었으므로 혼약이 쉽지 않고, 다만 손님이 끊겨 망해가는 신집에 쇠가죽을 그나마 외상으로 대주며 기회를 노릴 뿐이었다.

"요즘 혼인은 메뚜기 헐레식이다. 혼삿날에 양화 고무신을 신거던. 내 딸은 고무신 백 날을 신기느니보다 단 하루라도 꽃신을 신기겠다."

그때서야 주문도 받지 않고 꽃신을 만들고 있는 것을 깨달았다. 꽃신의 코를 바라보고 있으면 무엇을 보고 있는지 잊어버린다. 아직 덜된 꽃신은 점점 커져서 해도 없는 바닷가에 사공 잃은 배가 떠내려가는 것 같았다. 나는 왜 농부들이 저렇게 아름다운 꽃신을 원치 않는지 알 수 없었다. 신집 사람은 목덜미를 붉히며 말을 이었다.

"그놈들은 꽃신 한 켤레값이면 고무신 세 켤레 살 수 있다고? 난 그들이 고무신 백 켤레 갖다주어도 내 꽃신 한 켤레하고 바꾸지 않을끼다."

신집 노인의 이러한 고집은 이미 자신의 세계가 무너져가고 있다는 사실에 대한 불안감의 표현이다. 세상이 변하여 사람들은 혼인 때 신발을 사기보다는 고기를 더 필요로 한다. 그는 가난을 이기지 못해 딸을 남의 집 부엌데기로 보낼망정 백정의 자식에게는 줄 수 없다. 그는 퇴물인 꽃신을 가지고 하늘값을 부르고, 꽃신이 두 켤레 남았을 때는 어린아이처럼 꽃신을 안 팔려고 고집을 부렸다. 결국 그가 지키고자 한 것은 사라져가는 것, 밀려나는 것에 대한 집착과 애정이었다. 은유적 사물로서의 꽃신은 우리가 추구해야 할 지고지순한 어떤 가치나 이념임을 말해준다. "꽃신이 다 팔리기 전에"(소원대로) 노인은 죽고, 작중의 '나'는 신집 딸을 위해 신발값을 지불하지만 그녀 역시 이미 폭격에 죽었다고 했다. 결국 '나'는 "그것(꽃신)이 다 팔리기 전, 한 켤레 신발을 위해 주머니를 다 털어버렸지만", "결혼신발이 아닌, 슬픔을 사고 만 것"이다. 상도가 이루지 못한 사랑의 이야기에서 꽃신은 "피난지의 남루한 사과궤짝 위에 얹혀짐으로써 더욱 인상적"이며 노인의 임종은 "소중하고 아름다운 것을 지키려는 열망이 좌절할 수밖에 없는 삶의 가혹한 현실"(한용환, 《소설여행》, 답게, 1992, p. 75)을 일깨워준다.

〈꽃신〉에서 벌어진 사건들의 배후에는 아울러 피난민들로 우글대는 저자거리의 가치 혹은 그들에게 전도된 삶을 살도록 강요하는 어떤 힘—이른바 진쟁의 폭력이 도사리고 있었음을 알 수 있다. 백정/신집, 고무신/꽃신의 대립적 구조는 이러한 전도와 상실의 삶의 구도를 상징적으로 보여준다.

한편 〈변천〉은 《사상계》 1965년 5월호에 발표된 작품으로 원제는 〈From Below The Bridge〉(*Mademoiselle*, 1958. 4)이다. 본문 인용은 소설집 《꽃신》(서울 : 동아일보사, 1984)을 참조했다.

전쟁의 폭력성이 더욱 극명하게 드러난 것으로 그의 단편 가운데 가장 현실감이 넘치는 작품이다. 다리밑 움막집의 피난민 일가가 기지촌에서 당한 사건을 다룬 이 작품은 전쟁의 폭력성이 인간을 어떻게 관습과 윤리가 부재하는 세계 속으로 몰고가는가를 잘 보여준다.

작중의 '아이'는 시장터에서 구두닦이를 하거나 "코 큰 병정"을 양색시한테 데려다주고 소개비를 받는 일을 한다. 아버지는 다리밑 움막집 신세를 청산하고 "고향 산골의 물맛"을 보러가자고 우기는, 갓을 만드는 직업을 가진 망건 쓴 중년이다. 이 작품의 서두는 다음과 같은 묘사로 시작된다.

> 갓 쓴 초조한 얼굴이 강물에 비친 다릿가를 흘러가는 얼음조각에 부딪쳐 퍼졌다 일그러졌다 한다. 아이가 다리 밑에서 나와 햇빛이 따스한 모래 위에 구부리고 누운 누렁이한테 목줄을 맨다. 아이는 다릿전에 붙은 고드름을 피해 쪼그리고 앉은 채 옆으로 뛰었다. 이 다리를 지나간 피난꾼들의 얼었던 눈물이 녹아내리는 그림자처럼 다릿가 큰 고드름이 뚝뚝 떨어진다.

이 서두는 작품의 주제를 함축해 보이는 한편 앞으로 전개될 서사 구조의 하강적 국면을 잘 암시해 주고 있다. "갓 쓴 초조한 얼굴"이 "다릿가를 흘러가는 얼음조각에 부딪쳐 퍼졌다 일그러졌다 하는" 모습은 왜곡 훼손될 수밖에 없는 작중의 아버지 — 전후의 우리의 초상화이다.

다리밑 움막집에는 미국 "코쟁이 말"을 곧잘 지껄이는 아이, 머리 위를 밟고 지나가는 발자국 소리에도 상을 찌푸리고 "누가 자기 머리를 밟기나 하는 것처럼 두 손을 들어 머리 위를 떠받치는" 갓 쓴 아버지, 부산 시내에선 모두 배우겠다고 머리 싸매고 덤비는 코쟁이 말을 "금싸래기 말"이라고 우기는 어머니, 그리고 "비쩍 마른" 늙은 개 누렁이 — 이렇게 네 식구가 산다. 아이는 구두닦이를 하거나 코 큰 병정과 흥정을 벌여서 소개비를 받고 거기서 얻은 미국 물건을 어머니에게 넘기면 그녀는 그것을 시장에 내다 판다. 갓 쓴 아버지는 이 난리통에 온 식구가 무사하고 늙은 개까지 안 죽고 고향 가는 것이 얼마나 다행이냐고 말하면서 "남 앞에 함부로 고갤 안 숙이구 위신을 지키믄 그 집안은 되여가는 집안"이라고 말한다. 이에 대해 아이의 어머니는 아버지를 비웃는다.

"시상이 거꾸로 뒤집힌 줄두 모르구 헛소리만 한디여. 멀쩡한 사람들이 모자 벗어 거꾸로 들구 남의 집 문전에 스는 게 안 뵈서 그려? 연한 애들 머리다 대구 그 딱딱한 소리 그만 해유, 머리 안 숙이는 얘기만 하구 주린 배창자 얘긴 왜 안 해여.”

고향엘 가면 남의 눈이 있으니 여기서 다 털어놓을 것처럼 어머니는 투덜거린다.

“그렇게 사리발르구 이치가 좋은 양반이 게우 열 한살벡이 주먹 빨어먹구 잘한 거여?”

아버지는 못 들은 채 짤막해진 갓 그림자를 짚신발로 쫓아간다.

선창가에 일을 나갈 때도 갓을 벗지 않고 코쟁이 말을 “개소리”라 하고 걸을 때도 자동차길 한가운데로 걸어가는 아버지를 어머니는 “갓 망건 속에서 꿈을 뀌는”가 부다고 비웃는다. “시상이 거꾸로 뒤집힌 줄두 모르구 헛소리만” 하는 아버지는 “주린 배창자”보다는 “머리 안 숙이는” 일만 챙긴다. 작품을 지배하고 있는 인물의 갈등과 변화의 과정이 언어적 문맥과 사회적 맥락 속에 잘 어우러져 있다. 아내의 비난을 못들은 체 “짤막해진 갓 그림자를 짚신발로 쫓아”가는 아버지의 희극적 모습이 마침내 진지하고 비극적인 정황으로 바뀐다. 고향으로 가는 배에 개를 실을 수 없게 되자 아버지는 걸어서 가겠다고 고향 쪽으로 사라졌고 남은 식구는 다시 다리밑 움막으로 돌아왔으나 움막에는 이미 다른 피난민이 들어와 있다. 닭 뼈다귀에 얹힌 누렁이가 앓기 시작하고, 어머니가 “빨간 고추같이 입술을 바른 여자”와 무언가 얘기를 나누는 것을 본 아이는 “기분이 나빠서” 강둑으로 나간다.

이날 밤 아이는 어두운 골목과 언덕 돌층계가 맞닿는 곳, 미군부대 클럽이 있는 데서 깽깽 우는 누렁이를 껴안고 있다가 문득 어둠 속에서 있던 “목도리를 푹 눌러쓴 낯익은 여자”가 “몸을 오그리고 주저앉는” 모습을 발견한다. 어머니의 목소리를 뒤로하고 아이는 앞으로 뛰

었다. 죽어가는 누렁이를 지나가는 달구지에 맡기고, 아이는 어머니
와 함께 고향이 있는 북쪽을 향해 걷는다.

> 빗방울이 떨어지는 어두운 하늘을 올려보고 영감이 고개를 흔든
> 다. "놔 두고 가거라. 내일 모래 죽으믄 내가 묻어주께."
> 달구지 바퀴소리가 멀리 사라지고 빗발이 애의 머리를 적셨다.
> 아버지가 간 북쪽길로 돌아섰다. 한 발마다 목구멍에 있는 감정이
> 빗물을 아니 먹으려고 악문 입을 뚫고 나오려 했다.
> 이 밤에 일어난 것을, 그 개가 보여준 일들을 커서도 아무 데
> 고 말해선 안 된다고 느끼자 애는 논두렁 개구리가 목쉬도록 울고
> 있는 사이에서 소리를 내며 울었다.

아이는 "이 밤에 일어난" "그 개가 보여준 일들"을 커서도 아무에게
도 말해선 안 된다고 "느낀"다. 그것은 아이가 세상에 태어나 최초로
겪게 되는 비애에서 비롯되었으며 "몸을 오그리고 주저앉는" 어머니의
모습은 "벼슬없는 수탉"처럼 갓이 벗겨져 버린 아버지의 상투머리와
함께 전후의 피폐해진 삶의 정황을 더해 준다. 누렁이의 죽음은 이
다리밑 아이의 소년기가 끝나가고 있음을 암시한 것이며 아이의 통곡
은 자신이 마침내 화해할 수 없는 세계로 진입하고 있음을 인지하는
입사식이었다.

〈동네술〉은 《현대문학》 1976년 8월호에 발표된 작품으로 원제는
〈The Village Wine〉(*The Atlantic*, 1976. 5)이다. 본문 인용은 소설
집 《꽃신》(서울 : 동아일보사, 1984)을 참조했다. 《푸른씨앗》(서울 :
샘터, 1991)의 작품연보에는 〈막걸리〉로 번역되어 있는데 막걸리가
온당한 번역으로 보인다. 이러한 번역·개작에서 오는 오류가 여러
곳 보이는데, 가령 〈땅꾼〉에서는 '비얌탕'이라 할 것을 '보신탕'으로
옮기고 있으며, 〈밤배〉의 '此處看明月'은 '此處觀明月'로 옮겨야 할
것이다. 〈종자돈〉보다는 〈씨값〉이 더 어울리며 〈변천〉의 '애'는 '아이'

가 더 적절하다. 이와 같은 부적절한 어휘나 어조는 가끔 번역문의 생경함을 드러낸다.

〈동네술〉에서는 〈꽃신〉이나 〈변천〉에서 보여준 배경의 의미가 더욱 강화되어, 6·25 전쟁이 작품의 표면에 직접 등장한다. 굶주린 미군 낙오병을 데려다가 마을사람들은 그에게 먹을 것을 준다. 북군이 내려온다는 소식을 들은 읍장은 읍 직원들에게 피난갈 채비를 차리고 중요 서류만 남기고 다 태울 것을 지시한다. 읍장은 피난을 갈까 말까 망설인다. 그는 상황이 국군 쪽으로 기우는지 인민군 쪽으로 기우는지 알 수가 없기 때문이다.

읍장은 미군 병사가 집에까지 흘러들어 온 데다 군사령부에서는 사람을 보내 후퇴명령을 전하자 이미 형세가 불리해졌음을 직감한다. 곧 떠나지 않으면 북군편인가 의심할 테니 빨리 떠나라는 읍서기의 재촉에 읍장은 "동네물, 동네쌀로 빚은 술을 마지막 마시고 가겠다"고 우긴다. 읍장은 옛 친구에게 "서로 다시 못 볼지도 모른다. 내 아버님 산소에 한 잔 올리고 저 바람맞이서 우리도 동네술 한 잔 하자"고 제안한다. "읍장 아버지 묘소 앞에 두 사람은 서로 잡고 쓰러지더니 오랫동안 그대로 엎어져들 있었다."

읍장과 그의 친구가 옛날처럼 신을 벗고 동네 애들처럼 발바닥에 침을 뱉고 나무 위에 기어올라간다. 친구가 혼절하여 쓰러지고, 읍장은 일어나 피리불고 춤추라고 외친다. 친구가 의식을 잃자 읍장은 돌변하여 "떠나기 싫다. 못 떠나겠다!"고 소리치고 갑자기 미군 병사의 목에 식칼을 대고 "북군이 오면 미군을 내가 잡았다고 할란다"고 소리친다. 그러나 주위의 만류로 정신을 차린 읍장은 미군 병사를 옭아맨 오랏줄을 풀어주고 그를 도망가게 한다. 이튿날 읍장은 낯선 사나이들의 방문을 받는다.

"협조를 받으러 왔소."
"네, 저는 당신네 편입죠."

526

읍장의 숨찬소리다.

"인민군은 당신이 협조하기를 바라오."

읍장 두 손가락이 등뒤에서 꾸물럭댄다. 절을 하면서

"네 지금도 말씀드린 바같이 저는 당신네 편입니다. 인민군 선봉대를 환영하려고 당 읍에서는 환영위원회를 준비했습니다. 오늘내일 하고 기다리고 있었습니다."

그들이 태극기를 단 지프차에서 내린 아군쪽 사람들이었음을 안 것은 바로 다음 순간이었다. "그후 읍장이 어찌 되었는지 알 길이 없었다." 다만 붉은 군대가 쳐들어오기 직전 후퇴하던 국군이 서둘러 없앴다는 풍문이, 쓰러진 읍장 친구의 장례에 나온 상여꾼에 의해 전해진다.

"손에 묶여 끌려갈 적에 죽을 줄 안 모양이지. 집식구에게 할 말이 있는가 물으니까 목젖을 울리고 하는 말이 '우리동네 막걸리 한 잔만 꼭 마셨으면 좋겠소!'"

그 상여꾼이 입맛을 다시며 술을 더 부었다.

이 결구에서의 반전은 소설적 기법이 아니라 현실의 사실적 재현이다. 동네사람들의 성향을 탐지하던 방법으로 자주 사용하곤 했던 이 게임에 읍장이 걸려든 것이다. 읍장이 마지막으로 원했던 "막걸리 한 잔"은 동네사람들과 나누었던 지난 세월의 인정과 풍정에 대한 갈증의 표현이다. 그러는 한편으로 작가는 이러한 비극적 정황을 "막걸리 한 잔"의 무게에 대비시킴으로써 상황을 야유하고 있으며 사태의 심각성마저 무화시키고 있다.

〈금시계〉는 소설집 《꽃신》(서울 : 동아일보사, 1984)에 수록되었다. 원제는 〈The Gold Watch〉(*Stories*, 1983. 5)로 역시 김용익 소설에서 자주 등장하는 반전의 기법 혹은 인물이나 가치가 전도된 상황에 놓인 세계를 그리고 있다.

이 작품은 대학교수인 화가와 전쟁중에 부역한 한 거지청년이 나누는 인간적 교감을 그린 것이다. 입장이 서로 뒤바뀌게 된 상황에도 불구하고 두 사람의 관계가 훼손되지 않고 일관되게 이어지는 힘이 무엇인가를 보여준다.

화가이자 대학의 신임교수인 '나'의 화실 문 앞에 어느 날 엉성한 넝마주이 젊은 거지가 서성거린다. 아내의 죽음으로 상심에 빠져 있던 '나'는 "양"이라는 이름의 그 거지청년에게 양말과 헌 구두를 신겨 보낸다. 아내의 죽음으로 인한 슬픔에서 벗어난 듯한 해방감을 느끼며 그를 근무하는 학교의 소제부 겸 수위로 취직까지 시켜준다. 목욕을 시키고, 옷가지를 챙겨주고, 서류에 필요한 제 증명, 보증을 서 준다. 양이 취직하고 나자 양과 함께 모여 살던 집 뒤 동산의 떼거지들의 출입도 없어졌다. 어느 날 '나'는 변소에 갔다가 실수로 아내가 사 준 결혼선물인 금시계를 빠뜨린다. 양이 시계를 건져 뚜껑을 닦고 또 닦아 광을 내서 가져다준다. 그러나 양이 학교용품을 밖으로 빼내 팔아먹다 들킨 사건이 터지고, '나'는 학교측에 사과하고 번제를 약속하는 한편 경찰서에 가서 그를 빼온다. 학교에서 쫓겨난 양은 이북에 있는 고모를 찾아가겠다며 돌아섰다. 전쟁이 터졌다. 완장을 두른 젊은 패들이 들이닥쳐 집 없는 "불쌍한 인민들"을 위해 혼자 사는 화가 동무의 왜놈집을 "접수"하겠다고 다그친다. 주머니 수색을 당하던 중 금시계가 나오자 "인민의 피"인 그 시계를 압수하겠다고 하였다. 이때 "인민회의에 오려면 이 화가동무가 시간을 알아야 안 되나!" 하고 말하는 청년이 있었다. '나'는 그가 양이라는 것을 짐작한다. '나'는 이후의 신체검사에서 "불합격" 판정을 받거나, 학교교실에 수용되어 있다가 일부러 끌려가 도망치게 되었는데, 이 모두 양의 조작과 연극으로 된 것이었다. 집에 돌아오니 '나'의 집은 이미 동네거지들이 차지하고 있었다. 화실에 들러 화지와 페인트를 몰래 주워 담고 나오다가 거지 아비에게 들킨다. 화구를 꺼내오는 대가로 '나'는 바지 주머니에서 시계를

528

꺼내 그에게 준다. '나'는 방공굴 앞에 앉아 그림을 그린다.

왜 그리는지도 모르게 금시계를 그리고 시계의 한 손은 아내의 고운 손, 또 한 손은 양의 투박한 손을 그렸고, 여백에다가는 전쟁의 흉측한 잔재들, 일그러진 미제 빈깡통, 넝마주이 망태, 빈 총알, 똥덩어리, 송장을 그렸다.

다시 전황은 바뀌어 해병대가 상륙해 오고 경찰이 집집마다 게릴라를 수색한다. 만일 그들을 숨겨주면 즉결로 총살이라 하지만, '나'는 양이 다시 찾아올 것만 같다. 밤이면 집 뒤 방공굴 있는 동산으로 올라가본다. "'쓰레기와 금시계'라는 제목을 붙인 내 그림은 지금도 문 위에 걸려 있다. 나는 지금도 문 열쇠를 걸지 않고 자건만 밤손님은 지금까지도 아니온다."

〈변천〉이 황폐한 세계에서의 황폐화한 윤리의 문제를 다루었다면 〈금시계〉는 이와 반대로 정치적 혼란과 무질서 안에서의 변하지 않는 인간적 신뢰를 그렸다. 이 작품에서 전쟁은 이들의 관계를 훼손하는 폭력적인 힘으로 작용하기보다는 이들의 인간적 유대를 강화시켜주는 보조적 장치가 되고 있다. 화자가 양에게 보인 따스한 시선이 다소 감상적으로 처리되어 있음에도 불구하고 이 작품은 김용익의 작중 현실과 인물들의 거리가 그득한 현실감을 얻고 있는 사례가 되고 있다.

〈겨울의 사랑〉은 《현대문학》 1964년 2월호에 발표된 작품으로 원제는 〈Love in Winter〉(Botteghe Obscure, 1956)이다. 본문 인용은 소설집 《꽃신》(서울 : 동아일보사, 1984)을 참조했다. 전란의 부산항구의 시장터가 서사공간으로 설정되었으나 그 시대적 의미보다는 한 불구청년이 사랑을 찾아헤매는 로맨틱한 분위기가 주조를 이루고 있다.

'몽치'는 '푸른 돛' 다방에서 일하는 색시 '지안'을 사랑한다. 그러나 그는 그녀에게 내보일 수 없는 결함 때문에 언제나 방한 마스크로 입

을 가리고 있다. 둘은 서로 사랑하게 되었으나 몽치는 자신이 언청이
라는 사실을 괴로워하고, 지안은 몽치가 마스크를 벗지 않은 것을 궁
금해한다. 어느 날 지안은 몽치의 뒤로 가 마스크를 떼어낸다. 몽치
는 지안을 뿌리치고 달아나고 지안에게 다시 가기가 어렵게 된다. 몽
치는 돈만 있으면 언청이를 고칠 수 있다는 생선장수의 제안으로 미
군 보급창고의 타이어를 훔치다가 보초병의 총에 맞아 죽는다. 죽어
가며 그는 지안 역시 병으로 다방을 그만두었다는 소식을 듣는다.
　이 소설은 김용익 소설의 두드러진 주조 가운데 하나인 상실의 정
조가 강하게 반영된 작품이다. 도입부의 '겨울의 사랑'이라는 감상적
인 노래는 이를 직접적으로 드러내 준다.

　　　촛대처럼 단단하게
　　　순이와 내가 만든
　　　눈사람!
　　　사흘밤 자고나니
　　　간 곳이 없네
　　　순이네집 문 두드리며
　　　슬퍼할 때에
　　　이웃사람 말이
　　　순이도 갔다고.
　　　늙은 농부 한 분은
　　　하늘을 우러러보며
　　　봄날씨만 칭찬하네.

　다방에서 들려오는 이 노래는 바로 몽치에 대한 예감을 담고 있다.
"간 곳이 없이" 녹아버린 눈사람, 그렇게 "순이도 갔다". 이처럼 '죽고
떠나고 잃어버리고 없어지고 오지 않는' 것에 대한 지시어는 그의 소
설 여러 곳에서 간단없이 등장하는데, 이는 김용익의 세계인식의 단
서를 제공하는 핵심어가 되고 있다.

“그애는 죽었다. 지난 여름 폭격에 죽었다.”
아아 그러나 나는 이미 알고 있었다. 오래 전 내 예감은 그녀
의 죽음.

— 〈꽃신〉

“‘푸른 돛’에 있는 레지를 부르고 있었소.”
뚱뚱한 계집애는 다시 “한 달 전에 그만 두었는데 ….”
“지안이.”

— 〈겨울의 사랑〉

그들은 돈을 묻어놓은 모래무덤을 찾았다. 모래 위에 써놓은 이
름이 안 보인다. 그들은 모래바닥을 허둥지둥 파헤쳐보기도 하고
파도가 지나간 새 풀 아래 모래줄기를 따라 미친 듯 파헤쳐보았
으나 나오는 것은 다만 조개껍질, 자갈, 모래벌레뿐이었다.

— 〈종자돈〉

한 번은 플로리다 주 탐파시를 지나게 됐다. 그곳이 킴노박이 받
은 편지가 온 곳이라는 기억이 났다. 그래서 지갑을 꺼내봤다.
지갑 안을 다 뒤져도 주소 쪽지가 없었다. 샅샅이 꺼내놓고 봤으
나 달러 지폐, 운전면허증, 수표, 씨어즈 로벅 크레딧 카드와 매
스터촤지뿐. 나는 큰 숨을 쉬었다. 아무러나 이름도 모르는 그의
딸아이 양부모에게 뭐라고 킴노박 얘기를 할 것인가.

— 〈번역사 사장〉

그러나 양은 끝내 찾아오지를 않았다. 밤이면 나는 방공굴 있는
집 뒤 동산에 올라가 혹시나 양이 숨어살지 않는가 살펴봤다. 그
곳에 사람 사는 기척은 없었지만 나는 어둠 속에서 “양! 양!”하
고 큰소리고 불러봤다. 그를 부르는 소리가 메아리쳐 들릴 뿐 그
는 끝내 나타나지 않았다.

— 〈금시계〉

위의 인용들은 모두 각 작품의 결말부분에서 뽑은 것이다. 서사적 자아는 그의 이상에 이르지 못한 채 다만 '죽고, 떠나고, 없어지고, 오지 않는' 상황과 마주치며 세계와 화해하지 못한다. 이러한 연민과 비애, 비화해적 결말에서 오는 페이소스의 정조는 특히 사회가 이동하는 과정 속에 놓인 인물들의 행태에서 자주 보이고, 〈행복의 계절〉, 〈해녀〉, 〈뒤웅박〉, 〈동짓날 찾아온 사람〉, 〈아시땅〉, 〈오줌고개 무지개〉 등 토속 향토성이 짙은 작품의 인물들과는 대조를 보인다.

〈꽃신〉의 '상도'가 신분적 장애에 의해 이르고자 하는 대상과 화해하지 못하는 것과는 달리 〈겨울의 사랑〉에서는 '몽치'의 신체적 불구성이 그 원인이 되고 있다. 〈땅꾼〉의 사팔뜨기, 〈푸른씨앗〉의 혼혈아 천복이도 모두 신체적 결함을 가진 인물들이다. 실제로 심한 사시였던 작가 김용익의 유년기 혹은 이후의 어떤 체험이 이러한 인물들을 설정하는 계기가 되었을지도 모른다. 그 인물들은 소외되어 있지만 순진 질박하여 자신의 삶에 적극적인 인물로 묘사된다. 〈꽃신〉에서의 신발장수나 백정은 그 사회적 신분에서 크게 다를 것이 없지만 신발장수의 장인의식은 백정을 용납하지 못한다. 〈꽃신〉이 신발장수나 백정의 사회적 문제를 다룬 것이 아니듯이 〈겨울의 사랑〉, 〈푸른씨앗〉의 신체적 불구성 또한 작중인물의 개인적 정황에 초점이 놓인다. 전쟁 혹은 시대의 완고성은 이들의 의식의 전환이나 행위의 굴절에 환경으로 작용하기보다는 배경으로 남아 있다.

> 그 여자(지안)는 금간 레코드판에 바늘이 걸린 것을 모른다. 음악은 한곳에 막히고 텅, 텅, 텅… 되풀이되는 송곳 박는 소리가 몽치의 골머리를 쑤신다. 저 바늘을 누가 조금만 들어올려 주면 '겨울의 사랑'이 계속할 것인데.

그러나 레코드판의 바늘을 "조금만 들어 올려주기" 위해 '몽치'가 선택한 방법은 미군 보급창을 털기로 한 것이었다. 이와 같은 '몽치'의

의식은 그들로 하여금 그러한 삶을 살도록 강요하는 더 큰 테두리…
이른바 사회의 울타리까지는 이르지 못한 것 같다. 전쟁/언청이라는
시대적 신체적 불구상황이 어울려 하나의 상징적 구도를 이루고는 있
지만 이 소설의 작중인물은 다만 "멀리 날아가는 벌소리처럼 가버리"
는 음악에 귀를 기울이고 있을 뿐이다. 〈겨울의 사랑〉의 무시간성은
이 상징적 구도를 외면한 서사구조에서 비롯된 것이다.

한편 〈서커스타운에서 온 병정〉이나 〈번역사 사장〉, 〈주역과 T. S.
엘리어트〉 등의 작품은 전후의 사회상을 배경으로 다양한 인간군상들
의 생활의 애환을 그린 것이다. 〈서커스타운에서 온 병정〉은 미군 병
사와 부산 맹아학교 어린이들 사이의 인정담이다. 미군 병사 '딕'과
작중화자 '나'는 부산으로 피난 온 맹아학교를 찾았을 때 안 사이이
다. '딕'은 아이들에게 자신의 고향인 '서커스타운' 얘기를 들려주었고
아이들은 환호한다. 코가 크고 익살스러운 입을 가진 웃기기 잘하는
'클라운'(clown) 얘기를 들은 아이들은 딕을 '크라운(Crown) 아저씨'
라 부른다. 그는 "내가 미국에 가서 캔디, 좋은 양복, 새 구두를 많
이 보내 줄께. 남이 안 쓰던 헬로나라 새 물건을…"이라고 약속하고
미국에 오거든 무슨 일이 있어도 마중 나갈 테니 전보를 치라고 당부
한다. 이 이야기는 작중화자인 '나'가 대학에 공부하러 가는 길에 만
나본 미국에서의 '딕'의 난처한 모습이다. "보이지 않는 작별에 더 슬
픈 얼굴들"이었던 맹아학교 어린이들에게 약속한 딕의 크리스마스 선
물은 실현 불가능한 것임이 드러난다. 어렵게 찾아간 '딕'의 미국 집
은 부산에서의 얘기와는 달리 "노오란 전등불이 쩔은 천장과 고르지
못한 마룻바닥을 비치고 있는 초라하고 외진 집"이었다. 맹아원 아이
들과의 약속을 위해 '딕'은 돈 문제로 어머니와 다투고, 딕의 어머니
는 "마음씨만 착한", "잘 사는 체 허세 잘 부리는" 아들을 불평한다.
'딕'은 '나'와 어울려 바닷가를 거닐며 노래하고, 술에 취해 잠이 든
다. '나'는 잠든 '딕'을 바닷가에 놔두고 딕의 어머니가 준 1불 25전으
로 야자나무 열매 하나를 산다. 우체국에 들러 맹아학교 아이들에게

이 신기한 열매를 부치면서 발신인을 '클라운(clown) 으로부터'라고 썼다가 아이들의 발음대로 '크라운(Crown) 으로부터'라고 고쳐 쓴다.

〈서커스타운에서 온 병정〉은 《현대문학》 1965년 2월호에 발표되었다. 원제는 〈They Won't Crack It Open〉(1963) (1973년 *Asian American Heritage*에 게재) 로 본문 인용은 소설집 《꽃신》(서울 : 동아일보사, 1984) 을 참조했다. 이 소설은 인정 많고 허풍스러운 한 미군 병사의 맹아원 아이들에 대한 깊은 인간애를 담고 있다. 그가 들려준 "지상 최대의 서커스타운"인 고향의 '클라운'(*clown*; 어릿광대, 익살꾼) 얘기는 사실은 자신의 얘기가 되고 말았다. 서커스타운 이야기를 들려줄 때마다 아이들은 그를 '크라운(Crown) 아저씨'라 불렀고 자신은 그때마다 '클라운'(*clown*) 으로 발음을 고쳐주었던 것이다. 이 작품에 구사된 언어적 아이러니는 재미있고 진지하다. 한 이국 병사가 전란의 맹아학교에 남기고 간 인간적 '허풍'에 작중 화자는 '왕관'을 씌워준 것이다.

〈번역사 사장〉은 《현대문학》 1979년 5월호에 실렸고, 원제는 〈Translation President〉(1980년 *The Hudson Review*에 게재) 이다. 본문 인용은 소설집 《꽃신》(서울 : 동아일보사, 1984) 을 참조하였다. 이 소설은 미군부대 주변의 번역사 이야기다. 번역사인 '나'는 '한미번역사 사장 리처드 조, 히로시마대학 졸업'이라는 간판을 걸어놓고 10년째 이 일을 하고 있는데, 주로 "미군 양갈보"들의 편지를 번역, 대필해 주고 돈을 받는다. 때로는 "장수를 늘쿼먹"거나 어려운 문구는 "건너뛰어 가면서" 돈을 열심히 모으는 중이고, 언젠가는 미국에 건너가 식당이나 선물점을 차릴 계획을 갖고 있다. '나'는 '김노박'이라는 양색시의 편지를 번역, 대필해 주고 그녀와 가까이 지내는데, '김노박'은 미국에 입양시킨 딸이 있어 미국말을 배워서 언젠가는 딸을 만나보는 게 소원이다. '내'가 "미국에서는 껌둥이 노란둥이 흰둥이… 모두 평등 대우를 받고" 훗날 그녀의 딸도 "씨어즈 로빅 사장이 될 수 있다"고 미

534

국서 온 편지를 꾸며 읽어주면 눈물을 흘리며 감격해 한다. '킴노박'이 다시 아비를 모르는 아이를 배고, 자신의 아이라고 우기는 미군 병사와 싸움이 벌어지고, '나'는 사이에 끼어들어 그녀를 돕는다. 미군에게 머리를 강제로 깎인 '킴노박'에게 가발을 사주고, 그녀를 자신의 집으로 피하게 해준다. '내'가 미국으로 떠날 때 그녀는 "내 머리 줘요, 내 머리 줘요 하고 꿈에 누가 나타나는" 가발을 팔아 '나'에게 가죽지갑을 선물한다. '나'는 미국에 건너와 온갖 일을 하다가 뉴욕 한국 도매상에서 가발상품을 받아 미국 곳곳을 돌아다니게 된다.

플로리다를 지나면서 '나'는 입양한 '킴노박'의 딸을 기억해 내지만 그녀가 건네준 주소를 적은 쪽지는 지갑 안을 다 뒤져도 없었다. '죽고-떠나고-없고-오지 않는' 이들 인물들의 욕망의 귀착점은 여기서도 반복된다. 그것은 서사일반의 구성원리로서가 아니라 상실감과 비애에 기초한 작가의 세계관이었다.

〈꽃신〉, 〈변천〉, 〈겨울의 사랑〉, 〈동네술〉, 〈서커스타운에서 온 병정〉, 〈번역사 사장〉, 〈주역과 T. S. 엘리어트〉 등의 작품이 한국전쟁과 동기적 관련을 맺고 있는 인물들의 변화와 갈등을 그린 것이라면

〈종자돈〉, 〈뒤웅박〉(The Diving Gourd), 〈행복의 계절〉(The Happy Days), 〈푸른 씨앗〉, 〈밤배〉, 〈아시땅〉, 〈동짓날 찾아온 사람〉, 〈땅꾼〉, 〈해녀〉 등은 주로 한국인의 토속적 정서와 인정에 닿아 있다.

〈종자돈〉은 《문학춘추》 1964년 4월호에 실린 작품으로 원제는 〈The Seed Money〉(*The New Yorker*, 1958. 1)이다. 소설집 《푸른씨앗》(서울 : 샘터, 1991)에는 〈씨값〉으로 번역되어 수록되어 있다. 본문 인용은 소설집 《꽃신》(서울 : 동아일보사, 1984)을 참조하였다. 김용익 소설의 토속성과 작품의 형식미가 어우러진 것으로 그의 단편 가운데 완성도가 매우 높은 작품이다. 작품의 서두는 학교를 파하고 돌아온 '바우'가 외양간의 소를 몰고 웃마을을 향하면서 "송아지를 얻을라카믄 보지도 못한 딴 놈하고 우리 암소가 와 젓가락같이 붙어야 할꼬?"라고, "차마 입 밖에 내지는 못했으나" 마음속으로 어머니한테 묻는 것으로 시작된다. 생명의 탄생에 대한 바우의 이러한 근원적인 호기심은 같은 또래의 소녀 '송화'와 "무서운 꿈을 꾸고 난 것 같은" 한바탕 소동을 체험하면서 구체화된다.

'바우'는 '송화'네 집 황소의 씨를 받기 위해 김과 미역을 들고 찾아가지만 송화네 아버지로부터 "늙은 암소"라는 이유로 거절당한다. 돈을 주지 않은 때문이라 생각한 바우 어머니는 '씨값'을 주어 다시 바우를 보낸다. 바우는 송화와 만나 전복 조개껍질을 줍거나 잠자리를 잡고 뛰놀다가 바다에 들어가기 전에 모래무덤에 '씨값' 이백 원을 묻어 두었는데, 나와 보니 이미 그 돈은 파도에 휩쓸려 가버리고 없었다.

집에 거짓말을 한 '바우'는 청개구리가 시끄럽게 울어대는 어느 날 저녁, 송화와 다음날 아침 비가 오면 각자 소를 끌고 서산 모퉁이에서 만나기로 약속한다. 이튿날 억수로 쏟아지는 비를 맞으며 바우는 암소를 끌고 서산 밑 바닷가로 나간다. 바닷가 절벽 밑에 멸치 삶는 움막 앞에 송화는 보이지 않고 "무시무시한 짐승이 비안개 속으로 보"이더니 그 황소는 "굽어진 뿔을 이쪽으로 돌리며" 암소에게 돌진해 온다. 바우가 오두막 안으로 도망쳐 들어가니 아궁이 앞에서 송화가 알 몸으로 벗은 옷에서 물을 짜내고 있었다.

바우는 문 쪽으로 갔다. 멸막 안에 서린 김과 멸막 밖에 내리는 빗속에 두 마리의 짐승이 하나가 되어 움직인다. 바우는 다시 불붙는 아궁이 앞으로 돌아와서 몸에 착 붙은 삼베옷을 벗었다. 그는 불이 붙은 아궁이 앞에 서고 송화는 흙벽에 비친 불그림자 앞에 서서 마주 본다. 둘은 바우의 저고리, 바지 한 끝을 몰아쥐고 새끼처럼 꼬아 비틀었다. 두 알몸 사이에서 물이 죽 흘렀다. 아궁이에서 나는 연기와 송화 옷에서 나는 김이 멸막에 후덥지근하게 찼다. 물고기처럼 팽팽한 두 몸이 가까워지며 아스스 떨었다.

작품 전반을 지배하고 있던 성적 모티프가 정점을 향하면서 바우와 송화의 젖은 알몸을 묘사하는 데로 모아진 이 결구는 멸막 밖에서 벌어지고 있는 두 마리 짐승의 교합과 대칭을 이루고 있다. "불붙은 아궁이", "새끼처럼 꼬아 비틀어진 바지", "두 알몸 사이에 흐르는 물", "연기와 김이 서린 멸막 안", "아스스 떠는 두 몸" — 이 묘사는 분명히 성적 관능이 과도하게 개입되어 있으면서도 그것은 추하거나 아름다운 어떤 것으로도 묘사되어 있지는 않다. 바우와 송화가 숨어든 내밀한 공간, 멸막 안의 후덥지근한 공간에는 다만 그들의 공포와 신비가 김처럼 서려 있다. 이들은 자신도 모르는 사이, 아마 생애 처음으로 존재의 가장 내밀한 곳을 열어보인 것이다. 그 결정적인 행위인 발가벗기에서 바우와 송화는 "새끼처럼" 꼬아진 서로의 존재가 교통하는 상태를 체험한다. 원초적이고 본능적이고 무의식적인 이 의식에서 이들은 밖에서 벌어지고 있는 두 마리 짐승의 의식을 예행하고 있는 것이다. 멸막의 주인인 어부가 다가오자 송화는 "황소 옆구리에 달라붙었고", 바우도 "달아났다". 이들이 느낀 이러한 막연한 죄의식은 자신들이 이미 금기의 세계 속으로 진입하고 있음을 의식한 행위이다. 금기가 죄라고 느끼는 것은 거기에 진입하기 이전의 상태에서는 일종의 신성일 수밖에 없다. 바우와 송화는 이 신성 앞에서 불안한 전율을 체험한 것이다.

송화는 바우를 떠나 노란 호박꽃이 핀 논두렁을 가면서 한 번도 바우를 쳐다보지 않았다. 바우는 소를 몰고 와 주어서 고맙다는 말을 송화에게 하고 싶었지만 먼 옛날, 무서운 꿈을 꾸고 난 것만 같아서 도무지 말이 안 나왔다. 바우는 풀을 뜯는 소 옆에 우두커니 서 있었다. 새 풀이 자란 이곳에서 씨값을 잃어버렸던 것이다.

먼 옛날 "무서운 꿈"을 꾼 것만 같아서 도무지 말이 안 나와 소 옆에 우두커니 서 있는 바우의 행위는, 인간의 천성에 각인되어 있는 관능의 발견이자 신비의 체험이었고 그 공포이기도 했다. 그가 잃어버린 씨값은 이미 "새풀" 속에 묻혀버린 것이다. 〈종자돈〉은 〈변천〉, 〈푸른씨앗〉 등과 함께 김용익에 자주 보이는 이니시에이션의 한 전형을 보여준다.

〈밤배〉는 《현대문학》 1964년 10월호에 발표됐다. 원제는 〈From Here You can Sea the Moon〉(1968년 여름, *Texas Quarterly*에 게재)이다. 본문 인용은 소설집 《꽃신》(서울 : 동아일보사, 1984)을 참조했다. 이 소설은 오랫동안 미국에서 지내다 돌아온 어느 화가가 고향집의 아버지와 해후하는 날 밤의 이야기다. 작가 자신의 자전적 요소가 엿보이는 이 작품의 작중의 '나'는 "10년 동안을 낮배로 돌아와서 고향사람들의 웃음이 가득 찬 부두를 보기를 소원했건만" 출세한 형에게 돈이나 얻어 화구를 사곤 했던 자신의 행색이 부끄러워 늘 "밤배"를 타곤 했었다.

"그 배는 계절과 함께 쭈그러드는 것 같이, 고향으로 가지도 못할 것 같이 내가 기억했던 것보다 아주 작아보인다"라고 시작되는 이 작품의 서두는 작중화자의 외로운 귀향을 잘 암시해 준다. 많은 고향 사람들의 환영과 환송을 받으면서 으레 "낮배"를 타곤 했던 지사인 형과는 대조가 된다. 뱃사람들과 구두닦이와 생선장수와 김밥장수 할머니 등 고향 사람들 틈에 끼어 '나'는 오랜 만에 정겨운 고향 사투리와

538

풍물을 구경하면서 승객들 틈에 끼어 앉는다. "미제 구제품 자켓"을 입고 잡지를 펴든 '나'의 행색을 그들은 이상한 눈으로 쳐다본다.

뉴스나 읽으려고 했는데 잡지는 저절로 내 사진과 그림 '성난 부엉이'가 선명하게 박힌 예술면으로 펼쳐졌다. 나는 이것을 아버지에게 보일 작정이다. 이것은 형이 국민학교 때부터 받아모은 상장이나 통신부보다 더 좋다. 상장을 손에 들고 뛰어들어오던 형의 모습. 그것을 받아쥐고 어쩔 줄 모르며 흙벽에 붙이던 아버지. 손님이 오면 으레 그 흙벽을 쳐다보며 칭찬들을 했다.

"우리 마을에 신동이 났소. 하! 이집 큰아들은 지 하고싶은 대로 뭐든지 시키시소. 작은 놈이 농사일 하믄 안 되오."

그럴 때마다 아버지 얼굴은 술 취한 것 같이 벌개지곤 했다. 내 것이라고는 붓글씨 한 장을 붙여봤을 뿐. 제일 잘 된 붓글씨였는데 그것도 반나절이 못 가서 떼어버리고 말았다. 마을 주막대문에 큼직한 글씨로 멋지게 흘려 쓴 '此處觀明月'이란 종이가 붙은 것을 보고 열심히 연습해서 형의 상장 위에 붙여놨다가 아버지에게 들켜서 매맞고 말끔히 내 자신이 떼어냈다. 그때 일을 생각하면 지금도 뜨거운 피가 이마로 솟구친다. 그 다음부터는 몰래 숨어서 '此處觀明月'을 연습했고 잘된 것은 아버지 눈에 잘 띄는 서랍 속에 숨겨두었다.

'나'는 늘 칭찬받던 형의 그늘에 가려 외롭게 글씨연습을 하던 기억을 떠올린다. 이제는 성공한 예술가가 되어 돌아간다는 자신감도 있지만 그러나 한편으로 "반나절이 못 가서" 붓글씨를 떼어버리던 아버지의 모습을 지울 수가 없다.

배가 도착하자 승객들은 모두 손을 내밀어 순경의 도장을 받은 후 귀가한다. 밤중의 통금시간 때문에 야경원에게 보일 증명이라는 것이다. '나'는 "예술가의 손에 이런 흠을 새겨놓을 수 없다"고 우기고, 이내 순경과 실랑이가 벌어진다. 손도장을 면할 수 있었던 것은 결국 '내'가 지사의 아우라는 것이 밝혀지면서였고 순경은 경례를 붙여 사과한다. 가방을 지고 양산골 "오동나무집"으로 가던 늙은 지게꾼은,

큰아들 조 지사는 영감 찾아볼 틈이 없이 바쁘고, 마누라를 홀딱 벗기고 그림 그릴라다 이혼당한 작은 아들은 미국에서 돌아오질 않았다고 말한다. '나'는 십 년 동안 편지 한 장 없이 지냈던 것을 후회한다.

집에 도착하자, 허리가 구부러진 하얀 노인이 앞마루 큰 기둥에 걸린 남포에 더듬거리며 불을 켰다. "네가 돌아왔나, 상만아. 못 믿을 일이지. 밤배 고동이 울 때 네 발소리가 들리더니…." 하얗게 샌 머리가 턱에 닿았다. 이웃집 '고모'를 불러 밥을 짓겠다고 하자 '나'는 소리쳐 말린다.
"그래 그러지. 뭐든지 네가 좋다는대로 하자."
아버지는 내 구제품 자켓을 받아들었다. 꼭 옛날의 어머니 같다.
"어머니처럼 그러지 말아요."
목구멍까지 꼭 차는 말을 참는다.
안방으로 들어가려다 나는 툇마루 앞에 서버렸다. 거기 남포불 바로 위에 붓글씨가 붙어 있다.
"네 책상 서랍에 있길레 내가 꺼내서 붙였다. 붙인 지도 오래 됐지."
아버지가 일러주는 말을 들었다. 날카롭게 삐친 내가 쓴 글씨를 읽어본다.
… 此處觀明月
밤배 고동소리처럼 커다란 울음이 터질 것 같아 방으로 뛰어들어 갔다.

〈밤배〉가 보여준 이 화해는 감동적이다. 아버지는 이제 "뭐든지 네가 좋다는대로 하자"고 말하고 작중 화자는 "어머니처럼" 변해버린 아버지가 그래서 더욱 슬프다. 아들의 붓글씨를 붙여놓은 채 밤배 고동소리에 귀를 기울이는 아버지는 이미 "한평생 쌀 한 줌 벌어보지 못한 손재주"라고 소리치던 모습이 아니었다. '나'의 슬픔은 세월의 변화에도 마모되지 않은 부정에 있는 것이 아니라 아버지가 '나'에게 가했던 강제성을 순종으로 변하게 만들어버린 시간의 거대한 힘 때문이었다.

　문학사는 주로 문제되거나 주목되어야 할 작가나 작품들에서 서술의 재료를 얻게 된다. 김용익의 작품에도 문제되거나 주목되어야 할 부분이 많이 있으나, 문젯거리나 주목거리라고 보지 않은 관점들에 의해 그의 소설은 등한시되었던 것 같다. 이는 먼저 그의 작품에서의 이른바 현실과 역사가 어떻게 반영, 수용되어 있는가에 대한 논의와 관련되어 있었을 것이다. 우리나라의 문학사는 특히 이 점을 가치평가의 척도로 삼는 오래된 관습이 있어서 김용익의 소설들은 이 대목에서 다소 거북해질 수 있다.
　그러나 문학사는 사가의 관점에 의해 조작되는 역사이므로 거기에 기록되지 않은 가치있는 작가나 작품도 많다. 우리 문학사의 형편에서는 사랑받았던 작가나 작품이 늘 문제되었던 작가나 작품보다 뒷전에 물러나 있게 마련이었다. 〈꽃신〉에서 〈땅꾼〉에 이르기까지의 김용익의 주요 작품들을 검토했을 때 우리는 다음과 같은 몇 가지 특성을 지적할 수 있을 것이다.
　첫째, 〈꽃신〉, 〈변천〉, 〈동네술〉, 〈겨울의 사랑〉, 〈서커스타운에서 온 병정〉, 〈번역사 사장〉 등 일련의 작품들은 이른바 '전후소설'이라는 이름으로 문학사에 등록되어 있는 기왕의 작품들의 성향과는 또 다른 면에서 전후의 한국사회를 잘 묘사하고 있다는 점이다. 이동해 가는 사회 안에서의 인간과 사물에 관한 정서나 의식의 변화는 그의 소설에서 탁월한 문학적 성취를 보이고 있다. 이는 '전후'의 인간보다는 전후의 '인간'의 모습을 그려 보임으로써 전쟁체험이라는 역사적 사실이 어떻게 심미적 과정으로 형상화되었는가를 보여주는 사례다. 그의 인물들은 알게 모르게 전쟁과 동기적 관련을 맺고 있으면서 전쟁이라는 특수상황을 초월한 보편성을 유지하고 있다. 그는 전후사회 자체보다는 그 그림자를 그렸다. 역사와 현실의 부재라는 혐의도 여기에서 비롯되었지만 이 작품들은 그것을 내면화하는 데 성공하고 있다.

　그의 소설들은 따라서 서사적 국면에서는 취약성을 드러낸다. 이는 그가 시를 좋아하며 산문을 쓸 때도 시적 느낌은 밑바닥에 깔려 있다고 술회하고 있듯이, 소설의 서정성과 형식미에 더 많은 가치를 부여한 때문인 것 같다. 그는 작품집을 묶어내면서도 "아직도 한 10년 들고 고쳤으면 싶다"고 말하고 있는데, 이는 근본적으로 그가 소설의 사회적 의미보다는 언어예술로서의 그것에 집착하고 있음을 보인 것이다. 그는 마치 "시인"처럼 비유와 상징과 어조와 리듬에 매달리고, 고쳐 쓴다. 포크너와 같은 몇몇 작가들은 단편소설의 중요성을 인정하는 자리에서 자신의 문학적 생애의 패턴을 "나는 실패한 시인이다. 아마도 모든 소설가들은 최초에는 시를 쓰려고 했다가 안 되는 것을 알고는 단편소설을 쓰려고 했을 것이다. 그런데 단편소설은 시 다음으로 힘드는 것이다. 그런데 그것도 안 되니까 장편소설에 손을 대게 된다"라고 말하고 있는데, 이는 국내의 몇 작가들—예를 들면 황순원, 오영수, 김승옥, 서정인, 오정희 등 주로 짧은 형식의 서사체에서 높은 완성도를 보인 작가들의 경우를 상기케 해준다. 인물의 과거와 현재는 최대한으로 삭감되고 행동의 크기는 암시뇌거나 짧게 서술된다. 이러한 김용익의 장인적 기질은 그의 여러 고전적인 단편들에서 주제와 문체와 표현이 긴장과 통일성을 얻고 있는 데서 잘 드러난다.

　그러므로, 본질이 "詩感"에 기초해 있는 소설의 약점 또한 자명해진다. "시감의 원천"이었던 섬, 뭍, 산골이라는 그의 서사공간은 상당수가 시대와 무연한 것이어서 소설이 갖는 당대적 의미를 크게 의심받게 하고 있다. 그의 인물들의 가치의 지향점은 시간적으로 지금/여기보다는 그때/거기에 쏠려 있으며 〈해녀〉, 〈땅꾼〉, 〈아시땅〉, 〈오좀고개 무지개〉, 〈동짓날 찾아온 사람〉 등의 작품은 다만 토속적 정서와 전래적 인정에 회귀하고 있을 뿐 그 무시간성을 드러내고 있다. 그는 '지방성과 보편성'을 자신의 문학적 성취로 보았지만 '지방성'을 '역사성'으로 대체하지 못했으며 그의 의거나 그렇게 할 만한 현

542

실적인 공간 속에서의 삶을 누리지 못했다. 그의 '지방성'은 다만 과거회귀로서의 지방성에 불과한 것이었으며 삶의 현장성과는 많이 비껴나 있었던 것이다. 그의 오랜 출타는 과거를 지향하게 했지 현실을 거머쥐게 하지는 못하게 한 것 같다.

따라서 우리는 세계와의 불화 속에서 시대성과 보편성을 달성한 이동하는 사회를 다룬 소설들에서 그의 문학적 성취를 거론해야 할 것 같다. 이 작품들에 보이는 꽃신/쇠고기, 미인/언청이, 갓/상투머리, 검은눈/푸른눈, 선지피/비암탕, 붓글씨/기생질, 꼿꼿한 머리/주린 배 등의 상징과 대칭물은 이동하는 사회 속의 가치나 이념의 전도의 의미를 잘 드러내주고 있으며, 이러한 그의 상상력의 공간은 과거의 회상보다는 작중인물들의 현재의 삶과 마주했을 때 더욱 높은 성취를 보이고 있다.

김용익은 문서에 기록되기보다는 마음 속에 기억되어야 할 작가다. 연대기와 가족사와 당대적 문제들에 매달렸던 '야심적인 현장인'들의 작품들로 채워진 우리 소설사의 여로에 그는 작은 쉼터를 마련한 것이다. 그의 짧은 형식의 언어예술이 보여준 옛것에 대한 아련한 그리움의 정서와 현실과의 대결에서 마침내 맛보게 되는 그득한 상실감… 그 한국적 향수와 페이소스는 사라져 가는 '꽃신'의 환영처럼 애처롭고 '밤배' 고동소리처럼 크게 울린다.

(《작가연구》, 1997.10)

사회변동과 개인

광복 이후의 한국사회는 6·25 - 4·19 - 5·16 = 유신 = 10.26 등으로 이어지는 정치적 혼란과 사회변동으로 다양한 이념이나 가치관들이 상호대립과 갈등을 계속하였다. 한 시대의 대표적인 서사양식인 소설이 가장 첨예하게 이러한 현상과 변모의 모습을 포착하고 있음은 따라서 지극히 자연스러운 일이다. 이 기간 동안에 산출되었던 많은 소설들은 각각 전쟁과 혁명과 산업사회를 체험하고 가담하고 몸담았던 세대들의 삶의 조건과 거기에 대응해 가는 인물들의 정서와 존재의 양상을 의미있게 보여주고 있다.

서기원의 〈암사지도〉(1956), 김승옥의 〈서울 1964년 겨울〉(1965), 최인호의 〈타인의 방〉(1972) 같은 작품에서 우리는 전후사회에서 산업사회로 넘어가는 시기의 현저한 개인의식의 변모를 보게 된다. 사회변동에 따른 작중인물의 세계인식의 변화야말로 소설적 어투와 사회적 어투의 상호성에 대한 미학적 전망을 제시해 준다 하겠다.

서기원의 〈암사지도〉는 그의 다른 소설들, 이를테면 〈전야제〉, 〈이 성열한 밤의 포옹〉, 〈반공일〉 등에 나타난 작가의 현실인식을 가장 함축적이고 지적으로 형상화한 것으로 그의 소설적 징후를 잘 드러낸 작품이라 할 수 있다. 그의 소설은 전쟁을 직접 체험하고 목격한 세대의 아픔과 혼란, 또는 이로 인한 찢겨진 의식을 형상화하는 데 바쳐졌으며, 이러한 기법은 같은 시기의 다른 작가들에 흔히 보이는 절제되지 않은 자기모멸과 자학, 추상적이고 소화되지 않은 실존의식이나 원초적 인간묘사, 극한상황 속의 극단적인 절규나 파멸의 행동양식이 아닌, "전쟁체험의 지적인 처리"(유종호, "전쟁체험의 지적 처리", 《한국현대문학전집》7, 신구문화사, 1967, p. 465)를 통한 서사구조를 보여주고 있다. 그리하여 소설 자체 안에서 하나의 사회와 그 사회의 역사를 읽을 수 있게 해주며, 소설적 어투와 역사적 어투의 상호성에 대한 구체적 사례가 되고 있다. 개인의 존재양상에 대한 탐구가 추상적·사변적 수준에 머물고 말았던 장용학 등에게서 볼 수 없는 구체적이고 현실적인 문제로서의 개인의 생존의 양식을 〈암사지도〉에서 읽을 수 있다.

〈암사지도〉는 제대한 전우인 두 남자가 한 여자와 동거생활을 하는 기형적인 생활의 모습을 담고 있다. 작중의 상덕과 형남은 전쟁으로 대학을 포기하고 전선에 투입되어 전우가 된다. 먼저 제대한 상덕은 제대하기 전에 형남에게 자기집으로 오라고 권해서 제대한 형남이 그를 찾아간다. 그 집에서 상덕은 윤주라는 아가씨와 동거생활을 하고 있었다. 상덕이 생활수단(수입)을 잃고 형남이 극장 간판장이가 되어 수입을 들여오게 되면서, 상덕은 형남에게 윤주의 공동소유를 강권한다. 거절하였지만, 그들은 결국 윤주의 방을 번갈아 드나들게 된다. 작품의 결말은 누구의 아이인지도 모르는 아이를 밴 채 윤주가 집을 떠나는 것으로 되어 있다.

상덕은 형남에게 장차 사회에 나와 잠자리가 편치 않으면 자기집으로 오라고 했다. 주소에다 열댓 칸짜리 한식 기와집의 구조마저 그려가며 "네가 오면 요 방을 주지"하곤, 대문간과 맞붙은 뜰아랫방을 빨간 오일연필로 꼭꼭 찔렀던 것이다. "고오마운 말씀이지, 원랜 그 사나이의 첩의 집이었거든. 원집은 폭격에 폭싹 녹아버렸지. 모조리 전

멀야. 웬일인지 그 집 명의가 그 사나이 이름으로 되어 있다가 그 첩
두 역시 돌아가셨더라 그 말씀이야. 기맥힌 유산이지"(〈암사지도〉,
《현대한국문학전집》7, 신구문화사, 1967, p. 332).

소설의 서두 부분에서 아버지가 "그 사나이"로 지칭되어 있고 자신
이 물려받은 집이 아버지의 "첩"의 소유였음을 밝히고 있다. 이는 인
륜적 질서의 기본단위인 가족에 대한 모멸감과 비정상적인 재산승계
의 파행성을 내보인 것이다. 상덕의 생활의 준거가 되는 "집"은 보편
적이고 항구적인 인격으로서의 가정이 아니라 가장의 사망에 의해 자
연적으로 해체된 결과의 산물이다. "폭격에 폭싹 녹아"버린 "원집"이
란 그러므로 인륜적 질서가 지배하는 전통적인 가부장적 한국 가족사
회의 붕괴를 말해주는 것이라 할 수 있다. 상덕이 "기막힌 유산"이라
고 자조하고 있는 "열댓 칸짜리 한식 기와집"은 그곳을 찾아간 형남에
의해 다음과 같이 묘사되어 있다.

아름드리 기둥이나 굵은 서까래, 그리고 푸르죽죽하게 칠이 벗어
지긴 하지만 두툼한 현관이라든지 일견 규모 있게 꾸민 집으로
보였다. 상덕의 설명에 혹 부족이 있었다면 포탄에 지붕이 뚫어
진 채로 있는 머릿방과 문간에 관한 얘기가 없다는 것쯤일까. 그
뿐이 아니었다. 상덕은 어느 여자와 살고 있었다. 그는 그네를
"최형(崔兄)!"하고 불렀다.

"포탄에 지붕이 뚫어진" 집에서 "형"이라고 부르는 여자와 살고 있
는 상덕의 처지에 대한 묘사는 매우 상징적이다. 이는 경험된 사실의
구조라기보다는 그것들이 지시하는 눈에 보이지 않는 현실의 구조 전
체의 상황을 나타낸 것이다. 상덕과 윤주가 기거하고 있는 "구멍뚫린
집"이야말로 1950년대의 사회와 역사를 문맥 속에 함축하고 있는 것
이다. 위의 인용은 사물과 언어가 사회현실, 인간행동의 필연적인 문
맥으로 약호화된 것이다.

"최형"으로 불리는 윤주는 상덕이 어느 날 극장 앞에서 우연히 만

난, "놓치기가 무척 아까운" 가출 처녀였는데, 이 두 사람 사이에 끼어든 형남은 그녀를 상덕의 "아내"로 예우하면서 학관에 강사로 나가는 상덕을 도와 자신은 극장 광고간판을 그리는 일을 시작한다. 그러는 한편으로 형남은 "어쩐지 윤주 때문에 욕정이 도발당한 것이라는 생각"으로 가끔 사창가를 헤매고, 그리고는 자신에 대한 자학과 모멸감에 빠진다. 형남은 "미술대학에 다닐 때의 야망과 제작의 의욕과 스스로가 도취되던 휘황한 이미지는 죄다 어디로 사라져버리고, 이젠 귓전을 스치는 박격포탄 소리와 전우의 단장의 비명, 그리고 여인의 나체와 욕지기 나는 간판화의 원색 모두가 뒤섞여 머리 속을 맴돌며 어지럽히는 괴로움" 속에 빠진다.

상덕이 실직하게 되어 바둑집에 드나들게 되고, 형남이 벌어온 돈으로 가계를 꾸려가게 되면서 "윤주는 심리적으로 상덕에게 멀어져가고 있다고 의식되어"지는 데서 기형적인 것이었지만 부부관계인 것처럼 보였던 상덕과 윤주의 관계에 균열이 일어난다.

〈암사지도〉의 서사구조는 마침내 상덕이 윤주의 공유(共有)를 주장하는 데에 이르러 크게 굴절한다. 상덕의 "배려"로 형남이 윤주의 방에 침입하나 거절되고, 그래서 윤주의 존재가 "더욱 움직일 수 없는 어떤 질량감"으로 형남에게 느껴지지만 상덕은 이튿날 윤주에게 소리친다.

"… 그러니까 맘대루 해! 형남이나 나나 똑같단 말야. 형남이를 모욕했다면 그건 바로 날 그렇게 한 거야. 최형이 그걸 충분히 이해한다면 그따위 케케묵은 관념으루 집을 칼칼찮게 맨들게 뭐냔 말야, 엉." 상덕은 고개를 숙이고 표정을 숨기려는 윤주에게 퍼붓고 있었다. 부릅뜬 그의 눈은 잔인한 기쁨에 타오르고 있었다.

이와 같은 상덕의 말은 형남과 자신을 동일시한 것이며, 윤주의 인격적 독립성은 두 사람에게 각각 따로 적용될 수 없음을 주장한 것이다. 전장에서 생명을 함께 했던 그들의 전우의식은 마침내 그들로 하여금 성을 공유할 수 있다는 논리에까지 이르게 된다. 전장의 윤리를 사회의 윤리로 대치시키려 한 데서 이들의 파국은 이미 예고되어 있었던 것이다. 그리하여 "사랑은 영화 속에나 있는 것"이라고 자조하는 윤주는 마침내 두 남자의 공유론을 받아들인다. 그것은 상덕에게 기대했던 애정의 윤리에 대한 포기의 선언이며 그녀 스스로 상덕과 형남의 제의를 승인한 결과가 되는 것이다. 상덕에게 있어 윤주가 형남을 거절하는 태도란 "그따위 케케묵은 관념"으로 "집안"을 시끄럽게 하는 것에 지나지 않는 것이었고 이들은 마침내 "기괴한 살림의 얄궂은 매력"으로 빠져드는 것이다. 대학시절의 이상은 전쟁으로 피폐해지고 남은 것은 나태한 사고와 순간적 쾌락주의로까지 보이는 이들의 태도는 그러나 퇴폐라는 도덕적 기준으로만 치부해버릴 수 없는 절박한 생존의 한 방식을 보여주고 있다. 이들의 행위는 반윤리 비도덕적이라기보다는 윤리 혹은 도덕의 부재상태를 드러낸 것이다. "구멍 뚫린 지붕"으로 상징되는 동란사회라는 큰 구조 속에 이미 세 사람의 일그러진 생존의 방식인 작은 구조의 틀이 형성되어 있었던 것이다.

〈암사지도〉의 서사적 굴절은 윤주의 임신에 이르러 하나의 정점을 이루고 그녀의 가출이 이루어지는 데서 기형적 인간관계는 와해된다. 상덕과 형남이 서로 자신의 아이일지도 모른다고 우기는 한편 아이를 출산할 것인지 낙태할 것인지에 대한 다툼이 벌어진다. 이때의 다음과 같은 윤주의 항변은 매우 시사적이다.

> "나는 나가야겠어요. 애는 아직 꿈틀거리지 않아요. 허지만 뭣이 꽉 차 있는 것 같아요. 그것까지도 당신네 장난감으로 맡겨둘 순 도저히 없어요."(…) 잠시 침묵이 흐른 뒤에 윤주는 담담한 어조로 말했다. 낱말 하나하나를 조심스럽게 떼어놓는 그런 말이었다. 아비가 뉜지 알지도 못하고 아니 알려고도 하지 않고 나간단 말인가! 그런 어처구니없는 일이! 하고 형남은 그네를 힐난(詰難) 하고 싶은 충동이 북받쳐 올랐으나 "내 물건이란 생각 뿐이에요. 거야 틀림없이 두 분 중에 한 분이 애 아버지겠죠. 허지만

548

그건 두 분이 다 아버지가 아니라는 것과 마찬가지예요. 확실한
건 내 것이란 것뿐이거든요. 당신들엔 아무 권리가 없어요"하는
윤주의 어감 속에는 상식이나 논리로는 도저히 움직일 수 없을
수 없었다.

여기서 윤주의 가출은 하나의 출발의 의미를 갖는다. 그녀의 출발
은 새로운 가치관이 지배하는 세계로의 그것이며, 이는 자신의 뱃속
에 든 아기의 아버지로서의 상덕과 형남을 모두 부정함으로써만 가능
한 세계이다. "앙코르에 답례하는 발레리나 시늉으로 치마를 살짝 들
어올리며" 짐짓 희극적인 제스처를 써 보이며 집을 나가는 윤주의 뒷
모습을 바라보며 그들은 "짐승울음" 같은 신음을 발하는 것이다. 결말
에서의 윤주의 가출은 생명에의 원시적 신앙을 재확인하는 가운데 구
원(救援)으로의 가능성을 암시한 것이라는 작가의 의도를 읽을 수 있
다. 그러나 이 소설이 우리에게 보여주고 있는 본래적 의미는 이들의
구원의 가능성 여부에 있는 것이 아니라 구원받지 않으면 안 될 이들
의 참담한 정신의 현주소에 있다. 1950년대의 문학을 흔히 "피해자의
문학"이라고 그 성격적 특성을 지적하고 있는바, 이들의 행동양식은
철저하게 전쟁과 동기적 관련 속에 있다. 이들이 맞이하지 않으면 안
될 현실 속의 인간관계란 상처받은 자의식이 전제되어 있다. 그것은
상덕이나 형남이나 윤주 모두에게 해당된다. 이 세 사람의 관계란 특
수한 상황이나 우연적 계기에 의해 성립되었으므로 그것들 사이에 윤
리와 인격성, 또는 관계의 필연성이 결여된 것이었다. 인격이 스스로
의 주체적 결정에 의해 표출된 가치나 이념이라면 그것은 독자적이요
배타적인 성격을 지닌 개별의지라 할 수 있다. 상덕과 윤주의 관계는
개인의지의 직접적인 실체인 가족으로 출발하였지만 그러한 인류적
질서의 본질인 자기감각적 통일, 이른바 사랑에 기초하지는 않은 것
이었다. 형남에게 윤주를 권한 상덕의 태도에서 이들의 결합이 인류
적 결합이 아니었음이 드러났고 그것을 받아들인 윤주와 형남은 타인

에 대한 자신의 의지를 철회함으로써 인격성의 포기현상을 보여준다.

그럼에도 불구하고 이들이 관계가 표면적으로 가족(family)의 형태를 띠고 있다는 점은 중요하다. 가족이라는 이름의 표면적 통일체 안에서 그들은 대자적(對自的), 즉 고립적 존재로서가 아니라 성원(成員)으로서 살고 있었던 것이다. "형남이나 나나 똑같단 말야. 형남이를 모욕했다면 그건 바로 날 그렇게 한 거야"라는 상덕의 말은 인격의 개별화나 의식의 사회화가 이루어지지 않은 상태를 보인 것이다. 윤주의 가출에 의해 이러한 의식은 부정되고 오직 자신의 아이일 뿐이라고 우기는 그녀의 태도에서 다른 가치관이나 이념이 지배하는 세계에 대한 그녀의 강한 희구를 읽을 수 있다.

〈암사지도〉에서 보이는 인물의 개인의식은 개별적, 이성적이라기보다는 집단적 원초적 의식에 준거를 두고 있다. "구멍 뚫린 지붕"으로 상징되는 1950년대 사회 속에서의 이들의 전우의식에 의한 집단적 취락주의(聚落主義)는 이 시기의 개인의 존재양상의 기형성과 전형성을 함께 드러낸 것이라 할 수 있다.

1950년대와 1960년대의 소설의 성격적 차이는 6·25와 4·19의 그것에서 비롯된다 할 수 있다. 4·19는 직접적으로는 부정선거에 기인하는 것이었지만 더 멀리는 해방 이후의 열강들의 각축에서 비롯한 남북분단에까지 올라갈 수 있다. 남북분단으로 비롯된 긴장상태는 독재를 조장하는 데 이용되었고 부패한 권력은 자유의 억압과 궁핍화를 초래했다. 6·25가 돌발적·충격적인 바깥으로부터의 기습에 의한 동란이었다면 4·19는 오랫동안 누적되었던 절대권력의 부패와 부정에 대한 잠정적인 항거가 현실적 힘으로 표출된 것이었다. 권위주의 체제의 붕괴, 제도화된 권력구조와 사회적 가치구조의 갈등, 그리고 몇 가지의 징후를 들어 4·19의 혁명적 성격을 지적하기도 하지만 무엇보다도 실학, 동학, 3·1 운동의 근대화·자주화 운동을 계승한 4·19의 시민정신은 1960년대 정신사의 핵심을 이루는 것이라 할 수 있

550

다. 그러나 한편으로는 독재정권을 무너뜨렸다는 점에서 3·1 운동보다 성공적이었지만 그것은 휴전선 이남에 국한되었고 도시에 한정되었으며 우리의 가장 영향력 있는 미국의 호의적 반응에 힘입은 바 컸다는 의미에서 그 나름대로의 한계를 지닌다. 그리고 무엇보다도 그것이 "유산된 혁명"이었다는 데서 정치사회의 한계를 드러낸 것이기도 하다.

이 시기의 한국소설은 1950년대의 그것에 비해 많은 차이를 보이고 있다. 소설의 전면에 직접적인 묘사나 비판의 대상으로 등장하곤 했던 역사나 사회가 후면으로 물러나고, 4·19와 5·16으로 이어지는 사회적 상황에 대응해 가는 개인의 존재의 양상을 다양하게 드러내고 있다. 1960년대 소설의 징후란 전후소설의 대표적 작가였던 서기원, 손창섭, 장용학, 서정인, 이청준 등의 작가가 감수성과 언어적 구성력으로 자신의 삶을 조형해 내기 시작한 것 등을 들 수 있다. 1950년대 작가가 전쟁을 체험으로 간직한 세대라면 이들은 피난과 허기와 황폐와 이산의 아픔을 기억으로 간직한 세대이다. 홍성원의 〈디 데이의 兵村〉, 김승옥의 〈生命演習〉, 〈乾〉, 윤흥길의 〈장마〉, 오탁번의 〈새와 十字架〉, 한용환의 〈가을 公演〉 등의 1960년대 작가들의 소설이 이러한 예가 된다. 그러나 무엇보다도 1960년대 소설의 전대소설과 다른, 그리고 주목할 만한 중요한 징후의 하나는 사회나 역사적 상황 속에서의 개인의 존재양상에 대한 탐구가 김승옥의 〈서울 1964년 겨울〉, 서정인의 〈後送〉, 이청준의 〈병신과 머저리〉 등을 통해 본격적으로 나타나기 시작했다는 점이다. 한편 비평가들의 참여문학론이나 시민문학론 따위가 등장하여 1960년대 소설의 면모가 다양해지기 시작했다. 결국 4·19의 감격과 5·16의 절망이 이 시기의 소설의 성격을 규정짓는 정서의 기반이 되었다 할 수 있다.

김승옥의 〈서울 1964년 겨울〉은 길거리의 선술집에서 만난 세 사나이가 서로 대화를 나누게 되고 이것이 인연이 되어 밤거리를 쏘다니면서 하룻밤을 여관에서 보내고, 이튿날 그 중의 한 사내가 자살한 시체로 발견되자 나머지 두 사람은 도망치듯 여관을 빠져나와 헤어진다는 이야기이다. 이날 밤 "우연히" 포장집에서 만난 세 사람이란 고등학교 학력의 시골출신 스물다섯 살의 청년인 작중화자 "나"와 대학원에 다닌다는 "안"이라는 부잣집 아들, 그리고 이들이 이야기하고 있는 도중에 끼어들었던 "서른대여섯 살짜리" 월부 책장사를 말한다. 이들의 이날 밤의 대화란 일상성에서 벗어난, 지극히 사소하고 개인적인 것이면서 우연발생적인 이야기의 주고받음에서 시작된다. 먼저 만난 "나"와 "안"이 주고받는 대화란 다음과 같은 것이다.

> "안형 파리를 사랑하십니까?"
> "아니오, 아직까진 … ." 그가 말했다. "김형은 파리를 사랑하세요?"
> "예"라고 나는 대답했다. "날을 수가 있으니까요. 아닙니다. 날을 수 있는 것으로서 내 손에 붙잡힐 수 있는 것이니까요. 날을 수 있는 것으로서 손 안에 잡아본 것이 있으세요?"
> "가만 계셔 보세요." 그는 안경 속에서 나를 멀거니 바라보면서 잠시동안 표정을 꼼지락거리고 있었다. 그리고 말했다. "없어요. 나도 파리밖에는 … ."

이와 같은 작위적이고 언어유희적 대화가 경쾌하게, 그러나 진지한 분위기를 유지하면서 자동적 혹은 기계적으로 계속 이어진다. "김형, 꿈틀거리는 것을 사랑하십니까?" "사랑하고 말구요." "난 여자의 아랫배를 가장 사랑합니다. 안형은 어떤 꿈틀거림을 사랑합니까?" "어떤 꿈틀거림이 아닙니다. 그냥 꿈틀거리는 거죠. 그냥 말입니다. 예를 들면 … 데모도 … ."

이들은 언어의 가장 기초적인 의미전달의 기능을 무상(無償)한 것으로 방치하면서 한편으로는 그 무상성에 충실히, 그리고 유희적·경쟁적으로 가담한다. 그러나 반복되는 이들의 언어의 나열은 타자에게 무의미하고 무상한 것처럼 보이지만 화자인 자신에게는 혼자 "소

유"하고 "간직"했던 것들이었다. 이들이 소유하고 간직했던 사실들이
란 예를 들면 다음과 같은 것들이다.

"평화시장 앞에 줄지어 선 가로등들 중에서 동쪽으로부터 여덟 번
째 등은 불이 켜 있지 않습니다." 나는 그가 좀 어리둥절해 하는
것을 보자 더욱 신이 나서 얘기를 계속했다. "… 그리고 화신백화
점 육층의 창들 중에서는 그 중 세 개에서만 불빛이 나오고 있었
습니다. …"
　그러자 이번에는 내가 어리둥절해질 사태가 벌어졌다. 안의 얼
굴에 놀라운 기쁨이 빛나기 시작했기 때문이다.

　그리하여 그들은 빠른 말씨로 자신들이 소유하고 있거나 간직한 사
실들을 서로 다투어가며 늘어놓는다.

"서대문 버스 정류장에는 사람이 서른두 명 있는데 그 중 여자가
열일곱 명이고 어린이는 다섯 명, 젊은이는 스물한 명, 노인이
여섯 명입니다."
　"단성사 옆골목의 첫 번째 쓰레기통에는 초콜릿 포장지가 두
장 있습니다."
　"적십자병원 정문 앞에 있는 호도나무의 가지 하나는 부러져
있습니다."
　"을지로 3가에 있는 간판없는 한 술집에는 미자라는 이름을 가
진 색시가 다섯 명 있는데 그 집에 들어온 순서대로 큰 미자, 둘
째 미자, 세째 미자, 네째 미자, 막내 미자라고들 합니다."
　"그렇지만 그건 다른 사람들도 알고 있겠군요. 그 술집에 들어
가 본 사람은 꼭 김형 하나뿐이 아닐 테니까요."
　"아 참, 그렇군요. 난 미처 그걸 생각하지 못했는데, 난 그 중
에서 큰 미자와 하룻저녁 같이 잤는데 그 여자는 다음날 일수(日
收)로 물건을 파는 여자가 왔을 때 내 팬티 하나를 사 주었습니
다. 그런데 그 여자가 저금통으로 사용하고 있는 한 되들이 빈 술

병에는 돈이 백십 원 들어 있었습니다.”

“그건 얘기가 됩니다. 그 사실은 완전히 김형의 소유입니다.”

“나”와 “안”이 간직하고 있는 이야기란 이와 같이 자기 “혼자”만이 알고 있는 사실, 그것만이 자신의 “소유”일 수 있는 것들이다. 버스 정거장에 서 있는 사람의 숫자란 자신만이 알고 있는 정보이거나 그 정보의 가치는 무의미한 것이다. 극장 옆 골목의 쓰레기통에 관한 정보 역시 실용적 가치가 없다. 그럼에도 불구하고 이들은 이러한 무용(無用)하고 쇄미(鎖微)한 사실들에 대해 집요한 관심과 소유욕을 가지고 있다. 여기에서 비로소 스스로 관찰하고 참여하여 확인된 것만이 자기소유일 수 있다는, 1960년대적 가치관의 전환을 보게 된다. 그것은 곧 개인의식의 극도로 강조된 상황에 대한 상징이요, 전쟁·국가 따위의 사회적 집단적 이념이나 가치의식으로부터 자유로운 지점에 이들이 존재의 준거를 두고 있음을 보인 것이다. 이들의 자유로움이란 그리고 타자와의 단절 속에서의 그것이다.

작중화자 “나”와 대학원생 “안”의 대화 중에 끼어든 “시른대여싯 살 짜리 사내”는 〈서울 1964년 겨울〉의 황량한 내면풍경과 개인의 단절감을 고양시키는 계기가 되는 인물이다. 그것은 그 사내를 바라보는 “나”와 “안”의 태도에서 비롯된다. 사내는 이날 아내가 병으로 죽어서 시체를 해부용으로 병원에 팔았는데, 슬프고 외로운 나머지 이들에게 매달려 시체를 판 “돈이 다 없어질 때까지 함께 있어” 달라고 말한다. 그는 아내와의 추억을, 아내의 죽음에 대한 슬픔을 말하지만 “나”와 “안”은 다만 “네에, 그거 안되셨군요” 라고 대꾸할 뿐이다. 이들은 이 30대 사내의 슬픔과 외로움을 이해하고 나누어 가질 수 있는 거리에 있지 않다. 사내가 괴로워하고 있을 때 이들은 “우리는 꺼지는 게 어떻겠느냐는 눈짓”만을 보낼 뿐이다.

밤거리를 헤매다가 이들이 구경한 화재에 대해서도 “화재 같은 건 아무것도 아닙니다. 내일 아침신문에서 볼 것을 오늘밤에 미리 봤다는 차이밖에 없습니다. 저 화재는 김형의 것도 아니고 내 것도 아니고 이 아저씨 것도 아닙니다"라고 말한다. 이는 구경거리의 상실 혹은 대중의 상실을 뜻하며 그렇기 때문에 "화재는 오로지 화재 자신의 것"이라는 밖의 사건의 사물화(事物化)가 생긴다.

여기에서 또한 "나"와 "안"으로 상징되는 20대와 "사내"로 대표되는 30대 사이에 또 하나의 간극이 있음을 알 수 있다. 작중의 중년 사내는 〈암사지도〉에서의 상덕과 형남으로 대표되는 전후세대의 끈끈한 공존의식이나 취락주의가 구체성을 띤 인물로 형상화된 예다. 그는 아내의 죽음과 그로 인한 슬픔과 아내를 판 돈으로부터, 그리고 돈으로써 하룻밤 동안을 달래볼 수 있었던 외로움 그 어느 것으로부터도 자유로울 수 없었다.

> 여관에 들어서자 우리는 모든 프로가 끝나버린 극장에서 나오는 것처럼 어찌할 바를 모르고 거북스럽기만 했다. 여관에 비한다면 거리가 우리에게 더 좋았던 셈이었다. 벽으로 나누어진 방들, 그것이 우리가 들어가야 할 곳이었다.
> "모두 같은 방에 들기로 하는 것이 어떻겠어요?" 내가 다시 말했다.
> "난 지금 아주 피곤합니다." 안이 말했다. "방은 각각 하나씩 차지하고 자기로 하지요."
> "혼자 있기가 싫습니다"라고 아저씨가 중얼거렸다.
> "혼자 주무시는 게 편하실 거예요." 안이 말했다.

"모든 프로가 끝나버린 극장"이란 더 이상의 구경거리도 영웅도 없는, 타자와의 관계의 단절감만 남아있는 사회적 공간이다. "여관"과 "거리"로 표상되는 자아와 세계와의 관계는 이미 "거북살스러워"졌으며, 그들의 고립된 자기만의 세계는 "벽으로 나누어진 하나씩 차지한 방"으로 기호화되어 있다. 사내의 자살은 대타관계에서의 개인의 주체적 독립적 개별적인 관계수립에 이르지 못한 자의 절망이다. 사내는 아내의 시체를 판 돈으로 "나"와 "안"을 따라다니며 자신의 비탄과 고독을 달래보려 하였으며 그것을 어느 정도 가능케 하리라 믿었던 "돈"(책값)을 받기 위해 골목을 헤맨 행위나 불 속에 돈을 던져버리는 행위는 개인화(個人化) 과정 속의 자기갈등의 표현이다. 그의 생존의 방식은 그러나 "나"와 "안"에 의해 다시 한 번 부정된다. "나"와 "안"은 "빨리 도망해버리는 게 시끄럽지 않을 것" 같아 자살한 시체를 남겨두고 여관을 떠나버렸기 때문이다.

〈서울 1964년 겨울〉의 "나"와 "안"은 1960년대의 시민사회에로의 진입과정 속의 '개인(*individual*)의 특수성'이 강화된 인물이다. 시민사회란 애초에 개인의 이기적 목적에 의해 만들어진 욕망의 집단이며 그들은 모든 사물을 자기중심적·이기주의적으로 본다는 데서 이들의 대타 관계의 고립성은 더욱 두드러진다.

> "김형, 우리는 분명히 스물다섯 살짜리죠?"
> "난 분명히 그렇습니다."
> "나도 그건 분명합니다." 그는 고개를 한 번 기웃했다.
> "두려워집니다."
> "뭐가요?" 내가 물었다.
> "그 뭔가가, 그러니까⋯." 그가 한숨같은 음성으로 말했다.
> "우리가 너무 늙어버린 것 같지 않습니까?"

위의 인용은 고립적이고 이기적인 원자적(原子的) 개인으로서의 자신들의 존재양상에 대한 "나"와 "안"의 자기발견(성찰)의 순간이다. 이러한 일종의 입사소설적 요소에도 불구하고 이 소설은 1960년대의 인물의 대타의식을 첨예하게 드러낸 것이다. 사내로 대표되는 1950 년대적 존재양상이 호소로서의 고독이었다면 "나"와 "안"으로 대표되는 1960년대적 존재의 양상이란 "존재로서의 고독"(천이두)이라는 적절한 표현을 얻는다.

소외된 인간으로서의 개인의 문제를 다룬 것으로 특히 최인호의

556

〈他人의 房〉은 1970년대적 징후를 예민하게 드러낸 예라 할 수 있다. 이 작품의 주인공은 어느 날 출장에서 자기 아파트에 돌아오나 옆집 사람으로부터도 자신의 존재를 인정받지 못하는 상황이 벌어진다. 방으로 들어오나 아내는 출타중이고, 자신이 생활의 일부로 삼고 있었던 온갖 가재도구들이 낯설어지고, 마침내는 자신마저 그것들로부터 고립감에 빠지면서 스스로를 집안 가운데의 하나의 사물로 인식하게 된다는 이야기이다.

> "우리는 이 아파트에 거의 삼 년 동안 살아왔지만 당신같은 사람은 본 적이 없소."
> "아니 뭐라구요?"
> 그는 튀어오를 듯한 분노 속에서 신음소리를 말했다.
> "당신이 나를 한 번도 본 적이 없다고 해서 그래 이 집 주인을 당신 스스로 도둑놈이나 강도로 취급한단 말입니까. 나두 이 방에서 삼 년을 살아왔소. 그런데두 당신 얼굴을 처음 보오. 그렇다면 당신도 마땅히 의심받아야 할 사람이 아니겠소."

이는 주인공이 일주일간의 출장에서 돌아와 아파트의 초인종을 누르고 있을 때 옆집에서 튀어나온 사내와 벌인 실랑이이다. 문제는 주인공이 옆집 사내로부터 아파트의 주인임을 인정받지 못할 뿐만 아니라 그 역시 옆집 사내를 "처음" 본다고 대드는 사태의 심각성에 있다. 이들은 서로 낯선 관계 속에 있다. 아내는 부재중이고 이웃은 자신을 알아주지 않는다. 일반적으로 무엇이 그렇게 되어야 할 것이 그렇지 못할 때의 상태를 소외(疎外)라 할 때, 노동자는 노동활동에서, 경영자는 합리적인 조직에서, 일상인은 사회적인 힘이나 타인, 심지어는 자기자신에게서 각각 소외를 느끼게 된다. 주인공의 소외감은 맨처음 그의 가장 가까운 이웃인 아내로부터 비롯된다. 친정 아버님이 위독하다는 쪽지를 남긴 채 아내는 어디론가 외출을 하고 없다. 그는 "마땅히 더운 음식으로 대접을 받았어야 했고", "정리된 실내에서 파이프를 피워 물고 음악을 들었어야 했을 것"이지만 그러나 그는 "오늘밤 혼자인 것"이다.

이 소설이 우리에게 제시하고 있는 상황이란 작중의 인물이 "혼자"라는 사실과 더구나 그것이 아내나 이웃으로부터 고립된 존재로서뿐만 아니라 자기 자신과의 접촉마저 단절된 그것이라는 데 있다.

그는 화를 내었다. 그는 우울하게 서서 엄청난 무력감이 발끝에서부터 자기를 엄습해 오는 것을 느꼈으며 욕실 거울에 자신의 얼굴이 우송되는 소포처럼 우표가 붙여진 채 부옇게 떠오르는 것을 보았다.

그는 그것(확대경 ; 주)을 들고 자신의 얼굴을 비춰 보았다. 뚜렷한 형상을 가지지 않은 사내가 이상하게 부풀어서 확대되어 있었다. 그는 그것을 움직여 욕실의 형광불빛을 한곳으로 모으려고 애를 쓰기 시작했다. 햇빛 밑에서 확대경을 움직거리면 날개 잘린 곤충을 태워버릴 수도 있다. 그는 끈끈하고 축축한 욕실에서 한기를 선뜻선뜻 느껴가면서 형광불빛을 한곳으로 모으려고 땀을 흘리고 있다.

이와 같은 주인공의 자의식은 마침내 그가 아내의 행위가 거짓임을 깨닫는 데서 하나의 정점을 이루고 그의 사유물로 소속되어 있던 집안의 기물들로부터 소외되기 시작한다. 그는 예정을 앞당겨 출장에서 돌아왔는데도 아내는 이날 친정아버님이 위독하다는 전보를 받았노라고, 남편의 귀가 날에 맞추어 쪽지를 써놓고 출장 다음날 외출을 해버린 것이다.

물건들은 놀라웁게도 뻔뻔스러운 낯짝으로 제자리에 가라앉아 있었다. 그는 비애를 느낀다. 무사무사(無事無事)의 안이 속에서 그러나 비웃으며 물건들은 정좌해 있다. 그는 투덜거리며 스위치를 내린다. 그리고 소파에 앉아 단설탕물을 마시기 시작한다. 방 안 구석구석에서 수군거리는 소리가 들려온다.

벽면을 기는 다족류 벌레의 발자국 소리가 들려온다. 옷장의 거울과 화장대의 거울이 투명한 교미를 하는 소리도 들려온다. 그는 어둠 속에서 눈을 부릅뜬다. 벽이 출렁거린다.

그는 부엌으로 가서 석유곤로의 심지도 관찰하고 낡은 구두 속도 들여다보았다. 다락문을 열어 갖가지 물건도 하나하나 세밀히 보았고 욕실에서 그는 욕조 밑까지 관찰하였다. 덮개가 있는 것도 그 내용물을 검사하였으며 침대도 들어서 털어도 보았다. 물건들은 잘 참고 세금 잘 무는 국민처럼 얌전하게 그의 요구에 응해 주었다. 그러나 그가 들여다보는 물건은 본래 예사의 물건은 아니었다. 그것은 이미 어제의 물건이 아니었다.

아내의 부재(不在)와 가재도구의 "뻔뻔스러운 낯짝" 앞에 그는 "비애"를 느끼고 "다족류 벌레의 발자국"에 대한 환청과 "벽이 출렁거리는" 착시(錯視) 현상에 빠진다. 손에 쥐어진 스푼도 "여늬 스푼이 아님"을 느꼈듯이 부엌과 다락 침대의 물건들도 "이미 어제의 물건이 아니었다". 주인공은 사물로부터 분리되었으며 자신이 그 사물의 일부로 의식된다. 주인공은 이와 같이 대인 대물관계에서 끊임없이 스스로가 낯설거나 분리되었다고 의식하는 과정 속에 있다. 이러한 분리가 스스로에 의해서 자기동일성으로 통합되지 못한 인격의 분리였으므로 그는 소외된 것이다. 즉, 모든 분리가 소외를 형성하는 것은 아니지만 지각관계의 분리가 자기소외를 구성한다는 데서 작중인물의 소외는 의식화(意識化) 된 소외라 할 수 있다. 그는 아내와 자신의 방을 자신의 것으로 알고 친숙하게 지내왔지만 마침내 그것이 낯선 인물과 대상으로 바뀐 것이다. 그는 아내를 알고 지내왔지만 그녀를 인식하고 지내오지 않았음을, 방안의 사물들 역시 그에게 익숙한 집기였지만 그것이 낯선 것이었음을 이제 인식한 것이다. 주인공은 온 방안을 서성거리고, 방안의 집기의 모습에 놀라기도 하고, 옷가지와 서랍과 재떨이와 소케트와 수돗물이 서로 "춤추고", "박수치고", "꿈틀거리고", "대화하는" 것을 목도한다. 그리고 그는 그때 "서서히 다리 부분이 경직해오는 것"을 느끼는 것이다.

대상화의 관계가 갈등을 전제로 하고 있듯이 대상과의 소외는 불화를 전제로 한다. 〈타인의 방〉에 보이는 주인공의 대타의식은 그러나 그것이 그렇게 되지 않으면 안 될 사건의 필연성은 생략되어 있다. 아내의 외출과 거짓말과 그것에서 맛보게 되는 배신감의 이유와 근거는 이미 불필요한 것이기 때문이다. 그의 "홀로", "낯설게" 있음 자체가 문제적 상황이며 아내와의 구차한 "관계"란 무의미한 것으로 되어 있기 때문이다. 따라서 주인공이 맞고 있는 소외란 카우프만의 "자연, 사회, 타인, 자신으로부터 받게 되는 누구에게나 해당되는 한 인격이나 개인이 하나의 독립된 존재가 되기 위한 성장의 일부"라는 개인적·심리적 수준의 그것이 아니라 인간존재의 궁극적인 거점이 자기동일성(Identity)의 상실을 의미하는 근원적인 문제라 하겠다.

대중사회 이론에서 출발한 소외에 관한 한 사회학적 논의는 이 시기의 소외현상에 대한 하나의 시사점을 제공한다. 사회구조적 특징을 근대화 과정에서 형성된 몇 가지 역사적 경향으로 나타내고 이 경향이 초래하는 소외의 형태를 제시한 것이 그것이다. 시맨(Seeman)의 도식에 의하면 현대의 구조적 경향으로 혈연관계에서 비인격화로, 전통성에서 이질성으로, 안정에서 기동성으로, 그리고 규모의 확대를 들고 소외의 제형태로 무력감, 무의미성, 무규범성, 가치의 고립, 자기소원, 사회적 고립 등을 들고 있다. 이 가운데 전통적인 사회형태가 세속화·합리화됨에 따라 기계화와 표준화, 신념과 가치의 세속화가 지배적인 형태로 나타난다는 지적과, 인간과 제도가 전문화함으로써 생겨난 사회적 분화로 분업화와 상호 의존도가 높아진다는 지적은 작중의 주인공이 맞이하고 있는 상황과 무관하지 않다.

〈타인의 방〉의 주인공은 유별난 직업이나 성격이나 신체적 조건을 가진 인물로 묘사되어 있지 않다. 그는 평범한 직장인일 뿐이며 이 소설이 제기하고 있는 문제란 이날의 주인공이 맞이하고 있는 상황의 특수성에 있다. 그가 어느 날 갑자기 아내와 이웃과 가재도구와 심지어는 자신으로부터 격리되어 있다는 생각은 중요한 자기발견의 순간이다. 그런 의미에서 소외란 자아와 세계의 비화해적 관계에 대한 자의식이며, 이는 어느 사회에서 나타날 수 있는 인간심리의 보편적 원리에 기초해 있지만 무엇보다도 산업사회의 메커니즘과 개인의 이기적 욕망을 우선으로 하는 가치관이 지배하는 대중사회의 뚜렷한 증후군의 하나라 할 수 있다.

한편, 주인공이 "설탕"을 자주 핥거나 떠먹고 있는 모습, 목욕할 때의 "발기한 성기" 묘사 등을 본래적 자아에로의 회복을 꾀하는 수사적 장치로 보기도 한다. 여기서의 "단내"(설탕)와 "발기한 성기"를 관능(官能)의 암시로 보고 그것을 "소외의 현장에서 인간의 본체로 돌아가려고 하는 노력의 받침돌 위에서 가장 중요한 복귀제(復歸劑) 구실을 하는 것"(김주연)이라 지적한 것이 그 예다. 그러나 중요한 것은 "단내"로 상징되는 삶의 권태나 타성, 또는 발기한 성기의 무용성(無用性)에 있으며 마침내 자신이 하나의 "물건"으로 사물화된 채 가재도구처럼 방치되거나 다락에 "처넣어"지는 것이다.

지난 한 세기 동안의 한국사회의 구조적 변화를 자생적이든 서구의 영향 아래서든 정치구조에서는 넓은 의미로 민주화의 방향으로, 경제구조는 산업화의 방향으로, 생태적으로는 도시화, 사회적으로 평등화, 종교적으로 세속화, 문화적으로 개체화 또는 자아의 확대를 변화의 정향으로 삼아왔다고 일반화할 수 있다면, 전쟁과 혁명과 산업사회에 이르기까지의 개인의식의 변화 또한 여기에 준거의 틀을 두고 있다고 할 수 있다.

사회변동 속에서의 개인의식의 변화를 소설의 내적 구조 안에서 찾아봄으로써 미적 양식과 사회적 양식 상호간의 관계를 전망해 보려는 시도는 그러나 소설을 사회와의 일대일의 대응관계로서가 아니라 사회현상의 복합적인 얼크러짐의 구조로서의 그것에서 의미를 찾을 수 있다는 인식이 전제되어야 할 것이다. 그리고 그것은 한편으로 사회학적 검증을 하고, 또 한편으로는 의미론적 차원에서 구조를 검증해서 같은 결과에 이르는 이중의 작업을 통해서 세계관을 밝혀내는 포괄적 방법에 의해 가능할 것이다.

〈암사지도〉와 〈서울 1964년 겨울〉과 〈타인의 방〉은 각각 당대의 개인의 존재양상의 한 전형을 제시하고 있다. 그것들은 각각 전쟁과 혁명과 산업사회라는 사회적 충격이나 압력과 동기적 관련을 맺고 있으면서 그 나름의 독자적 성격을 지니고 있음이 드러났다. 이 세 편의 소설은 해방 이후의 한국 사회변동 속에서의 개인화의 과정을 하나의 전범으로서 드러내 보여주고 있다 하겠다.

〈암사지도〉에 나타난 작중인물의 대타의식은 개별적, 주체적이라기보다는 집단적, 취락적 인정주의에 기초해 있었으며, 〈서울 1964년 겨울〉은 시민사회로의 진입과정 속의 이기적·고립적 존재로서의 원자적 개인의 존재양상이 첨예하게 드러나 있었으며, 〈타인의 방〉의 그것은 마침내 기계문명 속의 소외현상으로 나타났다. 그것은 전쟁의 체험과 시대적 절망감에 기인하는 1950년대적 상황과, 시민의식이나 자기세계 정립의 개인의식의 발양기라 할 수 있는 1960년대적 상황, 그리고 개인의 왜소화(矮小化) 과정의 1970년대적 상황의 문학적 초상화라 할 수 있다. 6·25의 불안과 충격, 4·19의 감격과 환멸, 산업화와 상업주의는 실존의 철학과 소외의 사회학을 낳은 것이다.

(《한국학연구》 1, 1988)

삼포로 가는 길

황석영의 소설

1970년대 한국소설의 리얼리즘적 가치와 이념을 새롭게 구축한 황석영의 소설은 1970년대 산업사회에서의 민중들의 삶과 꿈에 대한 믿음이 잘 드러나 있다. 그것은 개개인의 삶의 진실과 공동체적 삶의 실천을 위한 그의 산문적 탐구에서 비롯된다. 황석영 소설의 특징과 형태에서 가장 주목되는 것은 인간의지와 현실과 역사의식에 바탕을 둔 건강한 리얼리즘의 세계이다. 그는 개인과 자신이 속한 사회를 의미있게 포용하고 있으며, 이러한 자각은 개인을 둘러싸고 있는 사회와의 관계 속에서만 가능하기 때문에 그의 인물들의 삶은 자신이 속해 있는 사회적 여건과 깊게 연루되어 있다.

〈객지〉(창작과비평사, 1971)는 '운지 간척공사 현장'에서 일어난 노동쟁의의 문제를 그곳의 날품팔이 노동자들의 삶을 통해서 구체적이면서도 생기있는 묘사로 현장감 있게 그려낸 중편이다. 또한 열악한 노동조건과 서기, 감독, 조합 등의 중간계층의 착취 및 노동현장에서 만연되고 있는 온갖 부조리들을 사실적으로 보여주고 있다. 얼마 전에 있었던 노동쟁의가 실패로 돌아가 다시 쟁의를 일으킬 준비를 하는 동안 노동자 중 한 사람이 감독조에게 집단 구타를 당하는 사건이 발생하고, 마침내 노동쟁의를 일으키는 것으로 구성되어 있는 이 소설의 중심축은 노동쟁의를 결행하기까지의 과정이 중심이 되고 있다.

〈객지〉의 인물들은 대부분이 불균형적인 경제성장 정책으로 인해 가정과 고향을 떠난, 삶의 터전을 잃어버린 사람들이다. 이와 같은 상황은 경제정책의 모순구조와 함께 대부분의 국내 산업체의 저임금 정책에 의한 노동착취 때문에 생긴 것으로, 노동자들의 궁핍한 생활 형편과 열악한 노동조건은 황석영의 소설의 중심 모티프가 되고 있다. 이와 같은 시대적 상황은 동혁과 목 씨의 대화에서 잘 드러난다.

> "…부농이나 호농이나 매한가지야, 소작붙이 해먹는 사람들도 마찬가질세. 토지소득세, 수리비, 공과금, 뭐 어쩌구 하는 터에 곡가는 형편없이 싸지…."
>
> "…수지 안 맞는 걸 내가 어찌 알겠나, 실제 겪어보니 그렇더란 얘길세. 비싼 비료를 사서 써야지, 퇴비에 세월을 보내 갖구선 수확은 많아지는데 일손이 엄청 들어야지. 온 식구며 이웃이 모여서 며칠 내내 타작을 하는데 기껏 거둔 담에 똥값으로 팔리는 보리란 말야."
>
> "…세면도구라도 일습 사보라지, 품삯의 사흘쯤은 작살이 날걸세. 밑천 큰 놈들 재간에 당할 수가 있는가. 물건은 비싸지…."

여기서 농민은 농업 생산자라는 다양한 사회구성으로 이루어진 농민층이다. 그리고 다시 도시노동자나 빈민으로 흘러들어 온 유민층이다. 도시 근대 자본주의 사회에서 이들은 과도기적 존재일 수밖에 없으며, 그것은 농민층이 "한 사회구성체 안에서 기본구성이 되지 못한 채 지배적 경제제도인 자본주의 경제법칙의 지배하에 자본주의적 편성에로의 자기지향을 가지고 있으며 그렇게 될 수밖에 없도록 운명지어져"(박현채) 있기 때문이다. 그 결과 자본주의적 편성에 따라 자본과 임노동관계 형성의 기초가 마련되어 가며 농민층의 양극적 분해가 시작되는 것이다.

1960년대를 거쳐 1970년대로 넘어오면서 우리 사회는 산업화에 따른 격심한 변화를 보여주었고, 그 변화에 따른 여러 가지 부작용은 우리나라의 특이한 상황과 결부되어 매우 심각한 양상을 띠게 되었던 것이다. 결국 산업화가 우리에게 가져다준 것은 부의 증대와 물질적인 여유였지만, 동시에 심각한 부작용과 함께 최소한의 인간적인 삶을 보장받지 못하게 된 것이다.

이와 같은 파행적인 산업화가 몰고 온 당시 사회의 가장 핵심적인 문제 가운데 하나는 바로 노동현실에 관련된 문제였다. 노사간의 갈등이 1970년대에 이르러 핵심적인 사회문제로 제기된 것은 근대화의 기치 아래 추진된 고도산업화 정책에서부터였다. 이로 인해 노동자 집단이 폭발적으로 증가하였지만 그들의 생활조건은 물질적으로나 정신적으로 인간다운 삶이 보장될 수 없는 열악한 수준에 머물렀고 개선을 위한 노력에도 불구하고 별다른 향상을 보이지 못했다. 여기서 노동자 계급은 자본과 임노동 관계에서 자기재생산의 기반을 갖는 자본주의 사회의 기본 계급구성이지만, 자본주의의 자기논리에 따라 사회적 생산의 결과에서 소외된 계급으로 전락한다. 그리고 이들은 근대 자본주의 사회의 모순에 대응하는 가장 진보적인 계층이 되는 것이다.

〈객지〉에 등장하는 날품팔이 노동자들의 생활은 그들이 물질적으로나 정신적으로 얼마나 인간다운 삶을 보장받지 못하고 있는지를 단적으로 보여준다. 그들은 법정 노임으로 도청에서 책정된 현금 150원을 하루 일이 끝나면 현금이 아닌 '130원짜리 맘보 한 장'으로 지급받는다. 이것은 현금이 아니니까 함바에서는 사실상 120원짜리로 써먹게 되고, 현금을 가진 전표장수는 이걸 110원에 사들인다. 이런 상황에서 그들은 하루 숙박비로 40원, 매끼 식대로 20원을 지출하고 나면 겨우 10원이 남는다. 이처럼 정상적인 노동의 대가로 지급받는 노임만으로도 살아가기 힘든 그들에게 서기, 감독, 조합 같은 중간계층의 착취는 그들의 삶을 더욱 힘들게 만든다. 그들의 현실적 삶은 아세아

건설 회장 앞으로 보내는 건의문에 단적으로 드러나 있다.

노임을 법정 임금에 미달된 액수로 받으면서 게다가 간조오가 보름간격인지라 현금 없는 대부분의 우리 부랑인부들은 전표를 헐값에 팔아 일용품을 사든지 전표를 본가격보다 싸게 함바의 숙식대로 치르고 있읍니다. 서기들은 전표로 부당한 이윤을 취하고 함바는 거기대로 노임을 착취합니다. 대부분의 객지 인부들은 함바와 서기, 그리고 그들이 경영하는 매점에 이삼천 원 정도의 빚을 지고 있는 실정입니다. 때문에 우리가 다른 일터를 찾아 뜨고 싶어도 마음대로 갈 수가 없어서 묶여버린 것입니다. 또한 일은 건축작업에 비할 바 없이 고되고, 비교적 손쉽고 허술한 일터는 현지 인부들의 차지가 되어 있읍니다. 썰물과 밀물 때, 어림짐작으로 치는 작업종에 따라 작업을 시작하고 그치기 때문에 뚜렷한 휴식시간이나 고정된 일정량의 노동시간이 없이 해만 보인다면 일에 시달려야 합니다. 또한 노사를 이간시키는 원인으로서 감독 이하 십장 등, 노무자 간부급들이 감독조라는 이름으로 외지의 깡패들을 앞잡이로 내세워 그나마 박한 노임을 착취하고 노동의 자유 분위기를 억압하고 있읍니다. 함바의 조건은 마치 가축의 우리 같은 데다가 십여 명 이상씩 때려 넣고, 각 집에서 형편없는 식사를 제공해 주고 있읍니다. 물론 함바는 회사의 운영에 속해야 함에도 불구하고 이러한 대규모의 공사를 벌이는 작업장에 개인의 권리금 내지는 소유권에 의하여 함바가 운영하고 있다는 것은 언어도단이올시다.

따라서 그들이 처한 현실을 자각하고 '운지 간척공사 현장 일용인부 일동' 명의로 회사측에 요구한 사항들은 그들의 노동쟁의가 복잡한 이해관계로 얽혀 있다기보다는 단지 사람답게 살기 위한, 최소한의 생존을 위한 요구조건이었다. 그들은 가진 자들에 대해서 상대적인 박탈감과 무력함을 느끼고 있는 인물들이다. 묘사된 장 씨, 대위, 동혁의 모습이 이러한 이미지를 선명히 드러내고 있다.

‘장 씨’는 젊은 노동자들이 문제를 해결하려는 적극적인 태도를 보일 때마다 크게 반대의 입장을 보이지는 않지만 방관자적인 태도를 보인다. 그의 이러한 태도는 오랜 기간 동안 사회의 밑바닥에 눌려 살면서 자기의 개성과 자유의지를 완전히 제거당하게 된 노동자들의 일반적 경향을 대변하는 것이기도 하다. 한편 ‘대위’는 어떤 상황 아래에서라도 단결해야 한다는 점을 강조하는 뚜렷한 신념을 가지고 있다. 특히 그의 태도나 의지가 단순히 추상적인 관념에서 나온 것이 아니라 노동자들이 들끓는 공사장의 노동현장에서 직접 느끼고 터득한 것이기 때문에 현실성 있는 의미로 다가온다. 그러나 그는 성급하고, 감정적이기 때문에 사태를 냉정하게 파악하지 못하지만, 이러한 분노 속에서 다른 노동자들과는 달리 서서히 자기가 처한 부조리한 현실에 저항하는 행동을 해나간다. 곧 세상에 대한 모든 기대가 좌절된 절망적인 상태의 또 다른 노동자군의 한 단면을 보이면서도 노동자들의 의식이 점차로 성숙되어 가는 양상을 보여주고 있는 것이다.

> “모두 밟히고 있다는 걸, 당하는 사람이 직접 보여주는 겁니다.”
> “좌우간 한판 벌일 수 있다면 나는 개피를 봐도 좋소.”
> … (중략) …
> “폭동으로 변해선 안 됩니다.”
> 동혁이 말했다.
> “개선을 위해 쟁의를 해야지. 원수 갚는 심정으로 벌이다간 끝이 없어요.”

주동인물 ‘동혁’은 간척공사장의 ‘신마이’로서, 그는 이곳에서의 열악한 노농조건과 노동자들이 겪는 비참한 삶의 현장을 알게 되고, 노동자들을 착취하는 회사측의 횡포를 목격하고 이의 개선을 위해 대위와 함께 노동쟁의를 모의한다. 그는 합리적이고 이성적인 태도를 견지하면서, 국회의원들이 방문하는 날을 겨냥하여 그 전날 파업을 단행, 농성을 주도한다.

〈객지〉는 노동자들의 쟁의를 통해 산업화 시대에서의 개인적 삶의 사회적인 관계에 대한 첨예한 실례를 보여준다. 용기를 잃고 희망 없이 거의 체념적으로 살아가는 대부분의 일반적인 노동자군의 한 유형인 장 씨는 생존을 위한 투쟁보다는 최소한 그것이 유지될 수 있다면 그것으로 만족하는 체념적인 모습으로 나타났다. 대위는 세상에 대한 모든 기대가 좌절된 절망적인 상태의 또 다른 노동자군의 한 단면을 보이면서도, 그 의식이 성숙되어 가는 모습을 보여주고 있다. 자신이 처한 삶의 조건들에 대해 조금씩 눈뜨기 시작하면서 과거의 자기중심적 행동양식에서 벗어나 공적이고 사회적인 의식의 소유자로 전환하는 인물인 것이다.

작가는 노동조건이 쉽사리 개선되지는 않으리라는 사실을 '문과 담벽은 어느 곳에서나 요지부동'이었다는 대위의 말을 통해서 드러내고 있다. 그러면서도 쉽게 개선되지 않을 현실이지만 절망하거나 포기하지 않고 적극적으로 극복하려는 신념을 동혁을 통해서 끝까지 유지하려는 자세를 보여준다.

쟁의는 실패하는 것으로 끝나지만, 작가는 당장 내일이 아니더라도 그 언젠가는 그들도 사람답게 살 수 있을 날이 올 것이라는 미래에의 신념을 암시한다.

> 동혁은 개선하기 위해 '조직'을 갖춰야 하고 "우리가 못 받으면, 뒤에 오는 사람 중 누군가가 노동조건의 혜택을 받게 될" 거라는 신념으로 쟁의를 준비했고, 그리하여 회사측의 일시적 미봉책에 속아 파업현장으로부터 이탈해서 하산하는 노동자들의 모습 앞에서 실망하는 대신 그는 자기의 결의가 헛되지 않으리라는 것을 믿었으며, 거의 텅 비어버린 듯한 마음에 대하여 스스로 놀랐다. 알 수 없는 강렬한 희망이 어디선가 솟아올라 그를 가득 채우는 것 같았다. 동혁은 상대편 사람들과 동료 노동자들 모두에게 알려주고 싶었다.
> "꼭 내일이 아니라도 좋다."

그는 혼자서 다짐했다.

이는 같은 시기의 이른바 '노동소설'과는 크게 변별된다. 단순한 임금투쟁과 파업선동의 극렬성으로 일관한 저항적 인물들의 유형성과 상투성을 벗어난 것이다. "알 수 없는 강렬한 희망"으로 서 있는 그의 인물들은 이 작품뿐만 아니라 황석영 소설 일반을 지배하는 인물들의 미래에 대한 강한 신념을 보인다. 이는 현실개혁의 능동적 의지를 위한 적극적 세력으로서의 민중의 에너지이다.

〈삼포 가는 길〉(《신동아》, 1973)은 변화하는 사회변동의 물결에 의해 부랑하는 인물들이 겨울들판에서 만나 조건 없이 베푸는 인간애를 그린 단편이다. 공사판 일거리를 찾아나선 '영달'과 말수 적은 '정씨' 그리고 술집 접대부로 있다가 도망 나온 '백화'. 이들 세 사람은 바람 부는 겨울의 벌판에서 만난다.

> 영달은 어디로 갈 것인가 궁리해 보면서 잠깐 서 있었다. 새벽의 겨울바람이 매섭게 불어왔다. 밝아오는 아침 햇볕 아래 헐벗은 들판이 드러났고, 곳곳에 얼어붙은 시냇물이나 웅덩이가 반사되어 빛을 냈다. 바람소리가 먼 데서부터 몰아쳐서 그가 섰는 창공을 베면서 지나갔다. 가지만 남은 나무들이 수십여 그루씩 들판 가에서 바람에 흔들렸다.

겨울의 시골들판 풍경을 제시해주고 있는 서두 부분의 묘사는 작품의 배경이 될 망연하고 을씨년스러운 분위기를 주인공 '영달'의 아득하고 딱한 신세에 잘 조응시키고 있다. 영달은 "어디"로 갈지 모른 채 "겨울바람" 속에 서 있다. "헐벗은 들판"과 "얼어붙은 시냇물"의 황량한 풍경은 그러나 "밝아오는 아침 햇볕" 아래 반사되고 있다. 이 서두는 소설의 전반적인 분위기와 연결되어 있으면서 동시에 인물이 처한 현실의 쓸쓸함과 고통을 지속적으로 환기하는 효과를 거두고 있다.

삼포 가는 '길'은 결코 순탄하지만은 않은 인생의 여정으로 상징되고, 여기에 사회적 질서에 편입하여 뿌리내리지 못한 세 사람의 "뜨내기" 이야기가 길 위의 눈처럼 쌓인다. 정 씨는 십 년 만에 고향 삼포를 향해 가는 중이고, 갈 곳이 없는 영달은 그를 부러워하지만 정 씨가 향하고 있는 삼포는 그러나 몇백 리의 먼길이다. 여기에 동행하게 되는 "백화"는 열여덟에 가출한 술집 작부인데, 그녀 역시 남쪽의 "집"으로 가기 위해 술집을 도망나온 중이다.

정 씨와 영달은 "만원"의 현상까지 붙은 백화를 술집에 잡아가는 대신 행선지를 물으며 "눈 덮인 벌판"을 그녀와 함께 걷는다. 백화는 처음에 이들을 "치사한 건달인 줄 알았다"가 "괜찮은 사내"라고 추켜세워 주기도 하고, "계집년이란 해만 뜨면 말짱 헛것"이라는 사내들의 말에 자신은 "한 번 붙으면 순정이 무서운" 여자라고 대꾸해 주기도 한다. 눈길이 미끄러워 영달이가 달려들어 "싫다고 뿌리치는 백화를 업고" 걷기도 한다. 흰 눈발의 자연환경을 배경으로 벌어지는 정처 없는 떠돌이 부랑 노동자와 작부의 인간적 교감은 황폐한 세계 속의 인물들을 순정의 사내와 여자로 바꾸어 놓는다.

이들이 떠나는 길은 유랑의 길로 나그네가 걷는 길이지만, 멀리 떠나야 할 운명을 지닌 남성적 이미지를 부각시킨다. 그들이 가고자 하는 "집"은 "바닷가까지 만도 몇백 리"나 되는 길이요 "거기서 또 배를 타야" 하고, 지금은 "어디에나 눈이 덮여 있어서 잘 분간할 수도 없고", "산골"을 지나고 "개천"을 건너고 벌판을 걸어야 할 길로 되어 있다. 길은 고난과 시련 또는 인내와 기다림의 시간을 요구하는 공간이지만, 이들 뜨내기들에게 마침내 "백화"가 아닌 "점례"와 조우하게 되는 순례자의 길이 된다. 그리하여 눈발 속에서 영달이와 백화가 등에 업고 업히는 육체적인 확인은 흩날리는 눈발의 동적인 이미지와 함께 가슴속에 감격으로 겹쳐진다. 그들은 세례의식처럼 물(눈)에 잠겨 정화되었으며 눈 덮인 벌판은 이들의 결합, 곧 재생의 공간이 된다. 아울러 영달이와 백화의 밀착은 남녀의 그것이 아니라 인간애의 신비로운 친화력으로 승화된다. 이들이 걷는 눈길은 "물고기가 더 높이 뛰고 숲그늘이 짙은 삼포"로 향하는 길이며, N. 프라이가 묵시적 이미지에서 말한 낙원과 생명의 나무가 있는 동산으로서의 이미지를 띤다.

> "아무도 … 안 가나요."
> "우린 삼포루 갑니다. 거긴 내 고향이오."
> 영달이 대신 정 씨가 말했다. 사람들이 개찰구로 나가고 있었다. 백화가 보퉁이를 들고 일어섰다.
> "정말, 잊어버리지 … 않을께요."
> 백화는 개찰구로 가다가 다시 돌아왔다. 돌아온 백화는 눈이 젖은 채로 웃고 있었다.
> "내 이름 백화가 아니예요. 본명은요 … 이점례예요."

"눈이 젖은 채로 웃고 있는" 백화의 묘사는 감상적이기보다는 감동적이며, 본명을 밝히는 백화의 행위는 수줍고 아름답다. 가명의 '백화'는 헤어지면서야 마침내 자신이 그들과 본명인 '점례'로 만났음을 고백한 것이다.

그러나 영달과 정 씨는 지금의 '삼포'가 바다에 방둑을 쌓고 호텔공사를 하느라 트럭이 수십 대 돌을 실어나르는, 동네도 나룻배도 모두 없어진 데다, 바다 위로 신작로가 났다는 소문에 다시 마음의 정처를 잃어버린다. 결국 정 씨나 백화가 돌아갈 수 있는 곳은 아무 데도 없었으며, 이들에게 안식을 줄 수 있는 곳은 부재의 공간으로 남을 수밖에 없다. 고향 "삼포"는 이들로 하여금 자연 풍경과도, 혈연관계 속의 결속과도, 이웃과의 공동체적 삶과도, 가족과 이웃과의 관계에 뿌리내리는 생활공간도 모두 허락해 줄 수 없는 "몇백 리" 먼 곳의 추상화된 공간일 뿐이었다.

인간을 근본적으로 실향민이자 귀향자로 규정한 것은 인간을 어느 한곳에 정주할 수 없다는 뜨내기로서, 혹은 현존이란 존재로부터 일탈된 존재로서의 고향상실의 의미를 가리키는 것일 터이다. 이러한 우리들의 실향적 실존은 현실이요, 귀향적 본질은 당위이지만 황석영에 나타난 인물들의 실향민, 혹은 귀향인의 모습은 당대적 현실과 동기적 관련을 맺고 있다. 그리하여 합리화 - 산업화 - 도시화의 과정 속의 이들 인물들이야말로 자본사회의 기본모순에 대응하는 강인한 잠재적 세력임을 보여준다. 왜냐하면 이들 노동자들의 삶 속에 감추어 둔 공동체적 삶을 향한 민중적 각성과 인간적 신뢰를 다시 확인하게 해준 때문이었다.

〈장사의 꿈〉(《문학사상》, 1974)은 도시적 삶의 갖가지 타락상을 경험한 끝에 피폐한 육신으로 귀향하는 '장사'의 이야기를 담고 있다. 주인공 일봉은 "힘에 있어서는 역사와 전통이 뚜렷한 가문"에서 태어난 장사이다. 뱃사람이었던 할아버지는 멧돼지를 맨손으로 잡고, 역시 뱃사람이었던 아버지는 동구 앞 돌담을 맨손으로 무너뜨린 장사였다. 아버지가 죽고 어머니와 함께 술도 파는 밥집으로 생계를 유지하는데, 이때부터 몸집이 커지고 힘이 붙기 시작했고, 고향에서 추석을 전후로 벌어지는 씨름판에 나가 장사로 뽑히곤 한다. 어느 날 갑자기 어머니마저 죽게 되자, 죽더라도 뭍에서 죽어야 한다는 어머니의 유언에 따라 대처에 가 성공하려는 꿈을 꾼다. 상경한 그는 레슬링 선수가 되려는 희망이 좌절되자 낙원탕의 '시다바리'로 있다가 한 손님에게 발탁되어 포르노 배우로 전락하고, 그 시절 만난 포르노 영화의 상대역 애자를 사랑하게 된다. 그러다가 그들은 함께 살면서 이전의 생활을 정리하고 약품행상단체에서 새로운 삶을 시작한다. 그러나 세상은 그들을 자유롭게 놓아주질 않았고, 결국 애자와는 돈 벌어 다시 만날 약속을 하고 헤어진다. 일봉은 "한땡 잡고야 말겠다"고 다짐하면서 버스 외판원 등을 전전하다가 남창으로 전락해 버린다. 애자와 약속한 날 그녀는 나오지 않았고, 일봉은 눈물을 흘리면서 이 도시를 떠나간다.

서두에 보인 다음과 같은 묘사는 일봉이 도시로 유입된 자신의 처

지를 인식하고 마침내 속물적인 도시의 삶 속으로 편입되어 가는 자
의식의 과정을 잘 드러낸다.

> 백열등과 조명판의 새하얀 빛이 우리 두 사람의 몸 위에 쏟아지
> 고 있을 때 우리는 서로의 몸을 만지고 있는 게 아니라 불빛을
> 만지고 있는 듯했지. 인적 없는 숲 속에서 가서 야외촬영도 했었
> 는데, 목욕하는 장면, 또는 햇빛에다 물방울 돋은 몸을 드러냈
> 을 때에 애자는 해녀로 돌아간 듯했지. 나는 어느 결에 다른 사
> 람의 눈초리 돌아가는 소리를 듣고 있다는 착각에 빠졌어. 그 소
> 리는 자르르 돌아가는 팔미리 영사기의 자동셔터 소리처럼 언제
> 나 내 등뒤이거나 옆구리 또는 밑에서 들려왔어. 주점에서 혼자
> 술을 마실 때 머리 위에서, 시장의 혼잡 가운데를 걸을 때 앞의
> 골목 모퉁이에서, 버스를 탔을 때 내 목덜미 바로 뒤에서, 그 눈
> 초리 소리가 들렸지. 상가 꼭대기의 자취방에서 비어 있는 고가
> 도로 위를 걸어가는 청소부의 소리만이 들려오는 새벽에 깨어났
> 을 때에도, 그 다른 사람의 눈초리 돌아가는 소리가 들려왔던 것
> 이었어.

영화배우로서의 삶에 대한 환상이 깨지고, 타인의 시선에 대한 자
의식과 자신의 행위에 대한 죄의식은 "스르르 돌아가는 팔미리 영사
기의 자동셔터 소리"로, 혹은 머리 위 목덜미 위에서 "눈초리 돌아가
는 소리"로 엄습해 온다. 이는 자신이 마침내 이 도시의 속악한 세계
속으로 진입하였음을 보인 것이다.

일봉은 그러나 "자랑스러운 밤을 지키기 위해", "잃어버렸던 서로
의 살을 남의 눈초리로부터 빼앗아올 수 있으리라" 믿고, 애자와 함
께 지내기로 하면서 '배우 일'을 버리고 새 살림을 시도한다. 그러나
교통사고로 아이를 유산하고 난 애자가 현실의 고통을 이기지 못하
고, 일 년 후 돈을 벌어 다시 만날 것을 약속하고 이들은 헤어진다.

일봉은 다시 버스행상으로 도시의 부랑아로 떠돌다가 구인광고를

통해 익명의 도시여성들의 성적 노예로 전락한다. 남창 노릇으로 수입은 늘어 화려한 양복도 맞추고, 조용한 주택가에 하숙도 들고, 적금도 들어 이제 꼭 일 년만 이런 생활을 한 뒤에 애자를 만나기를 기다리지만, 그의 몸에 "이상한 변화"가 일어나기 시작한 것이다. 몸은 쇠약해지고 남성의 기능은 상실되어 있었다. 일봉의 황폐해진 마음의 상태와 무기력해진 육신의 피로는 다음과 같은 고향에서의 생명력 넘치는 장면과 대조를 이루면서 그 참담함이 강조된다.

> 그 고함의 신명나고 소름끼치게 즐거운 울림이 귀에 쟁쟁하구만. 가을하늘은 차갑도록 푸르고, 곡식은 누렇게 익었는데, 확성기에서는 우리가 늘 사모해 왔던 열아홉 애숭이 여선생님께서 치는 풍금소리가 들려오지, 넝넝 너구리의 불알은 바람도 안 부는데 흔들흔들 아버지 그것이 무엇인가요. 그것은 느이 아버지 밑천이란다. 그뿐인가 … 지키는 사람없는 논에서는 참새들도 잔치 덕을 입어서 날아가지도 못할 정도로 이삭을 배가 터지도록 포식하는 거야. 그런 날에 나는 영광의 장사로 뽑히곤 했어. 장사의 곁에는 콧김 세고 뿔도 늠름한 황소가 들러리를 서거든. 나를 사모하는 처자들의 눈길이며 패배한 녀석들의 술 취한 고함소리, 나를 에워싸고 들판에까지 쫓아오는 동네 꼬마들의 기나긴 행렬. 나는 실로 장가드는 기분이었다니까.

마침내 일봉은 도시생활에서 자신의 모든 것을 잃어버리게 되지만 자신의 건강했던 힘의 부활을 갈망함으로써 강렬한 인간회복 의지를 보인다.

> … (중략) … 밤이 되었고, 이튿날 새벽이 되었지. 애자가 이 세상에서 사라졌음을 느끼자, 나는 거세(去勢) 되어 버렸다는 걸 알았고, 내가 노예였다는 사실을 깨달았어. 나는 몇 근의 살덩이에 지나지 않았어.
> 　　내 살이여 되살아나라. 그래서 적을 모조리 쓰러뜨리고 늠름한

황소의 뿔마저도 잡아 꺾고, 가을날의 잔치 속에 자랑스럽게 서 보고 싶다. 햇말의 돌담과 묘심사의 새 기둥을 쓸어 만져보고 싶다.

무엇보다도 성나서 뒤집혀진 바다 가운데 서 있고 싶었지. 그때에 기적이 일어났지. 내 자지가 호랑이의 앞발처럼 억세게 일어났어. 그것은 뿌듯하게 바지춤을 비집고 곤두섰어.

나는 다리를 건너서 철둑을 가로지르고 걸어갔지. 동네의 집집마다 불이 하나 둘씩 켜지데. 걷기가 불편해진 나는 조금씩 절뚝이면서 눈물을 철철 흘리면서 이 도시를 떠나가기 시작했지.

도시에서의 삶이란 인간이 파괴되는 노예상태라는 것을 깨닫는 순간 일봉에게는 자신의 남성이 호랑이의 앞발처럼 억세게 일어서는 기적이 일어난다. 이것은 잔치의 함성과 자랑스러운 승리와 늠름한 황소를 끌면서 "햇말의 돌담과 묘심사의 새기둥을 쓸어 만져보고 싶어"하는 원초적이고 순수한 자기정체성으로의 부활을 암시한다. 익명으로만이 생존이 가능한 공간, 이질성과 소외, 그리고 억압의 공간인 도시에서의 잃어버린 삶에 저항하는 인간회복 의지인 것이다. 〈장사의 꿈〉은 산업화가 야기하고 있는 소비사회의 부정적인 측면을, 그리고 윤리와 가치관이 파괴되고 있는 현실을 비판하고 아울러 일봉의 건강한 힘의 부활을 통하여 좌절된 민중의 욕망이 현실극복 의지로, 인간회복 의지로 승화되는 과정을 보인 것이다.

〈돼지꿈〉(《세대》, 1973)은 열악한 생활환경 속에서 소외된 사람들의 절망적 삶과 그들의 생활상을 드러내고 있는 소설이다. 황폐한 작품배경과 평범한 소재를 다양하고 세밀하게 조합하여 물신이 인간가치를 지배하는 판자촌 사회의 무거운 그림자를 사실적으로 묘사하고 있다. 소설의 도입부분을 도시 빈민가의 전경으로 시작하고는, 이어서 리어카 행상 부부, 열심히 예수를 믿어 기도원 운영을 맡은 처남, 넝마주이 이 씨, 포장마차 주인, 보세공장 노동자, 아이밴 처녀, 공장의 여공 등의 도시빈민들을 등장시키고 있다.

　판자촌 사람들의 이날의 '돼지꿈'은 여기저기에서 현실로 구체화되어 나타난다. 우선 고물 엿장수 강 씨가 가축병원 앞을 지나다가 차에 치인 개 한 마리를 묻어달라는 어느 부잣집 안주인의 부탁을 받게 되면서 시작된다.

　강 씨는 못이기는 체하고 개를 리어카에 싣는데, 아주머니가 수고비라며 삼백 원이나 주었다. 호박이 덩굴 뿌리째 굴러떨어진 것이다. 따님은 울었고, 아주머니는 안도의 한숨을 쉬었으며, 강 씨는 하도 신이 나서 콧날개가 벌름대는 것을 참느라고 어금니를 꽉 물고 있어야 했다. 그들이 안 보이는 곳에 이르자, 강 씨는 개의 크기를 다시 한 번 확인하느라고 리어카 속을 들여다보았다.

　　요새 기름길 못 먹어서 버짐꽃이 핀단 말일세. 아침마다 살가루가 싸라기모양 쏟아진다구. 그렇잖아두 가출한 똥개라두 한 마리 때려잡아 보신하려는 참인데 ….

　강 씨는 그러나 이를 매장하지 않은 채 몰래 가져와 동네 사람들과 개천둑에서 개고기 파티를 벌인다. 이날의 판자촌 동네의 '돼지꿈'은 개고기 횡재에 다시 이어져, 바로 이날 건너편 판자촌이 헐렸는데 이 동네만 안 헐린 데다가 혹시 헐리게 되더라도 오만 원씩 보상금이 나온다는 소문이었다. 이 또한 '돼지꿈'이다.

　　"저쪽 동네는 오늘 낮에 모두 뜯겼는데 우린 참, 운이 좋았지요. 구청직원 말이 우리 동네는 생겨난 지가 십 년이 넘으니까, 권리금이 나올 거라 그겁니다. 내년까지는 아무 탈이 없을 거요."
　　"이 동네가 어떻게 생겨난 동네라구, 공장 질 때, 거기 나가 기초공사를 했던 사람이 전부란 말야."
　　"뜯겨난대두 가구당 오만 원씩은 나온다 그겁니다."
　　"젠장, 뜯겨두 좋겠구먼 뭘."

한편 포장마차를 하고 있는 덕배는 떡을 먹고 도망치는 여공들을 쫓다가 받을 돈 대신 그녀와 관계를 맺는 행운을 맞는다. 한편 강 씨의 아들 근호는 공장에서 합판을 자르다 손가락 세 개를 잃은 대가로 돈 3만 원을 받게 된다.

강 씨는 한편으로는 군대에 간 사내의 아이를 가진 딸 미순이를 돈 때문에 서른다섯 살이나 되는 넝마주이 이 씨에게 시집보내려고 한다. 군대간 애인의 아이를 뱄지만 "책임질 위인이 못"돼 "부모 시키는 대로" 하겠다는 것이다. 그러던 차에 아들 근호가 사고를 당하고 보상금을 받아온 것이다. 강씨댁은 "아이구 고마워라. 이런 때 돈 삼만원! 그러게 도무지 근심이 안 되더라니까. 어쩐지 모두 잘 풀려나갈 것 같더라니. 잘됐다, 잘됐어"라고 소리쳐 기뻐하고, 이 돈으로 미순이를 이 씨에게 시집보내려고 한다.

"니기미랄, 손가락 세 개 값이란 말예요."
"저런 동기간에 의리라군 눈꼽만큼두 없는 자식. 까짓 다쳤으면 치료해서 나으면 되잖아. 살림이 이렇게 험악하니깐 다 때에 맞춰서 이러구러 넘기면서 살아야지. 야야, 니가 맥여 살리면 마 부벼슬 얻은 종놈처럼 눈꼴이 시겠다야."

특히 근호의 사고배상금을 들고 속절없이 좋아하는 강씨댁의 의식은 비극적 정황을 희극적 문맥으로 전환시킨다. 이러한 상황의 아이러니는 다음의 결구에서 잘 드러난다.

"아따 놀라시긴, 미순이하구 혼례를 올리기루 되얐다 그겁니다. 장인, 술 받으슈."
"허 날마다 술먹게 생겼네그랴."
누군가 무릎을 치며 말했다.
"좌우지간에, 오늘 우리 동네 경사 만났구먼."
반장이 앞으로 나섰다.

　"경사다뿐인가. 우리가 철거 안된 게 누구 덕인가. 다 수완 좋아 요로에 진정하구 다닌 내 덕이지."
　"개고기 먹고, 술 먹고, 푸짐하게 놀았고…."
　"차, 미순이 시집가구 거긴 노총각 면했구려."
　빈터에는 묘한 활기가 가득 차 있는 것 같았다.

　개고기파티 - 철거 보류 - 보상금 - 덕배가 안은 여공 - 미순이의 혼사로 이어지는 이날의 일진은 이 판자촌 사람들이 사는 빈터를 "묘한 활기"로 가득 채운다. 그 묘한 활기는 경성역을 오가며 톡톡히 재미를 보았던 인력거꾼 김 첨지의 "운수좋은" 어느 날의 극적인 반전을 예고해 준다. 작가는 그러나 이들 도시 빈민들의 곤곤한 삶을 비극적 전망으로 치닫게 하지는 않는다. 잠깐 스쳐 지나가듯 등장한 '행상'의 모습과 그가 주고받은 대화에서 이들의 자잘한 인정과 삶의 지혜, 사리분별력과 도덕적 염결성, 그리고 무엇보다도 삶에 대한 근원적인 애착과 신뢰를 잃지 않는다.

　"치료비를 받았군."
　"비싼 건지, 싼 건지는 잘 모르겠지만, 아무튼 손가락 세 개가 짝 나갔습니다."
　"손가락 세 개?"
　"그래요. 엄지 검지 가운데… 일렬루 사그리 나갔다구요. 술을 내가 살 만하잖아요."
　"난 그런 술 못 먹네. 우리 집에나 가자구."
　(중략)
　"돈 벌자는 게 뭐가 나쁩니까?"
　"살다보면… 알게 되네. 자넨 손 다쳐 목돈 만지니 기분이 좋은가?"
　근호는 그제서야 붕대 감은 손을 물끄러미 내려다보았다.

　근호는 아직 땅바닥 위에 벌렁 드러누운 채였다. 그의 발치쯤에

서 재 속에 남아 있는 불찌끼가 벌겋게 빛을 내고 있었다. 속치
마 바람의 미순이가 개천을 건너서 빈터 쪽으로 걸어왔다. 배가
불렀지만 날렵하게 징검돌을 건너뛰는 모습이 작은 계집아이 같
았다. 미순이는 나약하게 신음하며 앓고 있는 근호의 등을 살그
머니 흔들었다.

붕대 감은 손을 물끄러미 바라보는 근호나 배는 불렀지만 날렵하게
오빠 쪽을 향해 건너뛰는 미순이의 모습에서 이들 인물에 대한 작가
의 시선을 읽을 수 있다. 인간적 연민과 속악한 삶 속에 남아 있는
인정의 불씨를 놓치지 않는 것은 황석영 소설의 에너지이자 그의 소
설 일반에 촘촘히 배어 있는 민중적 삶에 대한 신뢰이다.

문학이 인간의 삶을 개선해 나가는 데 무력하다는 의견은 몹시
비관적이며 반문학적인 견해라고 생각된다. 그렇다면 인류가 남
겨 놓은 수많은 문학적 유산은 휴지화하여야 될 것이고, 역사 속
에서 뜨거운 정신이 쉴새없이 인간의 사고를 개선 발양해 온 사
실은 모두 거짓이 될 것이다. 소설은 보여주는 데서 한 걸음 더
나아가 감동을 수반한 비판적 기능을 가지고 내일을 이야기하는
데까지 가야 한다. 그런 뒤에야 오늘의 문학이 후세의 문학에 넘
겨줄 어떤 가치를 지닐 수 있게 될 것이다. … 문학은 비생명적이
며 반인간적인 여러 요인에 언제 어느 때나 맞서서, 동시대의 사
람들과 더불어 바람직한 인간조건을 세우는 데 한치라도 가까이
가야 할 것이다.

위의 인용문은 황석영의 현실참여적인 작가의식의 단면을 명확하게
파악할 수 있는 대목인데, 자신의 문학적 행위가 보다 바람직한 인간
적 삶에 기여할 것이라는 믿음이 그것이다. 산업화의 문제점들이나
소비문화의 폐해를 경계하고, 문학이 당대사회에 대한 책무와 비판적
기능을 촉구한 점이야말로 황석영 소설의 본질이다. 그의 작업은 소
외된 사람들이 겪는 모든 억압으로부터 해방을 지향해 가는 작업이

며, 그런 점에서 황석영 소설의 인물들은 개인적 삶의 무게보다는 이
웃 혹은 민중적 삶의 무게에 보다 비중을 두고 있다고 하겠다.

(《작가연구》 7, 1999)

나날의 삶 존재의 늪
오정희의 소설

오정희(吳貞姬)는 1970년대 이후의 사회변동과 산업화사회의 구조 변화의 모순이 가속화되는 시기에 작품활동을 해온 작가이다. 그의 서사적 관심은 기본적으로 존재 내면에의 천착을 통한 '세계와 자아의 불화'를 형상화하는 데 있다. 그것은 곧 삶의 근원에 자리하는 욕망의 징후들과 일상의 균열들에서 포착된 세계의 음각을 투시하는 작업이며, 이 점에서 그의 소설은 사회적이기보다는 존재론적이다. 이러한 작가의 지향점은 그 특유의 꼼꼼하고 섬세한 감각과 시적 문체를 바탕으로 한 구조를 통해 구체화되는데, 그의 소설적 깊이와 형상화 방식은 우리 단편소설의 한 전범이 되고 있다.

그의 작품세계 전반에 깔려 있는 기본 모티프는 일상의 삶 속에 감추어졌던 삶의 비의, 왜곡된 성의 이미지들을 통한 끊임없는 일탈에의 욕구, 이를 드러내는 방법의 섬뜩함이다. 그는 세계를 지탱하는 관습이나 질서에 위배되는 일탈 욕망을 끊임없이 서사의 공간에 투입시킨다. 그리하여 인물의 내면세계를 집요하게 파고들어 삶에 내재한 비의와 존재에 대한 근원적인 문제를 들추어낸다.

오정희가 일관해온 이와 같은 소설적 특질은 그의 데뷔작인 〈완구점 여인〉(1968)에서 그 징후가 잘 드러난다. 이 작품은 자아와 세계 간의 불화에서 파생된 일탈적 욕망을 '나'의 어머니에 대한 증오심과 죽은 동생에 대한 집착, 그리고 완구점 여인과의 동성애를 통해 음울하게 그리고 있다. 그의 작품을 끌어가는 일탈 욕망에는 인간관계와 상황의 불구성이 전제되어 있는데, 그것은 작품 전체에 깔려 있는 이미지 파편들의 연속을 통해 존재의 근원적 문제를 되새기게 하며, 이후의 작품세계의 성격을 규정해 주고 있다.

〈저녁의 게임〉(1979)은 눅눅하고 적막한 공간 속에서의 두 부녀의 어느 저녁나절의 일상을 그린 것이다. 이들 부녀가 벌이는 무위와 권태의 화투놀이는 삶의 위선과 평화로 가장한 권태 속에서의 삶의 허구성과 상투성을 드러내 보인다. 황폐한 삶에 대한 절망적 인식이 화투놀이와 '나'의 외출이라는 사건을 통해 그려지고 있다. 혼기를 놓친 '나'와 위장을 반 넘게 잘라내고 인슐린을 정기적으로 주사해야 하는 중증환자인 아버지 사이에 벌어지는 이 게임은 승부욕과 긴장감을 수반하지 않은 권태로운 자위로서의 놀이일 뿐이다. '마치 먼 옛날부터' 해왔던 것으로 느껴질 만큼 자연스러운 이 화투놀이는 '뒷면만을 보아도 무슨 패인지 환하게 알 수 있는' 그리하여 '낡고 너덜너덜해진 각본'에 의해 벌이는 낯익은 연극일 뿐이다.

> 창은 먹지를 댄 듯 새카맣고 불빛 아래 아버지와 나는 어둠 속으로 한없이 가라앉고 있다는 느낌이 들었다. 우리는 마치 먼 옛날부터 이렇게 식탁을 마주하고 앉아 화투놀이를 해왔던 것 같다.

서로의 심리를 뻔히 알면서도 짐짓 시치미를 떼며 주고받는 이들의 '거짓말'은 상투적이고 허구적인 일상을 유지하는 방식이다. "한없이 가라앉"아 화투패를 쥐고 벌이는 아버지와 딸의 게임은 권태와 위악의 일상을 상징해 준다. 그들은 상대의 패를 모두 읽고 있고, 상대도 자신의 패를 읽고 있다는 것을 또한 알고 있다. 이 위악적인 상황은 일상에 내포되어 있는 삶의 근원적인 무위성에 대한 은유이다. 이는 삶이 마침내 우리에게 던져주고야 말 절망과 상투성에 대한 묵인이며 그래서 삶이란 '신선한 감촉이 없는 눅눅한 화투' 같은, 상투적이지만 견뎌내야 하는 게임이라는 데 대한 묵시적 동의이다.

청띠를 두른 목단 다섯끗도 단풍 열끗도 쥐고 있는 아버지의 눈이 머물고 있는 것은 깔려 있는 팔공산 스무끗이다. 그리고 얌전히 엎어져 들춰 줄 것을 기다리는 것은 역시 공산 껍질이다. 댓바람에 스무끗을 내놓고 껍질을 뒤집어 맞춰 쓸어가기가 민망해서 음흉을 부리고 있는 것이다. 아버지는 늘 그랬다. 한참 궁리 끝에 정말 이렇게 팔 수밖에 없다는 듯 억울한 얼굴로 공산 스무끗을 내놓고 뒷장을 맞춰 쓸어갔다.
　"벌써 스무끗이네. 아버진 배짱이 좋으셔, 사광을 하실래요?"
　나는 염치를 배짱으로 바꿔 말했다. 아버지가 어린아이처럼 입을 벌리고 천진하게 웃었다.

부녀간에 벌이는 이 대사는 자신들이 작성한 대본에 의한 것이다. '화투장 뒷면의 가로질린 금을 손톱으로 긁어 지우려는 것이 헛된 노력'임을 그들은 잘 알고 있다. 그것은 이들의 암묵적으로 맺어진 "공범"관계를 통해 더욱 선명하게 드러나고 있다. 한 달에 한 번씩 날아오는 전기나 수도요금 고지서 외에는 결코 어떠한 편지도 담겨본 적이 없는 편지함 앞에서 서성이는 아버지를 '나'는 공범끼리의 적의와 친밀감으로, 그리고 언제든 준비되어 있는 배반감으로 몰래 지켜보는 것이다. 이렇듯 아버지와 '나'의 관계는 서로의 거짓말과 속임수를 훤히 꿰뚫고 적의로 대립하지만, 또 한편으로 서로의 존재를 인정해야 하는 친밀한 공범관계를 유지하는 것이다.

구멍이 막혀 "늘 썩은 냄새가 났"던 개수대의 물은 적요와 권태와 무위의 공간을 빠져나가려는 '나'의 욕망과 함께 결국 집 밖으로 유출된다. 그러나 '나'의 집 바깥으로의 외출이란 그 무위성을 확인하는 행위의 반복일 뿐이다. 일상으로부터의 일탈로서 선택된, 공사장 노무자와 관능없이 벌이는 메마른 정사는 한없이 건조하고 무미한 시간 속에 갇혀 있는 것이다.

일상에 대한 모든 일탈의 꿈과 욕망도 궁극적으로는 삶의 불모성에 귀속되고 말며, 이 불모성은 마침내 '나'를 극단적이고 자폐적인 풍경으로 끌어간다.

> 나는 찬 방바닥에 몸을 뉘었다. 아버지가 아직 방에 들어가는 기척이 없다는 걸 떠올리며 나는 빈집에서처럼 스커트를 끌어올리고 스웨터도 겨드랑이까지 걷어올렸다. 자박자박 여전히 아이를 재우는 여자의 발소리는 머리 위에서 들려왔다. 금자동아 은자동아 세상에서 귀한 아기. 나는 누운 채 손을 뻗어 스위치를 내렸다. 방은 조용한 어둠 속에 가라앉기 시작했다. 이윽고 집 전체가 수렁 같은 어둠 속으로 삐그덕거리며 서서히 잠겨들기 시작했다. 여자는 침몰하는 배의 마스트에 꽂힌, 구조를 청하는 낡은 헝겊조각처럼 밤새 헛되고 헛되이 펄럭일 것이다. 나는 내리누르는 수압으로 자신이 산산이 해체되어 가는 절박감에 입을 벌리고 가쁜 숨을 내쉬며 문득 사내의 성냥 불빛에서처럼 입을 길게 벌리고 희미하게 웃어보였다.

'나'가 삶의 황폐함을 벗어날 수 없는 상황을 재차 확인하게 되는 외출 뒤에 자신의 방에서 벌이는 자위행위는 탈출구를 잃어버린 철저히 거세된 욕망에 대한 절망적이고 자폐적인 반응이다.

〈중국인 거리〉(1979)는 전쟁 직후 '중국인 거리'라고 불리는 동네에서 유년시절을 보내는 소녀가 삶의 속악성에 진입해 가는 과정을 그리고 있는 일종의 성장소설이다. 유년의 '나'가 중국인 거리에서 초조를 겪기까지의 물리적인 시간동안 세계의 속물성을 차츰 경험하게 되면서 선악이 공존하는 세계를 인식하게 되는 이니시에이션적 성격을 가지고 있다.

이곳 중국인 거리에 사는 아이들은 전쟁으로 피폐화된 삶의 전장에 내팽개쳐져 일찌감치 비속한 삶에 뛰어들어야 하는 상황에 놓여 있다. 이러한 삶의 불안정함과 어수선함은 이들과 관계 맺는 세계가 어린 시절 꿈꾸던 아름답고 조화로운 그것이 아님을 깨닫게 한다. '나'가 받아들이는 세계의 비의적 모습은 전흔의 복구에 한창이었던 이 도시에 만연한 "해인초 끓이는 노란빛의 냄새"로 각인된다.

공복감 때문일까, 산토닌을 먹었기 때문일까, 해인초 끓이는 냄새 때문일까, 햇빛도, 지나다니는 사람들의 얼굴도, 치마 밑으로 펄럭이며 기어드는 사나운 봄바람도 모두 노오랬다.

끓어오르는 해인초의 거품도, 조개탄에서 피어오르는 연기도, 해조(海藻)와 뒤섞이는 석회의 냄새도 온통 노란빛의 회오리였다.

그러나 나는 마냥 늑장을 부리며 천천히 걸어 해인초 냄새, 내가 이 시와 나눈 최초의 악수였으며 공감이었던 그 노란빛의 냄새를 들이마셨다.

민들레꽃이 필 무렵이 되면 나는 늘 어지럼증과 구역질로, 툇돌에 앉아 부걱부걱 거품이 이는 침을 뱉고 동생은 마당을 기어다니며 흙을 집어먹었다. 할머니는 긴 봄 내내 해인초를 끓였다. 싫어 싫어 도리질을 해대며 간신히 한 사발을 마시고 나면 나는 어쩔 수 없이 천지가 노오래지는 경험과 함께 춘곤(春困)과도 같은 이해할 수 없는 나른한 혼미 속에 빠져 할머니에게 지금이 아침인가 저녁인가를 때없이 묻곤 했다.

사람들은 이제 집을 훨씬 덜 지었으나 해인초 끓이는 냄새는 빠지지 않는 염색 물감처럼 공기를 노랗게 착색시키고 있었다.

'산토닌', '해인초', '구토'는 마침내 '나'를 '어지럼증'에 비틀거리게 했고 그것은 곧 "천지가 노오래지는" 혼미 속으로 빠져들게 한다. '나'의 몸 속에는 이미 산토닌을 복용하지 않으면 안 될 독충이 서식하기 시작했으며, '나'는 이미 그 독충들과 공생하지 않으면 안 될 세계 속에 편입되고 있었다. 지치고 고달픈 생존의 전장에 일찍이 방치된 아이들은 이미 순진무구한 세계와 결별하였으며, 그들은 바로 자신들이 살아가고 있는 속악한 세계를 좇는 욕망의 주체로서 서 있게 된다.

치옥이는 그 중 알이 굵은 유리목걸이를 걸고 거울 앞에서 단호하게 말했다.
난 커서 양갈보가 될 테야, 매기언니가 목걸이도 구두도 옷도 다 준댔어.

너도 동생이 있잖아.
치옥이가 의아하게 물었다.
의붓동생인걸.
그럼 늬네 친엄마가 아니니?
응, 계모야.
치옥이의 눈에 담박 눈물이 괴었다.
(중략)
치옥이는 마지를 내려 허벅시의 피멍을 보이며 단호하게 말했다. 난 나가서 양갈보가 되겠어.
나는 얼마나 자주 정말 내가 의붓자식이었기를, 그래서 맘대로 나가버릴 수 있기를 바랐는지 몰랐다.

거리의 아이들은 자신들의 삶에 내재된 비극성을 아파하지만 거기에 대응할 방식도 마련할 수 있을 만큼 비속해져 있다. 이들은 계모의 학대를 떠나 양갈보가 되겠다고 말하고, 자신이 의붓자식이기를 바란다. 비정상적·일탈적 욕망들만이 이들의 취할 수 있는 황폐한 삶에 대한 대응 방식이다.

내가 낮잠에서 깨어났을 때 어머니는 지독한 난산이었지만 여덟 번째 아이를 밀어내었다. 어두운 벽장 속에서 나는 이해할 수 없는 절망감과 막막함으로 어머니를 불렀다. 그리고 옷 속에 손을

넣어 거미줄처럼 온몸을 끈끈하게 죄고 있는 후덥덥한 열기를,
그 열기의 정체를 찾아내었다.
　　초조(初潮)였다.

〈중국인 거리〉는 작중 소녀가 마침내 '초조'에 이르면서 끝이 난다.
이는 육체와 정신의 성숙을 보여주면서 자아와 세계 간의 간극을 더
욱 뚜렷이 깨닫게 되는 출발점에 서 있음을 보인 것이다. 그들의 의
식의 성장은 이처럼 세계의 비속성에 이르는 길에 다름 아니며, 이는
작가의 '화해되기 어려운 비관주의'(권오룡)이다.
　〈幼年의 뜰〉(1980) 역시 "성장소설'류의 작품으로, 초기작들에서
세계와의 단절감을 절망적인 자폐로 일관했던 자아가 여기에서는 세
계나 인간과 교섭을 시도한다. '노랑눈이'로 불리는 어린 소녀는 삶의
원형적 장소로서의 '가족'의 모습을 통해 인간 삶의 비의를 들여다보
고 있다.
　가족의 생계유지라는 이유로 수상쩍은 외박을 일삼는 어머니, 그녀
에 대한 불만과 어설픈 대리가장으로서의 권위를 동생들에 대한 폭력
의 형태로 분출하는 작은 폭군인 오빠, 오빠의 폭력 속에서도 성에
눈떠 거리를 배회하기 시작하는 언니, 음흉한 닭서리로 비참하게나마
악착같이 살아남고자 하는 할머니. 이들은 가족이라는 울타리 속에서
팽팽한 긴장과 위기감을 형성한다. 거기에 마련되는 '유년의 뜰'은 바
로 정서적 허기를 비정상적인 식욕과 도벽으로 채우는 '나'의 음울한
내면공간이다. 이 공간은 '부네'를 통해 그 의미를 선명히 한다.

　　부네, 나는 그녀를 한 번쯤 본 듯도 하고 전혀 본 적이 없는 것 같
　　기도 했다. 그런데도 창호지 한 겹 너머 문의 안쪽에서 숨쉬고 있
　　는 그녀를 생각할 때면 이상한 두려움과 가슴 한 귀퉁이가 무너져
　　내리는 듯한 슬픔에 잠기곤 했다. 나는 이러한 감정을 달래듯 풋
　　감을 또 하나 주워 씹었다. 떫고 단맛이 위로처럼 따뜻하고 축축
　　이 목안으로 차 올라 나는 이유 모를 감동으로 눈물을 글썽였다.

골방의 문이 닫히는 순간, 자물쇠가 덜컥 걸리는 순간부터 부네는 완전히 다른 세계로 들어가버린 것이다. 자물쇠는 혹시 그녀가 끌려들어오기 훨씬 전부터 완강히 채워져 있었고 그녀는 공기처럼 가볍고 투명해져서 창호지 가는 올 사이로 스며들어가 버린 것은 아닐까.

즉, 그녀는 '나'와 이 세계를 살아가는 존재들이 받아들여야 하는 비극적인 삶 자체이며, 부네의 밀폐된 공간은 삶의 불가해한 세계의 심연을 의미한다. 나의 음울한 내면풍경은 전쟁으로 피폐해진 삶이라는 외부환경에서 기인되지만 더 근본적으로는 이지러진 가족관계 속에서 깊이를 알 수 없는 삶의 비극적 측면을 엿보게 됨으로써 비롯된 것이다. 비극적인 삶의 심연을 '나'는 "이유를 알 수 없는 서러움"으로 바라본다.

교문 밖에서는 아버지가 기다리고 있는 것이다. 탱자나무 울타리 위로 솜사탕이 구름송이처럼 둥실 떠올랐다.
나는 이런 광경을 보며 주머니 속의 케익을 써내 베어 물었다. 그것을 다 먹고 났을 때 갑자기 욕지기가 치밀었다. 참을 수가 없었다. 나는 꾸역꾸역 토해냈다. 단 케익은 한없이 한없이 목을 타고 넘어왔다. 까닭 모를 서러움으로 눈물이 자꾸자꾸 흘러내렸다. 나는 다리 사이에 머리를 박고 구역질을 하며 똥통 속을 들여다보았다.
어두운 똥통 속으로 어디선가 한줄기 햇빛이 스며들고 눈물이 어려 어룽어룽 퍼져보이는 눈길에 부옇게 끓어오르는 것이 보였다. 무엇인가 빛 속에서 소리치며 일제히 끓어오르고 있었다.

억누를 수 없이 터져나오는 이러한 감정들은 '나'가 속악한 삶의 세계에 진입한 자신을 되돌아보는 데서 어쩔 수 없이 느끼게 되는 회한의 정서이다. 아버지의 부재로 비롯된 자신과 가족의 변모에서 음험하게 도사린 세계의 비속함은 더욱 깊게 파고든다. 그것은 한편 속악한 세계에 대한 절망적 인식에서 오는 '토악질'의 행위로 드러난다. '나'가 식탐을 채우다가 느닷없이 토악질을 해대는 광경은 부재했던 아버지의 출현을 통해서이다. 깨뜨려진 가족의 균형을 다시 잡게 될 '아버지'라는 존재는 또 다른 의미에서 삶의 허구성에 대한 역겨움을 절망스럽게 확인시켜 줄 뿐인 것이다. 따라서 '나'의 갑작스런 욕지기는 기대할 수 없는 삶의 비극적인 상황에 대한 불안과 거부의 강한 표현이라고 볼 수 있다.

〈別辭〉(1981)는 친정집을 방문한 정옥이 어린 아들을 데리고 백중날 친정 어머니와 동행하여 미리 사놓은 부모의 묘 자리를 돌아보고 오는 하루간의 여정이다. 묘지로 향하는 동안의 정옥의 의식은 평소의 남편에 대한 환상과 낚시터에 가 있는 남편의 일이 중복되는 구도로 되어 있다. 실재와 상상이 어우러진 구조로 인해 서사의 흐름을 따라 잡기 어렵게 하고 있는바, 이는 남편의 죽음을 환상/실재 어느 쪽으로도 해석 가능한 것으로 하려는 의도가 엿보이는 기법이다. 시간의 착종과 사건을 끌어가는 주체들에서 파생되는 서사의 혼란스러움에도 불구하고 시종 일관되게 흐르고 있는 것은 죽음의 이미지이다.

> 정옥은 마루의 유리문에 기대어 잠깐 눈을 감았다. 낫질이 가지 않아 더부룩이 자란 잔디 위에, 클로버 따위 잡초를 뽑는 시늉으로 앉아 있는, 박박 깎은 알머리의 아버지를 보는 순간 뜰을 두른 울짱이 아득히 멀어지며 그 등 뒤로 투명하게 움직이는 어떤 모습을 보았기 때문이다.
>
> 눈을 뜨자 그것은 순간적인 현기증처럼 사라졌다.
>
> 봄 빛살처럼 눈을 찌르고 사라진 그것은 형체도, 질감도 느껴지지 않는, 다만 무언가 움직인다는 이편의 감각에 지나지 않았으나 정옥은 그때 문득 자신을 이곳으로 이끈 갑작스런 충동의 실체를 본 느낌이었다.
>
> 무엇을 본 것일까. 단순히 햇빛에 피어오르는 수증기의 가시(假視) 현상인가, 잡초를 뽑는 일과는 무관하게 멀리 가 있는 듯

홀연한 모습 뒤에서 지배하는 보이지 않는 손, 보이지 않는 힘을 본 것일까.

때때로 예기치 않은 순간에, 그러나 친숙하게 찾아오는 이 느낌의 정체는 무엇일까. …
　그때 정옥은 마루 앞에 놓인 안락의자에 웅크린 형체를 보고, 아버지라는 것을 알면서도 괜시리 가슴이 섬뜩해지며 살갗을 차갑게 훑고 지나가는 친근하고 돌연한 느낌에 당황했던 것이다.

　소설 전반에 짙게 깔려 있는 이러한 죽음의 이미지는 삶의 도처에서 "등 뒤로 투명하게 움직이는 어떤 모습"이나 "순간적인 현기증"으로, "홀연한 모습 뒤에서 지배하는 보이지 않는 손, 보이지 않는 힘"으로 감지되기도 하고 "때때로 예기치 않은 순간에, 그러나 친숙하게 찾아오는" 혹은 "가슴이 섬뜩해지며 살갗을 차갑게 훑고 지나가는 친근하고 돌연한 느낌"으로 다가서기도 한다.

　문득 친정집으로 이끈 '충동의 실체'가 죽음에의 막연한 이끌림이었다는 것을 어렴풋이 깨닫게 된 징옥은 어머니와 나선 묘지행에서 그것을 구체적으로 느끼기 시작한다. 그리고 마침내 죽음은 공포스럽고 기괴하고 거북하고 생경한 무엇이 아니라 일상의 평화로움 속에 적요롭게 엎드려 있음을 본다. 죽음은 "일상적이고 현세적인 삶의 풍경과 확연히 구분짓는 어떤 표시"도 없는 "그녀가 지나는 길의 하나의 갈래에 지나지 않았"다. 죽음은 "생성에 대립되는, 삶의 반대편에 대결하는 죽음이라기보다 삶 속에 함께 들어 있는, 틈만 나면 삶의 그 균열 사이로 불현듯 고개를 내밀 그런 것"(김병익)이다.

　남편의 시점으로 서술되는 서사에서 남편은 '하눌재 신들내'라는 저수지를 찾아가는 길에 저수지 부근 여인숙에서 숙박을 하고, 낡은 영화관에서 영화를 보고, 자신이 먹는 빵에서 "방부제" 냄새를 맡는다. 그리하여 지방대학의 교수로 모종의 정치적 사건에 연루되어 금치산자와도 같은 삶을 살고 있던 남편의 가출을 실종, 혹은 죽음의 상황으로 연결지으면서 자연스럽게 남편의 부재를 스스로 단정하려 든다.

옷에는 그가 다닌 숱한 곳의 냄새, 정옥이 가본 적이 없는 곳의 바람과 햇빛, 이슬, 스쳐간 사람들의 냄새, 불안한 행려의 냄새가 배어 있었다.

남편의 '죽음'을 사실로 상정해 버린 정옥의 상상은 "현세에서 누릴 수 없는" 남편의 시간을 과거의 시간 속으로 유폐시키고자 한 데서 기인한다. 이는 죽음과도 같은 삶을 살아가야 하는 도망자인 남편에 대한 상상적 제의이다. 이는 "삶과 죽음이 동일한 평면 위에 공서하고 있음"(김병익)에 대한 인식에 이르는 과정이며 현세적 삶에 대한 제의이다.

〈銅鏡〉(1982)은 삶과 죽음의 대조적 이미지들의 모자이크로 서사 공간을 만들어가는 작가의 반복적인 주제를 형상화한 작품이다. 별다른 사건이 없이 극명히 대조되는 생성과 소멸 두 이미지가 교차되는 구조로 되어 있다.

작가는 죽음, 소멸의 이미지인 '틀니', '동경', '맥', '토우'와 그 맞은편에 '검침원 청년', '거울 장난'이 갖는 삶 또는 생성의 이미지를 두고 그것들의 교차, 반복을 통해서 죽음이 임박한 노년 부부의 황량한 삶과 그 속에 자리한 세계의 황폐함을 들추어내고 있다. 중심 사건은 수도 검침원 청년의 방문과 이웃집 아이의 거울 장난 정도이다. 노인은 산책을 하거나 머리에 염색을 하거나 뜰을 가꾸면서 하루하루를 보내고, 아내는 수도를 손보거나 교회의 심방을 받거나 가끔 돌아간 아들을 떠올리며 눅눅한 집안 살림을 일상적으로 처리한다. 외면적으로 평온과 안정을 누리고 있는 것처럼 보이지만 이들의 위장된 평안 속에는 무거운 정적과도 같은 죽음이 도사리고 있다.

이상하게 조용한 한낮이었다. 간혹 열린 대문으로 빈 뜨락이 보이고 안이 들여다보이지 않도록 무덥게 드리워진 불투명한 발이 보일 뿐이었다.

그는 조금씩 숨이 차 하며 멈춰서서 이마의 땀을 닦거나 길가집 열린 창으로 꼼짝 않고 무겁게 드리워진 커튼을 유심히 바라보았다.

아내의 흰머리와 앙상하게 굽은 등허리 위로 좀체 기울지 않는 한낮의 정적이 수은처럼 무겁게 얹혀 흐르고 있었다.

방으로 돌아온 그는 틀니가 담긴 물컵을 머리맡에 놓고 퇴침을 베고 누웠다. 잠에 빠지는 과정은 언제나 어둑신하고 한없이 긴 회랑(回廊)을 걸어가는 것과도 같았다. 어쩌면 이미 혼백이 되어 연도(羨道)를 걸어가는 것이나 아닐까.

한편 잔디를 밟고 꽃을 꺾거나 굴이나 두꺼비집을 부수거나 아내에게 거울을 들이대며 재미있어 하는 아이의 행위는 본능적이며 파괴적인 생명력으로 이들을 괴롭힌다. 아이는 이들 노부부의 권태롭고 무기력하고 정태적인 생활공간을 뒤흔드는 침입자, 혹은 파괴자로 등장하여 감추고 있거나 위장하고 있는 일상성의 허구를 난도질한다.

아이는 문득 죽은 듯한 정적을 의식했던가, 아니면 아무도 없는 빈 길에서 쉼없이 페달을 돌리는 권태로움 때문인가, 장애물도 없는 골목에서 두어 번 길고 날카로운 경적을 울렸다.

땅 속에 갇힌 아우성을 들으려는 시늉으로 수굿이 귀를 기울이며 나무를 바라보는 사이 무성한 나뭇잎은 편편이 떨어져 내리고 메마른 가지만 섬유질로 남아 파랗게 인(燐)처럼 타오르며 자랑스럽게 가지 뻗었던 자리는 이윽고 냉혹한 죽음만이 떠도는 공간이 된다. 그 공간을 찢을 듯 날카로운 경적을 울리며 자전거는 대문 앞을 지나갔다.

"날카로운 정적"을 울리며 "죽음만이 떠도는" 공간을 가로지르는 아이의 역동적인 움직임은 이들 노부부를 더욱 더 위축되게 하고 공포와 혐오감을 느끼도록 한다. 이는 자신들의 죽음의 공간 속에 뛰어든 파괴적인 생명력의 질주이다. 아이가 이들에게 들이댄 거울빛의 현란

한 반사는 생성과 탄생하는 것들이 소멸하고 죽어가는 것들에 보내는
희롱이자 야유이다.

> 어깨와 다리, 가슴팍에 함부로 와닿는 빛을 털어내며 눈살을 찌
> 푸렸으나 하얗게 번뜩이는 그것이 길과 사람들 사이로 정령처럼
> 춤추며 뛰어다니다가 다시금 그에게로 되돌아와 얼굴에 오래 머
> 무르자 그는 문득 얼굴이 졸아드는 공포를 느꼈다.

> 아이는 마당에서 공처럼 뛰어다니며 거울을 비췄다. 아내는 겁에
> 질려 마루로 올라왔다. 거울 빛은 마루턱에 늘어서 하얗고 단단하
> 게 말라가는 짐승들을 지나 재빠르게 아내의 얼굴에 달라붙었다.
> 구겼다 편 은박지처럼 빈틈없이 주름살 진 얼굴이 환히 드러났다.

〈동경〉에서의 거울은 자기애적 환상의 몰입을 가능케 하는 사물이
아니라 불안과 고통을 일으키는 도구이다. 그것은 비치는 대상의 감
춰져 있는 면 혹은 감추고 싶은 부정적인 면을 숨김없이 드러내는 역
할을 한다(오생근). 이런 의미에서 아이가 노부부에게 들이대는 만화
경은 상징적 의미를 지니고 있다. 만화경을 통해 보여지는 세상은 기
괴하며, 그것은 평화롭고 정돈된 삶의 이면에 자리하고 있는 추악함
이나 지난함을 날카롭게 간파하고 있어 섬뜩하다. 정체된 존재를 겨
냥한 아이의 현란한 거울놀이는 삶의 순간순간 엄습해오는 죽음의 이
미지와 파괴적인 생의 이미지가 서로 교차하며 비추어지는 행위이며,
살아움직이는 것이 죽음의 공포로부터 벗어나고자 끊임없이 위장하
는, 죽어가는 것의 추악함에 대해 가하는 경쾌한 야유이다.
  이 작품의 결구는 이런 죽음의 이미지를 극적으로 감각화한 것으로
거울빛에 반사된 틀니의 반짝임을 섬뜩한 죽음으로 환치시킨 것이다.

> 거울 빛의 반사가 잠시, 천장으로 벽으로 재빠르게 움직이다가
> 마침내 유리컵에 머물고 밖의 빛으로 어둑신하게 가라앉은 정적
> 속에서, 물 속에 담긴 틀니만이 홀로 무언가 말하려는 듯 밝고
> 명석하게 반짝였다.

〈전갈〉(1983)은 중년 여성의 원인 없는 절망과 권태와 무위한 환상의 자의식을 그린 것이다. 그녀의 내면에 일어나는 갈등은 '맹독성, 야행성, 잠행, 미신적 두려움의 존재'인 전갈로 형상화되어 일상에 도사린 섬뜩한 생의 독기를 상징하고 있다. 그것은 자신이 '무언가 지쳐가고 있다는 분명치 않은 무력감', '자기의 시절이 지나고 있다는 초조감'에서 비롯된 자의식의 반영이다.

> 거의 흰색에 가까운 엷은 색 벽지 위에 연한 갈색의 몸뚱이는 돋을새김의 장식처럼 튀어나와 견고하게 붙어 있었다. … 두려워할 것이 없다고 스스로를 타이르면서도 그 여자는 선 자리에서 움직일 수도, 그것에서 눈을 뗄 수도 없었다. 꼼짝하지 않고 벽에 부착해 있던 그것은 그 여자의 팽팽한 시선에 마지못해 끌려오듯 마침내 벽을 대각선으로 가르며 느릿느릿 내려오기 시작했다.

무시하고 돌아서고 싶지만, 그리고 잊어버리고 살고 싶지만 눈을 뗄 수 없는 전갈의 존재는 일상적인 삶 속에서 채워지지 않는, 그래서 체념해 버리고 싶지만 그럴 수 없는 '그 여자'의 내면에 어둡게 자리하는 욕망의 모습을 닮아 있다. 그 여자는 남편의 방문을 열 때면 "핏줄이 팽팽히 당겨지는 듯한 긴장"을 느끼고 마른 쑥을 태울 때 자욱이 서리는 매캐하고 독한 연기에 기침을 해대며 그 여자는 그것이 제독(除毒)이나 살충을 목적으로 한 것이 아닌, "일종의 주술적 행위"로 느껴지곤 하는 것이다.

> 시간이 없다, 라고 말했지만 그것이 남편이 올 때까지의 시간을 뜻하는 것인지 자신에게 허락된 한정된 시간을 뜻하는 것인지는 그 여자 자신도 기실 잘 알지 못했다.
> 　남편과 떨어져 있게 될 1년간의 시간은 아마 그 여자의 전 생애와 맞먹는 것이 될 것이라고 생각했다. 고독이 만성적인 권태와 무위한 환상에서 벗어날 수 있게 해주리라는 기대와 열망이

있었기 때문이었다. 그러나 기실 자신이 원하는 것은 무엇이었던 가. 원하는 것이 정확히 무엇인지 알고 있다고 자신 있게 말할 수 있었을까.

자신의 삶에 어떠한 변화도 끼어들 수 없다는 그녀의 비관적인 태도는 삶을 능동적으로 영위해가지 못하는 인물의 구실이 아니라 세계에 깊게 패인 음각을 투시한 자가 갖는 삶에 대한 비극적인 인식에서 나온 것이다. 그녀는 생활의 관성에서 풀려나 자신의 자의식에 이끌리고자 하며, 자기 내면에 일어나고 있는 갈등을 '서성거림'과 '중얼거림'의 행위로 표출한다. 틀에 박힌 일상에는 서식할 수 없는 전갈이 지닌 독기가 그 여자의 자의식을 일깨우지만, 그 생기도 결국 현실 앞에 서성임과 타자와의 소통이 단절된 공허한 몸짓으로밖에 남을 수 없다는 인식은 정체된 삶의 비극성을 부각시킨다.

오정희는 삶의 권태와 섬뜩한 기미들을 감지하고 있는 자의식의 세계를 보여준다. 그의 세계는 일상의 삶 속에 도사린 죽음의 의식, 인륜적 질서로 위장된 가족의 성원들 사이에 엄존해 있는 적대감과 증오, 마침내 자신들의 삶이 서서히 균열되고 늪지대처럼 가라앉고 있음을 자각하는 소멸의식, 인간관계에 스며들어 있는 악마적 심성들, 삶의 균열을 재촉하는 비속한 세계의 비정한 시선들이 만들어내는 공간 속에서 이루어진다. 그러므로 그의 소설은 합리화·산업화·세속화를 추구하는 근대 시민사회의 인간들의 초상이면서 동시에 그보다 더 본원적인 인간 존재의 비의적(秘義的) 국면에 초점이 모아진다. 섬세한 비유와 시적인 문체와 암울한 어조는 주제를 더욱 강화시키고 있다. 1970년대의 황석영, 이문구, 조세희, 윤흥길 등이 사회적 조건 속의 인물을 다루었다면 오정희는 이들과는 대척적인 자리에서 인간존재의 근원적인 내면탐구에 서사적 성과를 남겼다.

(《한국현대소설사론》, 1999)

'쓰기'로서의 스토리
포스트모더니즘

포스트모더니즘에 대한 논의는 현재 여러 분야에 걸쳐 많은 논점이 제기되고 있지만, 각 장르별로 그러한 징후의 점검이나 작품 자체의 분석과 평가보다는 그 이론적 배경이나 개념정의, 논거의 존립가능성 등에 쟁점이 모아지고 있다. 이는 창작방법론과 관련하여 논의할 만한 작품이 그만큼 많지 않다는 사실을 드러내는 외에 현 단계에서의 우리나라의 포스트모더니즘 논의의 시발적 성격을 드러낸 것이다. 또한 포스트모더니스트들이 스스로 제기한 것처럼 그 개념정립 자체에 관련한 몇 가지 의문점, 즉 포스트모더니즘이라 부를 만한 현상을 우리가 실제로 감지하고 있는가, 그 용어는 과연 적절한가, 아방가르드나 모더니즘과는 어떻게 관련지을 수 있는가, 이를 정의하거나 개념화할 때의 위험성은 무엇인가 등에 대한 검토가 진행되고 있는 과정 속에 있음을 드러낸 것이다. 그리고 그것을 우리에게 적용시키려 할 때, 우리는 이른바 '포스트모던 시대'에 서 있는가, 포스트모더니즘을 역사적 개념으로 볼 것인가 미적 양식으로 볼 것인가, 그것은 외래적인가 자생적인가, 관련작품의 적용범위는 어디까지인가 등의 문제가 여기에 추가되어 논의되어야 할 것이다.

그 동안 이 새로운 문화적·예술적 경향에 대한 긍정적 측면과 부정적 측면이 많이 논의되어 왔으나, 최근에는 이에 대한 찬반론으로까지 진전된 양상을 보이고 있다. 이는 지금까지 우리가 사용하고 있거나 수용했던 사조나 이념들에서 자주 경험했던 혼란과 갈등의 수준을 넘는 것처럼 보인다. 그간의 국내외 포스트모더니즘 논의들은 논점의 제시와 그것들의 충돌의 단계를 넘지 않았으며, 주요 쟁점들에 관해서도 이렇다 할 합의에 이르지 못한 듯하다. 이는 새로운 사조의 수용과 생성의 과정에서 마주치게 되는 일반적 현상이라기보다는 포스트모더니즘이라는 경향이 가지고 있는 국제적, 학제적(學際的) 특성에 따른 개념의 포괄성에 더욱 관련되어 있는 것 같다. 포스트모더니즘은 모더니즘과의 변별성은 물론 리얼리즘과의 상대성까지를 포함하여 광범위하고도 상호 침투적 성향이 강해서 그 독자성마저 의심스러울 정도이다. 포스트모더니즘의 이념과 기법이 현대 한국소설에 어떻게 수용, 변용 혹은 자생하고 있는지, 아니면 그러한 징후가 있다면 어떤 형태로 나타나 있는지를 살피고 그 의미와 가치를 검토해 보는 일은 따라서 또 다른 논점의 제시에 그칠 수도 있다. 그러나 현실적으로 포스트모더니즘은 이미 통용되고 있으며, 그 개념과 특성은 강조되고 논란되고 있으므로, 우리는 이 상황을 또한 현실적으로 받아들여야 할 것이다.

포스트모던 소설은 우리가 과거에 향유하여 왔던 미학적 관습만으로는 더 이상 생명력을 지속하기가 어려우며 그것은 또한 오늘의 세계에서의 우리들의 삶의 방식이나 상상력의 방식들과는 더 이상 의미 있는 관계를 맺을 수 없게 되었다는 의식이 전제된 데서 비롯되었다고 하겠다. 그리고 바로 지금이 그 중의 한 시기에 해당한다는 것이 포스트모던 작가들의 주장이다.

20세기 후반의 미국소설의 형식의 변화는 1920년대의 경제공황, 2차 세계대전, 1950년대의 냉전시대, 1960년대의 베트남 전쟁에 대한 반전사상, 흑인문화, 여성해방운동, 반문화, 비틀즈류의 음악의 열풍과 마약, 성의 개방 등의 사회변동과 관련한 개방성과 자유의식에 근거하고 있다. 따라서 작가는 이미 ‘소진되어 버린’ 과거의 이념과 기법으로는 더 이상 오늘의 문화적 비상사태나 ‘종말의식’을 감당할 수 없다는 것이다. 포스트모던 소설은 그리하여 이러한 후기의식 혹은 종말의식이 특별하게 강화된 경향으로서, 첨단산업화 정보산업화 대중화로 바뀌어가고 있는 후기산업사회에 대한 문학적 대응이라 하겠다.

포스트모던 소설은 미국의 존 바드 등에 의해 모더니즘 소설의 종말론이 대두된 이래, 어빙 호우에 의해 그것이 ‘포스트모던 픽션’이라 명명되고, 소설은 이제 부조리에 관한 게 아니라 부조리 그 자체가 되었다고 하여 모더니즘으로부터의 이탈현상이 지적되면서부터 비롯되었다. 논리적이고 인과론적인 이야기의 구성과 모티프의 구사, 혹은 완전한 이해나 전달이 전제된 관례적인 수사, 작중인물들의 자아의 형성과 발견의 계기, 사회적 현실에 대한 대항과 고발의 의식, 완결된 하나의 형태로서의 소설 등 정통소설의 일반적 관례들에 대한 불신이 하나의 문화적 현상으로 자리잡게 된 것이다.

그리하여 이들은 19세기적 이념과 기법으로부터 반발하고 벗어나고 뛰어넘은 ‘포스트모던 픽션’이야말로 20세기 후반을 대표하는 유일한 문학형태라고 단언한다. 또한 로널드 슈크닉은 이러한 입장과 관련하여 리얼리즘 소설은 연대기적 시간을 내러티브의 플롯의 매체로, 축소될 수 없는 개인의 정신을 인물창조의 주체로, 그리고 무엇보다도 궁극적이고 구체적인 사물의 실재를 묘사의 대상 및 근본원리로 상정하였으나 포스트모더니즘의 세계에서는 이러한 절대적 요소들 모두가 절대적으로 무시되어 버렸다고 주장한다. 그리하여 레이먼드 페더먼은 글을 쓴다는 것은 의미를 ‘생산하는’ 것이지 이미 존재하는 의미를 ‘재생산하는’ 것은 아니며 소설은 더 이상 실재나 실재의 재현 혹은 모방일 수 없으며 실재의 재창조일 수도 없다는 것이다. 그러므로 우리가 소설을 쓴다는 것은 사실상 실재를 폐기하는 한 방법, 특히 실재가 곧 진실이라는 관념을 폐기해 버리는 한 관념이라는 것이다. 그는 이어서 다음과 같은 논리로 발전한다.

> 소설의 일차적 목표는 스스로의 허구성을 폭로하고 스스로의 기만적 메타포를 폭로하여 더 이상 폭로나 실재나 진실 또는 아름다움으로 행세하지 않는 일일 것이다. 그 결과 소설은 더 이상 삶의 거울이나 우리에게 삶이 무엇인지를 알려주는 半사실적인 기록물로 인정받지 못할 것이며, 그것이 지닌 사회적 도덕적 심리적 형이상학적 상업적 가치를 기초로 판단되는 것이 아니라, 그것의 옷을 입은 메타 픽션과 미니멀리즘 등 픽션이 변모를 겪는 동안 하나의 자율적 예술형태로서 무엇을 하는지를 토대로 판단될 것이다(김욱동, 《포스트모더니즘이란 무엇인가》, 문학과지성사, 1990).

이것은 확실히 기존의 소설문법을 뒤엎는 것처럼 보인다. 난해하고 사제적(司祭的)인 예술보다는 '호소력에 있어 보다 민주적인'(존 바드, 《소생의 문학》) 예술에 대한 본보기로서 우리에게 잘 알려진 가브리엘 마르케스의 소설을 들고 그의 사실주의와 마술, 복잡성과 단순성이 혼합된 '소생하는 문학'의 예를 제시하기도 하였다.

이러한 생각은 마침내 자신들이 구사하는 언어의 현실재현과 모방의 기능 자체를 의심한다. 그리하여 아예 소설이 제 모습을 들여다보는 자아반사적 픽션이 나타난다. 포스트모던 소설의 대표적 양식이자 별명이기도 한 '메타픽션'이 그것인데, 작가들은 이런 자기반영적인 메타픽션을 매우 중요한 장르로 간주한다. 흔히 '반소설', '반사실주의 소설', '초소설', '우화', '내향성 소설', '자기반사적 소설'로도 불리는 이 용어는 1970년 미국의 윌리엄 개스에게서 연유한 것으로, 픽션과 리얼리티와의 관계에 의문을 제기하기 위해 가공물로서의 그 위상에 자의적이고 체계적으로 관심을 갖는 허구적 작품을 말한다. 퍼트리샤 워에 의하면 이러한 글쓰기들은 구성을 이루어나가는 자신의 방법들을 비판하면서 서사적 허구의 근본적인 구조를 검토할 뿐 아니라 허구적인 문학텍스트 외부에 존재하는 세계의 있을 수 있는 허구성도 탐색한다고 하였다.

그리하여 이들은 '모든 세계는 하나의 무대'라는 관념으로부터 출발, 픽션 속에서 배역을 수행하는 인물들의 주제적 탐색을 시도하기도 하고, 언어적 게임에 빠지거나, 독자가 능동적으로 작품의 플롯에 가담하기도 하고, 소설이 씌어지면서 지워가는 과정을 보이거나, 역사의 모방재현성을 거부하고 만들어짐을 받아들이고 그 환상을 재현하거나 하는 기법을 보인다.

한편 이들은 우리 문화의 부스러기들, 단편적인 대화, 이름과 구절들, 영상들, 제품의 목록들 등 한때의 유행어들과 의식의 몸짓들을 모으고 함께 오려붙여서 독특한 방식의 사실적 심미적 효과를 성취하는 하나의 언어콜라주 기법을 차용한다. 가령 어떤 작가의 픽션이 신문 잡지, 지리 텍스트, 박물학, 정치 텍스트 등의 혼합물인 것이 그 예다.

또한 오늘의 포스트모더니즘에서 가장 중요한 특징 또는 관행 중의 하나로 패러디와 패스티시를 든다. 패러디야말로 굳어버린 과거의 인습이나 관습을 깨뜨리면서 형식과 담론 사이의 관계를 새롭게 하거나 유지하려는 방법이라는 것이다. 패스티시는 패러디처럼 '모방'과 관련이 있으나 더 나아가 다른 스타일, 특히 다른 스타일의 매너리즘과 스타일상의 특색들을 흉내내고 조롱하는 것이다. 패러디는 스타일상의 고유성을 이용하고 그들의 특이성과 기벽성을 이용함으로써 원본을 조롱하는 모방을 만들어낸다. 프레드릭 제임슨은 그러나 만약 사람들이 더 이상 표준언어, 일상적 회화, 언어적 기준의 존재를 믿지 않게 될 상황하에서는 패러디가 불가능해진다는 것이고 대신 패스티시가 등장하게 된다고 하였다. 패스티시는 패러디와 마찬가지로 특정한 혹은 독특한 스타일의 모방이며 스타일의 가면을 쓴 것이며 죽은 언어로 이야기하는 것이지만 패스티시는 그러한 모방을 중성적으로 수행하여, 이 경우 패러디의 숨어 있는 동기나 풍자적 충동 혹은 웃

600

음을 만드는 어떤 기준적인 것이 존재한다는 잠재적인 느낌마저 배제되다고 하였다. 패스티시는 공허한 패러디이며 유머감각을 상실한 패러디인바, 패스티시와 패러디는 일종의 공허한 아이러니의 현대적 사용과 웨인 부드가 말하는 18세기의 안정되고 희극적인 아이러니라고 부른 것과의 관계에 비유할 수 있다고 하였다 (프레드릭 제임슨, "포스트모더니즘과 소비사회," 김욱동, 앞 책, p. 246).

포스트모더니즘의 이념적 기법적 특성에 관해서는 이 밖에 논자에 따라 여러 항목들이 추가되고 삭제되어 왔다. 이합 핫산은 불확정성, 단편화, 탈전형화, 자아의 상실, 재현 불가능성, 아이러니, 혼성 모방과 패러디, 카니발화, 행위와 참여, 구성주의, 내재성 등의 특징들을 지적한다. 그러나 이들은 서로 상충되거나 중복되며 한편으로는 모더니즘의 속성에 더 부합되는 것들이다. 리오타르는 패러디, 환상적 리얼리즘과 미니멀리즘, 저자의 죽음과 인식주체의 해체 등을 들고, 어떤 한 작품은 우선 그것이 '포스트모던'한 경우에만 '모던'할 수 있으며 이런 관점에서 포스트모더니즘은 모더니즘의 최종형태가 아니라 그것의 발아단계이며, 이런 상태는 영원히 계속될 것이라고 하였다. 김욱동은 이를 다시 정리하여 전통과의 단절, 불확정성, 파편화, 반리얼리즘, 전위적 실험성, 아이러니와 패러독스, 비역사성 등이 '본질적인 면에서' 모더니즘과 공통점을 지니지만, 자아와 주관성에 대한 새로운 입장, 패러디와 패스티시, 행위와 참여, 임의성과 우연성(또는 유희성), 주변적인 것의 부상, 탈장르화나 장르 확산, 자기 반영성(메타픽션) 등에 있어 모더니즘과 변별적인 차이점을 지니고 있다고 하였다.

포스트모더니즘에 대한 이러한 긍정적 생산적 논의에도 불구하고 비판적 시각 또한 적지 않다. 그들은 포스트모더니즘을 파리나 뉴욕에서 수입된 지적 유희 혹은 "포스트 피플이 즐기는 기괴하고 유치한 일종의 게임"이라 매도한다. 특히 맑스주의자들은 포스트모더니즘이 후기 자본사회에 순응하면서 애초에 의도했던 극복의 의지를 실현하지 못했다 하였다. 프레드릭 제임슨은 포스트모더니즘이 깊이가 없고 역사성이 희박하고 고통이 없고 비판적 거리가 없다고 하였다. 데리 이글턴 역시 포스트모더니즘이 모더니즘에 저항했으나 사회의식이 약하고 문화를 탈정치화시킨다고 말한다. 찰스 뉴먼은 성역으로서의 예술이 모더니즘의 마지막 환상이었듯이 자율성으로서의 예술은 자본사회 개인주의의 마지막 숨소리라고 비난한다. 이들은 모두 포스트모더니즘을 모더니즘의 연장으로 본다. 체제에 순응한 모더니즘의 결함을 극복하지 못하고 한층 더 비정치적 이론으로 그 체제를 연장시켰을 뿐이라는 것이다. 맑스주의자들은 이처럼 포스트모더니즘을 체제순응적인 부르주아 자유주의의 교묘한 장치라고 비난한다. 그리하여 로버트 앨터는 포스트모더니즘의 실험성이란 ‘자유’가 아니라 방종에 불과하며, “모더니스트들이라는 거인에서 태어난 난쟁이 후예들로서 삶으로부터 등을 돌린 채 자신의 예술을 통한 일종의 예술적 자위행위의 희열에 탐닉해 있다”고 비난하거나, 포스트모더니즘을 ‘모더니즘의 한 변형’에 불과한 것으로 보고 ‘모더니즘 자체의 파산선고가 포스트모더니즘의 이름으로 내려진 것’(《민족문학과 세계문학》 2, 창작과비평사, 1985, p. 411)이라 진단하기도 한다.

이에 대해 포스트모더니즘은 반정치적 정치성을 갖는다고 하여 현실이 허구라고 말하는 것은 현실에 대한 거리두기로서 어떤 논리에도 몰입하지 않는 비판의식을 기른다고 옹호한다. 그것은 독자의 상상력을 통해 자율성을 기르는 틈새의 축복이며, 폴 드 만은 언어의 유희와 오독의 찬양이 언어에 대한 성찰과 동시에 역사에 대한 성찰에서 나온 것이라고 말한다. 린다 허천이 역사적 메타픽션이란 용어로 포스트모더니즘 시학을 보는 의도도 여기에 있다는 것이며 주로 사실주의를 패러디한 작품들에 초점을 맞추면서 그녀는 “역사를 자의식적 시선으로 보는 역사성”, 이념의 허구성이 갖는 이념을 강조하기도 한다.

이상이 〈오감도〉를 연재하였을 때 독자들은 그의 시를 “미친 자의 잠꼬대"라고 욕했으며 이 작품을 게재했던 일간지의 학예부장은 이 소동에 책임을 지고 사표를 냈다. 그의 소설 〈날개〉에 대해서는 "리얼리즘의 심화와 확대"라는 찬사와 이에 대한 비난으로 평단의 두 인물의 친교에 금이 갔다. 이상은 "우리는 언제까지 저 19세기의 달만 쳐다보며 살 것인가"라고 불평하고 일본으로 떠났다. 그가 죽자, "우리 문단은 이제 다시 30년 전으로 되돌아갔다"고 김기림은 그를 애도했다.

1930년대의 우리 문단은 이상, 김기림, 정지용, 박태원 등에 의해 모더니즘이 실험되고 있었고, 특히 이상의 형태파괴는 매우 과격하고 전위적인 것이었으며 그 반응 또한 매우 당혹스러운 것이었다. 모더니즘의 징후가 나타나면서 이상은 이미 모더니즘으로 알아온 것 '이후의'(*post*) 징후를 드러낸 것이다. 이러한 생각은 그의 작품을 논의의 출발점으로 삼자는 의도에서가 아니라 포스트모더니즘이 속성으로 가지고 있는 경향을 온전하게 박래품으로만 취급하려는 관점에 대한 우려에서 비롯된 것이다. 예술적 사조나 경향은 주고받는 영향관계에서 생성하기도 하지만 스스로의 예술적 전통 안에서 역동성으로 자생하기도 한다. 다만 그것이 지속적이고 체계적이고 집단적이고 유행적인 '운동'이 되지 못함으로써 실명화가 안 되었을 뿐이다. 새로운 사조나 경향의 가치평가란 그러므로 '얼마나'가 아니라 '어떻게' 그렇게 되었는가에서 그 의의가 드러날 것이며, 그것은 구체적인 작품의 구조 안에서 그 근거를 찾아야 할 것이다.

1930년대에 등장한 모더니즘 소설의 싹은 이후 광복과 전쟁과 혁명과 군사통치를 지나면서 위축되었다가, 1970년대 이후의 산업화·도시화·민주화·세속화의 변동사회를 경험하면서 그 성향이 강화되기 시작했다. 물론 이때가지 정통 리얼리즘 소설이 문단의 중심세력으로 남아 있었지만, 포스트모더니즘 논의는 1980년대 중반 이후 현재까지 그 이론과 창작방법론의 긍정적 측면이 소개 강조되거나 그 존립근거가 비판되었다. 또한 이와 관련하여 이인성, 최수철, 박인홍, 장정

일, 하일지, 김수경, 최병헌 등의 작품이 논의되기도 하였다.

먼저 이인성과 최수철의 소설들에서 우리는 이른바 메타픽션과 관련지어 논할 수 있는 근거를 보게 된다. 작가 자신의 모습을 작품 속에 가담시켜 작가란 누구인가, 쓰는 행위란 무엇인가, 왜 쓰는가, 작가와 독자의 관계는 무엇인가 등의 본질적이고 근원적인 물음에 대한 논의가 작품 안에서 이루어지고 있는 것이다. 이미 이청준에 의해 작가에게 있어서의 '쓰는 일'의 문제가 다루어진 바 있었지만 그것은 소설의 정통 서사구조의 구속 안에서의 일이었다. 그러나 이들의 작품에 이르면, 가령 사건이 없고 어휘들만 있으며 구성보다는 나열만 있으며, "소설의 형식 그 자체가 또 다른 형식화를 기다리는 소재가 되는 재료로서 사용되기도"(윌리엄 개스) 하는 메타픽션의 한 양상을 보이는 경우이다.

이인성은 《낯선 시간 속으로》와 《한없이 낮은 숨결》 등의 창작집에서 이러한 강한 실험성을 보여준 바 있는데, 특히 《한없이 낮은 숨결》에 수록된 작품들에서 이러한 소설 자체를 문제삼는 소설 속에 독자를 기담시키기도 한다. 가령 〈당신에 대해서〉, 〈나의 사기진술, 당신의 심문에 의한〉, 〈당신 자신인 당신을 향한 물음들〉 같은 작품들이 그렇다.

〈당신에 대해서〉의 작중화자인 '나'는 작가 이인성과 동일한 인물이며 '당신'은 '독자'이거나 '제3자'다. "우선 이 소설을 읽으려는 당신에게, 잠깐 동안 눈을 감도록 권하겠다"로 시작되는 이 소설은 독자의 참여를 유도하면서 시작된다. 작가는 끊임없이 자신의 언술내용에 대한 독자의 개입을 요구한다. 독자를 작품 속으로 유도하려 하지만, 독자개입은 다만 작가의 가정에 의해서만 상정될 수밖에 없는 것이어서, 작가는 묻고 '당신'인 독자가 대답(그러나 작가가 상정한 대답)하는 형식으로 이어진다. 이 소설의 단락들은 가령 다음과 같은 시작된다.

그렇다, 그 '언젠가'를 향해 막막히 이 소설은 시작되고 있다. 아마도 멀고먼 그 언젠가, 당신을 다르게 참답게 만나겠다는 마음을 꾸면서.

보았는가, 바로 지금 여기서 이 소설을 앞에 둔 당신 자신을? 그래서 솟구쳐 알겠는가, 이제는 나에 대한 맹목적인 부정도 거두어야 한다는 것을?

천천히, 다시 시작하자. 문제의 첫 질문으로 돌아가서 : 보았는가? 바로 지금 거기서 이 소설을 앞에 둔 당신 자신을? 그러면 무엇을 보았는가, 당신 자신으로부터?

그러고 보니, 나는 벌써부터 당신에 대한 — 더불어, 불가피하게 당신과의 관계 속에 곁세워진 나에 대한 … 이야기를 꽤나 진행해온 셈이다. 당신이 이 《한없이 낮은 숨결》이란 소설집을 집어들었을 때….

이 인용들은 작중의 '나'와 '당신'을 '소설 쓰기와 소설 읽기라는 상황'으로 수렴시키기 위한 전략이면서 동시에 그 전제적 상황의 제시로 보인다. 그리하여 이 작품이 의도하고자 하는 "쓴다는 것의 의미"에 대한 '나'와 '그'의 토론이 전개된다.

… 이제 내가 말하겠다. "… 그럼 당신들의 용어를 빌려 대꾸해볼까요? 이런 소설을 쓰는 건 바로 이 소설을 읽는 독자로서의 당신을 해방시키기 위해섭니다, 라고." 그 : "해방? 그게 어떤 식으로 인간해방과 관련을 맺는지 말해보겠소?"나 : "대개가 다 그렇지만, 이 소설도 삶의 여러 양상 중 어떤 하나에 초점을 맞추고 있다는 걸 미리 염두에 두어줬으면 좋겠군요. 여기선 내 소설을 읽는 독자 자신이 스스로 느끼고 스스로 꿈꾸고 스스로 반성, 비판하는 정신적 실천의 영역에서지요." 당신 (계속 읽고 있을 뿐이므로 이 대화에 직접 끼어들 수는 없어도, 독립된 말자리만은 갖추어 두어야겠기에) : 그 : "구체적인 현실이 삭제된 소설을 통해 정신적 실천이 행해진다는 건 공허한 관념론으로 들리는데…."

나 : “가볍게 반문해 봅시다. 밥 벌어먹기 위해 몸을 움직여 일하는 것만이 구체적인 현실이고, 소설을 읽고 몽상하고 성찰하는 건 그렇지 않다는 건가요? 그거야말로 독단적 관념론이 아닐까요? 지금 나는 독자의 책읽기라는 ‘구체적인 현실’을 겨냥하고 있는 겁니다.” 그 : “내가 지적하는 건 독자의 개체적 현실이 아니라, 그들이 모두 함께 어우러져 사는 사회적 현실이요. 인간해방이란 명제가 개인의 차원에 머물러서도 안 되고 머무를 수도 없는 건데…, 역사의 진보를 논할 때, 거기서 궁극적으로 바뀌어야 할 것은 인간들이 함께 실재하는 이 사회, 이 세계일 테니까 하는 소리요. 그에 비추어보자면 당신은, 개인의 구원이 해방의 완수인 양, 또는 문학과 독서의 혁신이 곧 세계의 혁신인 양 착각하는, 뭐랄까, 일종의 정태적인 개인주의, 자폐적 문학주의 같은 데 빠져 있는 거 아니겠소?” 나 : “(…) 올바른 인간해방운동은, 따라서 세계내 삶을 구성하는 모든 영역들이 더불어 전진해 나갈 때 완수될 수 있는 게 아닐까요? 여기서 나는, 문학도 인간의 정신활동과 관련하여 그때 바뀌어야 할 중요한 과제로 판단하고 있습니다. (…) 그러니까 글쓰기와 글읽기의 과정에 개입되는 여러 국면부터 징면으로 문세삼아야 된난 말입니다. (…) 당신 : 그 : “위와 같이 미분화된 논리를 들이대는 것부터가 이미 사태를 정체화시키는, 운동으로부터의 국외자적 태도를 반증하는 것이요. (…)

이 대화들은 작가가 제기한 소설의 기능 목적 효용에 관한 ‘나’와 ‘그’와의 의견개진이다. 이야기체 문학으로서의 소설의 형태는 사라지고, 쓰는 일 자체에 관한 언술만이 지리하게 계속된다. 구체적인 현실이 삭제된 소설을 통해 정신적 실천이 가능한가에 대한 반론으로 ‘나’(작가)는 일과 노동만이 구체적인 실천이고 독서와 몽상과 성찰은 구체적인 현실이 아니냐고 반문한다. ‘그’는 독자의 개체적 현실보다는 모두 함께 어울려 사는 실재하는 세계가 현실이며 문학과 독서의 혁신이란 일종의 정태적 개인주의 내지 자폐적 문학주의라고 ‘나’를 공격한다. '나'는 글쓰기와 글읽기의 과정에 개입되는 국면부터 문제 삼을 것을 주장하고, '그'는 '나'의 국외자적 태도를 비판한다. 이는 최근의, 특히 한국문단에서 유난히 이원적인 대립의 양상을 보여왔던 그 동안의 민중문학 혹은 실천문학 주창자들에 대한 작가 이인성의 입장을 드러내 보인 것이다. 그리하여 침묵의 '당신'(독자)을 자기 쪽으로 끌어들이는 데 필요한 문학적 담론과 설득으로 이어진다. 막노동판의 인부나 리어카의 행상이나 봉제공장의 여공들이 자신의 소설을 탐독하리라고는 상상할 수 없다고 고백함으로써, 작가는 그들을 이 소설을 읽고 있는 작중의 '당신'(독자)과 '나'(작가)로부터 분리하고 있다. 그리하여 작가는 이들 노동자들의 "귀울음처럼 흐르는 저 낮은 소리바람"이나, 귀에 들려오는 듯한 "신음과 한숨과 울분의 침묵"에 괴로워한다. 그러면서도 작가는 "나는 왜 혁명가가 못 되는가"라는 자학 대신 "나는 소설가로서 무엇을 어떻게 할 것인가"라는 질문에 작품으로 답해 나가야 한다고 스스로를 설득하는 것이다. 그러면서 화자는 서술의 중간 중간에 독자에게 "아, 당신이 꽤나 지겨워진 모양이다. 그렇게 몸을 비틀어대는 걸 보니. 하기야 멈출 듯 멈출 듯 이어온 이 눌변에 정신을 집중할 수 있는 시간적 길이로 봐서도 그럴 만하다"라고 너스레를 떨기도 한다.

> 지금 나는 쓰고 있다. 지금, 당신은 읽고 있다. 변함없는 현재. 나는, 지금 이 순간, '지금 이 순간'이라고 쓰고 있는데, '쓰고 있는데'를 읽는 당신을, '당신을' 쓰는 지금 이 순간에, …아니다 나는 빈손으로 왔지만 빈 느낌으로만 들어오지 않은 것 같다. (…) 우리… 문득 이 어휘의 실감이 스치는구나…가 마음살을 비비며 합쳐지는, 그러므로 글을 쓰고 읽는다는 건 애당초 그 결합의 첫 걸음을 실천하는 일? 오, 이럴 수가…, 이렇듯 당신이 이미 나의 과거이자 미래이자 현재라니! … 그래서 당신은 내가 숨쉬는 공기 같은가?

작가는 진정한 의미의 작가와 독자와의 만남을 "마음살을 비비며 합쳐지는 일"이라 하고, '당신'과 '나'를 마침내 "우리"로 감싸안는다. 그리하여 "이 소설을 읽고 난 당신은, 이전의 당신과 실오라기 간격만큼이나마 달라진 당신일까? 이제, 지금의 당신은 나의 다음 소설을 다시 읽으려 할까?"라는 질문으로 끝을 맺고 있다.

한편 〈한없이 낮은 숨결〉은 스토리가 사라져버린 세계에서의 지리한 담론만이 불연속적 문맥으로 이어져 텍스트와 관련한 독자의 이해를 방해하거나 그 자체를 거부하기에 이른다.

당신도, 나도, 그도, 아닌…, 그들도, 당신들도, 아닌…, 우리도, 아닌…, 우리들도, 너희도, 너희들도, 아닌…, 누가, 무엇이…, , 그러니까, 어, 어떤…, 그래, 그 어떤…, 그런데, 모르겠어…, , 말로, 끄집어, 내길, 갈망해…, 말밖에, 달리, 어쩔 수, 없으니…, 어떻게든…, , 그런데 모르겠어…, , 그냥, 그 어떤 무엇이, 혹은, 그 어떤 누가…, , 이미 우리가, 아닌…, 너희도, 저들도, 이들도, 멀리 아닌…, 애당초 아닌…, , 결국은, 마찬가지 소리지만…, , 알 수 없는 그, 누구… 무엇이…, , 말로, 오지, 가지, 않는, 어떤… 여태껏…, 그러나, 말로 못 나서니……, 말, 말아야, 할까?…, , 말컨대…, 말로 되어야만…, 되는, 있는, 것이라면…, , 더듬거려도… 어쨌거나, 더듬, 말은…, 엄연히, 는 아니라도…, 말의, 흉내짓, 마저 안 되면…, 더듬거리기, 조차 멈출, 일이라며…, , 한쪽에선, 그런 소리를 내서…, , 더듬거리는 건…, 게다가, 말, 제, 그늘이 아니라며…, , 빈 말을, 헛, 더듬는…, 옹근 말인양…, 어두운 더듬이?…,

위의 인용은 〈한없이 낮은 숨결〉의 서두 부분이다. 텍스트의 언어적 상황을 외부의 상황과 관련짓는 일이 거의 불가능하거나 어렵게 만들고, 언어가 무엇을 지시하거나 드러내 보일 수 있다는 생각의 부질없음을 보여주기 위한 시도처럼 보이기도 한다. 이는 미궁 속에 빠져

버린 화자의 더듬거리는 음성을 마주 대함으로써 그 상황이 고조된다.

이인성의 작품에 보이는 메타픽션적 요소는 이 밖에도 여러 부문에서 그 기법이 발견된다. 〈당신에 대해서〉는 작가의 쓰는 행위에 대한 자기진술이면서 그 진술내용에 대한 독자에의 확인과 진단의 과정 자체에 관한 소설이다. 소설이 시작되기 이전의 작가와 독자와의 해결되거나 묵인되어야 할 전제적 상황 자체가 소설의 중심을 이루고 있다. 소설을 쓰는 일과 그것을 읽는 행위 자체에 대한 의미, 쓰는 자와 읽는 자의 관계설정이야말로 새삼스럽지만 그러나 끊임없이 추구되어야 할 본질적인 문제접근 방식이다. 작중화자 '나'의 질문과 수많은 '당신'(독자) 가운데 하나인 '그'의 대화내용은 집요하고 다채로우며 분석적이며 논쟁적이다. '나'의 입담은 '당신'을 놓아주지 않으려 한다. 실재의 작가가 작품 속에 등장하여 전통적인 전지적 서사물에서처럼 허구를 현실과 통합하는 대신 실재작가인 이인성이 스토리의 내용이 아니라 서술행위 그 자체를, 즉 스토리의 구성을 논평함으로써 허구와 현실을 분리시키는 것이다. 이는 스토리와 담론 사이의 관계를 유희하는 경우이자 픽션 같은 자서전이자 자서전 같은 픽션의 경우이며, 그것은 또한 "스토리의 쓰기(*writing of story*)인 만큼 쓰기로서의 스토리(*story of writing*)"(패트리샤 워)의 양상을 보인 경우가 된다. 이와 같은 기법은 〈나의 자기진술, 당신의 심문에 의한〉이나 〈당신 자신인 당신을 향한 물음들〉 같은 작품들에서도 반복된다. 이 작품들은 현대 산업사회의 부르주아 의식이나 개별화된 자의식, 언어의 유희성과 자기중심적 우월의식 등이 주조가 되었던 데뷔 당시의 작품들에 비해 다소 대타의식의 정립이나 작가적 진정성을 추구하면서 독자의 '심문'에 응하고 그들과의 '관계수립을 위한 모색의 태도'를 보이고 있다.

한편 최수철의 〈알몸과 육성〉(1991) 같은 경우도 메타픽션의 한 양상을 담고 있는데, 이 소설 역시 소설쓰기를 대상으로 한 소설이자 작가가 작중화자로 등장한다. 9편의 연작 단편들로 이루어진 이 소설은 이인성의 경우와는 달리 소설창작에 임하는 순간의 작가의 ‘상황’이나 타자기와의 ‘관계’에 대한 담론으로 채워진 것이 많다. 이인성이 주로 쓰는 일의 본원적 의미와 그 기능적인 데 소설적 탐구를 목적으로 했다면 여기에서는 쓰는 일 자체의 작가의 근원적 상황이나 그 내밀한 심리가 중심이 되어 있다. 이 작품에서 작가는 소설창작의 목표를 “허위의식의 제거” 혹은 “새로운 리얼리즘”의 실험에 두고, 작품을 쓰는 진정한 이유는 자신의 작중인물과 ‘대화’하는 일이라 하였다. 그리하여 “소위 이상적인 독자”와의 만남을 “비밀스런 연애감정”에 비유한다.

> 요즘 들어 나의 글쓰기에 있어서의 현실은 타자기이다. 거의 대부분의 시간을 집에서 보내고 있는 나는 어쩌다가 원고청탁서가 날아오게 되면, 우선 책상으로부터 조금 떨어진 곳에 서서 한동안 타자기를 바라보는 일부터 시작한다. 그때 나는 타자기와 나 사이에 미묘한 갈등이 존재하고 있음을 느낀다. 단적으로 말하자면, 그 동안 타자기는 투명한 막처럼 나의 생각을 수용하여 새로운 현실을 재구성해내는 일종의 장치였는데, 언젠가부터 그것이 간유리로 변하여서 나로 하여금 그것을 통하여, 그것의 존재를 통과하여 현실을 대하도록 종용하는 것이었다.

이와 같이 다만 하나의 ‘장치’에 불과했던 ‘타자기’가 언제부터인가 ‘간유리’로 변하면서 자신을 ‘종용’하게 된 데서 ‘나’와 타자기와의 “관능적인 어우러짐”의 관계가 성립한다. 타자기를 두드리며 만지며 더듬는 행위를 성적인 행위와의 유사성에 비유하여, 타자기의 키는 “혀”로, 작가의 글쓰기의 공간은 “자궁”에 비유되기도 한다. 한편 자신의 글쓰기 작업이란 이 소설의 제목이 말하듯이 “벌거벗음으로써 글쓰기의 가장 관능성의 상태를 향해 나아가려는” 태도를 드러내기 위함이라 하고, 이러한 상황에 대한 서술은 전 작품을 통하여 반복 변형되고 있다.

나는 타자기의 45개의 키들이 단순한 숫자라거나 자모음을 부여받은 인조 광물질의 존재, 피동적인 기계장치의 일부인 것만은 아니라는 느낌에 강하게 사로잡히게 되었다. 내 손가락 끝이 닿을 때마다 ㅂㅈㄷㄱ 등의 자음들은 그들 나름의 독특한 혀, 딱딱하기도 하고 부드럽기도 한, 차갑기도 하고 따뜻하기도 한 그들의 혀를 내밀어 핥아주었다. 그리고 ㅗㅓㅏㅣ 등의 모음들은 하나같이 뭉클거리면서도 그 감각이 각기 다른 그들의 부드러운 속살로 나의 손가락 끝을 수용해주는 것이었다. 이런 표현들은 복선치고는 너무 속이 들여다보이는 복선이다. 하지만, 그렇다, 이 얼마나 관능적인가!

"소설가가 알몸을 드러내고 육성으로 그것들과 대화를 나누는 상황에 대한 추상화"로 스스로 규정짓고 있는 이 소설은 또한 글쓰기의 관능성을 헐벗음과 연결지을 뿐만 아니라, 소설의 알몸을 눈앞에 그려 보이기 위해 작가도 독자도 우선 벌거벗어야 할 것이라고 말한다.

작중의 소설가는 자신의 글쓰기란 "그 무엇인가에 대한 막막한 애정의 소산"이며 그리하여 "사랑의 감정에 빠져들어서 무엇인가로부터 소설이라는 형태로 나아갈 때, 사전에 구성을 확고하게 짜놓으려 하지 않"으며, 특히 중요한 것은 "순간 순간 그 무정형의 것들이 형태를 얻게 되는 과정 자체"라고 말한다. 이것을 작가는 자신의 버릇 없애기와 취미 만들기에 빗대고, 이는 곧 글쓰는 순간의 역동적인 상상력에 손길을 내맡기는 것이며, 그렇게 함으로써 어쩌면 이른바 정직한 상상력을 실현하는 길을 하나 발견할 수 있는 것인지도 모른다는 것이다. 그리하여 작가는 소설 쓰기에 관계된 모든 것들을 소설의 대상으로 삼기로 하고 "연필심에 묻은 침의 양"까지도 소홀히 넘어갈 수 없다는 것이고, 추리소설에서 한 번의 살인사건으로는 독자들의 호기심을 끌 수 없어 연쇄살인 사건이 등장하듯이 자신도 "안 되겠다 싶어 계속하여 자신의 알몸을 보이고 육성을 발하려 하는 것"이라는 것이다. 사실 9편의 〈알몸과 육성〉 연작은 스토리나 플롯이 전개되기보다는 정지되어 있으며 심화되기보다는 반복된다. 이는 소설을 쓴다는 것과 소설의 리얼리티를 구성하거나 창조하는 것을 근본적으로 동일시하거나, ‘의식’보다는 ‘쓰기’ 자체를 주요 관심의 대상으로 하는 메타픽션 작가들의 가장 근본적인 과정에 가깝다.

또한 다음과 같은 데서 포스트모던 픽션의 한 단면을 보게 되는데, 그것이 이른바 이 소설의 ‘열린 결말’(open-ended ending)의 방식을 취하고 있는 점이다.

> 나는 이 소설의 끝을 위하여 비교적 아무것도 한 것이 없는 듯하다. 나는 글이 시작된 순간부터 순간순간 멈추고 싶고 새로 시작하고 싶은 욕구에 시달리면서 여기까지 왔다. (…) 사실 나는 소설쓰는 나 자신에 관한 무엇인가를 해체시키기 위하여 이 소설을 시작하였고, 그런 의미에서 나는 내가 막 벌여놓은 그 판 속에서 한동안 편안함과 자유로움을 느낄 수 있었다. (…) 그리고 그런 상태에서 지금 나는 여기에 이르러 있고, 급기야 이 소설 속에 은근히 자리잡은 해체의 운동 속에 나 자신을 전적으로 내맡겨 버리고 있다. 그것이 내가 취할 수 있는 결론이고, 내가 이 소설의 끝을 통해, 끝을 지나서 나아갈 수 있는 방향이기도 하다.

소설을 종결짓기보다는 연결지음으로써 시작과 끝의 의미가 무화되고 해체되는 이와 같은 반형식적 구문은 작가의 다원주의적 서사양식의 한 예를 보여준 것이라 할 수 있을 것이다. 소설에서 스스로 저자의 죽음을 선언하고 “그 어떤 사람”이 이를 계속 써나가기를 요구함으로써 독자들이 만들어가는 소설공간을 시도했던 점을 들어 바흐친의 이른바 다성성(polyphony)과 이어성(heteroglossia)이 어우러진 대화의 세계(정정호)로 보기도 한다.

최수철의 작품들이 보인 메타픽션적 실험기법은 일단 포스트모던 소설의 한 징후를 드러낸 경우이다. 그것은 객관적이고 계획적이고 재현적인 사실주의적 언어관에 대한 회의뿐만 아니라, 글쓰기의 불확정성과 유희성 혹은 자족적 성격을 강하게 드러내고 있기 때문이다.

〈화두·기록·화석〉에서 현대 사회에서의 쓴다는 행위에 대한 자아 성찰의 한 모습을 보여준 이후, 그가 추구하는바 이러한 언어적 존재로서의 인간 혹은 인간과 언어와의 거리 등에 대한 탐색의 방식은 그 나름의 의의와 가치를 지니고 있다.

한편 김수경의 〈즈유종〉(열음사, 1990) 같은 작품에 이르면 서사의 실험성이 두드러진다. 앞의 두 작가가 소설의 본원적 의미에 대한 자아반영적 진술에 의존했다면, 이 작품은 기존의 사회적 통념에 크게 반하는 소재와 형태로써 자아와 세계와의 대립과 갈등을 그리고 있다. 섹스와 마약의 문제가 여성에 의해 정면으로 다루어지고 있다는 점에서, 그리고 기존의 가치와 이념에 대응하는 형태파괴적 서사양식과 저항적 비평양식에서 주목되는 바가 많다.

이 소설은 시인이자 해부학도인 김명자라는 여성의 반항적 삶의 모습이 다중의 텍스트 구조 속에서 진행된다. 그녀의 삶을 반항적이라고 부르는 것은 물론 그녀가 한국여성이기 때문이다. "작고 꾀죄죄하고 볼품없는" 이 여인은 자신의 "지금까지의 너절한 삶"으로부터 빠져나와 프랑스행 비행기를 탄다. 의과대학 해부학 교실의 연구를 위한 여행이었지만, 이 소설에 드러난 그녀의 행적은 그러나 이와는 무관한 사건들로 채워진다. 작중의 김명자는 "전대미문의 신소설"을 한 편쯤 썼으면 싶어하는 "리얼리즘, 운동권 문학에 주눅이 든" 모더니스트쯤으로 자처하는, 이해조와 이상과 김지하와 한국문학사를 거론하기도 하고 거북해 하는 관계에 놓인 인물이다.

이 작품은 우선 서술자의 이동이 자유로워지면서 스토리가 진행하는 삼중 텍스트의 구조를 이루고 있다. 주인공 김명자에 대한 작가의 3인칭 전지 시점, 김명자 자신이 자신의 행위에 스스로 개입하고 간섭하는 자기서술 시점, 김명자가 작가가 되어 소설 〈즈유종〉의 서술권을 행사하는 시점이 그것이다. 이 소설은 작가에 의해 통제되고 계획되는 구조라기보다는 작가의 서술권을 대신하고 있는 작중인물에 의해 스토리의 굴절이 이루어지는, 작가가 배제되어 있으면서도 작중인물에게서 작가를 보게 되는 자율적이며 모순된 구조를 이룬다.

> 나는 이 소설을 박민호를 만난 날로부터 시작하기로 아예 작정을
> 하고 있다. 내 이름은 앞서 밝힌 대로 김명자다. 실명을 사용하
> 는 것이 훨씬 실감날 것이다. 밝을 명(明), 얼마나 근사한가! 그
> 리고 아주 사실적인 이름이지. 나로 말하면 해부학 의사이며, 해
> 서 살아있는 모든 것들(인간까지 포함해서)에 대해서 대체로 관
> 심이 없는 편이다.
> (…) 어쨌든 나는 산부인과를 거부했다. 어린 것들이 빽빽 울
> 며 시뻘건 자주색 질로부터 빠져나와 꼬물거리는 것을 인턴시절
> 에 보고 (…) 대부분은 냉동실로부터 부검실로 옮겨진 사체들,
> 포르말린 냄새, 크레졸 냄새들과 싸늘하게 식은 육체로부터 번져
> 나오는 냉기, 그것이 내 일상의 대부분을 이룬다. 그 속에서 나
> 는 글을 쓰고, 도시락을 까먹거나 샌드위치를 먹고 커피를 마시
> 며 어느덧 죽음이 야기하는 독특하고 요상한 냄새를 즐길 뿐만
> 아니라 혹 다른 곳에 며칠씩 머물 때는 그리워하기까지 한다.

작중의 김명자는 산부인과를 거부하고 해부학을 택하였는바, "시뻘
건 질로부터 빠져나와 꼬물거리는" 아이들보다는 "죽음이 야기하는 독
특하고 요상한 냄새를 즐기는 여자"이다. 이 소설이 추구하고 있는
기존의 형태와 주제에 대한 반항적 해방적 성격을 예고해 주는 대목
이다. 작품의 다중구조와 인물의 존재론적 상황의 제시이다. 여기서
"나"는 박민호를 만난 날로부터 이 소설을 시작하겠다고 말함으로써
김명자 자신이 실제의 작가임을 보여준다. 그러나 이어서 "실명을" 사
용하는 것이 좋겠다고 하면서 자신의 이름을 밝히고 얼마나 "사실적"
이냐고 자찬함으로써 그것이 허구임을 밝힌다. 허구로서의 소설과 소
설로서의 허구성이 부정된다. 작가와 작중인물의 상호간섭적 관계야
말로 이 소설이 취택하고 있는 서사전략이다.

이 작품의 줄거리는 김명자가 파리로 떠나, 해부학 공부를 하고 다

614

시 돌아와 부산에서 임상병리과 의사로 자리잡는 단순한 구조이다. 이 단선적인 스토리가 골격인데, 그 사이에 주인공 김명자가 작가가 되어 〈즈유종〉이라는 자신의 삶을 소설화하는 과정이 끼어 든다.

> … 이것이 한 남자와 여자의 만남의 배경이 된 장소와 시각이다. 너무 도식적이지 않은가. 멜로드라마 냄새까지 난단 말이야. 어 떻든 이제부터 나는 이 박민호란 사내를 내 소설의 주인공 내지 그에 준하는 인물로 설정하기로 정해 놓은 셈이다. 유신 정권의 보스가 김재규에게 살해당한 직후의 계엄령하, 늦가을, 그리고 사체부검실 … 이런 장치야말로 리얼리스트들이 즐겨 씀직한데 … 어떤 경로와 과정을 통해서 이 두 남녀가 포옹을 하고 키스를 나 누며 드디어는 그 성교와 … 모르핀 주사액까지도 서로 나누어 찔 러주는 … 그렇게 가능한 모든 것을 서로 나누는 관계로 발전하게 되는 것일까. 가부키에서처럼 일정한 패턴이 있어야 하는 것인 가, 로미오와 줄리엣식의 플롯을 따라 어떤 특정한 갈등요소를 가미해야 하나?
> 나는 이 소설을 처음부터 끝까지 삭막하고 메마르게 연출해 보 고 싶다. 모든 위대한 예술품이 공통적으로 가지는 단조로움과 또 … 아, 헌데 벌써 쓰는 데 권태가 온다.

파리-부산 사이의 기본서사 속에 끼어든 김명자의 '소설 쓰기'는 그 것이 창작과정임을 드러냈으므로 수시로 사건과 인물과 정황이 변화 하고 수정되고 때로는 무화되는 과정을 보여준다. 흔히 메타픽션은 이러한 이야기의 틀 짜기의 문제를 제시함으로써 '현실'과 '허구'의 분 리를 시도하여 시작과 경계의 자의적인 본질을 드러낸다. 다음의 인 용은 이 소설의 결말 부분인바, 삼중으로 겹쳐진 이야기에 작중의 작 가/작중의 인물/실재의 작가의 복합시점이 섞여 있다.

> 명자는 자다가 뻐근히 자신을 눌러오는 통증의 신호에 잠에서 깨 어났다. 여긴 런던인가, 브리타니아호를 타고 영국해협을 건너가

서 묵고 있는 서섹스 가든의 웨스트민스터호텔의 더러운 침대 위? 아니면 하이드파크의 싸늘한 벤치 위인가?

잠들기 전 그녀는 김명자가 쮸리히의 공원으로 리용역에서 기차를 타고 가서 짧은 일생을 마치는 장면을 쓰려고 했었다. (……) 뽕삐두 도서관의 열람실에서 엎드려 자고 있던 그녀는 '쮸리히-마약공원'이라고 써 놓았던 〈김명자 1〉의 첫부분을 연필로 지우고 소설의 무대를 런던으로 바꾸었다. 작중의 여자 김명자가 저자인 자신에게 항거해 오는 것을 느끼면서도 그녀는 쓰기 시작했다.

위에서 "잠에서 깨어난" 김명자는 작중의 작가, "짧은 일생을 마칠 뻔"했던 김명자는 작가 김명자의 작중인물이며, 이때 : "작중의 여자 김명자가 저자인 자신에게 항거해 오는 것을 느끼면서도 그녀는 쓰기 시작했다"는 3인칭 전지시점의 화자는 작가 김수경이다. 현실과 허구, 허구와 허구의 간극이 분명해 지는 이 작품의 틀이란 그러므로 리얼리스트 양식에서 모더니스트 양식으로 나아감에 따라 그것이 쉽게 간지될 수 있는, 특히 메다픽션에서 적나라하게 나타나는 十조라 할 수 있다. 이 작품의 중첩된 구조에 대한 다음과 같은 지적은 이 작품이 제시하고 있는 주제와 관련하여 유의미한 해석이라 하겠다.

〈즈유종〉이 유출하고 있는 이러한 모호성의 와중 속에서 유일하게 해석에 노출되어 있는 부분은 김명자가 빠리를 떠나고, 빠리에서 살고, 다시 귀국해서 부산에서 임상병리과 의사로서 자리를 잡게 되는 과정을 그린 3인칭의 제 1메타 텍스트이다. 이 만질 수 있는 제 1메타 텍스트의 딱딱한 껍질 속에 갇혀 있는 제 2메타 텍스트와 제 3텍스트인 텍스트가 불확정성을 띠고 있다는 것은 마치 외부적 현실(제 1메타 텍스트)에 덮여 있는 본질(텍스트)과 그것을 인식하려는 태도(제 2메타 텍스트)가 불확정할 수밖에 없는 세계의 실상에 대한 인지를 의미한다 (황병하, 《반리얼리즘문학론》, 열음사, 1992, p. 151).

이 작품은 또한 텍스트의 상호침투, 패러디 등에 의해 작중의 상황을 서술하고 있는바, 다음은 염상섭의 일절이 텍스트의 일부로 차용 변용된 경우다.

"자…여러분, 이래도 아직 살아있는 것을 보시오"하고 뾰쪽한 바늘 끝으로 쿡쿡 찌르는대로 五臟을 빼앗긴 개고리는 잰저리를 사지에 못박힌 채 苦悶하는 모양이었다.
　그래… 아직도 살아서 나의 심장은 나의 고통에 발딱발딱 반응하느니 … 박민호는 말했다. 고통을 느끼는 한계점을 지나면, 즉 사람이 살아있어도 죽으면 고통은 없어진다고… (…) 어디든지 가야하겠다. 세계의 끝까지. 無限에. 永遠히. 발끝 자라는 데까지 … 無人島. 西佰利亞의 황량한 벌판! 몸에서 기름이 무직무직 타는 南洋! …아…영원히 흘러가고 싶다. 끝없는 대로….

이는 이 작품의 작가이자 작중인물인 김명자 자신이 맞고 있는 현실로부터의 중압감이나 사회갈등의 치열성을 염상섭의 〈표본실의 청개구리〉의 인물로 대체해 보인 것이다. 이러한 상황은 다음과 같은 텍스트 안에서의 텍스트 비평이 이루어지는 대목에서도 확인된다.

나비가 한 마리 달단해협을 건너갔다.
　안서동위(安西冬衛)의 시 '군항만리'를 김윤식이 인용했던 것을 생각한다.
　대하와 같은 물줄기. 범죄. 악행. 식민지 원주민과 지배족의 위세. 원주민의 반항적 또는 체념적 눈초리와 압박민족의 우월감 속에 은밀히 감춰진 허세와 불안 등이 뒤섞인 이 도시의 풍경 중에서 제일 으뜸가는 이미지는 달단해협을 건너는 나비이다. …
　대련을 빠리로 대체시켜보면 달단해협을 도버해협으로 … 김명자는 키들키들 웃는다. 물밀듯이 거리를 누비며 걸어가는 사람들… 온갖 극적인 인종들 … 그 인종들 속에서 김명자1은 폐병에 걸린 이상처럼 죽어갈 것이다. (…) 혈관에 하쉬와 코카인과 헤로

인과 모르핀을 가득 담고 수심도 깊은 줄 모르고 그 숱한 삶의 강
들을 건너려 하고 있다. 낙동강을 한강을 건너려는 나비 … 한 마
리 … 김명자.

위의 네 단락의 연결된 문장은 첫째 것이 안서동위(安西冬衛)의
인용이고, 둘째 문장은 작중인물 김명자의 진술이며, 셋째 인용은 김
윤식의 이상 평전에서 따온 것이며, 넷째 단락은 작중작가 김명자의
작중인물 김명자에 대한 편집자적 개입이다. 이상이 "19세기적" 가치
와 이념으로부터의 탈출을 위해 동경행을 결행한 것을 "현해탄을 건
너는 나비 한 마리"로 묘사한 김윤식의 인용을 작중의 김명자가 처한
비극적 정황에 빗대고 있다. 텍스트 상호간의 침투와 패러디와 비평
적 언술이 〈즈유종〉과 다른 텍스트 사이를 넘나들면서 진행된다. 이
러한 전위는 이 작품이 취하고 있는 모더니스트 이상과 작가 김수경,
작중의 김명자와 작가 김수경, 혹은 작중의 김명자 1과 김명자 2의 관
계에 대한 알레고리적 상황의 제시이다.

한편 작중의 김명자가 취하고 있는 일련의 자중언술과 작중행위들
을 포스트모던 소설의 한 경향인 "페미니스트적 비판적 자유주의"(황
병하)로 규정한 것이 있는바, 이는 작중의 김명자에게서 드러난 성적
태도에 기인한 것 같다. 그녀는 성에 대한 전통적 관념(관습)으로부
터 실천적으로 자유롭다. 그녀의 성에 대한 파행적 언술과 행위는 반
동적이며 해방적인데, 이 또한 그녀가 여성이기 때문에 가능한 진단
이다. 그녀의 이러한 언술과 행위가 반동적 해방적인 것은 남성지배
사회의 성논리에 대한 반어라 할 수 있다. 그녀의 성적 태도는 "순결"
하지도 않고 "수동적"이지도 않으며 "피해자 의식"도 없으며 성행위
역시 일반 남성들처럼 적극적이고 도발적이다. 그렇다고 이를 "퇴폐"
로 보는 것은 무리인 것이, 퇴폐란 그것이 상대적이고 상호적 관계에
의해서만 가능한 것이기 때문이다. 다만 작중의 김명자에게서의 이른
바 "성의 해방"을 "남성이 여성을 지배하기 위해 내세운 '순결', '정숙

으로부터의 해방"(황병하)이라 의미부여한 데는 무리가 있다. 자유로
운 성 혹은 진정한 성의 해방이란 상대적이기보다는 주체적이며 개체
적이기보다는 존재론적 인식의 차원에서 가능할 것이기 때문이다. 그
러므로 이 작품에 과도하게 투입된 섹스와 마약에의 탐닉은 작중인물
로 하여금 그러한 '해방'과 '자유'에 이르는 통로로 제시되기보다는 그
표피적 반복적 성향으로 인하여 그 진정성을 방해하는 요소가 되고
있다.

이상의 논의에서 우리는 한국소설에서의 포스트모더니즘의 징후나
그 양상이라 부를 수 있는 것들과 관련하여 몇 작품을 검토해 보았
다. 이 밖에도 몇 작가들의 작품이 포스트모던 소설과 관련하여 논의
가 있었는바, 이들의 작품에 보이는 일련의 특징들을 일정한 카테고
리에 범주화하는 것이 불가능한 한편으로 그 작품들이 가지고 있는
공통적 성향은 분명해 보인다. 이들은 스스로 포스트모더니즘을 표방
한 바는 없었지만, 그것들은 이른바 反, 非, 脫, 解體, 혹은 後와
같은 접두사를 사용함으로써 설명될 수 있는 현상, 넓게 말해서 정통
소설의 형태나 기법에 대한 회의와 부정 및 이탈현상을 구체적으로
드러내기 시작한 것이다.

주로 메타픽션과 관련하여 논의해 본 위의 작가들의 작품에서 우리
는 포스트모던 소설의 몇 가지 징후들을 발견할 수 있었다. 이들 작
품들은 지금까지의 소설의 관습에 반하는 형태와 기법들을 시험하고
있었고, 그것들이 야기하는 개방성과 혁신성 또한 주목할 만한 것이
었다. 이 작품들은 기왕의 소설이라는 장르에 내려진 정의에 승복하
거나 관습적으로 반복하고자 하는 태도에 대한 자기성찰을 시도한 점
에서 의미있는 작업이라 보았다. 우리는 지금까지 소설이란 무엇인가
에 대해 명쾌한 개념정의나 합의에 도달한 바 없고, 그 구체적인 원
인이 삶의 틀과 픽션의 틀과의 관계, 의심스럽기 짝이 없는 소설의
특정한 관습들, 묘사의 가능성과 그 한계, 언어적 재현의 기능에 대

한 의구심 등의 문제들과 관련되어 있다고 할 때 메타픽션의 존립근거는 일단 성립된다. 메타픽션은 소설의 이러한 불안전성과 모호성을 과장되게 드러내 보이고 거기에 의문을 제기하는, 소설이 소설 자체를 비추어보는 내시경 역할을 하게 되는 것이다.

이인성과 최수철의 몇 작품들은 이러한 소설의 본원적인 물음에 대한 자기모색의 과정을 보인 것으로 작가와 독자와의 관계설정, 작가의 글쓰기의 근원적인 상황에 대한 서술에 초점이 모아진다. 이들이 보여준 이러한 문제제기와 자기모색의 방법은 '스토리의 쓰기'(*writing of story*) 보다는 '쓰기로서의 스토리'(*story of writing*) 의 방식을 취하고 있는바, 스토리와 담론, 담론과 담론 사이의 관계를 유희하는 서술기법을 보임으로써 소설과 허구를 분리한다. 이들은 작가인 "나"의 글쓰기에 대한 자기정체성 확립을 위한 노력에 독자인 "당신"(혹은 "그")을 끌어들여 추궁한다. 작가가 텍스트 속에 들어감으로써 리얼리티 또한 의심받게 되지만, 작가는 창작과 독서, 작가와 독자, 허구와 실재의 문제들에 대한 근본적인 통찰을 시도하고 있다. 실재의 작가가 빈번하게 허구세계에 발을 들여놓고 전통적인 전지적 서사물에서처럼 '허구'를 '현실'과 통합하는 대신에 실재작가들이 스토리의 내용이 아니라 서술행위 그 자체를, 즉 스토리의 구성을 논평함으로써 허구와 현실을 분리시키는 것이다.

김수경의 〈즈유종〉 또한 다중 메타 텍스트의 구조, 텍스트의 상호 침투성, 패러디 등을 구사하여 앞의 두 작가가 제기한 글쓰기의 문제를 한 전향적 여성의 억압적 세계에서의 삶과 존재의 방식을 시험하였다. 이인성, 최수철이 글쓰기의 본원적인 문제에 대한 자기성찰을 보였다면 김수경은 그것을 허구와 실재와의 관계 속으로 수렴하여 실행해 보인 경우이다. 파리 - 한국을 잇는 작중인물의 출국 - 귀국의 기본틀에 끼어든 또 하나의 서사는 쓰면서 지워지거나 고쳐지는 구조로 되어 있다는 점이다. 이러한 이야기의 교란과 혼란은 결국 복원이 가능한 구조를 띠고 있다는 점에서, 파괴 해체되어 복원이 불가능한 '무작위 기법’을 보이는 극단적인 메타픽션의 탈서사 방식을 지양하여 실험소설의 한 방법을 보인 것이라 하겠다.

그러나 우리는 이들 이른바 메타픽션들이 그 실험의 개방성과 혁신성에도 불구하고 몇 가지 문제점들을 드러내고 있는바, 이는 아마 포스트모던 소설 일반이 가지고 있는 한계점과도 관련지을 수 있을 것이다. 먼저 지적되어야 할 것은 이들 일부 소설에 나타난 소설의 자의식적·자기탐닉적인 성격이다. 한마디로 스토리의 부재, 시점의 혼재, 플롯의 파괴 등의 기법에서 오는 포스트모던 소설의 ‘교란성’은 그것이 교란성 자체에만 봉사하기 위한 전략이어서는 안 된다는 점이다. 우리는 또한 이러한 자족적이며 자기탐닉적인 ‘소설놀이’가 초래하게 될 문학의 자기최면 현상을 경계하지 않으면 안 된다. 중요한 것은 이들이 시대의 종말의식이나 언어에 대한 절망감을 표현하는 데에도 결국 언어로써 그렇게 하고 있다는 사실이다. 또한 포스트모던 소설에 보이는 반서사·반플롯 기법이 소설의 가능성의 확대인가 아닌가도 조심스럽게 살펴보아야 할 것이다. 이른바 “서사의 표피화”(도정일, “서사의 회복과 현실세계로의 회귀”, 《문학사상》, p. 135) 현상이야말로 기법편향의 포스트모던 소설의 근본적인 취약점이다. 반서사적 소설의 존재는 가능하지만 서사부재의 소설은 상상하기 어렵다. 서사는 리얼리즘의 요건이기에 앞서 이야기 문학에 주어진 최소한의 전제조건이다.

오늘의 한국소설의 일부는 이미 포스트모던 소설의 징후들을 드러내고 있다. 이 소설들은 분명히 어떤 작품들과는 다른 방식으로 오늘의 우리 사회의 변화의 산물이거나 그 징후를 반영한 것이라 할 수 있다. 그것은 과거로부터의 이탈이며 현재에 대한 한 은유적 재현이라 할 수 있다. 형태파괴와 기법의 실험성 또한 두드러졌다. 그렇다면 이들은 모두 포스트모던 소설인가? 이 질문은 그러나 매우 부질없다. 중요한 것은 그것들이 포스트모더니즘의 요건에 얼마나 부합되느냐가 아니라 어떻게 부합되고 있느냐일 것이다. 지금까지의 많은 논점들과는 별도로, 이른바 포스트모던 소설 혹은 메타픽션의 이념적 기법적 특성은 근본적으로 소설이라고 하는 장르가 가지고 있는 타 장르와의 융화력이나 친화력 혹은 다양하고 파괴적인 역동적 성향에서 연유한 것이라는 전제는 중요하다. 따라서 메타픽션이라는 용어 자체는 새로운 것이지만 이러한 경향의 전통은 소설의 역사가 시작되면서 함께 꾸준히 진행되어 온 발전과 변모의 과정이라 할 수 있다. 그러므로 이는 모든 소설들이 공유하고 있는 경향이나 기능의 일부이며 “메타픽션은 소설의 하위장르가 아니라 소설의 한 경향”(패트리샤 워)이라는 관점은 타당할 수밖에 없다. 따라서 리얼리즘 혹은 모더니즘 그 어느 것도 순전한 박래품이거나 순전한 토산품일 수 없다는 생각이야말로 문학의 자율성과 역동성을 변호하기 위한 제일의 전제이다. 최근의 한국소설에 보이는 일부 작가들의 포스트모던적 경향을 단순히 저쪽과 이쪽, 선후관계, 전파와 수용의 관계로 받아들이고 이를 비교하고 있는데, 진정한 의미의 사조나 경향은 수입발명품으로서가 아니라 그것을 낳게 한 명백한 원인인 자국의 풍토와의 동기적 관련 속에서만 유의미한 것이 될 것이다.

따라서 우리는 ‘포스트’라는 접두어는 단순히 구조주의나 모더니즘 다음에 오는 문학이나 예술전통 혹은 예술을 가리키는 후시성을 가리키는 것일 뿐, ‘단절’이나 ‘이탈’ 혹은 반작용과 같은 어떤 가치평가가 개입된 개념이 아니라 본질적으로 다다이즘·초현실주의·미래파 혹은 아방가르드운동을 포함하여, 흔히 모더니즘으로 범주화되고 있는 문학과 예술전통의 기본적인 특징을 거의 대부분 그대로 받아들이고 있다고 보는(김욱동) 것이 효율적인 논의의 방향이라고 보는 것이다. 그리고 무엇보다도 포스트모더니즘이란 후기 산업사회에 대한 많은 문화적 대응방식 가운데 하나에 불과하다는 인식이 전제되어야 할 것이다. 이러한 전제 아래서만 포스트모더니즘에 대한 옹호와 비판이 비로소 가능해질 수 있을 것이다.

(《한국학연구》 5, 1993)

서종택 소설의 秘義와 섬세한 눈금

오 탁 번*

우리에게 1980년대란 무엇인가. 그것이 단순한 연대기적 의미를 넘어서서 문학적인 문맥으로 치환되었을 때 과연 그 진정한 의미는 무엇인가. 오랜 친구이자 동료인 서종택이 소설집을 묶는다는 소식을 듣고 자청하여 해설을 쓰겠다고 한 나는 그의 소설 원고를 받아 하나하나 읽어나가는 동안에 다시 이러한 질문에 부딪히게 되었다. 왜냐하면 나로서는 이제 잊을 만큼 잊고 있었던 6·25와 5·18이 그의 소설 속에 아직도 그 아픔 그대로 그 치욕 그대로 고스란히 살아서 꿈틀대고 있기 때문이었다.

1980년 서울의 봄은 민주화를 요구하는 시위가 날이 갈수록 격렬해지고 있었고 또 한편으로는 군부가 정치에 개입할지도 모른다는 밑도 끝도 없는 소문 속에서 시작되었다. 1979년 10월 박정희가 죽고 나자 이제야말로 1960년 4월 혁명으로 싹이 텄다가 무참히 짓밟힌 민주주의의 꽃이 다시 피어날 수도 있다는 들뜬 희망에 모두들 가슴 설레던 때였다.

---

* 시인·소설가, 고려대 교수

　그러나 현실은 달랐다. 민주화를 염원하는 사람들의 가시거리는 제로에 가까웠고 이미 군부가 치밀한 작전 아래 정권을 장악하고 있다는 소문만 떠돌았다. 그럴수록 민주화를 요구하는 시민들의 결의는 더욱 불타올라 연일 가두시위가 계속되었다. 정치권은 정치권대로 서로 정권욕에만 혈안이 되어 민주회복이라는 절체절명의 국민 요구를 외면한 채, 진정한 민주회복이라는 거시적 정치활동을 위한 투쟁이 아니라 당파의 이익에만 목숨을 걸고 정쟁을 일삼았다. 이렇게 되자 젊은 피들만 민주화투쟁에서 희생되는 일이 비일비재하였다. 소문만 무성할 뿐, 권력의 핵심부에서는 무슨 일이 일어나고 있는지 종잡을 수 없었다. 급기야 5월 광주에서 민주화운동이 대대적으로 일어났다. 이를 진압하면서 군부는 폭력과 살해를 자행하여 역사의 수레바퀴를 거꾸로 다시금 되돌려 놓았다. 이른바 '광주사태'는 태풍의 눈이 되어 삽시간에 전국을 강타하였고, 계엄령이 전국으로 확대되고 대학은 모두 문을 닫았다.

　또다시 공포와 배신의 날들 속에서 1980년대가 시작되었다. 지금 생각하면 참으로 기가 찰 일이 아닐 수 없지만 당시로서는 너무나 갑자기 밀어닥친 현실의 배반적 의미에 짓눌려 좌절과 공포 속에서 삶의 가치를 스스로 부정하는 자포자기의 나락 속으로 빠져들었다. 비겁하고도 또 비겁한 일이 아닐 수 없지만 이 나라 국민의 열망을 무거운 쇳덩어리로 내려치는 기막히고 처절한 비극을 도저히 개인의 힘으로는 어쩔 수가 없었다. 정말 어쩔 수가 없었다. 언론이 통제되어 국민은 그때 광주에서 무슨 일이 어떻게 일어나고 있는지도 몰랐다. 주저와 소극적 저항 그리고 가슴 속에 도사린 음흉한 이기적 계산이 알량한 지식인의 뱃속에서 꿈틀대는 그 순간, 광주에서는 무수한 젊은이들이 죽어가고 있었으니, 입이 열 개가 된다 한들 당시의 비겁함을 어찌 변명할 수 있을까. 현실을 부둥켜안고 미래의 역사 속으로 투신하여 문학사에 간섭하려던 젊은 날의 꿈이 1970년대의 독재정권이 주도한 산업화시대가 가져온 타율적 변화에 저도 모르게 훼손되어, 스스로 창작의 여건을 마련하기 위하여 대학강단에 서는 일을 우선으로 꼽고 있던 서종택과 나의 경우에는 더욱 그런지도 모른다. 창작을 마음놓고 할 수 있는 공간이라고 믿었던 대학의 연구실도 치욕과 참회의 공간으로 변질했고, 우리가 개인의 신념과 일치시키려 했던 시대는 온통 분노와 배신으로 들끓고 있을 뿐이었다.

그와 내가 대학을 다녔던 1960년대는 개인의 신념과 시대의 신념이 그나마 일치되었던 시대라고 말한다면 물론 회고의 성격 이상도 이하도 아니겠지만, 그러나 그때에는 시대와 개인, 그리고 꿈과 현실이 단선구조로 서로 호응하고 있었는지도 모른다. 물론 그 당시에도 연일 한일협정 반대시위를 해댔고 집권자들의 허수아비를 불태우며 매일 화형식을 벌였다. 그러면 정부는 계엄령을 선포하고 대학은 무기한 휴교령이 떨어져서 문을 닫았다. 그러나 데모를 하고 친구들과 술을 마시면서 시국을 논하고 분을 못 참는 열혈학생이던 서종택과 나는 하숙방에 돌아오면 시와 소설 습작을 계속했다.

웬만한 사람은 다 알겠지만 그와 나는 단순히 같은 대학의 학생으로 만난 것이 아니다. 1950년대 중학생 때 소년잡지 《학원》을 통하여 소년시절부터 '꼬마 문인'으로 서로 이름을 알고 지내다가 대학에 들어와서 정말로 만났다. 대학시절에 내가 소설을 본격적으로 습작하게 된 것도 한용환과 서종택을 만났기 때문이다. 물론 나는 어린 시절부터 시를 써왔지만 소설을 쓰는 이 친구들 때문에 시와 소설을 다 함께 습작하게 된 것이었다. 내가 한용환과 서종택을 따라서 소설을 쓰기 시작했다는 것은 숨길 수 없는 사실이다. 그런데 왜 한용환과 서종택은 나를 따라서 시를 쓰지 않았을까. 그것은 서사문학에 대한 그들의 야심 때문일 것이었다.

다같이 앞서거니 뒤서거니 시와 소설로 각각 등단을 한 우리들은 1960년대 후반에 대학을 졸업했고, 서종택이 대학원에 입학하자 나도 그를 따라서 대학원에 들어갔으며, 또 한용환도 대학원에 들어갔다. '따라하기'를 서로 작정한 것도 아닌데 그렇게 된 것이었다. 왜 그렇게 되었을까. 1960년대 학창시절에 꿈꾸었던 시대와 개인의 신념일치라는 세계관이 어느새 무너져내리고 있었던 것이다. '꼬마 문인'의 순수한 꿈으로 헤쳐나가기에는 우리 현대문학의 현실이 너무나 실망스럽다는 것을 의식하고 있었기 때문인지도 모른다. 문단에 등단하여 잠깐 경험한 여러 가지 모습은 속화되지 않은 채 등단한 신인들에게는 너무나도 힘에 겨웠고 그렇다고 해서 스스로 속물화되어 문단의 말석에 끼고 싶지도 않았다. 오히려 문단과 일정한 거리를 두고 운명처럼 껴안은 '문학'을 지탱하기 위해서 대학강단에서의 입신을 하는 게 급선무라고 생각했었는지도 모른다. 이러한 삶의 지향성이 1980년대의 그 험난한 세월의 귀퉁이에 우리를 대학에 머물게 했던 것이다. 그러니까 1980년대의 현실적 비극에 대한 체험이 '현실'과 '강단'만큼의 거리로 이완돼 있었던 것이다. 그런데 이 '거리'는 매우 복선적이고 이율배반적인 자해와 자기부정을 내포하고 있었다. 여기에서 1980년대를 살았던 우리들의 부끄러움이 자생되고 있었다.

바로 이러한 맥락 속에 서종택의 소설이 자리잡고 있다. 지금 이 소설집에 실린 작품들을 읽으면서 흡사 서종택의 자서전을 훔쳐보는 듯한 생각을 지울 수 없다. 많은 이들에게 이제는 먼 과거가 되어버린 1980년의 '광주'를 그는 지금껏 그대로 껴안고 있는 데에는 그 자신 문학적으로 재구성하는 가족사적 고통이 그 근원적 상징으로 자리잡고 있기 때문인지도 모른다. 이미 한국전쟁 때 세상을 떠난 '아버지'가 지닌 비극과 호응하여 광주는 아직도 그 역사적 기능을 다하고 있고 이장을 하면서까지 '아버지'의 주검을 긍정적 요소로 승화시키려는 '어머니'의 눈물겨운 화해의 정신이 원형적 요소로 떠오르고 있는 것이다.

이미 말한 대로 서종택의 소설을 읽다 보면 작자의 얼굴이 너무 자주 떠올라서 명상적이고 객관적인 독서가 방해를 받게 된다. 이런 의미에서 나는 서종택 소설의 가장 친근한 독자이면서도 또 가장 위험한 독자인지도 모른다. 그러나 나만큼 서종택 소설의 서사구조의 비의를 아는 사람도 드물다. 그가 시치미떼는 것도 알고 위악적으로 변용되는 작중인물의 비애도 안다. 그의 소설이 매겨놓은 섬세한 눈금도 다 안다. 그와 몸 부비며 살아온 40년의 세월도 그렇거니와 그 동안 세상이 변한 것을 애써 눈감고 잊으려 해도 도저히 잊지 못하는 삶을 살아오면서, 그놈의 '소설'이라는 악령의 덫에서 한 발자국도 빠져나오지 못하고 방황하고 있는 모습도 이제는 그와 나의 공동운명이 돼 버렸기 때문이다.

그는 어느 자리에선가 "여기에 실린 작품들은 주제의 연속성과 모티브의 반복성으로 인해 아마도 연작소설로 읽어도 될 것 같다"라고 했다. 작가가 이렇게 자기의 작품 속내를 정확히 꿰뚫어보는 것은 여간 어려운 일이 아니다. 그런데 서종택은 아무렇지도 않게 자기의 작품세계의 주축을 한마디로 요약하는 것이다. 사실 서종택은 학계에서 이름난 소설전공의 학자이면서 한편으로는 평론가가 도저히 따를 수 없는 뛰어난 감수성의 소유자이다. 그래서 그런 것일까. 그는 자기의 작품조차도 객관적인 거리를 유지하며 아주 냉혹하게 단정을 하고 있다. '아마도'라는 말을 덧붙인 것은 서종택의 인격에서 우러나온 것이지 어떤 망설임이나 가정의 표시가 아니다. 그는 평소에도 '아마도'라는 가정법을 자주 쓰지만 이 말 속에는 단호한 판단과 결연한 의지가 늘 숨어 있다는 것을 나는 잘 안다. 그렇기 때문에 그의 화법에는 무수한 선택의 축이 긴장상태로 얽혀 있다는 것도 잘 알고 있다.

이번 소설집에 들어 있는 작품들이 반복되는 모티프에 의해서 연작소설의 성격을 띠고 있다는 말은 사실이다. 아버지의 죽음은 아들의 환상과 병적 상황에까지 연속하여 그 영향을 반추하고 있다. 이 작품의 서사적 장치와 주제의 형상화는 독재정권이 물러났으니 이제야말로 시대의 신념이 드디어 개인의 꿈으로 실현될지도 모른다는 기대가 한순간에 군화에 짓밟혔던 저 1980년대의 악몽과, '광주'라는 우리 현대사의 피할 수 없는 핵심과 맞부딪치면서 더욱 가열해지고 있다. 젊은 날에 지녔던 순수한 세계관이 한순간에 배신과 분노의 불덩이에 휩싸여 버렸던 이 기막힌 시대상황이 그것을 견디면서 지탱했던 문학적 고뇌로 승화되어 한 편의 의미심장한 작품으로 나타난 것이다. 사라져 버렸던 과거, 즉 아버지의 죽음과 광주의 절규가 작품의 곳곳에서 환생하고 있는 것이다.

《白痴의 여름》은 작품이 발표되었을 때 조남현이 지적했듯, 광주의 상처를 다루되 그것을 공론이나 집단의식의 차원에서 바라보고 의미화하는 것이 아니라, 역사의 비극이 어떻게 개인의 삶을 왜곡시키고 파멸시키는가 하는 더욱 근원적인 성찰을 하고 있다. 그리하여 이 작품은 흔해 빠진 광주항쟁의 현장보고나 뻔한 결론을 미리 드러내는 타성화된 소설작법에서 벗어나서, '광주'를 단지 효과적인 소설배경으로 물러나 앉게 한 채 개인이 파멸될 수밖에 없는 현대사회의 운명적 궤적을 실감나게 표출하고 있는 것이다. 그러나 단순한 공간적 배경이 아니라 그것은 소설의 맥을 이어가는 심리적 배경으로 쉴새없이 작동하고 있다.

그의 다른 작품에서도 자주 들을 수 있는 정체를 알 수 없는 날카로운 금속성의 '소리'도 이 소설의 소도구로 나오는데, 이것은 6·25 때 지주의 아들이라는 신분으로 좌익에 가담했다가 총살당해 목숨을 잃은 '아버지'에 대한 원형적이고도 청각적인 상징물로 작용하고 있다. 아버지의 뜨거운 가슴을 관통하였을 총탄의 폭발음이 소설 속에 한국 현대사에 대한 작가의 역사의식으로 재현되어 있다. 정체를 알 수 없는 소리들이 주인공을 둘러싸고 만들어내는 불안한 상황이야말로 주인공의 '아버지'가 왜 죽어야 했는지 그리고 또 광주에서 왜 그 많은 사람이 정체를 알 수 없는 총소리에 목숨을 잃어야 했는지에 대한 풀 길 없는 문학적 해명이 되는 셈이다.

젊은 날의 꿈이 파멸된 '아버지'는 죽어서도 현실세계에 대한 회고적 담론이나 가족에 대한 화해의 구실을 하기는커녕 정신이상에 걸린 아들의 병인으로 작용한다는 것은 단순히 관습적인 풍수지리나 샤머니즘의 재현이 아니라, 의미심장한 작가의 소설적 장치라고 할 수 있다. 시대의 비극이 개인 그리고 가족의 운명 깊숙이 박혀서 사람의 힘으로는 어쩌지 못하는 절대적 상징을 만들어내고 있는 것이다. 이 소설의 등장인물들은 서로 근원적인 갈등을 일으키고 이러한 갈등은 인간존재의 적나라한 모습이라고 할 수 있다.

이 소설에서 '광주'가 주인공이 처한 현실을 왜곡시켜 파탄케 하는 부정적 의미로 작용하고 있듯 '아버지'는 시대와 신념이 서로 파탄을 일으키는 요소로 작용한다. 이러한 소설적 장치는 민족분단과 대립의 원인이 되는 이데올로기가 빚어낸 비극이 사회적인 구문 속에서 이해되는 것이 아니라 대를 물려서 다시 재생 환생하면서 근본적인 영향을 끼치고 있다는 점을 강조하고 있는 것인바, 이것은 다름 아닌 서종택이 지닌 작가로서의 인본주의적 역사의식을 드러낸 것이다. 작가는 역사와 현실을 다루되 그것을 개인의 정신사적 상흔으로 파악하고 있다.

그러나 흔히 소설이 지니는 건조한 서사적 문장이 아니라 한 땀 한 땀 수를 놓는 듯한 섬세한 문체가 이루는 미학은 눈부시지만 그것이 역사라는 거대한 괴물을 낚아 올리기에는 너무 섬세한 것이 결점이 될 수도 있다. 서종택의 소설이 지녀야 할 섬세한 아름다움은 직접적인 역사의식의 발로에서 찾아지는 것이 아니라, 역사적 사건을 육화하는 서정적 서사에서 더 빛날지도 모른다. 이러한 이율배반적인 소설의 숙명적 조건을 작가가 스스로의 작품세계에서 용납한다면, '아마도' 서종택은 앞으로 아주 쉽게 쉽게 소설을 써내는, 현실적으로 더 유능한 작가가 될지도 모른다. 소설론 전공의 교수로서 또는 소설 비평가로서의 재능을 무력화시켜서 소설이 스스로의 무게를 벗어버리게 할 수만 있다면, 가벼움 속에서 묻어나는 진정성이 스스로 값진 것이 될 수 있기 때문이다.

《밤의 소리》도 군사문화적 통치와 민주화 요구가 서로 불꽃 튀기며 대결해야 했던 1980년대의 사회적 구조 안에 숨어 있던 보이지 않는 상처가 어쩔 수 없이 터져나온 갈등을 주제로 하고 있다. 사회적 쟁점들이 신세대와 기성세대 간의 대립으로 다루어지고 있는 점만 본다면 단순한 사회소설이라고도 볼 수 있지만, 그러나 이 소설은 사회현상에 직면한 인물만을 그리는 것이 아니라 그 안에 내재해 있는 개인의 가족사와 깊이 관련을 맺고 있는 사건들을 다루고 있다. 개인과 개인, 개인과 집단, 그리고 신세대와의 비타협이 이들 모두를 가해자 아니면 피해자로 만들고 마는 현대의 악마적 특징을 다룬 작품으로 이해할 수 있다. 악랄한 독재권력은 온갖 풍문과 위계를 써서 피지배자들이 서로 누가 진정한 피해자이고 또 누가 가해자인지를 알 수 없게 만들어 놓은 채 자기들끼리 권력의 단맛을 보고 있는 것이다.

이와 같은 시대적 상황에 갇힌 자들의 이야기는 〈줄칼〉에서도 반복되어 나타난다. 교수의 연구실을 찾은 휴가 장병은 1980년대 학생운동의 주동인물이었고, 교수는 학생의 반대편에 서 있는 보수적 인물이었다. 반목과 불신으로 시작하여 결별로 끝이 났던 사제관계가 휴가 나온 제자의 방문으로 아픈 상처들이 되살아나고, 도저히 넘을 수 없는 벽이 있음을 확인하고 또 다른 형태의 결별을 맞는다는 이야기이다. 시대의 탁류를 건너면서 빠져들게 된 두 세대의 갈등과 대립이 첨예하게 나타나 있다. 이 작품은 과거의 아픔이나 상처, 날카로운 심리상태나 가치관의 대립을 짧은 대화 속에 압축하고 있다. 주인공이 교수와 헤어지면서 꺼내 보인 줄칼은 작품 전체를 지배하는 두 사람의 날카로운 긴장을 사물화시킨 것이다. 여기서의 줄칼은 화해라는 이름 뒤에 도사리고 있는 두 세대의 뛰어넘을 수 없는 적대감과 살의의 상징물이다.

역사학자 한 교수가 시대적 위기감과 불안 때문에 마침내 미쳐버린 애견을 목졸라 죽이는 것으로 절정을 삼은 〈미친 개〉도 1980년대의 지식인이 겪어야 했던 희극적 상황을 재현하고 있다. 〈겨울行〉은 젊은 부부의 겨울여행 스케치이다. 바다의 모습을 배경으로 한 〈겨울行〉은 황폐한 공간 속에 던져진 개인이 지닌 고독의 실체를 선창가에서 자살한 한 사내의 시체로 형상화시켜 인간존재의 한계상황을 표출하고 있다.

이제 이 글을 마감할 때가 되었다. 앞에서 이야기한 대로 나는 서종택 소설의 가장 친근한 독자이면서 한편으로는 또 가장 위험한 독자인지도 모른다. 허구로 구성된 작가의 소설을 읽으면서 실제 작가의 얼굴을 떠올린다거나 심지어는 그의 자서전이나 일기장을 훔쳐보는 듯한 기분이 들 정도니까, 객관적이고 냉정한 관점에서 소설을 분석하고 그 서사적 구조와 작가의식을 도려낸다는 것은 애당초 글러먹은 일이 아닐 수 없는 것이다. 그러나 이 해설의 자초지종이 이렇게 될 수밖에 없는 것은 오로지 서종택의 책임이지 내 탓은 아니다.

왜냐하면, 왜냐하면 말이다. 바로 이렇기 때문이다.

그의 데뷔작품인 〈外出〉의 등장인물은 이렇게 명명돼 있다. '덕림산업'의 오태빈, '풍문출판사'의 한용, 생물학과 조교 선준태 등으로, 또 이 소설집에 실린 〈줄칼〉에 나오는 운동권 학생의 이름은 오건탁이며 〈미친 개〉의 주인공은 한 교수로 되어 있다. …

친구여, 적의와 음모가 들끓는 망망대해의 폭풍 속으로 가라. 투신하듯 망명하듯 가라. 1980년대의 야만도 물신만능의 현대도 모두 다 잊어버려라. 민주화나 경제성장도 작가에게는 적군과 다름이 없다. 진정한 문학은 우리가 생명처럼 지켜온 문학의 순수목적 딱 그 속에 변함없이 아직도 그대로 존재할 뿐이다. 우리가 꿈꾸었던 개인과 시대의 실천적 화해는 과거를 기억하고 그것에 얽매이는 데서 찾아지는 것이 아니라 이것을 다 부정하고 분쇄하는 데서 얻을 수 있는 것이다. 나는 늘 생각한다. 조개를 깨뜨려야 진주를 찾을 수 있는 것 아닌가. 우리는 항상 추억의 사진첩을 보며 지나간 세월을 껴안은 채 옹기종기 너무도 착하게 살아왔구나. 작가는 여리면 못쓴다. 이를 악물고 독한 놈이 되자.

심미적 이상과 윤리적 이념
서종택 서사의 세계

한 용 환*

1

서종택의 소설에 대해 글을 쓸 사람으로 나를 지목했을 때 나는 마치 예정되어 있었던 일처럼 자연스럽고 당연하게 생각했다. 1998년에 간행된 그의 창작집엔 오탁번이 해설을 썼다. 그러니 이번엔 어쩔수 없이 내 차례일 수밖에 없지 않겠는가. 나는 내심 그렇게 생각했던 것이다. 그 일로 내가 애를 먹게 될지도 모른다는 따위의 생각은 해보지도 않았다. 서종택에 관한 것이라면, 그것이 문학이든 뭐든, 나는 별 힘들이지 않고 순식간에 원고지 백 장 정도는 채울 자신이 있었던 것이다. 요컨대 나는 서종택의 소설을 만만하리만치 친근하게만 생각해오고 있었던 것이다.

내가 그렇게 생각해오고 있었던 것도 어쩌면 당연한 일일지 모르겠다. 나는 서종택의 소설들—특히 그의 초기소설들은 단행본이나 잡

____

* 소설가·동국대 교수

지에서 읽지 않았다. 완성된 작품으로 읽은 것도 그리 많지 않다. 젊은 시절 서종택은 초고를 만년필로 빼곡하게 노트에 썼는데, 나나 오탁번이 놀러 가면, 그는 두 페이지쯤 혹은 다섯 페이지쯤 채워진 노트를 우리에게 내미는 것이었다. 그리고는 머리를 디밀고 우리 곁에 붙어 앉아서는 우리가 원고를 다 읽기를 초조하게 기다리는 것이었다. 말하자면 나는 그의 소설이 태동하고 태어나는 바로 그 긴장된 순간 순간들과 함께 했던 셈이다. 1960년대 말의 어느 날 그의 집에 갔더니 (정확히 말하자면 그가 기식하고 있던 그의 이모네 집이다) 눈에 띄게 그가 나를 반기는 것이었는데 나는 당장 상황을 눈치챌 수 있었다. 그는 새로운 소설을 쓰기 시작한 것이고, 내가 그것을 읽어봐 주기를 기대하고 있었음에 틀림없었다. 예상은 빗나가지 않았다. 그는 노트를 슬그머니 내게 내밀었는데 페이지를 넘겨보니 두 장 반쯤이 만년필로 빼곡이 채워져 있었다. 나는 노트를 건네 받기는 했지만 그의 기대에 즉각적으로 호응하지는 않았다. 나는 마냥 늑장을 부렸고 그가 등에 끼워주는 베개를 받치고 벽에 비스듬히 기대 누웠다. 내가 입에 문 담배에 그가 불을 붙여수자 비로소 나는 노트를 눈높이로 들어올렸다.

　　나는 버스에서 내려 시계를 보았다. 세시 오 분 전. 저만큼 바라다 보이는 지하다실 〈아담〉 쪽으로 걸음을 옮기면서 나는 조금 우스운 생각이 들었다.

　소설은 그렇게 시작되고 있었다. 동료의 결혼축하 파티에 갔다가 돌아오는 만원버스에서 흔들리면서 작중화자인 '나'는 누군가의 손이 자신의 주머니를 파고드는 걸 느낀다. 그 손은 나의 왼쪽 바지주머니를 점검한 후에 바지의 뒷주머니를 뒤진다. 나는 그 손가락이 한 자쯤은 실히 될 거라고 생각한다. 나는 소매치기의 손놀림을 뻔히 눈치 채고서도 그 손을 제지하지 못한다. 막연한 어떤 불안감 때문에 나는 사내의 얼굴을 한 번 돌아볼 엄두조차 내지 못한다. 도대체 어떤 심리현상일까. 그리고 그 불안감의 정체는 또 무엇일까. 도무지 짐작하기 어렵고 설명은 더더구나 불가능해 보이는 심리의 정체는 그러나 다음과 같이 이어지는 비유적 서술로 절묘하게 구체화된다.

> 가령 어느 한적한 골목 어귀를 지나면서 마침 밑으로 흘러내린 스타킹의 주름을 펴기 위해 황급히 스커트를 올리고 있는 숙녀의 하얀 허벅지를 보았을 때, 그리고 그녀의 당황한 시선에 오히려 이쪽에서도 그만큼한 양의 당황을 내보이고 말았던 그런 경우를 맞이하고 있는 기분이었다.

나는 사내가 그만 손을 빼주었으면 하고 바라지만 그는 나의 기대에 부응하지 않는다. 버스가 혜화동 천주교회 앞을 지날 때 녀석의 손은 상의의 왼쪽 포켓을 조심스럽게 눌러보고 있었다. … 서술은 그쯤에서 멈춰져 있었던 것 같다. 그리고 거기까지 읽었을 때 나는 더 이상 벽에 등을 기대고 있지 않았다. 〈수령〉이 완성되는 동안 나는 거의 하루거리로 그를 찾았던 것 같다. 소설의 진전이 궁금했기 때문이다. 서사는 무르익어 가고 있었다. 그러나 서술의 진전이 매양 순탄하기만 했던 것은 아니었던 걸로 기억된다. 소매치기 삽화가 멋지게 구축되었지만 작가는 그것만으로는 부족하다고 판단하는 것 같았다. 다시 말하자면 작가에게는 그 삽화를 의미의 그물로 짜 줄 또 다른 삽화가 필요했던 것인데 그것을 찾는 일에서 곤경을 겪고 있었다. 작중화자로 하여금 유년의 추억으로 돌아가게 하여 "소를 잡는 데 그토록 유별난 방법을 취했던 할아버지"를 추억하게 함으로써, 마침내 소매치기와 백정이었던 할아버지 두 사람의 '춤'의 본질을 읽어맨 것이다. 서종택은 한 달 가까이 고심을 거듭하는 것 같았고 작품이 완성되었을 때 나는 걸작의 탄생을 축하했다.
　서종택의 또 다른 역작인 〈外出〉의 모티프가 태동하고 발전하는 과정 역시 나는 시종일관 옆에서 지켜보는 즐거움을 누렸다. 소설이 상상된 허구임은 소설이 자처하는 공식적 입장이다. 그러나 서사적 상상력을 자극하는 것은 무엇인가. 그것은 바로 경험이다. 〈外出〉은 그러한 사실을 극적으로 보여주는 사례가 됨직한 소설이다. 다시 말하자면 〈外出〉은 레퍼런스—현실의 전거를 풍부하게 가지고 있는 작품이다. 젊은 시절 서종택은 작중인물 준태처럼 더러 춘천엘 놀러 갔고 춘천엔 친구 영식이 있었고 강원일보(소설에서는 C일보로 변조되었다) 문화부 기자인 유영식은 서종택들이 놀러가면 작중에서와 똑같이 "이 쌔끼들이 여길 다 오구"라고 말하며 도수 높은 안경을 연방 위로 밀어올리곤 했다.

> 경제과의 깜부기 교수가 장관이 되려다 말았다는데 사실이냐, 학교앞 보성다방의 미쓰 홍은 지금도 있느냐, 청량리는 그 뒤로 한 번이라도 갔느냐, 태빈이 너는 언제쯤 결혼할 거냐. 준태 너는 졸업하면 시간강사라도 자리가 있겠느냐. 그럴수록 열심히 메뚜기 뒷다리에 관한 연구를 소홀히 하지 말아라, 용이 너는 지금도 시를 쓰고 있느냐, 가끔 신문잡지를 유심히 보는데 네 이름만 쏙 빠져있더라. … 참 너희들 차 들어라, 커피는 역시 광화문 홍하다방이 최고였지, 등등.

인용한 것은 다방에서 친구들과 마주 앉은 영식이 쏟아내는 말인데, 여기에서도 현실의 전거를 찾아내는 일은 불가능하지 않다. 광화문 홍하다방의 커피 맛과 청량리가 그러하고, 특히 학교앞 보성다방과 그 다방의 레지 아가씨 미쓰 홍이 그러하다. 고려대 정문 바로 건너편에 있던 보성다방은 서종택과 오탁번 그리고 정덕준, 서병준 등이 제집처럼 드나들던 단골다방인데 그 다방에서 차를 나르는 한 조순한 아가씨를 두고 그들은 서로 자신의 애인임을 광고했고 미스 홍은 바로 그 아가씨의 호칭이었다 (도토롬한 뺨에 여드름이 몇 개 나 있던 그 레지 아가씨의 얼굴이 아슴하게 눈에 떠오른다). 작중인물인 오태빈과 한용도 실제의 오 아무개 한 아무개의 변조다. 요컨대 나는 작가 서종택의 일상적인 경험들이 서사적 충동에 의해 허구화되고 심미적으로 구조화되는 흥미로운 과정을 곁에서 생생하게 지켜보는 즐거운 체험을 했다. 내가 서종택의 소설에 대해 몇마디 쓰는 일을 만만하게 생각한 연유가 납득되리라 생각한다. 서종택의 비밀과 개인사에 대해 누군가가 증언해야 한다면 내심 나는 스스로가 적임자 중의 하나라고 자처하고 있었던 모양이다.

그러나 그것이 오만한 생각이고 안이한 판단이었음은 그의 소설들을 오랜 만에 차근차근 읽어가는 과정에서 분명하게 드러났다. 서종택의 소설은 내게 친숙하기만 한 세계가 결코 아니었음은 물론 만만한 세계는 더구나 아니었다. 내가 아연 긴장하게 된 것은 당연하기만 한 일이다.

2

예상과 달리 서종택은 그의 소설이 사회학에 종속되는 것을 분명하게 거부하는 것처럼 보인다. 그리고 바로 그와 같은 사실로 해서 서종택의 문학은 동시대의 다른 문학과 엄격하게 구분된다. 차츰 살펴보게 되겠지만, 서종택이 그만의 독창적인 서사의 세계를 구축하는 데 성공할 수 있었던 것도 그러한 사실과 결코 무관하지 않다고 판단된다. 물론 그 성취는 결코 거저 얻어진 것이 아니다. 그는 적지 않은 것을 버리고 감당하기 어려운 것을 감당하지 않으면 안 되었던 것 같다. 그는 우리 시대의 지배적인 비평의 이념과 고독하게 맞서야 했고, 한국 근현대 소설문학의 전통으로부터 스스로를 소외시키는 힘든 결단도 하지 않으면 안 되었던 것 같다. 한국 근현대 소설문학의 전통이란 무엇인가. 두말할 필요도 없이 그것은 바로 교화주의적 전통을 가리킨다. 흔히 교화주의적 문학의 사례로 이광수가 꼽히곤 하지만 한국소설의 교화주의적 전통은 이광수에게서 시작된 것도, 그에게서 마감된 것도 아니다. 악의 징벌을 주장하고 선의 실천을 촉구하는 교화주의는 우리 전대소설에 일관되게 배어 있는 지배적인 이념이고 그 이념은 오늘의 한국소설에도 살아 숨쉰다. 대중의 정치적 자각을 이끌어낸다는 작의를 숨기지 않고 대중의 사회 경제적 소외를 척결하는 것이 문학의 사명임을 자처하는 것은 문학적 교화주의에 다름 아니다.

서종택이 작가생활을 시작한 1960년대 후반과 그 이후의 2~30년간 한국문학을 지배한 것도 바로 이 교화주의적 전통이라는 사실이 부정되기는 어려울 것이다. 이 시기 한국의 작가들은 누구를 가릴 것도 없이 한결같이 문학적 사회학에 복무하기를 주저하지 않았고, 문학이 한낱 문화적 장식이나 단순한 파적거리로 전락할 가능성에 대한 불안으로 전전긍긍해 했다. 문학사적으로 나는 이 시기를 1920~30년대의 재판으로 본다. 카프와 경향파 작가들이 그러했던 것처럼, 이 시기의 한국작가들은 기법의 문제 따위는 부차적인 문제로 치부했다. 이 시기의 작가들은 문학의 도구화와 그 사회적 효용의 극대화라는 문제에 한결같이 몰두했으며, 이 시기의 한국문학은 어느 정도 성공을 거두었다. 오늘 우리의 사회가 이만큼 진보하고 성숙할 수 있었던 데서 우리의 문학이 수행한 역할은 결코 과소평가될 수 없을 것이다. 그러나 그 진보와 성숙은 문학 자체의 진보이며 성숙이라고 보기는 어렵다. 오히려 문학은 전혀 진보하지 않았거나 거의 진보하지 않은 것처럼 보인다. 이 시기의 한국문학 ― 특히 한국소설은 그의 어깨에 덧씌워진 사회역사적 소명의 무게에 짓눌린 나머지 자기자신의 진화와 발전을 도모하는 일 따위는 엄두조차 낼 수 없었다. 황석영, 이문구, 조정래 등이 대표적인 사례이다. 그들 소설이 행사한 사회적 영향력을 감안한다면 그들 소설이 구사한 수사와 기법은 빈곤하기 짝이 없는 것이다. 그러나 1920~30년대 문학적 사회학의 대세 속에서 김유정, 이상, 이태준 등이 의연하게 그들의 작업을 수행했듯이, 1900년대 중후반의 문학적 사회학의 대세 속에서 흔들림 없이 자신의 역할을 고집한 작가들도 없지 않다. 유재용, 이제하, 윤후명, 김승옥, 오탁번, 최창학, 오정희 등이 그들이고, 서종택 역시 그러한 작가들 중의 한 사람이다.

3

〈수렁〉과 〈外出〉은 그의 데뷔작이기 때문에서라기보다는 서종택 소설의 본질적 영역을 보여준다는 점에서 주목에 값한다. 앞의 작품 은 제 2회 《월간문학》 신인상에 그리고 뒤의 소설은 《문화비평》 겨울 호에 각각 입상되고 게재된 것인데, 말하자면 서종택은 그 두 편의 소설을 세상에 선보임으로써 작가로서의 활동을 시작하게 된다. 《월 간문학》 신인상에 당선되거나 《문화비평》에 작품이 게재된다는 사실 이 뜻하는 바가 무엇인지 잘 이해하지 못할 사람들이 많으리라고 생 각한다. 오늘날에는 신춘문예에 당선하는 것이 문학으로 세상에 그 재능을 과시하고 이름을 알릴 수 있는 가장 인기있고 권위있는 방편 인 것처럼 보인다. 그러나 과거에도 늘 그랬던 것은 아니다. 오늘날 활발한 작가와 시인 중에는 신춘문예 당선자보다는 《현대문학》, 《사 상계》, 《자유문학》 등의 잡지를 통해 작품활동을 시작한 분이 훨씬 더 많다 (박경리와 이범선 그리고 한말숙은 《현대문학》이 배출한 작가이 고, 이청준은 《사상계》, 최인훈과 유현종은 《자유문학》이 배출한 작가이 다). 신춘문예에 당선은 했지만 작품활동이 여의치 않은 나머지 잡지 에 다시 추천의 절차를 받은 분들도 없지 않다(가령 최인호가 그런 작 가이다). 《월간문학》은 위에 열거한 잡지와 견주자면 창간연도는 뒤 떨어지지만 1960년대 후반 김동리 선생이 한국문인협회 회장에 취임 하면서 발행인 김동리, 편집 이문구 체제로 발간되어 작가와 시인 지 망생들이 선망하는 문학잡지가 되었다. 시에 문정희, 소설에 김주영, 서영은이 모두 그때의 '월간문학 신인상' 출신이라는 사실은 이 잡지의 신인상의 권위를 잘 말해준다. 서종택은 그 해가 저물기 전에 또 한 편의 작품을 응모하는데 그 작품이 〈外出〉이고 게재된 잡지가 바로 《문화비평》이다. 《문화비평》은 오만한 윤재근 교수가 당시의 기업인 친구의 협찬으로 창간한 한국잡지 사상 유례가 없었던 고급한 종합교양지인데, 서종택은 그 잡지가 배출한 유일한 신인작가이다. 윤재근은 말하자면 서종택이라는 작가를 발굴하기 위해 잡지를 창간한 셈이 되었다.

〈수렁〉은 발표 당시 당연히 문단의 주목을 끌었어야 할 작품이다. 그런데도 데뷔작이라는 선입감 때문에 그냥 무심히 지나치지 않았던가 생각된다. 그만큼 이 작품은 한국 소설사에서는 보기 드문 주제를 다루고 있는 것이다.

이것은 영문학자이자 문학평론가인 송재영의 언급이다. 그것이 '주제' 때문이라는 데는 다소 의문이 가지만 〈수렁〉이 주목되었어야 마땅한 문제작이라는 지적은 매우 옳다. 〈수렁〉이 하고 있는 일은 인간 심리의 극한을 탐색하는 것이다. '나'의 주머니를 뒤지는 사내의 손길은 점점 거칠어지기 시작한다. '나'의 주머니는 '그'의 손끝에 의해 찢어질 듯 후벼지고 있었다. 무엇인가 잃어버린 미세한 물건을 찾아 헤매듯 '그'는 꽤 깊은 주머니 속을 안타깝게 흔들어대기조차 하였다. … 그런데 소매치기 사내의 그와 같은 손놀림을 '나'는 뻔히 눈치 채고 있었고, 소매치기 사내 또한 상대가 눈치 채고 있다는 사실을 무시한 채였다. 이와 같은 심리의 싸움에서 그들이 노리는 것은 무엇일까. 그것은 전율과 황홀의 체험이다. 작중 화자가 유년시절 몰래 엿보게 되는 도축장에서의 백정이었던 조부의 춤의 본질도 바로 그 전율스런 황홀이었음은 물론이다.

나는 할아버지의 조용한 선회(旋回)를 셈하고 있었다. 세 바퀴를 돌고 나자, 할아버지의 오른손에는 조그마한 쇠막대기가 들려 있었다. 소는 마치 할아버지와 장난이라도 하듯 네 다리를 엇바꾸어 디디며 몸을 옆으로 뒤틀었다. 그때마다 곰보 아저씨는 소의 자세를 바로 잡기에 안간힘을 썼다. 세 그림자가 창고 안 벽에 커다란 무늬를 그리며 너울거리고 있었다. 소는 점점 빠르게 다리를 헛디디며 할아버지 쪽을 향했다. 할아버지는 문득 걸음을 세우고 소와 정면으로 마주섰다. 세 개의 그림자가 잠깐 벽에 얼어붙었다. 할아버지가 빠르게 소에게 다가갔는가 하자 소는 심하게 비틀거리기 시작했다. 할아버지가 손에 들었던 쇠막대기를 내려놓자 곰보 아저씨가 고삐를 놓았다. 할아버지는 소의 오른쪽 다리를 붙들고 한쪽으로 밀어냈다. 소와 할아버지는 씨름이라도 하듯이, 아니 춤을 추는 형상으로 한데 엉켜 있었고, 흔들거리는 등잔은 그 모습을 커다랗게 벽에 그려놓았다. 요란하게 흔들리던 네 개의 형체가 갑자기 조용해지면서 소와 할아버지는 동시에 무릎을 꿇었다. 할아버지는 잠재우듯 소의 잔등을 쓰다듬어 주었다. 소의 입에서는 붉은 피가 가늘게 흘러나오고 네 다리로 땅을 몇 번이고 차보다가는 곧 조용해졌다. 할아버지는 일어나 숨을 가쁘게 몰아쉬며 목덜미의 땀을 닦았다. 흔들리고 있는 석유등잔 아래에 누워 있는 집채 같이 큰 소. 그 옆에 서 있는 할아버지의 피곤한 모습. 판자구멍 사이로 들여다보이는 그 풍경은 기묘한 구도를 이루면서 번득이는 귀기(鬼氣)로 나를 압도해 왔다. 검정빛깔의 버선에 짚신을 동여맨 할아버지의 아랫도리가 엄청난 크기로 우리 쪽을 향해 천천히 움직였다.

우리는 구멍에서 눈을 떼었다. 숙희는 그의 눈동자의 흰자위가 온통 하얗게 뒤집힌 채로 멍하니 서 있었다.

"늬네 할아부진 말이야." 숙희는 그때 입술을 파르르 떨면서 나를 쳐다보았다. 그리고는 "꼭 귀신 같애" 하고 말해 놓고는 개울물을 첨벙거리며 시장쪽으로 달아나버렸다. 우리에게 가장 저주(詛呪)와 신비의 대상이 되었던, 그러나 한 번도 본 적이 없는 '귀신'이라는 유령을, 숙희는 그때 칼잡이였던 나의 할아버지를 통해 실체를 본 것이었다.

이 황홀한 묘사는 자신이 설정한 위계(僞計)의 세계에 스스로 함몰되어 가는 의식의 종말을 쓸쓸하게 예고해 준다. 그것은 또한 고독한 독재자나 성주(城主)의 그것으로까지 환유하도록 이끌고 있으며 이들의 장엄한 몰락은 다소 비감어린 어조로 제시된다.

사나이는 턱 밑의 칼자국 같은 흉터만 만지작거릴 뿐 아무 말도 하지 않았다. 다방 입구의 휴지통 옆에 이르러 그는 주머니에서 날이 선 두 개의 면도칼을 꺼내 그 속으로 쏟아넣었다. 펑퍼짐한 그의 등허리가 잠깐 꿈틀거렸다. 사내가 히쭉 웃으며 나에게 손을 내밀었다. 쓰러질 듯 위태해 보이는 철근 콘크리트의 U회관을 옆구리에 끼고 그는 이제 마악 깔리기 시작한 어둠 속으로 사라졌다.

한 소매치기와의 기연에서 백정이었던 할아버지를 떠올리게 되고, 그들의 '춤'을 황홀한 전락(轉落)으로 연결지은 것은 분명히 1960년대의 한 신인작가의 도발이었다. 〈外出〉에서의 서사의 초점은 좀더 분명한 문제에 맞춰저 있다. 윤재근의 표현을 빌리자면 그것은 "체험의 지각으로 미래의 허무를 발견하는" 이른바 '시간'의 파괴적인 리듬에 관한 서사이다. "복권처럼 그들에게 떨어진 만 하루의 휴가를 꽃다발처럼 가슴에 안고" 준태는 두 친구와 함께 춘천에 하루 놀러가지만 그 나들이는 준태에겐 실존의 허무를 체험하는 계기에 다름 아니다. 허무의 체험은 서종택 소설의 되풀이되는 주제이다. 〈圓舞〉나 〈겨울行〉에서 작중 인물들을 사로잡는 것도 바로 이 허무의식 —삶의 무상성에 대한 자각임은 물론이다.

〈外出〉과 〈圓舞〉와 〈겨울行〉은 서종택 소설에 자주 보이는 이른바 이니시에이션 스토리의 한 전형을 보여준다.

"난 간호부가 되고 싶었다니까요."
마침내 여자가 울먹인다.

　"아가씨 취했군."
　"나이팅게일 얘기 좀 들려주어요. 하얀 가운을 입고, 머리에 흰 천사의 모자를 쓰고, 그리고⋯."
　"난 오늘 송충이를 잡으러 여기 온 거야. 난 과학자가 되는 게 소원이거든."
　"내가 간호부가 되려고 했던 것처럼?"
　준태는 순간 흠칫 놀란다. 등이 오싹하는 한기를 느낀다. 준태는 스르르 눈을 감는다. 어디선가 쾅다르르하는 기차의 굉음이 들려온다. 여자의 무릎을 베고 누워 준태는 잠깐 졸음에 빠진다. 꿈속에서, 그는 조그마한 한 마리의 송충이가 된다.
— 〈外出〉

　현재의 시간을, 아니면 다가올 미래의 지점을 이미 '과거'로 처리하고 있는 여인의 대구에서 준태는 '한기'를 느끼는 것이다. 그것은 작부의 세계관이 아니라 시간의 문법이었다. 그리하여 꿈 속의 그는 이미 작은 한 마리의 '송충이'로 왜소화되어 있는 것이다.
　〈圓舞〉 역시 이러한 지각된 체험이 미래의 허무로 이어지는 성장소설의 한 패턴을 보여주는데, 작중의 달곤이의 출분(出奔)이 매우 상징적이다. 등심구이집 종업원 달곤이는 "순전히 아침부터 내리기 시작한 눈" 때문에 이날따라 유난히 이년 전 집을 나간 선숙이를 기다리게 되고, "꼭 돌아온다"던 그녀와의 약속을 잊지 않고 있다. 그리고 "순전히 선숙이 때문에" 흰 눈을 뒤집어쓰고 이날 밤늦게 가게에 스며들어온 술취한 작부에게도 화를 내지 않고 대거리를 해준다. 그리고 소설은 다음과 같이 새침하게 끝을 낸다.

　전날 아침부터 내리기 시작한 눈은 간밤 내내 내린 모양이다. 고기 배달을 나온 김씨가 가게문을 발길로 차는 바람에 만호와 달곤이는 늦잠에서 깨났다. 간밤의 여자는 언제 나갔는지 보이지 않고 샛문만 열려 있다.
　"이봐 달곤이, 좀 나와 보라우. 눈 속에 사람이 죽어있어."

그들은 많은 사람들이 둘러 서 있는 곳으로 다가갔다. 간밤의 여자가, 마치 소복한 사람처럼 눈더미 속에 묻혀 있었다. 그리고 이날 오후 달곤이는 '쌍꺼풀'에게서 밀린 월급을 받아 쥐고 〈암소의 집〉을 나갔다. 그가 선숙이를 찾아나선 것이 아닌 것은 확실한데, 다만 장흥군 유치면으로 갔는지 운전면허를 따기 위해 자동차 학원으로 갔는지는 만호로서도 짐작이 잘 안 가는 모양이었다.

간밤에 나타난 작부와 그녀의 죽음이 의미하는 것이 무엇인지 작가는 밝히지 않았으며 암시하지도 않았다. 그리고 단락의 구분없이 급전직하로 "이날 오후 밀린 월급을 받아쥐고 달곤이는 〈암소의 집〉을 나갔다"로 이어진다. 그러나 우리는 병렬된 이 두 사건을 유기적인 것으로 연결짓지 않으면 안 된다. 눈더미에 덮여 동사(凍死)한 간밤의 작부야말로 그가 기다리던 여인 선숙이의 아날로그였으며, 달곤이는 이 겨울 들어 비로소 기다림이 존재하지 않은, 지금보다 더 냉엄하고 비속한 세계 속으로 진입한 것이다. 자신이 기다리던 것의 실체를 지각한 작중인물의 허무에의 질주가 시작된 것이다. 〈外出〉에서와 마찬가지로 〈圓舞〉는 시간에 의해 마모되고 변질되어 가는 우리들의 꿈의 실체에 대한 아픈 자각을 보인 것이다.

서종택은 동료작가들이 하나같이 사회 정치적 쟁점에 매달려 복제품을 찍어내고 있을 때 이렇듯 개인의 의식과 존재의 방에 칩거한 채 그만의 작업에 몰두하고 있었던 것이다. 서종택의 이와 같은 작가적 태도를 나는 오만이라고 생각하며 그리고 나는 그러한 오만이 좋다. 나는 앞에서 1960~80년대를 1920년대에서 1930년대 초에 이르는 시기의 재판으로 본다고 말한 바 있다. 그 시기란 문학이 이념에 복무한 연대라고 본다. 문학이 이념에 복무한다는 사실 그 자체만으로는 비난받을 일이 아님은 물론이다. 문학이 아름다운 이념, 올바른 도덕적 이상을 지향한다는 것은 얼마나 멋진 일이며 바람직한 일인가. 우리가 문제 삼는 것은 문학이 능률적인 기법에 도달하지 못할 때는 아무리 정당한 도덕적 이상이나 이념도 소용이 없게 된다는 바로 그 사실이다. 1960~80년대의 한국문학도 이와 같은 비판에서 결코 자유로울 수 없다. 이 시기의 한국소설의 획일성에는 새삼 넌더리가 난다. 한국전쟁은 분명히 오늘의 우리들의 삶을 규정하는 살아있는 현재이지만 그러나 그 접근방식이나 이념의 상투성은 독자를 억압하고 좌절시키기에 충분했다. 당시의 모든 한국의 작가들은 6·25에 관해 쓰고 또 썼다. 6·25라는 역사적 질료가 없었더라면 작가의 태반은 굶어죽고 말았을 것이다. 작가들이 이처럼 동일한 소재에 유사하게 대응할 수밖에 없다면 그처럼 많은 작가들의 이념적 체질적 독자성은 설명할 길이 없어진다. 서종택은 동시대의 다른 어떤 작가보다도 뼈아픈 6·25 체험의 가족사를 가지고 있지만 기꺼이 동시대의 소재적 범박성으로부터 거리를 두고 고독한 자신의 작업에 전념한다. 그것은 야심에 찬 자신만의 서술적 전략이었다.

4

소설이 무엇인지 가장 간명하게 규정하자면 그것은 우리의 경험을 이야기의 수미관계로 담아내는 문학의 형식이라는 것이 될 것이다. 그러나 이야기의 형식에 담는 것만으로는 부족하다. 소설은 이야기를 서술하되 생생하게 —마치 살아 숨쉬듯 서술하지 않으면 안 된다. 그런 점에서 문학서사에서 정말로 중요한 것은 사건의 개요나 논리가 아니다. 정말로 중요한 것은 —사건의 생동성 —경험을 살아있는 경험 그 자체로 붙잡아내는 일이다. 그리고 바로 그러한 사실 속에 좋은 소설의 존재이유와 명분이 숨겨져 있다. 경험을 살아있는 경험 그 자체로 붙잡아낸다는 것은 무슨 뜻인가. 그리고 서사에 담겨지는 경험 —삶의 순간들이란 어떤 삶의 순간들인가. 그것은 단지 기억으로 남은 경험이나 삶의 순간이 아니다. 인식되어지고 지각되어진 삶이나 경험도 물론 아니다. 간단히 말하자면 그것은 기억되기 전의 경험이고 인식과 지각의 대상으로 부각되기 전의 삶이다. 즉, 삶이 실천된 바로 그 순간에 포착된 삶의 약동성 그것 자체를 가리킨다. 한마디로 언어서사―소설은 우리의 삶이 시간의 무서운 유속에 휩쓸려 종적도 없이 떠내려가는 일로부터 우리를 지켜주는 거의 유일한 방편이다. 마르셀 프루스트는 《잃어버린 시간을 찾아서》에서 멋지게 그러한 사실을 입증해 보였다. 아니 마르셀 프루스트만 그런 일에 성공하고 있다고 보는 것은 편견이다. 서사적으로 재현된 삶은 모든 서사물 속에서 약동성 그것 자체로 저장되어 있다. 페넬로페는 이천오백 년 전이나 지금이나 여전히 베를 짜고 있고, 지바고는 오늘밤에도 라라에게 바치는 시를 쓰기 위해 곱은 손을 불고 있다. 한 번 서사화된 경험은 결코 죽거나 소멸하지 않는다. 잊혀지는 일도 없다. 속절없이 시간의 흐름에 한 번 떠내려가고는 결코 돌이킬 수 없는 것이 우리의 삶이라는 사실을 상기하면 이것은 기적이라고나 부름직한 일이 아닌가. 밀레투스의 철학자 헤라클레이토스는 "누구도 같은 강물에 두 번 들어갈 수 없다"고 말했지만 서사의 세계에서는 누구나 같은 강물에 원하는 아무 때나 다시 들어갈 수 있다. 이러한 사실은 서사의 최고의 이념과 목표가 무엇인지 자명하게 암시해 준다. 서사의 최고의 이념과 목표는 사실감을 극대화하고 서사의 핍진성을 최고로 강화하는 데서 찾아진다. 나머지는 사실감을 극대화하고 핍진성을 제고한다는 목표에 부수되거나 의존하는 목표이며 이념에 불과하다.

서종택 소설의 인상적인 국면 중의 하나는 그 서사적 활력이 아닌가 생각된다. 그리고 이 활력은 주로 경험들이 여실하게 재현됨으로써 얻어진 것으로 보인다.

사내는 양조장이 있는 탱자나무 울타리를 옆구리에 끼고 기다란 강둑이 있는 둑길을 걸으면서 문득 술 생각을 했다. 멀리 바라다보이는 강 건너편의 자갈밭에는 빨랫줄이 길게 늘어져 있고 그 밑에서 아이들이 새새끼들처럼 어울려 떠들고 있는 모습이 보였다. 강변의 사금파리가 햇볕에 반짝반짝했다. 하수도를 파헤친 흙더미 위에서 파리들이 벌떼처럼 한데 엉겨붙어 있다가 사내가 지나가자 한꺼번에 공중으로 흩어졌다. 고양이만한 쥐 한 마리가 흙더미 위에서 썩고 있었다. 리어카를 끌던 인부 하나가 양조장 쪽으로 나오면서 코를 행 풀고, 그 옆에 서 있는 오동나무에 손을 쓱 문질렀다.

인용한 것은 〈좀팽나무〉의 서두 부분인데, 재현된 것 중에 정적인 것이라곤 아무것도 없다. 작가가 여기서 하고 있는 일은 분명 서사적 배경의 재현이다. 너무나 여실하게 이루어진 이 공간의 묘사는 그러나 놀랍게도 시각적일 뿐만 아니라 청각적이기도 하다. 파리들이 한꺼번에 공중으로 날아오르는 소리와 아이들이 새새끼처럼 떠드는 소리 그리고 인부의 코를 푸는 소리까지가 한데 어울린 이 부산스런 공간에서는 그래서 햇빛을 반사하는 사금파리의 시각적 현상조차도 청각적 현상으로 착각하게 만든다. 다시 말하자면 사금파리의 반짝반짝하는 빛의 반사가 시각뿐만 아니라 청각적으로도 감지되는 듯한 착각을 불러일으킨다.

〈좀팽나무〉는 일관되게 묘사와 대화로만 이루어진 단편이다. 한 사내가 시골집으로 스며든다. 그가 고향을 떠난 지 오 년 만임은 그의 가형(家兄)과의 대화에서 확인할 수 있을 뿐, 그가 어떤 일로 무슨 이유로 가형을 만나고 옛 친구를 만나 술을 마시는지에 대한 정보는 주어지지 않는다. 그는 다만 그들과의 만남이 오래 전부터 미루어져 왔던 것임을 짐작할 수 있으며, 그것은 넉넉한 시간을 담보로 하고 있지 않다는 것, 순간순간 빠르게 주위에 시선을 돌리는 모습으로 미루어 누군가로부터 쫓기고 있다는 것 등을 알 수 있을 뿐이다. 그리고 그는 황급히 그곳을 떠난다는 이야기이다.

　"형님 주무십니까?"

사내가 불빛이 새어나오고 있는 방으로 다가가 나직이 말했다.
창문이 빠끔히 열리고 이내 벗겨진 머리가 밖으로 밀려나왔다.
그가 바쁘게 사내에게 손짓했다.

"아까 누가 왔다 갔다."

"알겠습니다."

사내가 문득 고개를 들어 어둠에 둘러싸인 감나무쪽으로 시선
을 주었다.

"내일 아침에 오겠다고 가드라만, 이 동네 사람은 아닌개벼."

"저 올라가야 합니다."

사내는 빠르게 말하고 주머니에서 봉투를 하나 꺼냈다.

"형님 이거 받으세요."

"무어냐?"

"형님 손금 보셔야죠."

"원 자식두."

"저 갑니다."

"조심해라."

"지금 시내로 가야 첫차를 탑니다."

"조심혀."

사내가 사립문을 닫고 밖으로 나가자, 이내 안방의 불이 꺼졌
다.

〈좀팽나무〉는 외지에서 떠돌다가 어쩌면 영영 다시 찾아오질 못할
것 같은 고향을 서둘러 다녀가는 한 사내의 외양만이 네거티브 필름으
로 포착되어 있다. 그가 서울에서 그럭저럭 자리잡고 살 만한 형편이
라고 낮에 한 말이 거짓이었음을, 지금은 쫓기고 있다는 것을 그의 가
형은 이미 짐작하고 있다. 이들의 짧은 해후는 그러나 많은 이야기를
감추고 있다. 서종택의 단편은 이처럼 무언가를 말하지 않기 위해서
무언가를 묘사하는 서술적 전략을 구사한다. 그것은 아마 단편미학에
대한 그의 집착의 소산일 것이다. 생략과 상징과 비약이 단편미학의
서술적 전략으로 애용될 때 작가의 시선은 역사보다는 일상에, 사회

보다는 개인의 문제에 매달리게 된다. 이는 단편서사의 심미적 성취와 역사성의 한계를 동시에 보여주는 사례일 것이다. 철저하게 묘사로만 일관한 〈좀팽나무〉, 철저하게 서사로만 일관한 〈겨울나기〉는 아마 이러한 그의 단편서사의 기법적 면모를 잘 보여주는 사례이다.

 ① 하얀 물거품이 말갈기처럼 바위에 부서지고, 갈매기는 저음의 목관악기로 해면에 깔리고, 그리고 어디선가 작은 바닷새들의 노랫소리가 부챗살처럼 쏟아지리라.

— 〈겨울行〉

 ② 취한 교수와 휴가 장병은 비틀거리며 어둡고 긴 터널 같은 골목을 빠져나왔다. 한쪽으로 기울어져버린 교수의 어깨를 제자는 자신의 한쪽 어깨로 받치고 있었다. 그들은 어깨동무를 하고 있는 것 같기도 했고 서로 넘어지지 않기 위해 안간힘을 쓰며 버팀질을 하고 있는 것 같기도 했다.

— 〈줄칼〉

 ③ 한상민 교수는 그 순간 강변에 버려둔 개의 시체, 그 푸르스름하게 번득이는 귀기에 어깨를 부르르 떨었다.

— 〈미친개〉

 위의 ①에서 묘사된 해변의 풍경은 동영상처럼 생생하다. 그러나 이 동영상은 시각적 이미지라고만 볼 수 없다. 그것은 청각적 이미지로 그득 차 있는 시각적 이미지이다. ②에서 역동적으로 재현되고 있는 것은 공간적 자질은 아니다. 그것은 취한 두 인물의 모습이다. 다시 말하자면 작가는 여기서 취한 두 인물의 자태 — 곧 외양을 묘사하고 있는 것이다. 그러나 놀라운 일이다. 이 묘사에서 정작 독자들이 보게 되는 것은 인물들의 외양이 아니다. 독자들은 두 인물 사이의 마음의 교류 — 결코 눈으로는 볼 수 없는 것을 보게 된다. 휴가 나온 제자가 그의 어깨로 떠받치고 있는 것은 한쪽으로 기울어져버린 스승의 어깨가 아니다. 그것은 제자의 기대를 배반한 스승의 기울어진 마음에 다름 아니다. 기울어져 있기로는 제자의 마음도 마찬가지이다. 그리하여 어깨동무를 하는 일은 그들 스승과 제자로서는 서로의 기울어진 마음을 바로 세워주는 일, 서로를 용서하고 서로에게 마음을 여는 행위이다. 볼 수 없는 것을 보게 해주는 작가의 능력은 ③에 이르러 절정에 이른다. 우리는 귀기라는 초자연적 현상의 막연하고 추상적인 개념이 작가에 의해 푸르스름하게 번득이는 감각적 실체임을 깨닫고 작중인물 한상민 교수처럼 부르르 어깨를 한 번 떨게 되는 것이다.

서종택 소설의 이 여실한 재현은 특히 대화의 구사에서 더 두드러진다. 서종택의 인물들은 언제나 적절하게 말한다. '인물들이 적절하게 말한다'는 진술 속에는 생각하기보다 훨씬 많은 서사적 진실이 담겨있다. 말 그대로 인물들이 적절하게 말하고 있다면 발화(發話)는 인물에 대한 가장 신뢰할 수 있는 해석적 지표이다. 서종택의 인물이 바로 그러하다.

"애들아! 얼굴 씻고 밥 먹자아!"
수자는 입금실을 나오면서 휘익 휘파람을 분다. 그녀는 오늘따라 기분이 좋다. 그녀의 키에 어울리지 않게 큰 엉덩이를 옆으로 휙 흔들며 수돗가로 간다.

— 〈겨울나기〉

말과 몸짓이 이렇게 딱 맞아떨어질 수 있단 말인가. 이 한마디 발화 속에 인물의 기질과 신분, 심지어 외양까지가 모두 들어있지 않는가. 서종택의 소설에서 대화는 단순히 인물에 대한 정보만을 제공하지 않는다. 그의 소설에서 대화는 사건을 극화시키고 담론에 탄력과 활력을 불어넣는 결정적 요소이다. 모리스 블랑쇼는 대화의 세 가지 유형을 설명하면서 그 보기로 앙드레 말로, 헨리 제임스, 프란츠 카프카를 든 바 있다. 그에 따르면 말로의 인물들은 역사의 위대한 이념적 목소리—열렬하고 사색적이며 토론적인 목소리로 말한다. 반면에 헨리 제임스에서 인물들은 한가하게 담소하는 중에 갑작스럽게 예외적인 언급을 끼워넣음으로써 상호간에 이해의 수준을 이끌어내는 방식으로 말하며, 카프카의 인물들은 그들 상호간에 대화가 교환되기는 하지만 결코 소통이 이루어지지는 않는 말하기를 수행한다는 것이다. 서종택의 대화는 이 중 어떤 경우일까. 두말할 필요도 없이 서종택은 이 중 두 번째—바로 헨리 제임스의 경우이다.

① "수자 나 좀 봐."

　　현관을 내려서자 사감실 창문이 드르륵 열리고 황 사감이 그녀에게 눈짓한다.

　　"너 이거 얼마 주고 샀어? 색깔이 참 예쁘다." 황 사감은 수자가 입고 있는 셔츠를 만지작거리며 말했다. "아까 감독이 널 불렀다면서?"

　　"동대문시장에서 칠백 원 주고 샀어요." 수자는 가슴팍에 그려진 피노키오 무늬를 내려다보며 대답한다. "자인서를 쓰라구 했어요."

　　"칠백 원이면 싸구나"라고 황 사감이 말한다. "그런데 자인서는 왜?"

　　"구백 원 달라는 걸 깎았어요." 수자는 대답했다. "삥땅을 했대나 봐요."

　　"구백 원 불렀으면 오백 원에도 살 수 있는 건데." 황사감은 그녀의 셔츠가 좀 비싸다는 눈치다. "너 정말 삥땅을 했어?"

　　"그만두게 되나요?"

　　"영분이 못 봤어?"

　　"잔소리 말아!" 황 사감이 그녀를 쏘아본다. "너희들 일당을 올려준 건 자인서를 두 번 받지 않기 위해서야."

— 〈겨울나기〉

②"우선 나가자구."
　"계획을 짜야할 거 아냐!"
　"여긴 덕림산업이 아니다."
　"자넨 무슨 일을 그렇게 하는가?"
　"여기가 실험실인가?"
　"그런 소린 빼라."
　"넌 아직도 교정을 보고 있군."

— 〈外出〉

　①은 〈겨울나기〉에서, ②는 〈外出〉에서 각각 인용한 것이다. 이 것들은 기숙사 사감과 버스 안내양 사이에 혹은 외출나온 친구들 사이에 흔하게 예상될 수 있는 평범한 대화적 상황을 재현하고 있다. 그러나 실현된 대화 자체는 전혀 평범하지 않다. 이 대화들에는 그 평범하고 일상적인 대화의 상황 때문에 독자들이 미처 기대하지 못했던 긴장과 유머가 잠복돼 있다. 바로 그 유머와 긴장이 돌발적으로 독자들을 기습함으로써 독자들은 절로 상황을 인식하고 사태를 예감케 되는 것이다. 재치와 순발력에 넘치는 인물들의 이러한 직접적인 발화는 내게는 서종택 소설의 특징적이며 독창적인 국면 중의 하나인 것처럼 생각된다. 그러한 대화의 사례는 서종택 소설의 도처에서 흔하게 찾아낼 수 있다. 그의 소설의 지배적인 정서에 비추자면 이러한 사실은 주목될 만한 것이다. 서종택 소설의 지배적인 정서는 무엇인가. 그의 소설의 지배적인 정서는 삶의 무상성에 대한 인식이 야기한 허무감이고 어두운 가족사로부터 연유하는 비애감이며 어지러운 현대사의 질곡에서 오는 절망이다. 서종택의 세계에 예외 없이 떠돌고 있는 것은 삶의 페이소스 혹은 우울이다. 이 쓸쓸하고 우울한 분위기, 좌절과 허무의 어두운 정서와 유쾌한 웃음을 유발하는 기지와 유머는 서로 조화되기 어려워 보일지 모른다. 그러나 서종택의 소설에서 이 조화되기 어려운 요소는 불화하지 않을 뿐만 아니라 서로를 북돋움으로써 서사의 공간을 예외적인 활력과 생기로 넘치게 만들고 있다. 이것은 둔

654

감한 작가가 할 수 있는 일이 아니다. 제 삶 하나도 제대로 경영하지 못하면서 남의 삶이나 기웃거리는 분수 모르고 분별없는 작가가 할 수 있는 일은 더더구나 아니다. 진정한 의미에서의 유능한 작가, 재능을 타고난 작가만이 할 수 있는 일이다. 예술가란 표현하는 자에 다름 아니다. 문학, 특히 소설을 예술로 볼 수 있는지가 쟁점이 될 수 있지만 표현의 기술이라는 측면에서라면 소설도 분명히 예술이다. 우리의 문학사에는 바로 이 남다른 표현의 기술 때문에 눈부신 광휘를 발하고 있는 작가들이 없지 않다. 김유정, 이상, 황순원, 이제하, 김승옥, 유재용 등이 그런 작가들이다. 그리고 서종택이 있다.

5

　서종택의 세계는 얼핏 모순에 찬 것처럼 보인다. 그의 소설이 사회학에 종속되는 것을 분명하게 거부하는 것처럼 보인다는 앞서의 판단은 충분한 근거를 가지는 것이다. 그가 집요하리만치 기법과 수사에 집착한다는 사실이 부정되기는 어렵고 사회정치적 쟁점보다는 보편적인 삶의 쟁점 혹은 개인적 실존의 문제에 더 많이 시선을 두고 있다는 사실이 이를 입증한다. 그의 서사공간에 수용되면 육이오의 상흔이든 광주의 비극이든 그것은 더 이상 사회역사적 쟁점이 아니다. 1991년 2월 《문학사상》에 발표된 중편소설 〈白痴의 여름〉은 좋은 보기이다. 이 소설의 사건구조의 심층에는 전두환 군사정권에 의한 광주학살의 모티프가 자리잡고 있다. 그러나 그 핵심 모티프는 결코 서사의 표면구조 위로 떠오르지 않는다. 광주의 비극은 마치 유전적 소인이나 치명적인 병균처럼 인물의 내부 깊숙이 잠복해 있을 뿐이다.

　　예컨대 서종택은 광주의 상처를 다루되 그것을 공론이나 집단의식의 차원에서 바라보고 의미화하는 차원에서 한 걸음 더 나아가려 했다. 그는 역사의 비극이 한 의식 있는 개인의 내면 속에서 오랜 시간에 걸쳐 외상으로 남아 있다가 극도의 공포심, 불안감, 자괴감 등과 같은 병적 증세로 터져나오는 과정을 추적하는 데 역점을 두었다. 한마디로 〈白痴의 여름〉은 역사가 개인화되어 가는 과정을 지켜본 것이라 할 수 있다.

이러한 조남현의 작품해석도 서종택 문학의 인문주의적 본질을 확인하는 자료로 받아들일 수 있을 것이다. 요컨대 작가로서의 서종택의 궁극적인 목표와 야심은 한마디로 요약하자면 심미적인 성과의 달성에 있는 것처럼 보인다. 그리고 우리는 그러한 사실을 확인함과 동시에 당황하지 않으면 안 된다. 왜냐하면, 그의 문학적 성과와 본질에 대한 우리의 판단은, 작가가 직접적으로 표명하는 작가 자신의 문학적 이념이나 지향을 잠깐이나마 유보한 듯한 인상을 주기 때문이다.

이 연구는 문학은 사회와의 관련을 떠나서는 공소한 이념으로 떨어지고 만다는 문학연구 태도의 반영이다. 작가는 어떠한 수단을 쓰더라도 시대에서 도피할 수 없는 이상 그 시대를 의미있게 포용하고 있어야 한다.

서종택은 그의 역저 《한국 근대소설의 구조》에서 이렇게 선언한 바 있다. 그의 단호한 입장은 뒤따르는 다음과 같은 진술 속에 좀더 강조되어 나타난다. "작가는 그가 몸담고 있는 사회에 투철하게 관계해야 하며, 우리의 관심의 대상이 되는 것은 그가 어떠한 정치적 사회적 특정견해에 빠져 있는가 하는 것보다 그러한 사회변동이나 제도, 또는 가치에 대해 반응하는 그의 인물들의 감정이나 태도이다." 문학 교수로서 혹은 문학연구가로서의 서종택은 문학의 사회적 성격을 일관되게 강조해 왔다. 인용한 저서에서는 더 말할 것도 없고 그의 또 다른 역저인 《한국 소설사론》에서도 그와 같은 관점은 포기되지 않고 있다. 요컨대 교수이며 문학연구가로서의 그의 도덕적 이상과 작가 혹은 예술가로서의 그의 심미적 이상은 서로 다투어가며 자신을 주장하고 있음을 본다. 이 모순되어 보이는 이중성을 어떻게 이해하고 받아들여야 할까. 물론 이것은 논리적으로는 쉽사리 설명되기 어려운 사실일지 모른다.

서종택은 요컨대 체질적으로 인문주의자요 이념적으로 사회윤리주의자이다. 그는 김용익이나 오정희를 좋아하면서 염상섭이나 황석영을 부러워한다. 스스로의 이념으로 변호하고 옹호할 수 없는 문학 혹은 자신이 선호하지 않는 문학을 생산하는 일에 그처럼 기를 쓰는 작가를 어떻게 상상할 수 있겠는가. 그러나 내게는 이 모순과 이중성 속에 서종택이라는 인간과 그의 문학의 아름다움의 비밀이 아울러 숨겨져 있는 것처럼 생각된다. 자신의 것, 자신이 속해 있는 것을 변호하고 옹호하는 것은 누구나 힘들이지 않고 할 수 있는 일이다. 지상에 수용하고 포용하지 못할 예술적 이념은 없다. 서종택은 자신의 체질과 다른 문학적 이념, 자신의 것이 아닌 문학적 세계의 당위성을 포용하고 긍정함으로써 문학의 다양한 존재방식에 대한 말없는 지지를 실천하고 있는 것이다. 나는 그래서 그의 도덕적 이상과 심미적 이성 사이에 가로놓인 이 이중성과 괴리를 아름다운 모순 혹은 아름다운 괴리라고 부르고 싶다.

6

지금까지 나는 서종택의 소설에 대해 중언부언했다. 처음 글을 시작했을 때의 막막함은 걱정했던 것만치 오래 지속되지는 않았다. 그리고 어느 시점에 이르러서는 서종택의 소설에 대해 뭔가 말하는 일을 즐기고 있는 자신을 발견했다. 하기야 그것은 당연한 일일지도 모르겠다. 서종택의 소설에 대해 얘기하는 것은 내게는 젊은 시절의 동영상을 다시 꺼내보는 일에 다름 아니고, 그보다 더 즐거운 일이 또 있겠는가.

서종택의 소설에 붙이는 작은 메모

황 현 산*

　서종택에 관해 말하려면 무엇보다도 그의 특이한 글쓰기에 관해 말해야 한다. 사물에는 전체가 있고 부분이 있다. 대개는 부분이 전체에 관해 말해 주는 것보다 전체가 부분에 관해 말해 주는 것이 더 많다. 그래서 우리가 사물 하나를 파악하려 한다면 먼저 전체를 살피고 이어서 부분을 뜯어보는 것이 당연한 순서이다. 그리고 이 순서는 무슨 물건이든 물건 하나를 만들어내는 사람이 밟아야 할 절차이기도 하다. 화가는 화면 위에 그려야 할 것의 구도를 잡고, 그 구도에 따라 큰 덩어리를 그리고, 다시 그 세부를 채워 나감으로써 마침내 한 폭의 그림을 완성할 것이다. 한 편의 글에도 당연히 전체의 얼개와 큰 주제가 있고, 그것을 떠받치는 작은 주제들과 그 세부가 있다. 하나의 글을 구상해서 그것을 언어로 실현시키는 순서가 또한 이와 같다. 서종택의 글쓰기에서도 이 점은 예외가 아닐 것이나 그의 소설들을 읽다보면, 이 순서를 의심하게 된다. 그 전체의 얼개와 그 세부가 동시에 결정되었을 것 같은 글을 그에게서 만나기 때문이다. 문장 하

---

* 문학평론가 · 고려대 불문학과 교수

658

나하나, 낱말 하나하나, 토씨 하나하나에 이르기까지 이미 한 편의 소설이 이미 어딘가에 완성되어 있고, 그것을 처음부터 끝까지 펜으로 옮겨 적은 글, 그런 글을 상상할 수 있다면, 이 작가가 품고 있던 글쓰기의 이상이 무엇인가도 짐작할 수 있을 것이다.

제가 둔 바둑판을 복기하는 프로기사처럼, 서종택은 어쩌면 자신이 쓴 모든 소설을 글자 하나 틀리지 않게 다시 외우고 있는 것이 아닐까. 거기에 그의 의도를 벗어난 것은 아무것도 없기 때문이다. 그가 쓴 낱말들은 바로 그 자리에만 들어가야 할 낱말들이며, 그가 쓴 문장들은 일종의 명령과 같은 고리로 연결되어 있다. 그의 글은 누가 생각하고 지어낸 것이 아니라 처음부터 전체와 세부를 한꺼번에 지니고 거기 있었던 사물이라고 말할 만도 하다.

물론 글과 사물은 다르다. 사물에 지각능력이 있다고 믿는 사람도 돌멩이 하나, 빗방울 하나가 반성적 의식 같은 것을 지녔다고 주장하지는 않을 것이다. 그러나 글은 의식의 투영이다. 글에는 뜻이 있고 특정한 목적이 있다. 내 앞으로 굴러오는 돌은 내가 어쩔 수 없는 나의 운명이지만 나는 내 뜻을 굽힐 수도 있고 펼 수도 있다. 게다가 같은 글이라고 하더라도 내가 쓴 글과 남이 쓴 글은 다르다. 남이 쓴 글은, 글을 쓴 사람과 나의 인연이 멀수록, 본디 그렇게 마련된 사물과 같은 성질을 지니며, 어쩔 수 없는 운명의 형식을 지닌다. 춘향이가 억울하게 형틀에 매여도 나는 그를 구할 수 없다. 보바리 부인이 불을 보듯 뻔하게 파멸의 운명을 향해 치달려도 나는 안타까워할 뿐 한마디 충고도 건넬 수 없다. 그들의 운명은 손 댈 수 없는 자리에서 일찌감치 결정되어 있다. 그러나 한 작가가 자신의 쓴 소설과 맺는 관계는 이와 다르다. 그는 자신의 춘향이를 좀더 인자한 관리와 대면하게 할 수도 있고, 자신의 보바리 부인에게 매우 현명한 생각을 빌려줄 수도 있다. 그들의 운명은 언제까지나 유예된 상태에 있다. 작품이 이미 발표되어 독자들의 손에 들어갔다고 하더라도 이 사정이 완전히 변하는 것은 아니다. 제가 지어낸 책 속의 운명은 여전히 의심스럽다. 그는 자신의 전략과 재능과 속임수를 알고 있으며, 풍경 하나 발걸음 하나 대화 한마디를 그 자리에 걸어놓기 위해 멈칫거렸던 순간들을 기억하고 있다. 작가에게 그 주인공의 운명은 운명이라기보다 차라리 자신의 나약함이거나 성급함이며, 자신의 잔인함이거나 초조감이다. 그것이 운명이라도 하더라도 저 운명들 위에 불필요하게 덧붙여진 잉여의 운명이다. 그래서 정직하고 예민한 작가가 제 글 속에서 보게 되는 것은 그럴 수밖에 없었던 하나의 운명이 아니라 좋은 의미에서건 나쁜 의미에서건 제 콤플렉스의 덩어리이다.

이때 이 예민하고 정직한 작가를 구제할 수 있는 장치를 생각할 수 없는 것은 아니다. 작가는 제가 아닌 어떤 특별한 지성이 처음부터 끝까지 빈틈없이 채워진 어떤 운명을 말하게 하기 위해 자신을 지우거나 최소한 장막 뒤로 물러서야 할 것이다. 그가 쓰는 말이 운명의 말임을 독자들은 물론 그 자신까지 믿게 하기 위해 그의 글이 자연의 어떤 리듬과 동일한 리듬을 얻고, 자연의 어떤 균형과 동일한 균형을 누리게 해야 할 것이다. 이제 말하고 있는 것은 작가 그 사람이 아니라 어떤 공공의 정신이다. 소설 속의 운명은 그가 만든 것이지만, 그는 또한 공공의 정신으로만 그 일을 하였기에, 그 운명은 이제 그가 더 이상 손 댈 수 없는 자리에 서 있다. 이제 그는 제 작품 속에서 자신의 전략과 콤플렉스를 넘어선 하나의 확고한 운명을 본다. 그러나 글을 쓰는 사람에게 가장 큰 위기도 이 순간에 온다. 글쓰는 작업의 현장에서 본다면, 이 공공의 정신이란 철저한 자기비판 내지는 자기검열의 정신과 다른 것이 아닐 터인데, 그것은 원칙적으로 어떻게 쓰더라도 그 전체를 수용하는 정신이거나 단 한 줄의 글도 용납하지 않는 정신이다. 하나의 정신이 저 자신을 공공의 정신과 철저하게 일치시키려 할 때 자신을 완전하게 놓아버려 나아가야 할 방향을 상실하거나 한 걸음의 진전도 불가능한 어떤 교착상태에 빠지게 된다. 이 교착상태를 누구보다도 자주 그리고 깊이 경험하였던 서종택은 한 작품의 제목을 빌려 그것을 "수렁"이라고 표현하였다.

〈수렁〉에는 두 인물이 있다. 하나는 만만치 않은 이력을 지닌 소매치기인데, 그는 주머니를 뒤지는 제 손목이 "따로 살아 움직인다"고 느낄 정도로 제 자신의 기술에 도취한 나머지, 주머니를 털리는 자들에게 자기존재를 드러내고, 그래서 결국 실패를 거듭하는 처지가 된다. 또 하나는 화자의 할아버지로 소 잡는 일에서 달인의 경지에 이른 노인이다. 춤을 추어 귀신의 재주로 소를 넘어뜨리는 이 백정 노인 역시 소들이 자신을 알아본다고 느끼면서 그 기술의 파탄을 경험한다. 주머니를 털리는 사람들에게, 또는 죽어 넘어져야 할 소들에게 그들의 기술이 발각된다는 것은 그들이 그들 자신에게 발각된다는 것과 다른 것이 아니다. 그들은 애초에 춤을 춘다. 그 춤이 만족할 만한 상태에 이르렀을 때 그들은 희생자의 눈으로 자신을 바라봄으로써 그들의 득의를 더욱 드높인다. 그러나 희생자의 눈으로 바라본다는 것은 희생자를 대신하여 바라본다는 것일 뿐이다. 희생자의 눈은 그들 자신의 눈이며, 그들이 그들 자신의 눈을 피할 수는 없다. 서종택은 이 주제를 설명하기 위해, 화자가 교정하고 있는 원고의 한 구절을 소설의 행간에 넌지시 끼워 넣는다. "… 황제는 함정을 파고, 민중은 걸려든다. 그리고 기다리자, 마침내는 황제 스스로가 그 깊은 곳으로 빠져든다." 민중을 사로잡을 함정을 파기 위해 황제는 민중의 눈으로 그 함정을 파야 하고, 그 함정을 가능한 한 공교롭게, 그러나 민중의 지혜로 장치해야 하는 황제의 지혜는 결국 민중의 지혜가 되고 만다. 기술자들도 황제도, 그리고 소설가도 제가 판 수렁에 빠지지 않기 위해서는 자신을 바라보아야 하며 동시에 자신에게서 눈을 감아야 한다. 소설가로서 서종택이 자신을 바라보면서 동시에 눈을 감는 장치는 그의 단단하고 매끄러운 문장들 사이 어디에서나 나타난다. 〈수렁〉의 첫 대목부터가 그렇다.

나는 그 어지러운 감정을 떨쳐버리듯, 바쁘게 지나는 행인을 구경하였다. 많은 사람들이 마치 웅웅거리는 벌떼처럼 한데 엉켜 눈앞에 흔들거렸다. 13층 건물의 U회관 모서리에서부터 시작된 긴 군중의 행렬. 그것은 보도 위에 잠깐 떠올랐다가는 곧 어디론가 흘러가버렸다. 그러나 어디에서부턴지도 모르게 다시 그 뒤를 잇곤 하는 꿈틀거리는 군중의 행렬. 그 위에 늦여름의 강한 햇살을 받으며 U회관은 하얗게 번쩍이고 있었다. 나는 문득 앞을 흐르고 있는 군중을 개미들의 행렬이라고 생각해 보았다. 그리고는 곧 생각이 끊기어 버렸다. 어느 사이 나의 발걸음은 지하다실 〈아담〉의 아크릴 밑에 멈춰 있었다.

　내가 층계를 내려섰을 때, 푸르스름한 형광등의 조명을 받으며, 사나이가 벌떡 일어서고 있는 게 보였다.

화자가 약속장소인 〈아담〉 다실을 발견한 후, 거기 당도하여 문제의 소매치기와 대면할 때까지의 묘사이다. 그러나 길을 건너 다방앞에 이르기까지의 행보도, 지하 계단을 내려서는 과정도 그 결과로만 전달되며, 화자가 본 거리의 풍경에 대한 보고가 그 시간의 경과를 표현할 뿐이다. 풍경에 대한 묘사나 화자의 상념이 깊이를 지닌 것은 아니다. 그것은 화자의 "어지러운 감정을 떨쳐버리"기 위한 것이고, 그의 "생각이 끊기어" 버리게 하기 위해 마련된 장치이니 차라리 당연하기도 하다. 이 장치는 문제적 인물의 수평에서 하강으로 연결되는 이동을 무형한 군중의 단순한 수평이동으로 대체하며, 하나의 의식이 분석되어야 할 자리를 문제 밖에 있는 행렬의 외관에 대한 관상의 자리로 바꾼다. 게다가 이 짧은 묘사에 두 개의 명사문이 들어 있어, 그것이 또한 상념의 깊이를 차단한다. 그러나 더 정확하게 말한다면, 이 모든 장치가 의식과 감정의 '불확실한' 깊이 속에 이야기의 끈을 매어두는 일로부터 소설가를 보호하고 있다. 이 점을 다시 확인하기 위해서는 위에 인용한 대목의 마지막 문장의 리듬을 자세히 분석해 볼 필요가 있다. 시간의 부사절, 상황의 부사절 그리고 주절 등 세 개의 어절로 균형 있게 조직된 이 문장을 낭랑하게 읽기 위해서는 각각의 어절을 다음과 같이 2음보로 끊어 읽는 것이 마땅하다.

내가 층계를 / 내려섰을 때, // 푸르스름한 형광등의 / 조명을
받으며, // 사나이가 벌떡 / 일어서고 있는 게 보였다.

첫 어절은 5음절이 겹쳐 평범한 음보로 시작하지만, 절을 건너 이
어지는 9음절과 6음절의 불균형한 음보는 문장에 변화와 속도감을 주
기에 충분하다. 이 속도감을 이어받은 마지막 어절은 "벌떡"을 올려
걸쳐 박자를 더욱 급하게 몰아붙이고, 마지막 10음절의 음보는 오히
려 천천히 읽도록 고안되어 있다. 급한 박자 뒤에 오는 이 느린 박자
는 "사나이"의 일어섬이 확고하고 필연적이라는 인상을 심어 준다. 이
기이한 만남이 빚어낼 정황과 거기서 빚어질 복잡한 감정에 대해 우
리가 품게 될 온갖 의심은 사라진다. 그 순간에 일어서야 할 사나이
의 운명은 어떤 연유에 따라 만들어지기도 전에 그 박자에 의해 승인
을 얻는다. 이 열 개의 음절이 낭송되는 동안 말해야 할 것이 얼마나
많은가, 그러나 그 말들은 얼마나 불확실하며, 따라서 얼마나 불필요
한가. 소설가는 여기서 말해야 할 것을 말하지 않기 위해 말을 한다.
불확실한 것을 피하는 데 그의 비평의식이 있고, 운명이 만들어지기
도 전에 거기 있었다고, 독자들은 물론 그 자신까지 믿게 하는 데에
자신에 대한 그의 눈감음이 있다.

보면서 보지 않기는 이 작가에게서 미학적 기교를 넘어서 자주 그
주제가 된다. 〈外出〉에서, 크게 기대를 걸었던 세 친구, 또는 네 친
구의 외출은 참담한 실패로 끝난다. 풍광이나 기후에 원인이 있었던
것은 아니다. 문제는 그들 네 사람의 관계 속에 있다. 그들은 서로서
로 내력과 생활과 그 속마음까지 꿰뚫어 알고 있다. 다만 알고 있을
뿐 어느 쪽도 어느 쪽을 '이해'하려 하지는 않는다. 누구를 꿰뚫어 안
다는 것은 객관적 지성으로 감당할 수 있는 몫이나, 누구를 이해한다
는 것은 제 존재의 양태를 결정하는 일이자 제 운명을 선택하는 일일
뿐만 아니라, 그 결정과 선택에 타인의 간섭을 승인하는 일이기도 하
다. 그리고 이 간섭이 존재의 양태와 운명을 수렁으로 바꿀 수도 있

다. 네 친구는 이 수렁을 피한 나머지 더 큰 수렁에 빠졌다. 갇혀 있는 자들의 외출은 그렇게 실패한다. 알기와 이해하기의 관계는 거기 있는 운명과 만들어야 할 운명의 관계와 다른 것이 아니리라.

서종택은 그의 소설 쓰기에서 꿰뚫어 알고 있는 것을 이해하지 않으려 했다는 혐의를 받을 만도 하다. 그의 소설들은 이야기가 더 이어져야 할 자리에서 자주 끝난다. 이를테면 〈姙婦〉 같은 소설에서 세상을 버린 노인과 아기 밴 여인의 관계를 상식 이상의 선에서 이해할 수 있는 방도를 어디서 찾을 수 있을까. 〈동박새〉에서 의학과 샤머니즘 사이에서 화자 주인공의 선택은 무엇일까. 그는 더 말해야 할 곳에서 말을 중단한다. 그는 자신이 알고 있는 것, 어떤 운명이 이제 자릴 잡게 될 터전에 관해 명석하게, 매끄럽고 단단한 문체로 말한다. 진정한 이해와 운명은 정작 그가 말을 끝낸 이후에야 시작할 것이다. 소설가로서의 그의 운명도 또한 거기서 시작할 것이다. 그는 수렁을 피하듯 그 운명을 피한 끝에 교착된 정신이라고 하는 더 큰 수렁의 언저리를 배회하는 것처럼 보이기도 한다.

그러나 서종택은 이따금 자신이 신성으로 이해에 등을 돌린 사람이 아니며 진정으로 운명을 두려워하는 사람이 아님을 말이 끝나는 자리에 표시해 두곤 했다. 〈줄칼〉 같은 소설에서의 '줄칼'이 그렇다. 주인공 교수와 운동권 학생들 사이에는 갈등이 있다. 학생들은 한때 자기들의 편이었던 그 교수가 변절했다고 생각하고 무례한 학생들이 자신의 진심을 이해하지 못한 것이라고 주장한다. 소설은 교수의 입장에서 쓰인 것이기에 독자들은 당연히 교수의 주장에 더 많이 기울게 된다. 교수가 마침내 그들 학생의 하나로부터 되돌려 받는 줄칼을 어떻게 이해해야 할까. 왜 교수의 연구실에 줄칼이 있었을까. 왜 학생은 그 줄칼을 훔쳤을까. 소설은 말하지 않는다. 소설가가 알려주고 우리가 알 수 있는 것은 그 줄칼의 회수와 함께 소설이 끝난다는 것뿐이다. 줄칼은 흉기가 아니다. 줄칼은 쇠를 자르는 도구이며, 그것으로 자를 수 있는 것에는 쇠창살도 들어간다. 소설가가 알려 주지 않는 것, 그러나 우리가 알 수 있는 것은 줄칼로 잘라야 할 창살이 지금 우리에게 있다는 것이다. 이 줄칼과 함께 이야기는 전복된다. 주인공 교수의 관점과 주장에 동조했던 우리들의 마음은 갑자기 우리를 가두었던 감옥임이 드러난다. 조각난 앎은 문득 이해가 되고, 작가의 침묵은 이제 펼쳐질 진중한 운명에 대한 발언의 시작이 된다. 하나의 아이러니를 말해야 할까. 아이러니의 작가가 시치미를 뗄 때 그는 자신이 시치미를 떼고 있음을 대중에게 공포한다. 서종택은 공포하지 않는다. 아이러니는 사고의 전복을 노린다. 서종택에게서는 거꾸로 사고가 전복되고 나서야 우리가 빠져 있던 아이러니의 정황을 깨닫는다.

서종택은 자신이 이해한 것은 말해야 할 순간에 침묵하는 방식으로 인색하게 소설을 썼으며, 독자들도 또한 그를 이해하는 데 인색하였다. 하나의 운명을 꿰어 맞추기보다 지극히 인색하게라도 하나의 운명이 거기서 돋아나기를 바라는 글쓰기가 서종택이 선택한 객관적 글쓰기였다. 사실 이 소설가는 자신이 만들어가는 운명을 말할 때보다 이미 만들어진 운명을 말할 때 더 풍요로웠다. 자신의 미학에 갇히기를 즐길 만큼 뛰어난 미학자이기도 한 이 소설가는 세기가 바뀌던 해에 《바람의 화가 변시지》를 발표했다. 그에게 깊은 감동을 준 변시지의 그림 속에는 붉은 황토에 뿌리를 박은 나무가 바람에 시달리는 황지가 있으며, 무너지는 초가가 있고 집으로 돌아오거나 길을 떠나는 늙은 사람이 있다. 바람 속에서 돋아 오르는 생명은 가장 인색한 생명이며 가장 확실한 생명이다. 길 떠나거나 돌아오는 늙은 몸은 확실하게 거기 있는 운명이며, 모든 운명이 다시 발견되는 자리이다. 《바람의 화가 변시지》는 서종택이 우리 손에 쥐어 주는 줄칼이다.

존재의 일상성과 역사성, 그 사이

송 창 섭*

서종택은 그의 연보에 따르면 〈白痴의 여름〉(1991) 이후 작품을 더 이상 쓰지 않았다. 그의 첫 작품 〈수렁〉은 1969년에 발표되었다. 그가 소설을 쓴 대략 1970년부터 1990년까지의 20년의 시간은 작품 내적 시간배경인 1970~80년대의 20년을 좀 넘는 시간의 크기와 거의 일치한다. 작품 속에서 언급되는 1960~70년대 이전의 시간, 곧 1945년의 해방 또는 그 이전의 일제시대, 6·25 전쟁 등의 한국현대사는 서종택의 현재에 미치는 영향이 암시될 뿐 직접 묘사되지는 않는다. 1960~80년대를 현재의 시간이라고 보면 서종택은 "지금 이곳"(*here and now*)의 현재적 시공간, 그리고 그 속의 일상성에 큰 애착을 가졌던 작가다. 시간의 양으로만 따지면 1960~80년대의 시간은 그리 먼 과거가 아니다. 그러나 한국의 지리적 시공간이 변화하는 엄청난 속도 때문인지 서종택의 현재적 시공간은 이제 멀리 물러나 있는 듯한 감상을 불러일으킨다.

서종택의 작품내적 시간은 박정희 정권과 전두환 정권의 프로퍼갠

---

* 경희대 영문과 교수

더가 지배하던 시대를 반영하고 있다. 박정희의 희극적 모방으로서의 (그러나 비극적 '광주사태'를 발생시킨) 전두환 이전의 1960~70년대는 반공과 산업화 이념이 개인의 욕망을 자극하고 억제하기 시작한 시대다. 그 시대는 박정희를 우상화하는 흑백 대한뉴스, 영화를 보기 전 기립해서 경청해야 했던 애국가, 달달 외워야 했던 국민교육헌장 등 애국을 억지로 강요했던 경직된 시간의 그림으로 우리의 기억 속에 남아있다. 그 시간의 역사적 의미가 무엇인지 우리는 아직 잘 알지 못한다. 그러나 이 얼마 안 되는 시간의 역사성을 생각하게 할 만큼 우리는 빠르게 변화하는 시공간 속에 살고 있다. 서종택의 소설은 그 시간의 의미를 간접적으로 들여다볼 수 있는 단편적 시간의 기록이라는 의미를 갖는다. 1991년 이래 더 이상 작품을 쓰지 않은 이상, 그의 텍스트는 20여 년이라는 시간의 역사성을 산출하라는 부름을 기다리고 있었던 것처럼 보인다.

루카치적 기준에 따르면 잘 된 소설은 한 시대를 객관적으로 반영한다. 주인공은 특정시대의 정신을 잉태한 전형적 인물이어야 하며 텍스트는 그 정신을 둘러싼 사회역사적 배경을 총체적으로 구현해야 한다. 이때 텍스트가 확보하는 역사성은 시간의 긴 흐름을 견뎌내고 고전 또는 역사소설로 살아남아 읽힌다. 루카치의 거창한 주문은 장르상 장편소설에 적합한 테제다. 장편소설의 규모에 걸맞게 굵직한 등장인물일수록 도덕의식이 강하고 정의와 진리를 탐색하는 의무와 부담을 떠안고 있다. 그런데 긴 시간을 살아남은 텍스트가 독자한테 전달하는 현실감(reality)은 인간의 일상 일반과 다르다. 도스토예프스키의 《죄와 벌》을 예로 들어 주인공 라스콜리니코프처럼 사회적 정의와 도덕, 종교 등의 추상적 문제로 고민하는 인간은 우리의 일상적 현실 속에서 좀체로 찾아보기 어려운 것이다. 고전적 장편소설의 현실감은 사실상 우리의 실제 일상과는 직접적 관계가 없는 허상일 수도 있다.

제임스 조이스의 《율리시즈》같이 장편이 예외적으로 하루에 불과

한 일상의 의미를 현미경처럼 미시적으로 탐색하는 경우도 있지만, 무의미한 인간의 일상을 의미화하는 데 적합한 장르는 단편소설이다. 단편은 심각한 주제의 탐색과는 거리가 먼 현대인의 일상을 미시적으로 의미화하는 현대적 장르다. 등장인물은 장편소설과 비교했을 때, 정신적이기보다 감각적이며, 사색적이기보다 즉흥적이며, 언어상 산문적이기보다 시적이다. 서종택은 단편장르를 통해 1960~80년대 일상성의 형상화를 시도한 작가다. 단편소설은 길게 느껴지는 시간의 흐름을 짧게 끊어 '지금' 시간의 현재성 또는 일상성을 부각시킨다. 그런데 서종택의 서사에서 일상성은 곧잘 과거의 시간으로 확장된다. 그는 감각적 일상의 유혹을 뿌리치지 못하면서도 시간의 역사성, 좀더 구체적으로 한국현대사의 명암을 의식하고 있는 작가다. 장편소설에 어울릴 긴 시간을 단편의 짧은 시간 단위 안으로 흘려넣을 때 그의 서사는 특이성을 획득하지만 동시에 전체적 구성이 느슨해지고 초점이 흐려진다. 이와는 반대로 김승옥은 단편 장르의 특유한 현재적 시간성을 철저히 인식한 작가다.

김승옥의 〈서울 1964년 겨울〉(1965)은 1960년대 한국의 역사적 풍경을 그 어떤 역사자료보다 더 훌륭하게 전달해준다. 우회적이고 우화적인 기법의 '서울'이 그리는 차가운 겨울저녁의 서울풍경에는 보이지 않는 검열의 손길과 억압적 정치의 그림자가 어른거린다. '서울'은 개발독재의 사회경제적 모순을 은근히 그러나 예리하게 드러낸다. '서울'을 통한 1960년대 한국의 역사 읽기는 그 역사를 보여주기 때문이 아니라 현재적 일상 뒤에 감추고 있기 때문에 역설적으로 가능하다. 어느 날 저녁 서술자를 포함해서 우연히 만나는 세 명의 인물은 각각 1960년대 한국의 전형적 인물들로 서로 구분될 만큼 성격과 배경이 다르다. 돈 많은 부잣집 아들이지만 방황하는 대학원생은 파행적으로 축적된 자본의 도덕성에 의문을 갖는 인텔리겐차의 전형이다. 시골에서 올라와 겨우 동사무소 직원이 된 서술자는 산업화와 도시화의 물결을 타고 서울에 올라왔지만 경제적 욕망과 신분상승의 욕망이 좌절되는 전형이다. 월부 책장사 안 씨는 급성질환으로 갑자기 죽은 아내의 시체를 병원에 판다. 그는 그 돈을 이들과 함께 유흥하는 데 쓴 다음 여관방에서 자살한다. 안 씨는 실업자 또는 무산계층의 비극적 전형이다. 그래도 그는 생긴 돈을 적극적으로 소비하는 자본적 사회의 소비주체의 전형이기도 하다. '서울'의 시공간은 엄격하게 하룻밤의 서울에 한정되어 있다. 김승옥은 이들의 사연을 설명하거나 묘사하는 게 아니라 시적으로 응축해서 제시한다.

1965년에 발표된 김승옥의 '서울'이 1964년 겨울 어느 날 저녁의 특정시간의 단편적 일상을 넘어서 한국의 사회경제적 실상을 우화적으로 보여준다면, 서종택의 경우, 1975년에 발표되었으면서 그와 유사한 성향을 보여주는 작품이 〈선주하 評傳〉이다. 자전적 성격이 강한 〈선주하 評傳〉은 전남 C읍 출신의 주인공 선주하가 서울에 처음으로 오는 시간을 1964년 1월로 설정하고 있다. 서종택의 서사는 한정된 시공간을 확장하고 시적인 압축 대신 산문적 묘사에 의존함으로써 김승옥의 서사와 스스로를 차별화한다. 예컨대 김승옥의 일상성이 그 특이성을 말없이 드러낸다면 〈선주하 評傳〉에서 선주하의 서술자는 일상성 속의 특이성을 주인공의 연애경험에 비추어 다음과 같이 강조한다.

> 세상에 흩어져 있는 사랑이야기치고 신기한 것 없지만 흥미없는 것 또한 없는 법이다. 그것들은 모두가 다 엇비슷해 보이지만 사실은 각각 다른 사연들로 채워져 있는 것이다.

이 작품에서의 서종택의 서사감각은 시적이고 압축적인 김승옥의 그것에 비해 요설의 문체를 구사함으로써 단편으로서의 시적 긴장이 떨어진다는 느낌을 줄 수도 있다. 그러나 긴장이 이완되는 만큼 산만하고 부산하고 어설픈 우리들의 실제 일상을 사실적으로 드러내주는 효과가 있다. 서종택의 서사는 혼돈 속의 산만한 실제 일상이 찌꺼기를 걸러내지 않고, 있는 그대로의 날 것처럼 보여준다.

선주하한테 서울이라는 공간은 김승옥의 경우처럼 투명하게 성립하는 공간이 아니다. 〈서울 1964년 겨울〉의 서술자와 대학원생에게 서울이 하찮은 구석조차 신비스러운 사물적 의미를 품고 있는 공간이라면 선주하에게 서울은 "그의 하숙방처럼 차고 서먹서먹한 공간"이며, "배반한 친구의 뒤통수처럼 야속한" 공간이다. 그가 "64년 1월 어느 날의 새벽녘 서울역 대합실"에서 가벼운 사기를 당한 서울은 한마디로 "춥고 어둡고 치사하고 간사한 도시"다. 선주하에게 낯설고 이질적인 공간 서울은 그의 고향 전남 C읍과 대비된다. 김승옥은 서울의 비밀을 감추고 서종택은 그것을 설명한다.

선주하는 두 여자 사이에서 애정문제로 고민하는데 한 여자는 부유하고 다른 한 여자는 가난하다. 가난한 여자 화란은 자신에게 관심이 멀어진 것 같은 선주하에게 "주하 씬 가난하기 때문에 가난한 여자를 더 싫어하게 되었다"고 말한다. 선주하는 C읍에서 어머니의 제과점이 "번창"해서 서울의 대학에 유학하고 직장인이 된다. 그러나 선주하는 시골에서는 부유하지만 서울의 부유한 엄혜인에 비하면 가난한 시골 청년에 불과하다. 그가 경험하는 상대적 박탈감은 서울을 "춥고 어둡고 치사하고 간사한 도시"로 만들어 버리는 것이다. 그렇다고 해서 선주하가 고향 C읍에 대해 특별한 향수의 감정을 갖고 있는 것도 아니다. 선주하는 서종택의 작품들에서 서울과 지방 중 그 어느 쪽도 택할 수 없게 되어버린 중간적 공간의식의 원형이다.

서울과 지방 사이에서의 서종택의 중간적 공간의식은 그의 산문 〈풍경과 시간〉에서 직설적으로 드러난다. 〈풍경과 시간〉은 도시도 아니고 시골도 아닌 조치원의 시공간적 의미를 다루고 있는데 조치원은 서종택의 시공간 의식과 정확하게 합치하는 중간적 공간으로서의 의미를 갖는다. 조치원은 그에 따르면 서울과 부산 또는 목포 사이의 "과정 속의 지점"이며 "거부와 포기의 중간지점"이다. 특히 안개낀 날의 조치원은 작가를 "당혹스러운 기쁨 속으로 몰아넣는다."

안개 속의 사물과 인간은 자신의 모습을 드러내되 그것을 우리로 하여금 '발견'하도록 해줌으로써 자신의 존재를 소중한 것이 되게 하고 그것을 찾아낸 자의 기쁨을 배가시켜 준다. 안개는 우리를 모호함과 무분별 속으로 이끄는 것이 아니라 그것으로부터의 해방을 가르쳐 준다. 우리가 찾아야 할 것, 보아야 할 것들은 사실은 무엇인가가 그것을 가리고 있었음을, 무엇인가가 가려져 있는 것만이 우리가 찾아야 할 무엇이었음을 일깨워주는 것이다.

작가는 여기서 어떻게 보면 이율배반적이다. 묘사와 서사라는 두 작품의 차이에도 불구하고 그는 서울 1964년의 감춤과 생략의 미학을 제시하면서 다른 한편으로 산만한 일상을 감추지 않고 드러내는 기법을 차용하고 있기 때문이다. 산만한 일상이 정리되지 않은 채 작품에 투영되는 예는 〈선주하 評傳〉에서 선주하의 다음과 같은 내적 독백에서 찾아볼 수 있다.

돈이 예술이라면, 아 나는 무엇인가. 여자가 속물이라면, 그리고 월봉 7만 2천 5백 원이 생활이라면, 아 그러면 내가 학문일 수 있는가.

이 진술은 돈, 예술, 학문, 여자 사이의 관계에 대한 선주하의 혼란스러운 의식을 보여주지만 이들 사이의 관계가 텍스트 속에서 어떻게 긴밀하게 설정되어 있는지는 확인해 주지는 않는다. 선주하는 담배를 피우면 "헝클어졌던 생각들이 일렬종대로 늘어서더라는 시인 C형의 얘기"가 "순전히 거짓말"이라고 단언한다. 작중인물의 이러한 현실에 대한 야유는 '예외적 인간'으로서의 소설 인물의 특이성보다는 일상적이고 범상한 직장인의 의식을 반어적으로 드러내주는 효과가 있다.
〈선주하 評傳〉이 다루는 서울과 지방, 도시와 시골의 공간적 대립의 모티프는 〈좀팽나무〉에서 1960~70년대의 도시화 또는 이농현상이라는 사회경제적 현상의 극화로 발전한다. 〈좀팽나무〉는 서울과 시골을 대립시키지만 그 어느 쪽 공간도 살기에 만족스럽지 않다는 사실을 극적으로 드러낸다. 주인공 달호는 어느 날 갑자기 고향을 찾아와 자신의 한 달 수입의 액수를 궁금해하는 친구 문봉두와 형에게 전파상 경영으로 4~50만 원을 번다고 말한다. 어렸을 때 달호의 잘못으로 불구가 된 봉두와 노름꾼 형한테 최대의 관심사는 서울에 가면 벌 수 있는 돈의 액수이다. 서종택의 소설에서 등장인물들의 삶은 으레 화폐의 크기에 의해 삶의 등급이 측정된다. 고향사람들은 수입이 괜찮은 달호를 부러워하지만 달호는 거꾸로 "고향에 남아있는" 친구들을 부러워한다. 그가 다시 찾은 시골은 그러나 쓸쓸하고, 노름꾼 형, 불구자 봉두 등은 무기력해 보일 뿐이다. 달호는 봉두와 형한테 돈을 놓고 잠적하는데, 그 뒤에 누군가가 나타나 달호를 찾는다. 서술자는 이 인물의 정체를 밝히지 않고 달호의 서울에서의 사연이 구체적으로 무엇인지 말하지 않는다. 독자는 달호의 서울에서의 삶이 순탄치 않거나, 현재 쫓기고 있거나, 달호가 자신의 삶을 고향사람들한테 속이고 있음을 다만 짐작할 수 있을 뿐이다.

서종택의 서사는 이와 같은 생략의 기법을 즐겨 사용하는데 그 효과나 의미가 감추어져 있다. 바쁘게 고향의 형님과 옛 친구를 만나보고 쫓기듯이 그곳을 떠나는 사내에 대한 묘사에서 우리는 작중인물의 도시에서의 곤고한 삶의 파편을 읽어낼 수 있을 뿐이며 이들의 현실의 구체적인 사연을 작가는 오히려 독자에게 떠맡기고 있다. 〈정오〉는 헤어진 애인을 만나 죽는 여교사의 얘기인데 그녀가 (혹은 그들이) 무엇 때문에 죽는지 설명되어 있지 않다. 한여름 대낮의 매미울음소리와 수년 만에 자신을 찾아온 옛 애인 앞에서 여교사는 옛 장위동 동거시절을 다시 떠올리게 되는데 그녀(혹은 그들)의 자살을 부조리한 삶의 권태 혹은 실존의 문제로 해석하기에는 지나치게 강압적이고 막연하다. 작중상황의 일상성이 미학적 특이성으로 확대되기에는 작가의 서술적 배려가 더욱 확대되어야 할 것이다.

모든 예술적 서사는 자서전적 행위라는 말이 있지만 서종택 서사물의 자전성은 오탁번 교수의 지적대로 서술자와 저자 사이의 거리가 지나치게 가까워 보이는 경우가 많다. 서술자나 등장인물의 직업이나 환경이 저자의 그것과 가깝게 대학과 관계를 맺고 있는 경우(〈밤의 소리〉, 〈줄칼〉, 〈미친개〉 등 주로 1980년대 5공 시대의 작품들), 그의 서사는 5공 시대의 정치를 피상적인 차원에서 접근하고 있다는 인상을 준다. 그의 이러한 일련의 단편들은 작중의 상황이 전제됨으로써 (pre-understanding), 비유되고 감추어져야 할 작중의 현실을 직접 전달하는 범박성을 드러낸다. 체험이 소재로 등장할 때 소설은 상상력이 감소되고 서사가 상상력에만 의존할 때 체험적 영역이 빈약해지는 이유가 여기에 있다. 〈서울 1964년 겨울〉은 일상성과 역사성이 자연스럽게 어울리는 사례이다. 박정희 정권의 억압적 실체에 대한 정서를 전혀 드러내지 않아도 그 시대의 암울한 분위기에 대한 저자의 숨소리가 소리 없이 들려오는 것이다.

서종택의 서사가 중산층 지식인 비슷한 '나'의 부담을 벗어버리고 타자한테 시선을 돌릴 때 성공하는 사례가 있다. 〈겨울나기〉(1974)는 소시민적 욕망의 굴레를 떨쳐버리기 힘들어 보이는 서술자가 계층적으로 그 이하의 삶에 대한 접근을 시도한 작품이다. 〈겨울나기〉의 주인공은 지금은 없어진 1960~70년대의 시내버스 안내원 수자다. 수자의 노동환경은 산업화 속의 직접적인 생산현장은 아니지만 1960~70년대의 노동계급의 환경에 대한 은유로 읽어도 무방하다. 또한 돈에 대한 수자의 일상적 욕망은 1960년대에 본격적으로 시작되었다고 할 수 있는 도시화, 이농현상에 따른 사회경제적 현상에 대한 은유로도 작용한다. 1960~70년대의 여성노동자의 사회적 이미지는 크게 둘로 쪼개져 있다. 그는 한편으로 대한뉴스 등을 통해 맑은 색 작업복의 순종적 이미지로 나타나거나, 다른 한편으로 YH 사건, 동일방직 사건 등의 노사갈등 현장에서 사용주나 공안기관에 저항하는 투사적 이미지를 통해 제시되었다. 후자 이미지의 경우, 1960~70년대 《창작과 비평》의 노동소설은 노동계급의 정치적 이념을 성립시키는

데 큰 공헌을 했다고 보아야 할 것이다. 그런데 위의 선한 양 같은 기계적 이미지나 도전적이고 투사적인 이미지가 1960~70년대 노동계급이 품고 있던 욕망을 제대로 재현했다고 볼 수는 없다. 노동자는 기계도 아니고, 또 모든 노동자가 뚜렷한 정치적 의식을 소유한 것도 아니기 때문이다. 노동자도 노동자이기 이전에 일상적 욕망의 주인이다. 〈겨울나기〉의 특이성은 노동자를 일상적 욕망의 주체로 보았다는 데 있다.

1960~70년대 박정희식 개발독재는 자본의 축적과 자본의 도덕성을 동시에 추구했다. 두 마리의 토끼를 동시에 쫓아간 것이다. 자본주의 사회의 병리적 현상은 퇴폐와 향락이다. 감각적 향유 자체가 나쁠 것은 없지만 이를 만족시키기 위한 부의 추구는 인간을 종종 부도덕하게 만든다. 돈이 흔해지면서 생기는 사회병리적 현상은 자본주의 사회의 필요악인지도 모른다. 그러나 박정희는 남자의 머리카락과 여자의 치맛자락의 길이를 단속하면서까지 자본축적에 따른 파행적 사회현상을 제어하려고 했다. 자본의 욕망과 향유의 욕망은 그 뿌리가 같은데 이를 억지로 다스리려고 한 것이다. 1960~70년대의 이와 같은 자기모순적 사회경제현상은 〈겨울나기〉에 우화적으로 반영되어 있다.

〈겨울나기〉에서 안내원 수자는 승객들한테 받은 요금 중 일부를 빼돌리는 이른바 '삥땅'에 맛을 들인다. 삥땅을 하던 다른 동료가 발각되어 쫓겨나는 불상사를 겪어도 수자는 당황하지 않는데, 승객으로 버스에 탄 애인한테 돈을 교묘하게 전달하는 비법이 좀처럼 탄로나지 때문이다. 빼돌린 돈을 애인과 함께 쓰는 쪽과, 반대로 이를 감시하고 처벌하는 쪽 사이의 대립은 자본과 노동의 대립에 대한 은유다. 이 대립구도에서 흥미로운 점은 감시받는 쪽과 감시하는 쪽이 돈과 물질에 대한 욕망에서 똑같이 자유롭지 않다는 것이다. 퇴폐와 향락은 가진 자, 누리는 자, 지배하는 자 쪽에서 먼저 시작되어 밑으로 번져나간다. 박정희식 억압정치의 희극적 장면 중의 하나는 퇴폐적인 지배자/가진 자가 퇴폐와 향락을 단속하는 것이었다. 〈겨울나기〉에서 다음 장면은 이와 같은 희극적 모순구조를 잘 보여준다. 새 옷을 입은 수자를 황 사감이 부른다.

"너 이거 얼마 주고 샀어? 색깔이 참 이쁘다."황 사감은 수자가 입고 있는 셔츠를 만지작거리며 말했다. "아까 감독이 널 불렀다면서?"

"동대문 시장에서 칠백 원 주고 샀어요."수자는 가슴팍에 그려진 피노키오 무늬를 내려다보며 대답한다. "자인서를 쓰라구 했어요."

"칠백 원이면 싸구나"라고 황 사감이 말한다. "그런데 자인서는 왜?"

"구백 원 달라는 걸 깎았어요."수자는 대답했다. "삥땅을 했다나 봐요."

"구백 원 불렀으면 오백 원에도 살 수 있는 건데."황 사감은 그녀의 셔츠가 좀 비싸다는 눈치다. "너 정말 삥땅을 했어?"

"그만 두게 되나요?"

"영분이 못 봤어?"

"잔소리 말아!"황사감이 그녀를 쏘아본다. "너희들 일당을 올려준 건 자인서를 두 번 다시 받지 않기 위해서야."

수자를 부른 황 사감은 우선 수자가 입고 있는 셔츠에 눈이 간다. 그러나 황 사감의 임무는 수자가 돈을 빼돌린 사실을 캐내는 것이다. 피고용자 또는 감시받는 자인 수자나 고용주쪽 황 사감 모두 물질적 향유의 유혹은 뿌리치기 어려운 것이다. 황 사감은 그러나 향유의 유혹을 떠나 안내원들의 기율을 강제적으로 유지해야 하는 입장에 서 있다. 대화는 향유에 대한 유혹과 그것을 억제할 기율을 의식하면서 동문서답 식으로 엇갈리며 진행된다. 감시자/고용주 입장에서 보면 피고용자가 물질적 향유의 유혹에 휩쓸리면 안 된다. 노동의 정당한 대가로서의 임금의 인상을 요구할 것이고 그게 안 되면 '삥땅'을 할 것이기 때문이다. 같은 유혹을 느낄 경우 고용주는 자기욕망은 만족시키되, 피고용자는 그 욕망을 억제해야 착취의 대가로 자본을 축적할 수 있다. 따라서 모든 자본의 형성은 근본적으로 부도덕한 것이다. 박정희 정권은 그걸 애써 은폐하려고 했다. 위의 동문서답 식 대화는 그 시대의 사회경제적 모순, 즉 유혹과 기율의 상호 착종상태를 일상적이면서도 우화적인 양식으로 반영하고 있다. 〈겨울나기〉의 특징은 우화적 의미가 평범한 일상의 대화 속에 효과적으로 내장되어 있다는 점에 있다.

〈겨울나기〉는 한편으로 서울과 시골의 대립이 수자의 의식에 미치는 영향을 상징적으로 처리하는데, 소리에 유다른 관심을 가진 서종택의 모범적인 대목은 다음과 같다.

> 수자는 이불을 뒤집어쓴다. 어디선가 콰앙콰앙하는 소리가 들려온다. 그것은 멀리 도심부에서 들려오는 것처럼 아주 멀리 들리기도 하고 어떤 때는 바로 옆 철공소에서 들려오는 것처럼 가깝게 귓가에 달려든다. (중략) 그 소리는 마치 커다란 쇠붙이가 이쪽으로 굴러오는 소리 같기도 했고 어떤 때는 그녀의 고향인 평택군 팽성면 둔포 앞바다의 파도소리처럼 합숙소의 낮은 함석지붕을 찰싹 찰싹 때리는 것이다. 수자는 그때마다 그녀가 고향에 가 있는 꿈을 꾼다.

산업화의 소리가 불협화음처럼 들리다가 환각적으로 고향의 소리로 바뀌어 수자로 하여금 고향에 가 있는 꿈을 꾸게 만든다. 1960~70년대의 노동계층의 삶의 역사성을 사실 어떻게 재현할 것인가. 수자는 열악한 노동환경에 적극적으로 저항하는 노동자도 아니고 산업화의 흐름에 힘없이 밀려가는 수동적 시골여자인 것만도 아니다. 수자는 파행적인 방법이기는 하지만 자신의 물질적 욕망을 적극적으로 충족시키려 한다. 그는 또한 도시의 이질적 노동환경 속에서도 시골의 서정적 감각을 잃지 않고 그 향수를 보존하는 전형성을 보여준다. 그리고 수자의 의식 속에서 도시와 시골은 환각적 차원에서 서로 화해한다. 일시적 환각에 불과할 수도 있지만 수자의 몽상은 1960~70년대 노동계급의 일상적 욕망에 대한 가장 적확한 재현일지도 모른다. 문체의 서정성과 음악성, 단편서사의 균제된 구성방식을 차치하고라도 〈겨울나기〉는 1960~70년대 노동계층의 일상에 초점을 이동하여 그 일상의 역사성을 효과적으로 드러낸 경우이다.

〈白痴의 여름〉은 작가가 의식하는 일상성과 역사성이 1980년의 광주를 소재로 삼아 서로 맞물리는 사례다. 작가는 〈白痴의 여름〉에 앞서 〈동박새〉(1990)를 발표했는데, 중편 〈白痴의 여름〉은 단편 〈동박새〉의 개작이다. 서술자와 등장인물들의 이름만 다를 뿐 두 작품은 시국사건에 휘말려 정신질환을 앓게 된 동생을 둘러싸고 가족들이 겪는 갈등을 다루고 있는바, 작품의 전체적 골격과 의미가 동일하다. 다만 미묘한 차이가 있다면 1980년의 사건을 놓고 〈동박새〉가 사후적이라면 〈白痴의 여름〉은 현장적이라는 점이다. 다시 말해서, 〈동박새〉는 1980년을 기점으로 시간이 한참 흐른 뒤(텍스트 속에서 분명치 않지만 작품 발표연도인 1990년경일지도 모름)[1]를 시간적 배경으로 삼고 있는 반면, 〈白痴의 여름〉은 서술자가 1980년 당시 계엄하의 서울과 광주를 직접 오르내리는 것으로 시간이 설정되어 있다. 작가는 극적 현장성을 강조할 의도를 품었던 것처럼 추정된다. 그 이면에는 1980년 광주에 대해 작가가 갖고 있는 미묘한 정서가 숨어 있다. 이는 광주의 사건을 '광주사태'라고 부를 때와 '광주민주화운동'이라고 부를 때의 차이에서 흘러나온다.

'광주사태'는 1980년의 현재적이고 우연적인 사건인 반면, '광주민주화운동'은 집단적 사건의 역사적 의미가 부여된 역사적 사건이다. 1980년의 광주를 현재로 보면 그 시간 속의 비극적 사건과 그 사건에 직접적으로 연루되지 않은 이들의 삶 사이에는 한마디로 설명하기 어

---

1) 서술자의 큰집 형이 서술자의 동생에게 "광주사태라니, 그때가 언젠디"라고 말하는 것으로 보아 그렇다.

려운 단절감이 존재했다고 보아야 한다. '광주민주화운동'은 반면에 개별주체들의 정서와는 상관없이 공동체의 정치적 욕망이 투사된 표현이다. 서종택의 서사의식은 두 용어 사이에서 서성인다.

1980년 광주의 용어선택 문제는 〈동박새〉에 솔직하게 실려 있다. 광주로 가는 봉고차의 젊은 운전기사는 서술자가 '광주사태'라는 말을 쓰자 발끈하여 "광주사태라는 말은 안 쓰기로 했지 않습니까?" 라고 불만 섞인 소리로 말한다. 서술자의 둘째 동생은 "광주민주화운동보담은 광주사태가 더 어울"린다고 반박한다. 서술자는 운전기사의 "뇌리에 박혀 있는 광주와 망월동과 박종철이라는 이름은 과연 고유명사인가 보통명사인가 하고" 의문을 품는다. 고유명사라면 우연적 '광주사태'일 뿐이요, 보통명사라면 '광주민주화운동'일 것이다. 서술자는 "이쪽 사람들의 집단적인 의사표시라는 게 썩 그렇게 점잖은 편은 아니었"으며 "다만 정의로웠을 뿐"이라고 생각하는 지극히 평범한 인물이다. 〈白痴의 여름〉에서 1980년 광주는 역사적 의미를 채 부여받지 않은 '광주사태'라는 현재적 사건으로 작용한다. 평범한 의식의 서술자와는 달리 그의 부친은 6·25를 전후해 빨치산이었다가 처형된다.[2] 부친의 정치적 고뇌는 세 아들 중 둘째 아들, 즉 서술자의 첫째 동생이자 C 대학 역사학과 교수인 현태를 통해 되풀이되는 것으로 암시된다. 어머니의 말에 따르면 아버지는 "미친 세상"이 죽였는데, 〈白痴의 여름〉은 아들 현태를 미치게 만든 실체가 무엇인지에 대해 실종된 제자 등 시국사건이 간접적 원인인 것으로 짐작케 할 뿐 확실한 답을 알려주지 않는다. '광주사태' 때 사람들의 일상이 그러했듯 서술자의 무덤덤한 일상은 긴박한 광주의 현장과 거리를 두고 진행된다.

〈白痴의 여름〉에서 현태의 정신질환의 원인은 세 갈래로 접근되는데, 서술자는 그 어느 쪽 원인에도 확신을 갖지 못한다. 첫 번째는

---

[2] 부친의 경력이나 정신질환을 앓는 동생이나 서종택의 자전적 사실과 관계를 맺고 있는데, 작가는 6·25 때 좌익에 의해 지주로 몰려 죽임을 당한 부친의 정치적 입장을 변환시킨다.

서술자의 친구 신경정신과 의사 김제강에 의한 의학적 해법으로서 심리적 외상에 따른 정신이상이다. 두 번째는 서술자의 아내가 제안하는 유전적 원인에 의한 정신이상이다. 현태의 징후가 아버지의 정치적 고뇌의 되풀이라고 볼 때, 유전적 원인은 매우 흥미로운 발상일 수 있으나 텍스트는 이 흥미로운 모티프를 더 이상 전개하지 않는다. 세 번째는 어머니가 내놓는 샤머니즘적 처방이다. 어머니는 현태의 정신이상이 아버지의 묘를 잘못 써서 비롯되었다고 믿고 용하다고 알려진 지관을 동원해서 묘자리를 옮기려고 한다. 〈白痴의 여름〉은 어머니의 샤머니즘적 처방에 상당한 비중을 두고 전개된다. 그러나 각종 요법을 동원한 김제강의 치료에도 불구하고 현태의 상태는 악화되어가고 서술자는 의학적 처방과 샤머니즘적 처방 중 그 어느 쪽에도 확신을 갖지 못한 채 작품은 종결된다.

〈白痴의 여름〉은 다소 느슨한 구성이나 인물성격에도 불구하고 현태라는 인물에 잠재된 삶의 역사성이라는 숨은 모티프가 돋보인다. 현태의 직업은 역사연구자다. 텍스트가 암시하는 바에 따르면 그가 앓는 정신질환의 원인은 부친 때부터 현재까지 이어지는 한국현대사의 비인간적이고 반민주적이며 반민족적인 전개과정이다. 현태는 역사와 정신병의 상관성이라는 굵직한 모티프를 품고 있는 것이다. 그런데 텍스트 속에서 정작 현태는 아무런 말이 없다. 그는 텍스트 속에서 한 번도 직접 등장하지 않는다. 조남현은 현태를 주인공으로 보았으나 현태는 사실상 주인공이 아니라 이미 '죽은 인물'(*dead charac-ter*)일 뿐이다. 도스토예프스키가 《악령》에서 실존과 정치 사이에서 방황하다 자살하는 주인공 스타브로긴의 광기에 초점을 맞추듯 현태의 알 수 없는 광기에 초점을 맞추면 〈白痴의 여름〉은 어떤 서사가 될 것인지 궁금하다.

그러나 앞에서 말했듯 그런 거대서사는 우리의 실제 일상에서 멀어져 보일지도 모른다. 〈白痴의 여름〉은 피사체로서의 현태의 내면을 텅 빈 공간으로 남겨 둔 채 그 주변을 서성이는 가족사의 풍경을 보여준다. 어머니는 고향에서 아버지와 더불어 가장 많은 교육을 받은 "신여성"이었음에도 불구하고 아들의 질병의 원인이 남편의 묘자리에 있다고 믿는 여인이다. 작가는 결국 친구인 김제강의 현대의학이나 어머니의 샤머니즘 그 어느 쪽으로도 치유가 불가능해져 버린 동생 현태의 정신질환을 통해 1980년 광주의 절망을 그렸다.

서종택은 동시대의 김승옥이나 서정인의 작품들에 보이는 심미적 특성을 실천에 옮기면서 변형시켰다. 그의 서사에는 큰 역사의 흐름, 또는 토속적이거나 원형적(*archetypal*)인 모티프가 불쑥불쑥 끼어들고 그의 모티프는 단편이 다루기에는 까다로운 규모의 것들이 있기는 하지만 서사의 일상성과 역사성을 통합시키려 하는 그의 노력은 중요한 작가적 성취로 보인다.

■ 작가 연보

1944년　10월 6일 전남 강진군 옴천면 봉림리 402번지에서 아버지
　　　　서봉도와 어머니 이정희의 4형제 중 장남으로 태어남.

1950년　6·25 동란시 좌익에 의해 당시 지주의 아들이었던 백부와
　　　　함께 부친 피살.

1951년　옴천면에서 인근 장흥읍으로 이주, 여기서 장흥서초등학
　　　　교, 장흥중학교를 수학.

1960년　장흥중학교 3학년 재학중 학원문학상 소설부문 수상. 《동
　　　　아일보》, 《신아일보》 등의 일간지에 1컷짜리 만화를 투고
　　　　하여 게재. 《학도주보》에 4컷짜리 만화를 연재. 《학원》에
　　　　작품을 발표하던 한용환(둔포중), 오탁번(원주중) 이은집
　　　　(한성고) 등과 친교.

1960년　광주 살레시오고등학교 입학. 당시 광주의 YWCA에서 조
　　　　선대학교 부속고등학교 미술반 학생들의 미술전을 보고
　　　　충격을 받은 기억이 있음. 이후《현대문학》, 《자유문학》
　　　　등의 월간지를 구독하며 막연히 작가에의 꿈을 키움. 살
　　　　레시오에서 문도채(시인) 선생을 만났고, 조태일(광주고),
　　　　백시종(광주상고), 최동일(조대부고), 오병관(살레시오고)
　　　　등과 〈가로수〉 동인을 조직.

1964년　고려대학교 문과대학 국어국문학과 입학. 영문학과의 오
　　　　탁번을 만남. 대학에 입학하자마자 한일회담반대 데모 등
　　　　에 동원되는 등 어수선한 대학생활을 시작. 대학에서 조
　　　　지훈, 정한숙, 송민호 교수를 만났고, 영문학과의 여석

기, 강봉식 교수의 영미소설 강독을 청강. 한용환, 조정
래 등과 어울려 오영수 선생댁을 방문, 작품 사사. 신춘
문예에 연거푸 낙선.

1968년 고려대 국문과를 졸업하고 대학원에 진학. 국문학과 조교
를 맡음. 조지훈 선생 작고.

1969년 7월에 《월간문학》 신인상에 단편소설 〈수렁〉이, 《문화비
평》 겨울호에 단편 〈外出〉이 뽑히면서 문단에 이름을 올
림. 오탁번과 함께 김종길 선생을 자주 만남.

1970년 단편 〈夜客〉(《현대문학》), 〈妊婦〉(《월간문학》 5).

1971년 고려대 대학원에서 "작중인물을 통해 본 '근대인'의 형성과
정"으로 문학석사(지도교수 송민호). 상명여사대 부속고등
학교 국어교사 부임. 민병삼, 최신남과 교유.

1972년 고려대 문과대학 강사. 상명학교 교사 사임. 단편 〈茶와
音樂〉(《월간문학》) 발표.

1973년 중편 〈地方産〉(《고우회보》 연재).

1974년 한영고등학교 야간부 교사 부임. 단편 〈亡靈〉(《월간문
학》), 〈백미러〉(《한국문학》 8), 〈어떤서른〉(《紀元》)
발표. 홍익공전 강사.

1975년 박선희와 결혼. 중편 〈선주하 評傳〉(《월간문학》 10~11)
〈닭칼국수〉, 논문 "許生傳 銀世界의 개화의식"(《새국어
교육》) 발표. 고려대 대학원 박사과정 입학.

1976년 장남 은호(銀浩) 출생. 단편 〈여이발사〉, 〈共犯〉, 〈正
午〉(《한국문학》), 〈手術〉, 〈남산 위의 저 소나무〉(《소
설주니어》), 〈圓舞〉(《현대문학》), 〈여수〉 발표. 논문으
로 "崔曙海 金裕貞의 세계인식"(《어문논집》) 발표. 홍익
대, 덕성여대 출강.

1977년 단편 〈이 몸이 새라면〉, 〈겨울나기〉(《현대문학》 12). 논
문 "효석론의 반성"(《어문논집》) 발표. 창작집 《외출》

(전예원) 출간.

1978년　차남 영호(榮晧) 출생. 단편 〈좀팽나무〉(《세대》 9) 발표.

1979년　홍익대학교 사범대학 국어교육과 조교수 부임. 국어교육
　　　　과의 문덕수, 최강현 선생과 역사교육과의 류승주, 영어
　　　　교육과의 장신재 교수를 만남. 〈바다의 끝〉(뿌리깊은나
　　　　무), 논문 "신소설의 사건구조"(《홍익논총》) 발표.

1980년　광주사태 발발. '교수시국선언'에 당국의 조사를 받고 '경
　　　　고장'.

1982년　고려대에서 "한국 근대소설 작중인물의 사회갈등 연구"로
　　　　문학박사 학위. 《한국 근대소설의 구조》(시문학사) 출간,
　　　　논문 "왜곡된 자아와 폐쇄된 사회"(《홍익어문》 1집), "초
　　　　기작 〈除夜〉에 대하여"(《염상섭연구》), "이상소설의 구
　　　　조"(《홍익논총》) 발표.

1985년　고려대학교(조치원) 인문대학 국문과 부교수 부임.

1988년　"해방이후의 소설과 개인의 인식"(《한국학연구》 1집).

1989년　고려원문고 《선주하 평전》 출간. 단편 〈밤의 소리〉(문학
　　　　사상 9), 논문 "전후사회와 신화적 삶"(《문덕수선생회갑기
　　　　념논문집》) 발표. 학생처, 문교부, 안기부의 후원으로
　　　　'사회주의 국가의 현장' 답사의 일환으로 학생을 인솔, 중
　　　　국 북경, 심양, 길림, 하얼빈 등지 여행.

1990년　단편 〈동박새〉(《예향》 4), 〈줄칼〉(《문학사상》 6) 발표.
　　　　김춘섭 정덕준과의 공동연구 논문 "납월북작가 작품연구"
　　　　(《인문론집》), "근대 전환기소설의 이념과 미학적 기반"
　　　　(《근대전환기의 언어와 문학》) 발표. 정덕준과의 공편
　　　　《한국 현대소설연구》(새문사) 출간.

1991년　연구년을 맞아 뉴욕의 컬럼비아대학 한국학센터 방문교
　　　　수. 가족과 함께 뉴저지에 방을 얻어 지내며 8월부터 1년
　　　　간 미국 생활. 컬럼비아대학의 스티브 린튼 교수와 재미

화가 김원숙 여사, 서울대의 한상진 교수 등과 친교. 논문 "연변 조선족의 문예비평"(《한국학연구》 3집) 발표. 중편 〈白痴의 여름〉(《문학사상》 2) 발표.

1992년　고려대 국어국문학연구회 회장. 오탁번, 한용환과의 공저 《문학이란 무엇인가》(청하) 출간.

1993년　논문 "한국 현대소설에서의 포스트모더니즘의 이념과 기법"(《한국학연구》 5집).

1995년　고려대 서창캠퍼스 도서관장. "한국현대소설에 나타난 전후의식"(《성곡논총》 26집) 발표. 《작가연구》 편집주간. 고려대 90년사 편집위원.

1997년　1월 대우그룹의 문인초청으로 대우의 세계경영현장 시찰 여행. 박광서, 이문구, 백시종, 김종해, 김재홍, 홍상화, 신중신, 허영자, 손춘익 등 문인 30여명과 베트남, 우즈베키스탄, 인도, 영국, 프랑스, 체코, 헝가리, 폴란드 등지를 여행. 고려대 한국학연구소 소장. 한국학연구소 기획 '조선시대 문인화 미국 순회전시'차 미국 버클리대학 방문. 평론 "향수와 페이소스의 세계"(《작가연구》 10집), "김유정소설의 세계인식"(《김유정문학의 전통성과 근대성》), 이기서 교수와의 공저 《새로읽는 오늘의 우리문학》(하늘연못) 출간. 정한숙 선생님 작고.

1998년　교육부로부터 문예창작학과 신설인가, 정원 30명의 첫 신입생을 모집하고, 국문학과에서 문예창작학과로의 전보발령을 받음. 제주의 서귀포에 머물면서 변시지 화백의 평전 준비. 일본 와세다대학 국제교류센터 교환교수로 도일하여 한 학기를 보냄. 문학연구과의 토고 가츠미(東鄕克美) 교수의 지도와 안내로 일본 근대문학 관광. 창작집 《백치의 여름》(나남) 출간.

1999년　저서 《한국현대소설사론》(고려대출판부) 출간. 평론 "삼포로 가는 길"(《작가연구》7, 8집), "민족정체성과 실존적 개인"(《한국학연구》11집), "성모티프와 윤리의식"(《염상섭연구》), "식민현실의 발견과 가치의식의 전환"(《현대작가론》)을 발표.

2000년　작가평전《변시지》(열화당) 출간. 한국소설가협회 이사.

2001년　산문집《풍경과 시간》(새미), 저서(공편)《재외한인작가연구》(하늘연못) 출간. 내러티브 편집위원. 한국학 관련 도서를 모아 기증했던 터키 에르지에스대학을 방문. 에르지에스대학의 정진원, 한국학연구소의 안남일, 박형서 등과 카파도키아에서 이스탄불에 이르는 지중해 여행. 송민호 선생님 작고. 고려대 100년사 기획위원.

2002년　대학교육협의회의 교류교수로 제주대학에 한 학기 동안 체류. 윤석산 교수와 친교. 모친과 아우의 병환이 심상치 않아 학기를 마치자마자 상경. 학술진흥재단 책임연구과제 "한일근대전환기소설비교연구".

2003년　9월 22일 어머니가 별세하고, 문상을 받던 아우가 응급실로 실려간 지 이틀 뒤 사망. 논문 "한국 현대소설의 미학적 기반(1)"(《한국문학이론과 비평》), "한국현대소설의 미학적 기반(2)"(《한국학연구 18집》) 발표.

2004년　학술진흥재단 "한중근대전환기소설비교연구" 자료수집차 중국여행.

박경리 대표장편소설

김약국의 딸들

본능의 숲에서 교배한 필연은 비애의 씨앗을 뿌리고 통영의 밤바다 바람 속에서는 다섯 딸들의 숙명적 사랑과 배신, 죽음, 원초적 몸부림이 넘실댄다. 삼베처럼 질긴 한의 씨줄과 설움의 날줄은 비극의 천으로 약국집 다섯 딸들을 옭아매는데…

신국판 / 값 8,500원

파시

낯선 땅에 버려진 채 사악한 인간들의 먹이가 될 수밖에 없는 수옥, 광녀인 모친을 둔 명화의 근원적인 절망과 그러한 명화를 사랑하는 응주의 고뇌, 몰락한 지주의 딸로 꿈을 잃고 타락의 길로 들어선 학자… 6·25의 상흔으로 얼룩진 이들의 상처와 절망!

신국판 / 값 9,800원

시장과 전장

결혼의 굴레에서 뛰쳐나와 전쟁의 소용돌이 속에 휘말린 위기의 여인 지영. 어느 빨치산을 향해 맹목적인 사랑을 바치는 백치 같은 여자 이가화. 소박한 시장의 행복을 꿈꾸는, 그러나 추악한 전장에 의해 철저히 짓밟히는 여인들…

신국판 / 값 9,500원

  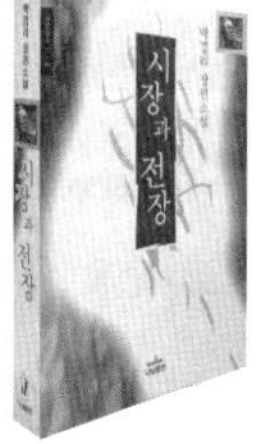

 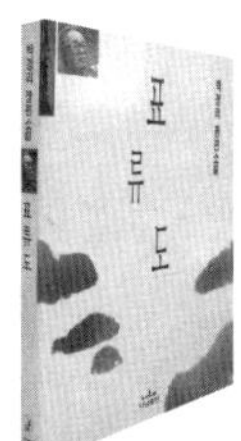 

가을에 온 여인

숲 속의 푸른 저택에 살고 있는 신비스런 미모의 여인. 그녀의 절대 고독과 끝없이 위장된 삶이 엮어내는 검은 그림자. 자의식의 울에 갇힌 이 여인은 과거의 그림자로 자신의 마음을 한없이 몰아간다.

신국판 / 값 9,000원

우리들의 시간 박경리 시집

"구름 떠도는 하늘과 같이 있지만 없고, 없는 것 같은데 있는 우리들 영혼, 시작에서 끝나는 우리들의 삶은 대체 무엇일까. 끝도 가도 없이, 수도 없이, 층층으로, 파상처럼 밀려오는 모순의 바다, 막대기 하나 거머잡고 자맥질한다. 막대기 하나만큼의 확신과 그 막대기의 왜소하고 미세함에서 오는 막막함…"

4*6판 / 값 6,500원

표류도

전쟁통에 남편을 잃고 다방 마담으로 살아가는 인텔리 여성 강현회. 신문사 논설위원 이상현과 불륜의 사랑에 빠져 허우적대던 그녀는 마침내 우발적인 살인을 저지르고 마는데… 그녀는 죄를 범하는 천사인가? 인생이란 저마다 서로 떨어진 채 떠내려가는 외로운 섬인가?

신국판 / 값 7,500원

NANAM
나남출판

www.nanam.net TEL: 3473-8535 FAX: 3473-1711